조선 선비, 설악에 들다

찍은날 2015년 7월 10일
펴낸날 2015년 7월 15일

지은이 권혁진, 홍하일, 최병헌, 허남욱
펴낸이 조윤숙
펴낸곳 문자향
신고번호 제2008-000037호
주소 서울 양천구 목동서로 186(목동) 성우네트빌 201호
전화 02-303-3491
팩스 02-303-3492
이메일 munjahyang@korea.com

값 **20,000원**
ISBN 978-89-90535-49-8 03810

조선 선비, 설악에 들다

권혁진·홍하일·최병헌·허남욱 편역

산자향

와선대(김홍도)

머리말

이 책은 조선시대 선비의 설악산 산행과정을 적은 기행문인 '유산기(遊山記)'를 엮은 책입니다. 조선시대 선비의 글쓰기 중 하나였던 유기(遊記) 중 유산기(遊山記)는 산행(山行)을 중심으로 한 기행문으로 산행의 동기, 목적, 동행인, 준비과정, 여정, 감흥 등이 상세히 기술된 글입니다.

학계에서는 2000년대 초까지만 해도 약 1,500편 정도의 유기가 남아 있다고 추정하며, 그중 산수유기와 와유기(臥遊記)를 제외한 347편을 분석한 결과 134개의 산에 유산기가 남아 있다고 합니다. 그러나 대부분의 유산기는 금강산, 지리산, 가야산, 청량산, 속리산, 삼각산 등 6개의 산에 집중되고, 설악산은 오대산, 천관산, 덕유산, 태백산, 두타산, 만덕산, 수락산, 내연산, 청평산 등과 함께 3편이 발굴되어 있다고 분석하고 있었습니다.

한편, 2000년대 중후반으로 넘어오면서 설악산 유산기의 발굴은 본격화되는데, 한국산서회에서는 『산서』 제15호(2004년 12월 13일 발행)를 통해 「설악왕환일기(雪嶽往還日記/이복원 지음, 이정희 옮김)」, 「유설악록(遊雪嶽錄/이정소 지음, 임영란 옮김)」를 발굴 발표하였고, 이보다 일 년 후인 2005년 최병헌 선생은 『인제를 소재로 한 국역 산문집(散文集)(최병헌 저, 예맥)』에서 「한계산기(寒溪山記)」 등 10여 편의 설악산 소재 유산기와 설악 소재 사찰(寺刹)의 사적(史蹟)을 발굴 국역하였습니다. 인제군에서 만든 보고서 속에도 다수의 유산기가 번역되어 이해를 도왔습니다.

이러한 현실 속에 최병헌 선생께서 발굴하신 10여 편의 실악산 유산기를 바탕으로, 산행을 함께한 동료 또는 학연 관계가 있는 선비의 문집을 검색한 결과 100편의 유기를 발굴했고, 그중 유산기로서 형식을 갖춘 40

편의 유기를 권혁진 선생께서 20여 차례의 현장 답사를 병행하며 정성을 다해 국역해주셔서 세상에 내놓게 되었습니다.

이 책에 수록된 설악산 유산기들은 많은 우여곡절을 거쳐 세상에 나온 것들로 원문을 찾았을 때는 물론 국역본을 읽었을 때 감동은 이루 말할 수 없는 것이었습니다.

일례로, 소유(少遊) 권용정(權用正)의 「설악내기(雪嶽內記)」는 근대 설악 유산기의 백미가 되는 노산 이은상 선생의 『설악행각(雪岳行脚)』에 자주 인용되며 노산의 설악산행의 길잡이 역할을 해왔는데, 그 제목도 없이 저자를 권상용(權尙容)으로 소개해놓는 바람에 오랫동안 찾지 못하다가 한국산서회의 회지인 『산서』 3·4호 통합권(1989년), 「설악산의 지명 고찰」 중, 대승폭(大勝瀑) 지명에 대한 설명에 수필가 문일평의 『한국의 산수』에서 '대승폭은 권소유의 「설악내기」에 처음 등장한다'라는 글에서 단초를 발견하고 「설악내기」를 수소문한 결과 연세대학교 도서관에서 그 원문을 찾을 수 있었습니다. 물론 이 원문과 설악행각에서 인용한 글을 대조하여 「설악내기」가 바로 노산이 말씀하신 권소유의 유기란 것을 증명했고, 「설악내기」의 저자도 노산이 말씀하신 권상용이 아닌 권용정임을 알게 되었습니다.

지난 몇 년간 설악 유산기를 찾고, 국역하고, 현장을 답사하며 함께 해주신 권혁진 선생님, 최병헌 선생님, 허남욱 선생님께 다시 한 번 감사드립니다.

이 책을 통해 여러분께서도 조선시대 선비들이 어떤 경로로, 봉봉곡곡, 굽이굽이마다 어떤 감흥을 받았고, 산행 후 소감은 어떠했는지를 살펴보신다면 여러분의 설악산이 더 풍부하고 깊고 높아지리라 확신합니다.

2015년 6월 홍하일

해제

산을 유람하면서 만나는 경치와, 자연에서 촉발된 느낌 등을 기록한 글
이 유산기(遊山記)다. 유산기에 대한 글은 다양한 시선으로 검토되어 왔다.
먼저 산을 바라보는 시각에 대한 연구가 이루어졌다. 산은 신이 살고 있는
신비한 장소가 아닌 인간이 살고 있는 장소, 아름다운 경관으로 시흥(詩興)
의 원천이 되는 곳, 단순한 탐승(探勝)의 대상이 아니라 도체(道體)가 깃들
인 곳으로 이를 통해 심신을 수양하는 장소, 한 지방의 상징적 존재이자
민족의 상징적 존재라는 설명은 산에 대한 이해를 심화시켰다.[1] 이후 특
정 시기와 특정 계열을 중심[2]으로 산수유기를 분석하기도 했으며, 유산기
에 나타난 사의식(士意識)[3]에 주목하기도 하였고, 한 지역의 특정한 산을
집중적으로 분석[4]하기도 하면서 연구의 지평을 넓혀왔다.

---

1) 이혜순 외 3인, 『조선중기의 유산기 문학』(집문당, 1997). 이 책은 유산기의 성립과 배경
   뿐만 아니라 금강산유기·지리산유기·청량산소백산유기·묘향산유기 등에 대하여 자세
   하게 고찰하고 있다.
2) 안득용, 「17세기 후반 ~ 18세기 초반 산수유기 연구(山水遊記 研究) : 농암(農巖) 김창협
   (金昌協)과 삼연(三淵) 김창흡(金昌翕)을 중심으로」(고려대학교 대학원 석사학위논문,
   2005.8); 안득용, 「농암산수유기연구(農巖山水遊記研究)」(『동양한문학연구』 22, 동양한문학
   회, 2006); 안득용, 「16세기 후반 영남 문인의 산수유기 : 지산(芝山) 조호익(曺好益) 산수
   유기에 나타난 지연인식과 형상화를 중심으로」(『어문논집』 55, 민족어문학회, 2007).
3) 최석기 외, 「조선시대 사대부들의 지리산 유람과 사의식」(『선인들의 지리산 유람록』(돌
   베개, 2007).
4) 김기영, 「관악산유산록의 작품 실상과 교육적 가치」(『어문연구』 38, 어문연구학회, 2002);
   박영민, 「18세기 청량산 유산기 연구」(『한자한문연구』 1, 고려대학교 한자한문연구소, 2005);
   정치영, 『옛 선비들의 청량산 유람록 I』(민속원, 2007); 강정화, 「동아시아의 명산(名山)과
   명산문화(名山文化) : 지리산(智異山) 유산기(遊山記)에 나타난 조선조 지식인의 산수인식
   (山水認識)」(『남명학연구』 26, 경상대학교 남명학연구소, 2008). 노규호, 「한국 유산기(遊山記)
   의 계보와 두타산 유기(遊記)의 미학」(『우리문학연구』 28, 우리문학회, 2009). 김선희, 「유산

7

지금까지 연구의 대상이 된 산은 금강산, 지리산, 청량산, 소백산, 묘향산 등이다. 이 산들이 연구된 까닭은 지명도가 있는 유명한 산이기도 하지만, 자료가 충분하기 때문이기도 하다. 그렇다면 설악산에 대한 연구가 미흡한 까닭은 무엇으로 설명할 수 있을까? 명산이기는 하지만 자료가 불충분하기 때문이라는 이유를 들기도 한다. 그러나 조금만 관심을 갖는다면 다른 산에 비해 유산기가 수적으로 절대로 뒤지지 않는다.

이 글은 설악산 유산기에 대한 간략한 설명이다. 누가, 언제, 누구와 함께 유산을 하였으며, 어떤 목적을 갖고 유람하였는지, 등반 코스는 어떠한지 등과 같은 기초적인 항목들에 대하여 설명함으로써, 설악산의 진면목을 이해하는 데 도움을 주고자 한다.

자료와 창작시기

한문의 문체를 분류하는 방법은 다양하다. 중국 육조시대 양(梁)나라 태자였던 소통(蕭統)의『문선(文選)』부터 시작한 분류는 130여 개로 세분화하기도 한다. 그중에 잡기류(雜記類)가 있는데, 유산기는 여기에 속한다.

유산기는 대부분 '~기(記)' 형식을 취하지만, 가끔 '~록(錄)'이란 제목을 갖기도 한다. 설악산 유산기도 예외는 아니며, '~기' 형식의 글이 이 책의 중심을 이룬다. 이 책에서는 작가가 여행 중 보고 들은 것을 기록하고 경치를 묘사했으나, 문체로 구분할 때 유산기가 속한 잡기류가 아니더라도, 설악산 내용을 담고 있으면 포함시켰다.

설악산의 여행을 기록한 자료들을 연도별로 정리하면 아래와 같다.

기를 통해 본 조선시대 삼각산 여행의 시공간적 특성」(『문화역사지리』 21, 한국문화역사지리학회, 2009).

1485 남효온(南孝溫), 「유금강산기(遊金剛山記)」, 『추강집(秋江集)』.

1575 문익성(文益成), 「유한계록(遊寒溪錄)」, 『옥동집(玉洞集)』.

1590 유몽인(柳夢寅), 「제감파최유해호부묵유금강산록후(題紺坡崔有海號副墨遊金剛山錄後)」, 『어우집(於于集)』.

1632 이시성(李時省), 「송풍안군조공부간성군서(送豊安君趙公赴杆城郡序)」, 『기봉집(騏峰集)』.

1657 유창(俞瑒), 「관동추순록(關東秋巡錄)」, 『추담집(楸潭集)』.

1660 허목(許穆), 「삼척기행(三陟紀行)」, 『미수집(眉叟集)』.

1672 윤휴(尹鑴), 「풍악록(楓岳錄)」, 『백호전서(白湖全書)』.

1679 김수증(金壽增), 「곡연기(曲淵記)」, 『곡운집(谷雲集)』.

1691 김수증(金壽增), 「한계산기(寒溪山記)」, 『곡운집(谷雲集)』.

1696 김창협(金昌協), 「동정기(東征記)」, 『농암집(農巖集)』.

1698 김수증(金壽增), 「유곡연기(遊曲淵記)」, 『곡운집(谷雲集)』.

1705 김창흡(金昌翕), 「설악일기(雪岳日記)」, 『삼연집습유(三淵集拾遺)』.

1708 조덕린(趙德鄰), 「관동속록(關東續錄)」, 『옥천집(玉川集)』.

1709 김유(金楺), 「유풍악기(游楓嶽記)」, 『검재집(儉齋集)』.

1709 임적(任適), 「동유일기(東遊日記)」, 『노은집(老隱集)』.

1709 홍태유(洪泰猷), 「유설악기(遊雪嶽記)」, 『내재집(耐齋集)』.

1711 김창흡(金昌翕), 「유봉정기(遊鳳頂記)」, 『삼연집습유(三淵集拾遺)』.

1711 김창흡(金昌翕), 「동유소기(東遊小記)」, 『삼연집(三淵集)』.

1712 김창즙(金昌緝), 「동유기(東遊記)」, 『포음집(圃陰集)』.

1728 유경시(柳敬時), 「유금강산록(遊金剛山錄)」, 『함벽당집(涵碧堂集)』.

1739 박성원(朴聖源), 「한설록(寒雪錄)」, 『와유록(臥遊錄)』.

1740 채지홍(蔡之洪), 「동정기(東征記)」, 『봉암집(鳳巖集)』.

1740 권섭(權燮), 「한계설악유한기(寒溪雪嶽遺恨記)」, 『유행록(遊行錄)』.

1742 정기안(鄭基安), 「유풍악록(遊楓岳錄)」, 『만모유고(晚慕遺稿)』.

1753 이복원(李福源), 「설악왕환일기(雪嶽往還日記)」, 『쌍계유고(雙溪遺稿)』.

1760 안석경(安錫儆), 「설악기(雪岳記)」, 필사본 『삽교집(雪橋集)』.

1761 안석경(安錫儆), 「동행기(東行記)」, 『삽교집(雪橋集)』.

1761~1771 이의숙(李義肅), 「유설악기(遊雪嶽記)」,「한계폭기(寒溪瀑記)」, 「대
        승령기(大乘嶺記)」, 「수렴동기(水簾洞記)」, 「만경대기(萬景臺記)」,
        「영시암기(永矢庵記)」,「곡백담기(曲百潭記)」), 『이재집(頤齋集)』.

1764 작자미상, 『장유록(壯遊錄)』.

1779 정범조(丁範祖), 「설악기(雪嶽記)」, 『해좌선생문집(海左先生文集)』.

1787 김몽화(金夢華), 「유설악록(遊雪嶽錄)」, 『칠암문집(七巖文集)』.

1791 이동항(李東沆), 「지암해산록(遲菴海山錄)」, 『견문초(見聞草)』.

1829 권용정(權用正), 「설악내기(雪嶽內記)」, 『소유잡저(小遊雜著)』.

1830 김금원(金錦園), 「호동서락기(湖東西洛記)」, 『금원당집(錦園堂集)』.

　　지금까지 발굴한 작품들을 시대 순서로 정리한 것이다. 그러나 이 목록
이 완전할 수 없다. 아직 발굴하지 못한 자료들이 많을 것이기 때문에 미
완의 목록이며 작성 중인 목록이라고 하는 것이 적절하다. 제목만 보면 금
강산을 유람하거나 강원도 일대를 여행한 기록들이 많다. 비록 제목에 설
악산이 포함되어 있지 않더라도 내용을 보면 오고가다가 설악산을 여행한
것들이다. 이러한 작품들은 설악산과 관련된 부분만 발췌를 하였다. 이의
숙(李義肅)이 지은 일련의 직품들은 유산기의 형식을 갖추진 않았지만 작
품들을 연결하면 여행 행로 중 중요한 부분에 대한 기록이기 때문에 유산
기에 포함시켰다.

　　작품이 지어진 시기는 15세기 후반부터 19세기 초반까지이다. 설악산
유산기가 집중적으로 창작된 시기는 17세기 후반부터인데, 이것은 김창흡
(金昌翕)이 설악산에 거처를 마련한 것과 밀접한 관계를 갖고 있다. 김창흡
은 처음에 한계령 부근에 있다가 백담계곡으로 거처를 옮긴다. 김창흡의

거주지 이동은 유산기의 내용을 변화시킨다. 이전의 유산기가 한계령과 미시령을 중심으로 이루어졌다면, 김창흡이 백담계곡으로 이동하면서 이후의 여행자들은 백담계곡을 경유하여 대청봉에 이르게 된다. 이러한 의미에서 설악산 유산기에서 김창흡이 차지하고 있는 비중은 아무리 강조해도 지나치지 않는다. 19세기 중후반에 지어진 작품들이 많을 것으로 예상되지만, 추후의 과제로 남긴다. 근대의 작품도 있지만 여기서는 한문으로 기록된 유산기에 한정하였음을 아울러 밝힌다.

누가 유산기를 지었나

설악산은 생활의 공간이다. 설악산 인근에 사는 사람들은 설악산에 의지하여 생계를 해결하였다. 땅이 없고 관리의 수탈을 견디지 못한 사람들이 숨어살기도 했다. 한계령 주변과 백담사 일대는 이들의 생활공간이었고, 이곳을 거점으로 설악산 이곳저곳을 누볐다.

김수증은 「한계산기(寒溪山記)」에서 인제에 살고 있던 역리(驛吏) 김세민(金世民)이 들려준 이야기를 길게 인용하면서 설악산의 뛰어난 곳을 설명한다. "역리 김세민이 찾아와 인사를 한다. 그 사람은 상세하고도 분명하여 한계산의 여러 승경(勝景)을 말하는 것이 매우 자세하다. 옥류천(玉流泉)·아차막동(阿次莫洞)·백운암동(白雲菴洞)은 모두 그가 삼(蔘)을 캘 때 다닌 곳이다. (중략) 남쪽으로는 상필여봉(上筆如峯)이 있고, 서쪽으로는 입모봉(笠帽峯)이 있으며, 북쪽으로는 상설악(上雪嶽)이 10여 리 안에 있다. 이곳에 오르면 동해(東海)를 볼 수 있다고 한다." 김세민은 지금의 서북주릉(예전에는 이곳을 한계산이라 불렀음) 구석구석을 훤히 꿰뚫고 있있다.

권용정(權用正)의 「설악내기(雪嶽內記)」에는 마을 사람의 입을 빌려 지금의 십이선녀탕계곡을 자세하게 묘사한다.

지리곡(支離谷)을 지나다가 옥소리 같은 물소리를 들었다. 소리는 점점 커지고 색은 점점 드러나니 백옥과 눈처럼 상쾌하다. 지역 사람이 말하길, "탕수폭포[盪水瀑]입니다. 폭포는 모두 5개인데, 어떤 것은 누워 있고, 어떤 것은 곧으며, 어떤 것은 꺾어지면서 기울어져 있습니다. 못은 모두 10개인데, 항아리·병·가마솥·술잔을 꿰어놓은 것 같습니다. 폭포는 네 번째가 가장 뛰어나고, 연못은 여섯 번째가 가장 뛰어납니다. 여섯 번째 위는 네 번째보다 못합니다. 돌벼랑은 반쯤 이지러진 달 같은데, 흐르는 물을 막아, 급히 흐르며 부서지고 수많은 실이 어지러이 모입니다. 연못은 받아들이지만 담아둘 수 없고, 아무리 해도 펼 수 없어 울부짖습니다. 맹렬한 나머지 물결은 사방으로 나가 허공에서 밝은 꽃이 됩니다. 이것이 이른바 탕수동(盪水洞)입니다. 첫 번째 폭포 옆에 용혈(龍穴)이 있는데, 지역 사람들은 이곳에서 기우제를 지냅니다."라고 한다.

인제 남교리에 살던 마을 사람은 한계산 자락에 있는 십이선녀탕계곡의 승경에 대해 그림을 펼쳐 보여주듯 묘사하였고, 권용정은 그 이야기를 그대로 인용하였다. 설악산 자락에 살던 사람들은 글을 남기지 않았기 때문에 우리는 그들을 잊고 있지만, 그들의 이야기는 인용되어 전해지고, 그들이 다니던 길은 나중에 설악산을 탐방하는 사람들의 코스가 되었다. 물론 설악산이 품고 있던 절에서 용맹정진하던 스님들도 마찬가지다. 나중에 언급하겠지만 스님들은 산행의 안내자 역할을 했을 뿐만 아니라, 탐방객들을 어깨로 실어 날라야 했다.

그러므로 유산기는 글을 지은 사대부들의 몫이기도 하지만 현지 주민들과 스님들의 몫이기도 하다. 사대부들은 몇 부류로 나눌 수 있다. 먼저 삼연(三淵) 김창흡(金昌翕)과 인척관계에 있던 사람들이다. 삼연의 큰아버지인 김수증(金壽增), 둘째 형인 김창협(金昌協), 동생인 김창즙(金昌緝)의 글은 설악산 유산기의 앞 시대를 장식한다. 며칠씩 걸리는 설악산을 유람할 수 있는 사람들은 일반인들이 감당하기에는 벅찰 수밖에 없었다. 그래서 설악산을 끼고 있는 지역의 관리나 강원도와 관련된 벼슬을 하는 사람이 자주 등장한다. 문익성(文益成), 정범조(丁範祖), 김몽화(金夢華)는 양양부사 시절에 이곳을 유람하는 행운을 얻을 수 있었다. 김수증이 대승령을 넘을 때 동행했던 그의 아들은 인제군수를 하고 있었다. 유창(俞瑒)은 감원감사였다. 남자들의 전유물처럼 인식되던 시기에 여성의 등장은 우리를 놀라게 한다. 김금원(金錦園)은 아버지를 졸라서 남장을 하고 설악산을 탐방한 후 글을 남겼다.

설악산을 유람하고 글을 남긴 이들은 몇 살 때 이곳을 찾았을까. 설악산을 찾았을 때 김금원의 나이는 14살이었다. 아마도 최연소이리라. 그러면 연장자는 누굴까. 김수증은 75살에 대승폭포를 구경하고 대승령을 넘은 후 백담계곡으로 향했다. 얼마나 감격스러웠는지 그는 백담계곡 바위에 이러한 사실을 새겨놓았고, 지금도 이곳을 찾는 사람들을 숙연하게 만든다.

어느 계절에 산행했을까

어느 계절이고 아름답지 않겠냐마는 옛사람들은 주로 봄과 가을에 설악산을 찾았다. 정범조는 3월에 산을 올랐다. 권용정, 박성원, 이동항, 이복원이 유람한 시기는 4월이었다. 김유는 5월에 방문했으며, 안석경은 4월에 한 번 왔다가 5월에 다시 찾았다. 김수증은 2월에 대승령을 넘었다. 음력이기 때문에 봄에 해당되는 3월이다.

설악산이라 이름 붙은 까닭이 눈이 일찍 내리고 늦게 녹기 때문이라는 것을 증명하듯, 김수증의 「유곡연기(遊曲淵記)」에는 아직 녹지 않은 눈과 얼음이 등장한다. "남쪽으로 늘어선 산봉우리들을 보니 갑자기 탁 트이고, 드러난 낭떠러지와 골짜기에는 얼음과 눈이 하얗다. (중략) 다시 산등성이로 5리쯤 올라가 산 정상에 이르렀다. 산의 북쪽에 눈이 한 자 정도 쌓였다. (중략) 남여에서 내려 내려가자니 산비탈은 높고 위험하며 얼음과 눈이 복사뼈까지 빠져 발붙이기가 어렵다." 요즘이야 겨울 산행을 즐기는 매니아들이 많지만, 조선시대만 해도 겨울에 설악산을 찾았다는 기록은 없다.

무더운 여름도 되도록 피했던 것 같다. 여름에 찾은 사람은 두 사람이다. 문익성(文益成)은 「유한계록(遊寒溪錄)」에서 "장맛비가 그치니, 옅은 구름이 사방에서 걷혀 한계(寒溪)에 이르기도 전에 맑은 흥취가 일어난다"고 들뜬 마음을 여과 없이 묘사했다. 그의 여정은 한계령을 넘어 대승폭포를 구경하는 것이기 때문에 여름 산행이 가능했을 것이다. 임적(任適)은 비를 만나 이틀 동안 오세암에서 머물러야 했다.

김몽화와 김창즙은 9월에 구경을 하였다. 설악산 주인인 김창흡도 9월에 봉정암을 갔다 오고 「유봉정기(遊鳳頂記)」를 남겼다.

(아들은) 달은 밝아지고 단풍은 더욱 붉어지려 하니 유람을 가고 싶어 하였다. 그러나 나는 쌓인 피로 때문에 쉬고 싶어서, 도무지 함께 가고 싶은 마음이 없었다. 이에 음력 9월 8일에 두 사람이 연달아 신발을 수리하더니, 심원사(深源寺) 중 석한(釋閑)을 길잡이로 삼고 종 두발(斗發)이는 옷과 이불을 꾸려 따랐다. 이때 여러 날 온 비는 그다지 갤 여지가 없고 강한 바람과 불그스름한 구름이 마치 눈을 뿌릴 듯하여 함께 가기가 주저되어 미루고자 하였으나, 그들을 따르기로 했다.

설악을 찾은 사람들은 주로 봄과 가을에 산행을 하고 유산기를 남겼다. 겨울 산행은 찾을 수 없고, 여름 산행이 두 편만 보인다.

산행은 많은 시간을 요구한다. 한계령으로 와서 대승폭포만 보거나, 미시령을 경유할 때는 대부분 이틀 정도 걸렸다. 백담계곡을 경유하거나, 비선대에서 마등령을 넘어 오세암이나 봉정암을 찾는 경우에는 4일에서 7일 정도 걸렸다. 안석경은 외설악 신흥사에서 출발하여 마등령을 넘고 오세암을 찾았다. 대청봉을 오른 후 백담계곡으로 나왔다가 한계령으로 향하여 대승폭포를 보고 원통으로 돌아왔다. 걸린 시간은 7일이었다. 그는 「후설악기(後雪岳記)」에서 "내가 산에 들어온 것은 겨우 7일이고 본 것은 많지 않으니 참으로 한탄스럽다. 만약 자세하게 보려고 한다면 마땅히 30여 일을 보내야 한다"고 아쉬워하며, 자신이 가보지 못한 곳을 자세하게 열거했다. 맞는 말인 것 같다. 어찌 며칠 동안에 설악산의 진면목을 볼 수 있겠는가.

어디를 경유했을까

현재까지 발굴된 유산기를 분석해보면 탐승경로는 크게 김수증, 김창흡 이전과 이후로 나눌 수 있다. 이전에는 설악산 외곽인 한계령 또는 미시령을 경유하였다. 양양-오색-한계령-원통-인제, 또는 양양-원암-미시령-용대리-원통-인제 길을 경유했다. 그런데 김수증과 김창흡 이후엔 현재 설악산 탐방코스와 같은 한계사지-한계폭포-대승령-흑선동, 비선대-마등령-오세암-영시암-백담계곡, 양양-신흥사-내원암-계조암-울산바위는 물론, 영시암에서 수렴동-봉정암-대청, 수렴동-가야동-봉정암/오세암 등 설악산 깊숙한 곳까지 발길이 닿는다. 김창흡이 처음에 한계령 부근에 있다가 백담계곡으로 거처를 옮기면서 뒷 사람들의 유람 행로에 변화가 생긴 것이다. 작품별 코스를 살펴본다.

□ 남효온(南孝溫), 「유금강산기(遊金剛山記)」

낙산사 관음전-양양부-소어령-오색역-소솔령-면암-신원-원통역-(합강정)-인제현

□ 문익성(文益成), 「유한계록(遊寒溪錄)」

현산성-향현-한령-백암-쌍폭대-옛 역터-절-형제령-소동령-너럭바위-한계사터-환희대-대승암-폭포-제령-생학대, 반타석

□ 유창(俞瑒), 「관동추순록(關東秋巡錄)」

신흥사-식당암-신흥사-계조암-원암역-미시파-남교역-한계사-사자봉-대승암-상승암-망폭대-한계사-인제현

□ 윤휴(尹鑴), 「풍악록(楓岳錄)」

낙산사-신흥사-계조굴-미시령-난천-남교역-원통역-가음여리-광치령

□ 김수증(金壽增), 「한계산기(寒溪山記)」

곡운정사-오리촌-가현-원천역-낭천읍-대리진-관불현-방천역-서사애-함춘역-작은고개-부령동-반정-교탄-원통역-고원통-운흥사-소개촌-옥류천-사암봉-한계사터-진목전-정금 발사-한계사터-소개촌-원통-부령-함춘역-방천-낭천-원천-계상사-명지현-곡운정사-화음동

□ 김수증(金壽增), 「유곡연기(遊曲淵記)」

인제현-합강정-덕산령-한계-채하봉-사암봉-옥류천-한계사지-한계폭(자연대)-대승암-상승암-(사미대)-길동-이선동-웅정동-벽운계-길동-황장우-격산(천춘령)-부전암-포전암-허공교-오로봉-백연정사-남교역-삼기현-인제관아

□ 임적(任適), 「동유일기(東遊日記)」

신현-만의역-백천-인제-백담동-심원사-봉정암-심원사-대령-대승암-한계폭포-한계사터-한계리-인제-만의역

□ 홍태유(洪泰猷), 「유설악기(遊雪嶽記)」

인제현-삼차령-자오곡-난계역-갈역촌-부회잔, 포회잔-고개-촌가-심원사-김삼연 정사-유홍굴-십이폭동-12폭포-봉정암-탑대-(가야동 계곡)-폐문암-유홍굴

□ 김유(金楺), 「유풍악기(游楓嶽記)」

합강정-삼기령-남교역-갈역-난정-창암-입암-도적연-미시령-석인령

－화암사－계조굴－신흥사－식당암－신흥사

□ 김창흡(金昌翕), 「유봉정기(遊鳳頂記)」

영시암－표묘등－운모담－귀담－유홍굴－곤륜－폐문암－빙호동 입구－대장암－
탑대－봉정암－쌍폭－상수렴－하수렴－희이대－용개동－조담－유홍굴－영시암

□ 김창즙(金昌緝), 「동유기(東遊記)」

간성－큰 시내－선유곡－흘이령－작은 시내－큰 절벽－〈5리〉－가력 권명일의
집－삼연의 옛 정사－예연－광암－상암－제기－학암－포전암－부전암－고개－
지세남가－심원사－영시암－무청정－영시암－유홍굴－수렴(삼단폭포)－영시암
－심원사－가역－남교역－삼치령－원통역－합강정－인제

□ 박성원(朴聖源), 「한설록(寒雪錄)」

인제 일최암－합강정－번창천－삼탄－원통－삼보령－남교역－가력－오로봉－
왜담－제폭－학암－포회 부회－차현－황장폭－벽운계－심원사－연옹의 정사
(영시암)－청룡담－황룡담－백룡담－합수처(수렴동대피소)－유홍굴－흑룡담－단
상암－수렴동－12폭동－쌍폭－마운봉－좌선대－비파대－반야대－사자항－봉
정암－가리왕탑－판만대장경암－와폭－가야굴－폐문암－입모암－옥암－유홍
굴－원명암지－오세암(영축암)－만경대－심원사－대승곡－윽룡담－저령(대승
령)－상승암지－대승암지－관폭대(대승폭포)－한계사지－옥려담－와천촌－고
원통－덕촌 광악산－상도(인제)

□ 채지홍(蔡之洪), 「동정기(東征記)」

상운역－신흥사－식당폭포－와선대－비선대－신흥사－내원암－계조굴－청간정

□ 이복원(李福源), 「설악왕환일기(雪嶽往還日記)」

양구현－두모령－갈로강－갈로현－인제현－장관청－인제동헌－합강정－가음
진－삼령－현귀사－두타연－학암－ 광석－갈현－인가(지세남의 집)－조연－심은
사지－수렴동－12폭포－쌍폭－사현－사자봉 아래－봉정암－탑대－대장경봉－
가야굴－오세암－영시암터(유허비)－갈현－현귀사－원통역－가음령－양구현
하동촌－양구현 관아

□ 안석경(安錫儆), 「설악기(雪岳記)」

낙산사－동해묘－빈일료, 이화정－의상대－관음각－명사십리－장항－신흥사
－계조굴－입석－내원암－신흥사－와선대－비선대(금강굴)－저항－마척－허공
교 보문암지, 민경대/향로암－고개등성이－오세암－만경대－오세암－합계－
수렴동－쌍폭－봉정암－탑대－봉정암－청봉－중설악－봉정암－탑대－대장암
－가야굴－오세암－합계－영시암, 유허비－백담사－조그만 고개－학소벽－지
음허－백전동－광암동－오봉, 두타담－영취사지－금강담－갈역－남교－신애

–용두담–고원통–와천–옥류천–한계사지–대승폭포–대승암지–만경대–
　　와천–원통역–서화천–합강정

　□ 정범조(丁範祖), 「설악기(雪嶽記)」
　　양양–신흥사–비선동–마척령–오세암–사자봉–봉정암–쌍폭–수렴–영시
　　암–한계폭포–백담사–비선동 뒷산–신흥사

　□ 김몽화(金夢華), 「유설악록(遊雪嶽錄)」
　　신흥사–식당동–와선대–비선대–신흥사 해풍루–만경령–영시암, 유허비
　　각–사미대–영시암–유홍굴–수렴동–쌍폭–봉정동–봉정암–대경봉–오세
　　암–만경대–(유홍굴)–영시암–대승동입구–조담/귀미담–대승령–한계 관
　　폭대–정거암–한계령–오색촌–양현

　□ 이동항(李東沆), 「지암해산록(遲菴海山錄)」
　　낙산사–강선대–신흥사–계조굴–내원암–극락암–비선대–극락암–완항령
　　–황룡담–백담사–심원사터–영시암–만경대–오세암–봉정암–수렴동–영
　　시암–저취령–한계산–상승암–대승암–한계폭포–한계사터–옥류동–한계
　　촌–원통점–합강정

　□ 권용정(權用正), 「설악내기(雪嶽內記)」
　　한계동–옥류폭포–폐사지–폭포–대승령–조추–영시암, 비석–수렴동–〈3
　　리〉–탁자암–변암–이대폭–쌍폭–백운동–석실–오세암–만경대–백담사–
　　두태추–갈역–금강산–인제–남교–지리곡–탕수폭

　□ 김금원(金錦園), 「호동서락기(湖東西洛記)」
　　한계리–옥류천–대승폭포–대승령–흑선동계곡–백담사–영시암–수렴동

어디서 잤을까

　교통이 편리하고 등산로가 정비된 요즘도 설악산 이곳저곳을 둘러보려
면 2~3일 걸린다. 지금보다 열악한 환경이었던 조선시대의 산행은 산속
에서 더 많은 시간을 보내야 했다. 그들은 며칠 동안의 산행을 하면서 어
디서 숙식했을까.

　한계령을 경유하여 인제와 양양 사이를 오갈 경우, 한계리에 있는 운흥

사에서 숙박한 경우가 있었다. 김수증과 김창협은 한계사가 불타자 새로 창건한 운흥사에서 하룻밤을 보냈다. 한계사가 폐찰되기 전에는 한계사에서 머물기도 했다. 김수증은 한계사를 지나 한계령 쪽으로 가다가 김창흡의 농노가 머물던 집에서 자기도 했다. 안석경은 한계사 주변의 민가에서 신세를 졌다. 한계령을 넘어 양양 쪽은 오색역과 오색촌, 오색석사가 쉴 곳을 제공해주었다. 미시령을 통과할 때는 남교역과 화암사를 이용했다. 미시령 아래에 있던 원암역을 이용한 경우도 보인다.

박성원은 설악산이 아름다운 이름을 얻지 못한 이유에 대해 "대개 산 안에 절이 없고, 단지 청한자(淸寒子, 김시습)가 거처하던 오세암(五歲庵)이 만경대(萬景臺) 북쪽에 있고, 심원사(深源寺)가 비로소 연옹(淵翁, 김창흡)에 의해 개창되어서, 옛날이나 지금의 유람하는 사람들이 의지하여 머물 곳이 없어서"라고 스스로 답을 한다.

한계령과 미시령을 통과하지 않고 설악산의 심장부를 여행할 경우 절에서 묵을 수 밖에 없었다. 내설악의 경우 출발할 때는 지금의 용대리에 있던 갈역에서 묵는 경우도 있었지만, 민가에서도 묵었다. 본격적으로 산행을 할 때는 백담사의 전신인 선구사와 심원사에서 짐을 풀었다. 백담사가 창건되기 전에는 백담사 건너편에 있던 민가에 신세를 졌다. 더 깊숙이 들어가면 영시암과 오세암, 그리고 봉정암에서 반드시 묵어야 했다. 이곳에 절이 없었던 시기에 유홍(俞泓)은 바위 밑에서 묵었다. 그래서 그 굴은 유홍굴(俞泓窟)이란 이름을 얻게 되었다. 외설악을 방문한 사람들이 즐겨 찾던 곳은 신흥사다. 신흥사에서 울산바위로 가다가 내원암에서 잠을 청하기도 했다.

상황이 불가피한 경우에 빈 암자에서 밤을 지새우기도 했다. 김수증은 대승령을 넘다가 텅 빈 대승암에서 피로를 풀었다.

함께 오른 사람들

요즘은 나 홀로 산행을 즐기는 매니아들이 많다. 하루 만에 갔다 오기도 한다. 아니면 커다란 가방에 잔뜩 짐을 넣고 며칠씩 걷기도 한다. 나 홀로 산행을 가능하게 한 것은 발달된 등산장비와 숙박시설, 그리고 정돈된 등반로의 힘이기도 하다.

조선시대에 설악산을 홀로 유람했다는 기록을 찾을 수 없다. 대개 몇몇이 함께 산을 오르곤 했다. 친척이나 지인들이 동행하는 경우가 대부분이다. 문익성은 양양 군수로 있을 때, 최도정(崔蹈景)과 배경부(裴景孚), 그리고 두 아들과 함께 한계(寒溪)를 유람했다. 정범조는 조카뻘 되는 신광도(申匡道)와 사위 유맹환(俞孟煥), 그리고 아들을 대동하였다. 홍태유는 친척과 이종사촌, 그리고 조카와 함께하였다. 김몽화의 옆에는 강원도 관찰사와 인제 군수가 있었다. 공식적인 동행자들이며, 당당히 유산기에 이름이 올라 있다.

그러나 유산기에 제대로 이름 석 자 올리지 못한 사람들이 있었다. 이들은 산행을 하는 데 안내자 역할을 하였으며, 견여(肩輿 : 사람 둘이 앞뒤에서 어깨에 메는 가마)로 지체 높으신 분들을 태우고 가파른 산을 올랐다. 이밖에도 잡다한 수발을 들어야 했다. 김창협의「동정기」에 등장하는 몇몇 스님은 물이 거세게 쏟아지도록 나무와 돌을 이용하여 폭포 상류를 막았다가 물을 터뜨려야 했다. 이들이 없었더라면 설악산에 오를 생각을 애초에 하지 못했을 것이다. 임적의 경우가 이를 잘 보여준다.

유람하는 사람은 모두 서쪽에서 오르는데 이 길을 가는 자는 매우 드물다. 그러므로 잎은 떨어지고 돌들은 어지럽게 있는데 밟은 흔적이 전혀 없다. 그래서 쫓아온 중에게 앞으로 가서 길을 찾게 했다. 가끔 나무를 베고 돌을 쌓아 길을 표시한 것이 있는데, 자세히 찾아야 겨우 알 수 있다. 그러나 길이 모두 위험하여 어떤 때는 뛰어넘어서 지나가고, 어떤 때는 벼랑을 따라 엎드려서 올라간다. 어떤 때는 앞에서 끌고 뒤에서 버티게 한다. 비록 검각(劍閣)의 잔도도 반드시 이처럼 위험하지 않을 것이다. 쫓아온 중은 성문(省文)과 의준(義俊) 두 사람이다.(『동유일기』)

김수증이 대승령을 넘을 때는 백담계곡에 살고 있던 지일상(池一尙)이 앞서서 길을 안내하였고, 각형(覺炯) 스님과 광학(廣學) 스님이 뒤를 따랐다. 김몽화와 만난 관찰사는 하인에게 철피리를 불라고 명하였으니, 하인은 흥을 돋우는 역할을 하기도 했다.

이복원의 행차가 가장 화려했다. "아침을 일찍 먹고 가마에 올랐다. 가벼운 식량은 가져가고 인제의 조리사를 돌려보냈다. 여행 도중 가마를 따르는 자 중에 긴요하지 않은 사람은 가려 줄였다. 시중드는 아전에는 김취광(金翠光), 공방엔 박지청(朴枝靑), 통인엔 임취빈(任翠彬), 흡창엔 취성(翠星), 후배엔 말남(末男)과 노미(老味), 도척은 막동(莫同)이다."(『설악왕환일기』) 웬만한 재력이 아니라면 엄두도 못 낼 구성원이다. 이들은 운이 좋아 이름이나마 남긴 사람들이다.

산행을 하는 데 없어서는 안 될 많은 사람들은 아예 언급이 없거나, 스님과 하인이란 일반명사로 남아 있을 뿐이다.

어떻게 산을 올랐을까

설악산에 케이블카를 설치하는 문제로 찬반 양론이 지속되고 있다. 주체인 설악산을 도외시한 채 벌이는 논쟁은, 그래서 명백한 절차상의 문제가 있다. 설악산에게 물어보면 어떤 입장일까? 사업을 추진하는 측은 탐방객 분산에 따른 환경훼손 감소, 장애인과 노약자 등 모든 계층 국민에 대한 자연경관 감상, 새로운 관광자원 조성을 통한 세계적인 국립공원 육성 등을 들고 있다. 반대편은 자연 그대로의 상태에서 보전해야 한다고 한다. 설악산 유산기를 읽으니 케이블카 논쟁은 느림과 빠름, 편안함과 힘겨움 중 어느 입장에 서는가의 문제로 이해된다.

조선시대의 유람객들은 지금 우리처럼 두 발로 걸었을 것이라고 막연하게 생각할 것이다. 그러나 아니다. 물론 험한 구간에서는 어쩔 수 없이 걸어야 했지만 조금만 길이 평탄하다 싶으면 가마인 견여(肩輿)와 남녀(藍輿)에 오르곤 했다.

김수증의 「유곡연기」를 잠시 들여다본다. "남여를 타고 동쪽 언덕을 지나 시내를 건너니 바로 폭포의 하류다. 돌길이 매우 험하여 언덕을 기어서 올랐다. (중략) 남여에서 내려 내려가자니 산비탈은 높고 위험하며 얼음과 눈이 복사뼈까지 빠져 발붙이기가 어렵다. 간혹 산골짜기 물을 뛰어넘었다. 큰 나무들이 하늘을 가리고, 대나무가 빽빽이 우거졌다. 조금 평탄한 길에서 시종이 남여에 오르기를 청했으나, 아직도 경사가 급해서 걷기도 하고 쉬기도 했다." 김수증뿐만 아니라 대부분의 유람객들이 그러하였다.

박성원의 「한설록」에는 "여기부터 돌길이 끊어져서, 견여(肩輿)를 사용할 곳이 없다. 드디어 뒤에 떨어져 옷깃을 꽂고 신발을 동여매고, 각기 명아주를 꺾어 지팡이를 만들게 했다. (중략) 매번 급하게 잘려나간 곳을 만나면 중들에게 좌우에서 부축하게 하고 발을 연이어서 걸으며, 몸을 오그리고 앞으로 갔다." 가마를 사용할 수 없는 곳에서도 가마를 메던 사람들의 손과 발을 빌려야 했다.

그리고 험한 길을 갈 때는 줄을 이용하곤 했다. 이복원의 「설악왕환일기」에는 "한번 발을 잘못 헛디디면 만 길 깊은 계곡으로 빠져 들어가게 되니 가슴이 두근거려 앞으로 나아갈 수 없다. 이에 남여에서 내려와 줄로 허리와 배를 묶고 한 사람이 뒤를 따르면서 줄을 잡아당기게 하였다. 또 한 사람은 앞에 있게 해서 어깨와 겨드랑이를 부여잡고서야 비로소 하산을 감행하였다."

김창흡의 「유봉정기」에는 이런 구절이 있다. "날이 밝자 재촉하여 밥을 먹고 봉정암 앞 길을 취해 12폭포를 찾아가려고 했다. 나는 일찍이 20년 전에 폭포를 찾아 이곳을 지났는데, 마치 떨어질 듯 아득하였었다. 중 석한이 한 번 와봤는데 가는 길이 매우 험하여 반드시 허공에 올라 줄을 붙잡고 내려가야 한다고 말한다. 그래서 봉정암 중에게 줄을 빌렸다." 험한 길을 통과할 때는 줄이 필수였으니, 가마를 타는 것을 빼곤 요즘과 크게 다르지 않았다.

이 당시 가마를 메던 사람들은 스님들이 대부분이었다. 가마를 메는 스님을 남여승이라고 불렀다. 이동항의 「해산록」을 보자.

일찍 밥을 먹었다. 신흥사의 남여승이 왔다. 남쪽으로 비선대와 와선대로 들어가는데, 모두 물속의 기이한 바위들이다. (중략) 마침내 남여를 타고 서쪽 계곡으로 한나절 들어가니 험한 길은 모두 나무 그늘 아래 있다. 거의 15리를 가서야 산골 시냇가 물이 맑은 곳에 앉아서 남여승들과 밥을 먹었다. 여기서부터 지팡이를 짚고 올라갔다. 고개 마루가 멀지 않자 산세는 점점 급해진다. 너덜바위는 쌓여 있고 좌우의 봉우리는 정상이 희니 완전히 예전에 본 풍악산과 똑같다. 정상에 올랐으나 백담사의 남여승은 오지 않아, 마침내 길을 안내할 중 한 사람만이 앞길을 인도하여 내려왔다.

가마를 멜 스님이 없는 경우에는 주변의 주민들을 불렀다. 박성원의 「한설록」에 이런 기록이 있다. "동쪽의 오세암으로 들어가려 하는데 산에는 큰 절이 없고 살고 있는 백성도 없어서 남여꾼이 갖추어지지 않았다. 새벽에 절의 중에게 산 밖의 여러 마을로 급히 공문을 띄우게 하고 조금 있으니 남여꾼들이 5리에서 또는 10리에서 왔는데 모두 며칠 동안 먹을 양식을 가지고 와서 기다린다. 대체로 이 산 역시 풍악산의 예처럼 백성들에게 부역이 없으므로 명령을 들으면 즉시 달려온다." 도시락을 지참하고 며칠씩 산속에서 가마를 메야 했던 지역 주민들과 스님들의 어깨와 발이 없었으면, 애초에 설악산을 오를 계획을 세우지 못하였을 것이다.

어찌 보면 요즘의 우리보다 더 편안하게 산행을 했을 것 같다. 정약용의 시 중에 「견여탄(肩輿歎)」이 있다. 조선시대 설악산에서 가마를 메던 사람을 위한 헌시 같다.

사람들 가마 타는 즐거움은 알아도,	人知坐輿樂
가마 메는 괴로움은 모르고 있네.	不識肩輿苦
(중략)	
검푸른 저수지 절벽에서 내려다볼 때는,	絕壁頫黝潭
놀라서 혼이 나가 아찔하기만 하네.	駭魄散不聚
평지를 밟듯이 날쌔게 달려,	快走同履坦
귀에서 바람 소리 쌩쌩 난다네.	耳竅生風雨
이 산에 유람하는 까닭인즉슨,	所以游此山
이 즐거움 맨 먼저 손꼽기 때문.	此樂必先數
(중략)	
가마꾼 숨소리 폭포 소리에 뒤섞이고	喘息雜湍瀑
해진 옷에 땀이 베어 속속들이 젖어가네	汗漿徹鑑褸

외진 모퉁이 지날 때 옆엣놈 뒤처지고,	度隘旁者落
험한 곳 오를 때엔 앞엣놈 허리 숙여야 하네.	陟險前者傴
밧줄에 눌리어 어깨에 자국 나고,	壓繩肩有瘢
돌에 채여 부르튼 발 미쳐 낫지 못하네.	觸石趼未瘳
자기는 병들면서 남을 편케 해주니,	自痔以寧人
하는 일 당나귀와 다를 바 하나 없네.	職與驢馬伍
너나 나나 본래는 똑같은 동포이고,	爾我本同胞
한 하늘 부모 삼아 다 같이 생겼는데,	洪匀受乾父
너희들 어리석어 이런 천대 감수하니,	汝愚甘此卑
내 어찌 부끄럽고 안타깝지 않을쏘냐.	吾寧不愧憮

(하략)

설악산과 인연을 맺은 사람들

율곡 이이(李珥, 1536~1584)는 「김시습전(金時習傳)」에서 김시습의 행적에 대해 "강릉과 양양 등지로 돌아다니며 놀기를 좋아하고, 설악·한계·청평 등의 산에 많이 머물렀다"고 기록한다. 허목(許穆, 1595~1682)은 「청사열전 (淸士列傳)」에서 "양주(楊州)의 수락산(水落山), 수춘(壽春, 춘천)의 사탄향(史 呑鄕), 동해 가의 설악산(雪嶽山)과 한계산(寒溪山), 월성(月城, 경주)의 금오 산(金鰲山)은 모두 김시습이 즐겨 머물렀던 곳이다"라고 적어놓았다. 김시 습이 설악산과 밀접한 관계가 있음을 알려준다.

유산기에도 김시습은 자주 등장한다. 안석경의 글은 감동적이다.

3~4리를 가서 오세암(五歲菴)으로 들어갔다. 오세암은 매월당 김공(金 公)에게서 유래한다. (중략) 암자엔 매월당의 화상(畵像) 두 폭을 진열했다.

하나는 유학자의 초상이고 하나는 중의 초상인데 수염이 있다. 나는 손을 씻고 옷을 단정히 하고 유학자의 초상에 참배했다. 우러러보니 우뚝한 풍모와 기운이 사람을 감동시킨다. 높은 이마와 굳센 광대뼈 힘찬 눈썹과 빛나는 눈 오똑한 코와 무성한 수염은 참으로 영웅호걸의 외모이다. 그러나 한(恨)을 깊이 생각하여 어렴풋이 엉켜 모여 있는 것이 오랜 세월에도 풀어지지 않은 것은 무엇 때문인가? 단종(端宗)이 왕위를 양보하자 육신(六臣)은 임금을 따라 죽었다. 매월당은 비록 머리를 깎고 세상을 피해 궁벽한 산에서 늙어갔으나 아직도 빛남이 있으니, 드러나는 것을 깊이 숨기고 헤아리면서 채미(採薇) 일절(一節)로 스스로 만족하면서 그치려고 하지 않아서인가?(「후설악기」)

제일 먼저 설악산과 인연을 맺은 사람은 김시습이다. 그는 오세암에 머물렀을 뿐만 아니라 일찍이 검동(黔洞)에 살았는데, 검동은 중설악(中雪岳)의 남쪽에 있다고 알려졌다. 검동은 지금의 양양군 '법수치리'다. 김금원은 「호동서락기」에서 이렇게 말한다. "설악에는 옛날에 김창흡의 영시암과 김시습의 오세암이 있었다. 그런데 그들의 자취가 남아 있지 않아 비록 볼 수 없지만 설악의 이름이 이 두 사람 때문에 더욱 알려져 금강과 어깨를 겨루게 되었다."

매월당 영정(오세암에서, 1940년 송석하 촬영)

김창흡은 「유봉정기」에서 설악산의 주인이 된 후부터 백담계곡의 원류와 크고 작은 설악의 고개에 있는 것들을 모두 에워싸 소유하고 있어서 마음대로 오갈 수 있었다고 밝힌 바 있다. 맞는 말이다. 진정한 설악산의 첫 번째 주인이라는 평가가 지나치지 않는다. 그가 주인이 되면서부터 수많은 선비들이 설악산을 찾았다.

김유는 「유풍악기」에서 김창흡을 만나고자 했으나 만나지 못하자 아쉬움을 보인다. "갈역은 곡백담(曲百潭) 골짜기 입구에 있다. 자익(子益, 김창흡의 자)의 편지가 왔는데 병으로 나올 수 없다고 한다. 역촌(驛村)에는 서너 채의 집들이 있으나, 천연두가 성하여 동보(同甫)가 꺼려 한다. 이때 자익은 곡백담 위에 있는 심원사(深源寺)에 있어서 가서 같이 자고 싶었다. 그러나 마을 사람이 절에도 전염병의 기운이 있다기에 부득이 견여로 고개를 넘을 계획을 세웠다."

이복원은 「설악왕환일기」에서 영시암터를 방문하고 설악산의 산봉우리와 수석의 명칭을 김창흡이 지은 것이 너무 많아 전부 기록할 수 없다고 실토한다. 설악산의 숱한 지명들이 김창흡에 의해 알려지게 된 것을 알려준다.

안석경은 「후설악기」에서 "김창흡 선생은 큰 학자인데 터만 남겼으니 사당을 세우고 서원을 설립하여 사방의 배우는 사람을 오게 해야 한다"고 주장하는 데까지 이른다.

김창흡은 설악산의 이곳저곳에 집을 마련하여 명실상부하게 설악산의 주인이 되었다. 제일 먼저 터를 마련한 곳은 한계령이다. 큰아버지인 김수증은 "조카 창흡이 한계(寒溪)의 제일 깊은 곳에 살았다"고 「유곡연기(遊曲淵記)」에서 말한다. 박성원의 기록도 있다. "연옹(淵翁)이 처음 한계의 자령전(自寧田)에 거처할 때, 하루는 곡운(谷雲) 선생을 모시고 처음 이 산을 방문하였다"는 대목은 「한설록(寒雪錄)」에서 찾아볼 수 있다.

한계령에서 백담계곡 쪽으로 옮겨 처음 자리를 잡은 곳은 백연정사(百淵精舍)다. 1698년 봄에 설악산 곡백담의 백연정사가 완성되었다고 연보는 알려준다.

그의 나이 53세인 1705년에 백담계곡 벽운사 옆에 벽운정사(碧雲精舍)를 짓기 시작하여 이듬해 벽운정사를 완성한다. 1708년에 벽운정사가 불타자 심원사로 거처를 옮겼다가, 이듬해 영시암을 짓는다. 영시암에 거주하면서 1711년에는 갈역정사(葛驛精舍)를 건립하기에 이른다. 유명한 「갈역잡영(葛驛雜詠)」이 지어진 곳이다. 이의숙은 갈역의 남쪽에, 옛날 삼연(三淵)옹의 정사(精舍)가 있었다고 「곡백담기(曲百潭記)」에 적어놓았다. 어떤가. 이 정도면 설악산의 주인이라고 해도 과언이 아닐 것이다.

도암(陶庵) 이재(李縡, 1680~1746)는 설악산에 거처를 마련하진 않았지만 자주 찾았다. 이재는 임인사화(壬寅士禍, 1722년)를 당하여 인제에 은둔하였는데, 이때 설악산의 뛰어난 풍경을 무척 사랑하여 늘 오가며 소요하였다. 박성원이 「한설록」에서 들려주는 이야기에 귀를 기울여본다.

의보(毅甫)가 말하길, "아버님이 일찍이 이 바위 위에 정자를 지으려고 했습니다" 하였다. 대개 바위 뒤는 한 칸의 집을 수용할 수 있고, 몇 개의 소나무가 그 위에 스스로 자란다. 바위 앞에 보이는 것은 칠폭(七瀑)인데, 비록 사방의 구슬 같은 병풍이 없더라도 또한 정자를 세울 수 있다. 바위에 올라 소나무에 의지해 앉아서 머리를 들어 보니 단지 하늘만 보일 뿐이다. 선생께서 일찍이 말하길, "내가 설악에서 노닐다가 한 곳에 이르러 '하늘이 산중(山中)에 있다'는 상(象)을 읊조렸는데, 어찌 이 사이가 아니겠는가?"라고 하셨다.

이재는 자주 설악산을 찾았고, 거처를 마련하려고 했으나 실행에 옮기지 못했음을 보여준다.

김창흡의 「설악일기」는 그가 백담계곡에 자리를 잡고 있을 때 다른 사람들도 터를 잡았다는 것을 보여준다. "오세암으로 가기 위해 중 한 명에게 침구를 갖추어 가게 하고, 홀로 먼저 시내를 따라서 동쪽으로 가서 송요경(宋堯卿, 1668~1748)이 점찍은 집터를 보았다. (중략) 유홍굴에 이르러 구불구불한 길을 따라 수렴동으로 들어가니 송요좌(宋堯佐, 1678~1723)가 자는 곳인데, 기이한 형승을 모두 표현할 수 없다." 그러나 더 자세한 설명이 없고, 다른 자료를 찾아봐도 더 이상 관련된 정보를 얻을 수 없다. 다만 연배로 보아 김창흡 이후에 설악산에 왔을 가능성이 짙다.

유산기에 언급되지 않았지만 만해 한용운(1879~1944)도 설악산과 인연을 맺는다. 백담사는 만해 한용운이 출가한 곳이며, 『불교유신론』을 저술한 곳이기도 하다. 오세암은 1925년에 『십현담주해』를 탈고한 곳으로 알려졌다. 동시에 그 유명한 『님의침묵』도 함께 탈고한다. 그래서 혹자는 "푸른 산빛을 깨치고 단풍나무 숲을 향하여 난 작은 길을 걸어서, 차마 떨치고 갔습니다"라는 구절의 배경이 설악산이라 한다.

산에 오르던 선비들의 의식

1672년 8월 17일, 윤휴(尹鑴)는 신흥사에서 하룻밤을 잔 뒤 미시령을 넘고, 원통을 통과한 후 광치령으로 발길을 옮긴다. 그간의 여정이 「풍악록(楓岳錄)」에 실려 있다. 그는 유람만 한 것이 아니라, 곳곳에서 잘못된 정치에 대해 매섭게 비판한다.

사람들의 말에 의하면 고개 위에 군데군데 옛 성터가 있다고 하는데, 이른바 옛날의 장성(長城)인 것으로 금강산·설악산 정상에도 그러한 곳들이 더러 있다. 우리나라 삼국(三國) 시절에 피란 나온 이들이 그렇게 만들어 놓고 모여 있으면서 서로 버티던 곳이 아니겠는가. 우리나라가 3백여 년 태평을 유지하는 동안 성 단속을 하지 않았다가, 중간의 왜놈 난리에 백성들이 의지할 곳이 없어 이리저리 도망만 치다가 결국 문드러지고 말았다. 지금도 전쟁이 일어나지 않은 지 한 세기가 다 되어가고 있으니, 태평 뒤에는 비운이 반드시 오는 법이다. 어찌 염려가 없을 수 있겠는가?

대부분의 유산기는 뛰어난 경치를 보면서 감탄하거나, 그 흥취를 시로 표현한다. 여정을 꼼꼼하게 기록하여 지금의 우리에게 도움을 주기도 한다. 윤휴의 글도 마찬가지지만 중간 중간에 자신의 의견을 가감 없이 드러낸다.

그는 주자가 일생 동안 학인(學人)의 자세로 일관해 새로운 업적을 이루었듯이, 선인의 업적을 토대로 새로운 해석과 이해의 경지를 개척해야 한다는 입장을 갖고 새로운 시각으로 해석을 시도하였다. 이러한 학문 자세는 처음에는 칭찬받았으나, 나중에 정치적으로 악용되어 사문난적(斯文亂賊)으로 규탄받게 되었다. 사문난적으로 몰렸지만, 기본적으로 유학자인지라 불교에 대해서는 비판적이었다. 울산바위 계조암에 들렀을 때다.

중들 말에 의하면 몇 해 전에는 수계(守戒)하는 중이 하나 있었는데 어느 포악한 자에 의해 죽었다는 것이다. 이는 장주(莊周)가 이른바, '안으로는 수련을 쌓아도 겉은 표범이 먹는다'는 것이다. 이학(異學)의 무리들은 인간과 유리되고 세상과 동떨어진 일 하기를 좋아하면서 그것을 고상한 것으로 여기고 있으므로 마땅히 그러한 일에 미친 것이다.

불교를 이학(異學)으로 본 그는 유학자임에 틀림없다. 이런 그가 사문난적으로 몰렸으니 윤휴는 너무 억울할 것이다. 유학자들이 모두 불교에 대해 비판적인 것은 아니었다. 김창흡은 설총(雪捴)과 함께 밤새도록 선(禪)에 대해 이야기했노라고 「설악일기」에서 말한다. 다른 사람의 자료도 쉽게 찾을 수 있다.

유학자의 입장을 견지하면서 이욕(利欲)에 빠진 유학자들을 신랄하게 비판한 사람은 채지홍(蔡之洪)이다. 그는 불자들은 비록 올바른 학문은 아니지만 이욕에 대해 마음이 적기 때문에 공을 이루기 쉽다고 인정한다. 동시에 유학을 하면서 이욕에 빠지는 사람들에게 이욕의 해로움이 이단의 배움보다 심하다고 비판한다.

김몽화(金夢華)는 모범생의 모습을 보여준다. 1787년에 지은 「유설악록(遊雪嶽錄)」을 인용한다.

지금 산행에서 만약 도백이 앞에서 인도하는 힘이 없었더라면 또한 바라보고 올라갈 수 없었을 것이니, 정말로 학문을 하는 것과 같다. 비록 자기 분수에 있다고 하더라도 힘쓰고 게으르지 않아야 한다. 채찍을 잡고 격려하며 떨쳐 일어나려는 자는 반드시 엄한 스승과 두려운 벗을 기다려야 한다. 일찍이 퇴계 선생의 시에 "책 읽는 것을 사람들은 산에 오르는 것과 비슷하다고 하였는데, 지금 보니 산에 오르는 것이 책 읽는 것과 같다네" 하는 시를 보았는데 어찌 믿을 만하지 않겠는가? 잠시 후에 도백은 탑대에 올랐지만 나는 따라갈 수 없었다. 비록 그렇지만 고인이 정진하고 수련하던 힘은 나이가 들었다고 해서 중간에 그치지 않았으니, 어찌 단지 위대하다고 탄식만 하고 촛불을 잡는 공을 끝내 없애겠는가? 한유의 시에 "어디에서 그런 빛나는 사람을 바라보며 늙어갈 수 있을까?"라는 구절이 있으니, 이것이 또한 내가 마땅히 힘써야 할 것이다.

산을 오르는 이유는 다양하다. 뛰어난 경관을 구경하려는 것이 주된 목적일 것이다. 그리고 건강을 위해서, 혹은 산을 정복하기 위해서 산을 오르는 사람들도 많을 것이다. 선인들도 기이한 경관이 그들의 발길을 이끌었다.

그 과정에서 흥취를 맘껏 발산하기도 했다. 그러면서 시대를 아파하고, 나아가 위정자들을 비판했으며, 늘 심신의 수양과 학문의 자세를 다잡았다.

설악산을 이해하는 네 개의 키워드 : 은(隱), 성(聖), 기(奇), 영(靈)

설악산을 찾는 사람마다 설악산은 제 각기 다른 이미지로 다가선다. 그러므로 설악산에 대한 평어는 다분히 주관적일 수 있다. 그러나 몇 개의 평어로 수렴할 수 있으니 바로 은(隱), 성(聖), 기(奇), 영(靈)이다. 네 개의 키워드를 중심으로 설악산의 특성을 살펴본다.

은자(隱者)의 산이다

설악산을 찾은 대부분의 유람객들은 설악산이 널리 알려지지 않은 것에 대해 아쉬워한다. 유창이 대표적이다. 그는 「관동추순록」에서 "세상에서 관동(關東)의 명산(名山)을 논하는 자는 금강산을 입에 흘러넘치도록 칭찬하며 말한다. (중략) 그러나 설악과 한계에 이르러서는, 본 사람이 진실로 적고 아는 사람 또한 드물어 기이함을 칭하는 자가 없다. 세상의 허황된 명성은 진실로 이와 같다. 명성은 본래 허(虛)한 물건이니, 사람과 산이 어찌 다르랴? 산과 물이 맑은 것은 스스로 맑은 것이고, 높은 것은 스스로 높은 것이다. 사람에게 알려지는 것과 알려지지 않는 것이 무슨 관계가 있으랴? 산과 물은 스스로 한스럽게 여기지 않는데, 나는 한스럽게 여기니 어리석은 것이다"라고 하였다.

그래서 김몽화는 「유설악록」에서 "유산록이 풍악산에 대한 것이 많이 나오지만 설악산에 관한 것은 조금도 볼 수 없다. 고매한 중이 머무는 곳과 세상을 떠난 선비들의 은거 장소가 매몰되어 세상에 칭해지지 않도록 하였으니, 아마도 산수의 우(遇)와 불우(不遇)도 운수가 있어서 그 사이에 존재하는 것 같다"라고 말한다. 사람처럼 산도 운수가 있고, 그렇기 때문에 설악산은 아직 불우(不遇)하다고 아쉬워한다.

이러한 생각은 설악산을 은자(隱者)의 산으로 부르기에 이른다. 홍태유는 「유설악기」에서 "내가 유명한 산을 본 것이 많은데, 오직 금강산이 이 산과 견줄 만하다. 나머지 산들은 설악산과 맞설 수 있는 것이 없다. 그러나 금강산의 명성은 중국까지 퍼졌으나 이 산의 승경은 비록 우리나라 사람이라도 아는 사람이 적으니, 이 산은 실로 산 가운데 은자이다"라고 정의한다. 설악산이 불우하여 알려지지 않았다고 생각한 유람객들은 유산기를 통해 설악산을 세상 사람들에게 알려주려는 사명감을 갖게 됐다.

산 중의 성인(聖人)이다

은자의 산에서 한 걸음 더 나간 평은 성인과 같은 산이다. 박성원의 「한설록」은 "나는 이 산을 미처 보지 못하였을 때는 단지 산 중의 은자라고 생각했다. 그러나 보고서 산 중의 성인(聖人)이라는 것을 알았다"고 하였다. 그러면서 설악산은 뛰어난 경치이지만, 깊숙하기 때문에 유람하는 사람이 드물어서 세상에 알려진 것이 금강산만 못하니, 사람에 비유한다면 진실로 덕을 숨긴 군자라고 한다.

그의 비유는 계속된다. 금강산은 단발령(斷髮嶺)에서 진면목을 볼 수 있다. 그러나 설악산은 매번 우뚝 서 있는 높은 산봉우리를 보고, 번번이 이 산의 정상이라 여겼으나, 가까이 가서 보면 도리어 아닌 것이 한두 번에 그치지 않는다. 마치 공자(孔子) 문하에 들어간 자가 공자의 덕행과 용모를 보지 못하고 여러 현자들을 진짜 성인으로 생각하다가, 승당(升堂)하고 입실(入室)하여 온화한 모습을 우러러본 연후에야 비로소 삼천 제자들이 단지 문과 담 사이에서 물 뿌리고 비질하는 자임을 아는 것과 같다고 한다.

최남선이 『조선의 산수』에서 평한 대목과 같은 의미일 것이다. 그는 설악산을 이렇게 이야기한다. "탄탄히 짜인 상은 금강산이 승(勝)하다고 하겠지마는 너그러이 펴인 맛은 설악산이 도리어 승하다고도 하겠지요. 금강산은 너무나 현로(顯露)하여서 마치 노방(路傍)에서 술 파는 색시같이 아무나 손을 잡게 된 한탄이 있음에 비하여, 설악산은 절세의 미인이 그윽한 골 속에 있으되 고운 양자(樣姿)는 물속의 고기를 놀래고 맑은 소리는 하늘의 구름을 멈추게 하는 듯한 뜻이 있어서, 참으로 산수풍경의 지극한 취미를 사랑하는 사람이면 금강보다도 설악에서 그 구하는 바를 비로소 만족케 할 것입니다."

기이(奇異)하구나

안석경은 외설악을 여행하고 지은 「동행기」에서 삼연 김창흡이 설악산과 금강산을 난형난제(難兄難弟)라고 한 것에 대해 비판적인 입장을 취했다. 그러면서 김창흡이 설악산에 살아서 사사로움에서 벗어나지 못했기 때문이라고 비판한다.

한편 그는 「후설악기」에서 "기이한 물은 바람을 끼고 위에서부터 합쳐져서 흘러간다. 백담사가 첫째이고, 식당의 물이 둘째며, 한계의 물이 다음이다. 깨끗하고 빛나는 온갖 골짜기와 봉우리는 깊숙이 가두어두고 아무도 모르게 숨는 것에 똑같아서 밖으로 빼어남을 드러내는 것은 백 중 한둘에 지나지 않는다. 아! 또한 기이하구나! 이것은 대개 높고 두터우나 빼어남을 감추고 넓지만 신령스런 땅을 덥수룩하게 감추며 바깥을 흐리고 질박하게 하여 자신을 자랑하여 빛나게 하지 않는 것이다. (중략) 오직 성대한 덕이 조용하면서 많은 능력을 온축한 자가 이에 짝할 수 있다. 군자가 오르면서 보는 것을 즐거워하고 귀의하는 것이 마땅하다" 하였다. 「후설악기」는 내외설악을 모두 구경하고 난 후 지은 글이다.

이동항은『해산록』에서 세상 사람들은 설악산의 세력은 금강산만 못하고, 웅대하기도 금강산만 못하나, 깊고 아득하고 멀며, 험절한 것은 금강산보다 뛰어나다면서 "지금 30리의 긴 골짜기를 빠져나오니, 작은 시냇물이 좌우에서 서로 모이고, 깊은 숲과 큰 나무들은 앞뒤로 에둘러 막아서 그늘이 들고 찬 기운이 모골을 찔러대고, 짙푸른색은 의복을 적신다. 별세계의 아득한 발걸음은 풍악산의 백탑(百塔)과 구룡연(九龍淵)보다 뛰어나며, 물과 돌들이 끊이지 않고 이어진 한 계곡 안의 기이함과 장관은 한 발자국도 허송할 것이 없으니, 곧 만폭동(萬瀑洞)이 상대할 만한 곳이 아니다"라고 말한다. 설악산을 이해할 때 '기(奇)'가 중요한 키워드임을 보여준다.

물이 신령(神靈)스럽다

권용정의 「설악내기(雪嶽內記)」는 기이함을 넘어 신령스러운 설악에 대해 언급한다.

기이함을 말하는 자가 매번 말하길, "설악산이 금강산보다 뛰어납니다."라고 한다. "무엇이 뛰어납니까?"라고 물으니, "물이 뛰어납니다. 금강산의 물은 성(聖)스러운데, 설악산의 물은 신령(神靈)스럽습니다. 성스러운 것은 유추(類推)할 수 있지만, 신령스러운 것은 헤아릴 수 없습니다. 설악의 물은 변화가 많아서 한결같이 생각 밖으로 벗어납니다. 그러므로 물이 뛰어납니다. 설악산은 안과 밖이 있습니다. 내설악은 인제에 속하고, 외설악은 양양에 속합니다. 물의 기이함은 내설악이 모두 보여줍니다."라고 한다.

이어서 대승폭포는 웅장하면서 신령스럽고, 수렴동은 그윽하면서 신령스러우며, 탕수동은 교묘하면서 신령스럽기 때문에, 설악산은 물이 신령스럽다는 것이 참말이라고 강조한다.

어느 사람은 은(隱)으로 설악산을 설명하고, 어떤 분은 성(聖)으로 설악산을 그린다. 기(奇)로, 혹은 영(靈)으로 설악산의 특징을 뽑아낸다. 이밖에도 다양한 시선으로 설악산을 평할 수 있을 것이다. 그러나 네 가지 특성에서 크게 벗어나지 않을 것이다.

설악산을 내려오며

설악산을 유람하고 지은 유산기를 다양한 주제로 분석해봤다. 유산기자료와 창작 시기, 유산기의 저자, 산행하기 좋은 계절, 산행 코스, 숙박한 장소, 동행한 사람들, 산을 오르던 방법, 설악산과 인연을 맺은 사람들, 유산기 속에 드러난 그들의 의식을 살펴봤다. 그리고 네 개의 단어인 은(隱), 성(聖), 기(奇), 영(靈)를 중심으로 설악산을 분석해보았다.

앞에서도 말했지만, 설악산 유산기는 설악산 한 곳을 유람한 후 지은 것도 있지만, 다른 곳의 유람과 함께 기록되어서 실체를 파악하기 어려운 점도 있다. 그렇기 때문에 설악산만 따로 한정해서 의미를 파악하는 것은 위험성을 내포하고 있다. 이 글의 한계이며, 보완해야 할 부분이다.

제대로 유산기를 이해했는지 아직도 의문이 남는다. 아직 우리의 손길을 기다리는 유산기도 있을 것이다. 추후에 자료를 보완하고 시각을 다듬어 보충할 계획을 말하는 것으로 부족한 것에 대한 변명을 한다.

2015년 6월 권혁진

목차

머리말 _5

해제 _7

수수꽃다리 향기를 맡으며 고개를 넘다_40
남효온(南孝溫), 「유금강산기(遊金剛山記)」

소동령을 넘어 한계에서 노닐다_45
문익성(文益成), 「유한계록(遊寒溪錄)」

구름이 걷히자 만 송이 연꽃이 드러나다_51
유몽인(柳夢寅), 「제감파부묵유금강산록후(題紺坡副墨遊金剛山錄後)」

석인대에서 고성을 보니 신선의 세계로구나_56
이시성(李時省), 「송풍안군조공부간성군서(送豊安君趙公赴杆城郡序)」

산도 만남과 만나지 못함이 있구나_59
유창(俞瑒), 「관동추순록(關東秋巡錄)」

미수파에 오르니 동해가 끝없이 보인다_65
허목(許穆), 「삼척기행(三陟紀行)」

비바람이 불기 전에 미리 울어 천후산이다_68
윤휴(尹鑴), 「풍악록(楓岳錄)」

곡연의 수석은 우리나라에서 제일이다_77
김수증(金壽增), 「곡연기(曲淵記)」

바람과 이슬이 몸에 가득하여 잠을 이룰 수 없다_80
김수증(金壽增), 「한계산기(寒溪山記)」

바람이 불자 허공에서 내려오지 않는다_90
김창협(金昌協), 「동정기(東征記)」

수십 년 전이라면 이곳에 살고 싶다_95
김수증(金壽增), 「유곡연기(遊曲淵記)」

비선대와 와선대를 새기다_107
김창흡(金昌翕), 「설악일기(雪岳日記)」

아침 해가 떠오르니 넓고 성대하여 형용할 수 없다_117
임적(任適), 「동유일기(東遊日記)」

설악산은 은자의 산이다_126
홍태유(洪泰猷), 「유설악기(遊雪嶽記)」

올 때는 흰 무지개, 갈 때는 패옥 소리_135
김유(金楺), 「유풍악기(游楓嶽記)」

나는 늙어서도 설악을 사랑했네_141
김창흡(金昌翕), 「유봉정기(遊鳳頂記)」

창과 칼 같은 산이 놀라게 하고 혼을 빠지게 한다_156
김창흡(金昌翕), 「동유소기(東遊小記)」

달구경을 하니 황홀하여 인간세계가 아닌 것 같다_160
김창즙(金昌緝), 「동유기(東游記)」

선경에서 노니 그대는 비선이고 나는 와선이네_169
유경시(柳敬時), 「유금강산록(遊金剛山錄)」

덕을 숨긴 군자이며, 산 중의 성인이다_174
박성원(朴聖源), 「한설록(寒雪錄)」

하늘을 받들고 있는 바위가 땅으로 떨어지는 것만 같다_215
채지홍(蔡之洪), 「동정기(東征記)」

말하는 것은 직접 눈으로 보는 것만 못하리라_219
권섭(權燮), 「한계설악유한기(寒溪雪嶽遺恨記)」

조화옹이 만들어 펼쳐놓은 듯하다_224
정기안(鄭基安), 「유풍악록(遊楓岳錄)」

우연히 왔다가 좋아하게 되어 떠날 수 없습니다_229
이복원(李福源), 「설악왕환일기(雪嶽往還日記)」

대청봉에 오르니 만 개의 봉우리가 춤추는 듯 일어섰다_246
안석경(安錫儆) 「후설악기(後雪岳記)」

천하의 절경을 어떻게 가질 수 있을까_268
안석경(安錫儆), 「동행기(東行記)」

조물주 뜻이 있어 별천지를 열었네_274
작자미상, 『장유록(壯遊錄)』

이의숙의 유설악기_282
이의숙(李義肅), 「한계폭기(寒溪瀑記)」外

하늘과 땅 사이를 채운 것은 모두 산이다_291
정범조(丁範祖), 「설악기(雪嶽記)」

눈과 발 밖에서 산수의 즐거움을 찾아야_297
김몽화(金夢華), 「유설악록(遊雪嶽錄)」

폭포를 보지 못했다면 여행이 헛될 뻔했네_307
이동항(李東沆), 「지암해산록遲菴海山錄」

설악의 물은 신령스러워 금강산보다 뛰어납니다_323
권용정(權用正), 「설악내기(雪嶽內記)」

은하수가 하늘에서 떨어지는 듯_330
김금원(金錦園), 「호동서락기(湖東西洛記)」

원문 _334

남효온(南孝溫, 1454~1492)

본관은 의령(宜寧). 자는 백공(伯恭), 호는 추강(秋江)·행우(杏雨)·최락당(最樂堂)·벽사(碧沙). 김종직(金宗直)의 문인이자, 김굉필(金宏弼)·정여창(鄭汝昌) 등과 함께 수학하였으며, 생육신(生六臣)의 한 사람이다. 인물됨이 영욕을 초탈하고 지향이 고상하여 세상의 사물에 얽매이지 않았다.

1480년 생원시에 합격했으나, 그 뒤 다시 과거에 나가지 않았다. 김시습(金時習)이 세상의 도의를 위해 계획을 세우도록 권했으나, 소릉(昭陵:단종의 모후인 현덕왕후의 능)이 복위된 뒤에 과거를 보겠다고 말하였다. 산수를 좋아하여 국내의 명승지에 그의 발자취가 이르지 않은 곳이 없었다. 당시의 금기에 속한 박팽년(朴彭年)·성삼문(成三問)·하위지(河緯地)·이개(李塏)·유성원(柳誠源)·유응부(俞應孚) 등 6인이 단종을 위하여 사절(死節)한 사실을 「육신전(六臣傳)」이라는 이름으로 저술하였다. 세상에서는 원호(元昊)·이맹전(李孟專)·김시습·조려(趙旅)·성담수(成聃壽) 등과 함께 생육신으로 불렸다.

저서로는 『추강집(秋江集)』, 『추강냉화(秋江冷話)』, 『사우명행록(師友名行錄)』 등이 있다.

작품 해설

1485년(성종 16년) 4월 15일부터 윤4월 21일까지의 금강산 여행 기록으로, 15세기의 대표적인 금강산 기행문으로 꼽히는 작품이다. 금강산 기행문 안에 설악산에 있는 고개인 한계령을 넘는 과정이 포함되어 있다.

유람 행로

- **일시** 1485년
- **일정** 낙산사 관음전-양양부-소어령-오색역(1박)-소솔령-면암-신원-원통역-(합강정)-인제현

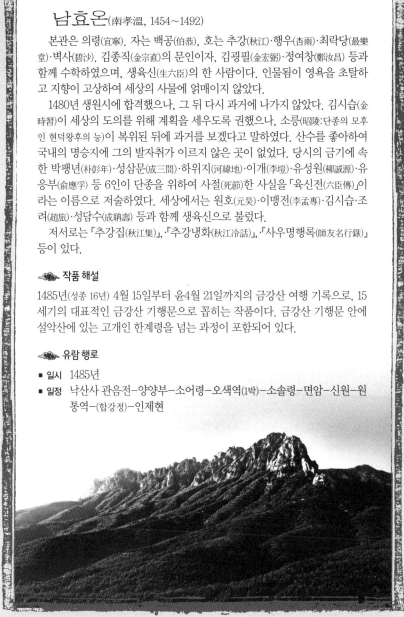

울산바위

수수꽃다리 향기를 맡으며 고개를 넘다

남효온(南孝溫), 「유금강산기(遊金剛山記)」

(금강산) 한 줄기가 남쪽으로 200여 리를 뻗어 가다가 산의 형세가 우뚝 솟고 험준함이 대략 금강산과 같은 것이 설악산(雪岳山)이고, 남쪽에 소솔령(所率嶺)[1]이 있다. 설악산 동쪽 한 줄기가 또 하나의 작은 산을 이룬 것이 천보산(天寶山)[2]이니, 하늘이 눈을 내리려고 하면 산이 저절로 울기 때문에 혹 명산(鳴山)이라고도 한다. 명산이 또 양양부(襄陽府)[3] 뒤를 감돌아서 바닷가로 달려가다가 다섯 봉우리가 우뚝 솟은 것이 낙산(洛山)[4]이다. (중략)

갑오일(윤4월 14일) 동틀 무렵에 정자 위에 앉아 뜨는 해를 바라보았다. 지생(智生)이 아침밥을 대접한 뒤에 나를 인도하여 관음전(觀音殿)을 보았다. 관음상(觀音像)은 기술이 매우 정교하여 혼이 깃들어 있는 듯하다. 관음전 앞에 정취전(正趣殿)이 있고, 정취전 안에 금불(金佛) 세 개가 있다.

남쪽 길로 나와서 서쪽으로 돌아서 갔다. 20리쯤 가서 양양부 앞 냇가에 이르러 말을 쉬게 하였다. 또 10리를 가서 설악에 들어가 소어령(所於嶺)[5]에 올라가 고개를 내려오니, 냇물은 왼쪽에 있고 산봉우리는 오른쪽

---

1) 소솔령(所率嶺) : 현재의 한계령이다.
2) 천보산(天寶山) : 울산바위를 가리킨다.
3) 양양부(襄陽府) : 지금의 강원도 양양군을 말한다.
4) 낙산(洛山) : 낙산사가 자리잡고 있는 산을 말하며, 현재 오봉산으로 일컫는다.
5) 소어령(所於嶺) : 양양군 오색리와 양양읍 사이에 있는 고개이다.

한계령 정상에 있는 표지석. 인제군과 양양군은 한계령의 옛 명칭에 대해서 첨예하게 대립하고 있다.

에 있다. 산기슭을 다 지나 냇물을 건너 왼쪽으로 가니, 산은 맑고 물은 빼어나며 흰 바위가 서로 포개진 것이 대체로 금강산 대장동(大藏洞)과 같다. 물줄기를 따라 올라가서 오색역(五色驛)[6]에 이르니 산에 뜬 달이 밝다. 이날 육지로 간 것이 30리이고, 산길로 간 것이 40리이다.

을미일(15일) 오색역(五色驛)을 출발하여 소솔령(所率嶺)을 넘으니, 설악산의 여기저기 솟은 봉우리가 무려 수십여 개인데, 산봉우리는 모두 윗부분이 희다. 시냇가의 바위와 나무 또한 흰색이니, 세상에서 소금강산(小金剛山)이라 부르는 것이 빈말이 아니다. 운산(雲山)이 말하기를 "매년 8월이면 여러 산에는 아직 서리가 내리지 않아도 이 산에는 먼저 눈이 내리기 때문에 설악이라 합니다"라고 한다. 고개 위 바위 사이에 팔분체(八分體)[7]로 쓴 한시 한 수가 있다.

단군이 나라 세운 무진년보다 먼저 나서	生先檀帝戊辰歲
기왕(箕王)이 마한(馬韓)이라 일컬음을 직접 보고	眼及箕王號馬韓
영랑(永郎)과 함께 머물며 바다에 노닐다가	留與永郎遊水府
또 춘주(春酒)에 이끌려서 인간 세상에 머무르네	又牽春酒滯人間[8]

---

6) 오색역(五色驛) : 양양군 오색리에 있었던 역원이다.
7) 팔분체(八分體) : 전서(篆書)의 요소를 완전히 탈피한 예서의 틀을 완성시킨 서체인데, 특히 장식미를 더한 양식의 서체로 후한시대에 많이 사용되었으며, 해서 예서와 해서의 과도기적 단계의 서체라고 보기도 한다.
8) 홍유손(洪裕孫, 1431~1529)의 시 「제금강산(題金剛山)」이다.

글씨 흔적이 아직도 새로우니, 글씨를 적은 것이 필시 오래되지 않은 것이다. 세상에 신선이란 것은 없으니, 어찌 일 좋아하는 자가 우연히 적은 것이 아니겠는가? 그러나 정자(程子)[9]께서 "국가의 운명을 하늘에 빌어 길게 만들거나, 보통 사

한계리에서 바라본 한계천

람 중 성인의 경지에 도달한 자는 정기를 단련하여 수명을 연장시킨다"고 하니, 깊은 산과 큰 못 가운데에 또한 이러한 사람이 있을지 알 수 없다. 시를 읽어보니 속세를 벗어날 생각을 가지게 한다.

고개 위에서 동해를 하직하고, 고개의 서남쪽으로 내려와서 나무 밑을 가니, 길이 매우 험하며 골짜기가 그윽하고 깊다. 정향(丁香)[10] 꽃을 꺾어 말안장에 꽂고 향기를 맡았다. 면암(眠巖)[11]을 지나 30리를 가서 말을 쉬게 하였다. 신원(新院)[12]을 지나, 또 15리를 가니 설악의 서쪽 방면에서 오는 냇물이 있는데, 소솔천(所率川)[13]과 합류하여 원통역(元通驛)[14] 아래에 이

---

9) 정자(程子) : 중국 송(宋)나라의 유학자 정호(程顥)·정이(程頤) 형제에 대한 존칭이다.

10) 정향(丁香) : 수수꽃다리. 한자로는 향이 좋은 나무라는 뜻에서 정향(丁香)이라 하고, 영어로는 라일락(lilac), 프랑스어로는 리라(lilas)라고 한다. 조선정향, 개똥나무, 해이라크, 개회나무라고도 한다. 또 '미스킴라일락'이라는 이름도 있는데, 이것은 1947년 미국 농무성의 식물채집가 미더란 미국인이 북한산 백운대 바위 옆에서 채집한 개회나무(수수꽃다리) 종자 12알을 가지고 미국으로 가져가 서양 라일락과 교배해 만든 향내 짙은 원예종인데 자신의 한국인 타자수 성을 따서 '미스킴라일락'이라 명명하였다.

11) 면암(眠巖) : 한계령 주변에 있는 바위인 깃 같으나 정확한 위치를 알 수 없다.

12) 신원(新院) : 한계리와 한계령 사이에 있는 역원이었던 것 같으나 정확한 위치를 알 수 없다.

13) 소솔천(所率川) : 한계천을 가리킨다.

14) 원통역(元通驛) : 인제군 원통리에 있던 역원이다.

르러 큰 강이 된다. 앞으로 나아가서 원통(元通)에 이르니, 산천이 넓고 크며 매우 아름답다. 원통부터는 평지를 밟았다. 또 25리를 가서 원통천(元通川)15)을 건넜다. 기린현(麒麟縣)16)의 물이 여기에서 합류한다. 강을 따라 5리를 가서 인제현(麟蹄縣)에서 묵었다. 이날 산길로 간 것이 60리이고, 육지로 간 것이 30리이다.

---

15) 원통천(元通川) : 인제군 원통리 앞을 흐르는 시내이다.
16) 기린현(麒麟縣) : 인제군 기린면을 말한다.

문익성(文益成, 1526~1584)

조선 중기의 문신으로 조식(曺植)·주세붕(周世鵬)의 문하에서 수학하다가 이황(李滉)으로부터 『대학』의 요지를 배웠다. 1549년(명종 4) 사마시에 합격한 뒤, 1561년 식년문과에 병과로 급제하고, 이어 1566년 홍원 현감으로 문과중시(文科重試)에 병과로 급제하였다. 승문원 저작을 지내고 1573년(선조 6) 평양 서윤으로 나갔다. 한때 양양 부사를 역임했다. 뒤에 도승지 겸 직제학을 추증받았으며, 경상남도 합천의 도연서원(道淵書院)에 배향되었다.

작품 해설

저자가 양양(襄陽) 군수로 있을 때 최도경(崔蹈景)·배경부(裵景孚) 및 두 아들과 함께 한계령을 여행하며 지은 기행문이다.

유람 행로

- 일시 1575년
- 일행 최도경(崔蹈景)·배경부(裵景孚) 및 두 아들
- 일정 현산성(양양)-향현-한령-백암-쌍폭대-옛 역터(관대리)-절(현 성국사, 숙박)-형제령-소동령-너럭바위-한계사터-환희대-대승암-폭포(한계폭포)-제령-생학대, 반타석

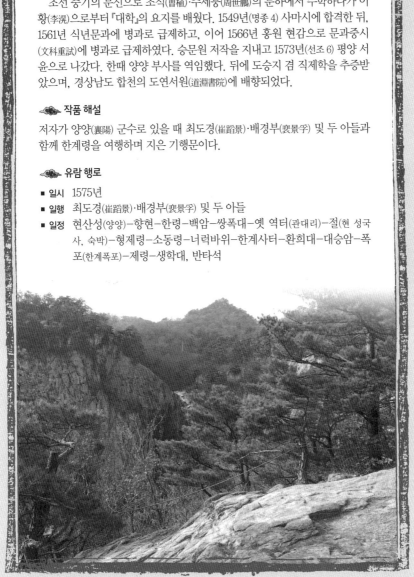

완폭대

소동령을 넘어 한계에서 노닐다

문익성(文益成), 「유한계록(遊寒溪錄)」

을해년(1575년) 내가 양양 군수로 있을 때, 최도경(崔蹈景)과 배경부(裵景
孚), 그리고 두 아들 려(勵), 할(劼)과 함께 한계(寒溪)를 유람하기로 했다.
현산성(峴山城)[1]으로부터 향현(香峴)을 넘고 한령(寒嶺)에서 말을 쉬게 했
다. 동쪽으로 푸른 바다를 임하고 있어 구름과 바다가 까마득하고, 서쪽으
로 설악을 바라보니 돌부리가 높이 솟아 있다. 더구나 장맛비가 그치니,
옅은 구름이 사방에서 걷혀 한계에 이르기도 전에 맑은 흥취가 일어난다.

고개를 내려와서 5리쯤 가니 그윽하고 조용한 골짜기가 있는데 이름이
백암(白巖)[2]이다. 몇 개의 서까래로 지은 초가집이 온 골짜기의 경치를 독
차지하고 있으니, 진실로 그림 속 외진 마을이다. 서쪽으로 2리쯤 가서 시
내 하나를 건넜다. 서성이며 사방을 돌아보니 끊어진 산기슭이 하나 있는
데, 암벽이 천 길 솟아 있다. 두 시내를 끼고 흐르며 거센 폭포가 옥같은
물방울을 뿜어낸다. 아래의 석담(石潭)은 깊고 맑으며, 위에는 푸른 소나
무가 어울려 푸르니 참으로 명승지이다.

석축대(石築臺)로 옮겨가서, 그 위에 줄을 지어 앉았다. 이곳이 팔선(八
仙) 구역 중 첫 번째이다. 도경에게 이름을 짓게 하니 쌍폭대(雙瀑臺)라 한

---

1) 현산성(峴山城) : 지금의 강원도 양양읍을 말한다.
2) 백암(白巖) : 양양의 백암리를 말하는 듯하다.

성국사 경내에 있는 탑

다. 경부에게 늙은 잣나무 줄기에 희게 글씨를 쓰게 했다. 또 아이들에게 낚시를 하게 하여 송강(松江)의 송사리를 얻어 회를 쳤다. 추로주 몇 잔을 주거니 받거니 하며 청담으로 반나절을 보내니, 속세에 대한 생각이 점점 작아짐을 문득 느꼈다.

시내를 거슬러 10리쯤 가니 옛 역터다. 그 사이에 맑은 물과 흰 바위가 있어 갈수록 더욱 기이하다. 또 서쪽으로 5리 남짓 가니 본사(本寺)[3]가 있다. 양쪽 벼랑은 석벽인데 좌우로 가로 잘린 것이 몇 겹이나 된다. 말을 재촉해서 절에 도착했다. 사방의 돌 봉우리가 은빛 족자처럼 깎아지른 듯 서 있고, 한 줄기 맑은 시내가 푸른 옥같이 흐른다. 뜰 가운데 매우 오래된 오층석탑[4]이 있어, 각자 오언절구를 읊어 탑의 표면에 썼다.

저녁을 먹은 후에 지팡이를 짚고 시내를 따라 서쪽으로 갔다. 수십 보쯤 가니 천석(泉石)이 더욱 뛰어나 각자 돌을 차지하고 자유롭게 앉았다. 시를 읊다가, 고기를 낚기도 하고, 술을 들어 서로 따라주기도 했다. 머리를 들어 북쪽을 바라보니 층층이 이어진 산과 겹겹이 포개진 봉우리가, 안개와 노을 속의 소나무, 계수나무와 어우러져 어렴풋이 도끼자루가 썩었다는[5] 경지가 생각났다.

---

3) 본사(本寺) : 오색약수에서 상류 쪽으로 약 1.5km 지점에 있는 오색석사(五色石寺)를 말하는데, 일명 성국사(城國寺)라고 한다.
4) 오층석탑 : 강원도 양양군 오색석사지에 있는 통일신라시대 석탑이다.
5) 도끼자루가 썩었다는 : 진(晉)나라 왕질(王質)이 산에 나무하러 갔다가 바둑 두며 노래하는 동자(童子) 몇 사람을 만났는데, 돌아가려고 보니 도끼자루가 썩어 있었다는 고사가 있다.

다음 날 석문(石門)으로 돌아 나왔다. 돌아서 북쪽으로 7~8리쯤 가서 형제령(兄弟嶺)[6]을 넘었다. 말을 세우고 남쪽을 바라보니 어제 저녁 북쪽으로 보이던 여러 봉우리들이 모두 눈 아래에 있다. 구불구불 비스듬히 서쪽으로 3~4리쯤 가서 소동령(所冬嶺)[7]에서 말을 쉬게 했다.

고개를 내려와 한계(寒溪) 위의 골짜기로 들어가니 수많은 소나무, 전나무가 울창하여 계곡에 가득하다. 어떤 것은 바위 벼랑에 홀로 우뚝 서 있는데, 저절로 말라 부러져 마룻대와 들보로 쓸 만한 재목감이 헛되이 버려져서 뛰어난 목수의 거둬들임을 받지 못했으니 감흥이 없을 수 없다. 점점 내려가 2~3리쯤 내려가니 골짜기가 그윽하고도 깊다. 나무들이 무성히 우거져 빽빽한 잎들이 햇빛을 가리니 맑은 그늘이 매우 사랑스럽다. 한 줄기 긴 시내가 수없이 굽이치며 구불구불 흐른다. 말이 가는 대로 맡겨두고 천천히 가니 몇 번이나 돌아가고 건넜는지 모르겠다.

20리 남짓 가서 시내를 하나 건너니 대여섯 명이 앉을 만한 너럭바위가 있다. 푸른 소나무가 그 위로 그늘을 드리우고 흰 돌이 아래에 펼쳐져 있다. 맑은 물이 여울져 흐르니 갓끈을 씻을 만하다. 시냇물은 설악의 꼭대기에서 시작되어 서남쪽으로 흘러 여기에 이르기까지 거의 60리에 달한다.

여기서부터 한계사[8] 옛 터에 이르기까지 바위와 골짜기가 온통 돌이다. 어떤 것은 크고 넓으면서 웅장하게 솟아 있고, 어떤 것은 이빨처럼 깎아지른 듯 서 있어 기이하고 괴상한 형상을 이루 다 기록할 수 없다. 드디어 말에서 내려 걸었다. 지팡이를 짚고 푸른 넝쿨을 부여잡고 바위틈으로 난 한

---

6) 형제령(兄弟嶺) : 오색리 주변에 있는 고개인 것 같으나 정확한 위치를 알 수 없다.
7) 소동령(所冬嶺) : 이 고개가 한계령의 옛 이름이라는 주장도 있으나 확실하지 않다.
8) 한계사 : 강원 인제군 북면 한계리에 있던 절로, 644년 신라 제28대 진덕여왕 원년에 자장율사가 창건했다고 한다.

줄기 길을 따라 물고기 꿰미처럼 한 줄로 나아갔다. 열 걸음에 아홉 번을 쉬면서 비로소 환희대(歡喜臺) 꼭대기에 이르니, 좋은 땅은 험한 곳에 있음을 바야흐로 알겠다. 신선의 풍채나 도인의 골격이 있지 않으면 어떻게 이곳에 이를 수 있겠는가?

대승폭포

대승암[9]으로 돌아왔다가 폭포를 구경하러 갔다. 폭포는 암자에서 5~6리 떨어져 있다. 돌길은 딱딱하고 메말라 발을 제대로 댈 수 없다. 폭포의 남쪽 산에 도착하고 나서 바라보니, 푸른 벼랑 검은 절벽이 몇만 길인지 알지 못하겠다. 한 줄기 맑은 물줄기가 그 사이에서 곧바로 떨어지는데, 어떤 때는 돌에 부딪히며 흩어져 물방울이 진주 구슬처럼 뒤섞인다. 어떤 때는 바람을 따라 떨어지다가 옥같이 하얀 실처럼 날아오른다. 다만 물이 적어 웅장한 경관을 만들지 못한다. 하인에게 푸른 가지를 꺾어 오게 하여 물길을 가로 막았다가 잠시 후에 터트리게 하니 물길이 빠르고도 웅장하다. 천둥과 바람이 서로 부딪치니 대낮의 푸른 하늘에 벼락이 서로 겨루는 것 같다. 소리가 온 골짜기를 진동시키고 기세가 여러 산을 흔들어, 머리털이 다 곤두서고 마음과 정신이 모두 시원해진다. 아래의 연못을 굽어보니 깊이를 헤아릴 수 없다. 당장이라도 손으로 물을 떠서 장난치고 싶었지만, 가파른 벼랑이 매우 험하여 다가갈 틈이 없다. 이곳은 신룡(神龍)의 소굴이다. 그늘진 벼랑으로 가서 앉아 종일토록 노닐며 쉬니, 가슴속에 막힌 것들이 충분히 풀어진다. 앉아 있던 대를 완폭대(玩瀑臺)[10]

---

9) 대승암 : 대승폭포 위에 있던 암자이다.

라 이름 짓고, 산사람에게 노송나무 줄기에 크고 가지런하게 쓰게 했다.

주위의 수많은 봉우리가 옥처럼 서서 둘러싸고 인사하는 듯하다. 대의 북쪽에는 청룡봉(靑龍峯)과 백운봉(白雲峯)이 있고, 대의 동쪽에는 부용봉(芙蓉峯)과 경일봉(擎日峯)이 있으며, 대의 남쪽에는 법옥봉(法玉峯), 천옥봉(天玉峯), 천주봉(天柱峯)이 있다. 그 밖에 희고 아름다운 산등성이를 다 셀 수 없다.

제령(弟嶺)[11]을 넘어서 시냇가 돌 위에서 쉬었다. 수많은 바위가 빼어남을 다투고, 수많은 골짜기가 다투어 흐르는 것을 바라보니 신선이 숨어사는 곳이라 할 만하다. 근원을 찾아 끝까지 탐색하려다가 시내를 따라서 내려가니 아름다운 숲의 나무가 안개 속에서 어렴풋하다. 붉은 벼랑과 푸른 절벽은 구름 끝에 우뚝 솟아 있고, 한 줄기 시내가 가운데에서 쏟아지는데 모두 흰 돌이어서 한 점의 티끌과 모래도 그 사이에 끼어든 것이 없다.

3~4리를 가니 시냇물 가운데에 바위 하나가 널찍하고 웅장하게 자리 잡고 있다. 마치 자라 등 같아서 생학대(笙鶴臺)라고 이름 지었다. 시냇가에 반석이 있는데 맑고 평평하여 5, 60명이 앉을 만하다. 반타석(盤陀石)이라 이름 지었다. 바위 위와 아래에 모두 맑은 못이 있다. 바위 위에 줄을 지어 앉으니 훌훌 멀리 날아가는 듯한 생각이 든다.

아! 이같이 빼어난 명승지가 가시덤불 속에 파묻혀 있은 지 몇천 년이었던지 알지 못하겠다. 고개를 거쳐 동서로 가던 자 또한 몇만 명인지 알지 못하겠다. 그런데 일찍이 이 경치를 평한 자가 하나도 없어 우리들이 드러내니, 이것은 운명이 아니겠는가?

---

10) 완폭대(玩瀑臺) : 폭포를 감상하기에 좋은 자리를 말하며, 다양한 이름을 갖고 있다.
11) 제령(弟嶺) : 두 개의 고개로 이루어진 형제령의 한 고개 이름이다.

유몽인(柳夢寅, 1559~1623)

문장가 또는 외교가로 이름을 떨쳤으며 글씨에도 뛰어났다. 야담집 『어우야담』의 지은이로 유명하다. 본관은 고흥. 자는 응문(應文), 호는 어우당(於于堂)·간재(艮齋)·묵호자(默好子). 1592년 수찬으로 명나라에 다녀오던 중 임진왜란이 일어나 평양까지 선조를 모시고 따라갔다. 임진왜란을 겪는 동안 명나라 관원을 상대하는 외교적인 임무를 맡았다. 광해군 시절에는 북인(北人)에 가담했으나 인목대비 유폐(幽閉)에 찬성하지 않는다 하여 배척되었다. 그뒤 벼슬을 버리고 고향에서 은거하던 중 대제학에 추천되었으나 거절했다. 이로 인해 1623년 인조반정 때 화를 면할 수 있었으나, 그해 7월 현령 유응경이 광해군의 복위를 꾀한다고 무고하여 아들 약(瀹)과 함께 사형되었다.

작품 해설

한계사의 보우(普雨, ? ~ 1565)가 마지막에 거처했던 백운암에 대한 자세한 묘사는 김수증의 「한계산기」에 나오는 "백운암동 물을 따라 오르면 백운암에 오른다"는 글과 함께 백운암의 위치를 추정할 수 있게 한다.

유람 행로

- 일시 1590년
- 일정 한계사–백운암–해산정–식당암

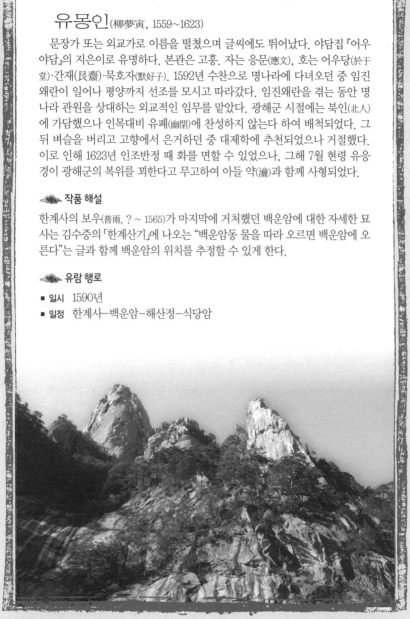

비선대는 식당암으로 부르기도 했다

구름이 걷히자 만 송이 연꽃이 드러나다

유몽인(柳夢寅), 「제감파부묵유금강산록후(題紺坡[1]副墨遊金剛山錄後)」

한계산의 여러 봉우리들은 산기슭이 없으며 모두 옥색이다. 위는 퍼져 있고 아래는 깎아지른 곳에 길이가 수백 길인 폭포가 있다. 옥으로 만든 솥 같은 골짜기로 폭포가 떨어진 후 넘쳐서 계곡으로 쏟아져 내린다. 길이 또한 백여 길쯤 되고, 바닥을 볼 수 없으며, 물의 형세는 완만해지면서 길다. 늘 바람이 계곡 위에서 불어온다. 폭포 물은 떨어지며 안개가 되는데, 해가 비치면 자줏빛이 되고 달이 비치면 흰색이 된다. 바람이 조금 그치면 한 줄기 흰색이 다시 푸른 절벽을 가로 지르며 떨어진다. 바람이 있고 없고를 따라 폭포가 없기도 하고 있기도 하다.

한계사(寒溪寺)[2]에서 자는데 밤새도록 비가 온다. 아침에 다시 구경하니 폭포의 기세가 대단하다. 바람이 불어도 흩어지지 않으니 참으로 천하의 장관이다. 한계사 옛터의 감아 도는 형세의 뛰어남은 우리나라에서 제일이다.

한계사의 백운암(白雲庵)[3]은 요승 보우(普雨)[4]가 세상을 피하던 곳이다.

---

1) 감파(紺坡) : 최유해(崔有海, 1587~1641)의 호. 자는 대용(大容). 1613년(광해군 5) 생원(生員)이 되고, 이해 증광문과(增廣文科)에 병과(丙科)로 급제, 응교(應敎)·훈련도감 낭청(訓鍊都監郎廳)을 거쳐 1617년 평안도 평사(平安道評事)가 되었으나 대북(大北)파에 의해 삭직(削職)되었다. 1623년 인조반정(仁祖反正)으로 재등용되었다. 지방관으로 있을 때 선정을 베풀어 송덕비(頌德碑)가 세워졌다.

2) 한계사(寒溪寺) : 강원 인제군 북면 한계리에 있던 절로, 644년 신라 제28대 진덕여왕 원년에 자장율사가 창건했다고 한다.

한계사 남삼층석탑과 북삼층석탑

한계(寒溪)부터 시내를 따라 올라가면 수십 리가 커다란 소나무와 상수리 나무로 가려져 어둡고, 좌우로 푸른 절벽과 흰 봉우리가 창끝처럼 뾰족뾰 족하다. 허리띠를 드리운 듯 이어져 한 줄기가 된 길고 짧은 폭포가 모두 눈과 정신을 놀라게 하는데 몇백 가닥인지 모르겠다. 빛나는 은과 짙은 옥 같은 것이 백 가지 모습으로 기이함을 드러내는 빼곡한 봉우리 사이에 암 자가 있다. 보우가 망명한 곳은 기이하고 뛰어나다.

비를 무릅쓰고 깊은 곳으로 들어갔으나, 바라보는데 막는 것이 많아 아 쉽다. 마음을 가라앉히고 조용히 기도를 하니, 구름과 안개가 걷히자 만 송이 연꽃이 한순간에 보였다가, 잠깐 사이에 다시 아까처럼 합해진다. 조 물주가 아름다움을 보여 나에게 자랑하고 다시 숨김을 알겠다. 진실로 한

---

3) 백운암(白雲庵) : 한계령 아래 골짜기에 있었던 암자이다.

4) 보우(普雨, ?~1565) : 호는 허응(虛應)·나암(懶庵). 보우는 법명이다. 명종을 대신해 섭정 하던 문정왕후(文定王后)의 정치세력을 배경으로 당시 극심한 탄압 속에서 소멸해가던 불교를 중흥시켰다.

바탕 희극이다. 그때 시험 때문에
날짜가 촉박해서 숙박하면서 날이
개는 것을 기다리지 못했으니 안타
깝다.

식당암

해산정(海山亭)[5]은 고성(高城) 감
영에 있는데, 태수(太守) 차식(車
軾)[6]이 경영한다. 금강산은 천하의
으뜸이다. 중국 사람이 고려(高麗)에서 태어나고 싶다고 한 것은 바로 이것
때문이다. 수많은 백옥 같은 봉우리가 눈을 들어 보는 사이에 있고, 하늘
에 맞닿은 은빛 물결과 푸른 구슬 같은 병풍을 더한다. 봉래산 정상의 나
는 듯한 경관과 갈매기 나는 물결과 큰 파도가 모두 뜰에서 재주를 보여주
는 경치여서 영동 제일의 누정이다.

식당암(食堂巖)[7]은 양양의 설악산에 있는데, 봉우리는 집의 마룻대 같
고, 큰 시내가 너럭바위 위에 걸터앉아 굽이치고 감아 돌면서 아래에 폭포
를 만든다. 선비들은 그것을 보고 술잔을 띄워 계제사를 지내고 놀이하는
자리와 같다고 여기고, 중들은 식당에서 공양하는 장소로 비유한다. 동부
(洞府)는 훤히 트이고 소나무와 계수나무가 무더기로 자라니, 참으로 여러
신선들이 놀며 쉬는 곳이고 은자가 거니는 곳이다.

---

5) 해산정(海山亭) : 고성의 해산정(海山亭)은 관동 10경의 하나로, 서쪽으로 금강과 동쪽으
로 해금강이 바라다 보이고 남쪽으로 남강이 흘러간다.

6) 차식(車軾, 1517~1575) : 1575년(선조 8) 평해 군수(平海郡守)를 지내다가 상한(傷寒)으로
사망하였다. 유몽인(柳夢寅)이 쓴 신도비문에 의하면, 그는 서경덕(徐敬德)의 문인으로 경
사에 널리 통했으며, 특히 문장에 능하였다고 한다. 아들인 천로·운로와 더불어 송나라
의 삼소(三蘇 : 蘇洵·蘇軾·蘇轍)에 비유되기도 했다.

7) 식당암(食堂巖) : 설악동에 있는 비선대를 말한다.

경계는 매우 후미져서 도달할 수 있는 사람이 적다. 5~6리를 올라가면 상암(床巖)이 있으나, 게을리 놀다가 찾지 못했다. 큰 바위가 상처럼 네 다리가 있어 매우 기이하다고 한다.

이시성(李時省, 1598~1668)

본관은 경주(慶州). 자는 자삼(子三), 호는 기봉(麒峰). 백사(白沙) 이항복(李恒福)의 종손(從孫)으로, 아버지는 이태남(李泰男), 할아버지는 이광복(李光福)이다. 어려서 이항복에게 나아가 수업하였으며, 만년에 문과(文科)에 뽑혔고 중시(重試)에 합격하였다. 관직이 회양 부사(淮陽府使)에 이르렀다. 천성이 담박하였으며 술 마시고 시 짓는 것을 좋아했다고 한다.

작품 해설

천후산, 선정사(禪定寺), 화암사(禾巖寺), 석인대(石人臺), 미수파(彌水坡) 등 1600년대 초반의 설악산 지명을 알 수 있는 자료이다. 석인대에서 바라본 일출과 경치를 자세히 묘사하고 있다.

유람 행로

- **일시** 1632년
- **일정** 낙산사 해일당(일박)-선정사-계조굴-화암사(일박)-석인대-미수파

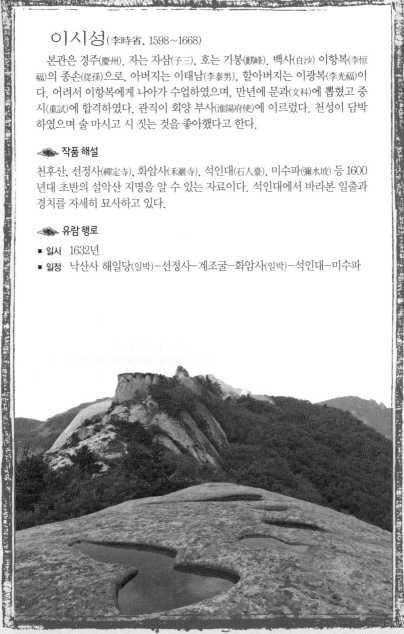

석인대

석인대에서 고성을 보니 신선의 세계로구나

이시성(李時省), 「송풍안군조공부간성군서(送豊安君趙公赴杆城郡序)」

다음날 천후산(天吼山)[1]으로 향하였다. 선정사(禪定寺)[2]에 들어갔다가 계조굴(繼祖窟)[3]에 들른 후 오래된 화암사(禾巖寺)[4]에서 잤다.

날이 밝을 무렵 절의 두 중과 석인대(石人臺)[5]에 올랐다. 동해의 짙은 안개가 천지를 어둡게 막고 있다가, 아침 해가 차츰 떠오르자 바다에 있는 기운이 잠깐 사이에 걷힌다. 간성(杆城)[6] 지방이 모두 굽어보는 가운데에 있다. 누대와 정자는 점점 드러나고, 고개와 들, 언덕과 산은 구불구불 기이함을 보인다. 가을 빛 충만하여 영롱한 비단으로 수놓은 듯하니 참으로 신선 사는 별세계이다. 두 스님과 석인대 옆에서 거닐다가 탄식하며 말하였다

"신선은 있는 것 같으면서도 없고, 없는 것 같으면서도 있습니다. 없으

---

1) 천후산(天吼山) : 울산바위의 다른 이름이다.
2) 선정사(禪定寺) : 현재의 신흥사(神興寺)로 옮기기 전의 절로, 내원암터에 있었다. 화재를 당하자 신흥사 자리로 옮겨 짓고 이름을 바꾸었다.
3) 계조굴(繼祖窟) : 울산바위에 있는 굴이다.
4) 화암사(禾巖寺) : 강원도 고성군 토성면 신평리 설악산에 있는 절로, 신흥사의 말사이다. 769년(혜공왕 5) 진표(眞表)가 창건하여 이름을 금강산 화엄사(華嚴寺)라고 하였다. 사적기에 의하면, 당시 금강산으로 들어온 진표는 금강산의 동쪽에 발연사(鉢淵寺)를, 서쪽에 장안사(長安寺)를, 남쪽에 이 절을 각각 창건했는데, 화암사라고 한 까닭은 이곳에서 『화엄경』을 강하여 많은 중생을 제도했기 때문이라고 한다.
5) 석인대(石人臺) : 화암사 남쪽 능선에 있는 바위로 신선대라 부르기도 한다.
6) 간성(杆城) : 강원도 고성 지역의 옛 지명이다.

화암사   석인대에서 바라본 속초와 바다

면 그만이지만 있다면 간성에서 수령 노릇을 하는 자는 신선이 아니겠습니까?"

드디어 두 중과 작별하고 미수파(彌水坡)[7]를 경유하여 돌아왔다.

---

7) 미수파(彌水坡) : 현재의 미시령을 말한다.

유창(俞瑒, 1614~1690)

조선 후기의 문신. 본관은 창원(昌原). 자는 백규(伯圭), 호는 추담(楸潭)·운계 (雲溪). 1635년(인조 13) 생원이 되고, 1650년(효종 1) 증광문과에 을과로 급제, 1653년 세자시강원 설서를 거쳐 이듬해에 지평이 되었다. 1655년 통신부사 로 일본에 다녀오고, 동부승지·충청도 관찰사에 이어 1662년(현종 3) 우부승 지에 임명되었다. 1674년 고부사(告訃使)로 청나라에 다녀왔다. 이때 서장관 (書狀官)이었던 권해(權瑎)와 사감(私憾)으로 불화하였다는 탄핵을 받고 파직 당하였다. 얼마 있지 않아 다시 등용되어 1679년 승지가 되었다. 저서로는 『추담집(秋潭集)』이 있다.

작품 해설

『조선왕조실록』에 의하면 효종 8년(1657)에 유창(俞瑒)을 강원 감사로 삼았다 는 기록이 있다. 이 글은 이 시기에 지어진 것이다.

유람 행로

- **일시** 1657년 9월
- **일행** 삼척 부사
- **일정** 8일 신흥사─식당암─신흥사─계조암─원암역(숙박) 19일 미시파─남교 역─한계사(숙박) 20일 사자봉─대승암─상승암─망폭대─한계사─인 제현(숙박)

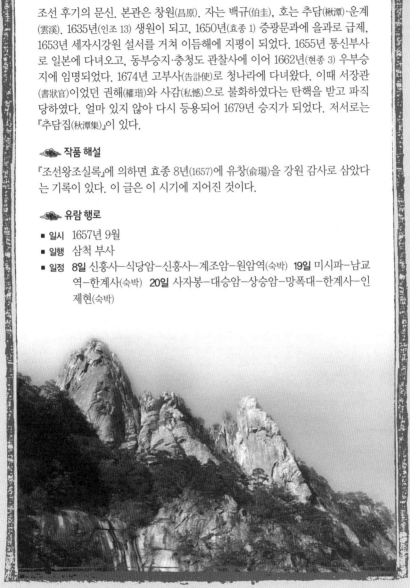

비선대 위 암봉들

산도 만남과 만나지 못함이 있구나

유창(俞瑒), 「관동추순록(關東秋巡錄)」

정사일(丁巳日). 신흥사(神興寺)[1]를 지나 설악산 계곡 입구로 들어가 식당암(食堂巖)[2]에서 놀았다. 바위는 평평하게 펼쳐져 있고, 층층이 옥설(玉雪) 같다. 물은 흐르다 폭포가 되어 아래 층으로 떨어지고, 좌우의 봉우리들은 연꽃처럼 깎아질

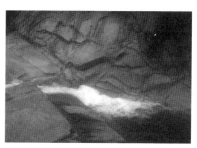

비선대 폭포

러 서 있다. 봉우리의 이름이 속세를 따랐기 때문에 매우 비루하여, 북쪽에 있는 것을 고쳐 천주봉(天柱峯)[3]이라 하고, 남쪽에 있는 것을 학소봉(鶴巢峯)[4]이라 하고, 식당암을 고쳐 백옥대(白玉臺)라 하였다. 삼척 부사와 몇 순배 대작하고 시를 한 수 읊었다.

신흥사로 돌아와 저녁을 먹고 계조암(繼祖庵)[5]에 들렀다. 암자는 천후봉

---

1) 신흥사(神興寺) : 신라(新羅) 진덕여왕 6년(652)에 자장율사가 창건하여 향성사(香城寺)라고 하였다. 46년간 존속하다가 효소왕 7년(698)에 화재로 소실되었다. 향성사가 화재를 당한 지 3년 후 의상조사가 능인암(현재 내원암)터에 다시 중건하고 선정사(禪定寺)라고 개칭하였다. 그 후 946년간 수많은 선승들이 이곳에서 수도 정진하여 왔으나, 조선 인조 20년(1642) 또다시 화재가 발생하여 지금의 터에 중창하였다.
2) 식당암(食堂巖) : 비선대를 가리킨다.
3) 천주봉(天柱峯) : 비선대 위에 있는 적벽을 말한다.
4) 학소봉(鶴巢峯) : 비선대 위에 있는 장군봉을 말한다.

(天吼峯)[6] 밑 바위 아래에 있다. 바위에 기대 서까래 몇 개의 집을 지었는데, 암자는 비어 있고 중은 없다. 문 밖 섬돌 가에 국화가 활짝 폈고, 뜨락 가에 기이한 바위가 줄지어 솟아 있다. 커다란 바위가 있는데 위가 평평하여 수십 명이 앉을

성인대에서 바라본 미시령

수 있으니, 참으로 하늘이 만든 석대(石臺)다. 산에서 내려와 원암역(圓巖驛)[7]에서 잤다.

무오일(戊午日). 비를 무릅쓰고 미시파(彌時坡)[8]를 넘었다. 낮에 남교역(嵐校驛)[9]에서 쉬었다. 은계 찰방(銀溪察訪) 한순(韓楯)과 인제 현감(麟蹄縣監) 유필(柳苾)이 와서 안부를 묻는다. 먼저 군의(軍儀)와 비장을 원통역(圓通驛)[10]으로 보냈다. 한계(寒溪)로 유람하려고 하는데 무리가 따르는 것을 줄이기 위해서다.

대천(大川)을 건너 가마에서 내려 말을 타고 한계의 계곡 입구로 들어갔다. 날은 이미 저물어 어둑어둑하다. 좌우의 봉우리와 골짜기가 금강산 같

---

5) 계조암(繼祖庵) : 강원도 속초시 설악동 설악산국립공원 내에 위치한 암자로 신흥사의 말사이다. 신라 진덕여왕 6년(652)에 자장율사가 창건하였다. 계조암(繼祖庵)이란 뜻은 조사 같은 큰 스님이 계속해서 이곳에서 수행과 정진을 하는 곳이라 하여 자장율사가 지었다고 한다.

6) 천후봉(天吼峯) : 울산바위를 말한다.

7) 원암역(圓巖驛) : 미시령 아래에 있던 역원이다.

8) 미시파(彌時坡) : 미시령의 옛 이름이다.

9) 남교역(嵐校驛) : 인제군에 있던 역원으로, 현재 남교리를 말한다.

10) 원통역(圓通驛) : 인제군에 있던 역원으로, 현재 원통리를 말한다.

다. 20리를 가니 산은 더욱 돌만 있으며 바위는 더욱 기이하다. 한계사(寒溪寺)[11]에 5리쯤 못 미친 곳에 매우 넓은 너럭바위와 밝게 나란히 서 있는 소나무가 있다. 대(臺) 위에서 잠시 쉬고, 밤에 한계사에서 잤다.

기미일(己未日). 일찍 출발하여 사자봉(獅子峯)에 올랐다. 봉우리 사이로 가느다란 길이 있어, 절벽을 따라 곧바로 올라갔다. 바위 구멍이 입을 벌린 듯하고, 봉우리들은 우뚝 솟아 있다. 힘을 다해 휘어잡고 기어서 비로소 위에 올라갔다.

몇 리를 가서 대승암(大乘庵)[12]을 지났는데 중이 없다. 상승암(上乘庵)[13]에 이르니 암자는 꼭대기에 있어 사람의 발길이 드물다. 늙은 중 탁린(琢璘)의 나이는 70여 살쯤 되고, 탁린의 제자인 의천(義天)은 그때의 나이가 55살인데, 모두 일찍이 곡식을 끊고 도를 연마한다. 묘향산(妙香山)에서 이 암자로 와서 사는데, 의천은 글에 능하고 경전을 이해하며, 두 눈은 별처럼 빛나고 앙상한 몸은 학과 같다. 오랫동안 그와 불교에 대해 이야기했다.

내려가 망폭대(望瀑臺)[14]에 이르렀는데, 바로 폭포[15]가 떨어지는 곳과 마주하고 있다. 폭포는 봉우리 위에서 벼랑과 계곡 사이로 떨어진다. 거의 300여 척인데 흰 무지개가 하늘에 드리운 듯, 흰 비단이 하늘을 가로지른 듯하다. 동행한 사람 및 의천과 대작하며 시간을 보냈다. 사자봉 동

---

11) 한계사(寒溪寺) : 강원 인제군 북면 한계리에 있던 절로, 644년 신라 제28대 진덕여왕 원년에 자장율사가 창건했다고 한다.
12) 대승암(大乘庵) : 대승폭포 위에 있던 암자로, 현재는 터만 남아 있다.
13) 상승암(上乘庵) : 대승암 위에 있던 암자로, 현재는 터만 남아 있다.
14) 망폭대(望瀑臺) : 대승폭포를 전망하는 데 적합한 대를 가리키는데, 이 대의 명칭은 여행자에 따라 다르게 기록하고 있다.
15) 폭포 : 대승폭포를 가리킨다.

쪽 치우친 곳에서 절벽을 따라 부여잡고 내려오는데, 형세가 심하여 매우 위험하다. 매달리듯 곧바로 내려오느라고 온갖 고생을 다했다. 한계사 뒤로 되돌아와 돌아보니, 가까운 곳인데도 하늘과 떨어져 있는 것 같다. 지나온 곳의 높이를 알 만하다.

상승암터

　한계는 설악의 한 지맥이다. 스님이 말하길, 여기서 동쪽으로 깊은 계곡으로 들어가 8~90리를 가면 비로소 양양의 신흥사에 이르고, 그 사이에 곡담(曲潭)[16]과 유홍굴(俞泓窟)[17]이 있는데 외지고 깊어서 본 자가 없고, 유홍(俞泓)[18]이 춘천에서 벼슬할 때 이 굴에서 노닐어 산 사람이 이름을 지었다고 한다. 수많은 봉우리가 빼어남을 다투고 수많은 골짜기가 다투어 흐르며, 구슬이 깎인 듯 황금이 갈린 듯, 용이 잡아끌고 호랑이가 움킨 듯하여 산 사람이 소금강(小金剛)이라 부른다고 하니, 진실로 그 말을 알겠다.

　세상에서 관동(關東)의 명산(名山)을 논하는 자는 금강산을 입에 흘러 넘치도록 칭찬하며 말한다. 그 다음은 오대산(五臺山), 청평산(淸平山), 치악산(雉岳山) 등으로 손가락 위에서 비교한다. 그러나 설악과 한계에 이르러서는, 본 사람이 진실로 적고 아는 사람 또한 드물어 기이함을 칭하는 자가 없다.

---

16) 곡남(曲潭) : 백남계곡을 말한다.
17) 유홍굴(俞泓窟) : 수렴동대피소 근처에 있던 조그마한 굴이다.
18) 유홍(俞泓) : 1524년(중종 19)~1594년(선조 27). 조선 중기의 문신으로, 본관은 기계(杞溪), 자는 지숙(止叔), 호는 송당(松塘)이다.

세상의 허황된 명성은 진실로 이
와 같다. 명성은 본래 허(虛)한 물건
이니, 사람과 산이 어찌 다르랴? 산
과 물이 맑은 것은 스스로 맑은 것
이고, 높은 것은 스스로 높은 것이
다. 사람에게 알려지는 것과 알려

남교리

지지 않는 것이 무슨 관계가 있으
랴? 산과 물은 스스로 한스럽게 여기지 않는데, 나는 한스럽게 여기니 어
리석은 것이다.

　그런데 무이(武夷)[19]의 기이함을 주자(朱子)보다 먼저 기록한 것이 없었
고, 황계(黃溪)[20]의 뛰어남은 유종원(柳宗元)[21] 뒤에 비로소 알려지게 되었
다. 저 우뚝하니 빼어나고 움푹 깊은 것은 또한 만남과 만나지 못함이 있
다. 나의 한마디 말이 비록 이 산의 경중이 될 수 없더라도, 나의 유람이
어찌 이 산의 만남이 아니겠는가? 이날 인제현(麟蹄縣)에서 잤다.

---

19) 무이(武夷) : 중국 복건성에 있는 산으로, 주자가 이곳에 거처하며 무이구곡을 설정하
　　고 「무이구곡가」를 지었다.
20) 황계(黃溪) : 유종원이 황계를 유람하고 지은 「황계유람기(黃溪遊覽記)」가 있다.
21) 유종원(柳宗元) : 중국 당나라 시기의 학자이다.

허목(許穆, 1595~1682)

본관은 양천(陽川). 자는 화보(和甫)·문보(文父), 호는 미수(眉叟)·대령노인(臺嶺老人). 1617년 현감으로 부임하는 아버지를 따라 거창으로 가서 정구(鄭逑)의 문인이 되었다. 1624년(인조 2) 경기도 광주의 우천(牛川)에 살면서 자봉산(紫峯山)에 들어가 학문에 전념했다. 1636년 병자호란으로 피난하여, 이후 각지를 전전하다가 1646년 고향인 경기도 연천으로 돌아왔다. 1650년(효종 1) 정릉 참봉에 천거되었으나 1개월 만에 사임했고, 이듬해 공조 좌랑을 거쳐 용궁 현감에 임명되었으나 부임하지 않았다. 1657년 지평에 임명되었으나 소를 올려 사임을 청했다. 그 뒤 사복시 주부로 옮겼다가 사직하고 고향으로 돌아왔다.

남인으로 17세기 후반 2차례의 예송(禮訟)을 이끌었으며 군주권 강화를 통한 정치·사회 개혁을 주장했다.

✿ 작품 해설

많은 산수유기를 남긴 미수 허목의 작품으로 함춘역(양구)에서 부림역(원통), 남교, 미수파(미시령)를 거쳐 원암, 양양, 낙산사까지 설악을 넘는 당시 역로의 경로와 거리를 알 수 있게 해준다.

✿ 유람 행로

- 일시 1660년
- 일정 함춘역-개흥령(광치령)-부림역-삼현-남교-미수파(미시령)-원암-
  강선-양양-상운-동산-낙산사

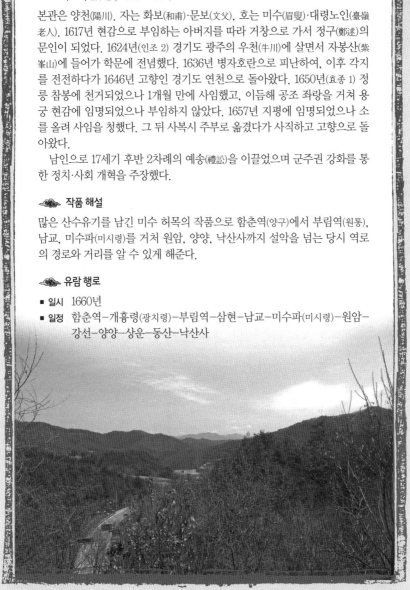

광치령에서 바라본 설악산

미수파에 오르니 동해가 끝없이 보인다

허목(許穆), 「삼척기행(三陟紀行)」

함춘역(含春驛)[1]에서 20여 리를 가서 개흉령(開胸嶺)[2]을 오르는데, 산은 깊고 길이 험하다. 고개를 넘자 산중에 흙은 많고 돌은 적다. 산에 나무가 없는 편이라 높은 땅은 화전을 일구어 경작할 수 있고, 낮은 땅은 씨 뿌릴 만하다. 초가집이 산골짜기를 의지하여 대여섯 채 있다. 고개 사이에 트인 땅이 적어 해가 항상 늦게 뜨고, 해가 지면 항상 어두컴컴하여, 산골짜기에 음기가 엉기었다. 고개에 오르면 먼 봉우리와 넓은 냇물과 지는 해를 볼 수 있으니, 고개가 이 '개흉(開胸)'이라는 이름을 얻은 것이 이 때문이 아니겠는가?

고개 아래 긴 골짜기에는 모두 높은 바위와 큰 돌이 있고, 시내와 계곡은 돌아 흐른다. 30여 리를 가니 돌다리 12개가 부림역(富林驛)[3]에서 나타나고, 미수파(彌首坡)[4]와 한계(寒溪)의 물이 합쳐져 흐르며 지나간다. 한계의 산은 고개 옆의 큰 산인데 풍악산(楓岳山)과 오대산(五臺山) 사이에 있으며, 산이 가장 깊고 인적이 드물다. 삼현(三峴)[5]을 넘어 30리를 가서 남교(嵐校)에 이르렀다. 이곳은 인제(麟蹄) 동쪽 땅의 역(驛)으로, 냇물은 멀리

---

1) 함춘역(含春驛) : 양구에 있는 역원을 말한다.
2) 개흉령(開胸嶺) : 현재 양구와 인제 사이에 있는 고개인 광치령을 가리킨다.
3) 부림역(富林驛) : 원통에 있던 옛 역원이다.
4) 미수파(彌首坡) : 미시령의 옛 이름이다.
5) 삼현(三峴) : 인제 어두원리에 있는 고개를 말한다.

삼현(三峴), 예전에는 세거런이고개라 불렸다

뻗었고 들판은 넓다. 부림과 남교가 골짜기 안에서는 가장 좋은 곳이다.

동쪽으로 60리를 가서 미수파에 올랐다. 이곳은 풍악산의 남쪽 기슭이라 빼어난 돌이 많다. 올라가 밑을 내려다보니 동해가 끝없이 보인다. 고개를 넘으면 수성(遂城)이다.

고개 아래 동남쪽으로 20리를 가면 원암(元巖)이다. 원암에서 바닷가를 따라 남쪽으로 60리를 가면 강선(降仙)이고, 강선에서 20리를 가면 양양(襄陽)이다. 또 20리를 가면 상운(祥雲)이고, 상운에서 남쪽으로 20리를 가면 동산(洞山)인데, 낙산사(洛山寺)[6]에서 10리 못 미쳐 있다.

---

6) 낙산사(洛山寺) : 강원도 양양군 강현면 전진리 낙산에 있는 절로. 신흥사의 말사로서 해변에 위치하며 관동팔경의 하나로 꼽힌다.

윤휴(尹鑴, 1617~1680)

본관은 남원(南原). 자는 희중(希仲), 호는 백호(白湖)·하헌(夏軒). 초명은 정(鍈)
이었으나 25세 때 휴로 고쳤다. 주자학이 지배하던 17세기 사상계에서 주자
의 학설·사상을 비판·반성하는 독자적 학문체계를 세웠다. 예송(禮訟) 때 남
인으로 활동하며 송시열(宋時烈) 등 서인과 맞섰으며, 숙종 즉위 후부터 경신
대출척 때까지 많은 개혁안을 제기하고 실행하려 했다. 서인으로부터 사문
난적(斯文亂賊)으로 규탄받고 끝내 처형당했다.

작품 해설

윤7월 24일~8월 24일까지 서울에서 금강산 유람 후 돌아가는 길에 설악을
지나는 부분으로, 자세한 경로와 풍광 묘사는 물론, 그 감흥을 시로 표현하고
있다. '설악산과 천후산이 금강산과 기걸함을 겨룬다'고 하였다.

유람 행로

- 일시 1672년
- 일정 임자년 8월 17일 낙산사—신흥사 18일 계조굴—미시령—난천—남교역
  19일 원통역—가음여리 20일 광치령

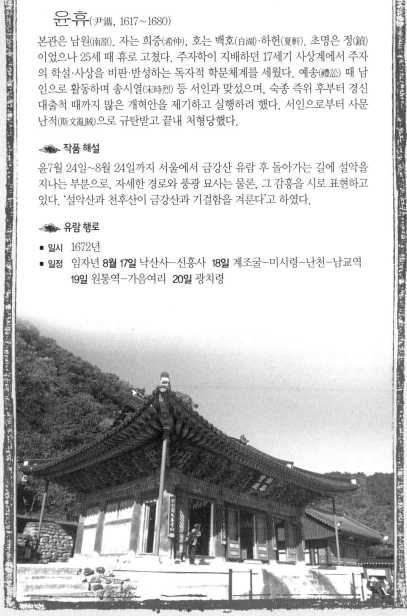

신흥사

비바람이 불기 전에 미리 울어 천후산이다

윤휴(尹鑴), 「풍악록(楓岳錄)」

17일(기미) 맑음. 나는 재계를 끝내고 대옥(大玉)도 제소(祭所)에서 돌아와서, 나더러 동해신묘비문(東海神廟碑文)을 지으라고 하고, 서로 손을 잡고 작별을 했다. 그날 모두 한번 실컷 즐기고 싶었으나, 마침 관청의 일이 바빠 부득이 서둘러 돌아가야 했다. 간성 군수 윤군(尹君)이 행장 속에서 꺼내 온 술과 안주로 몇 순배 돌리고 각기 헤어졌다. 중 사눌이 나를 보러 왔기에 내가 시로 답하였다.

휘황한 해와 달은 언제 봐도 그 빛이요	輝煌日月千秋色
높고 넓은 산과 바다 온 나라 받아들이네	嵬蕩山河萬國容
만약에 도가 고요한 것이 궁극의 뜻이라면	若道寂然爲究意
어찌하여 종을 불전에서 치단 말가	佛前那用打鳴鍾

사눌이 하직을 고하고 떠나고, 정극가(鄭克家)는 강릉(江陵)을 다녀오기 위해 뒤에 머물렀다. 우리 일행이 서로 헤어지려 할 때 중들이 나와 전송하는데, 모두 작별하기 아쉬워하는 빛을 보인다.

동구 밖을 나와 설악산을 바라보며 15리 남짓 가서 신흥사(神興寺)에 들렀더니 중들이 견여를 가지고 동구 밖까지 환영을 나왔다. 절은 설악산 북쪽 기슭에 있는 절로 동쪽을 향해 앉아 있는데 전각(殿閣)이나 헌루(軒樓)가 역시 규모가 큰 사찰 중의 하나이다. 여기에서 바라다 보이는 설악산과 천후산(天吼山)의 깎아지른 봉우리와 가파른 산세는 마치 풍악산(楓岳山)과 기걸함을 겨루는 듯하다. 여기에 있는 육행(六行)과 쌍언(雙彦)이라는 중은 다 얘기 상대가 될 만하여 서울에서 서로 만나기로 약속하였다.

저녁 식사를 마치자 외삼촌을 모시고 유군(柳君)과 함께 견여로 5~6리 쯤 가 앞 시내의 수석(水石)을 구경하고 돌아왔다. 그날 대옥(大玉)이 심부름꾼 한 사람에게 술과 안주를 보내왔기에 편지로 감사의 뜻을 전했다.

또 극가(克家)에게 부탁하여 금강산에서 얻었던 소마장(疏麻杖) 하나를 허미수(許眉叟)[1]에게 가져다 드리도록 했다. 그 지팡이는 바로 금강산 중이 말하는 산마(山麻)라는 것이다. 색은 청록색이고 재질은 옹골지며 매끈하고 가벼워 지팡이 감으로 좋다. 그런데 그것을 산마(山麻)라고 하지만 『초사(楚辭)』에서, '소마(疏麻)를 꺾음이여, 백옥 같은 꽃이로다[2]'라고 한 그 것이 아닌가 싶어 드디어 소마로 이름 붙인 것이다. 그리고 극가(克家)에게 다음과 같은 편지를 부쳤다.

땡땡한 녹색 옥지팡이를	鏗鏗綠玉杖
저 금강대에서 다듬었지	斲彼金剛臺
그대 통해 노인께 드리니	憑君奉老子
돌아올 때 바람과 우레 조심하게나	歸路愼風雷

유군(柳君)도 대옥(大玉)에게 편지를 써 보냈다. 극가가 시와 함께 이름을 그 밑에다 적었으나, 그 시는 기억이 나지 않는다. 이날 밤 최간이(崔簡易)[3]

1) 허미수(許眉叟) : 허목(許穆)을 말한다.
2) 『초사(楚辭)』「구가(九歌)」상부인(湘夫人)에 "구슬 꽃 소마를 꺾어서 장차 은자에게 주련다(折疏麻兮瑤華 將以遺兮離居)"라는 구절이 있다.
3) 최간이(崔簡易) : 최립(崔岦, 1539~1612)을 가리킨다. 조선 중기의 문신·문인으로 본관은 통천(通川). 자는 입지(立之), 호는 간이(簡易)·동고(東皐)이다.

의 「낙산」시 운자로 절구 한 수를 읊어 유군에게 주었다.

동쪽 태산 남쪽 형산 천하의 명산이라	東岱南衡海內奇
공자도 주자도 그 마음 같았으리	仲尼元晦共心期
그 뉘라서 알았으랴 천 년 후에 이 땅에서	誰知千載東溟外
그 풍경 구경하고 짧은 시를 읊을 줄을	無限雲波屬短詩

이렇게 쓰고서, "이 시는 표현을 더 다듬어야 할 곳이 있는 것 같아 손질을 좀 해 달라는 것이네" 하였다.

18일(경신) 맑음. 아침에 출발하여 뒷 고개를 넘어 외삼촌을 따라가다가 유군과 뒤떨어져 계조굴(繼祖窟)로 들어갔다. 바위에 나무를 걸쳐 처마를 만들어서 지은 절인데 지키는 중은 없다. 앞에 깎아지른 바위 하나가 서 있는데 그 이름이 용바위[龍巖]다. 아래는 큰 바위 하나가 반석을 이고 있었다. 크기가 집채만 한데 중 하나가 흔들어도 흔들흔들하여 이른바 흔들바위[動石]라는 것이다. 천후산 중간에 위치하여 남으로는 설악산과 마주하고 동으로는 큰 바다에 임해 있어, 역시 한번 구경할 만한 곳이다. 그러나 이날은 바다가 침침해서 멀리 볼 수는 없었다.

절의 벽 위에 기(記)가 하나 걸려 있다. 그 기를 보니, "이 굴은 의상(義相)이 수도하던 곳이다. 동으로 부상(扶桑)을 바라보면 망망한 큰 바다에 해와 달이 떴다 잠겼다 하고, 남으로 설악을 바라보면 일천 겹 옥 같은 봉우리가 눈 안에 죽 들어온다. 안개 낀 동정호(洞庭湖)의 물결이 제아무리 장관이라 해도 일천 겹 옥 같은 봉우리가 있다고는 들어보지 못했다. 여산(廬山)이 비록 도인(道人)들이 앞다투어 찾는 곳이라지만 역시 만경창파는 없다. 여기는 그 모두를 다 겸하고 있다" 하며 승경을 기록하였다.

그러나 자리가 비좁고 암자 모양도 왜소하여 경치 좋은 곳이라고 할 수 없다. 중들 말에 의하면 몇 해 전에는 수계(守戒)하는 중이 하나 있었는데, 어느 포악한 자에 의해 죽었다고 한다. 이는 장주(莊周)가 이른바, "안으로는 수련을 쌓아도 겉은 표범이 먹는다"는 것이다. 이학(異學)의 무리들은 인간과 유리되고 세상과 동떨어진 일 하기를 좋아하면서 그것을 고상한 것으로 여기고 있으므로 마땅히 그러한 일에 미친 것이다.

굴 뒤로 지상에서 몇천 길 높이로 석부용(石芙蓉)이 치솟아 있다. 서쪽에서 달려온 것으로, 기기교교한 형상의 봉우리가 40여 개나 된다. 어떤 것은 칼과 창 같고, 어떤 것은 규벽(圭璧) 같고, 어떤 것은 종과 솥 같고, 어떤 것은 깃발과 북 같고, 어떤 것은 불꽃이 튀는 모양이고, 어떤 것은 용솟음치는 파도와도 같아 모양이 제각기 형형색색이다. 중간의 한 봉우리는 구멍이 나 있어 마치 풍악의 혈망봉(穴網峯)처럼 생겼는데, 중의 말에 의하면 그 산을 소금강(小金剛)이라 부른다고 한다. 그리고 언제나 비바람이 있으려면 미리 울기 때문에 천후산(天吼山)이라는 이름으로도 불린다고 한다. 그렇다면 계조(繼祖)라고 한 것도 아마 이 산의 조산(祖山)이 풍악을 닮았다는 뜻 아니겠는가?

견여를 타고 산에서 내려와 미시령(彌時嶺) 아래 계시는 외삼촌 뒤를 좇아왔다. 고개로 와서 고개 아래 있는 여러 고을들을 내려다보며 내가 유군에게 이르기를, "영동(嶺東) 한 구역을 옛날에 창해군(滄海郡)이라고 불렀다. 장자방(張子房)[4]이 이르기를, '동으로 가 창해국 임금을 뵙고 거기에서 역사(力士)를 만나 진시황에게 철퇴를 던지게 했'고 하니, 아마도 그가 여기까지 왔던 것이 아니겠는가?" 했다.

---

4) 장자방(張子房) : 한 고조 유방을 도와 천하를 통일한 한나라 건국 공신인 장량(張良)이다.

또 견여를 타고 고개를 넘어오는
데 고개가 높고 험해 걸음마다 마치
사다리와 같은 가파른 바위가 거의
30리나 뻗쳐 있다. 난천(煖泉)[5] 곁
에 와서 말을 쉬게 했다. 이른바 난
천이란 겨울에도 얼지 않아 길 가는
사람들이 눈에 막히고 해가 저물면

흔들바위

반드시 거기에서 자고 간다는 곳이다. 길 좌우로 꽤 아름다운 수석들이 있
었으나, 이미 풍악과 낙가(洛伽)의 승경을 구경한 우리들 눈에는 별로 들어
오는 것이 없다. 큰 바다나 높은 산을 구경한 자에게는 어지간한 산과 물
이 산과 물로 보이지 않는 것처럼, 성인(聖人)의 문에서 노는 자에겐 어지
간한 도술(道術)이 도술로 인정받기 어려운 일이다.

사람들의 말에 의하면 고개 위에 군데군데 옛 성터가 있다고 하는데, 이
른바 옛날의 장성(長城)인 것으로 금강산·설악산 정상에도 그러한 곳들이
더러 있다. 우리나라 삼국(三國) 시절에 피난 나온 이들이 그렇게 만들어놓
고 모여 있으면서 서로 버티던 곳이 아니겠는가. 우리나라가 3백여 년 태
평을 유지하는 동안 성 단속을 하지 않았다가, 중간의 왜놈 난리에 백성들
이 의지할 곳이 없어 이리저리 도망만 치다가 결국 문드러지고 말았다. 지
금도 전쟁이 일어나지 않은 지 한 세기가 다 되어가고 있다. 태평 뒤에는
비운이 반드시 오는 법이니, 어찌 염려가 없겠는가?

도중에 천후산 흔들바위에 대해 다음과 같이 부(賦)를 지었다.

---

5) 난천(煖泉) : 용대리에 있던 온천을 말한다.

"천후산 앞에 큰 바위 하나
어디에서 떨어져 계조암(繼祖
菴) 가에 있을까. 한 명이 흔들
어도 흔들리지만 옮기려면 천
명 가지고도 안 될 바위. 어찌
보면 우(禹)가 구독(九瀆)을 뚫
고, 구주(九州)를 개척하고, 구
택(九澤)을 쌓고, 사경(四逕)의

계조암

물길을 낸 다음, 구주의 쇠붙이를 모아 만들어놓은 솥 같기도 하고, 또 진
시황(秦始皇)이 이주(二周)를 삼키고 육왕(六王)을 죽이고 사해(四海)를 통
일하고 오랑캐까지 제어한 다음, 천하 병기를 모두 녹여 주조한 종(鍾)과
같기도 하다. 그러나 솥이라고 해도 상제(上帝)께 술 한잔 올릴 수도 없고,
종이라고 해도 꽝꽝 울지도 못한다. 기껏 중들만 이곳을 이용하여 절로 꾸
며 두고, 구경꾼들만 그를 두고 별소리 다 만들어내고 있을 뿐이다.

월출산(月出山) 꼭대기에 바위 아홉 개가 있었는데 중화도사(中華道士)
가 서에서 와서 그중 여덟 개를 쳐 없애버렸다고 들었지만, 나도 두보(杜
甫)가 말했듯이 맹사(猛士)의 힘을 빌려 그를 들어다가 저 하늘 밖에다 던
져버림으로써 사특한 말 편벽한 행동이 판치지 못하게 하고 싶다. 하지만
천주(天柱)가 부러지고 지유(地維)가 찢어지고 귀신들이 울부짖고 미워하
면서 갱혈(坑穴) 속에 가만히 있지 못할까 봐서 머뭇거리며 감히 손을 대
지 못하고 가슴을 어루만지며 탄식만 한다. 장자방을 데리고 창해군(滄海
君)을 찾아가서 역사(力士)를 만나 300근 철퇴를 옷소매에 넣고 있다가 그
를 저격하여 혼비백산하게 만들지 못하는 것이 한스럽구나. 아, 신력(神
力)이 없으니 어찌할 것인가."

미시령

이날은 남교역(嵐校驛)6)에서 잤는데 마을 앞에서 한계산을 바라보니 그다지 멀지 않다. 또 계곡이 깊고 수석도 기괴하다고 들었으나 가는 길목이 아니고 또 우회해야 하기 때문에 가보지 못했다. 주인의 성명은 함응규(咸應奎)라는 이였는데 우리에게 꿀차를 대접하였다. 또 문자를 꽤 알고 있으며 점도 칠 줄 안다. 내가 집을 떠나온 지 오래되었기 때문에 집 안부가 어떻겠느냐고 물었더니, 아무 걱정 없다고 하면서 옥녀상봉(玉女相逢)의 점괘가 나왔다고 한다.

19일(신유) 아침에 짙은 안개가 끼었다. 안개를 무릅쓰고 일찍 출발하여 인제(麟蹄) 원통역(圓通驛)에 와서 말에게 꼴을 먹였다. 주인 성명은 박윤생(朴潤生)인데 꿀차를 대접해주었고, 역리(驛吏)들은 술과 과일을 대접해주었다. 춘천(春川)의 청원(淸源)을 보려고 홍천(洪川) 가는 큰길을 좌로 하고 굽은 시내를 건너 한 골짜기에 들어갔다. 과거 보기 위해 떼 지어 걸어가고 있는 선비들을 길에서 만나 말에서 내려 서로 읍을 했다. 그렇게 하길 두 차례나 했다.

시내 하나를 열여섯 차례나 건너 산골의 민가를 찾아 잤는데 아주 궁벽한 곳이었다. 주인의 말이, 자기 나이는 70이고 아들이 셋, 딸이 넷인데 금년 봄에 굶고 병들어 모두 죽었으며, 집안간에 죽은 자들이 30명도 더 되

6) 남교역(嵐校驛) : 지금의 남교리를 말한다.

는데 아직 땅에다 묻지도 못했다고 한다. 땅을 버리고 떠돌이로 나서고 싶어도 자기 자신은 고을의 토착민이고, 아들이 또 어궁졸(御宮卒)이어서 쉽사리 옮겨가고 싶어 하지 않는다는 것이다. 그의 사정이 불쌍했고 산골짜기의 백성들 생활상이 그렇게도 신산하고 고통스러워 장초지탄(萇楚之歎)[7]이 없지 않다. 슬픈 일이다. 땅은 인제 땅이고 마을 이름은 가음여리(加陰餘里)[8]이다.

---

7) 장초지탄(萇楚之歎) : 『시경(詩經)』「습유장초(隰有萇楚)」시에서 유래한 말로, 정사가 번거롭고 부역이 무거워 사람들이 그 고통을 견뎌내지 못하므로 지각 없는 초목만도 못함을 탄식한다는 말이다.
8) 가음여리(加陰餘里) : 인제군 가아리를 말한다.

김수증(金壽增, 1624~1701)

본관은 안동(安東). 자는 연지(延之), 호는 곡운(谷雲). 1650년(효종 1)에 생원시에 합격하고, 1652년에는 세마(洗馬)가 되었다. 그 뒤 형조 정랑·공조 정랑을 거쳐 각사(各司)의 정(正)을 두루 역임하였다. 젊어서부터 산수를 좋아하여 금강산 등 여러 곳을 유람한 뒤 기행문을 남기기도 하였다. 1670년(현종 11)에는 지금의 강원도 화천군 사내면 영당리에 복거할 땅을 마련하고 농수정사(籠水精舍)를 지었다. 그 뒤 1675년(숙종 1)에 성천 부사로 있던 중, 동생 수항(壽恒)이 송시열(宋時烈)과 함께 유배되자 벼슬을 그만두고 농수정사로 돌아갔다. 이때 주자(朱子)의 행적을 모방하여 그곳을 곡운(谷雲)이라 하고, 곡운구곡(谷雲九曲)을 경영하면서 화가인 조세걸(曺世傑)을 시켜 「곡운구곡도」를 그리게 하는 등 글씨와 그림에 관심을 기울였다.

1689년 기사환국으로 송시열과 동생 수항 등이 죽자, 벼슬을 그만두고 화음동(華蔭洞)에 들어가 은둔하였다.

작품 해설

1679년 작품으로, 직접 곡연을 답사하고 지은 것이 아니라 인근에 있는 신수사(神秀寺)의 스님 이야기와, 인제와 양양 사이를 오가는 선비의 이야기, 또 막내아들 창직(昌直)이 신흥사를 다녀와 하는 이야기를 듣고 작성한 것이다.

유람 행로

이 글은 실제로 유람한 것이 아니기 때문에 경로를 말하기 어려움이 있다.

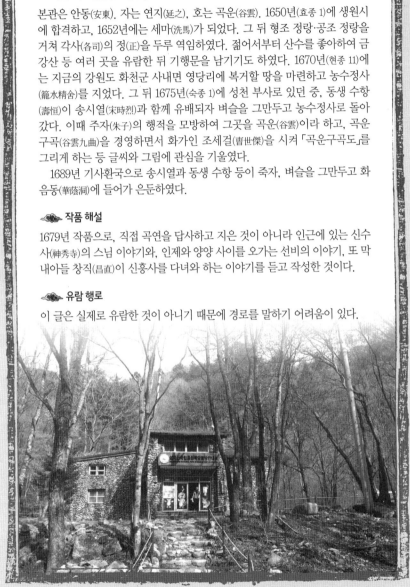

설악산국립공원 백담탐방안내소. 백담사 맞은편에 위치한 이 부근에 사람들이 살았다.

곡연의 수석은 우리나라에서 제일이다

김수증(金壽增), 「곡연기(曲淵記)」

한계와 설악 사이에 곡연(曲淵)[1]이라는 곳이 있다. 그 땅은 무려 수십 리에 이르며, 바로 고개의 동서를 차지하고 있다. 사방이 험하게 막혀 있어 사람이 통하지 못하지만, 안으로 들어가면 지세가 평탄하고 넓어 밭을 일구고 살 만하다. 울창한 숲이 해를 가려도 토지는 비옥하여 산골짜기에서 생산하는 것은 없는 것이 없다. 수석(水石)의 뛰어남은 우리나라에서 제일이다.

간혹 삼을 캐는 사람이 오고 간다. 옛 집터가 한 곳 있는데, 전해오기를 부자가 예전에 살던 곳이라 한다. 혹은 동봉(東峯)[2]이 소요하던 곳이라고 한다. 야사(野史)에 동봉이 한계와 설악 사이에 오래 머물었다고 하니, 이곳이 그곳 아니겠는가?

세상 사람들은 매우 험하여 세상을 피할 수 있다는 것을 알지만 갈 수 없었다. 간성(干城)에 살던 유민(流民)이 이사할 계획을 세우고 몇 년 동안 산을 돌아다니고 길 낸 곳을 엿보았다. 인제(麟蹄)의 한계사(寒溪寺)에서 들어가면 벼랑과 절벽을 잡고 올라가느라 배와 등은 닳고 긁히며, 아래를 굽어보면 헤아릴 수 없다. 양양(襄陽) 신흥사(神興寺)에서 들어가면 40리쯤 되지만 역시 매우 험하다. 나무를 잘라 계곡에 다리를 놓아야 통행할 수 있

---

1) 곡연(曲淵) : 백담계곡을 말한다.
2) 동봉(東峯) : 김시습(金時習)의 호이다.

고, 양식이나 어염(魚鹽)은 역시 바다에서 얻을 수 있다. 그 사람은 들어가려고 했으나 혼자 가기 어려워 실행하지 못했다.

송아지를 안고 들어가는 것이 아니라면 소나 말은 들어갈 수 없다. 또 커다란 나무와 마른 등걸들이 산골짜기에 어지럽게 섞여 있어 수 년 동안에 베어내기 어렵다. 그러므로 불을 놓고 곡식을 뿌린다면 소로 갈지 않아도 수확은 2~5배의 이익을 볼 수 있다. 또한 논을 만들 곳이 있다. 초목에 가을이 오더라도 서리와 눈은 다른 곳보다 조금 늦게 내리며, 물은 맑고 물고기는 많다. 열목어가 시내에 가득하여 힘들이지 않아도 잡을 수 있다.

곡운(谷雲)의 신수사(神秀寺)[3]에 한계에 있던 중[4]이 있는데, 나는 그 중에게서 들었다. 또 인제와 양양 사이를 오가는 선비 한 사람이 그 형세를 자세히 탐색하였는데, 그의 말은 모두 위와 같았고, 유민(流民) 몇 가구가 들어와 산다고 한다.

---

3) 신수사(神秀寺) : 화천군 사내면 사창리에 있던 절이다.

4) 「한계산기」에 보면 계상사(繼祥寺)에 있던 "노승 언흘(彦屹)은 지난번 신수사(神秀寺)에서 본 적이 있다. 한계산의 대승암(大乘菴)을 유람하고 봉정암과 곡연을 두루 돌았기에, 그 승경(勝景)의 풍치(風致)를 말할 수 있어서 조금 내 마음에 맞았다"고 한 것으로 보아, 「곡연기」에서 곡연에 대해 말한 신수사의 스님은 바로 '노승 언흘(彦屹)'을 가리킨다. 인제와 양양 사이를 오가며 곡연의 형세를 탐색한 사람은 「유곡연기」에 의하면 곡운의 막내 아들 창직(昌直)인 것 같다.

김수증(金壽增, 1624~1701)

앞의 「곡연기」 참조.

작품해설

곡운이 조카인 삼연과 함께한 설악 유산기로 한계사가 전해에 불타 원통쪽으로 내려와 새 절(운흥사)를 짓고 있다는 기록을 통해 백담사의 이동 경로와 시기를 정확하게 알 수 있는 근거를 제공하고 있다. 「곡연기」(1679)를 통해 설악의 아름다움을 갈망해왔던 곡운의 설악행은 이해에는 한계사지 부근까지로 끝나지만, 그후 1698년 75세의 나이로 다시 설악을 찾아 「유곡연기」를 남긴다.

글에 나오는 한계사지 부근의 정금발사는 한계수옥으로 삼연의 설악에서의 여러 정사(백연정사, 벽운정사, 영시암, 갈역정사) 중 첫 정사이다.

유람 행로

- **일시** 1691년 5월 6일~5월 15일
- **일정** **5월 6일** 곡운정사-오리촌-가현-원천역-낭천읍 **7일** 대리진-관불현-방천역-서사애-함춘역 **8일** 작은고개-부령동-반정-교탄-원통역-고원통-운흥사 **9일** 소개촌-옥류천-사암봉-한계사터-진목전-정금 발사 **10일** 한계사터-소개촌-원통 **11일** 휴식. 역리 김세민으로부터 옥류천, 아차막동, 백운암동 등에 대해 들음. **12일** 말이 지쳐 휴식. **13일** 부령 아래 시골집-함춘역-방천 **14일** 낭천-원천-계상사 **15일** 명지현-곡운정사-화음동

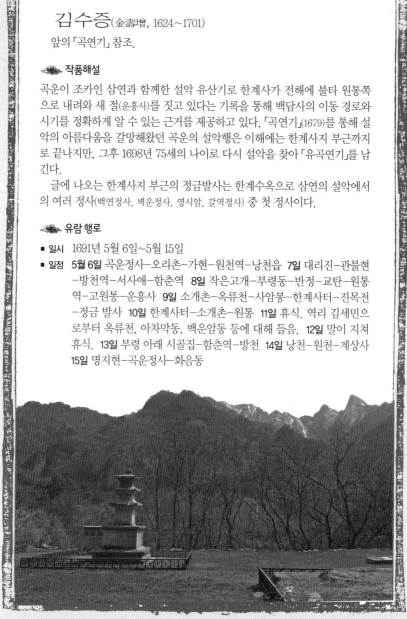

한계사터

바람과 이슬이 몸에 가득하여 잠을 이룰 수 없다

김수증, 「한계산기(寒溪山記)」

신미(辛未, 1691)년 5월 6일. 맑음. 식사를 한 후 조카 창흡(昌翕)[1]과 같이 곡운정사(谷雲精舍)[2]를 출발하여 30리를 갔다. 오리촌(梧里村)[3]에 도착해서 점심을 먹고, 북쪽으로 큰 개울을 건넜다. 이 개울은 곡운동(谷雲洞)의 하류다. 가현(加峴)을 넘는데 길이 매우 가파르고 위험하다. 원천역(原川驛)[4]을 지나 낭천읍(狼川邑)[5] 아래에 이르러 정대보(程大寶)의 집에서 잤다. 이날은 60리를 갔다.

5월 7일. 새벽에 가랑비가 조금씩 내리더니 늦게 개였다. 동쪽으로 15리 가서 대리진(大利津)[6]을 건너고 관불현(觀佛峴)[7]을 넘었다. 강을 따라 올라가자 밭과 들판이 평평하고 넓다. 물 북쪽에 있는 집들이 그림처럼 물에 비치며 늘어서 있다. 12시쯤 방천역(方川驛)[8]에 도착해서 역리(驛吏) 김영업(金英業)의 집에서 점심을 먹었다.

강을 따라 가다가 잔도 한 군데를 지났다. 동쪽으로 10여 리를 가서 서

---

1) 창흡(昌翕) : 김창흡을 가리킨다.
2) 곡운정사(谷雲精舍) : 김수증이 은거하던 화천군 용담리에 세운 집을 말한다.
3) 오리촌(梧里村) : 춘천시 북산면 오탄리의 옛 이름이다.
4) 원천역(原川驛) : 강원도 화천군에 속하는 마을이다.
5) 낭천읍(狼川邑) : 강원도 화천읍의 옛 이름이다.
6) 대리진(大利津) : 화천읍 대이리에 있는 나루터이다.
7) 관불현(觀佛峴) : 한천 대이리와 원천리 사이에 있는 고개이다.
8) 방천역(方川驛) : 화천군에 있는 마을. 화천댐으로 인하여 마을 대부분이 잠겼다.

고인돌박물관 앞에 있는 함춘주막

사애(西四涯)에 이르자 나무숲 길이 여기서 끝난다. 이곳은 두 물이 합쳐지는 곳이다. 왼쪽은 황벽동(黃檗洞)의 하류이고, 오른쪽 물은 만폭동(萬瀑洞)에서 발원한 물이다. 좌측을 택하지 않고 우측 물길을 따라 갔다. 하나의 잔교를 지난 후 오던 물길을 버리고, 오른쪽의 하천을 택했다. 이 하천은 양구현(楊口縣) 북쪽에서 흘러오는 물이다. 물가에 나무 그늘이 있는데 나뭇가지가 하늘거려서 앉을 만하다. 잠시 쉬었다가 출발했다. 또 두 개의 잔교를 지나 함춘역(咸春驛)[9]에 도착했다. 역리(驛吏) 이기선(李起善)의 집에서 묵었는데, 이날은 80리를 갔다.

5월 8일. 맑음. 잠자리에서 일어나자마자 식사를 하고 7~8리를 걸었다. 작은 고개를 넘고, 또 몇 리를 가서 부령동(富嶺洞) 입구에 들어섰다. 돌길이라 큰 돌이 많고 꼬불꼬불 올라가서 몇 굽이인지 알 수 없다. 큰 나무와 깊은 숲이 길 양쪽에 있어 해를 가린다. 고개 위에 이르러 멀리 설악산을 바라보니, 구름 속에 가려져서 환하게 볼 수 없다. 고개를 내려가 동쪽으로 갔다. 몇 리 되지 않아 산골짜기가 나온다. 나무 그늘 속에서 꾸불꾸불 갔다. 반정(半程)[10]을 지나는데 마을이 물을 마주 보고 있다. 앉을 만한 곳을 찾아 말을 쉬게 하면서 식사를 한 후, 자다가 출발했다.

산을 에워싸고 있는 물은 굽이치며 흘러 한 굽이를 지나면 또 한 굽이가

---

9) 함춘역(咸春驛) : 양구에 있던 역원이다.
10) 반정(半程) : 인제군 가아리 마을 중간에 위치한 마을을 가리킨다.

있다. 이런 길이 30리이다. 교탄(交
灘)[11]을 건넜는데, 이곳은 서화(瑞
和)의 하류이다. 깨끗하고 넓어서
좋기는 하나, 여울물이 깊고 급하
게 흘러 내려 작은 비만 와도 여행
객은 오고 가지 못한다. 물가를 따
라 동쪽으로 가다가, 남쪽으로 시

운흥사지에 흩어져 있는 유적

내 위를 건너 지른 긴 다리를 바라보았다. 이 다리는 인제현(麟蹄縣)으로
가는 길이다.

원통역(圓通驛)에 이르러 역졸(驛卒) 박승률(朴承律)의 집에서 잠시 쉬었
다. 5리를 가면서 큰 내를 세 번 건넜는데, 이곳은 남교역(藍橋驛)의 하류
다. 고원통(古圓通)[12]을 지나 한계사로 들어섰다. 모래 길에 소나무 숲이라,
풍악산 장안동(長安洞) 입구와 비슷하다. 여러 차례 냇물을 건너자 북쪽에
골짜기가 있다. 비스듬히 꺾어지면서 절[13]에 도착했다. 절이 있는 곳은 둘
러싸여 있어 볼 만한 곳이 없다. 그러나 뒤편에 있는 산봉우리는 깊고 아
득하여 멀리서 볼 만하다. 좌우에 있는 승방(僧房)은 새로 지은 판옥(板屋)
이고 법당(法堂)은 이제 막 차례대로 짓고 있다. 중들 10여 명이 바쁘게 일
을 하느라 겨를이 없었기 때문에 이야기를 나눌 사람이 없다. 동쪽 요사채
에서 잤는데, 이날은 80리를 갔다.

5월 9일. 맑음. 아침 식사 후 남쪽으로 계곡 어귀를 나와 시내를 따라 동

---

11) 교탄(交灘) : 가아리에서 흘러 내려온 물과 서화에서 내려온 물이 만나는 곳에 형성된
   여울을 말한다.
12) 고원통(古圓通) : 인제군 한계리의 옛 이름이다.
13) 절 : 한계사가 불타자 절을 옮긴 곳으로, 운흥사를 말한다.

쪽으로 가다 소개촌(小開村)을 지났다. 빽빽한 소나무 숲을 지나다가 북쪽으로 여러 봉우리들을 바라보니 보이는 것마다 괴이하다. 그중 한 봉우리는 특별히 곧게 빼어나며 하얗고 선명하다. 백련봉(白蓮峰)이라 새로 이름 붙였다. 또 붉은 표지를 세운 것같이 하늘로 솟은 붉은 산을 가리켜 채하봉(彩霞峰)이라 하였다. 동행하던 절의 중을 돌아보며 당신들은 잊지 말고 알고 있으라고 하였다.

4~5리쯤 가니 북쪽에 작은 냇물이 꿈틀대듯 흘러오다가 5~6길의 폭포[14]를 만든다. 위로 층층이 못이 있는데 형태가 절묘하다. 벼랑을 따라 올라가 연못을 굽어보니 모양은 가마솥 같고 색깔은 검푸르다. 연못의 서쪽 암벽 위에 '옥류천(玉流泉)' 세 글자를 새겼다. 이곳을 지나 걷다 보니 우측에 네 개의 바위가 있는데, 난새와 봉황이 높이 날아오르는 것 같다. 절벽은 만 길이나 되고 기세가 등등한데 넓이는 수백 보에 이른다. 이것이 아마 중국 사람이 기록한 '남쪽 봉우리는 절벽으로 되어 있다'는 것이리라.

잠시 뒤 한계사(寒溪寺) 옛터를 지나니 북쪽의 여러 산봉우리들은 우뚝 서서 촘촘히 늘어섰는데 위풍이 있어 외경(畏敬)스럽다. 남쪽에 있는 가리봉(加里峯)[15]은 기이하게 빼어나 우뚝 솟아 하늘을 괴고 있다. 좌우를 둘러보니 놀라게 하고 넋을 흔든다.

10리를 가서 진목전(眞木田)[16]에 이르렀다. 형세를 둘러보니 모이고 겹친 봉우리들이 뒤까지 건너 질러 뻗으면서 특이한 모양과 기이한 형태를 하고 있고, 높은 곳은 눈처럼 빛난다. 흙으로 된 묏등은 세 갈래다. 북쪽에

---

14) 폭포 : 옥류천을 말한다.
15) 가리봉(加里峯) : 가리산을 가리킨다.
16) 진목전(眞木田) : 자양밭을 가리킨다.

안산

옥류천

서부터 구불구불 기어오는데, 거의 수백 보나 수천 보쯤 된다. 가운데 갈래는 우뚝 솟아 있고, 좌우의 두 묏등은 부축하며 끼고 있는 형세다. 앞산은 그다지 높지 않다. 초목이 무성하여 푸르며 북쪽을 등지고 남쪽을 바라보니 해와 달이 밝게 비춰서, 그 안에 집을 지을 만하다. 언덕 아래와 위의 땅들은 비옥하여 농사지을 곳이 많다. 살펴보고 나서 일어나 수백 보를 가서 시냇가 돌 위에 이르러 점심을 먹었다.

지나는 중을 만나 어디로 가느냐고 물으니, 오색령(五色嶺)[17]을 경유해서 양양(襄陽)으로 가는 길인데, 이곳에서 바닷가까지는 80리 길이라고 한다. 돌아가는 길을 찾아 대승암(大乘菴)을 방문하려고 했지만 피곤이 심하여 일어날 수 없었다. 정금(丁金)의 발사(茇舍)[18]에서 자기로 하였다. (정금은 조카 창협의 농노로 금년 봄에 소를 끌고 와서 이곳에 머물고 있다.) 집은 서까래뿐이고 지붕은 없다. 철노(鐵奴)에게 나무껍질을 벗기어 간단히 위를 덮고, 밑에는 풀을 깔게 했다. 이곳에서 밤을 보내는데 별빛과 달빛이 지붕을 뚫

---

17) 오색령(五色嶺) : 인제와 양양 사이에 위치한 고개로, 오색령의 위치에 대해서는 의견이 분분하다.
18) 정금(丁金)의 발사(茇舍) : 김창흡의 노비인 정금의 거처이다.

고 비추며, 바람과 이슬이 몸에 가득하니 추워서 잠을 이룰 수가 없다. 이 날은 20여 리를 갔다.

5월 10일. 맑음. 해가 동쪽 산봉우리에서 솟아오르자 봉우리 색깔은 더욱 밝게 드러난다. 작은 개울을 따라 북쪽으로 1리쯤 올라가니 하나의 나지막한 둔덕이 나타났다. 지세는 조금 높고 물이 합쳐지는 곳이 그윽하여 암자를 세울 만했다. 아침 식사를 하고 나서 한계사의 옛터로 내려갔다. 절은 지난해에 재앙을 만나 석불(石佛) 3구는 깨어진 기와 조각과 잿더미 속에서 타서 훼손되었다. 오직 석탑(石塔)만이 뜰 한 모퉁이에 서 있고, 작약(芍藥) 몇 떨기가 어지러운 풀 속에 활짝 피어 있을 뿐이다.

마침 우연히 마을 사람을 만나 대승암(大乘菴) 가는 길을 물었더니, 바로 북쪽 두 봉우리 돌 틈 사이를 가리키며, 여기서 올라가다 5리쯤 가면 갈 수 있으나 몹시 험하니 가지 말기를 바란다고 한다. 이리저리 거닐며 쳐다보고 있노라니 구름 낀 암벽이 하늘에 꽂힌 듯하여 뜻을 접게 한다. 돌아서서 동쪽 작은 개울에 다다랐다. 이곳은 바로 폭포의 하류인데 오래도록 가물어 거의 물이 흐르지 않으니, 폭포가 볼 만한 것이 없음을 알 수 있다.

내려오다 소개촌에 이르러 물가에서 잠시 팔을 베고 잤다. 솥을 설치하고 점심을 먹었다. 날이 저물어서야 내려와 원통(圓通) 박가네 집에서 잤다. 이날은 40리를 갔다.

5월 11일. 비가 왔다. 역리(驛吏) 김세민(金世民)이 찾아와 인사를 한다. 그 사람은 상세하고도 분명하여 한계산의 여러 승경(勝景)을 말하는 것이 매우 자세하다. 옥류천(玉流泉)[19]·아차막동(阿次莫洞)[20]·백운암동(白雲菴

---

19) 옥류천(玉流泉) : 한계산성이 있는 골짜기 입구에 있는 폭포를 말한다.
20) 아차막동(阿次莫洞) : 현재 도둑골을 말한다.

洞)[21]은 모두 그가 삼(蔘)을 캘 때 다닌 곳이다. 옥류천의 물이 끝나는 곳에 오래된 성터[22]가 있으나, 물과 길이 험준하여 곧바로 올라갈 수 없다. 비스듬히 큰 개울의 반석을 따라가다 북쪽으로 5리쯤 들어가면 다다르게 된다. 삼면이 절벽으로 빙 둘러 있고, 터진 곳은 개울에 걸쳐서 성을 쌓았는데, 높이는 4~5장이나 된다. 또 석문(石門)이 아직도 완연히 남아 있고, 성(城) 안은 토지가 평평하고 넓어 살 만하다.

북쪽 묏등을 넘으면 지리곡(支離谷)[23]이다. 수십 리 내려가면 세 개의 용추(龍湫)가 있는데, 기이하고 장엄하여 볼 만하다. 아차막동은 진목전에서 동쪽으로 5리 지점에 있고, 계곡을 따라 북쪽으로 들어서면 5~6장이나 되는 폭포가 여러 곳에 있다. 백운암동 물을 쫓아 위로 오르면 상설악(上雪嶽) 백운암(白雲菴)[24]에 도달할 수 있다. 진목전에서 입구까지는 겨우 10리다. 계곡을 따라 북쪽으로 오르면 물과 돌로 이루어진 경치가 맑고 그윽하며, 아름다운 나무들이 즐비하다. 5리를 가면 암자터이다. 절벽을 등지고 동남방을 향하고 있으며 여러 산봉우리들이 둥글게 줄지어 섰는데 은을 쌓거나 옥을 깎은 듯하다. 남쪽으로는 상필여봉(上筆如峯)이 있고, 서쪽으로는 입모봉(笠帽峯)이 있으며, 북쪽으로는 상설악(上雪嶽)이 10여 리 안에 있다. 이곳에 오르면 동해(東海)를 볼 수 있다고 한다.

12일. 맑음. 말이 지쳐서 쉬었다.

13일. 맑음. 아침 식사 후 귀로(歸路)에 올랐다. 교탄의 물이 불어 건너기

---

21) 백운암동(白雲菴洞) : 백운암이 있었던 계곡의 옛 이름이다.
22) 성터 : 한계산성을 말한다.
23) 지리곡(支離谷) : 지금의 십이선녀탕계곡을 말한다.
24) 백운암(白雲菴) : 백운암동에 있던 옛 암자이다.

명지현

어렵다고 들어 비스듬히 하류로 따라가다가 다리 위로 건넜다. 서쪽으로 돌다가 북쪽으로 작은 고개 하나를 넘어, 부령(富嶺)[25] 아래 시골집에 이르렀다. 점심을 먹고 고개 위에 올라 설악산을 돌아보니 산의 모양이나 봉우리 색깔이 또렷하여 손으로 잡을 듯하다. 남북으로 웅장하게 서린 형세는 한 번 와서 다 볼 수 없다. 말을 타기도 하고 걷기도 하면서 잠깐 사이에 고개를 내려왔다. 위는 위대로 아래는 아래대로 그 모습들이 다르다. 함춘역(咸春驛) 이기선(李起善)의 집에 도착하여 말을 쉬게 했다. 날이 저물어서야 방천(方川)에 도착하여 김영업(金英業)의 집에서 잤다. 이날은 100리를 갔다.

14일. 맑았으나 저녁에는 흐리다가 비를 뿌렸다. 일찍 출발하여 낭천(狼川)의 정(程)씨 집에 이르러 점심을 먹었다. 원천(原川)을 지나 서쪽으로 돌면서 시냇물을 따라 30리를 가서 계상사(繼祥寺)[26]에 이르렀다. 고탑(古塔)과 부도(浮屠)가 있으며, 남아 있는 중은 3~4인이다. 처음에 지은 암자와 요사채는 제 모습을 갖추지 못하였다. 어지럽게 잡초가 뜰을 덮어 앉을 만한 땅도 없다. 노승 언흘(彦屹)은 지난번 신수사(神秀寺)[27]에서 본 적이 있다. 한계산의 대승암을 유람하고 봉정암과 곡연을 두루 돌았기에, 그 승경(勝景)의 풍치(風致)를 말할 수 있어서 조금 내 마음에 맞는다. 초막(草幕)이

---

25) 부령(富嶺) : 인제와 양구를 잇는 광치령을 말한다.
26) 계상사(繼祥寺) : 화천군 계성리에 있는 계성사를 말한다.
27) 신수사(神秀寺) : 화천 사창리에 있던 절이다.

매우 누추하나 향을 피우고 잠자리에 들었다. 이날은 80리를 갔다.

15일. 맑음. 조반을 들기 전에 절을 나와 서남쪽으로 명지현(明知峴)[28]을 넘었다. 지세가 높게 솟고 길이 매우 가파르고 급하다. 어렵게 걸어서 내려와 정사(精舍)에 다다랐다. 해는 아직 중천에 뜨지 않았다. 이날은 20리를 갔다. 오후에 화음동(華陰洞)으로 돌아왔다. 이튿날 조카 창흡은 동음(洞陰)으로 돌아갔다.

28) 명지현(明知峴) : 사창리에서 화천을 통할 때 통과하던 고개이다.

김창협(金昌協, 1651~1708)

본관은 안동. 자는 중화(仲和), 호는 농암(農巖). 상헌(尙憲)의 증손자이며, 아버지 수항(壽恒)과 형 창집(昌集)이 모두 영의정을 지냈다. 육창(六昌)으로 불리는 여섯 형제 중에서 특히 창협의 문(文)과 동생 창흡(昌翕)의 시는 당대에 이미 명망이 높았다. 아버지 수항과 중부(仲父) 수흥(壽興)은 노론의 핵심인물이었는데, 그가 청풍 부사로 있을 때 기사환국(己巳換局)으로 아버지가 진도에서 사사(賜死)되자 벼슬을 버리고 영평(永平)에 숨어 살았다. 1694년 갑술옥사 후 아버지의 누명이 벗겨져 호조 참의·대제학에 임명되었으나 나아가지 않고 학문에만 전념했다.

전아하고 순정한 문체를 추구한 고문가(古文家)로 전대의 누습한 문기(文氣)를 씻었다고 김택영에게 높은 평가를 받았다.

작품 소개

김창협은 1696년 3월에 철원에 가서 백씨 창집을 만나고, 7월에 인천부에 가서 장모 정관재부인(靜觀齋夫人)을 뵙고, 원주에 가서 황주하의 장례에 참석한 후 이어 청평과 한계를 유람하면서 동선을 따라 기록한 것이 「동정기」이다. 여기에는 설악산과 관련한 부분만 발췌하였다.

유람행로

■ **일시** 1696년 **8월 28일** 인제-합강정-덕산령-원통역-절(운흥사) **29일** 옥류천-옛 절터(한계사)-폭포앞 석대-대승암-상승암의 옛터 대승암 **30일** 만경대-한계사-인제

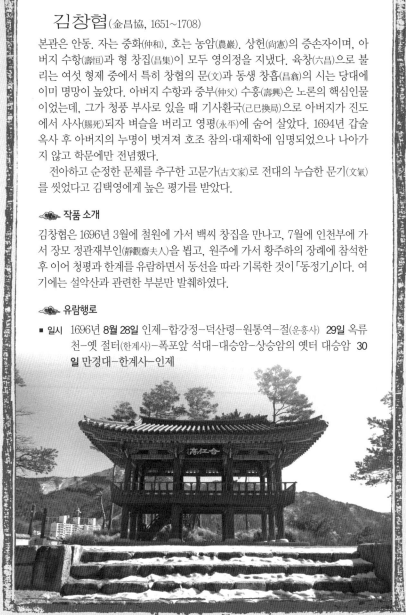

합강정

바람이 불자 허공에서 내려오지 않는다

김창협(金昌協), 「동정기(東征記)」

(8월) 28일. 오후에 한계(寒溪)를 향해 출발하여 5리를 가서 합강정(合江亭)[1]에 올랐다. 두 줄기 물이 앞에서 합쳐지는데, 흰 모래와 맑은 여울이 깨끗하고 호젓하다. 덕산령(德山嶺)[2]을 넘어 수백 보나 되는 잔도를 따라 걸어갔다. 10리를 가자 원통역(圓通驛)이다. 큰 소나무들 사이를 계속 걷노라니 나무의 끝을 따라 은은히 보이는 몇몇 봉우리들이 마치 눈에 덮인 것 같아 기분을 들뜨게 한다. 15리를 가서 절[3]에 이르러 묵었다. 절이 전에는 폭포 밑에 있었는데 경오년(1690, 숙종 16)에 불타서 옮겨 세웠으며, 그 후 얼마 지나지 않아 또 불이 나 임시로 대강 얽어놓은 상태이고, 미처 다시 세우지 못하였다.(읍치(邑治)는 인제현(麟蹄縣)이다.)

29일. 조반을 먹고 남여로 10리를 가자 옥류천(玉流泉)이 나타난다. 물은 바위 위를 따라 흘러 떨어지면서 돌을 뚫어 작은 웅덩이를 만들었다. 웅덩이 위아래는 모두 길이가 약 (결락) 수백 자이다. 10리를 가니 옛 절터[4]이다. 여기서부터 위로 길이 매우 경사가 져서 남여를 타고 올라가는데 마치 곧장 하늘로 오르는 것 같다. 3리를 가서 남여에서 내려 걸어가는데, 열

---

1) 합강정(合江亭) : 기린에서 흘러오는 내린천과 원통에서 흘러오는 원통천이 합류하는 곳에 세운 정자이다.
2) 덕산령(德山嶺) : 인제군 덕산리에 있는 고개이다.
3) 절 : 한계사가 불탄 후 옮겨 지은 운흥사를 가리킨다.
4) 옛 절터 : 한계사터를 말한다.

걸음마다 한 번씩 쉬어도 풀무질을 하는 것처럼 숨이 헐떡거렸다.

3~4리를 가서 석대(石臺)[5] 하나를 만났는데, 폭포를 정면으로 마주하고 있다. 고색창연한 절벽은 우뚝 솟아 몇천 자인지 알 수 없다. 폭포가 그 꼭대기에서 떨어지는데, 뒤틀며 춤추듯 나는 모습이 마치 흐트러진 실 같기도 하고 흰 명주를 늘어뜨린 것 같기도 하다. 햇빛이 바로 비치자 홀연히 고운 빛깔 무지개 색이 되기도 하고, 어쩌다 산바람이 옆으로 불어오면 마치 안개나 아지랑이처럼 자욱이 흩어진다. 언뜻 보면 그것이 물이란 사실을 모를 정도이다.

전에 이효광(李孝光)[6]의 기문을 보니, "안탕산(鴈宕山)[7]의 폭포는 푸른 안개처럼 자욱하여 커졌다 작아졌다 하는데, 어느 순간 거꾸로 부는 바람을 맞으면 그대로 허공에 서려 있고 한참 동안 내려오지 않는다." 하였는데, 지금 이 폭포를 보니 정말 그러하다.

몇몇 중이 나무와 돌을 이용하여 그 상류를 막아 물을 모았다가 터뜨리자 물이 거세게 쏟아지고 나무와 돌이 함께 떨어지면서 소리가 온 숲과 골짜기를 울리니, 그 또한 장관이다.

한두 시간 앉았다가 남여로 4리를 가서 대승암(大乘菴)[8]에 이르렀다. 자리 잡은 지대가 매우 높고 호젓하여 마음에 든다. 다만 몇 년 동안 거처한 중이 없어 너무 심하게 황폐해졌다. 그러나 하룻밤은 지낼 만하여 청소하

---

5) 석대(石臺) : 대승폭포를 감상하기에 적절한 곳을 말한다. 이 석대에 대한 명칭은 사람들마다 다르게 말한다.

6) 이효광(李孝光 : 1285~1350) : 자가 계화(季和)이고 온주(溫州) 낙청(樂淸 : 지금 浙江省에 속함) 사람이다

7) 안탕산(鴈宕山) : 중국 절강성(浙江省) 온주시(溫州市) 북동쪽 해안에 위치한 산으로, 중국을 대표하는 명산인 오악(五岳)에 버금가는 절경지로 알려져 있다.

8) 대승암(大乘菴) : 대승폭포 위에 있던 암자로 현재 터만 남아 있다.

옥류천 위 폭포   한계사터

고 베개와 대자리를 깔아 유숙하기로 하였다. 밥을 먹고 나서 상승암(上乘菴)의 옛터에 가보았는데, 이는 대승암에서 위로 수백 보 거리에 있다. 중이 뒷 봉우리에 올라가면 곡연(曲淵)과 봉정(鳳頂)을 바라볼 수 있다고 하였으나, 풀이 우거지고 길이 황폐한 데다 날조차 저물어 갈 수가 없어 안타까웠다.

30일. 아침을 먹고 나서 가마에 올라 만경대(萬景臺)[9]로 향하였다. 만경대는 대승암 남쪽 5리쯤에 있는데, 하나의 바위 봉우리다. 가장 앞에 있는 바위 벼랑은 매우 높고 가팔라서 아래를 내려다봐도 땅이 보이지 않고, 위로는 더욱 깎아지른 듯하여 겨우 한 사람만 앉을 수 있다. 올라가 산속 여러 바위 골짜기들을 보니 마치 손바닥을 들여다보듯 훤히 보인다. 마침 흰 안개가 일어나면서 큰 바다처럼 가득 피어나, 주위의 경물을 삼켰다 토해내자 경치가 생겨났다 사라지곤 하면서 순식간에 천 가지 모습으로 변한다.

한참 동안 앉아서 보다가 가파른 비탈길을 걸어서 내려오는데, 그 어려

---

9) 만경대(萬景臺) : 대승폭포 주변에 있는 곳으로 주변의 경관을 조망하는 데 적절한 장소인 것 같으나 정확한 곳을 알 수 없다.

옥류천 위 폭포

한계사터

움은 어제 걸었던 길과 다름이 없다. 다만 어제는 오르막이었고 오늘은 내리막이라는 것만 다를 뿐이다. 5리를 가서 비로소 남여에 올라 한계사에 이르러 점심을 먹고, 해가 질 무렵에 읍으로 돌아왔다.

김수증(金壽增, 1624~1701)

앞의 「곡연기」 참조

작품 해설

김수증은 1679년에 「곡연기」를 쓰고 늘 곡연을 유람하고 싶어 했다. 마침내 1698년 소원을 실행하게 된다. 대승령을 넘은 그는 후에 심원사가 자리 잡게 되는 곳까지 갔다가 백담계곡으로 나온 후 「유곡연기」를 남겼다. 지금도 곡연에 곡운이 다녀갔다는 각자가 남아 있다.

유람 행로

- 일시 1698년
- 일행 김창국
- 일정 인제현-합강정-덕산현-한계-채하봉-사암봉-옥류천-한계사지-
  한계폭(자연대)-대승암-상승암-(사미대)-길동-이선동-웅정동-
  벽운계-길동-황장우-격산(천춘령)-부전암-포전암-허공교-오로
  봉-백연정사-남교역-삼기현-인제 관아

채하봉

수십 년 전이라면 이곳에 살고 싶다

김수증(金壽增), 「유곡연기(遊曲淵記)」

한계산과 설악산은 옛날부터 일컬어진 신령스러우며 수려한 산이다. 고개와 바다의 수백 리 사이에 웅장하게 서려 있으니 동쪽은 설악산이고, 남쪽은 한계산이다. 우리나라에서 유명할 뿐만 아니라 왕유정(王維楨)의 「한계산기(寒溪山記)」는 『중국명산기(中國名山記)』 안에 실려 있으니, 대개 천하에 알려졌기 때문이다. 산 가운데에는 또 곡백연(曲百淵)[1]이란 곳이 있는데 더욱 뛰어나고 기이하지만 세상에 모르는 자가 많다. 최근에 와서 세상을 피하거나 재난을 피할 만한 곳이란 말이 제법 있다.

기미년(己未, 1679)에 내가 곡운(谷雲)에 있을 때, 막내아들 창직(昌直)이 하인 한 명을 데리고 양양(襄陽) 신흥사(神興寺)에서 험한 길을 힘들게 걸어 깊이 들어갔다. 가보니 유랑민의 집이 한 채 있는데, 평평한 언덕을 골라 조를 심고 돌아왔다고 한다. 그곳의 형세를 나에게 말해주었고, 나는 듣고 즐거워하며 그 일을 간단하게 기록하였다. 또 "푸른 구름 깊은 곳에서 여생을 보내고 싶네"라는 구절의 절 구 한 수[2]를 지어서 끝없는 상상을 표현

---

1) 곡백연(曲百淵) : 내설악의 백담계곡을 일컫는다.
2) 『곡운집(谷雲集)』에 「곡연(曲淵)의 뛰어난 곳에 대해 듣고, 우연히 절구 한 수를 지어 이중주(李仲周)에게 부치다.(聞曲淵之勝, 偶占一絶, 寄李仲周.)」라는 시가 있다. "선동(仙源)에서 동쪽을 바라보니 유연히 흥이 일어/ 바다와 산 가운데에 속세와 달리 뛰어난 곳 있네./어떻게 그대와 손을 잡고 가서/ 벽운(碧雲) 깊은 곳에서 남은 생 보낼 수 있을까? (仙源東望興悠然, 海嶽中間別有天, 安得與君携手去, 碧雲深處送殘年.)

하였다.

그 후에 조카 창흡(昌翕)이 한계의 제일 깊은 곳에 살았다. 신미년(辛未, 1691) 5월에 창흡과 함께 유람하며 초막[茇舍]에서 하룻밤을 지냈다.[3] 그 아름다운 경치는 왕유정이 기록한 것과 부합하였으나, 바빠서 폭포는 올라가보지 못했다. 곡백연(曲百淵)은 고개 하나로 떨어져 있는데다가, 또한 인연이 닿지 않아 가지 못하였다.

병자년(丙子, 1696)에 아들 창국(昌國)이 인제현(麟蹄縣)을 다스렸는데, 한계산과 설악산은 인제의 경내에 있다. 나는 일 때문에 다시 인제현 관아에 도착했는데 급박한 일과 비와 눈이 내려서 또 가보질 못하였고, 조카 창흡의 한계의 거처에 가보지도 못하고 끝났다. 또 창흡은 백연동구(百淵洞口)에 판자집을 짓고[4] 오가며 유람하고 감상하였는데, 나에게 그곳의 뛰어난 경치를 자세하게 이야기해 줬다. 나는 나이가 들었으나, 매번 그 안을 한 번 들어가보지 못한 것을 한스럽게 여겼다.

무인년(戊寅, 1698) 2월에 다시 인제현에 도착했다. 27일에 아들과 함께 합강정(合江亭)으로 나가 배를 타고 강을 건넜다. 덕산현(德山峴)[5]을 넘는데 옆에 큰 하천이 있다. 하천은 바로 합강(合江)의 상류이다. 원통(圓通)의 동쪽 물가를 경유하고 한계의 동구에 이르러 큰 하천을 건넜다. 하천은 남교역(藍橋驛)에서 흘러온다. 다시 한계의 하류를 건너고, 꼬불꼬불 가다가 냇물을 네 차례나 건넜다. 새로 지은 절을 지나치며 들어가지 않았다. 채하봉(彩霞峯)을 지났는데, 이 봉우리 이름은 내가 전에 붙인 것이다.

---

3) 김창흡과 한계산을 유람하였는데, 일정이 「한계산기」에 자세하다.
4) 김창흡은 현재의 백담계곡 입구에 백연정사를 짓고 거처하였다.
5) 덕산현(德山峴) : 현재 인제읍 덕산리에 있는 고개를 말한다.

아래에 검푸르고 차가우며 맑은 못이 있는데, 사람들은 '열목어못(餘項魚潭)'이라고 부른다. 사암봉(四巖峯)을 지나는데 왼쪽에 옥류천(玉流泉)이라 부르는 작은 폭포가 있다. 100여 보를 더 가서 너럭바위에 앉아 점심을 먹었다. 지난날 왔을 때

하늘벽

의 기억이 도처에 생생하다. 인제현부터 이곳까지는 40리이다.

5리를 가서 옛 절터에 도착했다. 예전에 이 절에 들렀을 때 불에 타서 기와조각이 눈에 가득했다. 지금 와 보니 풀과 나무가 무성하다. 남여를 타고 동쪽 언덕을 지나 시내를 건너니 바로 폭포의 하류다. 돌길이 매우 험하여 언덕을 기어서 올랐다. 위태로운 골짜기를 내려다보니, 이는『한관의(漢官儀)』[6]에서 말한 "뒷사람이 앞사람의 신바닥을 본다"는 것이다.

때로 남여에서 내려 조금씩 올라가니 폭포가 갑자기 눈에 들어온다. 한 언덕머리에 이르러 굽어보니 오싹하고 두근거린다. 폭포를 멀찌감치 보니 북쪽에서 흘러온다. 좌우의 푸른 암벽은 무려 천백여 길이며 폭포는 한 가운데에서 곧바로 떨어진다. 일찍이 어떤 이가 끈을 내려 그 길이를 재어 보니 수백 장쯤 되었다. 비가 내린 뒤라 물의 기세는 더욱 힘차게 물방울을 내뿜는다. 물방울은 바람 때문에 하늘하늘 떨어지니 노을 같고 안개 같으며, 실 같고 연기 같아 순간순간 온갖 모양으로 변한다. 아래의 못에는 얼음과 눈이 아직도 얼어 있다. 오랫동안 마음껏 바라봤다. 앉아 있던 바

---

6) 『한관의(漢官儀)』: 한(漢)나라 때 응소(應劭)가 지은 책이다.

위를 '자연대(紫煙臺)[7]'라 하였다.

대승폭포

처음에 사암봉(四巖峯) 아래를 가면서 가파른 암벽을 올려다보니 구름 속에서 하늘을 찌르고 있었다. 이곳에 도착해서 굽어보니 겹겹이 쌓인 미로 속에서도 더욱 험하고 처한 곳도 높다. 옛 절터에서 이곳까지는 5리쯤 된다.

점점 2리쯤 올라가서 대승암(大乘菴)에 이르렀다. 판잣집에 스님이 없고 감실(龕室)에 작은 불상만 있다. 부엌 밖에서 나무를 파서 샘물을 받는다. 북쪽에서 남쪽을 향해 앉으니 좌우에 층층이 겹친 산들이 용과 호랑이처럼 기세가 있다. 남쪽으로 늘어선 산봉우리들을 보니 갑자기 탁 트이고, 드러난 낭떠러지와 골짜기에는 얼음과 눈이 하얗다.

백연(百淵)의 유랑민인 지일상(池一尙)이 와서 기다리고 있다. 중 각형(覺炯)과 광학(廣學) 역시 동행하였다. 밤에는 암자에서 묵었는데 향을 피우고 촛불을 밝혀서인지 잠을 이룰 수가 없다.

이튿날 아침 암자를 지나 북쪽으로 수백 걸음 가서 상승암(上乘菴)에 이르렀다. 암자는 불에 타버렸는데, 위치가 더 높아 보이는 경치가 더욱 아름답다. 다시 산등성이로 5리쯤 올라가 산 정상에 이르렀다. 산의 북쪽에 눈이 한 자 정도 쌓였다. 잠시 앉아서 좌우를 바라보니 안과 밖의 산세가 모두 한 눈에 들어온다. 각형과 지씨에게 물었더니 상설악(上雪嶽)의 봉정

---

7) 자연대(紫煙臺) : 대승폭포를 감상할 수 있는 곳으로 '구천은하(九天銀河)'란 글씨가 새겨져 있다.

상승암터

암(鳳頂菴)은 동쪽 굽이에 있고, 백연(百淵)은 동북쪽에 있다고 손가락으로 가리켰지만 이내가 짙게 끼어 분별할 수가 없다. 오색령(五色嶺)과 상필여봉(上筆如峯)은 동남쪽에 있고, 북쪽에 우뚝 솟아 평평하게 보이는 것은 미시령(彌是嶺)이다.

남여에서 내려 내려가자니 산비탈은 높고 위험하며 얼음과 눈이 복사뼈까지 빠져 발붙이기가 어렵다. 간혹 산골짜기 물을 뛰어 넘었다. 큰 나무들이 하늘을 가리고, 대나무가 빽빽이 우거졌다. 조금 평탄한 길에서 시종이 남여에 오르기를 청했으나, 아직도 경사가 급해서 걷기도 하고 쉬기도 했다.

20리쯤 가다가 소나무 숲과 큰 냇물을 만났다. 냇물은 동쪽에서 흘러오는데, 북쪽에서 흘러오는 시내가 있어 합쳐진다. 이곳이 백연의 동부(洞府)이다. 내려온 길을 돌아보니 아득하게 어둠 속에 묻혔으나 시간은 한낮이다. 회옹(晦翁)[8]의 "내 갓끈 다시 씻지 않아도, 이미 떨어져 나간 먼지가 만 가마니네"라는 시구를 흥얼거렸다.

바위에 앉아 못을 내려다보니 수심은 2장(丈)쯤 된다. 넓이는 수백 보에 이르는데, 물이 맑아 바닥까지 보이며 푸른 옥색 같다. 솥을 걸어 밥을 지어 먹고 잠시 거닐었다.

동쪽으로 조그만 길이 있는데 이곳이 곧 길동(吉洞)이다. 이 길을 따라가

---

8) 회옹(晦翁) : 송나라 시대의 유학자인 주자를 말한다.

길골   이선동

면 신흥사에 갈 수 있다고 한다. 동쪽으로 가니 또 남쪽 골짜기에서 흘러 오는 냇물이 있다. 그늘진 숲이 깊숙하고 컴컴해서 바라보기에 특이하다. 여기가 바로 이선동(耳鐥洞)이라 한다.

또 웅정동(熊井洞)을 지나는데 시냇물이 북쪽에서 흘러온다. 시냇물을 건너서 언덕을 수백 보 올라가서 깊숙한 곳을 만났다. 폭은 7, 8일 밭 갈 만하고, 사방이 둘러 싸여 있다. 남쪽에 산봉우리가 두 개 있고, 동남쪽에 층진 봉우리들이 은하수를 지탱하는 옥처럼 우뚝 솟아 있다. 서남쪽에 봉우리가 있으며, 봉우리 바깥에는 또 높은 봉우리가 있다. 그 높은 봉우리 아래는 위에서 말한 이선동이다. 기다란 못이 그 앞을 감아 돌고 맑은 샘물이 숲 속에서 나온다. 이곳이 창흡이 정한 정사(精舍)를 세울 만한 터이다. 위아래를 오가며 배회하노라니 마음이 황홀하여 곧 머물러 살며 돌아가지 않을 생각이 든다. 앞의 시어(詩語)를 취하여 그 시내를 '벽운계(碧雲溪)[9]'라 하고, 골짜기를 '태시곡(太始谷)[10]'이라고 하여 나무판에 써서 세웠다.

들으니 이곳에서 동쪽으로 수십 리 떨어진 곳에 오세동자(五歲童子)터가

---

9) 벽운계(碧雲溪) : 벽운정사 앞에 있는 시내를 말한다.
10) 태시곡(太始谷) : 벽운정사 앞 계곡을 말한다.

웅정동   벽운계

있다고 한다. 매월당이 오래도록 한계와 설악에 머물렀다 하니 이곳인 것 같다. 폐문암(閉門巖)[11]은 30리 거리에 있다. 봉정사(鳳頂寺)와 12폭포는 동남쪽 40리 거리에 있다. 봉정은 산꼭대기에 있어서 온갖 봉우리를 굽어보며 옆으로 흘깃 동해를 본다. 유홍굴(俞泓窟)[12]은 10리쯤에 있다. 겹쳐진 산봉우리들과 거울 같은 못과 주렴 같은 폭포가 들어갈수록 기이하고, 사람과 짐승의 발길이 끊어져 가늠할 수가 없으니, 거의 인간세상의 경치가 아니다. 참으로 자연스러우며 엄하고도 신비한 곳이다.

힘이 부치고 날이 저물어서 만약 노숙하지 않는다면 갔다가 돌아올 수 없다. 왔다 갔다 하며 근심하다가 다시 길동을 지나 황장우(黃腸隅)[13]에 이르렀다. 못과 여울은 또한 기이하며 힘차다. 더 몇 리를 가서 마을에 닿으니 지일상(池一尙)이 사는 곳이다. 몇 채의 집이 더 있다. 그곳의 땅은 평평하여 10여 일 밭 갈 만하다. 이곳은 바로 예전에 아들이 왔던 곳이다.

그때 듣기를 큰 나무들이 울창하고, 산죽(山竹)이 가득하여 불을 놓고 베

---

11) 폐문암(閉門巖) : '천왕문'으로 알려진 가야동계곡에 있는 바위를 말한다.
12) 유홍굴(俞泓窟) : 현재 수렴동대피소 부근에 있는 동굴이다.
13) 황장우(黃腸隅) : 백담계곡과 흑선동계곡이 만나는 부근에 있으며, '황장폭포'를 말한다.

폐문암

오로봉

어내서 조를 심었다고 했다. 지금은 평평한 밭두둑이 늘어서 있는데 지씨가 소유하고 있다. 기장·조·콩·보리·참깨에 알맞지 않음이 없는데, 다만 목화만은 시험해보지 못했으며, 바람과 서리는 산 밖과 다른 것이 없다고 한다. 풀숲에 폐허가 된 터가 있는데 부자가 살던 곳이라고 한다.

냇가 서쪽은 제법 넓고 평평하다. 몇 해 전에 절을 지었는데 오래지 않아 무너졌고, 지금까지도 망가진 주춧돌과 목재가 있다. 옆에는 샘이 있어 집을 짓고 농사지을 만하다.

밤에 지씨의 집에서 잤다. 판잣집은 겨우 두 사람을 받아들인다.

이튿날 아침 시냇가에 나와 앉아 산과 계곡을 돌아다보니 끝없는 생각을 하게 만들지만 오래도록 남아 있지 못하여 한스럽다.

멧부리가 서쪽에서 북쪽으로 뻗으며 물길을 끊어서 격산(隔山)이라 하는데, 나는 천춘령(千春嶺)이라 불렀다. 천춘령을 넘어 아래로 내려가 1리쯤 가면 지역 사람이 말하는 부전암(負轉巖)[14]이다. 또 조금 아래로 내려가면 포전암(抱轉巖)[15]이다. 위험한 돌길이 물가에 있어 몸을 구부리고 발을 옆

---

14) 부전암(負轉巖) : 백담계곡에 있으며, 길이 험해 바위를 등지고[負] 통과해야 했다.
15) 포전암(抱轉巖) : 백담계곡에 있으며, 길이 험해 바위를 안고[抱] 통과해야 했다.

황장우

백담사

으로 돌리고, 등을 붙이고 가거나 붙잡고 안으면서 가야 하기 때문이다. 나는 붉은 글씨로 바위 표면에 이름을 썼다. 또 허공교가 있다. 양쪽에 나무를 베어서 허공에 걸었는데 길이는 몇 길이다. 이곳은 모두 지나가기 어려운 곳이다. 그러나 이 외에도 위험한 곳은 곳곳이 모두 그러하다.

층진 바위와 괴이한 돌이 종횡으로 이리저리 펼쳐져서 잡풀이 자라지 못한다. 한나절을 다녔으나 흙을 한줌도 밟지 못하였고 바람에 날리는 흙먼지도 하나 없다. 급류와 깊은 못은 연달아 수십 리에 펼쳐져 있고, 옆에서 흘러오는 작은 산골짝 물이 그 가운데로 마구 들어온다. 좌우의 봉우리와 고개는 수 없이 돌고 돈다. 동문(洞門)에 수백 보 못 미친 곳에 또 큰 시내가 있다. 폭포 물이 흩어지면서 동쪽으로부터 흘러오는데 마치 다투는 것 같고, 성난 것 같아서 형세가 지극히 웅장하고 아름답다.

격산부터 무려 여섯 차례나 물을 건너서 계곡 입구에 이르렀다. 긴 못은 검푸르고 맑으며, 위로는 네다섯 개의 층진 봉우리가 있다. 이곳은 창흡이 오로봉(五老峯)이라 이름 지은 곳이다. 오로봉 북쪽이 바로 그가 사는 곳이다. 언덕을 내려가 물을 건너서 정사에 이르렀다. 여섯 칸의 크기는 동남쪽을 등지고 서북쪽을 향해 앉았으며 아직 서까래 위에 널빤지를 깔지 않았다. 남여에서 내려 잠시 앉아 쉬었다. 창흡이 일찍이 나에게 형세가 뛰

포전암   격산

어나다고 말하였는데, 지금 보니 진실로 그러하다.

아! 수십 년 꿈꾸며 상상하던 끝에 다행히 맑고 씩씩하며 매우 특이한 경관을 탐방하였는데 거의 형용하기 어렵다. 비록 지극히 높고 깊은 곳을 얻지 못한 것은 한스러우나, 또한 나머지로 알 수 있다. 내가 평생 본 것이 넓지는 않더라도 직접 가본 아름다운 절경이 한두 곳이 아니지만, 이곳에 와 보고 망연자실하였다. 옛적 연릉계자(延陵季子)인 계찰(季札)이 주(周)나라에 조회 가서 여러 나라의 음악을 보았는데, 순임금의 음악에 춤추는 것을 보고, "이것에 더할 것이 없다. 지극한 것을 보았다"라고 했다. 나는 곡백연에 대해서 같이 말한다. 만약 수십 년 전이라면 이 정사 옆에 띠풀을 베어 집을 짓고 살 수 있었겠지만, 지금은 살 수 없다. 내가 사는 곡운을 생각해보니 깊지도 않고 그윽하지도 않은 것에 대한 탄식을 하게 된다. 이것은 속세의 사람과는 말하기 어려운 것이다.

계곡을 나와 노새를 타고 남교역에 이르러 점심을 먹었다. 긴 시내를 따라가노라니 역 앞 1리쯤에 소나무 천백 여 그루가 우거진 모양이 볼 만하다. 삼기현(三岐峴)[16]을 넘고 원통을 지나 지녁 무렵에야 인제 관아로 돌아

---

16) 삼기현(三岐峴) : 인제읍 어두원리에 있는 '새넌이고개'를 말한다.

왔다.

다음 날은 합강정(合江亭)에서 묵었다. 합강정은 현의 동쪽 몇 리쯤에 있다. 현 뒤의 진산(鎭山)이 비스듬히 동쪽으로 달리다가 갑자기 끊어지는데, 그 위를 평평하게 하고 네 칸의 정자를 지었다. 정자 아래의 물 한 줄기는 미시령과 곡백연·한계·서화(瑞和)에서 흘러나오고, 한 갈래는 춘천의 기린현(麒麟縣)에서 흘러오다가 정자 아래서 만난다. 난간에 기대어 내려다보면 모래와 조약돌을 셀 만하며, 맑고 깨끗함이 초연히 속세를 떠난 듯하다.

대개 강호(江湖)의 누대는 경관이 크고 넓으며 장엄하고 화려한 곳이 참으로 많다. 만약 내가 직접 본 곳들을 가지고 그 차례를 정해본다면 청풍(清風)의 한벽루(寒碧樓)와 춘천의 소양정(昭陽亭)이 당연히 우열을 다투고, 홍천의 범파정(泛波亭)은 낮고 촌스러워 풍격이 이보다 아래다.

김창흡(金昌翕, 1653~1722)

자는 자익(子益), 호는 삼연(三淵). 좌의정 상헌(尙憲)의 증손자이고, 아버지는 영의정 수항(壽恒)이며, 형은 영의정을 지낸 창집(昌集)과 예조 판서·지돈녕부사 등을 지낸 창협(昌協)이다. 그는 과거에는 관심이 없었으나 아버지의 명으로 응시하여 1673년(현종 14) 진사시에 합격한 뒤 과장에 발을 끊었다. 백악(白岳) 기슭에 낙송루(洛誦樓)를 짓고 동지들과 글을 읽으며 산수를 즐겼다. 형 창협과 함께 성리학과 문장으로 널리 이름을 떨쳤다.

작품 해설

「설악일기」는 1705년 8월 24일부터 12월 12일 사이의 일을 기록한 것이다. 숙종 24년인 1698에 김창흡은 설악산 곡백담에 백연정사(百淵精舍)를 완성하였는데, 백연정사를 중심으로 쓴 글이다.

유람 행로

- **일시** 1705년
- **일정** 원통–삼령–남교–갈역–백연정사–지세남의 집–벽운사–유홍굴–수렴동–유홍굴–오세암–(마등령)–보문암–향로대–마척암–식당암(비선대)–금강굴–적벽–와선대–신흥사–강선역–낙산(이화대)–〈중략〉–수차촌–청초호–원암–화암사–성인기–(성인대)–미수파–적담(선유담)–문암–창암–용대동–백연정사

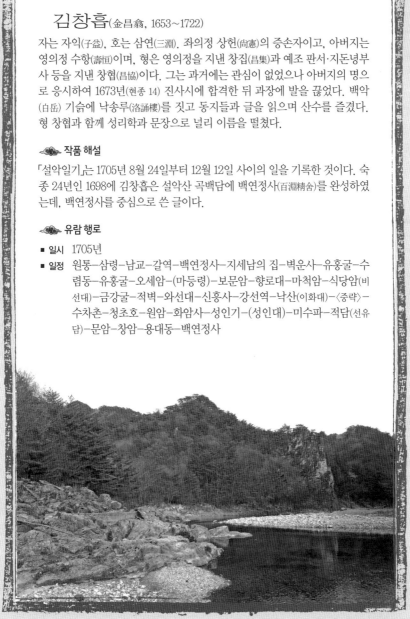

농월대

비선대와 와선대를 새기다

김창흡(金昌翕), 「설악일기(雪岳日記)」

(9월) 9일. 맑음. 밥을 먹은 뒤 잔도를 따라 15리를 갔다. 원통에 있는 아전 박가의 집에서 말을 먹였다. 이 집은 춘발(春發)의 처가이다. 녹두 국수로 점심을 먹고, 말을 얻어 짐을 보냈다. 어두운 골짜기로 들어가 삼령(三嶺)[1]을 넘었다. 고개를 다 넘자 물이 나오고, 푸른 절벽과 흰 바위는 마음을 시원하게 씻어준다. 저물녘이 되어 노닐지 못한 것이 아쉽다. 말을 달려 남교(藍橋)를 지나 갈역(葛驛)에 도착하니, 희미한 달이 숲 속 가지에 걸려 있다. 춘발의 집에서 잠을 잤다.

10일. 아침을 먹고 석문(石門)의 판잣집에 도착했다. 수리하고 단장한 것이 자못 마음에 드니, 겨울을 지낼 만하다. 농월대(弄月臺)[2]에 올라 형세를 두루 살피고, 춘발을 시켜 창문을 바르게 했다.

12일. 맑음. 판잣집에 가서 거처하였다. 벽운사(碧雲寺)[3] 중이 불상을 메고 골짜기로 들어가는 것을 보았다. 마을 사람들이 모두 물결처럼 따라간다. 춘발을 시켜 판자 위에 흙을 얹게 하였다.

13일. 맑음. 곡연(曲淵)으로 들어가서 잠시 지세남(池世男)의 집에서 쉬다가 벽운사에 가서 투숙하였다. 동쪽 암자를 보니 새로 짓는 곳의 땅이 높

---

1) 삼령(三嶺) : 인제읍 어두원리에 있는 고개를 말한다.
2) 농월대(弄月臺) : 김창흡이 거주하던 백연정사 부근에 있는 바위이다.
3) 벽운사(碧雲寺) : 백담계곡 안에 있던 심원사의 다른 이름이다.

고 밝아서 자못 평소에 생각하던 것과 들어맞는다.

14일. 맑음. 늦게 바람이 불었다. 한가로이 시내 주변에서 노닐다가 시내 남쪽으로 넘어갔다. 바위 위에 앉아 동쪽을 바라보니 오세암 뒤에 여러 봉우리가 구름 위로 멀리 드러나서 흥취가 더욱 오래간다. 오세암의 중 설총(雪揔)이 와서 알현했다.

15일. 맑고 바람이 불다. 오세암으로 가기 위해 중 한 명에게 침구를 갖추어 가게 하고, 홀로 먼저 시내를 따라서 동쪽으로 가서 송요경(宋堯卿)[4] 이 점찍은 집터를 보았다. 시내와 못의 그윽하고 기이함, 봉우리와 고개가 우뚝 솟고 수려함은 벽운계(碧雲溪)보다 더욱 뛰어나지만, 마주한 형세가 바르고 명백한 것은 벽운계보다 못하다. 유홍굴(俞泓窟)에 이르러 구불구불한 길을 따라 수렴동(水簾洞)[5]으로 들어가니 송요좌(宋堯佐)[6]가 자는 곳인데, 기이한 형승을 모두 표현할 수 없다.

유홍굴로 다시 돌아와 시내를 버리고 동쪽으로 들어갔다. 흙 언덕이 비스듬히 이어져 발을 고달프게 한다. 서리 맞은 나뭇잎이 시내를 메워 발걸음을 더욱 방해한다. 간신히 고개 하나를 넘고 비틀거리며 낙엽 위에 앉았다가, 아래로 내려가 오세암에 이르렀다. 여러 봉우리가 빙 둘러 호위하고 있는데, 빽빽한 것이 마치 귀신 같다. 판잣집에서 연기가 난다. 설총과 함께 밤새도록 선(禪)에 대해 이야기했다. 새벽 달빛 아래서 작은 뜰을 거니니 정신이 더욱 맑아짐을 느낀다.

16일. 바람이 불다. 설총과 작별하고 뒷산등성이를 걸어서 올랐다. 곧바

---

4) 송요경(宋堯卿) : 조선시대 문인으로 1668년에 태어나 1748년에 졸하였다.
5) 수렴동(水簾洞) : 설악산에 있는 계곡. 현재 구곡담계곡을 말한다.
6) 송요좌(宋堯佐) : 1678년(숙종 4)~1723년(경종 3). 본관은 은진(恩津). 자는 도능(道能), 호는 묵옹(默翁). 송능길(宋能吉)의 증손이다.

로 10리를 올라가 비로소 고개 정상에 도착하니, 안과 밖의 봉우리가 모두 보인다. 밖의 산을 내려다보니 마치 만 개의 창들이 나란히 늘어서 있는 것 같은데, 모두 하늘을 찌를 듯이 솟아 있다. 완전히 황산(黃山)의 그림과 비슷하다.

고개 북쪽으로 돌아서 올라가 4~5리를 가서, 두 개의 하얀 바위를 비스듬히 따라 작은 측백나무를 밟고 차츰 고개를 내려왔다. 또 바위 무더기를 만나 어렵게 10여 리를 걸어서 보문암(普門菴)에 이르렀다. 멀리 바라보니 온갖 봉우리들이 빽빽이 늘어서 있는데 암자 동쪽만 봉우리가 없어 바다 저 멀리까지 보이니 실제로 천하의 기이한 볼거리이다. 암자는 비어 있고 중은 없다. 기둥 앞쪽에 조용히 앉아 낙엽을 모아 차를 끓이고 밥을 말아 먹었다. 곧바로 암자의 남쪽 모퉁이인 향로대(香爐臺)로 올라가니 조망이 더욱 기이하다.

시내를 따라 내려와 외나무다리를 건너니 폭포가 떨어지는 것이 만 길이나 되어 내려다볼 수 없다. 두려운 마음으로 발걸음을 옮기는데 정신은 두근거리고 담은 흔들린다. 가장 위험한 곳에 이르자 하나의 썩은 소나무가 가로 질러 있는데 폭이 겨우 몇 척이라 한 번만 헛디뎌도 잡을 수 없다. 이곳을 지나느라 오르락내리락하는데 좌우가 모두 만 길의 절벽이니 이곳이 이른바 마척암(馬脊岩)이다. 화산(華山)의 창룡령(蒼龍嶺)은 험난하여 비길 바가 없다고 하는 말을 예전에 들었는데, 이곳과 비교하면 어떨지 알지 못하겠다.

어렵게 10리쯤 가서 식당암(食堂岩)[7]에 이르렀다. 암석이 평평하고 반들반들하여 앉을 만하다. 좌우로 빽빽하고 빼어난 봉우리와 절벽이 매우 많

---

7) 식당암(食堂岩) : 외설악에 있는 비선대를 말한다.

다. 그중에 금강굴(金剛窟)[8]이 최고로 기이하다. 곁에 붉은 절벽이 있는데 무척 아름답다. 우러러보고 당겨보기도 하며, 굽어보며 숨을 몰아쉬니 정신과 가슴이 시원하다. 만약 그 뛰어난 아름다움이 모두 갖추어진 것을 논한다면 곡연(曲淵) 중에도 짝할 만한 것이 드물 것이다. 단지 하나의 굽이에만 그쳐 층진 것이 드러나고 겹쳐진 것이 나타날 수 없어 화창하지 못하다. 이곳이 상식당(上食堂)인데, 비선대(飛仙臺) 세 글자를 새겼다. 하식당(下食堂)의 운치는 조금 못한데, 와선대(臥仙臺)라 새겼다. 10리를 가서 신흥사(神興寺)에 도착했다. 자리 잡은 곳이 거칠고 누추하다. 남쪽에는 권금성(權金城)[9]과 토왕성(土王城)[10]이 은은하게 둘러싸고 있다.

17일. 맑음. 장차 낙산(洛山)으로 향하려고 하니, 한계사 중이 돌아간다는 것을 알린다. 신흥사 중과 더불어 동문을 걸어 나오다 토왕성을 보니, 폭포[11]가 넓은 벽에서 떨어지는데 기세가 매우 기이하고 굳세다. 만약 그 북쪽 언덕으로 나아가 관람할 대를 짓는다면 최고 뛰어난 풍경도 이보다 못할 뿐 아니라, 비록 여산(廬山)이라도 또한 반드시 뛰어나지는 않을 것이다.

---

8) 금강굴(金剛窟) : 강원도 속초시 설악동 비선대 앞에 높이 우뚝 솟아 있는 3각 모양의 돌봉우리를 장군봉이라 하는데, 장군봉 중간 허리에 있는 석굴이다.

9) 권금성(權金城) : 강원도 속초시 설악동에 있는 고려시대의 산성. 둘레 약 3,500m. 일명 설악산성(雪嶽山城)이라고도 하는데, 현재 성벽은 거의 허물어졌으며 터만 남아 있다. 이 산성은 설악산의 주봉인 대청봉에서 북쪽으로 뻗은 화채능선 정상부와 북쪽 산끝을 에워싸고 있는 천연의 암벽 요새지이다.

10) 토왕성(土王城) : 『여지도서(輿地圖書)』「양양도호부(襄陽都護府)」고적조에 "토왕성(土王城) 부(府) 북쪽 50리 설악산 동쪽에 있으며, 성을 돌로 쌓았는데 그 흔적이 아직도 남아 있다. 세상에 전해오기를 옛날에 토성왕이 성을 쌓았다고 하며, 폭포가 있는데 석벽 사이로 천 길이나 날아 떨어진다"고 기록 되어 있다.

11) 폭포 : 토왕성폭포를 말한다.

큰 내를 건너 강선역[12]에 이르자 김세준이 걸어가는 것의 어려움을 걱정하여 타고 갈 말 한 필을 빌려줘 바로 낙산을 향하여 달렸다. 지나다가 김강일(金剛一)을 보고 저녁을 먹었다. 강일과 함께 걸어서 낙산에 이르러 이화대(梨花臺)를 이리저리 돌아다니니 가슴이 트인다. 밤에 월출을 보니 맑지도 시원지도 않고, 새벽에 일출을 보는 것 또한 여의치 않다. 새벽빛이 희미한 가운데 나가서 넓은 마당을 걸었다. 범종 소리가 크고 맑아서 바다의 파도와 더불어 서로 응한다. 당번 중이 대웅전에 올라가 불경 외는 것이 영혼을 맑게 한다.(중략)

10월 1일. 해가 뜰 무렵 정찬조(鄭纘祖)가 먼저 가고, 나는 조금 늦게 출발했다. 가다가 수차촌(水次村)에 이르러 말을 먹였다. 청초호(靑草湖)[13]를 지나 원암(圓岩)[14]에 이르니, 해가 이미 산에 걸렸다. 마을 사람에게 화암사 가는 길을 묻고 어렴풋이 찾아갔다. 길에서 신흥사 중을 만났는데, 앞길을 가리켜주니 조금 더 분명하다. 어둡지 않아 절에 도착했다.

절 앞의 천석(泉石)이 매우 맑고 뛰어나다. 절의 누대에 앉아서 푸른 바다를 바라보았다. 중 여신(汝信)이 작은 선실로 안내하여 들어갔는데, 그윽하고 고요하여 마음에 든다. 중 여신에게 「청추(聽秋)」한 수를 지어 주고 베개를 나란히 하고 오손도손 말했다. 물레방아 소리가 삐걱삐걱 밤새도록 들렸다.

2일. 창을 여니 동쪽에 놀이 끼어 해가 잘 보이지 않는다. 붉은 놀이 바다에 퍼지니 창살에 어른거린다. 골짜기 물을 따라 동쪽으로 걸었다. 위로

---

12) 강선역 : 양양에 있던 역원이다.
13) 청초호(靑草湖) : 강원도 속초시 청학동·교동·조양동·청호동 일대에 걸쳐 동해에 면해 있는 석호이다.
14) 원암(圓岩) : 미시령 입구에 있는 마을이다.

흩날리는 폭포를 보니 꿈틀거리는 듯하고, 흰 돌은 층층이 쌓였다. 식사 후에 성인기(聖人基)15)에 올라가기로 하니, 중 여신이 절의 중에게 수레를 정비하여 따르게 했다. 내가 손을 저어 사양했지만 애써 권하는 것을 이기지 못하여 수레를 탔다.

성인기에서 수십 보 떨어진 곳에서 비로소 수레에서 내렸다. 대는 삼층인데 모두 앉아서 시를 읊을 만하다. 가장 동쪽에 있는 것은 지극히 뛰어나고 트였다. 앉아서 큰 바다를 보니 세 호수와 서로 얽혀 있다. 천후산은 서쪽에 있다

대의 남쪽으로 내려오니 사람과 말이 이미 기다리고 있다. 말을 타고 미수파(彌水坡)16)로 올라갔다. 험하기가 비할 데가 없다. 고개를 넘어 적담(賊潭)17)에 이르니, 기이한 봉우리들이 빙 둘러 있는데, 폭포와 샘물이 아름답다. 나쁜 이름을 고쳐 선유담(仙遊潭)으로 했다. 문암(門岩)18)과 창암(窓岩)19)을 지나는데, 또한 볼 만하다. 용대동(龍臺洞)20)을 지나 갈역(葛驛)에 이르렀다. 춘발(春發)의 집에서 밥을 먹고, 저녁에 권가(權家) 집에 이르러 잠을 잤다.

5일. 집에 도착하여 동쪽 샘물을 파서 우물을 만들었다. 장성거사(長城居士)가 왔다.

8일. 임한성(任扞城)이 지난다고 들어서 나가서 만났다. 묵세(墨世)가 오

---

15) 성인기(聖人基) : 화암사 남쪽 능선에 있는 바위로 신선대라 부르기도 한다.
16) 미수파(彌水坡) : 현재의 미시령을 말한다.
17) 적담(賊潭) : 인제쪽 미시령에 있는 도적폭포를 말한다.
18) 문암(門岩) : 인제쪽 미시령에 있는 바위이다.
19) 창암(窓岩) : 인제쪽 미시령에 있는 바위이다.
20) 용대동(龍臺洞) : 인제쪽 미시령이 시작되는 곳에 있는 마을. 현재 용대리라 한다.

적담, 현재 도적폭포라 부른다   문암

고, 거사도 와서 비로소 집으로 들어갔다. 향을 피우고 촛불을 밝히니 마음이 시원해진다. 춘발도 묵었다.

10일 흐림. 혜명(慧明)이 와서 서울에서 온 편지를 받았다. 조카 제겸(濟謙)[21]이 과거에 급제했다고 한다. 관아에서 문서가 왔다.

14일 처음으로 추움. 조카 이겸(彝謙)이 와 머물러서 『주역』에 대해 논했다. 관아에서 각서(閣書)를 받았다. 묵세가 따라왔다. 밤이 되니 달빛이 매우 아름다워 조카 이겸과 함께 농월대(弄月臺)로 걸어 나갔다. 맑은 연못을 굽어보니 달이 있어 풍경이 휘영청 밝다. 석문(石門)에 달빛이 비치는 곳은 번쩍이며 기이한 빛이 난다. 오래도록 거닐다가 돌아왔다.

15일 추움. 조카 이겸과 더불어 집 뒤 우유령(牛踰嶺)을 넘어 쌍계(雙溪)에 이르렀다. 노닐며 시간을 보내다가 왔던 길을 따라 돌아오고자 했으나

---

21) 김제겸(金濟謙, 1680~1722) : 조선 경종대(景宗代)의 문신으로 본관은 안동, 자는 필형(必亨), 호는 죽취(竹醉)이고, 영의정 김창집의 아들이다. 1705년(숙종 31) 진사시험에 합격하였고, 1719년 증광문과에 병과로 급제하였다. 1722년(경종 2) 아버지 김창집이 노론 4대신의 한 사람으로서 소론의 김일경(金一鏡), 목호룡(睦虎龍) 등에 의해 사사되자 울산(蔚山)으로 유배되었고 뒤에 부령(富寧)으로 이배되었다가 사형당하였다. 조성복(趙聖復), 김민택(金民澤)과 함께 신임사화(辛壬士禍) 때 죽은 삼학사(三學士)의 한 사람으로 꼽힌다. 1725년(영조 1) 관직이 복구되고 좌찬성에 추증되었다. 시호는 충민(忠愍)이다.

창암

험준함 때문에 두려웠다. 시내의 돌로 만든 석문으로 가는 길로 뛰어넘으려 했으나, 물은 불고 돌은 얼어서 방황하며 건너지 못했다. 우연히 권명일(權命一)의 두 아들을 만나 겨우 시내에 나무를 가로질러 그 것을 붙들고 건넜다. 구불구불한 길을 지나 집으로 돌아왔다.

17일 눈이 조금 오고 매우 추움. 마을 사람이 와서 처마기둥을 얽어맨다. 장회일(張會一)에게 질통을 만들게 했다. 혜안(慧眼)이 왔다가 갔다. 밥을 먹은 후에 농월대에 이르렀다. 연못물을 보니 얼어 있다. 등불을 밝힌 후에 관인이 왔다. 관아의 문서를 가지고 왔는데, 허리에 꿩 두 마리를 찼다.

18일. 매우 춥다. 답장을 써서 관아로 보냈다. 이흥업(李興業)이 술을 가지고 와서 권했다. 광학(廣學)이 왔다. 백양곡(白羊谷) 오생원(吳生員)이 왔다. 둘째 형의 편지를 받았다. 오생원은 지세남(池世男)의 상전이다.

23일. 바람이 차가웠으나 점점 누그러진다. 콩죽을 먹었다. 춘발이 돌아간다고 알린다. 오생원이 곡연에서 나와서 알렸다.

24일. 추위가 덜하다. 저녁에 바람이 불고 싸라기눈이 날린다. 콩죽을 먹었다. 오공(吳公)이 와서 알현하고 저녁에 돌아갔다.

28일. 큰 바람이 불고 눈이 내리다. 밤이 되어 바람이 더욱 사납다. 눈이 아직 땅을 덮지 못했다.

11월 3일. 밤눈으로 인하여 밝다. 거사(居士)가 돌아왔다. 중 여신이 글을 부쳐왔다. 떡과 배, 풀로 만든 자리를 보내줬다. 권명일이 메밀떡을 제공했다. 이흥백(李興伯)이 관아의 녹미를 가져왔다. 대개 돈으로 바꾼 것이다.

6일. 맑고 따뜻하다. 원수재(元秀才)가 왔다. 권명일이 콩죽을 제공했다. 장회일이 집안의 편지를 전해줬다.

12일. 맑음. 식후에 뒤 언덕에 올라 설악산과 광업동(廣業洞)[22] 골짜기를 바라보았다. 내려와서 집터에 이르렀다. 그 앞과 뒤의 풍수의 일치함을 살폈다. 저녁을 먹은 뒤 권명일이 와서 관아의 글을 전했다. 그 가운데 집안의 편지가 있는데 큰 형과 치겸(致謙)[23]의 글이다.

16일. 춥다. 광학(廣學)과 육잠(六岑)이 와서 두부를 차렸다.

25~26일. 따뜻하다. 정선업(鄭善業)이 관아의 녹미를 가져왔다. 벽운사의 서거사(徐居士)가 와서 알현했다. 함께 동암(東菴)[24]을 고쳐 짓는 일에 대해 논의했다.

12월 5일. 춥다. 남교(藍橋) 이계숙(李繼叔)이 왔다. 석문(石門)의 얼음이 언 시내로 나와서 놀았다. 귀동(貴同)이 따라왔다.

---

22) 광업동(廣業洞) : 백담계곡에 있는 '널협이골'을 말한다.
23) 치겸(致謙) : 김창흡의 아들이다.
24) 동암(東菴) : 심원사 옆에 짓던 벽운정사를 말한다.

임적(任適, 1685~1728)

본관은 풍천(豊川). 자는 도언(道彦), 호는 노은(老隱). 권상하(權尙夏)의 문인이다. 1710년(숙종 36) 사마시에 뽑혀 진사가 되었고, 장녕전 참봉(長寧殿參奉)·장원서 별제(掌苑署別提)·양성 현감 등을 거쳐, 1725년(영조 1) 함흥 판관이 되어 2년간 재직하다가 실정을 탄핵받아 관직을 떠났다. 그 뒤 벼슬에 뜻을 버리고 다방면으로 서적을 섭렵, 이치를 궁구하여 이에 박통하였으며, 함흥 판관으로 있을 때는 특히 치리(治理)와 교도(敎導)에 힘써 송사가 없었다 한다. 조행(操行)이 고결하고 재리(財利)를 멀리하여, 그가 죽었을 때는 염장(殮葬)의 비용이 없어 남에게 빌려 쓸 정도였다. 시와 문장이 다 볼 만하였으며, 저서로 『노은집(老隱集)』이 있다.

✿ 작품해설

삼연의 영시암이 완성된 1709년 9월 이종형인 홍태유와 함께 설악산을 방문했는데, 이때 삼연을 만나지 못하였다. 같은 해 금강산에 가다 4월 28일 설악에 들른 김유(「유풍악기」 참조)도 마침 역질이 돌아 삼연을 만나지 못한다. 홍태유의 「유설악기」와 비교해서 읽으면 '같은 곳 다른 시선'을 느낄 수 있다. 임적은 「동유일기」 이외에 「삼연정사기」와 「한계폭포기」를 따로 남긴다.

✿ 유람 행로

- **일시** 1709년 9월 4일~12일
- **일행** 홍태유, 홍수보, 이진백, 광학, 성문, 의준
- **일정** **4일** 신현–만의역–백천–인제읍 **5일** 백담동 **6일** 심원사–봉정암 **8일** 봉정암 **9일, 10일** 심원사 **11일** 대령–대승암–한계폭포–한계사터–한계리 **12일** 인제읍–만의역

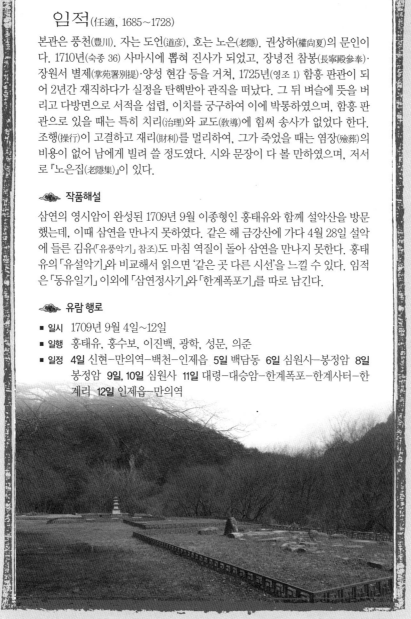

아침 해가 떠오르니 넓고 성대하여 형용할 수 없다

임적(任適), 「동유일기(東遊日記)」

9월 4일. 날이 밝자 신현촌(新峴村)을 출발했다. 10여 리를 가서, 만의역 (萬宜驛) 앞에 있는 별감(別監) 김흥업(金興業)의 집에서 아침을 먹었다. 식 사 후 만의역을 출발하여 강을 따라 가다가 백천(百遷)을 지났다. 인제 읍 내에 이르러 상인(喪人) 이복린(李復獜)을 지나가다가 보았는데, 서화촌(瑞 花村)의 선달(先達) 이덕린(李德獜)의 아우이다. 관리의 집에서 말을 먹이고, 날이 저물어 잤다.

5일. 아침밥을 먹은 후 인제현에서 출발하여 5리쯤 가서 합강정(合江亭) 에 올랐다. 장동(壯洞) 김성천(金成川)이 읍을 다스릴 때 지은 것이다. 강과 산은 볼 만하지 않다. 오랫동안 보수하고 꾸미지 않아서 벗겨지고 떨어져 나가 거의 부서지게 되었으니 한탄스럽다. 10리를 가서 원통역을 지났다. 또 30리를 가서 삼차령(三叉嶺)[1]을 넘고, 난계역(亂溪驛)[2]을 지났다. 10리 를 가서 갈역(葛驛)에 이르러 유숙하였다. 이곳은 바로 곡백담(谷百潭)의 어 귀이다. 곡백담의 하류는 세 개의 역을 흘러 지나간다. 돌은 점점 희고 물 은 점점 맑으며, 시내를 끼고 있는 단풍나무와 소나무는 비단처럼 빛난다. 곡백담에 아직 이르지 않았는데 이미 세상을 버릴 뜻이 있음을 느꼈다. 이

---

1) 삼차령(三叉嶺) : 세거런이고개라고도 하는데 세 개의 큰 고개가 있다고 하여 붙여진 이 름으로 원통8리에서 남교리로 가는 도중에 있다.
2) 난계역(亂溪驛) : 고려시대부터 영동과 영서를 잇는 군사행정의 통로 상에 위치했던 남 교리에 있던 역원이다.

마을의 주인은 자못 어질고 믿음직하다. 성명은 안막립(安莫立)이라 한다.

6일. 안개가 짙다. 늦게 밥을 먹은 후에 갈역에서 출발하였다. 말에서 내려 30리를 걸어가서 심원사(深源寺)[3]에서 잤다. 계곡 어귀부터 절까지 산길이 매우 위험하여 겨우 절벽을 잡고 갈 수 있다. 잔도와 나무다리로 끊어진 계곡을 가로로 연결하였다. 간혹 시내를 건너는데, 다리가 없으면 깡충 뛰어 돌을 밟고 지나간다. 시내를 따라 가는데 굽이마다 볼 만한 곳이 많다. 곳곳이 모두 기이한 바위와 흰 돌, 급하게 흐르는 물과 맑은 못이다. 정신을 맑게 하고 몸을 차갑게 하여 속세의 뜻이 없게 한다.

절에 도착하기 전 10리쯤에 지세남(池世男)의 마을[4]에 이르렀다. 마을은 겨우 몇 집이다. 닭과 개의 소리가 산속에서 들리니, 황홀하게 무릉도원으로 들어가는 것 같다. 지세남도 자못 선량하여 말할 만하다. 절의 중이 모두 바깥으로 나가고 단지 늙고 어린 중 십여 명이 있다. 중 광학(廣學)의 사람됨이 맑고 뛰어나며, 말도 들을 만하다. 스스로 말하길 김미보(金美甫)와 친하다고 한다. 포암담(抱巖潭)[5]에 이르러 시내 북쪽의 높은 바위에 이름을 썼다. 바위 옆에 송요좌(宋堯佐)의 이름이 있는데, 갑신년(甲申年)[6]에 이곳을 지나갔다.

7일. 아침을 먹은 후 심원사에서 출발하였다. 지팡이를 짚고 걸어서 몇 마장(馬場)[7]을 가서, 광학 등 여러 중과 헤어졌다. 중 광학은 영동에 일이

---

3) 심원사(深源寺) : 백담계곡의 곰골을 지난 곳에 있던 절의 이름이다.
4) 백담사가 있는 지역을 말한다.
5) 포암담(抱巖潭) : 백담계곡 중간에 길이 험하여 바위를 안고 지나야 하는 곳이 있는데, 그 부근의 연못을 가리키는 것 같다.
6) 갑신년(甲申年) : 1704년.
7) 마장 : 거리의 단위를 나타내는 말. 1마장은 10리나 5리가 못 되는 거리를 나타낸다.

있어서 나를 따라다닐 수 없으니 매우 원망스럽다.

절에서부터 20여 리를 가서 비로소 폭포와 맑은 못을 만났다. 가운데 네 개의 못은 서로 연결되어 있고, 아래는 모두 못을 이룬다. 앞과 뒤의 산봉우리들이 겹쳐졌는데 눈처럼 희니 기이하고 기이하다! 폭포 20굽이를 지나 12폭 앞에 이르니 물의 기세가 기이하고 힘차 볼 만하다. 제3폭포에 이르니 폭포의 물줄기가 매우 힘찰 뿐만 아니라 사방은 눈 같은 산이고, 단풍나무와 소나무가 빽빽하여 빛나는 것이 비단에 수놓은 것 같다. 황홀한 것이 마치 그림 속의 경치 같다. 이곳은 진실로 신선의 경치이지 인간세계가 아니다. 사람의 마음을 맑고 뛰어넘게 하여 문득 속세의 일을 잊게 만든다. 이곳부터 11폭까지 너럭바위는 평평하게 펼쳐져 있고 물은 소리를 내며 용솟음친다. 경치가 수없이 바뀌어 모두 표현할 수 없다. 12폭에 이르니 좌우의 두 폭포가 하나의 못에 떨어진다. 오른쪽 폭포는 60여 길이 되고 왼쪽 폭포는 30여 길이 된다. 조화의 공능이 여기에 이르러 지극해졌으니 문자로 형언할 수 없고, 단청으로 모사할 수 없다.

왼쪽 폭포 가에서 벼랑을 따라 길을 찾으며 20여 리를 가서 봉정암(鳳頂庵)에 이르렀다. 봉정암은 매우 높은 곳에 있다. 산에서 가장 높은 곳들이 모두 굽어보이고, 설악의 상봉(上峰)이 암자 앞에 가로로 있다. 지세는 그윽하며 외져 사람이 살 곳이 아니다. 예전에 수도승이 살았으나, 지금은 떠나 암자가 비었다. 그런데 중이 떠난 것이 오래지 않았는지 부엌에 불이 있고 불상 앞 향의 연기가 아직도 은은하다. 문을 열고 향기를 맡으니 기이한 사람과 만나는 것 같다.

심원사부터 여기까지 60여 리이다. 벼랑과 바위는 점점 험하여 발을 붙일 곳이 없어서 겨우 등걸을 잡고 절벽을 따라 나갈 수 있다. 깊은 못을 내려다보면 모골이 송연해진다. 유람하는 사람은 모두 서쪽에서 오르는데 이 길을 가는 자는 매우 드물다. 그러므로 잎은 떨어지고 돌들은 어지럽게 있는데 밟은 흔적이 전혀 없다. 그래서 쫓아온 중에게 앞으로 가서 길을 찾게 했다. 가끔 나무를 베고 돌을 쌓아 길을 표시한 것이 있는데, 자세히 찾아야 겨우 알 수 있다. 그러나 길이 모두 위험하여 어떤 때는 뛰어 넘어서 지나가고, 어떤 때는 벼랑을 따라 엎드려서 올라간다. 어떤 때는 앞에서 끌고 뒤에서 버티게 한다. 비록 검각(劍閣)[8]의 잔도도 반드시 이처럼 위험하지 않을 것이다. 쫓아온 중은 성문(省文)과 의준(義俊) 두 사람이다.

8일. 아침 식사 후 봉정암을 떠나 암자 뒤에 있는 바위 위로 올라가서 동해와 금강산의 여러 산을 바라봤다. 마침 아침 해가 막 떠오른다. 바닷물은 구름과 안개 사이에서 희미하다. 바라보니 넓고 성대하여 형용하여 말할 수 없다. 한 줄기 석봉(石峯)이 해변에 가로로 서 있다. 쫓아온 중이 옆에서 여러 고을의 지형과 방위를 손가락으로 가리켜주니 멀리서 바라보아도 알 수 있다. 바위 가에 세존탑[9]이 있는데, 암석을 깎아 아래 한 층을 만들었다. 네 방향에 연꽃을 새겨 탑을 에워싸고 있고, 탑 아래의 돌은 여러 겹으로 쌓여 스스로 탑의 모양을 만들었다. 중들이 아리왕탑(阿利王塔)이라 부른다.

탑에서 5리 내려가면 바위가 있는데, 첩첩이 쌓여 층을 이룬 것이 시령 위에 책을 펼쳐놓은 것 같다. 대장경암(大藏經巖)이라 부른다고 한다. 산등성이부터 곧바로 20여 리 내려가서 폭포를 만났다. 모두 위에 폭포가 있고 아래는 맑은 못이 있는 것이 12폭포 같다. 하류에 있는 20곡은 수렴동

---

8) 검각(劍閣) : 사천(四川) 검각현(劍閣縣) 동북쪽 대검산(大劍山)과 소검산(小劍山) 사이에 있는 잔도(棧道)의 이름이다.

9) 세존탑 : 봉정암 뒤에 있는 석가사리탑을 말한다.

의 20곡과 같다. 제3, 제4, 제5 폭포는 모두 서로 이어졌으며, 사방으로 봉우리를 마주하고 있는데 절벽은 매우 기이하다. 제8곡은 너럭바위가 매우 힘차며, 오른쪽 가의 푸른 절벽이 특이하게 서 있고 단풍나무와 소나무가 비단 같다. 1곡 이하부터 기이하고 힘차며 매우 맑은 풍치가 여기에 비할 것이 없다.

세존탑

14곡에 이르러 만 길의 기이한 바위가 동서로 서 있고, 좌우에 너럭바위가 있는데 색깔은 매우 희다. 물이 그 아래로 떨어지며 맑은 못을 이루는데, 물 색깔은 맑고 푸른 것이 매우 아름답다. 이름은 폐문암(閉門巖)인데, 영취암(靈鷲庵)[10] 뒤 계곡이다. 영취암은 오세암(五歲庵)인데, 매월당이 일찍이 여기서 거처했다. 매월당이 다섯 살에 문장을 지어서 이렇게 이름 붙였다고 한다. 폐문암을 지나면 입암(笠巖)[11]을 만난다. 바위는 층진 돌의 위에 있으며, 사방이 같은 것 같다. 위 머리 부분이 뾰족하여 날카로운 것이 삿갓과 같아서 이름 붙였다.

제17곡은 폭포가 못에 떨어진다. 못은 용추(龍湫)를 만드는데 깊고 푸르러 밑을 볼 수 없다. 길이 오른쪽 절벽을 따라 있는데 내려다보지만 오랫동안 볼 수 없다. 20곡을 지나면 땅은 차츰 평평해지고 길은 별로 험하지 않다.

10여 리를 가서 김삼연의 새 집[12]에 도착했다. 북쪽 누대에 앉으니, 누

---

10) 영취암(靈鷲庵) : 오세암을 가리킨다.
11) 입암(笠巖) : 폐문암 주변에 있는 삿갓처럼 생긴 바위를 말한다.

대 앞에 석봉(石峯)이 우뚝 서 있다. 색깔은
쌓여 있는 눈과 같고, 봉우리의 모양은 매
우 기이하다. 쪽진 머리와 상투 같고, 사람
이 서 있는 것 같아 천태만상이어서 모두 형
용할 수 없다. 동행한 중 중에 금강산을 본
자가 있는데, 자리 잡고 있는 것이 정양사
(正陽寺)[13] 같고, 중향성(衆香城)[14]을 바라보
는 것 같다고 한다.

폐문암과 입암

　동쪽 가에 화살 같은 땅이 있다. 높은 언
덕이 갑자기 솟아 대를 이룬다. 올라가서 바라보니 남북의 모든 산이 눈
속으로 들어온다. 봉정(鳳頂) 아래로 시야가 시원하다. 지세는 그윽하며 깊
어 살 만한 곳이 이곳보다 나은 곳이 없다.

　봉정부터 12폭동(十二瀑洞)[15]을 버리고 오른쪽으로 오세암 길을 따라 40
여 리를 가면 심원사에 이른다. 길이 험하고 나쁜 것은 12폭에 미치지 못
한다. 그러나 산을 오르다가 곧바로 내려가면서 길은 매우 험하고 급하다.
간간이 돌이 층진 벼랑을 올라가는데 넓이는 겨우 손바닥 크기이다. 위에
는 나무가 없어 잡아당길 수 없다. 겨우 옆으로 서서 바위를 등지고 지날
수 있다. 비록 12폭이라도 이와 같이 위험한 길은 없다. 무릇 20곡의 못과
폭포는 비록 12폭의 매우 맑으며 기이하고 힘찬 것 같지 않지만, 다른 산

---

12) 영시암을 가리킨다.
13) 정양사(正陽寺) : 강원도 회양군 내금강면 장연리 금강산 표훈사(表訓寺) 북쪽에 있는 절
　　이다.
14) 중향성(衆香城) : 금강산(金剛山) 철위산(鐵圍山)을 가리킨다.
15) 12폭동(十二瀑洞) : 지금의 구곡담계곡을 말한다.

에서 구한다면 아마도 이와 같은 곳이 없을 것이다.

처음 오세암에 오르려고 했으나 폐문암에 이르러 비를 만나 부득이하게 지름길로 돌아왔다. 이 행차의 큰 결점이라고 할 수 있다. 그러나 단풍나무 숲과 성근 비 속에 지팡이를 짚고 지나왔으니, 또한 한바탕 산을 유람한 기이한 일이다. 심원사로 돌아오니 관청의 심부름꾼이 붉은 지팡이를 가지고 왔다. 물어보니 고성(高城)의 군수 유숭(俞崇)이 온다고 한다. 광학(廣學)은 일이 있어 이미 가버렸다. 양양의 자훈(慈訓)이란 자가 접대하는데 자못 은근하다.

9일. 비가 와서 유숙하였다.

10일. 비가 와서 유숙하였다. 고성의 군수가 오세암을 향해 출발하였다.

11일. 비가 개었다. 심원사를 출발하여 대령(大嶺)[17]을 넘어 30리를 갔다. 고갯길은 위험하다. 비록 봉정과 같지 않지만 높고 험하며 급하다. 고개를 지나서 대승암(大乘庵)에 이르러 점심을 먹었다. 중 지영(智英) 있는데, 자못 총명하여 도리를 알아, 불법을 말할 수 있어서 함께 말할 수 있다. 5리쯤 가서 자연대(紫烟臺)[18]에 도착했다. 대를 마주하여 백여 보쯤 되는 곳에 한계폭포[19]가 있다. 폭포의 높이는 수백 길인데, 돌 위에서 곧바로 공중으로 쏟아진다. 날리듯 떨어지면서 뿜어대며 부서지니 잠깐 사이에 온갖 모양을 한다. 진실로 천하의 기이한 구경거리이다. 따로 기록한다.[20]

---

17) 대령(大嶺) : 한계사와 백담계곡 사이에 있는 고개로, 대승령을 말한다.
18) 자연대(紫烟臺) : 대승폭포 건너편 '구천은하(九天銀河)' 각자가 새겨진 곳으로 임적은 구천은하가 김수증의 글씨라 증언한다. 지금의 대승폭포 관람대이다.
19) 한계폭포 : 대승폭포의 다른 명칭이다.
20) 따로 「한계폭포기」를 지었다.

한계사터

대를 따라 내려가니 돌길은 위험하여 겨우 붙잡아 당기면서 갈 수 있다. 5리쯤 가서 옛 절터[21]에 도착했다. 사람과 말이 이미 도착하여 말을 타고서 갔다. 몸은 상쾌하고 마음은 뚫린다. 이미 지나온 길을 돌이켜 생각해보니 진실로 전생(前生)처럼 멀리 떨어진 것 같다고 하겠다.

10리를 가서 동지(同知) 한승운(韓承雲)의 집에 도착했다. 저녁을 차린 것이 풍성하고 깨끗하여 절에 있을 때와 비교할 수 없다. 주인의 용모는 맑고 뛰어났으며 언사도 아름다워 백성 중 뛰어난 자라고 할 수 있다. 서화(瑞和)의 정생(鄭生)이 와서 알현했다. 일찍이 김미보(金美甫)의 집에 있을 때 안면을 익혔다. 여행 중 서로 만나니 그 기쁨을 알 만하다. 중 자훈(慈訓)이 임무를 띠고 쫓아와 여기서 이르러 유숙하였다. 시를 지어 이별을 하니 슬프다.

12일. 한승운의 집에서 출발하여 30리를 갔다. 인제 읍내에 이르러 박시우(朴時遇)의 집에서 점심을 먹었다. 이복린(李復獜)이 와서 알현했다. 출발에 임해 정후(鄭垕)가 작별하고 갔다. 저녁에 만의역의 군졸 집에서 잤다.

---

21) 옛 절터 : 한계사터를 말한다.

홍태유(洪泰猷, 1672~1715)

본관은 남양(南陽). 자는 백형(伯亨), 호는 내재(耐齋). 서울 입동(笠洞)에서 태어났고 어려서 모친상을 당하여 외조모 유부인(柳夫人)과 외조부 이정영의 밑에서 자랐다. 1676년(숙종 2)에 조모인 효종의 딸 숙안공주(淑安公主)를 따라 입궐하여 숙종을 뵙기도 했다.

작품 해설

1689년 2월 환국(換局)으로 남인(南人)이 정권을 잡은 뒤 부친이 유배가게 되자 홍태유는 부친의 억울함을 호소했으나, 6월에 부친이 사사(賜死)되었다. 이후 부친의 관직이 회복되었지만 다시 추탈(追奪)됨에 따라 여주(驪州)의 이호(梨湖)에 내려가 내재(耐齋)를 짓고 우거(寓居)하였다. 이 같은 가문의 불행을 겪은 뒤 평생 벼슬을 하지 않고 학문에 전념하면서 단양(丹陽), 오대산(五臺山), 설악산(雪嶽山), 한계산(寒溪山), 금강산(金剛山) 등지 산천을 유람하면서 많은 시문을 남겼다. 「유설악기」는 이 시기에 지어진 것이다.

유람 행로

- 일시 1709년
- 일행 홍수보, 임도언, 이진백, 성문, 의준
- 일정 인제현-삼차령-자오곡-난계역-갈역촌-부회잔, 포회잔-고개-촌가-심원사-김삼연 정사-유홍굴-십이폭동-12폭포-봉정암(일박), 탑대-(가야동계곡)-폐문암-유홍굴

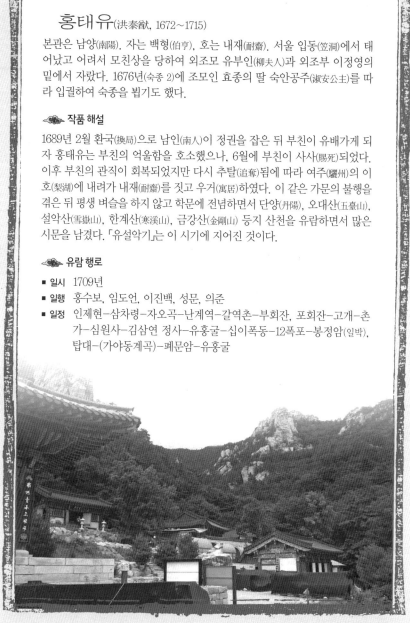

오세암

설악산은 은자의 산이다

홍태유(洪泰猷), 「유설악기(遊雪嶽記)」

인제현에서 동북쪽으로 30리를 가서 삼차령(三叉嶺)에 당도했다. 고개를 넘어 보니 계곡이 매우 깊다. 양쪽의 산은 벽처럼 서 있고 나무는 빽빽하고 산림은 울창하다. 밑에서 하늘을 쳐다보니 겨우 비단 한 필 정도만 보인다. 해와 달은 자정(子正)이나 정오(正午)가 되어야 빛이 이곳을 비추니, 정말로 자오곡(子午谷)이다. 점점 밑으로 내려오자 평평해지면서 계곡의 물은 점차 불어난다. 이따금 어두운 색의 돌을 볼 수 있다.

몇 리 가지 않아서 큰 계곡 물을 만났다. 서쪽으로 흐르다가 합해지는데 곡백담(曲百潭)의 하류이다. 언덕은 모두 흰 돌이고 평평하며, 수많은 소나무들이 온통 푸르고 울창하다. 소나무 숲이 끝나자 비로소 밭이 나온다. 밭가에 여덟, 아홉 채의 집이 모여 촌락을 이루니 난계역(亂溪驛)이다.

다시 10리쯤 가다가 계곡을 건너니 갈역촌(葛驛村)[1]이다. 마을의 집은 더 쓸쓸한데 모두 판잣집이다. 마을 앞으로 고갯길과 통하여 장사꾼들이 끊이지 않았으나, 오히려 순박하고 화목하여 길옆 사람들의 풍속 같지 않다. 이곳을 지나면 오솔길은 대부분 뾰족한 돌들이어서 말을 탈 수 없다. 비로소 짚신을 가다듬고 갔다.

마을 앞에서 계곡 물을 따라 들어가면 몇 발자국 가지 않아 곡백담을 만

---

1) 갈역촌(葛驛村) : 백담사 입구에 있는 용대리의 옛 이름이다.

난다. 갑자기 특이한 봉우리를 보게 되는데, 마치 죽순(竹筍)이 처음 나오는 것같이 우뚝 천 길 정도 곧게 솟아올랐으니 매우 기이하다. 그 밑으로 맑은 못이 있고 못가에 흰 돌이 있다. 물은 잔잔히 흐르고, 물고기 수십 마리가 느릿느릿 놀고 있다.

이곳부터 산이 한 번 돌면 물도 한 번 굽이치고, 돌은 기묘함을 보여준다. 물은 얕은 못이 되기도 하고 깊고 푸른 못이 되기도 한다. 물은 수렴(水簾)이 되기도 하고, 뿜어내는 폭포가 되기도 하며 누워서 흐르는 폭포가 되기도 한다. 바위는 너럭바위가 되었다가 층층이 절벽을 만들기도 한다. 앉아서 감상할 만한 곳을 거의 가늠할 수 없다. 이곳은 오히려 설악산의 그저 그렇고 그런 경치에 불과할 뿐이나, 물과 돌의 웅장함이 사람의 마음을 시원하게 한다. 30리를 가면서 모두가 돌길과 험한 절벽이어서 부여잡고 가거나 등지거나 껴안으면서 발을 포개어 지나간다. 그러므로 잔도(棧道)에 부회잔(負回棧)과 포회잔(抱回棧)이라는 이름이 있다.

돌길이 끝나자 다시 험한 고개이고, 고개가 끝나자 비로소 산이 열리며 골짜기가 넓게 펼쳐진다.[2] 서너 채의 집이 계곡과 떨어져 자리하고 있다. 처음 고개 위에서 인가(人家)의 연기를 보고, 황홀하여 신선들이 사는 별다른 세계라 생각했다.

다시 계곡을 따라서 5리를 가니 심원사(深源寺)[3]이다. 절 앞 봉우리가 자못 기이하고 가파르다. 계곡 물은 맹렬하게 흐르면서 맑은데, 밤이 되면 더욱 물소리를 들을 만하다. 절에서 동쪽으로 몇 리 가면 김삼연(金三淵)

---

2) 백담사가 위치한 평지를 말한다.
3) 심원사(深源寺) : 백담사의 전신으로 곰골에서 영시암 쪽으로 가다가 있었다.

심원사터

정사(精舍)4)가 나온다. 특이한 것은 서루(書樓)와 마주하고 있는 것이다. 봉우리는 하나의 띠처럼 옆으로 펼쳐졌는데 짐승이 웅크려 있는 듯, 새가 돌아보는 듯, 사람이 면류관을 쓰고 걷는 것 같기도 하여, 그 형상이 여러 모습을 하고 있다. 색 또한 맑고 깨끗해서 한밤의 보름달 같기도 하고, 아침에 쏟아지는 싸라기눈 같기도 해서 티끌이 한 점도 없다. 이곳을 가려 사는 사람이 고결한 사람임을 알겠다.

다시 계곡을 따라 1리쯤 올라가면 유홍굴(兪泓窟)에 이른다. 굴은 말할 만한 특별한 경치가 없다. 다만 하나의 기울어진 돌은 반 정도 구부리면서 감실(龕室)을 만들고 있고, 그 안은 몇 사람을 수용할 수 있다. 옛날에 유송당(兪松塘)5)이 이 산을 유람했는데, 그때는 쉬어갈 만한 절이 없어 이 굴에서 잤기 때문에, 이름 지었다고 한다.

굴에서 오른쪽으로 위태로운 돌길을 돌아가서 십이폭동(十二瀑洞)6)으로 들어갔다. 시내와 바위의 경치는 곡백담과 비슷하였으나 더욱 맑고 밝다.

---

4) 김삼연(金三淵) 정사(精舍) : 영시암을 말한다.
5) 유송당(兪松塘) : 송당(松塘)은 조선 중기의 문신 유홍(兪泓)의 호이다.
6) 십이폭동(十二瀑洞) : 현재의 구곡담계곡을 말한다.

좌우의 흰 봉우리는 삼연정사에서 본 경치와 비슷하였으나 더욱 기이하고 웅장하다. 사이사이에 가파른 산이나 절벽이 모여 솟거나 겹쳐 있다. 나무는 모두 단풍나무와 전나무인데 한창 가을이라 선홍색으로 물들어 마치 그림 병풍을 꾸며놓고 비단 병풍을 늘어놓은 것 같다. 붉게 빛나는 것이 특별히 뛰어나 놀라게 하고 기뻐하게 만든다. 매번 앉은 곳마다 돌아보느라 차마 떠나지 못하였다. 이 골짜기에 들어와서부터 수십 리 사이에서 시간을 놓친 적이 많았다.

늦어서야 12폭포에 도착하였다. 모두 위쪽은 폭포이고 아래쪽은 못이다. 물이 제멋대로 세차게 흘러내려 형세는 세차고 빠르며 소리는 웅장하다. 제4폭포 위는 폭포 세 개가 서로 이어져 있어 흐르는 물이 마치 비단을 펼쳐놓은 것 같다. 가운데 좁은 곳은 구유통이 되어서 물이 못으로 떨어지는데, 그 빛이 검어서 깊이를 헤아릴 수 없다. 제1폭포는 좌우 두 줄기로 흐른다. 오른쪽 물줄기는 길이가 거의 백 자이고, 왼쪽 물줄기는 길이가 1/3 정도 짧다. 그 사이가 수십 보가 되지 않아 쌍무지개가 서로 마주하여 떠서 햇빛이 현란하게 빛난다. 아래의 돌은 모두 미끄러워 다가가서 볼 수 없다. 오른쪽 가에 앉을 만큼 조금 평평한 바위가 있으나, 바라보는 곳이 폭포와 멀리 떨어져 있다. 그러나 흩날리는 물방울이 몰아치고 공중에 안개가 질펀하여 입고 있는 옷을 적실 정도이다. 비록 기이한 경치를 사랑하여 이리저리 거닐며 떠나기 어려웠지만 너무 추워서 오래 있을 수 없었다.

구곡담계곡의 폭포

왼쪽 폭포를 거쳐 남쪽으로 벼랑을 올랐다. 또 내려가서 상류를 따라서 갔으나 길이 끊어져 찾을 수 없어서, 오래도록 방황하였다. 문득 시내 위쪽을 보니 바위에 쌓은 돌이 있는데 마치 의도가 있는 것 같았다. 따라온 중이 이것은 참선에 들어가는 중들이 전날에 오가며 놓은 돌인데 길 표시로 삼은 것이라고 한다. 여기부터 가는 길이 의심스러운 곳에는 번번이 모두 돌이 있어서 믿고 헤매지 않았다. 그러나 길은 더욱 가파르고 험하여 우거진 초목을 헤치고 벼랑의 돌을 부여잡고 지팡이에 기대 발걸음을 조심스럽게 한 후에야 겨우 고꾸라지는 것을 면하였다. 산수(山水)에 고아한 뜻을 두고 튼튼한 다리를 갖고 있는 사람이 아니라면 비록 오고 싶어도 불가능하다.

20리를 가도 여전히 깊은 산과 울창한 숲 속을 벗어나지 못했는데, 어둑어둑한 색이 이미 검푸르게 일어난다. 한창 나갈 곳을 알지 못해 근심하고 두려워하였는데, 갑자기 산봉우리 사이에 작은 암자가 은은히 보인다. 나도 모르게 마음과 눈이 모두 마치 옛 친구를 만난 것처럼 밝아졌다. 암자에 도착하니 암자는 비었으나 불이 아궁이에 있고, 향이 불감(佛龕)에서 타고 있어 중이 나간 지 오래되지 않았다는 것을 알 수 있다. 암자 이름은 봉정암(鳳頂菴)이고 설악산의 9/10 높이에 있다. 앞에서 우러러보던 여러 산들의 꼭대기를 어루만지는 것 같다. 뒤에 있는 봉우리가 비교했을 때 더

봉정암

탑대

욱 높았는데, 이곳에 와서 보니 몇 길 높이의 돌에 지나지 않으니, 이곳의 높고 큰 것을 헤아려 알 수 있다.

처음 도착했을 때는 숲과 산이 고요하였는데, 한밤중이 되자 바람이 크게 일어 온갖 구멍이 소리를 내니 바위와 골짜기가 진동한다. 그러나 하늘 빛깔은 청명(淸明)하니, 산의 위와 아래에서 모두 반드시 이와 같지는 않을 것이다. 대개 처한 곳이 높고 바닷바람이 사나워 그런 것이다.

아침에 암자 왼쪽으로 탑대(塔臺)에 올라가니 큰 바위가 있는데, 그 위에 마치 부도처럼 포개진 탑이 있다. 중이 석가의 사리가 이곳에 보관되어 있다고 한다. 돌아서 오른쪽으로 향하니, 높이 올라갈수록 앞으로 확 트여 있다. 푸른 바다를 바라보니 아득하여 끝이 없으니 또한 하나의 장관이다.

이곳으로부터 절벽을 부여잡고 5~6리 내려가 조금 평평한 곳에 도착했다. 바위벼랑과 천석(泉石)의 승경은 또한 12폭포의 하류보다 못하지 않다. 또 20리 남짓 가서 폐문암(閉門巖)[7]을 만났다. 이 골짜기에서 가장 아름다운 곳이다. 양쪽 벼랑이 깎은 듯이 서 있는데, 우뚝 솟아서 마치 관문과 같

---

7) 폐문암(閉門巖) : 가야동계곡에 있는 천왕문을 말한다.

오세암

으니 속세와 한계를 짓는 것 같다.

폐문암으로부터 오른쪽으로 가서 험준한 봉우리를 넘으면 오세암(五歲菴)이다. 기이하고 빼어난 봉우리는 삼연정사에서 보는 경치를 다하고도 더욱 뛰어나다고 한다. 그러나 비를 만나 일을 그르쳐 직접 가볼 수 없었으니 한스럽다. 시내를 따라 내려가서 다시 유홍굴과 만났다. 유람하는 일은 여기서 끝났다.

무릇 봉정(鳳頂)을 유람하는 사람이 유홍굴로부터 왼쪽으로 가면 폐문암을 먼저 보고 12폭포를 뒤에 본다. 유홍굴로부터 오른쪽으로 가면 12폭포를 먼저 보고 폐문암을 나중에 본다. 유람하는 순서를 말한다면 대개 이와 같다.

설악산은 웅장하게 관동(關東)과 관서(關西)에 걸쳐 있다. 북쪽은 양양이고, 남쪽은 인제다. 양양의 볼 만한 경치는 식당폭포(食堂瀑布)[8]와 계조굴(戒祖窟)을 일컫지만 내가 아직 보지 못한 것들이다. 인제 쪽의 볼 만한 곳으로 일컬어지는 것은 곡백담·심원사·삼연정사·12폭포·봉정암·폐문암이고, 모두 자세히 본 것들이다. 만약 봉우리와 천석의 기이함을 논하자면 12폭포가 최고이다.

내가 유명한 산을 본 것이 많은데, 오직 금강산이 이 산과 견줄 만하다. 나머지 산들은 설악산과 맞설 수 있는 것이 없다. 그러나 금강산의 명성은

---

8) 식당폭포(食堂瀑布) : 신흥사 위에 있는 비선대를 가리킨다.

중국까지 퍼졌으나 이 산의 승경은 비록 우리나라 사람이라도 아는 사람이 적으니, 이 산은 실로 산 가운데 은자(隱者)이다. 그러므로 나는 설악산의 승경을 이와 같이 자세하게 서술하여 장차 향리의 유람하는 벗에게 자랑 삼아 보여주고, 또한 이름난 산수를 찾아다니면서도 아직 설악산을 알지 못하는 세상 사람들에게 알려주려 한다.

나와 함께 유람한 사람은 종중(宗中) 사람으로 수보(受甫)는 그의 자(字)이며, 이종(姨從) 동생 임(任)군은 도언(道彦)[9]이 그의 자이며, 조카 이(李)군은 진백(振伯)이 그의 자이다. 따라온 중은 성문(省文)과 의준(義俊)이다.

---

9) 도언(道彦) : 임적을 가리킨다.(「동유일기」 참조)

김유(金楺, 1653~1719)

본관은 청풍(淸風). 자는 사직(士直), 호는 검재(儉齋). 박세채(朴世采)·송시열(宋時烈)의 문인이다. 일찍이 학문에 조예가 깊어 박세채가 그의 후계자로 지목하였으며, 송시열도 그의 재주를 중히 여겼다. 1674년(현종 15) 자의대비(慈懿大妃)의 복상문제(服喪問題)를 둘러싸고 제2차 예송(禮訟)이 벌어져, 송시열·박세채 등이 화를 입게 되자 과거를 포기하고 경기도 이천에 은거하였다. 1683년(숙종 9) 사마시에 합격, 경학(經學)으로 추천받아 창릉 참봉에 등용되었으며, 정랑을 거쳐 1699년 증광문과에 병과로 급제, 찬수낭관(纂修郎官)이 되어 『동국여지승람』을 증보했다. 1715년 황해도 관찰사를 거쳐 이조 참판 겸 양관(兩館) 대제학을 지냈다. 좌찬성에 추증되고, 서흥의 화곡서원(花谷書院)에 제향되었다. 시호는 문경(文敬)이다. 저서로 『검재집(儉齋集)』 등이 있다.

🍃 작품해설

1709년 봄 이해조가 양양 부사가 되자 같이 금강산 유람 계획을 세운다. 4월 28일 벗인 삼연이 있는 갈역에 왔지만 곡백담 마을에 병이 돌아 만나지 못하고, 미시령을 넘는다. 이후 김유는 5월 7일 낙산(洛山)에서 삼연을 만난다. 여기서는 설악산을 경유한 글만 인용하였다.

🍃 유람 행로

- **일시** 1709년
- **일정** **4월 28일** 합강정-삼기령-남교역-갈역-난정-창암-입암-도적연(설연)-미시령(미일령, 연수파)-석인령-화암사 **29일** 계조굴-작은고개-신흥사-하식당암—상식당암-신흥사

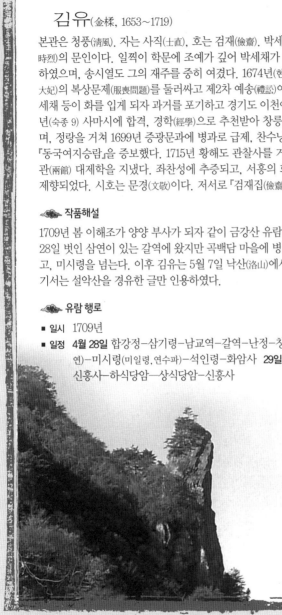

문암

올 때는 흰 무지개, 갈 때는 패옥 소리

김유(金楺), 「유풍악기(游楓嶽記)」

4월 28일. 흐리고 가랑비가 내리다. 아침을 먹고 출발하여 합강정(合江亭)에 올랐다. 삼기령(三岐嶺)을 넘으며 설악을 바라보니 얼기설기 이어진 것이 웅장하고 힘차 보이는 것이 말 앞에 있다. 폭포의 기이함을 들었으나, 갈 길이 바빠서 찾아볼 틈이 없는 것이 한스럽다.

고개 아래의 큰 시내는 곡백담(曲百潭)의 하류이다. 물과 돌이 기이하고 웅장하니 참으로 '수많은 돌들은 뛰어남을 다투고, 여러 골짜기 물들은 흐름을 다툰다.'는 것이다. 돌 위에서 술을 조금 마시는데 피라미 수십 마리가 활기차게 놀며 득의양양하니 여기서도 인(仁)을 볼 수 있다.

남교역(藍橋驛) 마을에서 점심을 먹는데, 인제에서 이곳까지는 40여 리다. 갈역(葛驛)에 이르니, 남교에서 이곳까지는 20여 리다. 역은 곡백담 골짜기 입구에 있다. 자익(子益)[1]의 편지가 왔는데 병으로 나올 수 없다고 한다. 역촌(驛村)에는 서너 채의 집들이 있으나, 천연두가 성하여 동보(同甫)[2]가 꺼려 한다. 이때 자익은 곡백담 위에 있는 심원사(深源寺)에 있어서, 가서 같이 자고 싶었다. 그러나 마을 사람이 절에도 전염병의 기운이 있다기

---

1) 자익(子益) : 김창흡의 자(字)이다.
2) 동보(同甫) : 조선 중기의 문신 이희조(李喜朝)의 자이다. 호는 지촌(芝村) 또는 양암(良菴)이다. 삼연의 스승 부제학 이단상의 아들이며, 부인은 김수흥(金壽興)의 딸이다. 좌찬성에 추증되었으며 인천의 학산서원과 평강의 산앙재영당(山仰齋影堂)에 봉향되었다. 저서로는『지촌집』32권이 있고, 시호는 문간(文簡)이다.

에 부득이 견여(肩輿)로 고개를 넘을 계획을 세웠다. 사람과 말, 행낭 보따리를 역촌에 두고 하루치 양식과 침구만 지참하려고 했다. 그런데 양양(襄陽)에서 출발한 중들이 고개 아래에서 며칠 기다렸다는 것을 듣고, 급히 사람을 보내어 맞이하게 했다. 마을 사람과 문안하러 온 심원사 중을 출발시키고, 따라온 남교(藍橋) 사람을 가게 했다.

난정(暖井)³⁾에 도착하니 양양의 중이 이미 와서 맞아준다. 동보에게 글을 써서 자동(子東)⁴⁾에게 알리게 했다. 바로 고개를 오르다가 창암(窓巖)⁵⁾과 입암(立巖)⁶⁾ 등 여러 곳을 지났다. 창암에는 창(窓) 같은 구멍이 있고, 입암은 짝지어 우뚝하게 솟아 있다. 고개의 허리쯤에 매우 기이한 폭포가 있는데, 그 명칭을 물어보니 도적연(盜賊淵)⁷⁾이라 한다. 그 뜻을 물으니 고개가 험준하고 못은 깊은데, 일찍이 도적이 이곳에 사람을 밀치고 물건을 빼앗아서라고 한다. 나는 신령스런 곳인데도 나쁜 이름을 뒤집어쓴 것이 군자가 도를 품고 있으면서도 속인들에게 비난을 당하는 것과 비슷함에 마음이 상하여, 이름을 고쳐서 설연(雪淵)이라고 했다. 모습을 말한 것인데, 밝게 빛나는 눈[雪]의 뜻을 취한 것이다. 봉우리를 층옥봉(層玉峯)이라 했으니 모양을 본뜬 것이고, 골짜기를 둔세동(遯世洞)이라 했으니 덕(德)을 말한 것이다.

설연(雪淵)은 미시령 서쪽이며, 고개에서 아래로 5~6리쯤이다. 물의 근

---

3) 난정(暖井) : 인제군 용대리 근처에 있던 온천. 확실한 위치를 알 수 없다.

4) 자동(子東) : 조선 후기의 학자 이해조(李海朝, 1660~1711)의 자이다. 본관은 연안(延安), 호는 명암(鳴巖), 대제학 이일상(一相)의 아들이다. 삼연과 화답한 「현산삼십영(峴山三十詠)」이 있다. 1709년 당시 양양 부사였다.

5) 창암(窓巖) : 인제 쪽 미시령에 있는 바위의 명칭이다.

6) 입암(立巖) : 인제 쪽 미시령에 있는 바위의 명칭이다.

7) 도적연(盜賊淵) : 인제 쪽 미시령에 있는 못으로 바로 위에 '도적폭포'가 있다.

도적연

원은 고개 위에서 시작하고, 여러 골짜기의 물을 모은다. 큰 바위가 어귀를 끊자, 시내가 흐르다 돌을 만나면서 요란스럽게 소리를 내며 떨어지는데 기세가 매우 웅장하다. 높이는 열 길 정도이고, 물이 고이는 곳은 깊은 못이어서 깊고 푸르다. 올 때는 흰 무지개 같더니, 갈 때는 소리 내는 패옥 같다. 좌우의 석봉(石峯)은 높게 솟아 있고, 골짜기엔 기이한 바위가 많다. 고개의 동서에는 폭포가 많은데, 이곳이 열에 두세 곳을 차지한다고 한다.

잠시 앉아 보면서 즐기는데 날이 저물어 오래 머물 수가 없다. 마침내 고개를 넘었다. 고개는 미시령이라고 부르며, 간혹 미일령(彌日嶺)이라고 부르기도 한다. 세속에서는 연수파(烟樹坡)로 부르는데, 몹시 험하고 높은 것으로 세상에 알려졌다. 화암사(禾巖寺)로 사람을 보내 불을 구하자, 중이 이곳까지 와서 맞아준다. 밤인데도 석인령(石人嶺)[8]을 넘었다. 고개는 몹시 가파르게 매달려 있고, 새로 내린 비에 떨어져 나간 길이 많아 서늘할 정도로 마음을 두근거리게 만든다.

9시쯤 되어서 절에 이르니 간성(杆城) 땅이다. 갈역에서 이곳까지 무릇 50리다. 절 동남쪽에 볏 짚을 쌓은 듯한 바위가 있으니, 절의 이름은 이것 때문이다. 서쪽에 있는 수석(水石)은 그다지 아름답지 않다. 이곳에 있는 여신(汝信)이란 중은 여러 곳의 산수(山水)에 관해 말을 잘하였고, 중 일담

---

8) 석인령(石人嶺) : 미시령과 화암사 사이에 있는 고개 이름이다.

(日淡)은 부유하여 곡식 천종(千鍾)을 쌓았다. 양양 사람이 원암역(元巖驛)[9]까지 와서 기다린다는 것을 들었다. 절에서 역까지는 20리라 사람을 보내 불렀다.

4월 29일. 맑음. 자동(子東)에게 서신을 보내고, 서둘러 식사를 하였다. 다시 가마를 타고 가다가 계조굴(繼祖窟)에 들렸다. 양양 땅이며, 지붕처럼 덮인 바위가 있다. 예전에 그 가운데 암자가 있었으나 불에 탔고, 새로 짓고 있으나 아직 완공하지 못하였다. 동쪽에 있는 석대(石臺)는 100여 명이 앉을 수 있다. 북쪽 치우친 곳에 크고 둥근 돌이 있는데, 중이 말하길 이것이 흔들바위로 여러 사람이 밀면 쉽게 흔들리지만 1천여 명의 힘으로도 더 흔들 수 없다고 한다. 시험 삼아 해보니 과연 그러하다. 암자의 진산은 천후산(天吼山)인데, 하늘에서 바람이 불려고 하면, 산은 번번이 휘잉휘잉 살랑살랑 운다고 한다. 양양은 이 때문에 바람이 많다.

작은 고개를 넘어 신흥사(神興寺)에 이르렀다. 화암사에서 이곳까지는 무릇 20리다. 절은 모레 무차회(無遮會)를 베풀기 때문에, 가까운 곳의 승속(僧俗)들이 많이 모여 있다. 점심 식사 후 위아래 식당암(食堂巖)을 가보았는데, 식당암은 신흥사에서 남쪽으로 10리쯤에 있다. 너럭바위가 시내를 끊었는데, 가로는 한 길이고 길이는 배가 된다. 점차 작아지면서 2층이 되는데, 작아진 곳은 바른 것이 사람이 공을 들인 것 같다. 물이 그 위로 베를 널어놓은 듯 흐른다. 기이한 봉우리를 끼고 있는데, 높은 절벽이 솟기도 하고 웅크리기도 하며 입을 벌린 듯 아래로 임해 있다. 쳐다보니 정신이 오싹해진다.

---

9) 원암역(元巖驛) : 속초 쪽 미시령 아래에 있던 역원이다.

시내를 따라 올라가니 몇 리 되지 않아 상식당암(上食堂巖)에 이르렀다. 대체로 동일한 모양이지만 돌은 더없이 기이하고 봉우리는 더없이 예스러우며, 물은 더욱 넓게 퍼져 흐른다. 동보가 평하기를 하식당암은 조용히 온축한 모습이고, 상식당암은 우뚝하고 괴이하며 뛰어나다고 하며 시 한 수를 적었다. 나도 화답하였다. 돌이 넓고 평평하여, 만일에 연회를 베푼다면 앉아 먹을 만하여 이름 붙인 것이다. 새겨놓은 글자가 있는데 위에는 '비선대(飛仙臺)'이고, 아래는 '와선대(臥仙臺)'이다.

자동이 우리들이 왔다는 것을 듣고 여기로 달려와 맞이했다. 타향에서 기이하게 만났으니 기쁨을 알 만하다. 절로 돌아와 같이 묵었다. 자동이 나의 의견이 너무 준엄하여 화(禍)를 당할 뻔했다고 경계하자, 나는 장난으로 대답하길, 형이 나를 어려워하니 나는 과연 준엄하다며 함께 껄껄 웃었다.

김창흡(金昌翕, 1653~1722).

자는 자익(子益), 호는 삼연(三淵). 좌의정 상헌(尙憲)의 증손자이고, 아버지는 영의정 수항(壽恒)이며, 형은 영의정을 지낸 창집(昌集)과 예조 판서·지돈녕부사 등을 지낸 창협(昌協)이다. 그는 과거에는 관심이 없었으나 아버지의 명으로 응시하여 1673년(현종 14) 진사시에 합격한 뒤 과장에 발을 끊었다. 백악(白岳) 기슭에 낙송루(洛誦樓)를 짓고 동지들과 글을 읽으며 산수를 즐겼다. 1681년(숙종 7) 김석주(金錫冑)의 천거로 장악원 주부(掌樂院主簿)에 임명되었으나 나가지 않았다. 형 창협과 함께 성리학과 문장으로 널리 이름을 떨쳤다. 저서로는 『삼연집』 등이 있다.

작품 해설

김창흡이 금강산을 유람하고 돌아오니 아들 치겸(致謙)과 윤화숙(尹和叔)이 영시암으로 찾아왔다. 그들은 단풍이 막 물들기 시작하자 봉정에 오르기를 간곡히 바랐고, 김창흡은 그들과 동행하게 된다. 봉정암까지 갔다 온 과정을 소상히 기록하여 뒷사람들의 길잡이가 되고 있다.

유람 행로

- 일시 1711년
- 일정 **9월 9일** 영시암-표묘등-운모담-귀담-유홍굴-곤륜-폐문암-빙호동 입구-대장암-탑대-봉정암(일박), 봉정암-쌍폭-상수렴-하수렴-희이대-용개동-조담-유홍굴-영시암

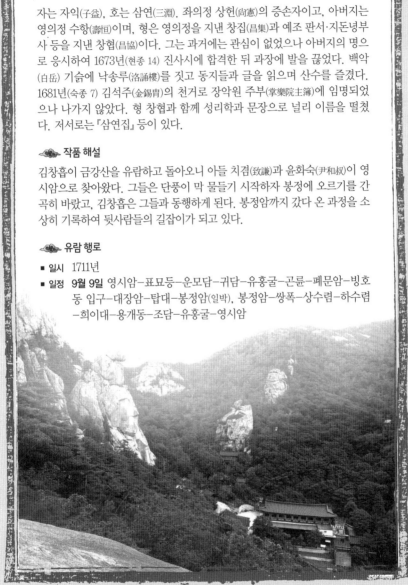

봉정암

나는 늙어서도 설악을 사랑했네

김창흡, 「유봉정기(遊鳳頂記)」

내가 금강산에서 영시암(永矢菴)[1]으로 돌아오니 아들 치겸(致謙)이 서울에서 문안차 들렀다. 윤화숙(尹和叔)[2]도 같이 와서 영시암에 묵었다. 아침 저녁으로 무청정(茂青亭)[3]과 소광대(昭曠臺)[4] 사이에서 노닐며 단풍의 엷고 짙음을 평하고 봉정(鳳

영시암 소광대

亭)의 완상에 대해 이야기하니, 감흥이 고양되는 것을 억제할 수 없다. 치겸과 윤화숙이 만나서 처음 이곳에 오더니 시간은 자주 얻기 어렵고 기회를 놓칠 수 없다고 여긴다. 또한 달은 밝아지고 단풍은 더욱 붉어지려 하여 유람을 가고 싶어 했다. 그러나 나는 쌓인 피로 때문에 쉬고 싶었고, 도무지 함께 가고 싶은 마음이 없다.

음력 9월 8일에 두 사람이 연달아 신발을 수리하더니, 심원사(深源寺) 중 석한(釋閑)을 길잡이로 삼고 종 두발(斗發)이 옷과 이불을 꾸려 따른다. 이때

---

1) 영시암(永矢菴) : 강원도 인제군 북면 용대리 설악산에 있는 절로 처음에는 김창흡의 거처였으나 설정이 중건하면서 사찰이 됐다.
2) 윤화숙(尹和叔) : 윤흡(尹潝)이다
3) 무청정(茂青亭) : 영시암에 딸린 정자이다.
4) 소광대(昭曠臺) : 영시암 주변에 있는 높은 언덕을 말한다.

여러 날 온 비는 그다지 갤 여지가
없고 강한 바람과 불그스름한 구름
이 마치 눈을 뿌릴 듯하여 함께 가기
가 주저되어 미루고자 하였다. 그러
나 내가 찬성하여 그들을 따르기로
했다.

표묘등

　동쪽으로 계곡을 건너 깊은 숲을
뚫고 가다가 중간에 표묘등(縹緲磴)5)이란 곳을 오르고, 몇 리를 가서 운모
담(雲母潭)6)의 바위에 이르렀다. 얕은 여울은 맑아 입가심하며 놀 만하다.
그곳은 운모석이 많이 나오기 때문에 이름 지었다. 이곳을 지나 또 깊은
숲을 뚫고 가다가 귀담(龜潭)7)에 이르렀다. 수석은 그다지 특이하게 빼어
나지는 않지만 이끼 낀 절벽과 구름 걸린 소나무가 제법 그윽한 풍취가 넉
넉하다. 멀리 보이는 봉우리 중에 또한 눈여겨볼 만한 것이 있어 더욱 흥
을 지속시킨다. 오래지 않아 유홍굴(俞泓窟)이다. 단지 좁은 곳으로 서너
명이 비를 피할 만하다. 예부터 전해지길 유홍(俞泓)이 강원도 관찰사로
산을 찾아서 다니다가 이곳에서 유숙했다고 해서 이름을 붙였다고 한다.
두 갈래 계곡 물이 굴 옆에서 만나는데, 남쪽은 12폭포로 향하고 동쪽은
폐문암으로 향한다.

　마침내 남쪽을 버리고 동쪽으로 향하였다. 계곡물 속에 많은 돌들이 어
지러이 쌓여 있어 발을 딛기가 힘들다. 좌우 아랫도리를 걷고 돌을 밟으며

5)　표묘등(縹緲磴) : 영시암과 수렴동 사이에 있는 고개길이다.
6)　운모담(雲母潭) : 영시암과 수렴동대피소 중간에 있는 못이다.
7)　귀담(龜潭) : 수렴동대피소 직전에 있는 못이다.

운모담 　　　　　　　　　　　　　　　　　　　　　　　　　　　 귀담

간 것이 대략 몇 리이다. 돌벼랑이 빙 둘러 있는 것이 마치 문과 병풍을 설치해 놓은 것과 같다. 계곡물은 돌벼랑을 따라 흐르면서 구부러질 때마다 맑은 물굽이를 만든다. 따라 들어가니 그윽하며 특별한 오솔길이 있다. 몇 리를 앞으로 가니, 북으로 거대한 절벽이 높이 솟아 있어 하늘과 가로로 걸쳐 있는 것이 수백 보쯤 된다. 쳐다보니 아찔한 것이 넋을 흔든다. 계곡을 건너 남쪽으로 내려가다 평평한 바위가 하나 있어 걸터앉아 북쪽을 바라보니 완전히 성대한 기세라 더욱 기이하고 위대하게 느껴진다. 나는 그것을 곤륜(昆侖)이라 부르고자 한다. 이에 넝쿨을 잡고 돌 비탈길에 올라 돌아서니 걸을 때마다 모양을 바꾼다. 모두가 절벽을 바라보며 절경이라 한다. 절벽 밑을 휘감는 계곡물이 여울에서는 씻어내다가 못에서는 머무르니, 묘하게도 물은 깊고 산은 우뚝한 운치가 있다. 좋은 곳을 택해 대(臺)를 쌓고 영원히 세상을 떠나 은둔하고 싶었으나 그럴 겨를이 없다.

돌무더기와 잡초더미를 지나 5리를 가서 폐문암(閉門巖)에 도착했다. 양쪽 벼랑이 하늘을 치받고 솟아 있으니 실로 대적하기 힘든 적수 같다. 대개 한 번에 녹아서 이루어진 것이지 이리저리 모아서 만든 것이 아니다. 굳건한 것은 돌 부채이고, 펼쳐진 것은 너럭바위이다. 또 번갈아 계단이 된다. 여울과 못이 서로 이어져 있으니 위쪽 못의 잔물결은 무늬 있는 비단 같고, 아래쪽 두 못은 거울이 상자에서 나온 것 같아, 티끌 없이 깨끗한 것이 견줄 데가 없다. 못의 동서로 큰 바위가 있는데 걸터앉아 읊조리며 바라볼 만하다. 구름이 양쪽 벼랑 사이에서 나와 유유히 흘러가고, 옥 같은 가파른 산과 비단 같은 나무들이 빛을 낸다. 황홀하게도 『초사』의 「원유(遠遊)」에서 "신선을 따라 단구(丹丘)로 가네"라고 한 것과 같은 정취가 있다.

나는 따라가면서 처음에 유흥굴로 한정하였다. 그런데 아득히 먼 길을 오면서 그 피로를 아직 못 느끼고, 여기에 이르러 흥이 더 짙어진다. 특별히 흥을 거두어 홀로 돌아가고 싶지 않았고, 스스로 다리 힘을 헤아려보니 또한 앞으로 갈 수 있어서 함께 봉정까지 가기로 약속하였다. "늙은이가 이곳에 오니 흥취가 다시 얕지 않구나"[8]라고 하였으니, 옛사람이 실로 먼저 이와 같은 흥취를 얻은 것이다.

문을 들어서서 비스듬히 좌측으로 가니 길은 가시나무 때문에 더욱 더 어렵다. 요사이 큰 비가 온 후로 계곡 길이 뒤바뀌고 나무가 뽑히며 비탈길이 무너졌으나 길을 고칠 수도 없다. 대개 들쑥날쑥한 나무 사이로 서리 맞은 낙엽이 어지러이 흩어져 있어서, 더욱 넘어지기가 쉽다. 걸음마다 마음 졸이며 지나가니 북쪽에 작은 폭포가 있다. 높이는 십여 장쯤 되고 커다란 흰 돌로 받쳐주고 있다. 피로를 풀게 해줄 수 있는 하나의 완상거리이다. 맞은편 고개에 긴 폭포가 있는데 여러 층으로 떨어져 내려오는 것이 그다지 눈에 차지 않았으나, 마주보고 흘러내리는 것은 기록할 만하다.

5리를 가서 빙호동(氷壺洞)[9] 입구에 이르렀다. 여기서부터 큰 계곡을 버

---

8) 진(晉)나라 태위 유량(庾亮)이 무창(武昌)에 있을 때, 어느 날씨 좋은 가을밤 은호(殷浩)와 왕호지(王胡之) 등 젊은이들에게 남루(南樓)에 올라가 놀도록 하고 혼자 남아 있다가 자기도 흥이 나서 그들을 뒤따라가 그들에게 한 말이다.

9) 빙호동(氷壺洞) : 가야동계곡에서 봉정암으로 가는 방향으로 있는 계곡을 말한다.

리고 남쪽으로 가면 봉정으로 가는 길이다. 바위 사이에서 불을 때서 밥 먹는 곳을 만들었다. 산보하며 골짜기로 들어가니 훤한 것이 수백 보이다. 자갈이 어지럽게 쌓여 있지 않고 하나의 돌로 골짜기를 만들고 흰 여울이 가로로 둘러 있다. 곳곳마다 흥을 일으켜 하마터면 돌아가는 것을 잊을 뻔 하였다. 계곡 남쪽에 작은 굴이 있다. 약초를 캐는 사람들이 하룻밤을 지 내는 곳이다. 손작(孫綽)[10]의 「유천태산부(遊天台山賦)」[11]에서 "그윽한 바위 에서 생각을 멈추고 긴 내에서 맑게 읊는다"라고 한 것은 오직 이곳만이 합당하다.

식사 후에 오솔길을 따라 남쪽으로 갔다. 처음엔 매우 침침하여 길을 찾 을 수 없을 것 같더니 종종 중들이 돌을 쌓아 표식을 해둔 것으로 길을 찾 아갈 수 있다. 소나무와 전나무가 엄중하게 우거진 속에 작은 시내가 폭포 를 이루어 자주 그 옆에서 쉬었다. 북쪽으로 여러 봉우리들을 바라보니 하 얀 것이 마치 빙호동(氷壺洞)에 쌓인 옥처럼 밝게 빛나 시선을 빼앗지만 형 용할 수가 없다. 한 걸음 내디딜 때마다 한 번씩 돌아보니 번갈아 기이함 을 드러내는 봉우리의 모양이 일정하지 않다. 게다가 손가락으로 가리킬 틈도 없이 앞에서 갑자기 솟아오르니 또한 무한히 쉬게 해주는 곳이다.

작년 가을에 유람했을 때 종 두발이가 실제 이곳을 따라왔었다. 때문에 여러 고개를 모두 보다가 그중 가장 빼어난 한 봉우리를 가리켜 "바로 이 것이 봉정입니다"라고 하니, 함께 유람 온 자들이 처음 온 자나 다시 온 자 를 막론하고 모두가 달려가고자 하는 마음이 있으나, 피곤하여 계속 갈 수 없다. 마침내 두발과 중 석한에게 먼저 봉정암으로 가서 밥을 짓게 하고

---

10) 손작(孫綽) : 중국 동진(東晉)의 문인이다.
11) 유천태산부(遊天台山賦) : 동진(東晉)시대에 산수유람의 부가 창작되었는데, 그중 대표 적인 작품이 「유천태산부」이다.

우리는 천천히 걸어서 따라갔다.

그런데 잠깐 곁눈질하는 사이에 길을 잃었다. 계곡 길을 버리고 빙 돌아 산등성마루에 오르니 잠깐 사이에 아주 큰 거리의 착오가 생겼다. 다만 앉아 있어도 진실로 보이는 것이 없어 땅을 들추면서 길 찾기를 그치지 않았으나, 이내 바위에 막혔다. 마침내 두발이를 서너 번 크게 부르니 산만 울릴 뿐이고, 우수수 숲이 움직인다. 나무에 기대어 끊임없이 부르자, 처음엔 마치 고개 중간에서 부르짖는 소리가 있는 듯하더니, 잠시 후에 두발이와 중 석한이 함께 내려왔다. 떠들썩하게 맞이하며 위로하길 "다행이구나, 멀리 안 가고 되돌아왔으니. 하마터면 바위 밑에서 하룻밤 묵는 것을 면할 수 없었을 것이다"라고 하였다.

인도하여 대장암(大藏巖) 아래에 이르렀다. 대장암은 질서 정연하게 겹쳐진 돌이 자못 대장경이 저장된 것과 비슷하기 때문에 이름을 얻은 것이다. 대장암에서 서남쪽으로 바라보니 여러 가파른 봉우리들이 빽빽하게 늘어서 있다. 나는 듯 달리는 듯 쫓는 듯 읍하는 듯 여러 사물들이 모양을 바꾸는 것을 모두 볼 수 있다. 동쪽으로는 천상의 맑은 기운을 거두어들여 아득히 하늘과 바다가 서로 마주하고 있다.

수백 보를 오르고 올라 우러러보니 천문이 느닷없이 열린다. 중 하나가 구름을 헤치고 내려오니 비로소 봉정암이 가깝고 비어 있지 않음을 알았다. 고달픔을 무릅쓰고 한번 내닫으니 여기가 탑대[12]의 북쪽이다. 큰 바다가 눈에 가득하고 여러 산들이 모두 다리 아래에 있다. 강한 바람이 불어오는데 마치 나부끼게 하려는 것 같다. 중이 옆에 서서 멀리 정북쪽의 안개와 눈 속에서 빛나는 것을 가리켜 금강산의 구정봉(九井峰)[13]이라 한다.

---

12) 탑대 : 봉정암 뒤에 있는 석가사리탑이 있는 곳을 말한다.

내가 막 그곳에서 왔기 때문에 마음이 더욱 뛰었다. 이 대는 산의 높은 곳에 자리 잡고 있어 총뇌(總腦)가 된다. 동쪽으로 동해를 보고 북쪽으로 금강산을 당기니 모두가 품안의 물건이다. 그 훌륭한 경치를 논한다면 아주 뛰어나 견줄 바가 없다고 이를 만하다. 그러나 대가 기울고 좁으며 위태로워 마음대로 거닐기에는 거리낌이 있다. 이것이 진실로 하나의 흠이다. 또한 너무 높기 때문에 난새가 날고 봉황이 춤추는 듯한 여러 봉우리들의 등을 어루만질 뿐이니 안으로 장벽이 있는 것 같다. 그러므로 고래가 뛰놀고 붕새가 목욕하는 큰 바다의 면모를 다 보지 못한다.

만약 다시 청장(靑嶂)[14]으로 더 나아가 올라간다면 바야흐로 각기 다른 사물의 동일한 근본을 볼 수 있으니, 위로는 하늘이 없고 아래로는 땅이 없다고 할 만하다. 이곳이 금강산의 비로봉과 동일한 위치이다. 그러므로 이 대는 비로봉과 견준다면 조금 낮고, 정양사와 견준다면 보다 높다. 높고 낮으며 통하고 막히는 그 사이 감상에 맞지 않으나 마음에 상쾌한 것이 있으니, 조물주가 만든 것이 묘하게 있게 된 것은 우연히 이루어졌을 뿐인데, 그 완전함을 책하였으니 아마도 우리 안목이 너무 높은 것 같다.

갑자기 길게 읊조리다 벼랑을 따라 남으로 가니 탑이 우뚝하다. 바위가 귀부가 되었는데 모두 3층이다. 예부터 전해지길 화엄승 자장율사가 건립한 것이라 한다. 탑 북쪽으로 벌어진 땅이 조금 평탄한데, 석가의 진골을 묻었다고 한다. 그리고 탑 남쪽 돌 틈이 마치 소 코를 꿴 듯한데, 아주 옛날 배를 묶었던 곳이라고 한다. 그 말이 매우 황당하긴 해도 또한 멋대로 기록하기엔 무방하다.

---

13) 구정봉(九井峰) : 금강산에 있는 봉우리이다.
14) 청장(靑嶂) : 설악산 대청봉의 옛 이름이다.

동쪽으로 수백 보 내려가니 봉정암이다. 여러 바위를 등지고 있는데, 의젓한 것이 마치 신이 지키는 것 같다. 한 봉우리가 유독 암자에 가까이 있는데 산이 마치 봉황이 부리를 드리운 것 같아 거의 무너질 듯하다. 암자가 이름을 얻은 것이 이 때문이다. 방은 모두 촘촘하지만 밝고 깨끗하여 거처할 만하다. 탑대에서 와서 바람과 이슬 기운이 몸에 가득하다. 문을 닫고 아랫목으로 가서 앉아 찬 몸을 녹이니 역시 적당하다. 머물러 있는 중 두 명은 모두가 식견이 없다. 한 명의 중이 조금 총명하여 능히 오대산의 아름다운 경치를 말하는데 맑고 부드러워 들을 만하다.

어두워지자 등불을 켜고 잠깐 범패를 부르더니 그쳤다. 문을 열고 초승달을 보니 서리와 같이 희다. 세 사람이 함께 탑대에 올라 오래도록 시를 읊조렸다. 달빛이 매우 아름다운 것에 감탄하였으나, 오히려 산바람이 너무 센 것을 걱정하였다. 숲과 골짜기를 어지러이 휘감는 것이 마치 흉한 기운을 날려 하늘을 덮는 것 같다. 이것이 맑고 고요한 흥취를 감소시킨다. 작년 가을 이 대에 올랐을 때 마침 보름달을 만났는데 오히려 밝고 맑은 것이 흠이었다. 전후를 합하여 보니 흥취가 온전하다. 탑 북쪽으로 걸음을 옮겨 은하수가 바다에 드리워진 것을 굽어보니 출렁거리는 것이 일정치 않아 박수를 치며 돌아왔다.

처마 그림자를 쳐다보고 다시 기이함에 소리를 질렀는데, 곧 봉정이 사람 머리를 내려다보고 있기 때문이다. 평상을 빌려 밤을 지내는데 중이 옆에서 가부좌를 틀었다. 베개 밑으로 윙윙 하늘의 소리가 불어오더니 파도가 들끓는 소리를 낸다. 있는 곳이 높아 꿈도 인간세계가 아니다.

날이 밝자 새촉하여 밥을 먹고 봉정암 앞 실을 취해 12폭포를 찾아가려고 했다. 나는 일찍이 20년 전에 폭포를 찾아 이곳을 지났는데 마치 떨어질 듯 아득하였다. 중 석한이 한 번 와봤는데 가는 길이 매우 험하여 반드시 허공에 올라 줄을 붙잡고 내려가야 한다고 말한다. 그래서 봉정암 중에게 줄을 빌렸다. 계곡을 따라 내려가니 골짜기가 온통 잣나무 숲으로 둘러싸여 있어 걸음마다 걸리고 막힌다. 잠깐 헛디디면 구덩이로 떨어져 골짜기에 묻힐 것이니, 형세가 반드시 그에 이르게 되는 곳이다. 약 5리를 가자 갑자기 절벽에 이르렀다. 석한이 줄을 잡고 내려가야 한다고 말한 곳이 여기다.

폭포가 수백 길 걸려 있고 깊어서 바닥이 보이지 않는다. 좌측은 모두 큰 절벽으로 형세가 마치 쇠를 자른 듯하여 발을 붙일 만한 한 치의 흙도 없고 손으로 잡을 만한 한 자의 나무도 없다. 비록 줄이 있을지라도 장차 어디에 쓰겠는가? 석한에게 마땅히 지나갈 곳이 아니라고 다투어 힐난하니 "전날의 올라감이 오늘의 내려감보다 비교적 쉽고, 비가 온 후부터는 절벽이 깎여 내려간 것이 더욱 심하게 느껴지니 어찌할 도리가 없습니다. 돌아가서 다시 폐문암 길을 찾느니만 못합니다"라고 대답한다. 동행들은 매우 깊숙한 곳에서 혼이 나고 폭포를 찾는 흥취에 실패하자 모두 낙담하며 자세히 살피지 않고 길을 인도한 것을 책망한다.

석한이 비로소 어제 탑 밑으로 작은 길을 보았는데, 혹시 폭포로 가는 길인 것 같으니 한번 찾아봄이 어떤가를 묻는다. 마침내 숲을 헤치고 비스듬히 서쪽으로 간다. 하나의 산등성마루를 넘으니 길이 점점 작아지는 것이 마치 연뿌리가 절단되어도 실은 끊어지지 않는 것과 같다. 길이 거의 희미해지는 곳에 이르자 기쁘게도 돌로 된 표식을 만나 길을 헤매지 않고 갔다. 4~5리를 가서 비로소 계곡 길에 다다르니 물은 맑고 돌은 희어 갑자기 마음과 눈이 탁 트이고 밝아지게 한다.

12폭포가 멀지 않음을 알 수 있다. 계곡을 따라가다 자주 아름다운 곳을 만났는데 못과 폭포가 서로 이어져서 받아들이고 내뿜는 것이 마치 수정으로 만든 병에서 흘러나오는 것 같다. 제일 마지막의 폭포 하나는 더욱 기이하고 아름답다. 단풍 숲 사이에서 빛나는 것이 흰 명주와 주렴이 날리는 듯하다. 그러나 아직 12폭포에 속한 것은 아니다. 여기를 지나가니 시냇물이 좁은 곳을 달려가 세차게 흐르고, 천 척의 높은 고개가 남쪽에서부터 달리며 내려오다가 서로 만난다.

여기에서 쌍폭[15])이 하나의 못으로 함께 떨어진다. 동쪽에서 나온 것은 사람과 함께 와서 그 근원을 알 수 있으나, 남쪽에서 나온 것은 마치 하늘에서 떨어진 듯하여, 그 근원을 헤아릴 수 없다. 그 높이를 헤아리니 동쪽은 짧고 남쪽은 긴데, 짧은 것은 30장쯤 되고 긴 것은 100장쯤 된다. 남쪽 폭포 위로 3층 폭포가 더해지니 아득하고 뿌옇게 되어서 자줏빛 산과 경계가 없다.

멀리서 바라보는 것으로 그 형상을 헤아릴 수 있는 것이 아니다. 차츰 돌길을 따라 서쪽으로 가다가 기어서 못 옆으로 몸을 움직였다. 쌍폭의 모습을 자세히 보니 대체로 수무지개와 암무지개가 지붕 없는 우물에서 함께 물을 마시고 훨훨 날아가는 것이 해오라기가 춤추고 용이 오르는 듯한데, 서로 마주하면서도 가까이하지 않는다. 마치 못이 좁은 것이 변화하는 모양을 수용하기엔 부족할까 봐 물이 넓고 깊은 것이 백 칸이다. 바야흐로 그 양에 걸맞게 하면서 기이함을 드러낸 것이다. 넘쳐흘러 아래 못이 되는데, 넓이 또한 같다. 위는 정방형이고 아래는 직사각형으로 각각 하나의 형상이 만들어졌는데, 위와 아래를 번갈아 보는 사이에 교묘하게 녹여서 만들어놓은 것이다.

폭포가 못을 이었는데 높이가 10장쯤이다. 바람이 가랑비를 걷어내는데

---

15) 쌍폭 : 쌍룡폭포를 말한다.

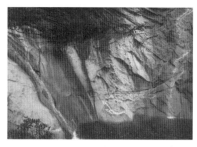
쌍룡폭포

아침놀에 번뜩이니 문득 맑은 날에 무지개가 솟아오른다. 못가의 흰 돌은 서리와 같이 희고 해송 몇 그루가 그 위로 그늘을 흩뜨려서 더욱 시원하고 상쾌하게 느껴졌으나, 그것을 뛰어 넘어 날아오를 길이 없음이 한스럽다. 대개 내가 앞뒤로 합해서 세 번 왔는데 지금 느끼는 빼어난 경치는 곱절이 된다. 한 번 온 비에 씻겼기 때문이니, 하늘이 나를 받든다고 말할 만하다.

아래 못이 넘쳐서 폭포가 된다. 감실같이 파인 곳을 어지러이 찧는데, 가운데가 나뉘어져서 두 줄기가 된다. 시내를 사이에 두고 바라보니 보이는 것이 매우 기이하다. 종종 묘사하기 어려움이 이와 같다. 이곳을 쫓아 내려오는데 우레와 같은 소리와 눈처럼 흩날리는 물방울이 귀와 눈에 달라붙는다. 폭포가 아닌 것이 없으니 손가락으로 다 꼽을 수 없다. 다만 이른바 12폭포라는 것을 어디서부터 끊어야 되는지 알지 못하겠다.

봉정부터 쌍폭까지 거의 20리다. 쌍폭부터 또 15리 이후는 상수렴(上水簾)[16]이다. 돌 표면이 밝고 매끄러우며 긴 폭포가 그 위에 걸쳐 있고 둥근 못으로 받아들이며 첩첩 고개로 둘러싸고 있다. 그 경치를 품평하면 중상(中上)에 놓을 만하다. 마침내 바위에 요를 깔고 나란히 앉아 밥을 먹었다. 남쪽을 바라보니 하나의 바위가 하늘을 받들고 저 멀리 옥처럼 서 있다. 확실히 보이지는 않지만 쌍폭의 꼭대기일 것이다. 조금 내려가다 또 아름다운 곳에 이르렀다. 흰 돌이 마치 옥이나 눈과 같고, 두루 꺾이어 병풍 모양

---

16) 상수렴(上水簾) : 현재 구곡담계곡의 윗부분을 가리킨다.

조담　　　　　　　　　계곡 위로 보이는 봉우리가 고명봉이다.

을 이룬 것이 모두 7~8겹이다. 깎이고 쪼개진 것이 교묘하고 치밀한데 못
이 협소하고 언덕이 기운 것이 흠이어서, 둘러보니 마음에 차지 않는다.

　다시 5리를 가서 하수렴(下水簾)[17]에 이르렀다. 이곳이 내가 제일 마음에
드는 곳이다. 겹쳐지고 쌓인 높은 봉우리들이 좌우로 산세를 지고 솟아있
는데 서로 양보하지 않는다. 가운데는 골짜기를 열어 젖혔는데 넓고 확 트
인 것이 깨끗하고 상쾌하다. 위아래로 수백 보는 둥근 못, 넓은 폭포, 얕은
여울, 돌아드는 물굽이, 너럭바위, 우뚝 선 벼랑, 깊은 골짜기, 평평한 터
등이 적절하게 배치되고 알맞은 자리를 얻어서 곡진하게 운치가 있다. 골
짜기 입구는 확 트였는데, 한 줄기 은빛 성(城)이 가로로 걸쳐 있으니 고명
재[高明岾]이다.

　동쪽 벼랑의 편안한 곳은 일찍이 조석(趙錫)과 함께 돌을 베게 삼고 흐르
는 물에 양치질하며 마주하여 자던 곳이다. 그곳을 희이대(希夷臺)[18]라고
이름 짓고자 한다. 희이대 서쪽엔 작은 계곡물이 졸졸 흐르고 칡덩굴로 덮
혀 있는 것이 무성하여 눈을 가렸었는데, 지금은 홀연히 큰 골짜기가 되었

---

17)　하수렴(下水簾) : 현재 구곡담계곡의 아랫부분을 말한다.
18)　희이대(希夷臺) : 구곡담계곡의 만수폭포 부근을 말한다.

용개동   희이대

다. 물과 바위를 베풀어놓아서 기이함 위에 기이함을 더하니 실로 조물주
가 만들어놓은 것 같다. 마땅히 그 골짜기를 용개동(龍開洞)[19]이라 이름 지
을 만하다.

수렴(水簾) 가에 하나의 흙 언덕을 차지하고 나무로 집을 짓고, 그 사이
에서 은거하고자 하였다. 과연 이러한 계획을 이룬다면 영시암은 하나의
매미 허물이 될 것이다. 골짜기 입구에 조담(槽潭)[20]이 있는데, 돌길이 매
우 비탈져 지날 때마다 가슴이 두근거린다. 비로 인해 잔도가 깎여 별도로
언덕 위의 길을 취해 비스듬히 가서 유홍굴에 다다랐다. 저물기 전에 영시
암으로 돌아왔다.

내가 이 산의 주인이 된 후부터 백연(百淵)의 원류와 크고 작은 설악의 고
개에 있는 것들을 모두 에워싸 소유하고 있어서 마음대로 오갈 수 있었다.
그러나 봉정과 쌍폭은 험준하고 중도에 투숙하기 어렵기 때문에 하루 만
에 곧장 도달하기 힘들다. 임신년(1692)의 한 번의 탐승을 제외하곤, 비로
소 작년의 발걸음이 있었으니 종적은 성글었다고 할 만하다.

---

19) 용개동(龍開洞) : 만수폭포 부근의 조그만 계곡을 가리킨다.
20) 조담(槽潭) : 구곡담계곡 입구에 있는 못이다.

대개 비록 산수를 좋아하는 병이 엄중하더라도 쇠한 나이라 다리 힘을 아껴야 하니 이와 같지 않을 수 없다. 지금부터는 또 늙음과 병이 더해 함께 이를 것이니, 다만 모름지기 소광대에서 머리 들어 눈으로 돌아가는 구름을 전송할 뿐이다. 옛사람이 "몇 번이나 지나가 볼 수 있을까?"라고 하였으니 탄식할 만하다. 나를 일으킬 이가 없으니, 누가 쓰러진 나를 일으켜주겠는가?

나는 실로 해마다 거듭 감상하였으니 행운이다. 또한 치겸과 윤화숙이 멀리 서울에서 와서 만나 모인 것을 생각하니 이조차도 이미 어려운 일인데, 하물며 네 계절 중 가을을 만났고, 또 중양절임에랴. 하룻밤 자면서 밝은 달과 맑은 아침 해를 만났다. 때마침 또 백 년에 한 번 온 비로 바위와 계곡물이 크게 씻어졌고, 큰 비가 그쳐 못이 맑고 찬 서리에 단풍은 밝아 가지각색으로 눈을 비비게 하고 가슴을 씻어주었다. 좋은 날, 아름다운 경치, 감상하는 마음, 즐거운 일이 아우르게 되었을 뿐만이 아니니, 비록 말을 잊고자 하여도 그럴 수 있겠는가?

나는 본디 기록하는 것에 게으르다. 금강산을 다섯 번 유람하였고 이곳에서 6년을 살았으나, 일찍이 한 번도 유람기를 지은 적이 없었다. 타인의 간섭을 받았으나 또한 억지로 할 수는 없었다. 지금은 곧 흥취 때문에 구술하고 치겸에게 붓을 잡고 베껴 가게 했다. 그리고 가지고 가 서울에 있는 여러 자식과 조카들에게 보여주고 내가 늙어서도 산을 사랑함을 알게 하고자 했다. 이에 흥이 격렬해진다. 그리고 그 융치(融峙)를 따지고 운람(雲嵐)을 품평한 것과 같은 것들을 이전의 비석이 빠뜨린 부분에 보충한다면, 이 산에 오르고자 하는 사람들이 지녀서 여행의 지침서로 삼아도 괜찮을 것이다.

신묘년(1711) 9월 중양일에 백연동(百淵洞) 주인이 기록하다.

김창흡(金昌翕, 1653~1722)

앞의 「유봉정기」 참고.

작품해설

삼연이 설악의 명소인 보문암, 식당암(비선대), 토왕성폭포 등에 대하여 자세하게 설명하고 있다. 특히, 보문암에 대해 위치를 추정할 수 있는 중요한 단초를 제공한다.

유람 행로

- 일시 1711년

비선대

창과 칼 같은 산이 놀라게 하고 혼을 빠지게 한다

김창흡(金昌翕), 「동유소기(東遊小記)」

보문암(普門菴)은 설악의 동쪽 곁에 있다. 양양(襄陽)에서 설악을 오르다 보면 암자는 산의 4/5에 자리 잡고 있어서 높다. 남쪽으로 설악의 많은 봉우리들을 마주하고 있는데, 세력을 믿고 다투어 오르니, 하나같이 우뚝 솟아 위태로우며 늠름한 모습이어서 범할 수 없는 모양이다. 암자 앞 가까운 곳에 향로대(香爐臺)가 있는데, 기이한 바위들이 층층이 쌓여 있다. 꼭대기에 앉아, 많은 봉우리들을 자세히 보니, 사람을 놀라게 한다. 여러 기묘한 형세를 쥐고 있는 것이 정남쪽의 봉정(鳳頂)과 대략 비슷하다. 칼과 창을 그린 그림이 마음을 놀라게 하고 혼을 빠지게 할 수 있다고 논평하는 것은, 도리어 이 경치보다 모자람이 있다.

안쪽 산의 오세암(五歲菴)에서 고개를 넘어 보문암에 6~7리쯤 못 미치는 곳에서 고개등성이를 넘다가 동쪽으로 굽어보면 무릇 보이는 것은 만개의 칼끝을 묶어놓았거나, 천 개의 창 가닥을 모은 것 같아 우뚝 곧게 솟아 기세등등하게 날아오르는 듯하다. 얼핏 보면 사람들을 화들짝 놀라게 하지만, 마침내는 기쁘게 하여 바로 아침에 보고 저녁에 죽어도 좋다는 생각이 든다. 일찍이 세상의 기이한 볼거리를 보았는데 황산(黃山)의 그림만이 비슷하다. 어떤 사람은 아마도 밝고 빼어나며 빽빽이 늘어선 것이 이보다 뛰어날 것 같다고 하지만 알 수 없다. 보문암은 농쪽으로 바다를 임하고 있어 일출을 볼 수 있다. 아래로 만 길의 폭포가 있어 승경을 갖추었으나 멀어서 갈 수 없다.

식당암(食堂巖)의 천석(泉石)은 보문암 하류 10리 되는 곳에 있는데, 바위와 물이 깨끗하고 시원하며, 동부(洞府)는 깊고 트였으나, 붉은 벼랑과 푸른 산줄기에 끼어 있어 장애물 때문에 가까이 갈 수 없다. 설악의 멀리 떨어진 봉우리들은 구름 사이로 층을 이루고 나타나는 것이 은은하여 앉아서 가까이할 수 있다. 만약 모든 산의 바위와 돌을 비교해서 품격을 매긴다면 이곳은 의심할 여지없이 최고이다. 비록 곡연(曲淵)의 십이폭(十二瀑)과 지리곡(支離谷)[1]에 있는 구연(九淵)의 조화로움이 교묘하다 해도, 거닐며 즐기기에는 합당치 못하니 따로 논해야 한다. 오직 폐문암(閉門巖)과 수렴동(水簾洞)이 우열을 다툴 만하나, 오히려 깊숙함이 지나쳐 불만스럽다. 계곡 입구에는 좋은 곳이 여러 곳에 있으나 편히 앉을 곳이 부족하고, 바위 표면은 광택이 나는 것이 모자라, 부끄러움이 없을 수 없다.

이것 외에도 만폭동(萬瀑洞)[2]의 벽하담(碧霞潭)[3]이나, 송면(松面)[4]의 선유동(僊遊洞), 화양(華陽)의 파곶동(葩串洞), 상주(尙州)의 병천애(甁泉崖), 희양산(曦陽山)[5]의 백운대(白雲臺)를 꼽으나 모두 아름다움을 다하여 흠이 없을 수 없다. 벽하담은 장쾌한 물줄기를 자랑하나 땅이 좁기 그지없다. 선유동은 그윽한 맛이 있다고 하나 멋스러운 풍채가 부족하다. 파곶동은 큰 반석이 장관이나 크기만 하지 쓸데가 없다. 병천애는 영롱한 것이 기묘하다고 하나 주위와 어울림이 전혀 없다. 비록 백운대라도 위로는 푸른 봉우리와 아래로는 흰 돌들이 펼쳐져 있어 조금 굽어보고 쳐다볼 수 있으나, 빽

---

1) 지리곡(支離谷) : 현재의 12선녀탕 계곡을 말한다.
2) 만폭동(萬瀑洞) : 금강산에 있는 계곡으로 내금강에 위치한다.
3) 벽하담(碧霞潭) : 만폭동에 있는 못의 하나이다.
4) 송면(松面) : 지금의 충북 괴산군 청천면 송면리이다.
5) 희양산(曦陽山) : 경상북도와 충청북도의 도계를 이루고 있는 산이다.

빽한 나무들이 줄지어 있어 멈췄다가 쏟아 붓는 운치를 갖추지 못해 뜻과 멋이 쉽게 다하니, 식당암과 나란히 논할 수 있으랴! 스스로 작고 곱살스러울 뿐이어서 함께 비교할 수 없다. 비록 한두 곳 아직 보지 못한 것 중에 간혹 이름난 곳이 있지만, 보고 들은 것을 비교하여 살피면 대개 뛰어남이 없으니, 우리나라의 천석(泉石)의 볼거리는 대체로 여기서 그친다.

토왕성(土王城) 폭포는 식당암에서 10여 리쯤에 있다. 큰 벼랑에 구름이 걸려 있고, 폭포는 가운데로 떨어지는데, 쪼갤 듯한 기세로 떨어진다. 꺾어지지 않고 내리 꽂는 기세는 매우 힘차 최고이다. 한계폭포의 명성이 우열을 다툴 수 있다. 높이는 수천 장일 뿐만 아니니, 여산폭포(廬山瀑布)를 읊은 해풍강월(海風江月)의 구절[6]은 이 폭포에 해당된다. 동쪽 바다와 거리는 20리가 안 되기 때문이다. 기우제(祈雨祭)를 지낼 때 그 정상에 올라가는 사람이 있는데 수원(水源)이 풍부하여 가뭄에도 물길이 끊긴 적이 없기 때문이다.

예전에 이곳을 다녀간 사람들은 지금처럼 길을 따라 올라가서 대충 한 차례 장대하다고 말하였을 뿐 감추어진 것을 드러내어 퍼지게 하지 않았다. 내가 오래도록 머무르며 북쪽 마주하는 곳을 자세히 살펴보니 언덕이 하나 있는데, 잡고 올라갈 수 있다. 만약 꼭대기에 올라가 대(臺)를 하나 만든다면 영동(嶺東)에서 제일의 장쾌한 볼거리가 될 것이다.

---

6) 이백의 「망여산폭포」에 "海風吹不斷, 江月照還空(바닷바람 그치지 않고 불어오며, 강의 달은 다시 허공을 비추네)"란 구절이 있다.

김창즙(金昌緝, 1662~1713)

조선 후기의 문신·학자. 본관은 안동(安東). 자는 경명(敬明), 호는 포음(圃陰). 아버지는 영의정 수항(壽恒)이다. 형제 중 다섯째로 태어났는데, 형 창집(昌集)·창협(昌協)·창흡(昌翕)·창업(昌業), 동생 창립(昌立)과 함께 문장대가로 당시 육창(六昌)이라 불렸다. 조봉원(趙逢源)의 문하에서 수학하였다. 1684년 생원시에 합격하여 교관에 임명되었으나 나가지 아니하였다. 1700년 아버지의 유문인 『문곡집(文谷集)』을 간행했다. 1710년 왕자사부(王子師傳)를 거쳐 예빈시 주부(禮賓寺主簿)를 지냈다. 문장과 훈고(訓詁)에 능하고 성리학에도 조예가 깊었다. 저서로는 『징회록』과 『포음집』이 있다.

🌺 작품 해설

1712년 8월 20일부터 9월 27일까지의 일정을 기록한 글인데, 금강산을 둘러보고 귀경길에 설악산을 거친 일을 기록하였다. 이때 설악산에는 형인 김창흡이 살고 있었다.

🌺 유람 행로

- **일시** 1712년
- **일정** **9월 14일** 간성-큰 시내-선유곡-흘이령-작은 시내-큰 절벽-〈5리〉-가력 권명일의 집 **15일** 삼연의 옛 정사-예연-광암-상암-제기-학암-포전암-부전암-고개-지세남가-심원사-영시암 **16일** 무청정 **17일** 영시암-유홍굴-수렴(삼단폭포)-영시암 **18일** 영시암-심원사-가역 **21일** 가역-남교역-삼치령-원통역-합강정-인제

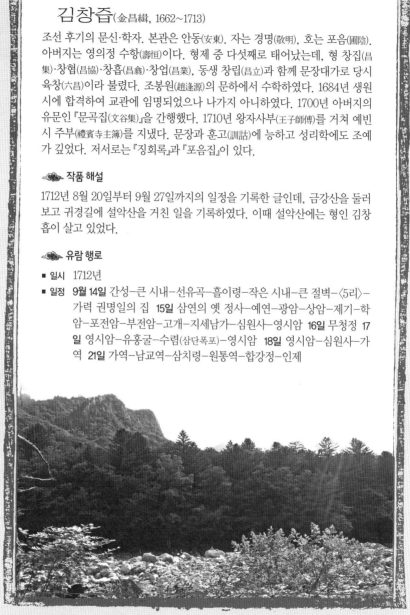

조원봉

달구경을 하니 황홀하여 인간세계가 아닌 것 같다

김창즙(金昌緝), 「동유기(東游記)」

(9월) 13일. 개임. 오후에 출발하여 남쪽으로 35리를 가서 간성(杆城) 읍내에 이르러 잤다.

14일. 흐림. 이른 새벽에 출발하여 서쪽으로 10여 리쯤 가서 큰 시내를 만났다. 드디어 거슬러 올라가니, 시내 양쪽 언덕은 깎아지른 듯한 바위들이 많이 서 있고, 단풍이 비쳐 자못 볼 만한데 15리가 된다. 선유곡(仙遊谷) 마을에 이르러 점심을 먹고, 또 시냇물을 거슬러 올라가자 길은 더욱 험준하다. 구불구불한 길을 10리쯤 가서 비로소 고개 정상에 이르렀는데, 이곳이 흘이령(屹爾嶺)이다. 고개를 넘어 산허리를 따라 남쪽으로 10리쯤 가서 작은 시내를 만나, 물길을 따라 내려왔다. 5리쯤 가니 절벽이 물가에 있는데 높이가 100여 길이다. 또 5리쯤 가서 큰 시냇물을 만나 물길을 따라 내려왔다. 5리쯤 가서 물을 건너 수백 보를 가, 또 다른 시냇물을 건너니 곡연(曲淵)[1]의 하류이다. 시냇가의 마을 이름은 가력(可歷)[2]인데, 마을 사람 권명일(權命一)의 집에서 머물렀다. 셋째 형님의 산속 집까지 거리는 30리이다. 즉시 계곡 입구에 살고 있는 노비에게 달려가 작은 형님에게 도착했다는 소식을 전하게 했다.

15일. 개임. 해가 높이 솟았을 때 말을 타고 동쪽으로 백여 보를 가서 어

---

1) 곡연(曲淵) : 백담계곡을 말한다.
2) 가력(可歷) : 백담사 입구에 있는 마을인 용대리를 말한다.

제 건넜던 시내의 상류를 건넜다. 북동쪽으로 수백 보를 가서 작은 형님이 옛날 거처하던 집[3]을 구경하였다. 심원사(深院寺)의 중이 가마를 가져와 기다리기에 다시 앞서 왔던 길을 따라 되돌아와 시내를 건넜다. 시내를 따라 남쪽으로 가다 산문(山門)으로 들어가면서 시내 북쪽에 있는 충진 바위를 보았다. 높이는 수십 길 쯤 되며 형상이 매우 기괴하고 아래 부분은 못 가운데 꽂혔다. 못의 색깔은 깊고 맑아 바

예연

닥을 볼 수 있으니, 이곳이 예연(蜺淵)[4]이다. 여기서부터 긴 못이 서로 이어져 끊어지지 않는다. 못의 바닥과 양쪽 절벽은 모두 돌이다. 모양이 기이하고 험준하여 곰, 호랑이, 사자, 코끼리의 무리와 비슷하다.

냇물을 거슬러 올라가 동쪽으로 2백 보쯤 가면 광암(廣巖)[5]이다. 또 3~4리쯤 가면 상암(裳巖)[6]이고, 3리를 가면 제기(際基)[7]이다. 또 5리를 가서 거듭 냇물을 건너면 시내 북쪽에 석벽이 있는데 높이가 수십 길쯤 되고 넓기가 5~60보쯤 되는데 학암(鶴巖)[8]이라 부른다. 또 2백 보쯤 가면 포전암(抱轉巖)이고, 또 5리를 가면 부전암(負轉巖)이다. 두 바위 사이에 백부(伯父:김수증)께서 이름을 쓰신 것이 있다.

---

3) 김창흡이 거처하던 곳으로 '백연정사'가 있었다.
4) 예연(蜺淵) : 백담계곡 입구에 있으며, 무지개 연못이란 뜻으로 지금은 두타연으로 많이 알려진 곳이다.
5) 광암(廣巖) : 백담계곡에 있는 바위이다.
6) 상암(裳巖) : 백담계곡에 있는 바위이다.
7) 제기(際基) : 백담계곡에 있는 폭포 중 제폭이 있는데, 제폭 위를 가리킨다.
8) 학암(鶴巖) : 백담계곡에 있는 바위로 다리 옆에 있다.

제기   벽운계

또 3리를 가서 냇물을 건너면 남에서 북으로 높은 산등성이가 있는데 골짜기를 가로질러 자른다.[9] 산등성이를 넘어 들어가면 땅이 제법 평평하고 넓어 사람들이 살 만하다.[10] 냇물을 건너 북쪽으로 가니 지세남(池世男)이란 자가 살고 있다. 그 집에서 잠시 쉬었다. 지세남이 다래·잣·석청 꿀물을 먹을거리로 내왔는데 맛이 매우 담백하고 시원하다. 그것을 먹으니 허기와 갈증이 모두 해소되었다. 맛 좋은 술도 이것보다 낫지 못할 것이다.

또 동쪽으로 7~8리를 가서 심원사에 이르렀다. 절은 남향이며, 앞 시내까지 백여 보 떨어져 있다. 시내 남쪽에 석봉(石峰)이 우뚝하게 하늘을 떠받들 듯 서 있는데 선장봉(仙掌峰)이라 한다. 절 동쪽으로 백여 보 거리에 형님의 옛 정사(精舍)터[11]가 있다. 백부께서 벽운계(碧雲溪)라 이름 지으신 곳이다. 절의 중들이 작은 암자를 짓는 중인데 아직 공사를 마치지는 못하였다. 형님이 사경(士敬)과 나준(羅浚) 그리고 후겸(厚謙)을 데리고 절 앞 누대에서 내가 오기를 기다리고 있다. 만나니 매우 기뻤다.

---

9) 김수증은 이곳을 '격산'이라고 이름 붙였다.
10) 현재 백담사가 있는 지역을 말한다.
11) 심원사 옆에 있던 거처로 '벽운정사'를 말한다.

잠시 후에 서로 붙잡고 동쪽으로 3리쯤 가다가 시내를 건너 남쪽으로 가서 영시암(永矢菴)에 이르렀다. 암자는 북향인데 위치한 곳이 꽤나 높다. 뒤에는 조원봉(朝元峰)[12]이 있는데, 서쪽의 선장봉과 나란히 서 있다. 시냇물이 앞에서 굽어 돌아간다. 개울 안쪽의 땅은 가로세로로 5~6백 보쯤 된다. 시내 밖으로 산등성이가 겹겹이 둘러싸고 있는데 바로 북쪽의 최고 높은 곳은 고명봉(高明峰)[13]이다. 겹쳐진 봉우리들은 대체로 가파른 돌산이다. 옆으로 늘어선 것이 병풍 같고, 색은 푸른 기운이 있으면서 희지만, 그렇게 수려하거나 윤택하지는 않다. 동쪽으로 대여섯 개의 석봉(石峰)을 마주하고 있는데 층층이 나타나고 간간이 솟아 있다.

암자 동쪽에 높은 언덕이 있다. 언덕은 동쪽으로 가파른 절벽을 마주하고 있는데, 높이는 5~60길쯤 된다. 시냇물이 아래 부분을 에워싸는데, 언덕 위에 새로 정자 한 채를 세우고 농환정(弄丸亭)[14]이라고 부른다. 암자에서 떨어진 것이 백 보쯤 된다. 암자는 판잣집으로 남쪽은 복실(複室)이고 북쪽은 작은 다락이어서 시원함과 따뜻함을 갖추었다. 암자에서 서남쪽으로 2백 보쯤 올라가 정자를 세웠는데 무청정(茂淸亭)[15]이라 한다. 대개 한유(韓愈)의 「송이원귀반곡서(送李愿歸盤谷序)」의 말을 따른 것이다.[16] 나무를 다듬지 않아 모습이 참으로 고색창연하다.

저녁에 형님과 같이 있는 사람 모두가 농환정에 올라 달구경을 하였는

---

12) 조원봉(朝元峰) : 영시암 남쪽에 있는 봉우리이다.
13) 고명봉(高明峰) : 영시암 북쪽에 보이는 봉우리이다.
14) 농환정(弄丸亭) : 영시암 동쪽에 있던 정자이다.
15) 무청정(茂淸亭) : 영시암 서쪽에 있던 정자이다.
16) 당(唐)나라의 문인 한유(韓愈)의 「송이원귀반곡서」에, "무성한 나무 아래에 앉아서 하루를 마치고, 맑은 샘물에 씻어 스스로를 깨끗이 한다[坐茂樹以終日 濯淸泉以自潔]"이라고 하였다.

데, 황홀하여 인간세상의 경치가 아닌 것 같다. 한참 뒤에 암자로 돌아와 등잔불 아래 둘러앉아 바다와 산의 명승지를 마음껏 이야기 하느라고 밤이 깊어가는 줄 몰랐다.

16일. 개임. 무청정에 올라 주위를 돌아보고 돌아왔다. 아침에 사경(士敬)이 임소(任所)인 양구(楊口)로 돌아갔다.

17일. 새벽부터 흐리고 바람이 분다. 늦게야 구름이 걷히더니 저녁에 다시 흐리고 비가 내린다. 아침밥을 먹은 후 수렴동(水簾洞)[17]을 유람하기 위해 동쪽으로 가서 냇물을 건넜다. 농환정을 돌아보니 하늘 속에 어렴풋하게 보이는 것이 매우 기이하다. 또 무성한 숲길 속으로 수백 보 가다가 냇물을 거슬러 오르는데 자주 맑은 연못을 만났다. 5리쯤에서 유홍굴(俞泓窟)에 당도했다. 작은 바위가 서로 기대고 있는데, 그 아래는 점점 넓어져 몇 사람이 앉을 만하다. 전해오기로는 유홍(俞泓)이 강원 감사(江原監司)를 지낼 때 이 산에 들어왔다가 비를 피한 곳이라고 한다. 이곳부터 길이 두 갈래로 나누어진다. 북쪽은 폐문암(閉門菴)으로 가는 길이고, 남쪽은 수렴동으로 가는 길이다.

남쪽 길을 택하여 가다가 동쪽으로 가면 좌우로 높고 가파른 봉우리가 차례대로 솟아 있어 형세가 더욱 기이하고 웅장하며 길은 더욱 험하다. 5리쯤에 거침없이 쏟아지는 삼단폭포가 있다. 각각 몇 길씩 되는데. 이곳이 수렴(水簾)이다. 각 단계에는 못이 있어 이어지는데, 아래에 있는 못이 제

---

17) 수렴동(水簾洞) : 설악산국립공원 내설악의 백담사에서 수렴동대피소까지 약 8㎞에 이르는 계곡이다. 외설악의 천불동계곡과 쌍벽을 이루는 내설악의 대표적 계곡으로, 설악산에서 가장 깊고 빼어난 계곡으로 알려져 있다. 그러나 선인들은 수렴동대피소부터 구곡담계곡으로 올라가면서 형성된 곳을 수렴동으로 파악해서 지금의 위치와 차이가 있다.

일 넓고 위에 있는 못이 두 번째이다. 모두 맑고 푸른 것이 마치 눈썹을 그려놓은 것 같다. 높고 가파른 봉우리가 둘러 서 있는데, 모두 순수한 돌로 곧바로 솟아 있으며 높이는 수백 길쯤 된다. 형세가 매우 웅장하며 색깔 또한 푸르스름하고 윤기가 나서 아름답다.

유흥굴 밑으로는 시냇물과 골짜기의 여러 바위들의 색깔은 비록 새하얗지만 자못 푸른 기운이 섞여 있으며 재질 또한 순수하지 못하다. 유흥굴부터 위로 올라가면서 비로소 변하는데, 이곳에 이르러 더욱 순수하고 깨끗하다. 또 골짜기 입구부터 40리 사이는 여울과 폭포가 물방울을 뿜어대는 경관이 전혀 없었는데, 여기에 이르러 비로소 보인다. 만폭동(萬瀑洞)의 기이하고 웅장함에는 조금 미치지 못하지만, 가파른 절벽이 빛을 발하는 풍경은 만폭동과 서로 비슷하거나 만폭동보다 더 뛰어나기도 하다.

못의 남쪽에 큰 바위가 우뚝 솟아 있어 부여잡고 올라가 굽어보고 우러러보니 보이는 풍경이 더욱 기이하다. 수렴의 위쪽에는 흰 돌이 평평하고 넓게 수십 길 펼쳐져 있다. 또 수백 보쯤 올라가면 너럭바위가 백여 길 정도 넓게 펼쳐져 있다. 시냇물이 그 위로 흩어져 펼쳐지니, 흐르는 물은 마치 비단 같아 역시 볼 만하다.

듣자니 15리 더 올라가면 커다란 쌍폭(雙瀑)이 있어 하나의 못으로 쏟아지며, 12폭이라고 한다. 특별히 기이하다고 하는데 몹시 피로하여 갈 수가 없다. 다만 기이하고 수려한 봉우리가 끝없이 빽빽한 것만 보일 뿐이다. 그래서 서운한 마음으로 되돌아왔다. 다시 수렴으로 와서 반석에 올라 점심을 먹고 이리저리 거닐며 한참 있다가 돌아왔다.

저녁에 노비 규민(癸民)의 정강이에 악성 종기가 생겼는데 피로가 쌓이면 죽음에 이를 것 같다는 말을 들었다. 원래 하루를 더 머물려고 하였으나 병을 치료하는 것이 급하여 다음날 서둘러 떠나기로 결정하였다

18일. 새벽에 흐렸다가 늦게 개였다. 아침식사를 끝내고 언겸(彦謙)[18]과 함께 형님에게 인사를 하고 길을 떠났다. 나준(羅浚) 역시 함께 출발하였다. 도보로 심원사에 이르러 남여를 구하여 타고 갔다. 언겸과 나준은 걸어서 따라왔다. 지세남(池世男)의 집에 당도하여 잠시 쉬었다. 나준이 미리 여기에 사는 여종에게 명하여 떡과 과일을 준비하게 했다. 나는 먼저 골짜기를 빠져 나와 권명일(權命一)의 집에 머물렀다. 해가 저물어 어둑해지자 조금 있다 나준과 언겸이 도착하였다.

19일. 개임. 머물다. 나준이 먼저 만의역(萬義驛)[19]으로 돌아갔다.

20일. 흐림. 머물다.

21일. 흐리고 늦게 개다. 어두운 새벽에 출발하여 서남쪽으로 10리를 가 남교역(藍橋驛)에 이르러 아침식사를 했다. 10리를 가서 삼치령(三峙嶺)을 넘는데 세 번 올라가고 세 번 내려가는 길이 몹시 높고 험하며 가파르다. 또 곡연(曲淵)의 하류를 건너 25리를 가 원통역(圓通驛)에 이르러 점심식사를 하였다. 동쪽으로 한계산(寒溪山)[20]을 바라보니 높고 가파른 봉우리들이 매우 기이하고도 수려하며 완연한 은색으로 빛나고 있다. 거리가 거의 2~30리밖에 안 떨어져 있어 나도 모르게 절로 흥이 일어난다. 급히 길을 돌려 놀다 오고 싶었으나 일의 형세가 만류하는 바가 있어 이루지 못하였다. 무척이나 한스러웠다.

또 큰 개울물을 건너니, 서화(瑞和)[21]에서 흘러온 물이다. 물은 회양부

---

18) 언겸(彦謙) : 김창집의 넷째 형 창업(昌業)의 아들이다.
19) 만의역(萬義驛) : 인제에 속해 있는 역원이다.
20) 한계산(寒溪山) : 설악산의 서북 주능선을 일컫는 명칭이다.
21) 서화(瑞和) : 인제군의 북쪽에 있는 마을이다.

(淮陽府) 경계에서 시작해서 남쪽으로 수백 리를 흘러 여기에 이르러 끝나며, 곡연(曲淵)의 물과 합쳐지면서 흐른다고 한다. 여기서부터 길이 많은데, 큰 시내를 끼고 가다 보면 두 물이 합류하는 곳의 뒷부분이다.

12리를 가서 합강정(合江亭)에 이르렀다. 정자는 동남향으로 길 옆 높은 언덕 위에 있다. 곡연의 물은 동북쪽에서 오고, 기린(麒麟)[22]의 물은 남쪽에서 오다가 정자 앞에서 합쳐서 서남쪽으로 흘러간다. 시야가 시원하게 확 트이고 기상도 시원하니 아름다운 정자다. 정자와 집은 사촌형께서 이곳에 재임할 때에 지으셨다. 비록 크고 사치스럽지는 않으나 제도가 매우 오묘하다. 십(十)자 모양에, 뒷모서리에 방을 만들고 나머지는 모두 누대를 만들었다. 백부의 글씨로 편액(扁額)을 달고, 백부와 농암(農巖)·삼연(三淵) 두 분 형님의 시를 걸었다.

또 3리를 가서 인제현에 닿았는데 해는 이미 저물었다. 현감 조광명(趙光命)은 안면이 있었으나, 때마침 그가 도사(都事) 일행을 영접하러 나갔기에 만날 수 없었다.

---

22) 기린(麒麟) : 인제군 동쪽에 있는 지역으로 현리를 말한다.

유경시(柳敬時, 1666~1737)

경상북도 안동시 서후면 광평리 함벽당(涵碧堂)에서 태어났으며 이유장(李惟樟)과 이현일(李玄逸)의 문하에서 수학하였다. 1694년(숙종 20) 별시문과에 급제하여 내직으로 성균 전적, 예조 좌랑, 사헌부 장령을 지냈고, 외직으로는 황해 도사, 평안 도사, 용강 현령, 한산 군수, 풍기 군수, 양양 부사, 순천 부사를 지냈다. 평안 도사로 있을 때 학문과 교육에 힘을 기울여 선비의 기풍을 장려하였는데, 당시 윤순(尹淳)이 도회시(都會試)의 고시관으로 참여하여 "이번 시험에는 사적으로 청탁하는 자가 없으니 이것은 공의 덕택이다"라고 치하하였다고 한다.

🐟 작품 해설

1727년 가을에 양양 부사로 부임하면서 금강산에 가보기로 결심하였는데, 계절이 이미 늦어 해를 넘겨 3월에 비로소 유람하게 되었다. 그는 영남의 안동에 살고 있었으며, 한가한 틈을 내어 금강산을 유람하기란 쉬운 일이 아니었다. 그러다가 금강산에 인접한 양양 부사로 오게 됨에 따라 결심을 하게 된 것이다. 설악산 유람은 이때 함께 이루어진 것이다.

🐟 유람 행로

- **일시** 1728년 3월 9일
- **일정** 신흥사-계조굴-내원암-신흥사-와선대-비선대-신흥사-낙산-양양 관아

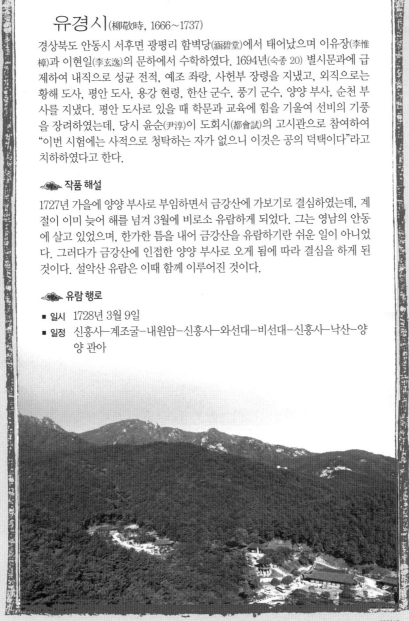

화암사

선경에서 노니 그대는 비선이고 나는 와선이네

유경시(柳敬時), 「유금강산록(遊金剛山錄)」

금강산은 영동(嶺東)의 고성(高城)과 회양(淮陽) 사이에 있어서, 내가 사는 영남(嶺南)의 안동(安東) 땅과 거리가 거의 700여 리나 된다. 한번 벼슬길에 올라 몸을 바치는 것만 생각하여, 그 사이 세속에 푹 빠져서 가지 못하였다. 마침 정미년(1727, 영조 3년) 가을을 맞아 양양 부사(襄陽府使)로 부임하였는데, 양양과 이 산은 불과 3일이면 도달할 수 있는 거리이다. 업무 중 한가한 시간에 정신을 차려 절기(節氣)를 살펴보니 이미 늦어 단풍잎이 지고 눈도 너무 일찍 쌓였다. 가고 싶어도 갈 수 없었기 때문에 초봄을 기약하였다가 올 봄에 이른 것이다.

고령(高靈) 신척(申滌)이 본도 좌막(佐幕)[1]으로 있었는데, 편지를 보내 나와 함께 유람하면서 경치를 구경하기로 약속하였다. 우선 설악(雪嶽)부터 시작하여 3월 9일 신흥사(神興寺)에서 모였는데, 신흥사는 양양부의 경내에 있다. 나는 일어나자마자 아침을 먹고 도착하여 보니 부장(副將) 일행은 이미 화암사(華巖寺)로부터 천후산(天吼山) 꼭대기에 올라와 옛 이야기를 몇 마디 늘어놓고 있다.

산의 모든 경치가 눈앞에 펼쳐져 있어서 호응할 겨를이 없다. 산의 사면은 모두 바위로 둘러져 있어 병풍처럼 깎여 있다. 석굴(石窟)이 있는데

---

1) 좌막(佐幕) : 조선시대 감사, 유수, 병사, 수사, 견외 사신을 따라다니며 일을 돕던 무관이다.

그 깊이를 헤아릴 수 없다. 세상에 전해지기를 조화상(祖和尙)이 거처하던 곳이라 하여 계조굴(繼祖窟)이 되었다고 한다. 굴 가운데에 몇 개의 시렁이 엮이어 있고, 좌우는 기암괴석으로 둘러싸여 문하의 승려들 중 수도 자들이 거처하는 곳으로 삼았다고 한다. 절구 한 수를 지어 읊었다.

벽옥을 둘러 병풍이 되었으니	碧玉環爲障
누가 능히 깎아서 만들었는가	誰能削得成
선사의 자취는 이미 멀어졌고	仙師迹已遠
석굴만 이름을 간직하고 있구나	石窟但留名

굴 가운데에 돌이 있는데 자연적으로 평평하게 깔려 있고, 그 넓이가 수백여 척이나 되어 수백 사람이 앉을 수 있다. 마침 비가 올 듯하여 오래 머무를 수 없다. 곧장 산을 내려와 내원암(內院庵)2)에서 잠시 쉬었다가 본사(本寺)에 도착했다. 땅의 형세가 비록 아래에 있으나 경내는 좀 널찍하고 앞뒤 산봉우리의 험준하고 매우 수려함이 모두 눈앞에 펼쳐져 있다.

이날, 낙산(洛山)으로 향하려다 비의 기세가 꺾이지 않아 결국 머물러 묵으면서 아사(亞使)3)와 함께 나란히 누워 조용히 대화를 나누었다.

다음날 새벽, 견여(肩輿)로 서쪽 골짜기로 들어가니 맑은 물과 흰 돌 사이로 온갖 초목과 바위, 그리고 꽃들이 모두 볼 만하다. 와선대(臥仙臺)4)에 도착하니 개울가에 평평하고 널따란 바위가 있는데 마치 자리를 깔아

---

2) 내원암(內院庵) : 강원도 속초시 설악동에 있는 암자로 신흥사의 산내 암자이다.

3) 아사(亞使) : 절도사를 보좌하고 유고 시 그 직을 대신하기 때문에 2인자라는 뜻에서 아사(亞使), 또는 아감사(亞監司)라고도 부르며 인사권이 있는 직책이다.

4) 와선대(臥仙臺) : 설악동 비선대 밑에 있으며, 옛날 마고선이라는 신선이 바둑과 거문고를 즐기며 아름다운 경치를 누워서 감상하였다고 하여 와선대라는 이름이 붙었다고 한다.

놓은 듯하고, 물이 콸콸 내려가 맑
은 못이 된다. 잠시 앉아 있으니 이
미 속세를 떠난 생각을 갖게 한다.
백 여 걸음쯤 올라가면 비선대(飛仙
臺)[5]다. 시냇가에 역시 돌이 있는데
아주 깨끗하고 감색을 띠며 매끄러
워서 와선대보다 뛰어나다. 관청

내원암

하인에게 태평소(太平簫)를 불게 하고, 작은 피리를 불게 하여 번갈아 소
리를 내게 하고, 한잔 술을 올리게 하며 대화를 하였다. 돌 위에서 떠나
지 않고 오랫동안 있었다. 먼저 시 한 수를 읊었다.

황당(黃堂)[6]에 한가로이 누우면 와선(臥仙) 되고	閒臥黃堂是臥仙
말을 타고 날아가면 비선(飛仙) 되네	如飛乘馴是飛仙
누대 이름 우연히 노니는 객과 부합하니	臺名偶符同遊客
그대는 비선이고 나는 와선이네	子是飛仙我臥仙

아사(亞使)가 화답하였다.

와선이 먼저 온 후 비선이 왔으나	臥仙先着又飛仙
선경(仙境)에서 함께 노니 같은 신선이네	仙境同遊亦一仙
와선이 비선의 뛰어남만 못하니	臥仙不若飛仙勝

---

5) 비선대(飛仙臺) : 와선대에 누워서 경치를 감상하던 마고선이 이곳에서 하늘로 올라갔
다고 하여 비선대라고 한다는 전설이 있는 곳이다. 예부터 많은 시인묵객들이 찾아와
자연의 오묘한 이치를 감상했다. 암반에 많은 글자가 새겨져 있는데 특히 비선대라고
쓴 글자가 대표적이다.
6) 황당(黃堂) : 태수(太守)가 거쳐하는 청사(廳舍)를 가리킨다.

비선이 진짜 신선이니 와선이 어찌 신선이랴　　飛是眞仙臥豈仙,

내가 장난 삼아 답하기를, "위에 비선이 있고 아래에 와선이 있는데 누가 장차 날고 누울 것인가? 부질없이 신선이 되기를 경쟁하면 빠른 자는 잘 날고 한가한 자는 누워 있지만, 세간에선 한가로이 누워 있는 자가 곧 진짜 신선이라네"라고 하였다.

아사가 또 장난스럽게 답하기를, "일찍이 듣건대, 자진(子晉)[7]은 날아 신선이 되었으나 기뻐하지 않았고, 청련(靑蓮)[8]은 누워서 신선이 되었습니다. 날거나 누운 것은 스스로 응한 것입니다. 진위(眞僞)의 구별을 앞으로 꼭 여러 신선에게 물어보아야 하겠습니다"라고 하였다.

내가 웃으며, "조금도 떠들 일이 아니네. 신선의 신분도 아닌데 어찌 이 땅의 주인이 되겠는가?"라고 하였다.

곧 절로 돌아와 식사를 마치고 함께 낙산에 이르렀다. 아사는 경치를 구경하다가 혼자 머물고, 나는 이미 익히 본데다가 또한 산에 돌아가 묵을 도구를 챙겨야 했기 때문에 오후에 관아로 돌아왔다.

---

7) 자진(子晉) : 왕자진(王子晉), 주 영왕(周靈王)의 태자, 그는 피리를 잘 불었으며, 신선이 되어 갔다가 30여 년 만에 백학(白鶴)을 타고 와 구씨산(緱氏山)에 내렸다 한다.

8) 청련(靑蓮) : 중국 당대(唐代)의 시인 이백(李白)을 말한다. 자는 태백(太白), 호는 청련거사(靑蓮居士)라고도 한다.

박성원(朴聖源, 1697~1757)

본관은 밀양(密陽). 자는 사수(士洙), 호는 겸재(謙齋). 이재(李縡)의 문하에서 수학하였다. 1721년(경종 1) 생원시에 합격하였으며 1728년(영조 4) 별시문과 을과에 급제, 사간원 정자(司諫院正字)·사헌부 감찰(司憲府監察) 등을 역임하였다. 1744년 지평(持平)으로 있을 때 영조가 기로소(耆老所)에 들어감을 반대하여 남해(南海)에 위리안치(圍籬安置)되었다가 2년 뒤 석방되었다. 세손강서원 유선(世孫講書院諭善)이 되어 세손인 정조를 보도(輔導)하였으며, 참판을 끝으로 관직에서 물러나 봉조하(奉朝賀)가 되었다. 이조 판서에 추증되었고, 시호는 문헌(文憲)이다. 저서로는 『돈효록(敦孝錄)』·『보민록(保民錄)』·『돈녕록(敦寧錄)』·『겸재집』 등이 있다.

◈ 작품해설

삼연과 깊은 관계를 맺으며 인제에 살고 있던 이재와 함께 유람하기로 했으나 여의치 못해 그의 아들 이제원과 함께한 유산기이다. 삼연이 명명한 설악 곳곳의 지명을 구체적이고도 많이 전해준다. 백담사의 전신인 심원사의 이동 시기를 구체적으로 알 수 있는 것은 물론, 설악 유산에 있어서 삼연의 공로, 즉 절을 설악 안으로 짓게 해 유산이 설악 안으로도 가능하게 해준 점을 분명히 밝힌 유산기다.

◈ 유람행로

- **일시** 1733년 4월
- **일행** 이제원, 김행광, 김정회
- **일정** 5일 인제 일최암—합강정 6일 번창천—삼탄—원통—삼보령—남교역—가력—오로봉—왜담—제폭—학암—포회 부회—차현—황장폭—벽운계—심원사 7일 심원사 원통전—연옹의 정사(영시암)—청룡담—황룡담—백룡담—합수처(수렴동대피소)—유홍굴—흑룡담—단상암—수렴동—12폭동—쌍폭—마운봉—좌선대—비파대—반야대—사자항—봉정암 8일 가리왕탑—판만대장경암—와폭—가야굴—폐문암—입모암—옥암—유홍굴—원명암지—오세암(영축암)—만경대—심원사 9일 대승곡—흑룡담—저령(대승령)—상승암지—대승암지—관폭대(대승폭포)—한계사지—옥려담—와천촌—고원통—덕촌 광악산—상도(인제)

흑선동 입구

덕을 숨긴 군자이며, 산 중의 성인이다

박성원(朴聖源), 「한설록(寒雪錄)」

우리나라의 산수는 천하에서 으뜸이며 관동(關東)이 제일이다. 한계산 (寒溪山)과 설악산(雪岳山)은 인제와 양양 사이에 있는데, 더욱 뛰어난 경치 이다. 그러나 깊숙하기 때문에 유람하는 사람이 드물다. 그래서 세상에 알려진 것이 금강산(金剛山)만 못하니, 사람에 비유한다면 진실로 덕을 숨 긴 군자이다. 근세(近世)에 남겨진 자취는 청한자(淸寒子)[1]와 백연(百淵)[2] 등 몇 분뿐이다.

도암(陶庵)[3] 선생께서 임인사화(壬寅士禍:1722)를 당하여 인제에 은둔하 셨는데, 설악산의 뛰어난 풍경을 무척 사랑하셔서 늘 오가며 소요하셨 다. 그러나 집을 짓지는 않으셨다. 을사년(乙巳年:1725) 봄에 나오시자 마 을 사람들이 선생을 위해 재목을 모았다. 선생께서는 계축년(癸丑年:1733) 3월에 옛날 노닐던 곳을 다시 찾기로 약속하시니, 유상기(俞相基)의 문인 (門人) 중 따라가기를 바라는 자가 많았다.

---

1) 청한자(淸寒子) : 김시습의 호이다.
2) 백연(百淵) : 김창흡의 호이다.
3) 도암(陶庵) : 이재(李縡, 1680~1746)의 호. 영조의 탕평책(蕩平策)에 반대한 노론(老論) 준론(峻論)의 대표적 인물로, 호락논쟁(湖洛論爭) 당시 이간(李柬)의 학설을 계승하여 낙론 (洛論)을 주창했다. 본관은 우봉(牛峰). 자는 희경(熙卿), 호는 도암(陶菴)·한천(寒泉). 어려 서 숙부 만성(晚成)에게 수학하고, 김창협(金昌協)의 문인이 되었다. 예조 참판으로 재직 하던 중 소론의 재집권으로 삭탈관직당한 데 이어 신임사화로 숙부 만성이 옥사하자 정 계에서 물러나 인제(麟蹄)의 설악으로 들어가 성리학 연구에 전념했다.

그러나 나는 홀로 몸 둘 방법이 없었고, 이미 선생께선 일이 있어 가지 못하여, 자(字)가 의보[4]인 맏아들 제원(濟遠)에게 대신 가게 하였다. 의보는 일현(一玄) 황재여(黃載余)와 짝이 되길 요청하였다. 그때 나는 확(確)과 고을의 환곡미를 빌려 양식으로 삼아 한천(寒泉)에 머무르며 공부를 하였다. 그런데 가만히 생각해보니 부모님은 부엌에서 불 때지도 못하시니 편안히 앉아 책을 읽을 생각이 없었다. 그래서 돌아가 풀뿌리를 함께 먹을 것을 생각했으니, 어찌 유람할 겨를이 있겠는가? 마침 친구 주지(周之)가 내 전대 안의 나머지를 합쳐, 몇 말의 쌀을 얻어 아이에게 부쳤다. 4월 1일에 돌아와, 나는 의보와 함께 출발하여 길을 나섰다.

(중략)

5일. 맑음. 피곤하여 자느라 날이 밝는 걸 몰랐다. 베개 위에서 강물 소리를 어렴풋이 듣고 한천(寒泉) 선생이 지은 「수중청우(睡中聽雨)」 시를 기억하였다. 그리고 운을 따라 짓고서 의보에게 보여주었다. 의보가 이르길, "아버지는 여기에서 '강물 소리 길게 들리는 것이 비 내리는 것 같고, 산의 기운은 구름을 만들려고 하네'란 구절을 사랑하여 읊조렸소"라고 한다.

날이 밝자 의보가 나를 이끌고 옛 집에 올라 구경했다. 복룡산(伏龍山)[5] 전체가 집 뒤에 우뚝 서서 두 날개를 펼치며 호위하고 있다. 왼쪽으로 아름다운 봉우리가 더욱 많은데, 물에 이르러 멈춘다. 머리맡에 관청의 정자를 지었는데 합강정(合江亭)이라 한다. 집과 거리는 1리가 채 되지 않으며, 여기로 읍리(邑里)와 통한다. 물에 이르러 다한 곳에 10여 리 되는 긴 들이 평평하게 열려 있다. 집 앞은 더욱 형세가 방정(方正)하여, 충진 대

---

4) 의보(毅甫) : 이제원 (李濟遠, 1709~1812). 이재(李縡)의 아들이다.
5) 복룡산(伏龍山) : 인제읍 뒷산이다.

(臺)를 만들고 집을 지어 거처하셨다. 맨 앞에 있는 것은 비봉산(飛鳳山)이다. 가까이 흘러온 물은 남쪽으로 아득하니 기이하면서 아름답다. 복룡산과 마주하고 있는 덕산(德山)은 광악산(廣嶽山) 동쪽에서 온다. 비봉산과 위아래로 마주보며 서 있는데 빼어나게 우뚝하다.

오대산(五臺山)의 물이 기린(猉獜)[6]을 지나 두 산 사이로 가르며 나와, 한계산과 설악산에서 오는 물과 정자 아래에서 만난다. 정자가 합강정(合江亭)으로 이름 붙은 것은 이 때문이다.

비봉산의 한 줄기가 낮게 내려오다가 동쪽에서 다시 점점 일어나 평평하고 바른 봉우리가 되어 곧바로 집 앞에 맞닥뜨리며, 남쪽으로 기수(猉水)를 차단한다. 또 4~5개의 기이한 봉우리가 차츰 남쪽으로 물러서서 산줄기 아랫부분과 맞선다. 아침에 덕산(德山)의 여러 봉우리들을 보니 층층이 솟아 춤추듯 앞으로 나가다가, 다시 되돌아가 둘러싸면서 큰 산의 허리띠가 된다. 그리고 평평하고 바른 비봉산 봉우리와 서로 옷깃을 여미며 수문(水門)을 만든다. 집에서 마주 보이는 여러 산들은 서로 이어졌는데, 한쪽 면만 푸르고 큰 내가 가운데로 돌아가는 곳을 알 수 없다.

여기서 덕산 동쪽으로, 비봉산 서쪽으로, 여러 봉우리들이 기이함을 드러내는 것이 일정하지 않다. 제일 기이한 것은 칠성봉(七星峯)이다. 용연(龍淵) 남쪽에 있는데 특별히 빼어나며, 물이 그 곁에 이르러서 사라지는 곳이다.

합강(合江)부터 낙락장송(落落長松)이 5리에 걸쳐 줄을 지어 있는데, 줄이 곧은 것처럼 바르다. 굽어보니 푸른 물결은 은은하고, 이따금 천천히 흐

---

6) 기린(猉獜) : 인제군에 속한 마을이다.

른다. 물에 드리운 소나무 빛은 때때로 바람이 불어오면 흩날리며 빠르게 흐르고, 낙엽 지는 소리와 섞이어 하나의 소리를 낸다. 소나무가 다하는 곳은, 어떤 곳은 몇 리에 걸쳐 길게 흐르며 물결 빛이 모두 드러나고, 어떤 곳은 흰 모래가 반쯤 있어 물가 풍경이 언뜻 숨는다. 모두 이 집의 드러난 모양이다.

곡운정사(谷雲精舍)[7]의 승경을 알지 못하지만 이것과 같을까? 옷깃을 바로 하고 앉으니 차츰 속세의 생각이 문득 씻기는 것을 깨닫는다. 하물며 선생께서 편안하고 고요한 마음과 인지(仁智)의 덕으로 여기서 독서하고 노니시며 시간을 많이 보내셨으니 얻으신 것을 더욱 생각할 수 있다. 지금 여행에 선생님을 모시고 오지 못함이 한스럽다. 여기 집에 앉아 여기 경치를 말하니 그 속의 의미를 들을 수 있다. 집의 이름은 일최암(一最庵)이다. 대체로 땅은 기린이 있고, 산은 용과 봉황이 있어 네 가지 신령스러운 것 중 없는 것은 거북이다. 그래서 사람 중 가장 신령한 것으로 그 하나를 담당하게 했으니, 이것은 선생이 스스로 편액하신 것이다.

밥을 먹고 의보는 수령 김상규(金相圭)를 보러 갔다가 오랫동안 오지 않는다. 나는 혼자 무료하게 앉아 있다가 소나무 있는 길로 걸어가다가, 중을 만나 합강정에 올랐다. 정자는 십(十) 자 형태로 지었는데, 절벽에 임해 있다. 영서(嶺西)에서 기이함을 떨치는 것이 이 정자이지만, 범파정(泛波亭)·소양정(昭陽亭)이 이보다 낫다.

내려가서 중을 좇아가니 두 물이 합치는 곳의 한 기이한 산을 가리키며, 이곳이 비선대(秘仙臺)라 한다. 비선대 북쪽의 한 끊어진 기슭을 가리

---

7) 곡운정사(谷雲精舍) : 화천군 사창리에 있는 김수증의 거처이다.

키며, 이곳에 은적암(隱寂庵)이 있는데 자기가 있는 곳이라고 한다. 많은 경관을 감상하면서 일일이 중에게 묻지 않았다. 벽 위에 건 창려(昌黎:한유)의 「합강정(合江亭)」 시가 있는데, "波濤夜俯聽, 雲樹朝對臥(밤에 물결소리 구부려 듣고, 아침에 구름 걸린 나무 마주하고 누웠네.)"의 열 자로 끝난다.

돌아가는 길에 일최암 왼쪽 조금 평평한 곳을 보니 보리밭에 나란히 앉아 말하는 자가 있다. 바로 김상규(金相圭)와 의보다. 함께 와서 터를 살피며 시골 노인을 불러 밭의 가격을 묻는다. 옛 터는 오솔길이 정자를 세운 곳과 합해지는데 평은(平隱)하여 살 만한 곳이다. 이곳 언덕은 무척 뛰어난 언덕이며, 가장 아름다운 곳은 뒷부분이다. 나는 김상규와 초면이라 잠시 대화를 나누었다. 마을 아이가 소를 타고 다투어 지나가면서도 태수(太守)[8]를 모르니, 산골 풍속은 아직도 크게 순박함이 있다. 김상규는 내가 탈 것이 없다는 것을 듣고, 돌아갈 때 풍헌(風憲) 이만장(李萬章)을 돌아보며 그의 말로 나를 설악(雪岳)으로 보내도록 시킨다.

6일. 맑음. 이만장의 말을 타고 일찍 출발했다. 김상규의 아들 행광(炘光)과 정회(延晦)가 함께 갔다. 의보가 웃으며 말하길, "이번의 행차에는 산속의 별미를 맛보지 못할 겁니다" 하였다. 내가 말하길, "무슨 말입니까?" 하니, 의보가 말하길, "일찍이 관청의 손님이 설악에 오자 절의 중들이 잣나무 열매를 바쳤는데, 돌아가서 관청에 말하여 상납을 하게 되었습니다. 이때부터 비록 좋은 음식이 있더라도 관청에서 온 자에게는 다시 주지 않습니다"라고 한다. 합강을 거슬러서 동쪽으로 가다가 막 정자 아래를 지나면서 비선대를 의지하고 이루어진 마을을 보았다. 길게 늘어

---

8) 태수(太守) : 원문에는 '太字'로 되어 있으나, 의미상 '太守'가 맞는 것 같다.

선 소나무에 가려 그늘졌으며, 강물은 왼쪽으로 흐르고, 계곡물은 오른쪽에서 흘러나온다.

의보가 말하길, "여기는 우리 집이 처음 살던 곳입니다. 아버님이 상도(尚道)[9]로 이주하실 때 시를 지으셨는데, '광악산(廣岳山)이 높으니 구름이 먼저 일어나고, 발 걷고 하루 종일 느긋하게 앉아 있네. 덕촌(德村)의 일최암 잊기 어려운 곳이니, 집 모퉁이엔 배꽃 피고 문 밖에 샘물 솟네' 하였으니, 그 경치를 볼 수 있습니다" 하였다.

걸어서 번창천(蕃昌遷)을 지나 10여 리를 가서, 차츰 북쪽으로 가다 배를 타고 삼탄(三灘)을 건넜다. 이포(伊布)의 하류인데, 다시 내려가다 동쪽으로 흐른다. 대체로 합강부터 좌우의 푸른 산이 빼어남을 다투나 바빠서 보지 못했다. 한계산과 설악산은 원통(圓通)의 들판 가운데에 이르러 비로소 동쪽으로 보이는데, 큰 산이 여러 봉우리 바깥에 우뚝 섰다. 돌부리가 솟아 오른 형세가 하늘을 찌르니 비범한 산이라는 것을 묻지 않아도 알 수 있다. 의보가 손으로 가리키며 말하길, "과연 한계산의 한쪽 면입니다. 기묘하고 조그만 산 하나가 큰 산 앞에서 깨끗하게 서서 여러 봉우리 속에서 홀로 빼어난 것은 뛰어난 소년이 노숙한 대인(大人) 곁에서 모시고 서 있는 것과 같습니다"라고 한다.

차츰 골짜기 입구에 이르자 산 사이로 언뜻 만 길이나 되는 석봉(石峯)이 커다란 한계산 남쪽에 우뚝 서 있는 것을 보았다. 먼 하늘로 곧게 떠 있는 것 또한 몇 개이다. 전체를 모두 보지 않더라도 한계산 좌우가 끝없이 기이하고 굳센 것을 상상할 수 있다. 무슨 봉우리인지 물어볼 사이도

---

9) 상도(尚道) : 인제읍에 있는 마을 이름이다.

없이 말머리가 급히 지나쳐 물을 떠나 북쪽으로 가서 보지 못했으나 한 번 쳐다보니 오히려 상쾌하다. 그러나 설악산의 모습은 아직 눈에 들어오지 않으니 사람을 더욱 답답하게 한다. 차츰 깊은 계곡으로 들어가니 고목이 하늘을 덮고 바람은 불었으나 더위에 쓰러져 서로 겹쳐 누웠다. 삼보령(三步嶺)에 오르니 고개가 높아서 동북쪽 여러 산들을 멀리 바라보자, 짙은 녹색으로 함께 이어져 있으나 모두 설악산의 진면목이 아니다.

드디어 깊은 계곡으로 내려가 몇 리를 가자 천 길 돌 산이 세 모퉁이에 나누어 서 있다. 큰 시내가 동쪽 갈라진 절벽에서 나와서 고개 밑에서 합쳐진다. 물은 다시 꺾어지면서 남쪽으로 달려간다. 흰 바위는 넓게 펴져 있고 색은 하얀 눈보다 더 하얗다. 물 아래와 물가는 모두 흰색이다. 사람을 이곳에 이르게 한다면 밝게 깨닫듯 눈이 밝아지고 황홀하게 심취할 것이다. 다만 지세가 매우 기울어 서까래 하나를 수용할 곳이 없다. 선생은 일찍이 한천에 볼 만한 수석(水石)이 없음을 한탄하셨다. 내가 이번 여행에서 아름다운 곳을 만나면 문득 의보와 정사(精舍)로 옮겨놓을 수 없음을 한탄하였다.

옆에서 이것을 보자 더욱 슬프고 아까움이 그치질 않는다. 조물주는 무슨 까닭으로 이 기이한 승경을 만들 때, 비슷하게 버리는 물건을 만들어 멀리 사는 벗이 모여서 조석으로 강학(講學)하는 곳에 소요할 하나의 구역을 빌려주지 않는가?

옮겨가며 몇 개의 바위에 앉았다가, 다시 물을 따라 올라갔다. 바위는 깨끗하고 물은 맑아, 걸을 때마다 앉을 만하다. 물을 끼고 있는 위태로운 절벽이 가까이 있어 머리에 떨어질 것 같아 두려워 쳐다볼 수 없다. 때때로 나무 끝으로 푸르름이 하늘과 맞닿아 있는 것을 볼 뿐이다. 5리쯤 가자 여러 봉우리들이 점차 없어지고 차츰 들판이 열린다. 평지를 지나서 남교역(嵐校驛)에 이르렀다.

한계산[寒溪岳]의 모습이 다시 보이는데 원통 교외에서 본 것과 같다. 산틈에서 언뜻 보이던 것이 다시 여기에서 평범한 듯 갑자기 나와서 남교역 앞에 맞닥뜨린다. 봉우리 뒤의 모양은 기둥 위에 기둥을 더하고, 상투 머리 위에 상투를 더한 것 같다. 참으로 도연명 시의 "높은 묏부리에 빼어난 봉우리 솟고, 멀리 바라보니 모두가 기이하네"이다. 역사(驛舍)에 앉아 늙은 관리를 불러 손으로 가리키며 물으니, "이것은 한계의 가리봉(迦利峯)[10]이고, 그 아래 지리곡(智異谷)[11]에는 뛰어난 경관의 십이폭(十二瀑)이 있는데, 유람하는 자는 이를 수 없습니다"라고 한다.

점심을 먹고 다시 10여 리를 갔다. 이른바 기둥 위에 기둥을 더하고, 상투 위에 상투를 더한 것이 봉우리마다 모두 그러하다. 도연명의 시를 사용할 틈도 없이 미소령(彌所嶺)[12] 하류에 이르렀다. 지나가는 중의 어깨를 빌려 건너갔다. 가력(加歷)[13]에 이르니 좌우의 돌산이 더욱 우뚝 솟았다. 양쪽 벽이 서로 부딪치며 수문(水門)을 만드는데, 오른쪽은 공중에 서 있어 떨어지려고 하는 것 같다. 여기부터 비로소 설악산의 동구(洞口)이다.

석문(石門) 바깥 남쪽 아래의 한 산록에 연옹(淵翁: 김창흡)이 살던 곳[14]이 있다. 피운대(披雲臺)와 농월대(弄月臺) 북쪽에 조그만 계곡이 열렸는데, 바로 옛 절터[15]이다. 심원사(深源寺)의 새 절로 벽운계에서 옮겨왔다. 선방

---

10) 가리봉(迦利峯) : 한계사지 맞은편에 있는 봉우리를 말한다.
11) 지리곡(智異谷) : 인제군 남교리에 있는 십이선녀탕계곡을 말한다.
12) 미소령(彌所嶺) : 미시령을 말한다.
13) 가력(加歷) : 백담사 입구의 용대리를 말한다.
14) 갈역정사를 가리킨다.
15) 선구사를 말한다.

(禪房)에 들어가 잠시 쉬었다. 노비와 말을 돌려보내고 9일에 한계(寒溪) 아래에서 기다리게 했다. 여기부터 소와 말은 통하지 못한다. 견여(肩輿) 가 비록 좋아오더라도 백 보를 가면 열 번 내려야 한다.

석문으로 들어가니 다섯 봉우리가 물 북쪽에 나란히 서 있다. 고색창연 하며 높고 깊어 오로봉(五老峯)이라 부른다. 아래에 깊은 못이 있는데, 임 진왜란 때 왜구가 이곳에 이르러 빠져죽어서 왜담(倭潭)[16]이라 부른다고 한다.

여기부터 봉우리는 더욱 뛰어나고, 물은 더욱 힘차게 솟아나와 급한 폭 포가 되고, 떨어져서 깊은 못이 된다. 한 굽이에 열 개의 폭포가 있고, 한 개의 폭포에 하나의 못이 있다. 바위는 옥같이 희어서 한 점의 티도 없고 두루 둘러싼 울타리 같아 빛나면서 기이하고도 교묘하다. 어떤 것은 우 묵하여 솥이 되고, 어떤 것은 볼록하여 대(臺)를 이룬다. 어떤 것은 깎여 서 옥으로 만든 도끼가 되고, 어떤 것은 평평하여 흰 비단이 된다. 어떤 것은 둘러싸서 분 바른 벽이 된다. 한쪽 면이 어떤 것은 솟아올라 천 칸 은으로 만든 집이 된다. 또 어떤 것은 백호(白虎)와 사자가 앞에서 걸터앉 고 뒤에서 웅크리며, 왼쪽에서 움켜잡고 오른쪽에서 잡아당기는 것 같 고, 흰 학이 무리 지어 모여 있는 것 같다. 어떤 것은 머리를 세우고 날개 를 털고, 어떤 것은 발을 웅크리고 날아가려고 한다. 한 줄기 은빛 못은 또 옥룡(玉龍)이 되어 그 사이에서 잠겼다가 솟구치고, 웅크렸다가 펼치 니, 황홀하여 모양에 이름 붙일 수 없다.

때때로 높은 언덕에서 굽어보니 단지 보이는 것은 흰 구름이 계곡을 에

---

16) 왜담(倭潭) : 백담계곡 입구에 있는 두타연을 가리킨다.

워싸고 새로 내린 눈이 숲에 쌓여 있어, 푸른 소나무와 잣나무 사이에서 하얗고 은은하게 빛나니, 명산(名山) 중의 흰 바위와 맑은 시내가 진실로 셀 수 없으나 이와 같은 절경은 몇 개가 있겠는가? 매번 기

제폭

이한 곳에 당도하면 번번이 오랫동안 앉아 차마 떠나지 못하였다.

의보가 말하길, "여기부터 70리는 모두 이와 같이 나타날수록 더욱 기이합니다. 만일 일일이 거두어 모으면 비록 이 산속에서 늙더라도 오히려 부족합니다. 하물며 제한된 날짜로 여행을 하니 시원하게 마음이 다할 수 있겠습니까?" 하였다. 그러나 매번 한 굽이를 지날 때마다 배회하며 산을 돌아봤다. 처음으로 기이한 못과 폭포를 만나면 반드시 셌으나, 5~6리를 지나자 이미 모두 기록할 수 없다. 예부터 곡백담(曲百潭)이라 부른다고 들었으나, 이것은 또한 대략적인 수만을 취한 것이구나!

10여 리 가자 이른바 제폭(際瀑)[17]이 있는데, 뛰어나다. 또 4~5리를 가니 시내 북쪽의 봉우리가 점차 물러나 섰는데, 하나의 산기슭이 떨어지면서 넓은 벽이 되어 학암(鶴巖)이라고 부른다. 석문부터 물을 끼고 있는 높은 산을 싫증나도록 봤는데, 한 면이 평평하고 낮은 곳을 만났으며, 흰바위 사이에 푸른 병풍이 된 것을 마주하니 눈에 들어오는 것이 문득 새롭다. 이 길을 지나면 더욱 경사가 져서 위험하다. 어떤 곳은 바위를 껴안고 돌아가고, 어떤 곳은 바위를 등에 지고 돌아간다. 그래서 포회(抱回)

---

17) 제폭(際瀑) : 백담계곡 중간에 있는 폭포를 말한다.

와 부회(負回)로 그곳에 이름 붙였다고 한다.

또 몇 리를 가니 시내 남쪽에서 산등성이가 떨어져 나와 골짜기를 가로로 잘라 다시 물이 흘러오는 곳을 볼 수 없다. 이른바 차현(遮峴)[18]이다. 성과 대궐의 천 개 문이 거듭 잠겼는데, 문 안에 또 담을 설치한 것 같다. 이것을 보니 임금의 자리가 멀지 않음을 알 수 있다. 고개에 오르고 반도 넘어가지 않았는데, 커다랗고 푸른 얼굴이 우뚝 서서 자리를 차지하고 세력을 펼치고 있는 것이 보인다. 봉우리는 평평하고 둥글며 형세는 두툼하니 한 번 보고도 덕이 있는 기상이라는 것을 알 수 있다.

그 아래 바위 모서리가 차츰 솟아오르며 나란히 있는데, 평평한 것이 손바닥 같아서 선장봉(仙掌峯)이다. 영험한 산이 점차 가까워지면서 특별히 큰 성곽을 설치해 막고 있으니, 대개 여기에 이르러서 신선과 같은 산의 형세와 평범한 산의 형세가 영원히 떨어지게 되니 조물주가 깊이 숨겨놓으려는 뜻이며 진실로 힘써 한 사업이다. 그러나 저것은 설악산에서 볼 수 있는 것 중 겨우 중간 산기슭이지, 그 위의 정상은 아직도 아득하고 멀다.

고개를 넘으니 갑자기 1리가 되는 평평한 들판에 너와집 두 채가 있고, 돌밭 몇 묘(畝)가 느리게 흐르는 물의 평평한 모래 가에 있다. 계곡 안의 사람의 일은 완연히 도화원(桃花源)이다. 일찍이 들으니, 옛날에 어떤 한 사람이 송아지를 안고 이 산속으로 들어와서 기른 후 밭을 갈며 살았다고 하는데, 이 마을이 아니겠는가? 그 사람에 대해 물으니 지(池)씨 성의 사내이다.

몇 굽이를 지나니 다시 층진 여울을 만든다. 몇 리를 가자 하나의 폭포

---

18) 차현(遮峴) : 백담계곡에서 백담사로 통하던 옛 고개이다.

가 있으니 황장폭(黃腸瀑)이라 부르는데, 제폭(際瀑)과 서로 견줄 만하다. 또 6~7리를 가서 벽운계(碧雲溪)에 이르렀다. 절은 시내 서쪽에 있으며 선장봉의 여러 봉우리들과 마주하고 있다. 옛 절은 이미 옮겨갔으나, 아직 불전(佛殿)과 사루(寺樓)와 몇 개의 승방(僧房)이 남아 있다.

노승인 각형과 함께 잤다. 각형은 일찍이 연옹(淵翁)을 따라 노닐던 자로 연옹을 진사(進士)라 부른다. 나를 위해 옛 일을 알려주는데 자못 상세하다. 대개 연옹이 처음 한계(寒溪)의 자령전(自寧田)에 거처할 때, 하루는 곡운(谷雲) 선생을 모시고 처음 이 산을 방문하였다.[19] 노목(老木)과 푸른 등나무 넝쿨이 무성하게 뒤덮어 가야 할 길을 구별하지 못하자, 차현촌(遮峴村) 사람 지세남(池世男)이 앞서 가서 이곳에 이르니, 곡운께서 살 만한 곳으로 여겼다. 이미 절이 먼저 완성되고 연옹의 정사(精舍)는 선장봉의 북쪽에 있게 되었으니, 이 산에 이 절이 있게 된 것은 연옹의 힘이다. 그런데 연옹은 이미 가버리고, 정사는 지키고 사는 중이 없다. 식량을 운반하는 것을 어렵게 여겼고 아울러 이 절을 철거하여 옮겼으나, 노승의 힘으로 금지시킬 수 없었다고 한다. 이에 흐느끼며 눈물을 흘린다.

이날은 90리를 갔다. 상도(尙道)부터 남교까지 50리이고, 남교부터 여기까지 20리이다. 또 석문부터 모두 여섯 번 (물을) 건넜는데, 오로봉(五老峯) 앞과 제폭(際瀑) 위, 학암(鶴巖) 아래와 차현(遮峴) 북쪽, 절 남쪽 두 계곡의 물이 합쳐진 곳이다.

7일. 맑음. 절밥을 먹은 후 바로 출발하여 원통전(圓通殿)을 지났다. 3리를 가니 연옹의 정사가 있는데, 물 왼쪽에 고명봉(高明峯)을 마주하고 있

---

19) 이때의 일을 기록한 것이 김수증의 「한계산기」이다.

다. 최거사(崔居士)가 연옹을 따라와 이곳에 있었는데, 맹수에 잡아먹혔다. 이때부터 연옹은 다시 이곳에 살지 않았고, 서울의 석관촌(石串村)에서 생을 마쳤다. 그가 죽을 때 시가 있었는데,

평생의 소원 마음을 즐기는 것,	宿願平生在玩心
고명봉 아래서 깊게 찾으며 살폈노라.	高明峰下細研尋
풍진 속 동교 밖에 늙어 죽으니,	風埃老死荒郊外
지녔던 높은 뜻이 영원히 가라앉는구나.	奇意靑霞永鬱沈

라고 했으니, 스스로 상심하신 것이다. 텅 빈 집과 드러난 대들보는 거의 무너질 지경이다. 정사 옆에서 깎아지른 듯 서 있는 옥으로 된 산을 멀리 보니, 동쪽 가까운 것은 삼각(三角) 모습을 드러내고, 먼 것은 8~9개의 기이함을 드러내니 더욱 기이하다. 발걸음을 따라 언뜻 보였다가 숨으니, 참으로 신출귀몰(神出鬼沒)하는 것 같다.

정사 앞에 못 하나가 있는데, 청룡담(靑龍潭)이라 부른다. 한 굽이를 지나 돌벼랑을 올라갔다. 또 못 하나를 만났는데 황룡담(黃龍潭)이라 부른다. 평지에서 푸른 소나무와 산죽(山竹) 사이로 몇 리 가서, 또 못 하나를 만났는데 백룡담(白龍潭)이라 부른다. 조금 나아가서 두 개의 물이 합쳐지는 곳에 이르렀다. 하나는 폐문암(閉門巖)에서 흘러나오는 것이다. 석굴(石窟)이 있는데 상공(相公) 유홍(俞泓)이 관찰사로 지나다가 묵어서 유홍으로 굴에 이름을 붙였다. 회보(晦甫)가 동행한 사람의 이름을 썼다. 여기부터 돌길은 끊어져서, 견여(肩輿)를 사용할 곳이 없다. 드디어 뒤에 떨어져 옷깃을 꽂고 신발을 동여매고, 각기 명아수를 꺾어 지팡이를 만들게 했다. 왼쪽 물을 쫓아 함께 벼랑을 올라가며 나아갔다.

이리저리 건너며 길을 지나가니 동서(東西)가 없다. 앞에서 인도하는 여

러 중들은 매번 앞에서 부르고 뒤에서 응하는데 소리가 괴상한 새의 소리 같다. 바위 앞에 돌을 모아놓음으로써 지나가는 곳을 알게 한다. 한 굽이를 지나가서 또 못 하나를 만났으니 흑룡담(黑龍潭)[20]이라 부른다. 긴 것이 구유통 같아 또 조담(槽潭)이라고도 부른다.

대개 벽운계부터 바위의 색깔은 한결같다. 석문(石門) 위로 희고 깨끗한데 사이에 어떤 것은 푸르고, 어떤 것은 누렇고, 어떤 것은 검으며, 어떤 것은 붉다. 바위가 푸른 곳은 물 또한 푸르러 파란 비늘 달린 것이 똬리를 틀고 누워 있는 것 같다. 바위가 누런 곳은 물 또한 누런색이어서 누런 종이가 비쳐서 빛나는 것 같다. 흰색과 검은색, 붉은색 또한 그러하다. 못이 네 가지 색의 용으로 일컬어진 것은 대개 보이는 것을 따라서 이름 지은 것이다. 그러나 이름 붙일 수 있는 못이 어찌 여기에 그치고, 여기서 나아가면 용의 이름 가운데에 적룡(赤龍)으로 불린 것이 없겠는가? 대개 연옹이 모두 아름다운 이름으로 붙여준 것이지만, 중들이 자세히 알지 못해서 단지 그들이 들은 바를 나에게 알려준 것이다.

또 하나의 돌 가운데에 어떤 것은 흰색으로 바탕을 삼고 붉은색과 검은색, 푸른색과 누런색이 모두 갖추어져 있다. 어떤 것은 뒤섞인 무늬를 이루는데 온갖 꽃과 향기로운 버섯 같다. 어떤 것은 가느다랗게 곧은 무늬를 만들었는데 오색으로 짠 허리띠 같다. 물이 그 위에 떠 있어 거울 안에 수놓은 그림자같이 빛난다. 이 사이에 있는 못을 비록 이름 지으려고 해도 지을 수 없다.

바위의 모양은 더욱 기괴하고 다양한 형상이어서 비유할 수 없다. 바야

---

20) 흑룡담(黑龍潭) : 수렴동대피소 옆의 못을 말한다.

흐로 단상암(丹床岩)[21]으로 이름 붙인 것은 우연히 그 모양이 상(床)과 같아서 일컬어지게 된 것이다. 나머지는 모두 이름 지을 수 없다. 내가 시험삼아 상(床) 모양의 바위를 마주하고, 그 대(臺)를 자세하게 세어보니 바로 13층이다. 특별히 신선의 책상이지 인간세계의 문방구가 아니다. 신선이 여기에서 『황정경(黃庭經)』을 펼친 것이 아닌가? 아니면 조화옹(造化翁)이 유람하는 사람이 호탕하게 책을 잊은 것을 생각해서 이 책상을 설치하고 기다린 것인가? 나는 여행 중 책을 갖고 와서 이곳에 놓고 한 번 읽은 후 조화옹의 뜻에 대답할 수 없었던 것을 후회했다.

이에 옆의 석굴에 이름을 기록했다. 여기부터 다른 굴은 셀 수 없어, 두루 쓸 수 없다. 하나의 굴에 이르러 의보와 우창(友昌) 홍한대(洪漢大)가 옛날 쓴 곳을 만나니 청안(靑眼)이 열리는 것 같다. 드디어 다시 우리 일행의 이름을 잇달아 썼다.

앞서 온 10여 리는 산의 색깔이 더욱 새롭고, 모든 바위가 서 있다. 심원사 첫길에서 바라본 깎아지른 듯 서 있는 옥 같은 봉우리가 처음 나타나면서 앞에 있다. 먼젓번의 가까운 것이 시내 북쪽에 있는데 덧붙여진 봉우리가 삼각형을 만든다. 먼 것은 시내 남쪽에 있는데 몇 개인지 모르겠다. 8~9개는 물을 따라 돌며 북쪽에 있다가, 어떤 때는 동남쪽에 있고, 다시 서쪽에 있다. 이르는 곳마다 사방이 돌벼랑이다. 그중 네 개의 천왕봉(天王峯)은 각각 전후좌우에 서 있는데, 형세가 칼을 꽂은 것 같다. 그 위의 천일대(天日臺)는 더욱 곧게 솟아 하늘에 닿는다.

산의 얼굴은 본래 깨끗한데 모두 점점이 흰 가루로 고르게 펼쳤으니,

---

21) 단상암(丹床岩) : 수렴동대피소에서 구곡담계곡으로 조금 올라가면 책상처럼 생긴 바위가 있는데, 이 바위를 가리킨다.

어지러이 두드린 것은 흰 눈이 처음 뿌려진 것 같다. 감았던 눈이 갑자기 열리니 하늘에 가득 눈송이가 어지러이 내리고, 그 사이도 섣달에 내린 눈이 아직 녹지 않았으니, 보아도 참과 거짓을 다시 구별할 수 없다.

또 물 가운데에 있는 어지러운 바위는 더욱 웅대하고 뛰어나니, 형세가 산의 장대함과 서로 표리(表裏)가 된다. 천왕봉 사이에 가장 큰 바위가 있는데 못가에 있으며 우뚝 서 있다. 위는 평평하며 사방은 기이한 봉우리이고 병풍으로 막은 것이 에워싸니 이른바 고명봉(高明峰)이다. 또 수문(水門)에 마주 서고 있으면서 하얗게 서 있으니, 이것은 금강산의 여러 산 가운데 없는 것이다.

의보가 말하길, "아버님이 일찍이 이 바위 위에 정자를 지으려고 했습니다" 하였다. 대개 바위 뒤는 한 칸의 집을 수용할 수 있고, 몇 개의 소나무가 그 위에 스스로 자란다. 바위 앞에 보이는 것은 칠폭(七瀑)인데, 비록 사방의 구슬 같은 병풍이 없더라도 또한 정자를 세울 수 있다. 바위에 올라 소나무에 의지해 앉아서 머리를 들어보니 단지 하늘만 보일 뿐이다. 선생께서 일찍이 말하길, "내가 설악(雪岳)에서 노닐다가 한 곳에 이르러 '하늘이 산중(山中)에 있다'는 상(象)을 읊조렸는데, 어찌 이 사이가 아니겠는가?"라고 하셨다. 마침 흰 구름 한 무리가 흘러 여러 봉우리 위를 지나가자 그림자가 맑은 물 흐르는 곳에 비치니, 위와 아래 사방은 아무 일 없다는 듯이 은세계(銀世界)를 만든다.

여기부터 수렴동(水簾洞)이다. 동문(洞門)은 넓게 열리며 서려 있어서 만명이 앉을 곳을 만든다. 빼어나서 천 길 벽을 만든 것은 모두 하나의 바위가 서로 연결된 것이다. 거울 같은 표면은 유리 정원 위에 수정 발을 펼쳐놓은 것같이 평평하고 넓은 것이 5~6리이다. 산에 한 점 흙이 없으며 물은 어지러이 흐르는 것이 없다. 언덕을 오른 후 가다가 보니 옥 같은 물방울이 얼굴에 떨어지고 이끼의 향기가 옷자락에 스며든다. 특별히 신선이 사는 옥경(玉京)이지 다시 아래 세계의 뛰어난 경계가 아니다. 이곳에 이르러 신선이 될 생각이 없는 자는 결코 조금이라도 맑은 기운을 타고 난 자가 아닐 것이다. 동문의 세 연못가를 마주하여 연옹이 집을 지은 곳이 있다.[22]

수렴동을 다 지나자 점차 험하고 급하다. 바위에 앉아 다리를 쉬었다. 이에 백반(白飯)을 찬물에 말아서 먹었다.

다시 7~8번째 폭포를 지나 하나의 굽이에 이르자 열 길 은빛 물이 높은 곳에 걸려 있다. 긴 무지개가 누워 있는데 맑은 날에 천둥이 치더니 문득 소리가 울린다. 한 번 곁눈질하는 사이에 지나온 수많은 폭포가 모두 새소리 속으로 돌아간다. 이른바 12폭포는 여기서부터 시작한다. 그러나 그 사이의 조그만 폭포는 모두 셀 틈이 없다. 큰 것을 세어도 이 숫자를 넘을 것이다. 아마도 명산(名山)에 12폭포가 있는 것은 매우 많을 것이다. 그러므로 이것 또한 본떠서 두루 일컫는 것인가?

폭포는 모두 10여 리에 걸쳐 있다. 누워 있어 평평하며 느린 것, 매달려 있어 세차고 급한 것, 곧바로 떨어지는 것, 가로로 떨어지는 것, 빙빙 돌다 굽어지며 한두 번 꺾어지며 내려오는 것, 세 번 네 번 다섯 번 여섯 번 꺾어지며 내려오는 것이 있다. 어떤 것은 두 개의 비탈이 서로 이어져 저절로 층진 폭포를 만드는 것, 큰 바위가 가운데 있어 나뉘어 두 개로 흐르는 것, 바위틈이 깊고 길어서 물이 그 아래로 들어가서 언뜻 보였다가 언뜻 사라지며 내려오는 것, 바위 표면이 울퉁불퉁하여 쏟아지는 물이 성

---

22) 김창흡이 거처하던 멸영암을 말한다.

내고 싸움하는 듯 서로 부딪히는 것, 어지러운 돌이 섞여 있는 가운데서 큰 물줄기 없이 흩어져 흐르는 것이 마치 무리 지은 용들이 다투어 일어나 어지러이 춤추며 다투어 뛰어오르는 것 같다.

또 폭포는 길고 못은 얕은 것, 폭포는 짧고 못은 넓은 것, 못이 곧은 것, 굽은 것, 폭포와 못의 크고 작은 것과 굽고 곧은 것이 서로 대칭을 이루는 것 등 모양이 각기 다르다.

못 주변의 바위로 어떤 것은 스스로 몇 층의 옥대(玉臺)가 되어 겨우 반 정도의 자리를 받아들여 홀로 앉아 폭포를 마주할 수 있고, 어떤 것은 3층의 구슬로 만든 단이 밑은 넓고 위는 방정하여 무리 지어 걸터앉아 갓끈을 씻을 수 있으며, 어떤 것은 여덟 번 겹쳐진 비단 병풍이 뒤는 두르고 앞은 열렸는데, 가운데 깨끗한 자리를 펼쳐서 평온하게 누울 수 있다. 아름다운 물결은 모두 유람객을 위해 준비한 것이니, 조화옹이 또한 일이 많았다. 들건대 가리봉(迦利峯)의 십이폭(十二瀑)이 이것보다 더욱 뛰어나다고 하지만 뛰어난 곳인지를 알지 못하겠다. 어떠한가?

차례로 흐르는 물을 거슬러 가다가 절벽을 오르니 더욱 급하며 바위는 얼음처럼 미끄럽다. 한번 미끄러지면 바로 뼈가 부서져 수당(垂堂)을 경계[23]하는 자는 마땅히 지나지 말아야 할 곳이다. 중이 말하길 아무개 못에 아무개가 빠졌고, 어떤 바위에 어떤 기생이 떨어졌다고 한다. 일찍이 들으니, 금강산의 구룡연(九龍淵)은 해마다 중이 빠지나 기생이 떨어진다는 것을 듣지 못했다. 저 자신이 선산위(仙山尉)가 되어 미인을 데리고 와서 신령

23) 위험한 곳을 가까이 하지 말라는 경계이다. 『한서(漢書)』「원앙전(爰盎傳)」에 "천 금의 자식은 마루 바깥쪽에 앉지[垂堂] 않고, 백 금의 자식은 난간에 걸터앉지[騎衡] 않는다"라고 하였다.

한 못을 더럽히는 사람은 어떤 사람인가?

매번 급하게 잘려나간 곳을 만나면 중들에게 좌우에서 부축하게 하고 발을 연이어서 걸으며, 몸을 오그리고 앞으로 갔다. 겨우 십이폭동(十二瀑洞)을 지나서 벽면을 올려보자 더욱 높고 험하며 넓고 크다. 물은 동쪽과 북쪽 두 계곡에서 나와 못 하나로 떨어진다. 동쪽의 것은 오백 척쯤 되고, 북쪽의 것은 조금 못 미치니, 이른바 쌍폭(雙瀑)이다. 암수 두 용이 하늘에서 내려오는 것 같다. 머리를 나란히 하고 엎드려 연못의 물을 마시며 삼켰다가 토하고 뿜어내며 온 산을 흔드니 이른바 12폭(瀑)이다.

여기에 이르자 조용하게 소리를 거둔다. 갈수록 더욱 깊어지고, 보는 것은 더욱 장대하다. 도(道)에 이르는 자가 어찌 먼 것을 꺼리며 걸음을 나가지 않겠는가? 대개 들으니, 중국 사람이 천하의 유명한 산수(山水)를 기록했는데, 이 쌍폭이 실렸다고 한다. 중원에 사는 자도 오히려 편벽되고 먼 곳에 있는 기이한 것을 채록하여 사라지지 않게 하였는데, 우리나라에서 태어나 도리어 이 승경을 알지 못하는 자가 많으니 매우 부끄럽다. 두 개의 물이 서로 만나 평평한 못에 있으니 초(楚)나라 남쪽의 증수(蒸水)와 상수(湘水)가 만나는 것과 같아 진실로 기이하다. 이 고을의 두 강물이 만나는 것이 합강(合江)으로 천하에 이름을 떨쳤고 노래와 시로 널리 퍼졌다. 하물며 두 개의 폭포가 서로 만나 하나의 못이 된 것임에랴?

이것은 비록 온 세상에서 찾아도 드물게 있는 것이다. 못은 깊어 감히 앞으로 가까이 갈 수 없다. 멀리 앉아서 쳐다보자 날아다니는 물방울이 얼굴에 닿고 시원한 기운이 뼈에 다가온다. 만 곡(斛)의 차가운 물이 등 위로 흐르는 것 같아서, 세상에 4월의 더운 날씨가 있는 줄 다시 알지 못한다.

동쪽 폭포를 따라가서 근원을 다하고자 했으나, 바위가 좌우로 끊겨 발을 붙일 수 없다. 단지 맞은편 언덕 조금 높은 곳을 따라가 큰 폭포 위에서 바위를 치며 꺾어지고 돌면서 내려오는 것을 보니 3층이다. 그 위는 다시 볼 수 없다. 드디어 북쪽 폭포 왼쪽 곁을 잡고 올라가니, 또 굽이마다 층진 폭포가 서로 이어지며 끊어지지 않는다.

동북쪽으로 멀리 있는 봉우리가 또 나오니 새로운 모습이다. 내가 산에 들어온 처음부터 기이한 봉우리를 보면 반드시 이름을 물었다. 따르는 중은 백 번 물어보면 하나도 대답하지 못한다. 수렴동 이후부터 다시는 묻지 않고 단지 아는 것만 반드시 나에게 알리고 숨기지 말라고 위로했다. 이곳에 이르자 중 명옥(鳴玉)이 여러 봉우리 중 가장 높은 봉우리에 서 있는 바위를 가리키며 천왕봉(天王峯)의 천일대(天日臺)와 같다고 하며, "이것이 마운봉(磨雲峰)입니다"라고 한다. 또 그 위 하나의 봉우리 위에 조금 평평하며 마운봉보다 더욱 높은 곳을 가리키며, "이것은 좌선대(坐仙臺)입니다. 나머지는 모두 모르겠습니다"라고 한다.

가장 위에 큰 산이 넓게 자리 잡고 있는데, 정상의 모습은 둥글고 넓어 심하게 깎아지른 듯 가파르지 않으며, 구름과 안개 위에 있어 마운봉과 좌선대 등의 여러 높은 봉우리를 무릎 아래의 아이나 손자로 삼는다. 바라보니 우뚝한 것이 거인(巨人)과 같다. 의보가 비로소 나에게 말하길, "저 것은 청봉(靑峯: 대청봉)으로, 설산(雪山)의 높은 곳입니다. 이곳이 최고이고 봉정(鳳頂)이 다음입니다" 하였다. 그런데 봉정은 아직 숨어 있어 드러나지 않는다. 산에 들어와 이틀을 보내고서야 비로소 멀리 바라보는 중에 산의 조종(祖宗)을 만났다. 금강산의 경우 사람이 산 아래에 이르기도 전에 먼저 단발령(斷髮嶺)에서 진면목을 보여주는 것과 비교하면 얕고 깊으며 숨고 드러나는 것을 동격으로 애기할 수 없다.

동문(洞門)에 들어오면서부터 매번 우뚝 서 있는 높은 산봉우리를 보고, 번번이 이 산의 정상이라 여겼으나, 가까이 가서 보면 도리어 아닌 것이 한두 번에 그치지 않는다. 마치 공자 문하에 처음 들어간 자가 공자의 덕행과 용모를 보지 못하고 여러 현자들을 진짜 성인으로 생각하다가, 승당(昇堂)하고 입실(入室)하여 자세는 편안하고 안색은 온화한[申申夭夭] 모습을 우러러본 연후에야 비로소 삼천 제자들이 단지 문과 담 사이에서 물 뿌리고 비질하는 자임을 아는 것과 같다. 지금 나의 여행에 의보의 인도 없이 깊이 들어왔다면, 거의 차현(遮峴) 이전에 이미 지극한 곳에 다 이르렀다 생각하고 그쳤을 것이다.

멀리 청명한 색을 바라보니 곱절이나 흥이 솟는다. 점점 앞으로 가서 7~8개의 폭포를 지났다. 비로소 물을 버리고 비스듬히 산 중턱을 따라 오르니, 산 아래의 물은 차츰 멀어지고 가늘어지면서 10리 밖에서 소리를 낸다. 마운봉(磨雲峰)의 여러 봉우리들은 조용히 눈 아래에 있다. 올라가서 사자항(獅子項) 남쪽에 이르니 물소리를 다시 들을 수 없다. 대개 높고 낮은 것이 더욱 멀어지니 물은 이곳에 이르러서 거의 다하게 된다. 비파대(琵琶臺)를 지나는데 돌이 비파의 모습과 같다. 그래서 이름 붙인 것이다.

여기부터 산의 머리 부분은 우뚝한 바위들이 줄 지어 서 있다. 가장 높은 절벽은 날아가는 새도 넘을 수 없고, 바위 표면은 평평하여 단서(丹書)의 흔적이 완연하다. 전하길 영랑(永郞) 등 여러 신선이 이름을 적은 곳이라고 한다. 사자항 머리 부분에 다 이르자 이른바 반야대(般若臺)가 있다. 같이 가던 사람이 모두 위험하여 오를 수 없다고 한다. 나는 의보와 홀로 재촉하여 올라 왔던 길을 돌아보니, 내가 7일 동안 지나온 길은 단지 신발 아래의 티끌이다. 동쪽으로 청봉(靑峯)을 보니 우뚝하게 내 머리보다 만 길이나 솟있다. 참으로 '쳐다볼수록 더욱 높아' 쫓으려고 해도 쫓기 어렵다.

마주하고 앉아 온 산이 하얀 것을 자세히 보니, 모두 쌓인 눈이다. 가을보다 먼저 내리고, 봄보다 늦게 사라지지 않아, 사계절 동안 늘 남아 있으니 진실로 설악(雪岳)이라고 부를 수 있다. 하물며 수많은 바위와 골짜기의 진면목이 스스로 흰데다가, 영원히 오랫동안 녹지 않는 눈이 내림에랴? 그런데 높이 구름 있는 하늘로 들어가면 푸른 하늘과 서로 연결되기 때문에 멀리서 보면 단지 푸르기만 하다. 그래서 이 산의 머리는 특별히 청봉(靑峯)이라 부른다고 한다.

나는 의보에게 봉정(鳳頂)이 어디쯤에 있는지 물었다. 의보가 비로소 북쪽을 가리키며 말하길, "청봉부터 서쪽으로 수십 리 달려서 바위가 줄 지어 봉우리를 이룬 곳이 이곳입니다. 포개진 바위가 몇 층이면서 떨어질 것 같은 것은 봉정대(鳳頂臺)인데, 이곳은 올라갈 수 있는 곳이 아닙니다. 그 곁에 높은 곳 위에 부도(浮屠)를 세운 곳은 탑대(塔臺)라고 부릅니다. 이곳을 오르면 장관을 다할 수 있습니다. 또 봉정 동쪽에 상(床) 위의 화로 같이 줄 지어 있는 것은 노암(爐巖)입니다. 탑대 오른쪽에 큰 사자처럼 웅크리고 있는 것은 사암(獅岩)입니다. 이와 같은 종류는 다 말할 겨를이 없습니다. 우리들의 즐거운 일은 단지 탑대 위에 있을 따름입니다" 하였다.

내가 말하길, "청봉 또한 오를 수 있습니까?" 하니, 의보가 말하길, "여기서 청봉 정상까지의 거리는 하루 걸립니다. 넘어진 잣나무와 돌로 밟을 데가 없습니다. 또 머무르며 숙박할 곳이 없습니다. 연옹이 반세기 동안 이 산의 주인이 되었는데도 저곳을 오른 것은 겨우 한두 번입니다. 나는 일찍이 아버님을 모시고 네 번 동천(洞天)에 들어왔다가 한 번 올랐는데, 몸이 허공에 떠 있는 것같이 흔들려서 오랫동안 서 있을 수 없었습니다. 산 사이를 둘러보니 막 구름이 나와서 비가 내리는데, 청봉 위는 예전처럼 푸른 하늘에 해가 비치고 있었습니다" 하였다.

또 봉정을 가리키며 말하길, "유람하는 사람 중 이곳에 이른 사람 또한 몇 사람입니다. 비록 고승(高僧)과 특이한 중이라도 오랫동안 머물 수 없습니다. 조그만 암자가 있으나 늘 비어 있습니다. 내가 일찍이 빈 방에 낙엽을 깔고 하룻밤을 잤습니다. 지금은 혹시 곡식을 먹지 않고 노을을 먹는 신선이 와서 거처하는지는 모르겠습니다" 하였다.

드디어 대(臺)를 내려와서 사자항 북쪽을 돌아 몇 리를 가서 암자 아래에 거의 이르렀다. 홀연히 어떤 누더기 입은 사람이 수풀을 헤치고 나와서 맞이한다. 손으로 소나무 차를 따르며 나에게 갈증을 해소하라고 권한다. 세상에서 말하는 신선의 음료수가 아마도 이것을 가리키는 것이 아닌가? 이름을 물어보니 석종(釋宗)이다. 드디어 이끌고 암자로 들어갔다. 암자는 대(臺)에 있는데 바위가 떨어지는 것 같은 대 아래에 있다. 아래에 일찍이 어떤 나그네가 있었는데 위험하다고 생각하고 들어가 자지 않았다고 한다.

이날은 50리를 여행했다. 벽운계부터 유홍굴까지(10리는 유홍굴부터 수렴동까지이다) 거의 20리이다. 12폭포부터 여기까지 20여 리이다. 다리는 피곤하고 날씨는 저물어 탑대에 오르지 않았다.

석종이 불등(佛燈)에 예를 거행하고 합장하며 경(經)을 외운다. 끝나자 한가하게 산속의 일을 말하길, "여기엔 예전에 사람의 발자취가 없었습니다. 호가 환적당(幻寂堂)인 스님 의천(義天)이 해인사(海印寺)가 소장한 산수지(山水誌) 중에서 봉정의 여러 산봉우리가 모두 부처의 모양을 하고 있는 것을 보고 구했으나 만나지 못했습니다. 드디어 부처님에게 기도하여 만나, 비로소 이 암자를 설치하고 부처님에게 기도하였습니다. 산을 만난 것이 비록 황당하고 허탄하지만, 매우 깊이 감추어지고 숨겨져 속세 사람이나 속된 스님에게 보여지고 알려지지 않았다는 것을 알 수 있습니다" 하였다.

또 말하길, "산속의 날짜는 세간의 절기와 다릅니다. 꽃이 피는 것으로 늦여름이란 것을 알고, 눈이 내림으로써 초가을이란 것을 압니다. 또 숲속에 날짐승과 길짐승이 없는데, 밤이 깊으면 오직 시간을 알리는 새의 한두 소리가 들립니다" 하였다.

말이 끝나자 중은 다시 벽을 향하여 앉았다. 우리들은 각기 취침했다. 갑자기 계곡의 바람이 어둠 속에 달리고 비가 지나간다. 청봉 위에서 홀로 밝은 달의 맑은 빛을 보지 못한 것을 한스럽게 여겼다.

8일. 아침 경쇠 소리를 듣고 일어나 앉았다. 석종은 부처 앞에서 예불이 끝나자 『천수경(千手經)』을 이미 반쯤 외우고 있다. 같이 자던 사람 중 어떤 이는 깨어 있고, 어떤 이는 자고 있다. 여러 중들 또한 천둥처럼 코를 고는 자가 있고, 어떤 중은 일어나 앉아 서로 이야기를 나누고, 어떤 중은 주지를 따라 염송(念誦)을 한다. 나는 「태극도설(太極圖說)」과 『중용(中庸)』몇 장을 외웠다.

거의 날이 새자 비가 그친다. 재촉하여 탑대에 올라서 일출을 보려고 했으나 구름이 끼어 구분할 수 없다. 다시 암자로 내려와 암자 옆 석굴 속으로 가서 우물에 앉아 손을 씻고, 그 위에 이름을 썼다. 늦을 무렵 안개가 걷히고 하늘이 맑아진다. 재촉하여 밥을 먹고 다시 탑대 위로 올라 비로소 마음껏 구경했다.

대개 백두산의 한 줄기가 멀리 와서 금강산이 되고, 다시 일어나서 설악산이 되고 한계산이 된다. 설악산은 스스로 나뉘어 상·중·하 세 산이 된다. 청봉부터 동남쪽으로 달려 오색령까지 연결되어 걸쳐 있는 것은 상설악(上雪岳)이다. 상설악부터 남쪽으로 곧게 가면 장차 한계산이 된다. 중간에 특별하게 일어난 것은 선장봉의 여러 봉우리들이 되는데, 좇아온 것이 중설악(中雪岳)이며 차현(遮峴)에서 본 덕이 있는 기상을 본 산이 이 산이다. 북쪽에서부터 오던 것이 비로소 이 산이 된다. 오던 줄기가 거의 봉정에 이르러 다시 우뚝 솟아 고명봉이 되며, 여러 봉우리의 조종(祖宗)이 되는 것이 하설악(下雪岳)이다.

양양읍에서 말하길, 이것이 중설악이고 그 아래에 하설악이 있다고 한다. 대개 산의 주위가 거의 400리라 처하는 곳에 따라서 각기 부르는 것이다.

수많은 골짜기와 봉우리들이 차례로 조정에서 임금을 뵙는 듯하고, 높고 낮으며 멀고 가까운 곳을 한눈에 바라보니 희고 깨끗하여 긴 성(城)이 수없이 겹쳐지고 석회를 바른 성가퀴가 울쑥불쑥하며, 은대옥루(銀臺玉樓)가 영롱하게 나열되어 있고, 배꽃과 눈 맞은 나무가 그 사이에서 빛나는 것 같다. 또 온 천하가 구름 속에 아득한데, 온갖 절들이 솟아나며 층층이 드러나는 것 같다.

오백나한(五百羅漢)을 가운데 배치했는데, 어떤 것은 황금 걸상에 앉아 있고, 어떤 것은 옥으로 만든 상에 서 있는 것같이 엄숙하게 서로 향하고 있으니, 노승(老僧) 천 명이 무리를 지어 갓을 쓰고, 혹은 흰 고깔을 쓰고 발우를 치고 법고를 울리며 분분히 앞에서 예배를 하는 것 같다. 어떤 것은 상경(常京)의 여러 신선들 같다. 어떤 것은 고래를 타고 올라가고, 어떤 것은 학을 타고 내려온다. 옥피리를 연주하며 옥호리병을 갖고 서로 돌아보니, 산 사람과 시골 노인이 흰 머리에 긴 눈썹을 하고 학창의(鶴氅衣)를 걸치고 화양건(華陽巾)을 쓴 것 같다. 어떤 것은 지팡이를 짚고 멀리 보며, 어떤 것은 마주하고 바둑을 두며 거만하게 속세를 바라보며 생애를 마치려고 하는 것 같다. 어떤 것은 단정한 사람과 바른 선비가 옷과 띠를 두르고 몸을 펴고 손을 맞잡으며, 천천히 나아가 제사 지내는 데서 주선(周旋)하고 읍양(揖讓)하는데, 풍모와 기품이 늠름하여 경박한 자를 엄숙하게 할 수 있는 것 같다. 어떤 것은 삼군(三軍)의 흰 의기(義旗)가 당당한 것과 같다. 온 나라가 모이니 병사와 말은 날래고 용맹하여 북을 울리며 양쪽의 성채 사이로 행군하여 나가는데, 날카로운 창과 긴 창 짧은 칼이 수백 리에 빽빽하게 늘어서 있고, 호랑이와 표범, 물소와 코끼리 무리들이 앞과 뒤에서 부딪치며 뛰어올라 기세를 도와주는 것 같다. 그런데 이것은 특별히 산의 안쪽을 말한 것이다.

산의 바깥으로 제일 웅장한 것은 동·남·북 세 면으로 모두 끝없는 흰 파도인 큰 바다와 같은 것인데, 흰 산과 함께 같은 색이다. 큰 파도는 돛을 차고 넘어갈 수 있어 흰 달과 붉은 아침 해에 눈 앞에서 끓어오르는 것을 셀 수 있으니, 아침저녁으로 기이한 경관을 제공해준다.

금강산의 만이천봉이 동쪽으로 가다가 바다 남쪽에 멈추어 이 산과 만나는 것은 연꽃이 흰 구름이 서로 연결된 곳에서 새로 나오는 것 같다. 여러 봉우리들이 나오는 것이 높은 누각에 앉아서 담 밖에 달리는 수많은 말 탄 사람을 보는 것과 같은 것은 양양의 천후산(天吼山)이다. 물가에 깃발이 서 있는 하나의 우산은 간성(杆城)의 청간정(淸澗亭)이다. 점점이 소라처럼 저녁 놀 사이에서 뜨거나 가라앉는 것은 바다 가운데의 칠성봉(七星峯)이다. 나머지 높은 산과 먼 산은 아득하니 개미집 같아 있는 듯 없는 듯하여 내려보면서 세지 않으려 한다.

우리나라의 전역는 다만 설악산의 그림자 안에 있고, 나라 밖의 산하는 또한 몇만 지역이 이 산에 의해 비춰지는지 알 수 없다. 내 눈이 다하는 곳은 단지 넓고 뻥 뚫려 위에 있는 것은 하늘이고, 아득히 하늘 주변은 바다가 된다. 단지 가슴속에 도(道)를 품은 사람이 거느릴 수 있지, 우리들의 안목으로는 수습할 수 없다. 동산(東山)에서 노(魯)나라를 보고 태산(泰山)에서 천하를 본 것[24]이 이와 같은지는 모르겠다. 그날 성인(공자)에게 말 타고 동쪽으로 가게 했다면 올라가 내려다보고 구역이 작다고 여기는 곳은 반드시 설악산이었을 것이다.

대개 우리나라의 땅은 형세가 남쪽 끝에서부터 동북쪽 높은 곳에 다다르는 것이 수천 리이다. 이 산에 이르러 아래부터 정상까지 곧게 올라간 것이 백 리이다. 우리나라 땅에서 산으로 이것보다 높은 것이 없다. 그런데 중첩된 산이 막고 수없이 빙 두르고 있다. 그래서 정상에 다 가서야 비로소 진면목을 만난다. 산 밖의 사방에서 이 산을 볼 수 없고, 오직 바다 상인이 사방의 세계를 분별할 수 없는 큰 바다에 이르면, 홀로 설악산의 봉우리가 우리나라의 동쪽에서 드러난다고 한다.

대개 높이로 말하면, 성인이 사람들보다 특별히 뛰어나 우뚝 서 있는 것 같아, 천하의 이치를 모두 주관하여 만물의 사정을 밝혀주지만, 아래에 있는 세상 사람은 그가 높은 것을 보지 못한다. 깊이로 말하면, 지극한 덕이 연못처럼 깊숙하여 모든 선을 모으고 많은 아름다움을 구비하고 있으나, 비단을 입고 홑옷을 덧입어 무늬가 드러나는 것을 싫어하는 것 같아, 사람들은 덕이 있는 것을 헤아리지 못한다. 밝음으로 말한다면, 심지(心志)가 밝게 빛나 하나도 사사롭게 얽힌 것이 없는 것 같아, 깨끗하고 순수하여 겉과 속이 환하다. 지조로 말한다면, 단단한 돌이 스스로 지키며 재주를 궤 속에 쌓아두고 팔지 않으며 세상을 피하고 알려지지 않는 것을 걱정하지 않고 후회하지 않는 것 같아, 굳게 있어서 뽑을 수 없다.

나는 이 산을 미처 보지 못하였을 때는 단지 산 중의 은자라고 생각했다. 그러나 보고서는 산 중의 성인(聖人)이라는 것을 알았다. 돌아보고 탄복하며 칭찬하고, 또 탄식하며, '무릇 명산(名山)으로 불리는 것은 비록 조

---

24) 『맹자(孟子)』 「진심 상(盡心上)」에 "공자가 동산에 올라서는 노나라를 작게 여겼고, 태산에 올라서는 천하를 작게 여겼다[孔子登東山而小魯, 登泰山而小天下.]"는 말이 나온다.

그마한 봉우리와 계곡도 반드시 이름이 있고, 큰 절과 조그만 암자가 서로 바라본다. 산은 또한 이것으로 더욱 드러나니, 곧 이 때문에 산이 높이 솟은 뭇 산보다 뛰어난 것이다. 그러나 산은 뛰어나고 못은 기이하나 아름다운 이름을 얻지 못하였다. 이것은 성인의 도(道)는 온전하고 덕(德)은 갖추어졌으나 하나의 재주와 하나의 기예로 부를 수 없는 것과 같은 것인가? 아니면 옛날에는 칭해졌으나 지금은 전해지지 않는 것인가?

대개 산 안에 절이 없고, 단지 청한자(淸寒子)가 거처하던 오세암(五歲庵)이 만경대(萬景臺) 북쪽에 있고, 심원사(深源寺)가 비로소 연옹에 의해 개창되었을 뿐이다. 옛날이나 지금의 유람하는 사람들이 의지하여 머물 곳이 없어, 깊은 산과 굽이 중 연옹이 이름 지은 것을 바르게 부르지 못하는 것은 이 때문이다.

간혹 읍의 수령으로서 시간을 보내다가 오는 자는 심원사에서 한 번 자고, 오세암을 방문하여 만경대에 오르고 스스로 이미 설악을 보았다고 생각하는 것에 지나지 않는다. 이것은 공자의 다재다능함만을 보고, 스스로 성인의 진면목을 안다고 허락하는 것과 다름이 없으니, 가소로울 뿐이다. 그러나 이 산에 또 무슨 손해와 이익이 있겠는가?

단지 생각하니 우리들이 이미 지극한 곳에 다 이르렀으나, 겨드랑이에 두 날개가 없어서 청봉에 날아오를 수 없어 한 칸을 아직도 도달하지 못하고 있는 것이다.

또 이틀 동안 지나온 수석(水石)은 단지 만분의 일이다. 나는 신흥사(新興寺)의 남쪽 식상암(食床岩)의 앞과 달마봉(達摩峯) 계조굴(繼祖窟)의 사이 같은 곳은 종종 곡백담(曲百潭)과 수렴동(水簾洞)보다 뛰어난 것이 많고, 또 청봉 동쪽 바위절벽은 만 길인데 위에 신선의 붉은 글씨가, "단군이 나라 세운 무진년보다 먼저 나서, 기왕(箕王)이 마한(馬韓)이라 일컬음을 직접 보았네. 영랑(永郎)과 함께 머물며 바다에 노닐다가, 또 춘주(春酒)에 이끌려서 인간 세상에 머무르네"라는 것이 있다고 들었다. 이것 이외에 기이한 구경거리와 자취가 깊은 곳에 저장되어 있는 것이 얼마인지 알지 못하고, 나는 두루 다니며 방문할 수 없다. 이것 때문에 오세암을 방문하여 만경대에 오르고서 그치는 자를 비웃으니, 오십 보 도망간 것으로써 백 보 도망간 사람을 비웃는 것에 가깝지 않은가?

의보가 말하길, "쌍폭을 다 보고 봉정에 앉았으면서 청봉에 오르지 않은 것을 흡족하게 생각하지 않는 자는 그대에게서 처음 봤습니다. 어찌 훗날 다시 신령한 산을 답사하여 보지 못한 곳을 다 볼 날이 없겠습니까?" 한다. 서로 보고 한바탕 웃었다.

대(臺) 위 오목한 곳이 조그만 우물이 되어서 감로수를 저장하고 있다. 따라서 서로 잔을 돌리니 맛이 매우 맑고 차다. 또 구멍 난 바위가 하나 있는데 닻줄을 매는 곳 같다. 그 아래 뚫린 두 개도 완전히 닻줄 매는 곳이다. 전하길 위와 아래의 흔적은 우(禹)임금의 발자취가 지나간 곳이라 한다. 그런데 비록 홍수의 시대에 물이 이 꼭대기를 잠기게 한 것이 없다고 하더라도 선천(先天) 때의 일이 아닌가?

대(臺)에 앉아 있으니 해가 옮겨가는데 생각은 끝이 없다. 따라온 중이 재촉하여 일어나 사암(獅岩) 서쪽 아래로 쫓아가니 이른바 가리왕탑(歌利王塔)이 있는데 하늘이 만든 것이다. 또 이른바 팔만대장경암(八萬大藏經岩)을 지나는데 참으로 만 축(軸)의 책갈피가 시렁에 쌓여 있는 것 같아, 면면이 가지런하다. 숲을 뚫고 눈을 밟고 가는데, 눈 가운데 마른 잎은 반이 잣나무 떨기이다.

5리쯤 내려가니 계곡물은 43길의 와폭(臥瀑)을 만든다. 먼젓번의 쌍폭은 아니지만 이것 또한 산속에서 기이함을 떨친다. 또 5리를 내려가 큰 시내를 만났는데, 봉정 북쪽에서 흘러온다. 또 수십 길의 와폭을 만드는데, 뚫리면서 바위가 평평하니 다시 수렴(水簾)과 같다. 하나의 물이 계곡 서쪽에서 흘러오는 곳에 기이한 바위가 있다. 만나는 곳 가운데에 처하여 하나의 정자를 둘 만하다. 앞에 큰 굴이 있는데 가야굴(迦倻窟)이라 부른다. 시험 삼아 북쪽에서 흘러오는 물을 따라 올라가자 연이어 6~7개의 뛰어난 못을 만나니, 그 위에 굽이마다 기이한 것이 있음을 알겠다. 그러나 이날은 반드시 심원사로 되돌아간 이후에야 노숙하는 것을 면할 수 있다. 그래서 그만두고 다시 내려와 가야굴에 이름을 적었다.

대개 여기부터 서쪽으로 가면, 여섯 번 고개를 넘으면서 오세암에 이르고 만경대에 오를 수 있으나, 달리 다른 승경이 없다. 여기서부터 곧바로 내려가면 유홍굴과 합쳐지는 곳에 이르며, 수석(水石)이 모두 아름답고 뛰어나다. 그 사이의 폐문암(閉門岩)은 더욱 기이하고 장엄하니 수렴동에 없는 것이다.

의보가 말하길, "반나절 사이에 두 개를 겸하기 어렵습니다. 만경대는 단지 봉정 아래에 있는 하나의 바람과 먼지입니다. 이미 봉정에 올랐으니 다시 만경대에 오를 필요가 없습니다. 차라리 폐문암을 지나는 것이 좋습니다"라고 한다.

드디어 조그만 석문(石門)을 쫓아 기울어 있는 벼랑과 급한 비탈을 나왔다. 걸어서 내려가는 것의 어려움이 오를 때보다 더욱 심하다. 늙은 잣나무와 긴 소나무가 저절로 넘어져 다리를 만든 곳을 만나 의지하여 건넜다. 험한 못과 폭포가 곡백담과 같다. 구유통 모양과 같은 못이 있는데 깊고 넓은 것이 흑룡담(黑龍潭)보다 배가 된다.

10여 리를 가자 해는 기울고 배고픔은 심한데 밥을 지고 있는 중이 먼저 가서 쫓을 수 없다. 당귀(當歸)와 석포(石蒲)로 배를 채우고 다시 한 움

큼 물을 떠서 마시니 입은 더욱 시
원하고 상쾌하다. 3~4리를 가서
밥을 지고 있는 중을 만났다.

또 몇 리를 가자 양쪽의 벽이 물
을 끼고 우뚝 마주서서 계곡을 웅
장하게 누르고 있다. 높이는 천 길

입모암

가량 되고 넓이는 거의 1리가 된다. 이른바 폐문암이다. 형세는 서로 협
력하며 함께 서 있으니 덕(德)이 있어 외롭지 않은 것과 같다. 선생(先生)
께서 일찍이 말하시길, "이곳에서 '정자(程子)의 경(敬)과 의(義)가 좌우에
서 자신을 잡아주면 곧바로 위로 올라가니, 천덕(天德: 성인의 덕)에 도달한
다'는 말을 외웠다"고 하셨다. 나는 이곳에 이르러 홀연히 들은 것을 기억
하고 우러러보며 관찰하고 내려보며 읽으니 과연 똑같은 기상이다. 양쪽
벽의 옆에 각각 돌구멍이 있어 깊이는 한 자 정도 되는데 이 문의 지도리
라 한다. 이것은 탑대가 배를 묶는 곳이라는 말과 서로 비슷하게 허망하
기는 하지만, 또한 괴이하다.

또 이른바 입모암(笠帽岩)[25]이 있다. 스스로 층진 단을 만들고, 위에 우
산 모양을 건너 질렀으며 집과 천장, 방과 창문이 갖추어지지 않은 것이
없다. 비록 기술 좋은 장인이라고 하더라도 미치지 못한다. 단지 사방에
서 지탱하는 기둥이 짧고 작아 들어가 처할 수 없다. 그래서 단지 그 위
에 삿갓 모양을 취하여 이것으로 이름을 붙였다 또 양쪽의 큰 돌이 물을
걸치고 마주하여 서 있는데, 위는 합쳐졌고 아래는 열렸다. 완연히 넓고
큰 집이니, 옥암(屋岩)으로 이름 짓기에 마땅한 것이 이것이다.

---

25) 입모암(笠帽岩) : 천왕문 밑에 있는 모자 모양의 바위이다.

이것 이외에 바위의 모양은 한결같이 어제 지나온 것과 같아서 이름 붙여 형용할 수 없는 것이 셀 수 없다. 드디어 입모암과 옥암 두 바위 표면에 이름을 썼다. 오늘 모두 네 번 이름을 썼는데, 옥암에 이름을 쓴 것은 회보(晦甫)이고, 나머지는 모두 내가 직접 썼다.

유홍굴에 아직 이르기 전인 5리쯤에 나는 동행하는 사람에게 말하길, "폐문암의 뛰어난 경치는 대강 짐작하여 아니, 거의 다한 것입니다. 여기서부터 다시 오세암으로 가면 어떤 길을 취해야만 가능합니까?" 하니, 따르던 중이 폐문암보다 높은 폐문암 오른쪽의 한 봉우리를 가리키며 말하길, "이것이 이른바 만경대인데, 만경대 뒤가 오세암입니다. 그런데 여기서부터 곧바로 올라갈 수 없고, 내려가다가 유홍굴에 이르러 다시 북쪽으로 10여 리 올라가야 합니다. 시간과 힘이 부족한데 어찌합니까?" 한다. 내가 말하길, "이 산에 들어오고 청한자(淸寒子)의 옛 거주지를 뵙지 않는 것은 수양산(首陽山)을 지나가며 백이(伯夷)가 지은 집에 들어가지 않는 것과 같습니다" 하였다.

동행하는 사람 중에 어떤 이는 예전에 갔었고, 어떤 자는 아직 보지 못했는데, 모두 날은 저물고 다리는 피곤하여 갔다가 돌아올 수 없다고 사양한다. 내가 동행하는 사람들보다 먼저 빨리 걸어가니, 단지 중 사균(思均) 한 명이 따른다. 중이 말한 것과 같이 유홍굴부터 다시 북쪽으로 가서 원명암(圓明庵)[26]을 지났다.

계속 높은 벼랑을 오르니 소나무와 전나무가 우뚝 서 있고, 가지는 곧게 하늘로 뻗으니 늠름한 것이 범접할 수 없는 형세다. 황홀하여 그분의

---

26) 원명암(圓明庵) : 영시암과 오세암 중간에 위치했던 암자이다.

세한(歲寒) 같은 지조와 절개를 뵙는 것 같다. 오세암에 이르니 암자는 비어 있다. 지난 일을 물어보려고 했으나 구름과 더부룩한 풀 속에 아득하여 알 수 없다. 암자 이름이 오세암인 것은 당시에 오세신동(五歲神童)이 있어서 칭한 것이다. 또 영축암(靈筑庵)이라 부르기도 한다. 지금 이 노선생과 떨어진 것이 다시 몇 년이지만 옛 집은 아직도 남아 초동목수(樵童牧叟)가 앞에서 머뭇거리며 방황하게 하지만, 채미(採薇)의 유허(遺墟)가 아직 남아 있는지 모르겠다. 아직도 이것이 있는가? 다시 서산(西山)에 올라 두 사람의 남아 있는 자취를 찾으려 했으나 멀어서 이를 수 없다.

여기서 청한자(淸寒子)가 일찍이 시를 지었으니, "맑은 강에 발 씻고 흰 모래에 누우니, 마음은 고요하여 무하향(無何鄕)에 드네. 하늘은 눈 같은 물결로 귀를 떠들썩하게 하여, 인간 세상의 잡다한 일을 듣지 못하게 하네[27]" 하였다. 드디어 세 번 읊조리고 다시 머뭇거리며 차마 떠나지 못했다. 사균이 산속의 해가 거의 지려 한다고 알리며 다시 재촉하여 만경대에 올랐다.

온 산의 진면목은 모두 봉정에서 감상한 것이다. 나머지는 십이폭동이 앞 봉우리에 의해 가려졌다. 그러나 새로운 모습을 추가로 만났으니 청봉 북쪽 4~5개의 기이한 봉우리와 남쪽 오색령(五色嶺)의 빼어난 색은 잃었던 것을 보충할 수 있다. 또 줄 지어 있는 산굴과 층진 바위를 봉정부터 굽어보았을 때 겨우 산꼭대기만 드러냈는데, 만경대에선 밑 부분이 보였다. 하물며 아침 노을과 저녁 구름의 드러난 모습이 각기 다르니 이미 봉정에 올랐다고 여기를 소홀히 할 수 없다.

---

27) 홍유손(洪裕孫)의 『소총유고(篠叢遺稿)』에 「제강석(題江石)」이란 시가 있다. "濯足淸江臥白沙, 心神潛寂入無何, 天敎風浪長喧耳, 不聞人間萬事多."

드디어 나는 듯 내려가 절에 이르니 먼 산은 어두워지고 달빛은 절의 뜰 가운데로 막 들어온다. 동행했던 사람들은 내가 반드시 오세암이나 원명암 두 암자 중에 머물 것으로 여기고 다시 남아 기다리지 않았다. 누대에 앉아 저녁밥을 마주하고 있다가 내가 오는 것을 보고 모두 암자에 이르지 못하고 중간에 돌아왔다고 여겼다. 오세암 가운데의 남겨진 자취와 만경대 위의 새로운 볼거리를 전해주자 온 절의 중들이 모두 놀라고 기이하게 여기며 날아다니는 중도 미치지 못할 것이라고 여긴다.

이날은 60여 리를 갔다. 봉정부터 절까지 40리이고, 오세암을 왕복한 것은 20리가 더 된다.

9일. 일찍 밥을 먹고 한계(寒溪)로 향하려고 하니, 날씨가 맑다. 중들이 말하길, "산행에서 맑은 날을 만나기 가장 어려운데, 산과 인연이 있는 것 같습니다" 한다. 절 앞에서 다시 계곡을 따라 몇 리쯤 내려가서, 큰 시내를 버리고 동남쪽 대승곡(大乘谷)[28]으로 들어갔다. 계곡 입구의 물은 기이한 폭포를 만든다. 폭포 위의 조담(槽潭)은 앞서 본 것에 비해서 뛰어나며, 또한 흑룡담(黑龍潭)으로 부른다고 한다. 여기서부터 견여를 버리고 절벽을 걸어서 올라갔다.

곧바로 20리를 가니 이른바 저령(猪嶺)[29]이다. 이 사이에 빛나는 자줏빛 줄기와 푸른 잎의 지초(芝草)가 많이 생산 되는데, 먹을 수 있다. 좌우에서 캐니 맑은 향기가 입에 가득하다. 고개 마루에 다 올라가 동쪽으로 푸른 바다를 보니 매우 넓다. 북쪽으로 설산(雪山)을 보니 줄 지어 있다. 가리대악(迦刹大岳)은 눈을 이고 내 앞에 서 있어 곧바로 볼 수 있다. 비로

---

28) 대승곡(大乘谷) : 흑선동계곡을 말한다.
29) 저령(猪嶺) : 대승령을 가리킨다.

흑선동 입구

소 이 몸이 이미 한계산의 높은 곳에 있음을 깨달았다. 고개 위에서 산보를 하니 수많은 봉우리에 쌓인 눈 때문에 상쾌한 기운으로 적셔지고, 멀리서 불어오는 바람 때문에 답답한 마음이 씻어진다.

다시 남쪽 비탈을 따라 곧바로 내려가니 나무는 대자리 같은데 모두 고사목처럼 빳빳이 서 있다. 차츰 몇 리 내려가자 나뭇잎은 막 싹이 트고 진달래꽃은 꽃망울을 맺고 있다. 비로소 새 봄 소식이 있다. 또 점차 내려가니 조금씩 푸르러지면서 붉은 꽃을 피우니 온 산 가운데 사계절의 경치가 발걸음을 따라 제각기 드러난다.

10여 리를 내려가서 상승암(上乘庵)과 대승암(大乘庵) 두 절터를 지나고 바위를 쓸고 앉아서 함께 밥을 먹었다. 다시 조금 가자 산의 눈은 은은한데 소리가 나지막하게 들린다. 가까이 이르러 점차 북쪽으로 가서 서둘러 관폭대(觀瀑臺)에 앉았다. 서쪽으로 돌벼랑을 마주하고 있는데 제일 높으면서도 넓으며, 아래의 깊이는 헤아릴 수 없다.

위에 향로봉(香爐峯) 한 봉우리가 있으며, 물은 그 사이에서 나와 곧바로 떨어지는데 떨어지는 곳을 알 수 없다. 연옹이 일찍이 중에게 돌을 끈으로 묶어 밑으로 내려 멈춘 다음에 물이 떨어진 곳을 알 수 있었으니, 170여 줌[把]이었다. 이른바 여산(廬山)의 삼천 척은 족히 말할 게 못 된다.

절벽 위 돌 입구의 모양은 물동이 귀 같아 무척 길다. 물은 귀 끝에서 떨어지기 때문에 떨어지는 곳은 바위 표면과 사이를 두고 떨어져 곧바로 허공에 걸린다. 그래서 흩어지는 것은 엷은 안개 같고, 떨어지는 것은 소나기 같다. 바람을 따라 좌우로 마음대로 휘도는데, 바람이 세게 불면 어지러운 구름이 이리저리 떠돌고, 바람이 위로 불면 맑은 하늘에 무지개가 곧게 펼쳐진다. 햇빛이 비치는 절벽을 나는 듯이 지나가면 붉은 햇빛이 더욱 빛나고, 그늘진 벽면으로 돌아가면 흰 물결과 함께 그림자를 감춘다. 언뜻 보는데 나타났다 사라지고 잠깐 사이에 수많은 모양을 띤다.

중 한 명을 보내 물의 상류를 막은 후 물이 차기를 기다렸다가 터뜨리게 해서 소리와 형세를 돕게 했다. 또 절벽 위에서 큰 돌을 굴리니 돌이 물과 함께 떨어져서 한참 뒤에 천둥이 몇 차례 치는 소리가 나는 것이 들린다. 내려다봐도 볼 수 없는 가운데로 백 리를 흘러 내려가는 것 같고, 양쪽 절벽은 갈라진 것 같아 진실로 기이한 경관이다.

관폭대 바위에 구천은하(九天銀河)란 네 개의 큰 글자를 새겼는데, 곡운(谷雲)의 팔분체(八分體)이다. 관폭대 왼쪽으로 바로 내려가면서 두 절벽 아래를 옆으로 보니 고요하여 물소리가 없다. 다만 깊고 어두워 저승에 가까이 있는 것 같이 두렵다. 일행이 모두 서서 걸어갈 수 없어 앉아서 내려갔다. 10리쯤 내려가 급한 벼랑이 다하자 산봉우리를 하늘로 보내고 몸은 땅에 닿았다.

한계사는 층진 봉우리를 등지고 큰 시내에 임해 있다. 두 암자터를 쳐다보니 더욱 뛰어나다. 절은 새 불에 타고 묘탑(妙塔)은 주춧돌 아래 홀로 서 있다. 이곳은 자령전(自寧田)인데, 시내 동쪽의 마을은 연옹이 처음 살던 곳이다. 앞길을 내려다보니 노비들이 시냇가 나무에 말을 매어놓고 기다린다. 견여를 매던 중과 각기 여행 배낭을 나누고 헤어졌다. 나무 사이에서 잠시 쉬면서 시간을 보냈다.

동쪽에서 차례대로 산이 뻗어 온다. 대개 산은 오색령 서쪽부터 웅장하고 뛰어난 것이 큰 물을 끼고 달려오는데 모두 25리이다. 여기에 이르러 더욱 우뚝 일어나 벽처럼 서서, 쳐다보아도 꼭대기를 볼 수 없다. 소나무와 전나무는 곧게 서서 위로 우뚝 섰는데 가지가 없어도 끝을 볼 수 없다. 단지 푸르고 울창하여 하늘이 산 위에 있는지, 산이 하늘 위에 있는지 알 수 없다. 또한 나무가 산보다 높은지, 산이 나무보다 높은지 알 수 없다. 이러한 기이하고 웅장한 것은 설악(雪岳)에서 보지 못한 것이다.

의보가 말하길, "여기부터 서쪽으로 30리는 한결같이 이처럼 웅장합니다. 다시 걷는 수고를 할 필요가 없습니다. 채찍질하며 달려 흐르는 물을 따라가며 좌우를 돌아보며 말 등에서 호탕한 기운을 느끼는 것이 족할 것입니다" 하였다. 드디어 기쁜 마음으로 말을 타고 밭 가는 농부를 불러 오게 하니, 서상건(徐尙建)이 말 앞에서 대비했다. 서상건에게 북쪽으로 향로봉(香爐峯) 밑에서 조금 서쪽에 마주하고 서 있는 것을 가리키며 물으니, "이것은 폐문암입니다"라고 한다. 또 서쪽에 특별히 높은 것을 가리키며, "이것은 만경대입니다"라고 한다. 이것은 설악과 같다. 대개 산은 충분히 뛰어난 곳에 이르면 반드시 관문을 설치해서 속세의 자취를 끊고, 또 대(臺)를 놓아서 선경의 구경거리를 갖추니, 조화옹이 주었다 빼앗는 것은 우연이 아닌 것 같다.

몇 리를 가서 동쪽으로 가리산 서쪽 네 개의 각이 있는 하나의 봉우리를 가리키며, "이 봉우리는 사각봉(四角峯)으로 부릅니다"라고 한다. 또 5리를 가서 다시 북쪽으로 절벽 위에서 내려오는 폭포를 가리키며, "이것은 옥녀담(玉女潭)[30]입니다. 위에 김부왕성(金傅王城)[31]과 문, 담과 주춧돌이 아직도 완연합니다"라고 한다. 내가 듣기를 인제현 남쪽에 이른바 김

---

30) 옥녀담(玉女潭) : 김수증이 말한 옥류천을 가리킨다.
31) 김부왕성(金傅王城) : 한계산성을 말한다. 김부는 신라의 마지막 왕인 경순왕(敬順王)의 이름이다.

부왕동(金傅王洞)이 있다는데, 아마도 당시에 여기서 피해 살며 험한 곳을 의지해 성을 쌓고 궁색한 목숨을 맡긴 것 같다.[32]

드디어 말에서 내려 바위를 잡고 올라가 제2폭포에 이르렀다. 깊은 못이라 바닥이 안 보인다. 그 위는 나아갈 수 없다. 다만 바위틈으로 흰 물결이 돌을 뚫고 쏟아져 나오는 것만 보았다. 이 사이에 거처를 마련한 것은 귀신의 공로인 것 같다.

또 몇십 리를 가니 비로소 산이 열리며 들판이 나온다. 산의 모습을 돌아보니 산의 뾰족한 봉우리 천만 개가 다 드러나는데 사람과 같다. 하루 종일 좁은 길을 따라갔다. 단지 보이는 것은 양쪽의 담과 집 모퉁이다. 사거리로 통하는 큰 길로 나간 연후에 구름에 잇닿은 뛰어난 집과 엇갈린 용마루, 나는 듯한 누대가 모두 보인다. 형세는 붉은 깃발 하나가 서자 수많은 깃발이 그림자처럼 따르고, 한 번 북이 일제히 울리자 화를 내며 바라보며 울분에 차 있는 것 같다. 어떤 것은 주먹을 떨치고 일어선 듯, 눈을 부릅뜨고 돌아보며 꾸짖는 듯, 머리에 투구를 쓰고 진지로 돌진하는 듯, 긴 창 휘두르며 쏜살같이 달리는 듯하다. 저번에 원통 교외에서 본 것은 다만 대롱으로 하늘을 본 것이다.

한계산은 설악산의 초입에 있는데, 기이하고도 장엄하여 모든 것을 다 드러낸다. 그런데 예전에 유람하는 사람은 설악이 있기 때문에 이 산에 와서도 많은 봉우리가 모두 이름이 있으며, 설악과 다르다는 것을 알지 못한다. 그리고 농사짓는 사람이 대답할 수 없는 것이 하나의 흠이다. 그러나 단지 기세의 웅장함을 취하여 특별히 나의 마음을 크게 하면 되니,

---

32) 이 곳에서 마의태자가 한동안 지냈다는 전설이 전해져 온다.

어찌 봉우리의 이름을 알고 알지 못하는 것에 신경 쓰겠는가?

회보(晦甫)가 말하길, "일찍이 설악산에 따라왔다가 이곳을 지나는데 온 산에 붉은 비단이 펼쳐진 것 같아 문득 이때 본 것이 뛰어나다고 여겼습니다. 이것은 따로 하나의 품격이니 남아서 가을을 기다렸다가 다시 완상하는 것도 괜찮습니다"라 한다.

와천촌(瓦川村)[33]에 들러 말을 먹였다. 따르는 자가 점심을 내왔다. 고원통(古圓通)에 이르러 첨봉(尖峰) 아래를 지났는데, 바로 저번에 내가 말한 '뛰어난 소년'이라 말한 산이다. 한계와 설악의 두 물이 이 앞에서 합쳐진다. 산을 의지하고 흐르는 물에 임해 하나의 정자를 놓는다면 두 산의 뛰어난 경치를 모을 수 있다.

하류를 건너 원통 근교에서 남쪽으로 10여 리를 갔다. 험한 길 하나를 지나고 조그만 고개를 넘어 덕촌(德村)의 광악산(廣岳山)에 이르니, 산색은 이미 어두운 나무 속에서 어렴풋하다. 그래서 선생님이 주렴을 걷던 곳에 들어가 앉을 수 없었다. 단지 소나무 옹이에 붙인 불 속에서 집 모퉁이 배나무를 보고, 돌다리 위에서 문 밖 샘물 소리를 들었다. 마을에서 횃불을 구하고 합강(合江)의 배를 불렀다. 정자 위는 달빛이 있고, 정자 아래는 물결이 빛난다. 산행(山行)한 4일째 밤에 배를 띄우니 또한 기이한 일이다. 광보(光甫) 형제와 소나무 사이에서 헤어지고, 다시 상도(尙道)로 들어왔다.

이날은 90리를 갔다. 대승곡(大乘谷)을 오르내린 것이 합하여 40리이다. 말을 탄 이후는 50리이다.

---

33) 와천촌(瓦川村) : 한계리의 옛 이름이다.

10일. 맑음. 의보와 일최암(一㝡庵)에 한가하게 앉아 있으니, 광보 형제가 늦게 왔다. 함께 합강정에 올랐다가 배를 띄우고 용연(龍淵)으로 내려가려고 했다. 마침 창고의 곡식을 내어 흉년을 구제하는 것을 만나, 나루의 배는 곡식을 싣고 백성들은 왔다 갔다 해서 다른 배가 없기 때문에 광보 형제와 어울리지 못했다. 이에 이끌고 영소관(靈昭館)에 이르러 술과 안주를 차려 대접한다. 앉아서 바라보니 무너진 담과 가시로 엮은 처마에서 굶주린 참새는 어지러이 지저귀고, 문 밖에 소나무로 울타리 친 집은 백 가구가 되지 않아 관사(官舍)가 있는 곳 같지 않다.

잠시 후에 석양이 산에 비치는데, 일산을 펼치고 태평소를 불면서 들어오는 자가 있으니 태수[34]가 곡식 나눠주는 일을 마치고 돌아오는 것이다. 우리가 빈관(賓館)에 있는 것을 알고 안부를 묻고 의보와 들어와 인사하고 머무르며 저녁을 권한다. 관청의 식사는 모두 산나물이다. 함께 설악에 대해 이야기하는데 태수도 심원사에서 한 번 잔 자이다. 이야기가 절을 옮긴 데에 이르고, 중 각형(覺炯)이 눈물을 흘린 일에까지 이르렀다. 태수는 절의 중에게 나누어주려고 남아 있는 것을 치우지 말라고 한다. 다음날 돌아가는 길을 찾아, 작별을 고하고 돌아왔다.

---

34) 태수 : 1733년 당시 인제 현감은 김상규(金相圭)였다.

채지홍(蔡之洪, 1683~1741)

본관은 인천(仁川). 자는 군범(君範), 호는 봉암(鳳巖)·삼환재(三患齋)·봉계(鳳溪)·사장와(舍藏窩). 권상하(權尙夏)에게 배웠으며, 한원진(韓元震)·윤봉구(尹鳳九) 등과 친했다. 일찍부터 학문에 뜻을 두어 오직 경전의 연구와 의리학(義理學)에 평생을 바쳤다.

작품 해설

1740년 4월 1일 스승인 권상하가 시호를 받는 날 한원진, 윤봉구 등과 함께 관동 유람을 약속하고, 4월 17일 출발 오대산―대관령―송담서원―경포대―오죽헌―연곡역―동산역―양양―낙산사―의상대를 거쳐 27, 8일 설악에 머물렀던 기록으로 1742년 정기안의 「유풍악록」과 같은 경로이기에 비교해서 읽으면 보는 눈의 차이를 알 수 있다.

유람 행로

- **일시** 1740년
- **일행** 한원진, 윤봉구
- **일정 4월 27일** 상운역―신흥사, 사승교―식당폭포―와선대, 비선대―신흥사, 신흥사―내원암―계조굴―청간정

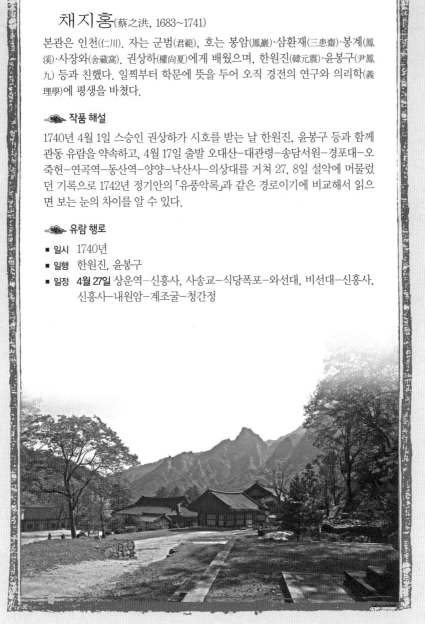

신흥사

하늘을 받들고 있는 바위가 땅으로 떨어지는 것만 같다

채지홍(蔡之洪), 「동정기(東征記)」

갑신일(甲申日). 상운역(祥雲驛)[1]을 지나서 몇 리 가지도 않았는데 십 리에 걸쳐 푸른 소나무가 있다. 바다를 옆으로 하고 해를 가리고 있는 것이 『지지(地誌)』가 말한 상운정(祥雲亭)의 소나무 숲 같지만, 소나무는 겨우 한 손이나 두 손에 들어올 정도이고 정자는 없으니 의심스럽다.

길에서 거리를 묻고 신흥사(神興寺)로 들어가는데 설악의 바깥 산이다. 바라보니 하늘 바깥으로 연꽃이 깎여 나온 것 같다. 참으로 대관령을 지난 후 처음 보는 것이다. 계곡 바깥에 사송교(四松橋)가 있다. 다리 아래 남쪽 물가의 푸른 절벽은 좋아할 만하고, 길 양쪽에 있는 푸른 나뭇가지는 맑고 그늘져 쉴 만하다. 막 계곡 입구로 들어가다가 서남쪽의 정상을 바라보니 가느다란 폭포가 수백 길 떨어지고, 수많은 봉우리는 깊고 험하여 가까이 가서 볼 수 없다.

절의 중들은 모두 자리를 엮는 것을 업으로 삼고 있어 살림이 조금 낫다. 건물은 자주 화재를 당해서, 아직도 탑과 절의 건물에 잿더미의 흔적이 많으니, 참으로 삼재(三灾)의 고난은 불성(佛聖)도 벗어나지 못한다. 들으니 금강산의 여러 사찰도 화재가 잦아서, 이르는 곳마다 같다고 한다. 그래서 오래된 것은 적고 새로 지은 것이 많다고 전해진다.

북쪽으로 10여 리 가니 식당폭포(食堂瀑布)가 나온다. 아래에 있는 것은

---

1) 상운역(祥雲驛) : 양양군에 있던 조선시대 역원이다.

와선대(臥仙臺)이고, 위에 있는 것
은 비선대(飛仙臺)이다. 와선대는
하나의 큰 너럭바위 하나가 시내
입구에 옆으로 누워 있으면서, 조
그만 폭포를 만든다. 비선대는 위
아래 폭포가 4~5보 사이에 있으
며, 연달아 쏟아 붇는 것이 서너 길

이며, 바로 깊은 못을 만든다. 바위 표면은 평평하게 퍼져 있어 백여 명
이 앉을 수 있다. 앞에 기이한 바위가 하늘을 받들고 있고, 높이가 백여
척 되는 바위 하나가 약간 구부리고 홀로 서 있는데 땅으로 떨어질 것 같
다. 그러나 오랫동안 그대로 있으니 더욱 기이하다. 비를 만나 못 옆 바
위 지붕 아래서 피하며 쉬었다.

　조금 있다가 신흥사로 되돌아왔으나 일행이 젖어 앞으로 갈 수 없어,
서쪽 요사채에서 머물렀다. 밤에 벽에서 좀벌레 소리를 듣고 무척 근심
했다. 중들이 촛불을 밝혀 새벽까지 있어서 편안하게 잘 수 있었다.

　을유일(乙酉日). 평탄한 길로 노비와 말을 돌려보내고 견여(肩輿)를 타고
사잇길로 가서 내원암(內院庵)[2]으로 들어갔다. 정색(精賾)이란 대사는 쌍
봉(雙峯)의 문도라고 스스로 말하는데, 얼굴이 자못 빼어나다. 덕소(德昭)[3]
가 오랫동안 대화를 했다. 그의 말을 듣고 그의 용모를 보니 이단을 공부
했으나 잘 성숙했음을 알 수 있다.

---

2)　내원암(內院庵) : 강원도 속초시 설악동에 있는 암자로 신흥사의 산내 암자이다.
3)　덕소(德昭) : 1682(숙종 8)~ 1751(영조 27). 한원진(韓元震, 1682~1751)의 자이다. 본관은
　　청주(淸州), 호는 남당(南塘)이다.

아! 삼대(三代) 이후에 도술이 분열하여 한당(漢唐)에 내려와 불교가 성행하였다. 비록 호걸지사(豪傑之士)라도 불교 속으로 빠지지 않는 자가 드물었다. 다행히 정자와 주자가 말로 이단을 물리친 공에 힘입어 공부를 한 선비는 다시 다른 학파의 의혹이 없었다. 그러나 인재(人才)가 아득하고 바른 길이 막힌 것이 이때보다 심한 적이 없는 것은 이욕(利欲)이 해친 탓이다. 오직 저 이단의 무리가 배움이 비록 바르지 않더라도 이욕에 대해서는 분수(分數)가 적다. 그래서 마음 씀이 이미 완전하여 공을 이루는 것이 쉽다. 비로소 이욕의 해로움이 이단의 배움보다 심하다는 것을 알게 되었다. 명분은 유학(儒學)을 하면서 이욕에 빠지고 아교와 옻칠 동이 속에 머리와 다리를 빠뜨리는 자들은 저 불자들보다 못하니 슬프구나!

천후산(天吼山)[4] 동쪽 기슭에서 계조굴(繼祖窟)에 이르렀다. 굴은 조그만 집 세 칸을 받아들일 정도인데, 노승 몇 명이 지키고 있다. 하늘 서쪽에 석벽이 가로 막고 있는데 석벽 아래서 맑은 샘물이 솟아 나온다. 앞에 높이는 한 길 정도 되고 넓이는 배가 되는 큰 바위가 있다. 위에 큰 돌 하나가 있는데 모양은 매우 둥글고 둘레는 한 칸 되는 조그만 집 같다.[5] 손으로 흔들면 약간 움직인다. 아마 부석(浮石)의 종류인 것 같다. 산의 이름은 천후산인데, 이 산 때문에 늘 바람이 있고, 소리가 우는 것 같다. 산 입구로 내려가니 수레와 하인이 와 있다. 앞으로 나가 청간정(淸澗亭)[6]에 도착했다.

---

4) 천후산(天吼山) : 울산바위를 발한다.
5) 흔들바위를 가리킨다.
6) 청간정(淸澗亭) : 강원도 고성군 토성면 청간리 해안에 있는 정자이다. 산록에 위치하여 설악산 골짜기에서 흘러내리는 청간천과 만경창파가 넘실거리는 기암절벽 위에 팔각 지붕의 중층누정으로 아담하게 세워져 있다. 관동팔경 중 수일경으로 손꼽힌다.

권섭(權燮, 1671~1759)

시조와 가사 작품을 남긴 조선 후기의 문인이다. 자는 조원(調元), 호는 옥소(玉所)·백취옹(百趣翁). 문집으로『옥소집』52책이 전한다. 안동권씨의 명문에서 태어난 그는 일생 동안 관직에 나가지 않은 채 여행과 문필로 보냈다. 우리나라 전역을 두루 유람하면서 느낀 감회를 그때그때 작품화했는데, 그의 문집에는 한문으로 표기된 작품과 국문 작품이 많이 실려 있다. 현재 시조 75수와 가사 2편이 전한다.

작품 해설

금강산을 유람하고 돌아오다가 한계산을 돌아보고 지명을 세세히 알고자 했으나, 비가 올 징조가 있어 결행하지 못하였다. 「한계설악유한기」는 제목 그대로 가볼 수 없어 한이 남는다는 글로, 예전에 한 번 답사한 기억과 들은 이야기들을 엮어놓았다.

유람 행로

예전에 한번 답사한 기억과 들은 이야기들을 엮어놓은 것으로 실제의 행로가 아니다.

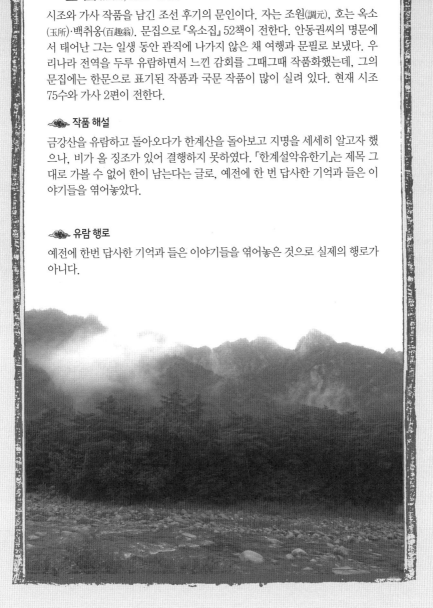

말하는 것은 직접 눈으로 보는 것만 못하리라

권섭(權燮), 「한계설악유한기(寒溪雪嶽遺恨記)」

경신년(庚申年:1740) 6월. 해산정(海山亭)에서 내려와서 금강산을 나와 인제의 합강정(合江亭)에 올라서니 무엇보다 지난 날 본 적이 있어 즐겁다. 설악산(雪嶽山)과 한계산(寒溪山)을 돌아보려 하니, 큰 집 조카가 아는 옛 관리 아무개들이 나와 기다린다. 가마는 이미 정비해놓고 피리도 대기해 놓았으나, 비가 내릴 징후가 산에 가득하여 갈 수 없다. 합강정 위에 올라가 앉아서 손으로 가리키며, "이 비안개만 아니라면 그 산을 볼 수 있을 것이다" 하니, 아전이 "동쪽 원통(圓通)으로 가서, 10리를 가면 낭계(朗溪)[1]이고, 20리를 들어가면 바로 산의 입구여서, 얼마 가지 않아 도착할 수 있고, 우비도 이미 마련되었으니 갈 수 있습니다"라고 한다.

내가 "낭계에서 10여 리를 가면 왜연(倭淵), 두타연(頭陀淵), 오봉산(五峯山)[2]이고, 또 10여 리를 지나면 잠기폭(潛基瀑)[3], 학암(鶴岩), 안회(按回), 부회(負回)이며, 또 10여 리를 지나면 황장곡(黃腸曲)[4]의 수석(水石), 사미대(沙彌臺)이고, 심원사(深源寺)가 있다. 이것은 꼬박 하룻길인데, 만약 궂은 비라도 내려 물이 불어나면 어찌하겠느냐?" 하며 사양하고 가지 않았다.

---

1) 낭계(朗溪) : 지금의 남교리를 말한다.
2) 오봉산(五峯山) : 두타연 뒤에 있는 오로봉을 말한다. 이곳에 삼연 김창흡이 백연정사를 짓고 살았다.
3) 잠기폭(潛基瀑) : 백담계곡 중간에 있는 폭포인 제폭을 가리킨다.
4) 황장곡(黃腸曲) : 황장폭포를 말한다.

슬퍼하면서, "백애(百厓)를 지나고 가노천(加奴川)을 건너서 반나절 온 것은, 다만 이 산을 다시 보려는 것인데, 조물주께서 이 같은 명산을 재미 삼아 진창으로 만들었으니, 기회가 주어져 또 명산에 들어가더라도 남이 나에게 베푸는 호의를 다하게 하고 나에 대한 충성을 다하게 하는[盡歡竭忠][5] 경계를 범하는 것이니, 마땅히 후회하지 말아야 한다"라고 하고는 다시 정자를 오르내리며 배회하였다.

그러다가 손으로 가리키며, "저 만월당(滿月堂), 백련암(白蓮菴)은 거듭 묵을 만하고, 선장암(仙掌岩), 금강연(金剛淵)은 다시 볼 만하며, 삼연옹(三淵翁)의 영시암(永矢菴)은 늘어선 희고 깨끗한 봉우리들을 마주하여 한 번 앉았다 하면 빨리 일어날 수 없고, 청룡담(靑龍潭), 백룡담(白龍潭), 흑룡담(黑龍潭), 유홍굴(俞泓窟), 천일대(天逸臺) 또한 어찌 소홀히 할 수 있는 곳이 겠는가? 수렴동(水簾洞)은 더욱 즐길 만하고, 삼연옹의 집 주변 또한 기이하다" 하였다.

그러자 아전이 "만경대(萬景臺), 사자항(獅子項)을 지나면 김동봉(金東峯)[6]의 오세암과 영취암(靈鷲菴)이 있고, 한문암(閑門岩), 대설악(大雪岳), 중설악(中雪岳), 소설악(小雪岳), 청봉(晴峯), 국사봉(國師峯)은 어찌 더욱 더 기막히지 않겠습니까? 유홍굴과 수렴동 위쪽의 십이폭포(十二瀑布), 봉정사(鳳頂寺)의 탑대, 사자봉(獅子峯), 대장암(大莊岩), 가야굴(伽倻窟)을 선비님께서도 다 아시지요?" 하였다.

---

5) 『예기(禮記)』 「곡례 상(曲禮上)」에 "군자가 남이 나에게 베푸는 호의를 다하게 하지 않으며, 나에 대한 충성을 다하게 하지 않는 것은, 사귐을 온전하게 하기 위해서이다[君子, 不盡人之歡, 不竭人之忠, 以全交也]" 하였다.

6) 김동봉(金東峯) : 매월당 김시습을 가리킨다.

내가 웃으며 "그만두세, 그만두세. 내 마음이 걷잡을 수 없을 듯하네" 하니, 아전이 또 "삼연거사(三淵居士)의 곡백담(曲百潭)이 가장 좋은데, 선비님 또한 아시지요? 청룡담 위 수렴담 아래 30리 사이는 물이 맑고 기이한데, 금강산의 만폭동과 비교하면 어떻습니까?" 한다.

내가 고개를 끄덕이며 "십이폭포 위의 30리가 또한 마하연(摩訶淵) 상류의 골짜기보다 훨씬 낫지" 하였다.

함께 이야기하는 동안 시간이 흘렀고, 내가 탄식하며 정자 끝으로 나가서, "한계산은 아주 가까우니 가기 어렵지 않겠구나" 하고, 말을 타려고 하다가 다시 그만두고, "운명이로다" 하였다.

대저 한계(寒溪)의 구천은하(九天銀河)[7]는 우리나라에서 으뜸이니 접때 한 번 보고 나서 몇 년 동안 꿈에서 오갔는데, 이윽고 산문에 이르자 들어갈 수 없으니 일흔 노인이 말 타기가 어찌 다시 쉬울까마는 죽기 전까지 여한이 오래도록 남을 것이니, 저 사미대(沙彌臺), 선근암(仙根岩), 조연(槽淵), 독희굴(獨喜窟), 대승점(大乘岾), 취대봉(鷲臺峯), 오색령(五色嶺), 만경대(萬景臺) 등이 밤낮으로 이 폭포를 호위하며 떠나지 않으니 얼마나 좋은 인연인가? 저 옥류천(玉流川)과 용생연(龍生淵)은 나를 끌어들이는 듯해 얄밉고, 폐문암(閉門巖)은 산을 깊숙이 닫아 걸었으며, 대승암(大乘菴) 중은 높은 곳에 앉아서 나를 비웃는 듯한데, 거기다가 산신령과 토지신이 내가 육십 년 동안 팔도(八道)의 명산대천(名山大川)을 다닌 사람임을 몰라주는 것이 한스럽다.

합강정 위에 오래도록 앉았다가, 은적암(隱寂菴)에서 승려 하나와 아전

---

7) 구천은하(九天銀河) : 대승폭포를 말한다.

을 불러 다시 가노천을 건너 순식간에 백애에 이르러 웃으며 헤어졌다.
가는 동안에 한계산과 설악산의 온갖 빼어난 경치들이 이미 가슴속에 들
어차 있었지만, 손으로 가리키고 입으로 말하는 재미는 직접 가서 걸어
다니며 눈으로 보는 것보다는 낫지 못하리라.

정기안(鄭基安, 1695~1767)

본관은 온양(溫陽). 자는 안세(安世). 호는 만모(晚慕). 시호는 효헌(孝憲). 초명은 사안(思安). 1728년(영조 4) 별시문과에 병과로 급제, 지평·정언·헌납·사간(司諫)·집의(執義) 등을 지내고, 1752년 동지 겸 사은사의 서장관(書狀官)으로 청(淸)나라에 다녀왔다. 대사간·중추부지사(中樞府知事)를 역임하고 기로소(耆老所)에 들어갔다. 문집에『만모유고(晚慕遺稿)』가 있다

작품 해설

지금도 일반 관광객에게 인기 있는 신흥사—비선대, 울산바위 코스를 다녀온 기문이다. 비선대에 많은 각자가 있는 반면, 와선대에서는 각자를 찾을 수 없는데, 정기안의 글을 통해 '와선대'에 각자가 있었음을 다시 한 번 확인할 수 있다. 내원암 스님 정색(精頤)에 대한 평이 1740년의 채지홍과는 사뭇 다르다.

유람 행로

- 일시 1742년
- 일정 9일 양양부 10일 낙산사의 이화정—신흥사 11일 식당암(와선대—비선대)—내원암—동석—계조굴—청간정

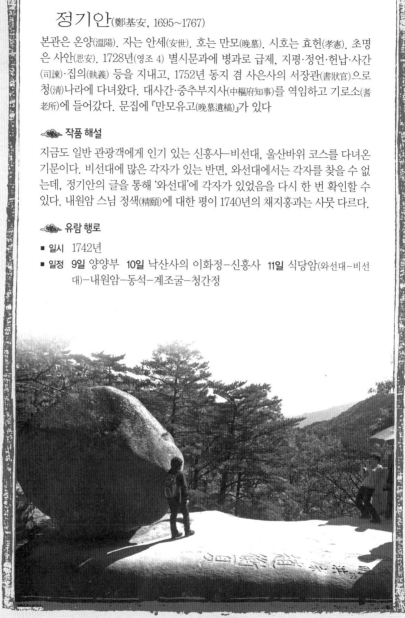

흔들바위와 각자

조화옹이 만들어 펼쳐놓은 듯하다

정기안(鄭基安), 「유풍악록(遊楓岳錄)」

을축일(乙丑日). 양양부(襄陽府)에
서 잤다.

병인일(丙寅日). 낙산사의 이화정
(梨花亭)[1]에 올랐다. 이곳은 올 여름
에 머물렀을 때 왔던 곳인데, 동쪽
으로 푸른 바다에 임하고 서쪽으로
여러 산들을 당기고 있어, 상쾌하

신흥사

고 넓으며 뛰어난 경관이다. 비록 백 번 올라도 싫증을 모른다. 신흥사에
이르러 숙박했다. 절은 설악의 바깥 산에 있다.

정묘일(丁卯日). 절의 뒤쪽으로 계곡물을 따라 올라갔다. 울창한 숲 속에
단풍나무와 삼나무가 빛나고 컴컴한 곳에 넝쿨은 그윽하다. 오솔길이 굽
어지면서 어둡고 아득한 곳으로 들어간다. 대략 10리를 가니 갑자기 선경
(仙境)이 넓게 트인다. 멀리 붉은 벼랑과 푸른 고개 안에서 콸콸 물소리가
들린다.

위로 시냇가에 펼쳐져 백여 명이 앉을 수 있는 너럭바위가 있는데, 세
상에서 식당암이라 부른다. 옆에 와선대(臥仙臺)라 새겨져 있다. 물빛은 맑

---

1)   이화정(梨花亭) : 낙산사에서 일출과 월출을 감상하고 풍류를 즐기던 공간이다.

고 밝으며 바위 표면은 밝고 반들
반들하다. 물로 양치질하고 희롱하
며 바위에 앉거나 누울 수 있다.

차츰 몇 리를 올라가니 바위는
더욱 기이하다. 깎은 듯 층져 있는
데 색깔은 모두 맑아서 좋아할 만
하다. 길이 끝나면서 누워 있는 바

내원암과 울산바위

위가 나타난다. 기울면서 펼쳐진 것이 수십 길이다. 그 위에 비선대(飛仙
臺)라 새겨놓았다. 서쪽에 벽처럼 서서 쌓인 것이 백 길이나 되는 봉우리
가 있다. 밑에서부터 꼭대기까지 돌인데, 늠름하게 우뚝 솟아 있어 범접
할 수 없는 모습이다. 동남쪽은 조금 낮아 설악의 여러 봉우리들이 멀리
보이는데, 구름 사이에서 우뚝 서서 층층이 나타나는 것이 은은하여 앉아
서 볼 수 있다. 바위 위에 앉아 술을 따르게 하여 몇 잔 마셨다.

몇 리를 내려와 산을 따라 동쪽으로 향하니 구불구불하고 험하다. 걷기
도 하고 가마를 타기도 하면서 5리쯤 가서 내원암(內院庵)[2]에 이르렀다.
위치는 매우 높으며 경계는 맑고 깊다. 건물과 안석에 한 점 티끌도 없으
니 참으로 불교에서 말하는 도(道)를 돕는 경계이다. 이름이 정색(精頤)인
중이 있는데 모습이 장대하고, 조용히 앉아 강설을 하니 중 중에 뛰어난
자이다. 함께 경전에 대해 말하고 도에 대해 토의하였는데 시간이 지나
도 끝이 없다.

---

2) 내원암(內院庵) : 강원도 속초시 설악동에 있는 암자로 신흥사의 산내 암자이다. 652년
(진덕왕 6)에 자장(慈藏)이 창건하여 '능인암(能仁庵)'이라 하였으나 698년(효소왕 7)에 불
타버렸다. 701년 의상(義湘)이 이곳에 선정사(禪定寺)를 짓고 아미타삼존상을 봉안하였
으나, 1642년(인조 20)에 다시 소실되었다.

비선대 각자들   계조굴 각자들

또 몇 리를 가니 수레 앞에 우뚝 선 산이 보인다.[3] 아래는 간 듯 평평하고 매끈한 큰 바위가 있는데, 천후산(天吼山) 세 글자가 새겨져 있다. 바위 귀퉁이에 큰 돌이 서 있는데 높이는 4~5길쯤 되고 크기는 백여 아름쯤 된다. 동석(動石)[4]이라 한다. 중이 말하길 이 바위는 한 사람이 흔들어도 움직이고, 백 사람이 흔들어도 더 움직이지 않는다고 한다. 시험해보니 과연 그러하다.

수십 보 올라가니 조그만 암자가 있는데 계조굴(繼祖窟)이라 한다. 굴은 큰 바위 아래에 있다. 집은 세 칸인데 대들보도 없고 서까래도 없으며, 기와도 없다. 큰 바위가 아래로 기울면서 덮고 있다. 대들보가 쳐다보며 이어져 있는 것이 가마가 집을 이고 있는 것 같다. 사방은 바위로 둘러싸여 있다. 앞에 석문이 펼쳐져 겨우 출입할 수 있다.

---

3) 울산바위를 가리킨다.
4) 동석(動石) : 흔들바위를 말한다. 계조암(繼祖庵) 앞에 소가 누운 모양을 한 넓고 평평한 와우암(臥牛岩) 또는 100여 명이 함께 식사를 할 수 있다 하여 식당암(食堂岩)이라 불리는 반석이 있고, 그 위에 흔들바위가 놓여 있다. 흔들바위라는 명칭은 한 사람의 힘으로 움직일 수 있지만 100명이 밀어도 흔들릴 뿐이라 하여 붙여졌으며, 와우암의 머리 부분에 있다 하여 우각석(牛角石) 또는 쇠바위라고도 한다.

암자 뒤에 석봉이 천 길 만 길로 줄 지어 서 있고, 우뚝하고 큰 바위와 절벽이 좌우로 바둑돌처럼 놓여 있다. 호랑이와 맹수가 쭈그리고 앉아 움켜쥔 곳 속에 있는 것 같아 둘러보고 놀랐다. 조화옹이 여기서 바로 힘을 써서 만들고 따로 펼쳐놓은 것이다.

천후산 바위에 앉아 있다가 잠시 후에 북쪽으로 산문(山門)을 내려와 청간정(淸澗亭)⁵⁾에 도착하여 숙박하였다.

---

5) 청간정(淸澗亭) : 강원도 고성군 토성면 청간리 해안에 있는 정자이다.

이복원(李福源, 1719~1792)

본관은 연안(延安). 자는 수지(綏之), 호는 쌍계(雙溪). 정구(廷龜)의 6대손이다. 1738년(영조 14) 사마시에 합격하고, 문음(門蔭)으로 양구 현감을 지내던 중에 1754년 증광문과에 을과로 급제하였다. 1772년 대제학으로 현종의 상호(上號)를 지어 바치고 영조에게서 호피(虎皮)를 상으로 받았다. 1773년 한때 사직했으나, 이듬해 다시 이조 참판으로 증광시 시관(試官)에 임명되고, 1775년 형조 판서에 제수되었다. 정조가 즉위하자 영조의 행장·시장(諡狀)을 찬술하기 위한 찬집청(撰集廳)의 당상에 임명되었고 영조의 시책문(諡冊文)을 지어 바쳤다. 문장에 능했고, 특히 사명(詞命)에 뛰어나 정조가 신설한 규장각에서 활약하였다. 김익(金熤)과 동시에 재상에 임명되었는데, 두 사람 모두 소박한 선비 차림이었고 행실이 독실해 당시 유상(儒相)으로 불렸다 한다. 시호는 문정(文靖)이다.

🐟 작품 해설

이복원이 양구 현감으로 있었을 때, 인제에서 살인사건이 있어 사건처리를 위해 인제로 오게 된다. 이때 틈을 내어 설악산을 유람하고 「설악왕환일기」를 남겼다.

🐟 유람 행로

- **일시** 1753년
- **일정** **4월 13일** 양구현－두모령－갈로강－갈로현－인제현－장관청 **14일** 인제 동헌－합강정－가음진－삼령－현귀사 **15일** 현귀사－두타연－학암－ 광석－갈현－인가(지세남의 집)－조연－심은사지－수렴동－12폭포－쌍폭－ 사현－사자봉 아래－봉정암 **16일** 탑대－대장경봉－가야굴－오세암－영시암터(유허비)－갈현－현귀사 **17일** 현귀사－원통역－가음령－양구현 하동촌－양구현 관아

가음진

우연히 왔다가 좋아하게 되어 떠날 수 없습니다

이복원(李福源), 「설악왕환일기(雪嶽往還日記)」

계유년(1753) 4월 13일. 재종제(再從弟)인 현지(玄之) 이조원(李祖源)과 함께 양구현 관아를 출발하여 두모령(豆毛嶺)을 넘고 앞의 강을 건넌 후 역소에서 점심을 먹었다. 출발할 때쯤 인제에서 공급한 물품이 비로소 도착했다. 인제현에서 10리 못 미치는 지점에서 갈로강(葛路江)을 건너고 갈로현(葛路峴)을 넘었다. 고개가 끝나자 인제현이 비로소 보인다. 산 가운데에 들판이 열리고 큰 내가 현 앞을 휘감고 흘러나오니, 바로 설악과 한계가 합류하여 내려오는 것이라고 한다.

곧바로 동헌에 이르러 인제 현감 김성중(金成仲)[1]과 함께 이야기를 나눌 때, 홍천의 전 현감이었던 송익흠(宋翼欽)도 설악산을 탐방하기 위해 도착했다. 함께 산길의 거리와 유람하며 선후로 볼 만한 것을 물으니, 현감이 하나하나 자세히 알려준다. 이어 남여를 준비하라는 전령을 내렸다. 석식 후 장관청(將官廳)으로 나아가 묵었다. 이날은 종일 큰 바람이 불어서 배 위에서나 말 위에서나 모두 편안하지 않았다.

14일. 해가 뜨자 동헌으로 들어갔다. 전 홍천 현감 송익흠이 이미 와서

---

1) 김성중(金成仲) : 1699~1770. 호는 상고당(尚古堂)이며, 상산 김씨다. 이조(李朝) 중기의 화가로 육판서, 좌참찬(左參贊)을 역임한 김동필(金東弼)의 아들로 부유한 집안에서 태어났다. 높은 작품 감식안의 1인자로 자격을 갖추었던 그는 평생 동안 서화(書畵)·골동(骨董)과 좋은 작품을 수집하고 품평하는 데 미쳐 보낸 인물이다. 인제 현감으로 재직한 기간은 1749~1753년이다.

앉아 있는데, 먼저 한계로 향하다가 설악을 거쳐 영동을 돌아 나오려 한다고 말한다. 나는 이미 영동을 유람할 마음이 없었고, 또 한계의 길은 멀다고 들어서 곧바로 현귀사(玄龜寺)[2]로 갈 계획을 정하였다. 송익흠이 먼저 일어났고 나는 인제 현감과 함께 살인사건을 심문하였다. 추국한 문안 작성이 번잡하였고 등서하는 것이 너무 더디다. 그래서 조사보고서의 초안을 마치자마자 곧바로 출발하면서, 해당 아전에게 정서하게 하고, 산행을 갔다가 오는 것을 기다려 수결을 받으라고 했다.

현의 북쪽 소나무 숲으로 길을 잡았다. 숲이 끝나는 곳에 가부좌를 튼 작은 돌미륵이 있다. 그 아래로 조금 비스듬히 가니 위에 정자가 있는데, 바로 합강정(合江亭)이다. 해가 질까 걱정되어 지나치고 오르지 않았다.

가음진(加音津)[3]을 건너고 삼령(參嶺)[4]을 넘어 고개 아래의 촌점(村店)에서 말에게 먹이를 먹였다. 견여(肩輿)를 타고 시내를 따라 5리쯤 가니 시내와 돌이 이따금 뛰어나게 아름답다. 말을 타고 20여 리를 가니 비로소 현귀사가 멀리 보인다. 절의 중 4명이 가마를 준비하여 냇가에서 기다린다. 절에 도착하니 그리 볼 만한 것은 없다. 절은 매우 가난하고 중들도 적었으며, 새로 지은 법당은 기와 없이 나무로 덮었다.

이날도 하루 종일 바람이 불고 흙비가 내려 무척 근심하였다. 한 늙은 중이 앞으로 다가와 말하길 "이 산은 지금까지 오래도록 바람이 없던 적은 없었지만, 또한 연속해서 5~6일 동안 분 적도 없습니다. 요사이에 분

---

2) 현귀사(玄龜寺) : 심원사가 불타면서 이전한 절로 김창흡이 살던 백연정사 옆에 있었다.
3) 가음진(加音津) : 가아리에서 내려오는 물과 서화에서 내려오는 물이 만나는 곳에 있던 나루이다.
4) 삼령(參嶺) : 세거런이고개라고도 하는데 세 개의 큰 고개가 있다고 하여 붙여진 이름으로 원통8리에서 남교리로 가는 도중에 있다.

바람이 내일의 바람이 잠잠한 행운
이 될 것입니다"라고 한다.

석식 후 절의 뜰을 산보하다 남
서쪽 일대를 바라보니 산불이 끊이
지 않는 것이 만 개의 횃불을 늘어
놓은 것 같아 볼 만하다. 현귀사에
서 묵는데 양양 부사 이성억(李聖檍)

현귀사터

이 입산한 지 벌써 3일이 되었고, 내일 신흥사에서 관청으로 돌아갈 것이
라는 말을 들었다.

15일. 아침을 일찍 먹고 가마에 올랐다. 가벼운 식량은 가져가고 인제
의 조리사를 돌려보냈다. 여행 도중 가마를 따르는 자 중에 긴요하지 않
은 사람은 가려 줄였다. 시중드는 아전에는 김취광(金翠光), 공방엔 박지
청(朴枝靑), 통인엔 임취빈(任翠彬), 흡창엔 취성(翠星), 후배엔 말남(末男)과
노미(老味), 도척은 막동(莫同)이다.

두타연(頭陁淵)5), 학암(鶴巖)6), 광석(廣石)을 지나는데 계곡의 물과 돌은
모두 볼 만하나 중들은 입산 후에 가는 곳마다 이와 같을 것이니 굳이 가
마를 멈출 필요가 없다고 한다. 갈현(葛峴)7)을 넘으니 평지가 조금 보이는
데 대여섯 인가가 있다.8)

냇가의 나무 그늘에서 잠깐 쉬는데 한 노인이 지팡이를 짚고 와서 인사
를 한다. 나이를 물으니 91세이고, 아들이 있는데 또한 일흔에 가깝다고

---

5) 두타연(頭陁淵) : 오로봉 아래에 있는 못이다.
6) 학암(鶴巖) : 백담계곡에 설치된 다리 중 하나인 강교 옆에 있는 바위이다.
7) 갈현(葛峴) : 지금의 백담사 뒤에 있었던 고개 이름이다.
8) 백담사가 있는 평지를 가리킨다.

한다. 어떻게 보양해서 이렇게 장수를 누리
는지 물으니, 젊어서부터 부지런히 경작하
고 조석으로 채식을 했을 뿐 다른 것은 모른
다고 대답한다. 날씨가 좋지 않아 들어가 쉬
라고 권하니, 웃으면서 말하길 "젊어서부터
바람을 피할 줄 몰랐어도 일찍이 병든 적이
없었습니다. 더구나 나이가 이미 이 정도에
이르렀는데 바람을 쐬다 병들어 죽는다 한
들 또한 애석할 것도 없으니 피할 이유가 있
겠습니까?" 한다.

두타연

조연(槽淵)9)을 지나는데 못은 말구유 모양과 같으며 매우 깊고 넓다. 심
은사(深隱寺)10) 옛 터에 도착하니 주춧돌과 복숭아와 오얏 등 온갖 꽃들이
폈다. 중이 심은사가 황폐해지자 현귀사가 비로소 세워졌다고 한다. 심
은(深隱)과 현귀(玄龜)의 뜻을 물어보니 아는 자가 없다. 처음에는 폐문암
(閉門庵)11)을 보고 오세암(五歲菴)12)에서 묵고, 다음날에 봉정(鳳頂)에 올라
봉정암(鳳頂菴)13)에서 자고, 또 다음날에는 12폭포와 수렴동(水簾洞)14)을 따
라 내려오면서 노정을 분배하려고 했다. 다시 생각해보니 산속은 조만간

---

9) 조연(槽淵) : 황장폭포 위에 있는 못이다.
10) 심은사(深隱寺) : 심은사는 심원사(深院寺)의 오기인 듯 하다.
11) 폐문암(閉門庵) : 폐문암(閉門巖)의 오기인 듯하다.
12) 오세암(五歲菴) : 강원도 인제군 북면 용대리 설악산 만경대 아래에 있는 암자로 백담사
의 부속 암자이다.
13) 봉정암(鳳頂菴) : 강원도 인제군 북면 용대리 설악산 소청봉(小靑峰) 밑에 있는 절이다.
14) 수렴동(水簾洞) : 지금의 구곡담계곡을 가리킨다.

조연   심원사터

이라도 비바람을 알 수 없고, 혹시라도 봉정에 오르는 것에 실패한다면 비록 여러 승경을 두루 찾아볼지라도 설악을 보는 일을 이루지 못한 것이기 때문에, 오세암 길을 버리고 곧바로 수렴동을 취했다.

골짜기 속은 원래 분명한 길이 없다. 계곡 좌우는 모두 암석인데 큰 것은 넓고 평평하며 우뚝 솟았고, 작은 것은 종횡으로 날카롭다. 가끔 발을 붙일 곳도 없다. 골짜기에 들어오니 가마에 오를 일이 극히 적다. 편안한 옷을 입고 짚신을 신고서 깊은 곳을 뛰어넘고 높은 곳을 기어가며 조금씩 위험한 곳을 지났다. 번번이 땀을 닦으며 호흡을 안정시키고, 연거푸 생칡과 미숫가루를 먹고 계곡물을 마시며 목을 축였다.

오후에 수렴동에 도착했다. 중이 말하길 현귀사에서 이곳까지 40리이고, 오세암 앞길이 나뉘는 곳부터 이곳까지 역시 20리 가량 된다고 한다. 그 멀기가 반드시 이 정도에 이르지는 못해도 험난하고 고생스러운 것은 아마도 평지 길의 100리를 가는 것보다 심할 것이라고 한다.

산에 들어온 후에 수석(水石)과 산봉우리가 기이하고 빼어난 곳을 다 기록할 수 없다. 두타연, 학암, 광석, 조연은 모두가 우연히 이름이 있었기 때문에 기록한 것이다. 그 외에 이것들과 같은 곳은 매우 많지만 막연하게 이름이 없어 기록하려고 하여도 할 수 없다.

길이 갈라지는 곳부터 산봉우리의 기세와 돌 빛이 조금씩 다르게 느껴졌다. 수렴동에 이르자 사방의 절벽이 하늘로 뻗고, 계곡물 바닥에서부터 산 정상까지가 마치 한 개의 큰 돌로 깎아 만든 듯하다. 산의 중간 위로는 바늘로 꿰맨 틈조차 보이지 않는 하나의 큰 너럭바위이다. 나무가 우거진 숲은 모두 산의 중간 아래에 있는데, 듬성듬성하여 그리 무성하게 뒤덮인 정도는 아니다. 빙 둘러 늘어선 것은 병풍 같고, 뾰족한 것은 칼날 같다. 고고(高孤)하고 웅장하며 기괴하고 교묘하여 모양이 한결같지 않다.

또 하나의 산봉우리가 동구 밖으로 비스듬하게 은은히 비치는데 바라보자니 금강산의 중향산(衆香山)[15]을 방불케 한다. 산봉우리에 있는 돌 빛은 쑥색처럼 암백색과 담청색이고 물에 있는 것은 순백색이다. 물 또한 고여서 돌아 못은 깊은데, 위아래로 열 층이 포개진 것이 대체로 모두 그러하다. 상하층 사이는 모두 커다란 흰 돌이 있는데 가로로 잘려 넓은 것이 위에서부터 아래로 이어진다. 물은 돌 위를 따라 흩어져 퍼지면서 아래로 흐른다. 거의 물길이 끊어진 것 같지만 우수수 쏟아지는 것이 항상 비바람 소리가 들리는 듯하다.

시냇가에는 너럭바위가 있는데 수십 명이 앉을 수 있다. 너럭바위 위로는 또 높고 큰 바위가 몇 덩어리 있는데, 구부정하게 굽어 있어 폭우와 뜨거운 햇볕을 피할 수 있다. 자리를 깔고 그 아래에 앉아 솥을 설치하여 밥을 지었다. 현지(玄之)가 지팡이 끝에 붓을 묶어 암벽 위에 이름을 썼다. 밥을 다 먹고 일어서려 하는데 현귀사 중 4명이 양양 부사를 전송하고 신

---

15) 중향산(衆香山) : 금강산(金剛山) 철위산(鐵圍山)을 의미한다.

흥사를 넘어 밥을 싸서 뒤따라왔다. 서둘러 밥을 먹고 함께 출발하였다.

12폭포를 거슬러 올라가니 폭포수는 직각으로 떨어지지도, 비스듬히 떨어지지도 않으면서 어지러이 휘몰아치고 소용돌이치며 흐르는데, 그 모양이 한결같다. 봉우리 암벽은 수렴동과 같아 한걸음 내디딜수록 환상적인 모습이 더욱더 나타나고 더욱더 기이하다. 현지의 감탄 소리가 귀 뒤로 끊이질 않고, 통인과 흡창들 또한 박수치며 혀를 내두르지 않는 사람이 없다. 유독 중들만이 조금도 움직이지 않고 안색의 변화가 없다.

쌍폭(雙瀑)[16]에 도착하니 바로 12폭포가 끝나는 곳이다. 암벽의 위세가 가장 뛰어나다. 오랫동안 가물어서 물이 적기 때문에 뿜어대며 막힌 것을 발산하는 기세는 없어도 하늘거리는 모습은 좋아할 만하다. 수렴동에서 쌍폭까지는 매우 험준하다. 길이 끊어진 곳은 번번이 나무를 쓰러뜨려 이었다. 몸을 구부려 빈틈을 보면 아득하여 바닥이 보이지 않아 벌벌 떨며 지나갈 수 없다. 앞사람은 뒷사람의 팔을 잡아끌고 뒷사람은 앞사람의 허리를 받치며 가니 눈에 보이는 것 때문에 몸을 돌보지 못한다. 절실히 깨닫고 한바탕 웃었다. 중이 말하기를 물이 많을 때에는 돌이 미끄럽고 길도 없어져 거주하는 중들도 표류하고 물에 빠지는 낭패를 당하는데, 근래에는 다행히도 오랫동안 비가 내리지 않았다고 한다.

사현(獅峴)[17]에 도착하여 오랫동안 서서 다리를 쉬었다. 지나온 길을 돌아보니 아득하여 분별할 수 없다. 다만 아래에 첩첩 봉우리들만 보이는데, 모두가 향하고 있는 것이 기울어진 고깔 같아 우러러 바라볼 뿐 오를 수 없던 것들이다. 오후에 연이어 걷다 보니 기력은 다하고 햇볕은 점점

---

16) 쌍폭(雙瀑) : 쌍룡폭포를 가리킨다.
17) 사현(獅峴) : 구곡담계곡에서 봉정암으로 가는 길에 있는 고개이다.

수렴동 폭포들

숨어드는데 사방을 둘러봐도 의탁할 곳이 없어 죽을 힘을 다해 앞으로 나아갔다. 산봉우리는 이곳에 이르러 더욱 웅장하고 빼어났으나, 눈길을 돌려 자세히 살필 겨를이 없어 곧바로 사자봉 아래에 이르렀다. 점점 흙길이 생겨서 비로소 가마에 올랐다. 가마에 매달려 오르는데 수없이 꺾어지고, 가마를 메는 중들은 헉헉거리며 숨이 끊어질 듯하다.

봉정(鳳頂)[18]에 도착하니 해는 아직도 한자쯤 남아 있지만 아래는 어둑해진 곳이 많다. 처음 봉정에 도착한 사람이 이미 저녁이 되었다고 말한다. 정상은 바위를 이고 있는데 모양이 바둑알을 포개놓은 것 같아 매우 위험하여 떨어지려고 한다. 봉정이란 이름은 여기에서 얻어진 것이다. 양양 태수가 이곳에 와서 돌에 깔릴까 두려워 재촉해 내려갔다는 말을 듣고 여러 중들이 한바탕 웃었다.

봉정암(鳳頂菴)은 정상 아래에 있는데 지어놓은 것이 매우 견고하고 절묘하다. 황폐해진 지 오래되었으나 창과 벽은 아직도 깨끗하여 말쑥한 것이 좋아보인다. 중 한 사람이 여윈 모습으로 헤어진 옷을 입고 가마 앞에

---

18) 봉정(鳳頂) : 봉정암 뒤에 있는 바위산을 말한다.

사자현

서 예를 차리고 맞이한다. 이처럼 외딴 곳에 어찌하여 홀로 사냐고 물었더니, "우연히 이곳을 지나다가 올라왔는데 좋아하게 되어서 떠날 수가 없습니다. 외롭게 떨어져 사는 것은 본분이니 홀로 사는 것 또한 어찌 꺼리겠습니까?"라고 대답한다.

작은 집에서 쉬며, 암자의 동쪽 바위에서 솟는 샘물에서 물을 길어 갈증을 해소했다. 물맛이 매우 맑고 차서 상쾌한 기운이 뼛 속까지 스며든다. 중이 수렴동과 12폭포의 근원이 모두 이곳에서 발원한다고 말한다. 산의 꼭대기에서 나온 샘물이 이처럼 풍부하니 진실로 기이하다.

배고픔이 심해 재촉하여 밥을 먹고 탑대(塔臺)[19]에 올라 굽어봤다. 만겹의 천 길 산봉우리들이 뛰어오르고 나는 듯이 내달리면서 각자 탑대 아래에서 모습을 드러내니, 마치 창과 도끼와 깃발이 대장의 단상을 둘러싸고 호위하는 듯하다. 비록 길고 짧으며 듬성하고 조밀한 것이 들쑥날쑥하여 가지런하지 않지만 위치와 기세는 매우 삼엄하고 엄숙하다. 남쪽 한 면은 모두가 한낮 무렵에 지나왔던 여러 봉우리인데 태반이 감춰져 보이지 않는다. 서쪽 면은 멀리 확 트여 현귀사 동구 밖의 여러 산들이 보이고, 가까이 오세암 뒤의 봉우리들이 전부 보인다. 서북쪽은 큰 봉우리 수십 개가 우뚝 솟아 줄지어 서 있다. 그 외에 24개 봉우리들은 어렴풋이

---

19) 탑대(塔臺) : 봉정암 뒤 석가사리탑이 위치한 바위를 가리킨다.

아름답고 빼어나다.

또 그 바깥에 하얗게 넓고 아득한 곳이 양양과 간성의 큰 바다라고 하는데, 안개로 막혀 보이질 않는다. 동북쪽이 바로 봉정이다. 정동쪽으로 하나의 산등성이가 높고 크게 비스듬히 이어지는데 바로 청봉(淸峯)[20]이라는 곳이다. 탑대가 산에서 가장 높은 곳이지만, 청봉이 더욱 높다. 그곳에 오르면 동쪽으로 큰 바다를 자세히 볼 수 있고, 서남쪽의 언덕과 산도 일거에 빠짐없이 볼 수 있다. 매번 앉아서 시계가 다해야 그치는데, 이곳과의 거리가 30리 정도 된다. 봉우리에는 항상 바람이 모질게 불고 나무가 작으며, 지금도 여전히 눈이 쌓여 오를 수 없다고 한다.

탑은 대 중앙에 있고 그리 높지 않은데, 어느 시대에 만든 것인지 알 수 없다. 탑 앞의 큰 바위에 구멍이 있다. 예로부터 전해지길 바닷물이 이 구멍까지 이르렀고, 구멍은 배를 묶었던 곳이라 한다. 일찍이 어떤 사람이 이 근처에서 조개껍질을 주웠던 적이 있어 증거가 될 수 있다고 한다. 생각하건대 이 구멍에 배를 묶었던 때라면 삼한은 마땅히 물고기나 용의 굴로 들어가야 하는데, 이걸 보고 이런 말을 전한 사람은 누구인가?

이날은 아침부터 바람의 기세가 조금 줄어들어 오후엔 기후가 매우 맑고 좋다. 탑대에 이르자 바람이 다시 불었으나 오히려 어제나 엊그저께만 못하다. 중이 말하길, 이 대는 일찍이 바람이 불지 않은 적이 없었고, 오늘은 평온하다 말할 수 있다고 한다. 일몰을 보고 달이 뜨기를 남아서 기다리려고 했다. 그러나 따라온 사람들이 모두 아프고 나 역시 매우 피곤하여 돌아와 암자의 동방(洞房)에 묵었다. 중들의 양식이 떨어져 돌아보

---

20) 청봉(淸峯) : 대청봉을 가리킨다.

며 행낭을 찾았으나 역시 텅 비었다. 하루 종일 이들에게 안위를 의지하였는데, 그들의 곤란을 구제할 방법이 없으니 심각해졌다. 잠시 미첩(米帖)[21]을 지어 그들에게 주고 소주 한 병을 건넸다.

16일. 일찍 밥을 먹고 다시 탑대에 올랐다. 새벽 이내가 걷히려고 하는데 붉은 해가 막 떠오른다. 봉우리와 골짜기가 아름다운 광채로 한꺼번에 변하니, 어제 저녁에 아득하고 고요했던 것들이 모두 새로 간 칼처럼 밝게 드러난다. 바다 안개는 여전히 전부 걷히진 않았지만 섬들과 돛단배들은 희미하게나마 변별할 수 있다. 다만 아직 바다의 푸른색은 보이지 않는다.

서쪽 방향으로 끝까지 바라보니 한 덩어리의 구름과 안개가 하늘 끝을 가로지른다. 중이 말하길 금강산이 그 아래에 있는데 구름이 없다면 비로봉도 손으로 가리킬 수 있다고 한다. 나는 십 년 전에 금강산에 들어갔는데, 봄눈이 녹지 않아서 비로봉과 구룡폭포의 좋은 경치를 모두 오르는데 실패하였다. 지금은 금강산의 한쪽을 볼 수 있게 되었다. 이때 정신과 기분이 산뜻하고 상쾌하여 갑자기 어제 일곱 번 넘어지고 여덟 번 엎어졌던 위험을 잊어버리고, "남쪽 변방에서 죽을 뻔했지만 나는 원망 않네. 이 유람 너무 좋아 내 평생 최고였으니"[22]라는 시 구절을 읊었다.

---

21) 미첩(米帖) : 나중에 쌀을 시주하겠다는 증서이다.
22) 소동파가 유배를 마치며 지은 「6월 20일 밤바다를 건너며(六月二十日夜渡海)」란 시에 위의 구절이 있다. "삼성과 북두성 자리 삼경이 가까운데/종일 궂던 비바람 멎고 맑게 개었네/구름 걷고 밝은 달 누가 꾸며놓았는가/하늘 빛과 바다 색깔 본래부터 깨끗하네/공부자 떼배에 오를 뜻 부질없어지고/헌원의 악곡소리 조금은 들을 만하네/남쪽 변방에서 죽을 뻔했지만 나는 원망 않네/이 유람 너무 좋아 내 평생 최고였으니(三横斗轉欲三更 苦雨終風也解晴/雲散月明誰点綴 天容海色本澄淸/空餘魯叟乘桴意 粗識軒轅奏樂聲/九死南荒吾不恨 兹遊奇絶冠平生)".

오세암으로 향하려고 했다. 길은 탑대 서쪽에 있다. 바로 그 아래는 가파른 산등성이인데 무너져 내린 모래와 바위가 보인다. 한번 발을 잘못 헛디디면 만 길의 깊은 계곡으로 빠져 들어가게 되니 가슴이 두근거려 앞으로 나아갈 수 없다. 이에 남여에서 내려와 줄로 허리와 배를 묶고 한 사람이 뒤를 따르면서 줄을 잡아당기게 하였다. 또 한 사람은 앞에 있게 해서 어깨와 겨드랑이를 부여잡고서야 비로소 하산을 감행하였다. 그러나 어제 저녁부터 두 다리가 붓고 시려서 걷기가 어려웠다.

조금씩 휴식하면서 10리쯤 이르러 비로소 남여에 올랐다. 그 중간에 특별히 볼 만한 것은 없다. 볼 만한 것은 모두 탑대 위에서 이미 굽어보며 손가락으로 가리킨 것인데, 형세가 조금 이동하여 바뀐 것이 있을 뿐이다. 대장경봉(大藏經峯)[23]이 있는데 매우 높고 크다. 아래에서부터 꼭대기까지 모두 돌조각이 책꽂이처럼 차곡차곡 쌓여 있다. 이따금 부스러져 떨어지는데, 가져다가 방의 구들장으로 쓸 만하다. 시내와 계곡의 그늘지고 깊은 곳은 얼음과 눈이 사이에 겹겹이 쌓여 있다. 물이 그 아래로 흐르고 길이 그 위로 나 있는데 아직도 녹지 않았다.

길에서 홍천의 전 현감 송익흠을 만나 남여를 멈추고 한계의 소식을 물었더니 "어제 한계의 정상에 이르니 암벽의 기세는 진실로 기이하였으나 물이 얕아 흠이었습니다. 이 산에 들어가면 기이하고 특별한 곳을 보지는 못하지만 위험하고 이상한 곳만은 볼 수가 있습니다"라고 대답한다. 내가 웃으며 "여기서부터 가면 마땅히 점점 기이하고 특별한 것을 보게 되고, 위험한 것 역시 마땅히 더욱 심해질 뿐입니다"라고 했다.

---

23) 대장경봉(大藏經峯) : 봉정암에서 가야동계곡으로 내려가다가 우측으로 보이는 바위 봉우리를 말한다.

가야굴(伽倻窟)[24]에 이르니 골짜기가 자못 넓게 열렸다. 산봉우리는 수렴동만 못하였지만 물의 기세와 돌의 색깔은 수렴동과 같다고 할 수 있다. 물가의 반석에 앉아 있다가 옮겨갈 때, 물길을 가로질러 서쪽으로 갔다. 네다섯 개의 높은 고개를 넘어 오세암에 이르렀다.

능선과 봉우리가 겹겹이 둘러싸고 있고, 가운데 드러난 산기슭 하나가 매우 깊숙한 곳에서 탁 트여 훤하다. 옛날 매월당의 발자취가 있다. 호남의 중 설정(雪淨)이 재목을 모아다 암자를 짓는데, 토목공사를 겨우 끝내놓고 한창 서까래를 설치하고 색칠을 시작하고 있다. 암자의 이름은 오세동자의 뜻에서 취했다고 한다. 설정이란 사람은 나이가 젊고 용모는 준수하다. 그와 함께 말해보니 성의껏 말하는 것이 들어줄 만하다. 두서너 명의 늙은 중이 벽 아래에 줄지어 앉아 있는데, 역시 모두 돈후하고 크며 청아하고 고고하다. 글을 대강 이해하는 것이 현귀사 안에서 대했던 중과는 다르다.

설정이 권선권(勸善券)을 올리며 말하길, "이곳에 온 태수들 중에 부조하지 않았던 분이 없습니다. 공만 유독 뜻이 없겠습니까?" 하였다. 내가 웃으며 "중이 매월당에게 의탁함이 막중한데도 도리어 본체에다 관음보살을 앉히고, 매월당의 초상은 반대로 곁방에다 두었으니 손님과 주인이 바뀐 꼴일세. 그러고도 중이 나에게 관음보살의 사당을 짓는 일을 도우라고 시키는 것인가?" 하였다. 설정이 말하길, "천하의 지존 중에 부처보다 큰 것은 없으니, 중 된 자로서 반걸음조차도 소홀히 하거나 망각할 수 없습니다. 매월당의 맑은 절개는 진실로 존경할 만하나 집을 지어 부처를

---

24) 가야굴(伽倻窟) : 가야동계곡을 가리킨다.

주로 삼지 않으면 중들 중에 누가 즐겨 돌 하나를 지고 나무 하나를 끌겠습니까? 또한 소승이 스스로 관음을 높이고, 선비님으로 하여금 스스로 매월당에게 부조하게 하는 것이 무슨 해가 되겠습니까?" 한다.

오세암에서 바라본 만경대

미첩을 지어 그에게 주고, 또 이 암자에서 계속 거주할지의 여부를 물었다. 설정이 말하길, "승려의 법에는 원래 미련과 집착이 없습니다. 하물며 몸소 집을 짓고 다시 머무르며 거주한다면 이는 이익을 탐하는 것입니다. 조만간 공사가 완성된 뒤에는 뜬구름의 종적처럼 어느 곳을 향하여 떠날지 모르겠습니다" 하였다.

점심을 먹고 곧바로 출발하였다. 만경대(萬景臺)[25]와 폐문암(閉門菴)은 여기에서 거리가 각각 20리이나 일행이 모두 피곤하여 절룩거리고, 또 그곳의 경관이 수렴과 봉정의 구역보다 못하다고 들어서 마침내 그곳을 생략하였다.

이후 계속 큰 나무가 우거진 숲과 해묵은 풀숲 속을 뚫고 나가니 차츰 좁은 길이 있어 도보를 면할 수 있었다. 어제 길이 갈렸던 곳에 도착하여 남여에서 내려 계곡물 가에 서서 수렴동을 서글피 바라보다 한참 지나서야 떠났다.

봉정으로 가는 길은 두 개다. 좌측 길은 깨끗하고 가파르며 기이하게

---

25) 만경대(萬景臺) : 오세암 옆에 있는 봉우리로 주변의 경관이 잘 보이는 곳으로 유명하다.

우뚝 솟았다. 물 하나 돌 하나라도 평범한 게 극히 적고 전체가 암벽으로 압박하니 거의 인간세계가 아니다. 우측의 길은 웅장하고 두텁다. 초목이 무성하게 자라서 사찰이나 정자나 누대를 둘 만하나 기묘한 경치는 좌측 길보다 못하다.

영시암 터에 도착하여 배회하며 비석을 돌았다. 비석은 바로 인제 현감 이광구(李廣矩)[26]가 세운 것으로 감사 홍봉조(洪鳳祚)[27]가 글씨를 썼다. 비석 뒷면에 삼연거사가 일찍이 이 암자에 거처했었다고 한다. 암자 터는 평온하고 시야가 확 트였으며 맑고 아름다워 사랑스럽다. 거사는 이 산에서 오랫동안 지냈는데 유적과 남겨진 것은 암자에만 그치지 않는다. 산봉우리와 수석의 명칭도 그가 명명한 것이 많으나 전부 기록할 수 없다.

갈현 아래에 있는 마을 앞 나무 그늘에서 조금 쉬다가 해가 지기 전에 다시 현귀사로 돌아왔다. 안부를 묻는 관아 사람이 와서 기다리고 있었는데 관아 안이 편안하다는 소식을 들었다.

17일. 가음진 옆으로 지름길이 있다고 들었다. 이곳을 거치면 현귀사에서부터 양구현까지의 거리가 120리쯤 된다. 인제 현감에게 편지를 보내 지름길로 돌아가겠다고 알렸다. 또 추국한 문안을 원통점(圓通店)에 보내줄 것과 가음진에 견여를 대기시켜 달라고 요청했다. 해가 뜬 후에 현

---

26) 이광구(李廣矩) : 조선 후기의 문신. 본관은 덕수(德水). 자는 결보(絜甫). 아버지는 통덕랑 이진화(李晉華)이다. 1705년(숙종 31) 증광시에 합격하였으며 현감을 역임하였다.

27) 홍봉조(洪鳳祚) : 1680(숙종 6)~1760(영조 36). 조선 후기의 문신. 본관은 남양(南陽). 자는 우서(虞瑞), 호는 간산(艮山). 김창협(金昌協)의 문인이다. 노론으로, 1722년(경종 2) 왕위 계승을 둘러싸고 노론과 소론 사이에서 일어난 신임사화 때 온성에 유배되었다. 1724년 영조가 즉위하자 풀려나와 이듬해 증광문과에 을과로 급제하고, 헌납, 부응교, 집의를 거쳐, 1747년 강원도 관찰사를 지냈다. 1750년 대사성을거쳐, 지중추부사에 이르렀다. 글씨를 잘 썼다.

귀사에서 출발하는데 여러 중들이 골짜기 입구에서 서로 전송하니 차마 떨어지기 어려웠다.

오전에 원통역에 도착하여 점심을 먹었다. 본관의 답서와 형리의 추국 문안이 모두 와서 대기하고 있다. 수결을 하고 밀봉하여 부쳤다. 출발에 임해 고을 사람들이 도착해서 관아의 소식과 집안이 편안하다는 소식을 들었다. 견여로 가음령(加音嶺)²⁸⁾을 넘어 양구현의 하동촌(下東村)에서 말을 먹였다. 이때는 오랫동안 가물어 지나는 길 양쪽의 보리들이 시들고 말라 이삭을 피울 수가 없었다. 논 또한 많이 갈라져 백성들이 모두 초조하게 근심하는 안색이 있다. 해가 지기 전에 양구현 관아로 돌아왔다.

---

28) 가음령(加音嶺) : 인제와 양구를 잇는 광치령을 말한다.

안석경(安錫儆, 1718~1774)

조선 후기의 문인. 본관은 순흥(順興). 자는 숙화(淑華)·자화(子華). 호는 완양(完陽)·삽교(霅橋). 아버지 중관(重觀)의 임소(任所)를 따라 홍천·제천·원주 등지에서 청년기를 보냈다. 당시의 현실과 이상 사이에서 갈등을 겪다가 과거에 3차례 낙방한 뒤 강원도 횡성 삽교에서 은거생활을 했다. 그의 저서 『삽교만록 霅橋漫錄』에는 야담이 수록되어 있는데, 상인의 움직임이나 민중적 항거의 양상 등을 생동감 있게 나타냈다. 그밖에 『삽교집』·『삽교예학록 霅橋藝學錄』등의 저서가 있다.

✎ 작품 해설

아마도 지금까지 발견된 설악 유산기 중 가장 많은 곳을 다녀온 유산기일 것이다. 대청은 물론 지금의 '끝청'으로 추정되는 곳까지 다녀왔다. 그러기에 산에서의 일정도 7일이나 된다. 진목전이 삼연이 살던 곳, 즉 한계수옥이었다는 것을 알려준다. 지도를 펴놓고 짚으며 찬찬히 읽다 보면 지금의 등산로와 큰 차이가 없음을 알 수 있다.

✎ 유람 행로

- **일시** 1760년
- **일정** **4월 13일** 낙산사−동해묘−빈일료, 이화정−의상대−관음각−명사십리−장항−신흥사−계조굴−입석−내원암−신흥사 **14일** 신흥사−와선대−비선대(금강굴)−저항−마척−허공교−보문암지,만경대/향로암−고개등성이−오세암−만경대−오세암 **15일** 오세암−합계−수렴동−쌍폭−봉정암−탑대−봉정암−청봉−중설악−봉정암 **16일** 봉정암 **17일** 봉정암−탑대−대장암−가야굴−오세암−합계−영시암, 유허비−백담사−조그만 고개−학소벽−지음허−백전동−광암동−오봉, 두타담−영취사지−금강담−갈역 **18일** 갈역−남교−신애−용두담−고원통−와천−옥류천−한계사지 **19일** 한계사지−대승폭포−대승암지−만경대−와천−원통역 **20일** 원통역−서화천−합강정

영시암

대청봉에 오르니 만 개의 봉우리가 춤추는 듯 일어섰다

안석경(安錫儆), 「후설악기(後雪岳記)」

　설악의 유람은 낙산사(洛山寺)부터 시작한다. 낙산(洛山)은 설악의 산기슭에서 빠져나와 동쪽으로 바다에 이른 것인데, 오른쪽 지맥이 흩어지면서 평평한 비탈이 된다. 많은 소나무가 울창한데 가운데에 동해묘(東海廟)[1]가 있다. 동해묘를 지나 북쪽으로 몇 리쯤 가서 조그만 언덕을 올라 동쪽으로 가면 확 트이면서 끝없는 바닷물과 하늘을 마주한다. 남쪽으로 수많은 소나무가 깨끗한 모래를 두르고 있는 것이 보이고, 서쪽으로 설악의 큰 형세가 하늘을 버티고 있는 것이 보인다. 돌면서 북쪽으로 천여 보 가서 절로 들어갔다. 절은 높은 곳에 의지하면서 멀리 숲이 우거진 언덕을 안고 있다. 겹겹이 단청 칠한 건물들은 바다의 파도에 빛난다. 빈일료(賓日寮)[2]와 이화정(梨花亭)은 바다를 조망하기에 가장 좋은데, 온화하며 함축의 아름다움은 비교할 것이 드물다.

　동쪽으로 수백 보 내려가 의상대(義相臺)[3]에 올랐다. 의상대는 큰 돌이

---

1) 동해묘(東海廟) : 언제 건립되었는지는 분명하지 않으나 이곳은 서해의 풍천, 남해의 나주(지금의 영암)와 함께 우리나라 삼해의 해신에게 국태민안과 풍농풍어를 기원하기 위해 매년 음력 2월과 8월에 왕이 친히 향축을 내려 보내어 제사를 지내던 곳이다. 조선 경종 2년(1722년)과 영조 28년(1752년)에 양양 부사 채팽윤과 이성억에 의해 각각 중수되었으며, 정조 24년(1800년)에는 어사 권준의 상주와 강원도 관찰사 남공철의 주장으로 재차 중수되었으나, 순종 2년(1908년)에 일본의 민족문화말살정책으로 철폐되었다.
2) 빈일료(賓日寮) : 낙산사에 있던 부속건물이다.
3) 의상대(義相臺) : 강원도 양양군 강현면 전진리 동해안에 있는 정자이다. 낙산사에서 홍

247

깎아지른 듯 바다에 꽂혀 있다. 소나무를 의지하고 앉아 있으니 넓고 큰 바다가 눈에 가득 들어온다. 북쪽으로 100여 보 내려가 관음각(觀音閣)[4]으로 들어갔다. 관음각은 서쪽으로 절벽에 기대고 동쪽으로 긴 굴에 걸터앉았다. 굴은 파도를 삼켰다 토해내는데 천둥이 으르렁거리고 쇠북이 진동하는 것 같다. 잠자리 아래서 늘 쾅쾅 소리가 나니 놀랄 만하다. 창문을 여니 삼면이 깨끗하다. 파도는 고래가 뿜어내고 용이 불어내는 듯하면서 곧바로 대들보와 기둥 사이를 침범한다.

떠날 때 다시 이화정에 앉았다. 이화정은 구조물이 있는 것은 아니고, 바로 배나무 아래다. 옛사람이 일찍이 말하길 이화정에서 일출을 보았는데 늘 또렷하게 남아 있다고 한다. 지금 내가 늙어서 왔는데 철쭉은 아쉽게도 졌으니, 어찌 마음을 가눌 수 있겠는가?

잠시 있다가 남쪽으로 나가서 서쪽으로 가는데 옆에 바다가 있다. 북쪽으로 명사십리(鳴沙十里)를 가는데 해당화가 화려하게 폈다. 서쪽으로 시내를 거슬러 올라갔다. 시내는 설악에서 나오는 것이다.

20리를 가서 장항(獐項)을 넘었다. 이곳은 설악의 바깥 산이다. 남쪽으로 토왕성폭포(土王城瀑布)[5]를 보니 길이는 수천 장쯤 되며 넓은 절벽을 가르고 떨어진다. 폭포의 반은 갈라져 나온 산기슭에 가려졌다. 가뭄을 만나 흐름이 장대하지 않으니 모두 애석하다. 그런데 번쩍이며 비치는 좌우의 석봉이 화살촉처럼 서 있어 유람객을 시원하게 만들며 다시 보게 한다.

련암의 관음굴로 가는 해안 언덕에 자리 잡고 있다. 신라의 고승 의상(義湘)이 낙산사를 창건할 때 좌선하였던 곳으로 전래진다.

4) 관음각(觀音閣) : 낙산사 동쪽 해변 암벽 위에 있는데 지금은 홍련암이라고 한다.

5) 토왕성폭포(土王城瀑布) : 설악산국립공원의 외설악에 있으며 설악산을 대표하는 3대 폭포 가운데 하나로 신광폭포라고도 한다. 폭포의 이름은 땅의 기운이 왕성하지 않으면 기암괴봉이 형성되지 않는다는 오행설에서 유래했다고 한다.

몇 리를 가서 신흥사로 들어간 후, 북쪽으로 시내를 따라 10리를 가서 계조굴(繼祖窟)로 들어갔다. 계조굴은 천후산(天吼山)을 등지고 있다. 천후산은 순수한 돌로 교묘하게 깎였다. 넓이와 깊이는 500길이고 높이는 200길쯤 되는 것이 푸

흔들바위에 있는 죽애공 각자

른 비단 병풍을 펼친 것 같다. 바야흐로 지는 해를 받아 이채를 띤다.

계조굴은 큰 돌 아래 있으면서 낮은데, 중의 감실을 수용하고 있다. 감실은 새로 수리하였는데 좌우는 모두 커다란 바위이다. 앞에 석문(石門)이 있고 문 앞에 10여 장 되는 넓은 바위가 있다. 바로 천후산을 마주하고 있으며 바위 위에 입석(立石)이 있다. 할아버지 죽애공(竹涯公)[6]의 이름이 쓰인 것을 보고 공경하는 마음으로 글씨가 새겨진 바위에 올라가니 슬프면서도 감격스러운 것이 새롭다. 서남쪽으로 3리 내려가 내원암(內院庵)[7]으로 들어가니 맑고 그윽하여 좋아할 만하다.

신흥사로 돌아와 잤다. 신흥사 동북쪽으로 달마봉(達摩峯)[8]·향로봉(香鑪峯) 등 여러 석봉이 있고, 남쪽으로 권금성(權金城)[9]·중석봉(衆石峰)이 층층

---

6) 죽애공(竹涯公) : 안후(安垕)를 말하며, 자는 자후(子厚)이다.

7) 내원암(內院庵) : 강원도 속초시 설악동에 있는 암자로 신흥사의 산내 암자이다.

8) 달마봉(達摩峯) : 울산바위의 남동쪽에 자리 잡은 봉우리이다.

9) 권금성(權金城) : 강원도 속초시 설악동에 있는 고려시대의 산성. 일명 설악산성(雪嶽山城)이라고도 하는데 현재 성벽은 거의 허물어졌으며 터만 남아 있다. 이 산성은 설악산의 주봉인 대청봉에서 북쪽으로 뻗은 화채능선 정상부와 북쪽 산 끝을 에워싸고 있는 천연의 암벽 요새지이다. 정확한 축성 연대는 확인할 수 없으나『세종실록』「지리지」에는 옹금산석성(擁金山石城)이라고 기록되어 있고 둘레가 1,980보라고 되어 있 으며,『신증동국여지승람』에는 권금성이라 하고 권(權)·김(金)의 두 성을 가진 사람들이 이곳에

비선대   금강굴

이 겹쳐져 달빛을 가리다가 달이 뜨자 희미하게 푸르스름한 기운을 띠고 있는 것을 보니 더욱 기이하다. 밤에 목욕을 하였다.

새벽에 일어나 시내를 거슬러 올라가 서쪽으로 5리 가니 와선대(臥仙臺)다. 물과 돌이 점점 기이하다. 또 5리를 가니 비선대(飛仙臺)다. 예전에 이르길 식당(食堂)의 커다란 골짜기는 흰색인데 모든 돌이 바닥과 물가의 언덕이 되고, 어떤 곳은 높고 어떤 곳은 낮으며, 어떤 곳은 굽어졌고 어떤 곳은 똑바르다. 어떤 곳은 험하고 어떤 곳은 평탄하며 어떤 곳은 좁고 어떤 곳은 트여 있는데, 바깥 산의 많은 골짜기 물을 받아들인다고 한다. 물은 맑고 많아 부딪치는 것은 폭포의 여울이 되고, 닿는 것은 물결의 거품이 된다. 머물러 있는 것은 소용돌이치는 못이 되고 출렁거리는 것은 잔물결이 된다. 흐르는 구름과 아름다운 노을은 햇볕을 받고 산은 다양하게 모습을 드러내니, 진실로 정신을 화락하게 만든다.

북쪽으로 솟아난 것은 금강굴(金剛窟)[10]이다. 높다란 5~6개의 석봉이

서 난리를 피하였으므로 붙여진 이름이라는 전설을 소개하고 있다.
10) 금강굴(金剛窟) : 강원도 속초시 설악동 비선대 앞에 높이 우뚝 솟아 있는 3각 모양의 돌 봉우리를 장군봉이라 하는데, 이 장군봉 중간 허리에 있는 석굴이다.

내려다보는데 굴은 큰 봉우리의 얼굴에 있다. 남쪽에 3~4개의 가파른 석봉이 우뚝 마주하여 서 있다. 아래로 달마봉(達摩峯)의 여러 봉우리를 보니 동해를 가로막고 서 있다. 상류의 여러 석봉이 겹쳐져 비추며 번갈아 나온다. 서남쪽에 긴 골짜기가 입을 벌린 듯 깊게 벌어져 있다. 석봉 10여 개는 귀신과 날짐승처럼 그윽하고 얌전하게 벌려 서 있다가 갑자기 놀라는 듯 움직이면서 온다. 사방의 풀과 나무는 무성히 푸르게 펼쳐져 향기가 짙다. 철쭉은 지려고 하는데 목련은 활짝 폈다.

조금 쉬다가 물을 떠나 산등성이를 따라 서쪽으로 갔다. 3리를 오르니 저항(猪項)인데 힘들고 위험하다. 또 5리를 가니 마척(馬脊)인데 대단히 가파르다. 또 3리를 가서 허공교(虛空橋)를 지났다. 다리는 두 개의 나무를 건너질렀는데 벼랑에 매달아놓아 무척 위험하다. 현기증이 나는 사람은 오를 수 없다. 조금 앞으로 가자 천 길 폭포가 보이는데 두 석봉을 끼고 쏟아져 내려 시원하다.

물을 거슬러 올라가 2리를 올라가니 보문암(普門菴) 옛터다. 암자 앞으로 가서 만경대(萬景臺)에 올랐다. 예전에 이르길 향로암(香爐岩)은 바위가 가파르고 길이 위험하다고 한다. 꼭대기에 오르니 평평하고 둥글어서 좌우의 석봉을 볼 수 있다. 백여 개 산허리의 석망(石芒)은 또한 수십 길 솟아났다. 동쪽으로 바닷물과 청초호(靑草湖)[11]·영랑호(永郎湖)[12] 등 여러 호수가 보인다.

---

11) 청초호(靑草湖) : 강원도 속초시 청학동·교동·조양동·청호동 일대에 걸쳐 동해에 면해 있는 석호이다.

12) 영랑호(永郎湖) : 강원도 속초시 장사동·금호동·영랑동 일대에 걸쳐 있는 석호로, 신라 시대의 화랑이었던 영랑·술랑·남랑·안상 등이 금성(지금의 경주)으로 무술대회에 참석하기 위해 가던 중 이 호수에 들르게 되었는데, 영랑이 호반의 풍취에 도취되어 무술대회조차 잊어버렸다는 전설과 함께 영랑호라는 이름이 유래되었다고 전한다.

보문암에서 절벽을 따라 6~7리 가서 비로소 고개 등성이에 올랐다. 이곳은 상설악(上雪岳)이 높게 솟아오르는 초입새다. 지금 중설악(中雪岳)이라 하니 이름이 실상과 어긋난다. 마땅히 옛 이름을 따라야 한다. 산 내외의 수많은 석봉을 앉아 바라보니 머리를 떨치며 다투듯 모여 있다. 동쪽으로 호수와 바다를 굽어보니 훤하다.

여기서부터 서쪽으로 내산(內山)이다. 절벽을 따라 5~6리 내려가 두 개의 대에서 가느다란 폭포를 보았다. 또 3~4리를 가서 오세암(五歲菴)으로 들어갔다. 오세암은 매월당 김공(金公)에게서 유래한다. 예전엔 터만 있었으나 새로 지어서 금빛과 푸른빛이 빛난다. 좌우전후가 모두 석봉이고 빽빽하게 둘러싸고 있어 기이한 정취가 넉넉하다. 암자는 흙 언덕의 평온한 곳 머리 쪽을 차지하고 있다. 뭉친 돌이 시내에 임해 있는데 높이는 이천 길쯤 된다.

암자엔 매월당의 화상(畵像) 두 폭을 진열했다. 하나는 유학자의 초상이고 하나는 중의 초상인데 수염이 있다. 나는 손을 씻고 옷을 단정히 하고 유학자의 초상에 참배했다. 우러러보니 우뚝한 풍모와 기운이 사람을 감동시킨다. 높은 이마와 굳센 광대뼈 힘찬 눈썹과 빛나는 눈 오똑한 코와 무성한 수염은 참으로 영웅호걸의 외모이다. 그러나 한(恨)을 깊이 생각하여 엉켜 모여 있는 것이 오랜 세월에도 풀어지지 않은 것은 무엇 때문인가? 단종(端宗)이 왕위를 선양하자 육신(六臣)은 임금을 따라 죽었다. 매월당은 비록 이미 머리를 깎고 세상을 피해 궁벽한 산에서 늙어갔으나 아직도 빛남이 있으니, 드러나는 것을 깊이 숨기고 헤아리면서 채미(採薇) 일절(一節)로 스스로 만족하면서 그치려고 하지 않아서인가?

서남쪽으로 1리를 가서 올라간 곳은 만경대(萬景臺)[13]이다. 만경대는 삼천 길쯤 되는데 수많은 기이한 봉우리로 둘러 싸였다. 동쪽으로 향하

오세암

니 아득하다. 폐문암(閉門岩)을 가까이 내려다보니 그윽하여 기이함이 있다. 멀리 가야굴(伽倻窟)[14]을 엿보니 굴 위로 십여 개의 봉우리는 발돋움하고 서 있는 듯 구부리고 가는 듯하다. 흘겨보고 곁눈질하는데 저녁 빛이 비치자 날아오르며 사람을 좇아오는 것 같다. 되돌아와 암자에서 잤다. 달이 소나무 있는 절벽 위로 떠오르자 황홀하여 매월당을 생각했다. 매월당은 일찍이 검동(黔洞)[15]에 살았는데 검동은 중설악의 남쪽에 있다고 한다.

아침에 일어나 서쪽으로 5리를 가서 합계(合溪)[16]에 도착했다. 폐문암의 물길을 버리고 수렴동(水簾洞)으로 들어갔다. 수렴동의 깊이는 30여 리 되는데 좌우가 모두 돌은 가파르고 봉우리는 절벽이다. 번갈아 보였다 사라져서 차례차례 셀 수 없다. 절벽 사이의 물은 굽이치고 꺾어지며 모였다 흩어져서 흐르는 것이 한결같지 않다. 항상 돌구멍 가운데로 흘러가

---

13) 만경대(萬景臺) : 오세암 옆에 있으며 만 가지 경치를 두루 굽어볼 수 있다 해서 이름을 붙였다고 한다.
14) 가야굴(伽倻窟) : 지금의 가야동계곡을 말한다.
15) 검동(黔洞) : 양양 법수치리에 있는 검달동을 말한다.
16) 합계(合溪) : 수렴동계곡과 가야동계곡이 합쳐지는 수렴동대피소 앞을 말한다.

합계   쌍폭

는데 느리고 빠르며 길고 짧아 경치가 한결같지 않다. 그러나 모두 높은
데서 기울어져 쏟아지고 종종 하늘에서 떨어진다. 묶인 것은 폭포가 되
고 펼쳐진 것은 수렴(水簾)이 된다. 받아들여 깊이 쌓인 것은 못이 된다.
그 숫자는 또한 차례차례 말할 수 없다. 쌓여 있는 검은 먹 같고, 펼쳐진
푸른색 같다. 뿌려진 구슬인 양, 솟아오르는 옥돌인 양, 날아가는 무지개
인 양, 춤추는 눈은 햇살이 빛나면 푸른색과 붉은색으로 변하고, 바람에
휘어지면서 희고 고운 것을 나부낀다. 이와 같은 것이 20리이다. 부딪치
는 소리가 온 산을 울리고 걸을 때마다 놀 진 돌을 돌아보니 깊고도 고요
하다.

봉정(鳳頂)까지 떨어진 거리가 10리인데 양쪽 절벽은 더욱 좁아지고 더
욱 높고 깎은 듯하다. 하나의 길로 가다가 세 폭포가 이어지면서 세 개의
웅덩이를 관통하며 흘러오니 사람을 놀라게 하고 당황하게 한다. 정신없
이 꼭대기에 오르니 확 트여 훵하고 밝다. 구름 걸린 봉우리는 사방으로
열리고 흰 바위는 텅 비어 넓으며 푸른 못은 깊고 넓다.

쌍폭(雙瀑)[17]을 올려다보니 끊어진 돌언덕을 끼고 각기 하나의 절벽을

---

17) 쌍폭(雙瀑): 쌍룡폭포를 말한다.

차지하고 하얗게 하늘을 밀치며 떨어진다. 바람과 천둥소리를 내뿜고 서리와 우박을 불면서 못으로 함께 내달리는 것이 용이 노하여 유연(洧淵)[18]에서 싸우려는 것 같고, 칼이 날아가 연진(延津)[19]에서 만나는 것 같다. 처음엔 떨치듯 하더니 마

가야동

지막엔 시원하고 조용하다. 쌍폭은 성대하게 쏟아지면서 하나가 된다. 서남쪽 계곡에서 오는 것은 길이가 100여 장쯤 된다. 그 근원은 두 개의 못과 두 개의 폭포인데 잇달아 엮여 있는 것이 구슬을 꿴 것 같아 볼 만하다. 그 위엔 열 개의 폭포와 열 개의 못이 잇달아 있다고 하지만 경사지고 위험하여 찾아갈 수 없다. 동남쪽 계곡에서 오는 것은 길이가 80여 장쯤 된다. 근원은 듣지 않아도 기이함이 있다.

조금 거슬러 올라가다 골짜기를 버리고 벼랑을 지나쳐 5리쯤 가니 봉정암(鳳頂菴)이다. 산의 높은 곳에 의거하고 있는데 3/2 되는 곳에 암자를 지었다. 암자 뒤 산등성이는 기이한 바위가 줄 지어 서 있다. 그중 하나는 곧추선 것이 봉황이 머리를 들고 있는 것 같다. 그래서 봉정암(鳳頂巖)이라 이름 지었다. 봉정암의 공터에 탑대(塔臺)[20]가 있다. 탑대 이외에 또

---

18) 유연(洧淵) : 『춘추좌씨전』에 B.C. 523년 정국(鄭國)이 큰 수해를 당했을 때 용이 성문 밖 유연(洧淵)에서 서로 싸웠다는 기록이 있다.

19) 연진(延津) : 진(晉)나라 장화(張華)와 뇌환(雷煥)이 용천(龍泉)과 태아(太阿)라는 암수의 두 보검을 각각 소유하고 있었는데, 그들이 죽고 나서 두 보검이 절로 연평진(延平津) 속으로 날아 들어가서 두 마리 용으로 바뀐 채 유유히 사라졌다는 전설이 있다.

20) 탑대(塔臺) : 봉정암 뒤 석가사리탑이 위치한 바위를 말한다.

솟아오른 기이한 바위가 100여 개쯤 되는데 합계(合溪) 사이에서 그친다. 탑대에 올라 안팎의 산을 보니 기이하게 변하는 것이 아홉에 일곱이다. 부처의 머리와 신선의 얼굴이 옅은 남기와 맑은 아지랑이 속에서 다투어 나타난다. 동해의 바람과 파도가 산을 타고 들어오는 것 같다. 봉정암으로 되돌아와 쉬면서 샘물과 영지를 먹었다.

뒷 산등성이를 따라 동남쪽으로 10리를 가서 청봉(靑峰)[21]에 올라갔다. 청봉은 매우 높다. 해송(海松)과 측백(側栢)은 모두 강한 바람에 꺾이고 쌓인 눈에 눌려져 빙빙 돌며 엎드리고 굽어졌으며 바닥에 펼쳐지듯 깔려 있다. 한 아름의 줄기는 높이가 겨우 한 척쯤 된다. 두루 산에 퍼져 있는데 푸른 것이 잔디 깔린 마당 같다. 시기가 이른 여름이라 진달래가 막 피어 가운데를 수놓으며 섞여 있어 좋아할 만하다.

오랫동안 정상에 앉아 산의 안과 밖을 두루 바라보았다. 동남쪽으로 솟아오른 중설악이 하늘로 높이 솟아 있는데 큰 봉우리는 한 무더기 산에 서 있다. 서북쪽은 봉정과 오세암에서 바라보던 것을 모아놓았다. 서남쪽으론 한계의 빼어난 봉우리를 아우르고 있다. 동북쪽은 모두 보문암에서 쳐다보던 것이다. 바닷물은 더욱 넓고 두 개의 호수도 넓게 펼쳐졌다. 대체로 여기서 만여 개의 기이한 봉우리가 춤추는 듯 모두 일어섰다. 구름이 만든 파도를 겨드랑이에 끼고 놀이 낀 나무를 헤치고 솟아 있는데 저녁 빛에 빛나며 봄날의 푸른색을 머금고 있다. 빼어나고 날카로운 것은 중후(重厚)함에 근본을 두고, 새기어 꾸민 것은 단단한 것에 근본을 두었다. 뽐내는 것은 잡되지 아니하고 실질적인 것에 말미암고, 떨치며 빼어나는 것은 축적된 곳에서 말미암았다. 비록 모두 뛰어난 것은 스스로

---

21) 청봉(靑峰) : 대청봉을 말한다.

서서 서로 붙들어 도와주는 것이 아니지만, 크고 작으며 높고 낮은 것들이 머리를 모으고 중악(中岳)을 둘러싸 향하니, 우정(虞廷)[22]이 상서로움을 모으자 온 나라가 화목한 것인가? 목야(牧野)[23]에서 창을 세우자 수많은 군대가 공경하는 것인가? 머뭇거리며 탄식하고 크게 숨을 쉬었다.

앞으로 5~6리를 가서 중설악에 올랐다. 이곳은 설악이 몸을 솟구치는 마지막 부분이다. 지금 생각해보니 상설악이 어찌 가장 높겠는가? 또한 마땅히 예전에 말한 청봉을 보니 수백 길 높다는 것을 따라야 한다. 양양에서 아래로 들어와 곧바로 올라가면 30리쯤 된다'라고 한 말을 좇아야만 한다. 사방을 둘러보니 텅 비어 가리키며 말할 수 있는 것이 없다. 북쪽으로 금강산을 당기고 남쪽으로 오대산을 어루만지며 동쪽으로 큰 바닷물에 임하고 서쪽으로 하늘과 해를 우러를 뿐이다.

다시 청봉을 거쳐 청봉의 동남쪽에서 잠시 쉬었다. 마침 지초 밭에 자줏빛 줄기와 푸른 잎이 너울거려 캘 수 있었다. 봉정암으로 다시 돌아와 자니 바로 15일이다. 보름달을 만나 봉우리와 계곡의 나무와 돌에 달빛이 가득하니 맑고 빽빽하여 새로운 흥취가 있다. 읊조리며 바라보노라 일찍 잘 수 없었다.

다음날 일찍 일어나 머리를 빗고 세수한 후 『주역』을 읽었다.

다음날 신묘일(辛卯日)에 송천(宋泉)으로 점을 쳐 대장(大壯)[24]괘를 얻었

---

22) 우정(虞廷) : 순(舜)의 조정을 말하는데 그 시대에 백관들이 자기의 위(位)를 보다 나은 사람에게 서로 양보했다.

23) 목야(牧野) : 『서경(書經)』 「무성(武成)」에 "갑자일 동틀녘에 주왕(紂王)이 수풀처럼 뻗친 군대를 이끌고 나와 목야에 진을 쳤다[甲子昧爽 受率其旅若林 會于牧野]" 하였다. 목야는 주 무왕(周武王)이 주왕(紂王)의 군대와 결전을 벌여 승리를 거둔 곳이다.

24) 대장(大壯) : 64괘 중 34번째 괘명. 이 괘는 양(陽)이 성(盛)하는 상(象)으로서 소식괘(消息卦)이며 만사형통의 괘이다.

영시암

다. 늦게 탑대(塔臺)를 넘어갔다. 대장암(大藏嵓)을 보았는데 바위가 책을 쌓은 것 같아서 이름 붙였다. 시내를 지나 휘어지며 가야굴(伽倻窟)을 지났다. 폐문암(閉門岩) 물길을 경유해서 내려가려고 했으나 깊고 어두운 것을 걱정하여 그 길을 버리고 절벽 길로 가는데 20리이다. 오세암에 들어가 잠시 쉬고 앞으로 가서 합계에 이르렀다. 시내는 바로 수렴동과 폐문암 두 시내가 합쳐지는 곳이다. 따라 내려가니 수석(水石)은 또한 기이한 모양이 많다.

5리를 가서 영시암(永矢菴)25)에 도착했다. 영시암은 막 얽어 만들고 있는데 아직 완성되지 않았다. 대개 삼연 김선생을 위해서 짓는 것이다. 서쪽으로 시내를 건너 선생의 영시암 옛터에 있는 비(碑)를 보았다. 완심정(玩心亭)26)과 무청정(茂淸亭)27)은 모두 장소를 알지 못하겠고 동대(東臺)28)만 홀로 있다. 구름 걸린 나무는 그윽하고 울창하며 물과 돌은 구슬피 우니 모르는 사이에 오랫동안 슬퍼하며 이리저리 거닐었다.

바야흐로 선생은 집안의 어려움을 만나 세상의 일을 끊고 스스로 바위와 계곡에 숨어 시와 『주역』을 외우며 즐겼다. 누가 풍운지지 (風雲之志)29)

---

25) 영시암(永矢菴) : 삼연 김창흡이 설악산에서 거처하던 건물의 이름이다.
26) 완심정(玩心亭) : 영시암에 있었던 정자이다.
27) 무청정(茂淸亭) : 영시암 주변에 있었던 정자이다.
28) 동대(東臺) : 영시암 동쪽 언덕에 있던 조망처이다.
29) 풍운지지(風雲之志) : 영웅호걸이 어진 임금을 만나 시운(時運)을 타고 공명을 세우고자 하는 소망. 용(龍)이나 호랑이가 풍운의 힘을 얻어 기세가 붙듯이 시세를 잡으려고 하는 것을 이른다.

백담사   석선

가 공허한 데서 닫히고 바다와 호수 같은 넓은 기운이 허한(虛閒)한 곳에서 버려진 것을 알까? 다만 얼음과 옥같이 맑은 지조와 은하수 같은 문장을 볼 뿐이다. 늦게 태어나 나중에 이르러 (선생에게) 시를 배우고 『주역』을 강독할 방법이 없음을 한스럽게 여긴다. 선생은 큰 학자인데 터만 남겼으니 사당을 세우고 서원을 설립하여 사방의 배우는 사람을 오게 해야 한다. 이 땅은 산 속의 가장 넓고 평평한 곳에 있어 산수의 뛰어난 곳 10개 중 2~3개를 차지하고 있으니 진실로 헛되게 할 수 없다.

시내를 따라 10리를 가며 세 번 기이한 곳을 보았다. 백담사(百潭寺)로 들어가니 절은 넓고 한적한 곳을 차지하고 있는데 사방을 둘러봐도 기이한 곳이 없다. 여러 개의 묘한 것 가운데서 홀로 평범하고 심상하니, 또한 기이하다 할 수 있다.

점심을 먹고 조그만 고개(小峙)[30]를 넘어 시내를 옆에 두고 가니 여울과 돌은 기이함이 많다. 5리를 가니 학소벽(鶴巢壁)[31] 아래가 매우 기이하다. 5리를 가니 지음허(知音墟) 가운데도 매우 기이하다. 5리를 가니 백전동

---

30) 백담사 뒤에 있던 고개를 말한다.
31) 학소벽(鶴巢壁) : 백담계곡에 있는 강교 다리 옆의 바위절벽을 말한다.

(柏田洞) 또한 매우 기이하다. 3리를 가니 광암동(廣岩洞) 또한 매우 기이하다. 3리를 가니 오봉(五峯)[32]과 두타담(頭陀潭)[33] 또한 매우 기이하고 쌍봉(雙峯)의 석선(石扇)[34]이 물을 끼고 서로 우뚝 섰으니 설악에서 문이 되는 것 같다. 이곳의 이름은 곡백담(曲百潭)[35]이며 청봉(靑峯)에 근원을 둔다. 대개 근원부터 갈역(葛驛)[36]까지 70리다. 설악 가운데의 갈역에서 떠나 합강정(合江亭)까지 60리다.

왼쪽으로 설악을 곁에 두고 가면서 흰 돌과 맑은 여울이 설악에 있는 것이 130리이고, 텅 빈 굽이에 못이 백 개나 있다. 큰 산을 가로질러 흐르며 두타담(頭陀潭)에 이르는 것은 60여 리이다. 줄기가 모인 많은 골짜기의 여울과 서로 이빨을 드러내는 많은 절벽의 돌들이 합계 아래부터 벼랑의 돌은 점차로 약해지고 작아진다. 물이 충분하여 물의 흐름이 점차 많아지지만 산에 부딪치는 것은 많지 않다. 그러나 돌이 많고 가팔라 침범하는 기세와 부딪치며 뛰어오르는 기세의 양 극단이 싸우며 서로 양보하지 않는다. 돌이 이기면 물을 경사지게 하고 물이 이기면 돌을 에워싸 흐르며 하나의 여울과 하나의 못이 끝날 줄 모른다. 백담사 아래로 돌은 줄어들어서 더욱 촘촘하고 물은 부딪치면서 더욱 굳세다. 험한 돌 사이를 꿈틀거리며 흐르는 것이 달아나다 부딪치고 막혀 끊어지니, 세차게 일어나는 것은 성내며 으르렁거리고 물보라를 뿜어낸다. 놀라며 뛰어오르고 옆으로 기우는 것은 부딪치며 넘어지고 쓸면서 문지른다. 두려워하며

---

32) 오봉(五峯) : 백연정사 뒤에 있는 오로봉을 말한다.
33) 두타담(頭陀潭) : 백담계곡 입구에 있는 두타연을 가리킨다.
34) 석선(石扇) : 두타연 바로 위의 계곡 양쪽에 있는 커다란 바위를 가리킨다.
35) 곡백담(曲百潭) : 백담계곡을 말한다.
36) 갈역(葛驛) : 백담계곡 입구에 있는 용대리의 옛 지명이다.

뒷걸음질치고 쓰러지거나 쓸리는 것은 차올랐다가 펼쳐진다. 나타날 때에 이르러 밑에서 쳐내며 매만져 보호하고 가로막으면 편안히 날아 오르고 천천히 돌면서 맑게 흐르다 멈춰 고인다. 돌은 굽이를 좇으면 서 뛰어나고 물은 돌을 좇으면서 변한다. 수많은 모양이 어찌 같을 수 있겠는가?

영취사터

2리쯤 내려가면 산은 열리고 물은 느려지며 비로소 평평한 들판이 보인다. 영취사(靈鷲寺)[37] 터를 지나 금강담(金剛潭)의 물과 돌을 감상했다. 3리를 가서 갈역(葛驛)에서 잤는데 역은 시내의 북쪽 언덕에 있다. 삼연옹(三淵翁)의 옛 터[38]는 남쪽 언덕에 있다. 미수령(彌水嶺)[39]에서 오는 시내는 곡백담과 합쳐지면서 큰 시내가 된다.

아침에 일어나 물 따라 10리를 가니 종종 구경할 만한 곳이 있다. 남교(藍橋)를 지나 5리를 가서 신애(新崖)를 따라가니 신애는 물과 가까이 있고 감상할 곳이 더욱 아름답다. 벼랑이 굽어지자 관로(官路)를 버리고 시내를 걸으며 내려갔다. 용두담(龍斜潭)[40]을 보니 돌은 우뚝 솟아 험한 것이 여기저기에 많다. 물은 출렁거리며 소리를 내고 돌을 매만지니 매우 굳세다. 돌 가운데 제일 크면서 물로 들어간 것은 거북이가 목을 끄는 것 같다. 바람과 물결이 침식하였는데, 흔적은 용이 서려 있는 것 같다. 그래서 이것

37) 영취사(靈鷲寺) : 백담계곡 입구에 있던 옛 절이다.
38) 백연정사를 말한다.
39) 미수령(彌水嶺) : 미시령을 말한다.
40) 용두담(龍斜潭) : 용규담(龍糾潭)의 오기인 듯하다.

으로 못에 이름을 지었다.

5리를 가니 고원통(古圓通)[41]이다. 상류의 큰 돌이 많이 쌓여 시내에 가득하다. 곧추선 큰 새 같고 웅크리고 있는 괴이한 짐승 같은 것이 백여 개이다. 푸른 물은 종횡으로 합쳤다가 흩어지고 그 사이에

금강담

맑은 물은 흩날리고 흰 물은 솟아오른다. 물이 세차게 흐르며 소리를 내는 것이 10리다. 시내를 건너 와천(瓦川)[42]에서 점심을 먹었다.

남쪽으로 한계(寒溪)를 거슬러 올라가다가 운송(雲松)으로 들어갔다. 20리를 가는데 종종 수석(水石)이 있다. 옥류천(玉流泉)이 가장 기이하다. 물은 두 절벽 사이에서 쏟아지는데 두 개의 폭포와 두 개의 못이 있다. 길이는 백여 길인데 그윽하며 희고 깨끗하여 좋아할 만하다. 10리를 가서 한계사(寒溪寺) 터를 지나 시골집에서 잤다.

다음날 해가 뜨자 절벽 길을 따라 6~7리쯤 가서 돌산등성이를 올라 대승폭포를 마주 봤다. 거대한 절벽이 넓게 펼쳐져지면서 깎아지른 듯 서 있다. 급류가 날면서 떨어지는데 천 길쯤 된다. 마침 오랫동안 가물어 물이 풍부하지 못하지만 아직도 커다란 명주 같다. 처음에는 성하게 콸콸 쏟아진다. 이 물은 조금 떨어지다가 흩어지며 부서져 빗방울이 되고 시원하게 눈꽃이 된다. 반쯤 떨어지다가 해가 비치면 무지개가 빛나고 노을이 빛난다. 바람이 멈추면 안개는 끊기고 아지랑이가 올라온다. 영롱

---

41) 고원통(古圓通) : 지금의 인제읍 한계리를 말한다.
42) 와천(瓦川) : 한계리 앞을 흐르는 시내를 말한다.

대승령

가리봉

하고 아름다우며 빙빙 돌며 춤추는데 내려오기도 하고 내려오지 않기도 한다. 별안간 내려오면 소리는 천천히 올라오고, 그 흔적은 찾을 수 없다. 만약 큰 비를 만난다면 구경거리는 매우 클 거라고 한다.

대승암 옛터를 지나 폭포의 근원을 건너 만경대에 올랐다. 동북쪽으로 대승암의 뒷 고개[43]를 보니 백담사의 서남쪽 산등성이다. 뭇 석봉이 숲의 안개 속에서 층층이 보인다. 고개를 좇아 동남쪽을 보니 가장 높은 곳은 하설악(下雪岳)이다. 뭇 석봉이 모여서 붙어 있다. 남쪽으로 오색령(五色嶺)[44]을 보니 오색령의 상하좌우는 모두 석봉이고 진목전(眞木田)[45]은 북쪽에 있다. 10리가 평원이어서 밭 갈 수 있고 집 지을 수 있다. 사방은 옥이 서 있는 것 같다. 산 사람이 말하길 삼연옹이 일찍이 살았다고 한다.

서쪽으로 긴 산등성이를 보니 산등성이와 산기슭은 모두 석봉인데 기이하면서 겹쳐져 있다. 가리봉(稼里峯)[46]이 가장 빼어나다. 그 서쪽 곁은

---

43) 대승령을 말한다.
44) 오색령(五色嶺) : 인제와 양양 사이에 위치한 고개. 오색령의 위치에 대해서 의견이 분분하다.
45) 진목전(眞木田) : 인제쪽 한계령 중간에 있는 지역으로 참나무가 많아서 이름이 유래했다고 한다.
46) 가리봉(稼里峯) : 가리산을 가리킨다.

기린(猉獜)[47]의 옛 현(縣)이라고 한다. 만경대의 서북쪽은 막힌 곳이 있어 멀리 볼 수 없다. 산사람이 말하길 산 깊숙한 곳에 옛날 왕의 성과 대궐이 있었고 돌 흔적이 아직도 있다고 한다. 그런데 사건은 역사에 보이질 않으니 무엇 때문인가?

만경대 서쪽에서 내려와 길을 되돌아와서 시내를 따라 서북쪽으로 갔다. 좌우로 가파른 봉우리와 깎아지른 절벽을 이리저리 둘러보니 만경대에서 보지 못한 것들이 길을 사이에 두고 솟아오르고 번갈아 나타났다 숨는다. 모두 20리인데 양쪽 산의 기이함은 또한 적어진다.

또 10리를 가서 와천(瓦川)에서 밥을 먹었다. 앞으로 가서 시내를 건너니 시내는 곡백의 하류이고 한계와 합해지면서 내려간다. 서남쪽으로 10리 가서 원통역(圓通驛)에서 잤다. 역은 평평하고 널찍하여 살 만하다. 들으니 아래로 샛길이 있는데 북쪽으로 서화(瑞和)[48]와 용산(龍山)으로 들어가면 금강산에 도달할 수 있다고 한다.

아침에 일어나 서쪽으로 6~7리 가서 돌면서 큰 내(大川)를 건넜다. 시내는 금강산에서 와서 곡백의 하류와 합쳐진다. 서쪽으로 10여 리를 가서 합강정(合江亭)에 올랐다. 정자 앞은 곡백(曲百)의 하류가 기린의 물이 흘러오는 것을 받는다. 서남쪽부터는 이 물이 소양강(昭陽江)이 되는데 인제의 감영을 안고 흐른다. 정자는 그윽하며 한가롭고 맑으며 깨끗하다. 금강산의 먼 지맥에 의거하며 두 시내가 합쳐지는 곳에 임하고 있다. 두 시내는 대체로 설악을 싸고 흘러오는 것인데 마주하고 있는 산은 설악의 지맥이다. 계속 돌아보며 미련이 있게 한다.

---

47) 기린(猉獜) : 인제군 기린면을 가리킨다.
48) 서화(瑞和) : 인제군에 속해 있는 마을 이름이다.

대개 설악산은 금강산을 근본으로 하는데 미수령(彌水嶺)을 지나면서 비로소 우뚝 선다. 남쪽으로 조금 돌아가다가 서쪽으로 가면 일어선 것이 비로소 높아지면서 상설악이 된다.

조금 앞으로 가다가 낮아지면서 잠깐 남쪽으로 가다 잠깐 서쪽으로 가면 갑자기 일어나는 것이 중설악이다. 우뚝 선 것이 하늘에 이른다. 서북쪽으로 빠져나오면서 내려오다가 돌면서 일어선 것이 청봉이다. 이내 내려가면서 봉정(鳳頂)의 산등성이가 된다.

청봉의 큰 형세가 서남쪽으로 가면서 조금 낮아지다가 조금 높아진다. 크게 일어나면서 청봉 및 상설악과 나란한 것이 하설악이다. 조금씩 낮아지면서 서북쪽으로 간 것은 빽빽하게 긴 산등성이가 되는데 미수령에서 일어난 것과 서로 마주한다.

매우 낮아지면서 남쪽으로 빠진 것은 다른 산이 된다. 멀리 간 것은 오대산과 대관령이다. 또 매우 낮아지면서 서남쪽으로 빠진 것은 오색령(五色嶺)이다. 오색령이 서쪽으로 굽어지다가 다시 일어나는데 큰 것은 한계의 서쪽 산이다. 꼬불꼬불 높고 길게 굽으며 북쪽으로 뻗는데, 그 길이는 하설악의 산등성이와 나란히 한다.

두루 안고 있는 큰 줄기는 모두 흙이 많고 돌은 적으며 울창하고 두터우며 크고 우뚝하며 넓고 멀다. 동북으로 빠져나오면서 바깥 산이 된 지맥의 산기슭은 홀로 낙산(洛山)과 천후산(天吼山)으로 가리는 것이 없다. 보문(普門)·식당(食堂)·신흥(新興)의 수없이 기괴한 여러 돌산봉우리는 모두 구불구불한 가운데 감춰져 있다.

서남쪽으로 빠져나가면서 상설악 및 청봉의 안쪽과 갈기가 나누어지듯 순서대로 있는 것은 하설악이다. 왼쪽으로 빠져나오고 오른쪽으로 빠져나오면서 긴 산등성이에 서까래를 펼쳐놓은 것은 한계의 서쪽 산등성이다. 동쪽으로 나란히 빠져나가면서 고슴도치 털과 같이 찢어놓은 것은 짧거나 길고, 크거나 가늘며 높거나 낮은데 모두 돌산봉우리이다. 알록달록한 구슬이 거의 만 개나 되는 것 같은데 모두 큰 줄기에 포함된다. 서쪽으로 나란히 치우친 것은 큰 줄기가 합쳐지는 곳인데, 모두 흙산이 뒤섞이고 구름 낀 나무숲이 푸르고 무성하여 가로막는다.

기이한 물은 바람을 끼고 위에서부터 합쳐져서 흘러간다. 백담사가 첫째이고 식당의 물이 둘째이며 한계의 물이 다음이다. 깨끗하고 빛나는 온갖 골짜기와 봉우리는 깊숙이 가두어두고 아무도 모르게 숨는 것이 똑같아서 밖으로 빼어남을 드러내는 것은 백 중 한둘에 지나지 않는다. 아! 또한 기이하구나. 이것은 대개 높고 두터우나 빼어남을 감추고, 넓지만 신령스런 땅을 덥수룩하게 감추며, 바깥을 흐리고 질박하게 하여 자신을 자랑하여 빛나게 하지 않는 것이다.

문장에 비유한다면 한유(韓愈)가 흐리면서 푸른 바닷속에 온갖 괴이함을 눌러놓은 것인가? 전쟁의 책략에 비교한다면 분양(汾陽)[49]이 높고 깊으며 너그럽고 간결한 가운데 온갖 변화를 아우르는 것인가? 오직 성대한 덕이 조용하면서 많은 능력을 온축한 자가 이에 짝할 수 있다. 군자가 오르면서 보는 것을 즐거워하고 귀의하는 것이 마땅하다.

내가 산에 들어온 것은 겨우 7일이고 본 것은 많지 않으니 참으로 한탄스럽다. 만약 자세하게 보려고 한다면 마땅히 30여 일을 보내야 한다. 미수령 남쪽으로 치우친 곳은 동서의 산록을 찾아야만 한다. 토왕성의 위 아래와 양쪽은 폭포를 온전히 감상하는 것을 찾아야 한다. 권금성의 가

---

49) 분양(汾陽) : 당나라의 명장 곽자의(郭子儀)를 말한다.

운데와 식당암의 서남쪽 깊은 계곡, 보문과 수렴의 계곡, 중설악의 서남쪽 치우친 곳, 매월당이 살던 검동(黔洞)의 황량해진 터, 원효의 영혈사(靈穴寺)[50], 영시암에서 신흥사로 향하면서 고개를 넘을 때의 동서 계곡도 찾아야 한다. 합계부터 폐문암으로 들어가면 가야굴을 다 찾을 수 있다. 수렴동의 서북쪽은 백운동으로 들어가는 곳이다. 수렴동의 쌍폭으로부터 서남쪽 계곡의 폭포 근원과 동남쪽 계곡의 폭포 근원을 탐색해야 한다. 백담사부터 한계의 대승령으로 향하면, 듣건대 그 계곡이 매우 길고 그 물도 기이하며 고개는 특히 높은데 자지(紫芝)는 길옆에서 자란다고 한다. 하설악은 안에 있는 산의 감상할 곳과 한계 좌우의 바위산굴, 한계의 진목전을 남김없이 알아야 한다. 진목전을 지나 한계를 다한 후 오색령을 넘으면 무더기로 기이한 것과 빼어난 풍경들은 반드시 좋아할 만하다. 한계의 서쪽 봉우리 중 가장 높은 정상에 올라 한계의 좌우와 기린의 옛 마을을 남김없이 알아야 한다. 모든 것들은 지금 바빠서 다시 노닐지 못한 것이다. 그 승경을 가려서 기록한다.

때는 숭정(崇禎) 기원 후 세 번째 경진(庚辰:1760년) 영조 36년 4월 20일 갑자일(甲子日)이다.

---

50) 영혈사(靈穴寺) : 강원도 양양군 양양읍 화일리 설악산 동남쪽 관모봉(冠母峰)에 있는 절로 신흥사의 말사이다.

안석경(安錫儆, 1718~1774)
앞의 〈후설악기〉 참조

작품 해설

1760년에 이어 다음해인 1761년 금강산을 유람하고 다시 찾은 설악 유산기
이다. 삼연은 「동유소기」에서 식당천석(비선대)이 금강산의 만폭구담인 진주
담, 벽하담보다 낮다고 하였는데, 안석경은 삼연과는 다른 견해를 피력하며
삼연이 설악산에 살았기에 그런가 보다고 기술한 부분이 흥미롭다. 2~30일
긴 여행으로 인한 피곤함을 이유로 애초 계획이었던 설악에서의 여정을 취
소한다.

유람 행로

- 일시 1761년
- 일정 만경루–화암사–석인대–계조굴–내원암–와선대, 비선–신흥사–낙
  산사–이화정–의상대–응향각, 관음굴–적묵당

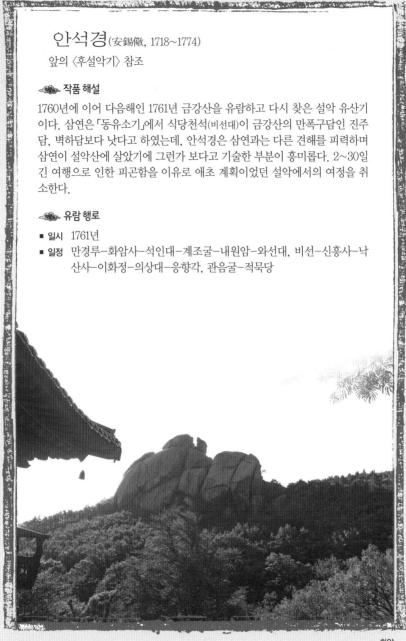

화암

천하의 절경을 어떻게 가질 수 있을까

안석경(安錫儆), 「동행기(東行記)」

5월 2일. 일찍 일어나 만경루(萬景樓)에 올랐다. 일출을 기다렸는데, 바다 노을이 가려서 한스럽다. 서남쪽으로 20리를 걸어 화암사(華巖寺)[1]로 들어갔다. 화암사가 등지고 있는 큰 산은 바로 금강산의 남쪽에 해당된다. 생긴 것이 우뚝한 언덕 같은데, 자못 돌 빛을 띠고 있었다. 앞에 계곡 물을 내려다보고 있으며, 동쪽으로 화암(禾巖)[2]을 마주하고 있는데, 수백 길 높이로 우뚝 솟아 있다. 위에 돌절구 12개가 있다고 한다.

남쪽으로 5리쯤 오르다 석인대(石人臺)[3]에 올랐다. 석인대 위의 돌은 사람의 모습과 같은데 나란히 서 있는 것이 세 개다. 석인대를 차지하고 있는 것은 전체가 돌인데, 둥글게 휘어지면서 길다. 올라가니 절구처럼 파여 물이 고인 것이 5~6개이다. 석인대는 남쪽으로 천후산[4]과 설악산을 마주하고 있는데, 돌 모서리가 뾰쪽하게 솟아 있다. 동쪽으로 세 개의 호수와 큰 바닷물을 굽어보고 있다.

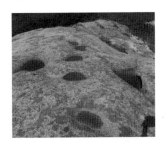

돌절구 모양의 바위

---

1) 화암사(華巖寺) : 강원도 고성군 토성면 신평리 설악산에 있는 절로 신흥사의 말사이다. 769년(혜공왕 5) 진표(眞表)가 창건하여 이름을 금강산 화엄사(華嚴寺)라고 하였다.
2) 화암(禾巖) : 석인대(石人臺) 옆에 있는 바위로. 곡식을 쌓아놓은 것 같아 유래했다 한다.
3) 석인대(石人臺) : 화암사 남쪽 능선에 있는 바위로 신선대라 부르기도 한다.
4) 천후산 : 울산바위를 말한다.

원호(圓湖)는 북쪽에 있고, 영랑호(永郎湖)는 가운데에 있으며, 청초호(靑草湖)는 남쪽에 있다. 바다는 통천(通川)과 고성(高城)부터 양양(襄陽)과 강릉(江陵)까지 4~5백 리를 볼 수 있다. 듣자니, 명나라의 군대가 동쪽으로 와서 조선을 구할 적에 영랑호에 주둔하였다가 3일 만에 돌아갔는데, 명나라 장수가 돌아갈 때에 크게 웃으면서, '천하의 절경이다. 아아. 어떻게 가질 수 있겠는가?'라고 하였다 한다. 이 말은 삼연 김창흡이 계현(契玄)[5]에게서 들은 말이라고 한다.

영랑호는 온화하며 탁 트이고 넓다. 사방 기슭은 모두 흰 모래로 되어 있으며, 언덕엔 기이한 돌이 많다. 동쪽으로는 푸른 바다가 하늘과 땅 사이에서 아득하게 출렁거리고, 서쪽으로는 설악산과 천후산, 화암과 석인대를 끌어안는다. 진귀하고 아름다운 볼거리가 중국 장군이 연연하여 떠나지 못한 까닭이구나!

남쪽으로 15리를 가서 양양 땅에 있는 천후산 계조굴(繼祖窟)로 들어갔다가, 5리를 내려와 내원암(內院庵)으로 갔다. 또 5리를 가서 신흥사에 들어갔다. 모두 옛날에 구경했던 곳이다. 미타전(彌陀殿)[6]에서 잤다.

경자일(庚子日)에 서쪽으로 시내를 거슬러 7~8리를 가서 와선대(臥仙臺)를 보았다. 시냇물이 퍼져서 푸른 바위 위를 흘러간다. 돌은 매우 넓으며, 옆으로 펼쳐진 것이 몇 층을 이루고 있다. 3리를 가서 비선대(飛仙臺)를 보았다. 흰 돌이 밝고 매끄럽다. 길고 넓으며 높낮이가 3~4층 정도 된다. 시냇물은 돌 옆으로 기울어져 굴곡을 이루며 흘러간다. 맑은 구슬을

---

5) 계현(契玄) : 이지백(李知白;1606~1676), 호는 금화(金華). 영의정 홍주의 손자이고, 헌방의 아들이다. 선성군의 8대손. 1652년(효종 3)에 문과 급제하고 누전 군수를 지냈다. 정사공신(靖社功臣)에 책록되었다. 저서로는『금화문집(金華文集)』1권이 전해지고 있다.
6) 미타전(彌陀殿) : 신흥사 경내에 있는 건물 이름이다.

쏟아 붓고 흰 물이 솟아오르며 푸른 구슬을 흩트려놓는다. 모여서 검은 것은 못이 되기도 하고 여울이 되기도 하면서 변하는 모양이 백 가지로 나타난다. 북쪽으로 금강굴(金剛窟)을 끼고 있다. 대여섯 개의 돌로 이루어진 기이한 봉우리가 계속 물에 뿌리를 박고 있다.

서쪽으로 상설악(上雪岳) 지맥의 봉우리를 쳐다보니, 남쪽으로 권금성(權金城)의 여러 아름다운 봉우리를 감싸 안고 있다. 서남쪽의 깊은 골짜기 가운데에는 10여 개의 기이한 봉우리가 있다. 사람이 서 있는 듯, 짐승이 일어선 듯, 말의 거동은 머리를 내밀며 달리려고 한다. 이것이 바위와 봉우리, 그리고 수석(水石)의 뛰어난 경치이다. 만폭동(萬瀑洞)의 진주담(眞珠潭)[7], 벽하담(碧霞潭)[8]과 자웅을 겨룰 만하다.

그러나 진주담과 벽하담을 둘러싸고 있는 봉우리들은 면면이 아름답고 기이하여 조금도 흠잡을 곳이 없는데, 이곳은 동서 양편에 조금 쓸모없는 구석이 있다. 경치가 조금 뒤떨어지는 것이 여기서 구별된다. 그런데 삼연 김창흡 옹은 이곳의 경치를 들고 진주담과 벽하담을 압도한다고 했으니 이상한 일이다.

이뿐만 아니라 토왕성폭포(土王城瀑布)[9]가 비록 높더라도 구정봉[10]의 12폭포에 미치지 못하며, 봉정(鳳頂)과 수렴동(水簾洞)의 쌍폭(雙瀑)[11]은 진실로 아름답지만, 내외원통동(內外圓通洞)[12]과 만폭동에는 미치지 못하고, 구

---

7) 진주담(眞珠潭) : 만폭동에 있으며 물방울이 진주처럼 떨어진다는 명소이다.
8) 벽하담(碧霞潭) : 만폭동에 있으며 진주담보다 더 뛰어나다는 평가를 받는 명소이다.
9) 토왕성폭포(土王城瀑布) : 외설악에 있으며, 설악산을 대표하는 3대 폭포 가운데 하나로 신광폭포라고도 한다.
10) 구정봉 : 금강산에 있는 봉우리이다.
11) 쌍폭(雙瀑) : 쌍룡폭포를 말한다.
12) 내외원통동(內外圓通洞) : 금강산에 있는 계곡 이름이다.

룡폭포[13]에 비교한다면 약간 뒤질 것이다. 그러나 삼연 김창흡은 모두 아름다워 비교할 것이 없다고 하였다.

설악산은 진실로 아름답고 장엄하나 풍악산에 비하면 높이는 오분의 일이 적고, 크기는 삼분의 일이 모자라며, 아름다운 산의 모습은 사분의 일이 부족하니, 또한 그 차이가 분명하다. 그런데도 삼연 김창흡은 난형난제(難兄難弟)라고 하였으니, 왜 그런 것인가? 생각건대, 삼연은 설악산에 살아서 사사로움에서 벗어나지 못했기 때문에 여남(汝南)의 평[14]을 바꾼 것으로 보인다.

처음에는 이 절에서 영시암(永矢庵)으로 넘어가 폐문암(閉門巖)으로 거슬러 올라가서 봉정에서 유숙하고, 구불구불 서쪽으로 가서 폭포의 근원을 찾아나가면서 쌍폭의 물을 따라 내려가려고 하였다. 수렴동의 곁을 구경하고 백운동으로 들어가면, 골짜기의 수석은 아름답고, 15리를 가면 쌍폭과 비슷하다고 한다. 백담사(百潭寺)로 내려가지 않고, 한계(寒溪)를 넘어 대승폭포(大乘瀑布)를 보고, 오색령(五色嶺)을 넘어 기린(麒麟)[15]의 긴 계곡을 구경함으로써 한계령 밖의 경치를 다 구경한 후, 기린의 입구에 난 길을 따라 합강정(合江亭)에 도착하려고 했다. 그런데 날씨가 갑자기 더워진데다 산행이 2~30일 계속되다 보니 매우 피곤하였다. 다시 와서 구경할 것을 생각하고 낙산사(洛山寺)로 향하였다.

계곡을 나와 몇 리를 가다가 남쪽으로 토왕성폭포를 보았는데, 거대한

13) 구룡폭포 : 금강산 외금강 구룡동 골짜기에 있으며, 중향폭포(衆香瀑布)라고도 한다. 설악산의 대승폭포, 개성의 박연폭포와 함께 우리나라 3대 폭포의 하나이다.
14) 여남(汝南)의 평 : 중국의 사상가인 허소는 하남성 여남(汝南) 출생으로, 향당(鄕黨)의 인물을 즐겨 평하였으며, 매월 1회 그 인품을 평하였다 하여 세상 사람들이 이를 '여남의 월단평(月旦評)'이라고 칭하였다.
15) 기린(麒麟) : 인제군에 있는 마을로 예전에 춘천에 속했다.

절벽이 구불구불 수백 길 높이로 솟아 있다. 곧바로 쏟아져 내리다가 절벽의 허리 부분에서 못을 이루고, 굽이치며 석봉 사이로 물이 쏟아져 내린다. 그 길이 또한 천여 길이나 되는데, 좌우의 봉우리에 가려져서 아쉽다. 그러나 운근정(雲根亭)과 영랑호에서 보면, 푸른 절벽과 하얀 여울이 저녁 석양에 번쩍거리며 빛이 나니 더욱 마음에 든다. 물의 근원을 보니 풍부하지 않다. 만약 큰 비를 만나 형세를 장엄하게 하면 마땅히 구룡폭포와 견줄 수 있을 것이다. 수렴폭포와 대승폭포에 대해서는 말할 것도 없다.

시내를 따라 16~7리를 내려오니 동쪽 옆에 바다가 펼쳐져 있다. 10리를 걸어 낙산사로 들어갔다. 고성으로부터 양양까지 구불구불한 길이 300리이다. 서쪽으로 들어가면 산이요, 동쪽으로 나오면 바다이다. 이미 산과 시내, 호수와 바다의 경치를 실컷 보았는데, 낙산사에 이르니 정신이 더욱 번쩍 들었다. 아름답고 기이한 경치 속에 자리 잡았음을 알 수 있다.

잠시 이화정(梨花亭)에서 쉬다가 이제숙(李除叔) 종형제와 만나 의상대에 올랐다. 응향각(凝香閣)에 들어가고 관음굴(觀音窟)에 올라갔다. 구경한 것은 다만 한 바다인데 바다의 색깔과 구경하는 마음이 자리를 바꿀 때마다 달라진다. 의상대의 탁 트인 경치와 응향각의 그윽함과 관음굴의 조용하고 기이함을 모두 옮겨놓았구나!

낙산사로 돌아와 적묵당(寂嘿堂)[16]에서 잤다. 밤에 이유평(李幼平), 이제숙 등과 함께 이화정으로 나가서 운(韻)자를 부르며 시를 지었다. 초승달은 푸른 숲 사이에서 보였다 숨었다 하였는데, 바다는 온화하게 하얀 광채를 내니 참으로 아름다웠다.

---

16) 적묵당(寂嘿堂) : 낙산사에 있는 건물이다.

작자미상

🏵️ 작품해설

설악산, 금강산을 유람한 뒤에 지은 기행록으로, 1책 27장의 필사본이다. 저자와 저술 시기는 미상이다. 표제는 「장유록(壯遊錄)」이며, 표제 우측 상단에 "설악, 금강, 부 용문(附龍門)"이 부기되어 있다. 권수의 자서에 "갑신시월지기망우송자서(甲申十月之旣望友松自序)"라고 되어 있으나 우송(友松)이 누구이며, 갑신(甲申)이 정확히 언제인지는 알 수 없다. 다만 유람시에 동행한 인물인 이백원(李百源), 이회상(李會祥)을 통하여 연대를 추정할 수 있다. 저자는 추계자(秋溪子) 이회상, 황간공(黃澗公) 이백원, 금사(琴師) 손갑득(孫甲得)과 함께 기행하였다. 이백원은 본관이 연안으로 산보(山輔)의 장남이며 택원(宅源, 1722~?)의 형이다. 이백원은 음직으로 황간 현감(黃澗縣監)을 지냈으며, 동생 택원은 1756년(영조 32) 진사에 급제하여 삼등 현령(三登縣令)을 지냈다. 이회상은 형좌(衡佐)의 아들이자 연태(延泰, 1740~?)의 아버지이다. 따라서 갑신년(甲申年)은 1764년(영조 40)으로 추정된다. 「설악기(雪嶽記)」, 「음영(吟詠)」, 「금강기(金剛記)」, 「음영(吟詠)」이 있고, 부록으로 「용문음영(龍門吟詠)」이 실려 있다.

🏵️ 유람행로

■ **일시** 1764년
■ **일정** 천감역-만의점-합강정-서탄-남교-갈역-오로봉-백담사-황룡담-영시암-오세암-만경대-장암-봉정-봉정암-삭문동-수렴동-저비령(대승령)-한계폭포(구천은하)-한계사지-옥류동

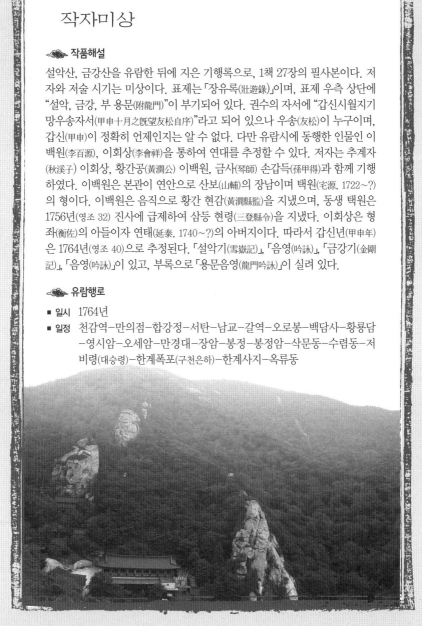

조물주 뜻이 있어 별천지를 열었네

작자미상, 『장유록(壯遊錄)』

천감역(泉甘驛)에서 점심을 먹고 저물어서 만의점(萬宜店)에 투숙하였는데, 영소(靈昭) 땅이다. (영소(靈昭)는 인제의 이름이다.) 밤에 합강(合江)에서 거문고 소리를 듣고, 늦게야 소나무 길에 배를 매고 화탑(花塔)으로 걸어가 정자에 올라 졸음을 멀리 날려 보냈다. 강산(江山)은 매우 맑고, 경치는 무척이나 그윽하고 깊다. 삼연(三淵)이 지은 시판(詩板)의 율시 운에 차운하였다.

　　두 물줄기는 이어지며 둘러싸니,
　　오랜 정자를 하늘에 뜨게 하고,
　　여울 소리는 가락을 더하며,
　　솔바람 소리는 맑은 소리 내는구나.
　　모래밭 새는 난간에 떠 있고,
　　고기잡이배는 꽃 밖에 머무는데,
　　농암(農巖)과 삼연(三淵)은 어디로 갔는가.
　　거문고 연주 끝나자 텅 빈 물가 거니네.

다음날 새벽에 행장을 재촉하여 고창(高暢)을 걸어서 지나갔다. (고창(高暢)은 깎아지른 듯한 절벽이다.) 조그만 배로 서탄(鋤灘)을 건너고, 남여로 암령(暗嶺)의 돌길을 내려가니 소나무 그늘이 삼가(三街)에 드리웠는데 매우 높고 험하다. (삼가(三街)는 고개 이름이다.) 굽이마다 물은 옥소리를 내고 봉우리마다 산기운은 푸른색이다. 점차 아름다운 곳이 가까이 온다는 것을 깨닫고 그늘을 지나며 힘든 것을 잊었다. 바람이 불어 설악에 구름과 안개가 걷히자 말을 세웠다. 높은 곳에 올라가려면 낮은 곳으로부터 올라가야 하니, 하물며 소봉래(小蓬萊)를 품평함에랴! 남교(藍橋)에서 말을 먹이고, 갈역(葛驛)에서 지팡이와 신을 수리했다. 산 아래에 머무르다 신선의 산으로 들어가면서 시를 읊조렸다.

> 4월 중순에 설악에 오니
> 산꽃은 아직도 늙은이를 기다렸다 피네.
> 신령스런 땅의 풍경들 모두 시의 소재니
> 간략하게 지으려다 재주 부린 걸 부끄러워하네.

비스듬히 가자 동천(洞天)이 열린다. 돌머리를 잡고 올라 오로봉(五老峯)으로 가니 어디든 빼어난다. (고려시대에 다섯 노인이 세상을 피해 은둔했던 곳이라고 한다.) 백룡담(白龍潭)은 매우 깨끗하다. 벼랑을 지나고 오래된 잔교와 절벽을 지나 흰 폭포를 건넜다. 어떤 산승이 백담찰(白潭刹)[1]에서 나를 맞이한다. (설악에서 처음의 절이다.)

아침에 황룡담(黃龍潭)을 지나다가 오랫동안 못가 바위에 앉았다. 물결은 비늘과 껍데기를 만들고 물보라는 비단을 만든다. (못의 물은 바람이 없으나 더해지는 물결은 스스로 비늘과 껍데기를 만든다. 깊은 물과 붉은 꽃이 물결 가운데서 떠다니는 것이 비단을 짠 무늬 같아서 참으로 기이하다.) 돌아가니 영시암(永矢菴)이다. 영시암은 예전에 노석(老釋) (영시암(永矢菴)은 삼연(三淵)이 예전에 살던 곳으로 아래에 곡담(曲潭)이 있다. 곡담 위에 초당(草堂)의 남겨진 터가 있고, 그

---

1) 백담찰(白潭刹) : 백담사를 말한다.

옆에 암자가 있는데, 영시암이라고 한다. 대개 영원히 잊지 않겠다는 뜻을 취한 것이다.)
삼연이 일찍이 이곳에 은거하였다. 높은 풍모를 우러르니 간절히 느껴져
시 한 수를 읊는다.

산천(山泉)에 영향(影響)을 남기니
구름은 스스로 가슴속 기약한 걸 생각하네.
은둔한 자취 구름이 계곡에 감추어도
원대한 뜻 때문에 지초는 자라나는구나.
사람들 어찌하여 은둔하는 걸 헐뜯는가.
선생은 스스로 지조를 지켰을 뿐이네.
영원히 잊지 않겠다는 선생의 뜻
벽 위의 시를 읊었음에랴.

지팡이를 놓고 백원(百源)과 갑득(甲得)은 떠나고, 늦게 오세암(五歲菴)에
올랐다. (매월당(梅月堂)이 은둔한 곳이다. 매월당은 오세신동(五歲神童)으로 불려서
암자를 개명하였다. 화상(畫像)이 별당에 모셔져 있다.) 사람은 떠나고 화상만 남
아있는데, 산은 텅 비었고 구름만 흐른다. 느낌이 있어 시 한 수를 읊는다.

장부의 심사 홀로 선을 닦다가
세상과 이별하고 멀리 설악에 은둔했네.
오세신동의 한가로운 기운
단서를 찾으며 늙어갔으니 어쩌면 전생의 인연일지도
몸 의지하던 인간세상 처음부터 없었고
불교에 자취를 숨기니 별천지로구나.
물 빛과 산 빛은 초상화에 남아 있으니

우리나라에 오랫동안 서적에 빛나리라.

만경대(萬景臺)에 오르기 위해(오세암의 남쪽에 있으며, 기이한 볼거리가 많다.)
솔잎차 한잔 마셨다. 설악의 온갖 경치가 또렷하니 모두 볼 만하다. 시 한
수를 읊었다.

솔잎 차 마시니 겨드랑이에서 바람 일어
만경대(萬景臺) 하늘로 날아오르네.
아양곡(峩洋曲) 한 자락에 선악(仙樂)을 펼치니
의연히 신선의 세계에서 신선의 술에 취하네.

또 푸른 벼랑에 한 수를 지었다.

겨울에 눈 내리지 않았어도 설악은 흰색이고
우레가 치지 않는데도 물소리 들리네.
살면서 아름다운 곳에 이르니
속세의 생각 문득 재가 되었네.

일찍 출발해 장암(藏岩)을 지나 날이 늦어서 봉정(鳳頂)에 올랐다. (이른바
대장암(大藏岩)은 봉정의 아래에 있는데 절벽이 백 길이고, 푸른 바위는 만 권의 책을 쌓
은 것 같다. 중들은 대장경이 쌓인 모양을 형상하여 비위에 이름을 붙였는데, 위아래가
기이한 볼거리다. 봉정봉(鳳頂峰)은 설악의 제일 뛰어난 볼거리로 이름났는데, 백담사
부터 여기까지 70리이다. 높은 봉우리는 하늘을 우러러보며, 설악의 많은 봉우리가 사
방에서 에워싸고 서 있다. 바라보니 조그만 흙더미 같고, 또 물이 문을 지나가는 것 같
다. 높이 봉정에 임하니 보이는 것은 황홀하여 눈을 구경하는가 의심하였다. 이것이 필
시 설악의 이름을 얻은 이유일 것이다.) 어찌나 높은지 날아가던 기러기가 떨어

지고 멀리 하늘이 가득 찬 것과 같아 시를 한 수 읊었다.

> 지팡이 의지해 바위와 절벽을 오르니,
> 하늘가 잔도는 소나무에 걸렸네.
> 삼천 길 봉정봉에 눈 걷히자,
> 제일 향로봉(香爐峰)에 해가 비치네.
> 바깥으로 아득한 것은 은빛 바닷물이요,
> 앞에 늘어선 것은 옥 같은 부용봉이네.
> 학을 타고 선계로 오를 필요 없으니,
> 저녁 노을 느릅나무 꽃으로 앉아 있는 곳이 붉으니.

봉정암(鳳頂菴)으로 내려와 쉬는데 중은 없고 꽃은 절로 떨어지니, 마음은 맑고 깨끗해진다. 연잎차를 마시고 음식을 펼쳤다. 왼쪽으로 돌아가 그윽한 골짜기로 들어가니 석문동(石門洞)이라 하는데, 두 바위가 저절로 문을 만들었다. 그 가운데 골짜기는 항아리와 같다. 돌면서 수렴동(垂簾洞)으로 내려가니 계곡은 열리고 바위는 눈과 같다. 두 갈래 흐르는 물이 돌벼랑에 걸려 아래로 내려가서 쓰러진다. 12폭포는 각자 흰 비단을 펼치고, 층층이 구슬 같은 주렴을 펼친다. 거문고 두 개가 맑은 소리를 내고, 산은 높으며 물은 질펀히 흐르니 흥이 다해도 영시암으로 돌아가는 것을 잊었다. 석양에 돌아오는데 당귀(當歸) 향기가 주위에 가득해 밥상을 마주하고도 고기 맛을 잊었다.

아침에 저비령(猪鼻嶺)[2]으로 올랐다. 고개 위에는 자지(紫芝)가 많다. (자지는 세속에서 지초(芝草)라 하는데 다르다. 줄기와 잎은 무성하고, 뿌리는 자줏빛이 나

---

2) 저비령(猪鼻嶺) : 대승령을 말한다.

지 않으며 조금 붉다. 간간이 겨울에 푸른 나무 밑에서 자란다. 날로 씹으면 맛은 조금 맵다. 이것은 과연 일 년에 세 번 피는 것이다.) 헛되이 봉래산 바다로 배를 보냈으니, 진시황은 일찍이 알지 못한 것이다.

수없이 꺾이며 위험한 돌길을 따라 내려가 한계폭포[寒溪瀑]³⁾를 봤다. 푸른 바위는 하늘 가운데 섰으며 떨어지는 것은 만 길이나 되는 시내다. '구천은하(九天銀河)' 글자는 돌 위에서 용과 뱀처럼 꿈틀거린다. 시 한 수를 읊어 그 옆에 썼다.

> 모양은 흰 무지개 땅에 드리워 서 있는 것 같고,
> 기세는 은하수가 하늘에서 떨어지는 것 같구나.
> 물방울 바람 따라 뒤집어지자 안개가 되니,
> 조물주 뜻이 있어 별천지를 열었네.

(폭포 물이 떨어지는 것을 바라보니 큰 시내 같고, 아래 못에 아직 떨어지지 않았는데 날리는 물방울이 흩어지며 엎어진다. 흰 안개는 바람을 따라 흩날리니 진실로 조화옹의 공교로움을 깨닫지 못하였다. 여러 폭포들과 차이가 있어서 간략하게 기록한다.)

내려가 옛 절터를 지났다. 일찍이 비래암(飛來菴)이 있었다. 떠 있는 구름은 흰 탑을 보호하면서 만 길 바위를 뒤에서 에워싼다.

유홍굴(俞泓窟)을 찾아가니 굴 안에 구름과 안개가 가득하다. 일찍이 은자(隱者)가 거주하며 영지곡(靈芝曲)을 들었다고 한다. (유홍(俞泓)은 고려(高麗) 말엽에 이곳에 은신했다고 한다.)

오두막에 이르자 모두가 넓고 확 트였다. 앉은 곳은 상쾌하여 가슴속에 티끌 한 점도 없으니 날아오를 듯한 마음을 참기 어려웠다. 점심은 곡구

---

3) 한계폭포[寒溪瀑] : 대승폭포를 말한다.

(谷口)에서 했다. 오두막에는 서(徐)
씨 성의 백성이 있는데, 머리가 희
고 자못 순박하면서 예스럽다. 풀
집은 양지바른 산기슭에 의지하였
는데, 송이와 절인 채소, 차를 내왔
고, 청밀탕(淸蜜湯)을 내왔다. (서(徐)

유홍굴

씨 성의 백성은 이름이 덕건(德建)이라고

하는데, 일찍이 삼연(三淵) 선생을 따라 산수를 두루 유람하였다고 한다. 그래서 오두
막을 찾게 되었다.)

내려오다 옥류동(玉流洞)[4]을 찾으니 하나의 물길이 세 개의 폭포를 만들
었다. 오래 앉아 있었으나 떠날 수 없다. 이를 닦고, 또 발을 씻었다. 중
에게 금강산으로 가는 길을 물으니 동쪽으로 흐르는 구름을 가리킨다. 드
디어 견여(肩輿)로 신흥(神興)에 올랐다. (신흥(神興)은 고개 이름으로 금강산으
로 가는 가장 빠른 길이다.) 잔도(棧道)가 하늘 높이 걸려 있다. 산길로 백 리
를 못 미쳐 가다가 금강산 중을 만나 뛰어난 경치를 말하는 것을 들었다.
잠시 돌 비탈길에 앉아 시 한 수를 지어 읊조렸다.

---

4) 옥류동(玉流洞) : 옥류천이 있는 계곡을 말하며, 계곡을 따라 올라가면 한계산성이 있다.

이의숙(李義肅, 1733~1807)

본관은 전주(全州). 자는 경명(敬命), 호는 이재(頤齋)·월주(月洲). 세종의 다섯 번째 아들인 광평대군(廣平大君) 이여(李璵)의 후손(後孫)이고, 부친은 동지중추부사(同知中樞府事) 이황중(李黃中)이다. 이상목(李商穆)에게 배웠으며 진사시험에 합격하였다. 1787년(정조 11) 음보(蔭補)로 개령 현감(開寧縣監)을 지냈고, 1807년(순조 7) 효행으로 정려가 내려졌다. 저술로『이재집(頤齋集)』이 있다.

🍂 작품 해설

이의숙은 설악산 유산기를「한계폭기(寒溪瀑記)」,「대승령기(大乘嶺記)」,「영시암기(永矢庵記)」,「수렴동기(水簾洞記)」,「만경대기(萬景臺記)」,「오세암기(五歲菴記)」,「곡백담기(曲百潭記)」로 나누어 지었는데, 이 책에서는 편의상 한데 묶어「유설악기」라 한다. 지은 연도가 표기되어 있지는 않지만,「영시암기」에서 영시암을 새로 옮겨 지었다고 했으니 이는 설정 스님이 영시암을 재건한 1761년 이후에 영시암을 방문했음을 말하는 것이며, 또한「만경대기」에서 '금강산(金剛山) 중향성(重香城)이 대체로 이것과 비슷하며 희다고 한다'고 했는데 이의숙은 1771년 금강산을 유람하고 금강평(金剛評)을 남겼으니 이의숙의「유설악록」은 1761년부터 1771년 사이에 지은 것이라 추정된다.

🍂 유람경로

■ 일정 한계동─옥녀담─대(한계폭포)─대승암지─대승령─두퇴파─조연─사미대─심원사지─영시암(유허비)─무청정─유홍굴─수렴동─내조연─유홍굴─사자항─만경대─사자항─오세암─황정연─포회천─부회천─학암─장암─여담(두타)─오로봉─갈역

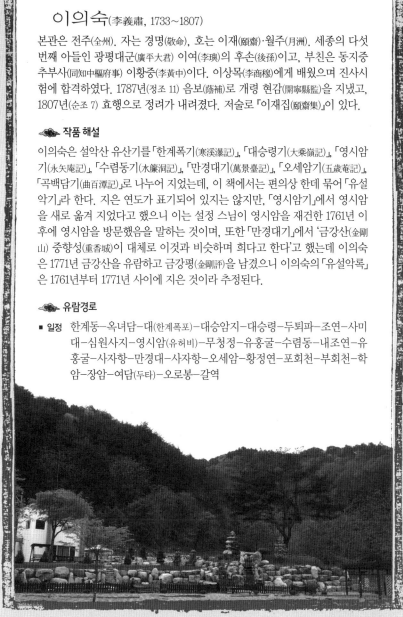

갈역정사 추정지

이의숙의 「유설악기」

이의숙, 「한계폭기(寒溪瀑記)」外

한계폭기(寒溪瀑記)

한계동 30여 리를 지나면 좌우가 모두 산
이다. 모든 산들은 크고 험악한데, 오른편
을 갈이산(羯夷山)이라 하고 왼편을 설악이
라 한다. 깊이 들어갈수록 봉우리들이 차례
로 나타나는 것이 더욱 특이한데, 모두 설
악의 한 부분이다. 북쪽으로 엇비슷이 가려
진 곳을 옥녀담(玉女潭)[1]이라 부른다. 옥녀
담(玉女潭)을 올라가면 작은 폭포이고, 폭포
에서 올라가면 오래된 궁예왕성(弓裔王城)[2]
이 있어서 성골이라 부른다.

예전엔 한계폭포라고 했으나
지금은 대승폭포라고 부른다

동쪽에서 다시 북쪽으로 올라가는 길은 돌벼랑이다. 높고 험한 곳을 지
나서 조금 돌아가면 바위에 이르는데 대(臺)라고 한다. 갑자기 놀랍게도
가파른 낭떠러지에 큰 띠처럼 드리워져, 마음을 닦으려는 자들이 많이 찾
으므로, 뛰어남을 감춘 것이 한계폭포(寒溪瀑布)다.

---

1) 옥녀담(玉女潭) : 김수증이 말한 옥류천을 가리킨다.
2) 궁예왕성(弓裔王城) : 한계산성을 말한다.

바람이 불라치면 그대로 흩어지다가 사라지거나, 부서져 가볍게 날아오르다가 연기처럼 휘날린다. 흩어져 떨어지는 구슬비는 햇빛을 받아 무지개를 만드는데, 하나이거나 쌍무지개를 만들기도 한다. 낮거나 갑자기 높아짐이 바람에 따라 자주 변한다. 아래로는 웅덩이와 못, 깎아 세운 듯한 절벽 그리고 긴 폭포 이 세 가지 모양을 볼 수 있는데. 청백(靑白)하여 이끼 자국도 없다. 골짜기는 담(潭)과 여울이 많고, 으늑하고 깊숙하여도 사람들은 위험함을 무릅쓰고 찾아온다. 오직 석대(石臺)는 폭포를 보기에 넉넉하므로 예부터 폭포를 보려면 반드시 이 대(臺)가 필요하다. 대의 높이는 폭포의 절반에 이르지 못하나 폭포를 보는 데는 지장이 없다

대승령기(大乘嶺記)

한계의 석대에서 돌면서 북쪽으로 향해 곧은 나무를 잡아당기며 한 계단씩 올라 10리쯤 가면 대승령(大乘嶺)에 도착한다. 사방에 있는 골짜기와 산굴이 빼어나며 높고 험준한 것으로 알려진 것이 많다. 이곳에 이르니 모두가 겨드랑이 아래에 꿇어앉아 감히 스스로 높다 하는 것이 없다.

중이 북동쪽의 아득한 곳을 가리키며 말하기를, "바다입니다. 멀리 보이는 것은 하늘입니다."라고 한다. 오래 바라보니 푸르고 맑은 것은 하늘

대승령 정상

조연

이고, 매우 푸른 것은 바다다. 맑고 진한 곳의 경계가 가로로 평평하여 '一'
자를 그은 듯하다.

고개가 끝나자 구부리며 내려가는 것은 두퇴파(兜堆坡)라 부른다. 5리를
가자 두퇴파가 끝나면서 평평해진 곳이 조연(槽淵)이다. 좌우와 밑바닥은
모두 돌이고, 오른쪽 우뚝 솟은 곳이 병풍을 이룬다. 세로는 수십 걸음이
고, 넓이는 길이의 다섯 배다. 왼쪽의 반석은 앉기에 적당한데, 솟아나
온 곳은 낚시질에 적당하다. 물은 그 사이로 내달리는데 우묵하여 모여 있
고, 좁아서 길며 깊고 어두컴컴하다. 대승암은 예전에 고갯마루에 있었는
데 지금은 빈터만 남아 있다.

영시암기(永矢庵記)

영시암(永矢庵)은 삼연(三淵) 선생이 은둔하시던 곳이다. 두퇴파를 거쳐
서 들어가는 사람은 북쪽으로 가다가 동쪽으로 꺾어져 가면 되는데 20리
가 된다. 백담사(百潭寺)를 거쳐서 들어가는 사람은 곧장 동쪽으로 가면
4~5리가 단축된다. 길은 사미대(沙彌臺) 아래에서 합쳐진다. 사미대의 높
이는 몇 길이나 되며, 질펀하게 흐르는 물이 멈추어 푸르다. 사미대에서
6리를 가면 옛 절터가 나오는데, 절 이름은 심원사(深源寺)이다.

시내 남쪽에 석봉(石峰)이 있는데 선장봉(仙掌峰)이다. 여기서 5리 못 미
쳐 가면 암자에 도착한다. 암자는 처음에 조원봉(朝元峰)[3] 아래 있었으나,
지금은 조금 북쪽으로 옮겨 조원봉과 마주하고 있다. 처음에는 작은 집이
었으나, 지금은 넓은 구조이다. 그러나 비어 있고 지키는 사람이 없다.

그 오른변에 유허비(遺墟碑)를 세웠으니, 도백(道伯) 홍봉조(洪鳳祚)[4]가

---

3) 조원봉(朝元峰) : 영시암 뒤에 있는 봉우리이다.

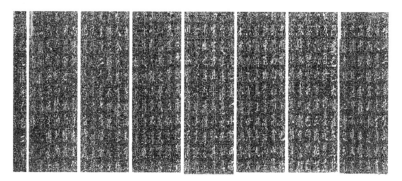

지은 것이다. 암자는 시내와 돌의 경관이 적다. 동쪽으로 백 보쯤 더 가면 무청정(茂淸亭)[5]에 오르는데, 정자는 없어지고 이름만 남았다. 바위와 계곡이 대략 사미대와 비슷한데 선생께서 소요(逍遙)하시던 곳이라 한다.

수렴동기(水簾洞記)

무청정을 지나서 꺾어져 들어가며 북쪽으로 향해 3여 리를 갔다. 길은 더욱 어려워 위험한 계곡을 끼고 가서 유공(兪公)의 굴[6]에 이르렀다. 갈림길은 서와 동으로 나뉘는데, 그 동쪽을 취하면 수렴동(水

내조연

---

4) 홍봉조(洪鳳祚) : 1680(숙종 6)~1760(영조 36). 조선 후기의 문신. 본관은 남양(南陽). 자는 우서(虞瑞瑚), 호는 간산(艮山). 부(溥)의 증손으로, 할아버지는 성원(聖元)이고, 아버지는 관찰사 숙(璹)이며, 어머니는 이사익(李四翼)의 딸이다. 김창협(金昌協)의 문인이다.
5) 무청정(茂淸亭) : 영시암에 딸린 정자이다.
6) 유공(兪公)의 굴 : 유홍굴을 말한다.

簾洞) 입구다.

조금만 걸어 들어가면 절벽은 오래되어서 검고, 물결은 돌 웅덩이에서 절구질하니 물 흐르는 소리에 울림이 있다. 깊이는 한 길 남짓하고, 가로 놓여 있는 것은 몇 묘(畝)[7]이다. 넓이는 뛰어 넘을 수 있어서 '내조연(內槽淵)'[8]이라 한다. 갈수록 연못은 더욱더 더해지고 나무들은 더욱 무성하다. 어지러운 바위는 으르렁거리는 어금니 같아 발길은 뒤틀리고 어긋난 돌들을 밟는다.

멀리 두 개의 봉우리가 가파르게 솟아난 것을 보니, 그 아래 반드시 기이한 것이 있다고 여겼다. 쫓아가니 과연 수렴(水簾)이 있다. 돌들은 평평하며 비스듬하고 물은, 흘러와서 평평하게 퍼진다. 겹쳐진 모퉁이를 만나 드리운 것은 수정 발을 모은 것 같은데, 넓은 못이 잇는다. 하늘로 솟은 바위가 옆에서 일어나니 허공에 집(덮개)이 있는 것 같다. 그 위로 만향(蔓香)이 많아 겨울에도 푸르다.

만경대기(萬景臺記)

유홍굴(俞泓窟) 서쪽의 경사진 지름길로 산을 오르면 소나무·정(棖)나무·회[檜]나무·괄[栝]나무·느릅나무[梗]·녹나무[柟]·오래된 등나무와 떼 지은 조릿대로 그늘져 어둡고

만경대에서 바라본 봉정

---

7) 묘(畝) : 사방 6척(尺)을 1보(步)라 하고, 100보를 1묘(畝)라 한다. 30보(步) 또는 30평(坪), 단(段)의 10분의 1로서, 100m²를 나타낸다.
8) 내조연(內槽淵) : 수렴동대피소 옆에 있는 못을 말한다.

뒤섞여 그윽하다.

구불구불 7리를 올라가면 사자항(獅子項)에 도착한다. 비로소 청봉(晴峯)을 볼 수 있는데 단정하고 장엄하게 자리를 잡고 굳게 지키고 있으며, 중후(重厚)하며 넓고 크다. 아름다움을 뽐내지 않고, 능함을 자랑하지도 않는다. 그러나 많은 산들이 높이를 다툴 수 없다. 옮겨서 오른쪽으로 가면 사자항의 등성마루인데, 공중에 매달린 듯 가파른 산봉우리다. 묵은 잎을 헤치고 견고한 가지를 택해 부여잡은 뒤에 엉금엉금 기어서 조금씩 앞으로 나아갔다. 좌우 모두가 깊고 그윽한 골짜기라서 돌아보면 아찔하게 현기증이 일어나 갈 수 없다.

200여 보 가서 정상에 도달하니 바로 만경대(萬景臺)다. 설악의 수많은 봉우리들 모두가 드러내고, 가파름과 높고 험악함을 다투어 보여준다. 청봉의 아래와 봉정(鳳頂)의 위부터 산봉우리들은 주름살처럼 올록볼록한 것이 늘어서 뻗쳤는데, 10리에 걸쳐 끊어지지 않은 것이 성 위의 담 같다. 어떤 것은 사람이 단정하게 두 손을 맞잡은 듯, 어떤 것은 예의를 갖춘 듯하다. 짐승이 뛰어오르고 새가 날아오르며, 끝이 우뚝 선 듯, 뿔이 줄이어선 듯하다. 귀신 같기도 하고, 또는 신령(神靈) 같기도 하며 변화가 끝이 없다. 금강산 중향성(衆香城)이 대체로 이것과 비슷하다고 전한다.

곡백담기(曲百潭記)

안에 있는 산의 모든 물은 서북쪽으로 비스듬히 흘러 갈역(葛驛)으로 간다. 황정연(黃精淵)[9]으로부터 20리를 내려가며 맑은 물굽이와 깨끗한 못이 많으니, 이것을 통틀어 곡백담(曲百潭)이라고 부른다.

---

9) 황정연(黃精淵) : 황장폭포를 말한다.

좁은 길이 기울어지면서 남북으로 나 있다. 깎아지른 듯한 벼랑을 안고 옆으로 걸어 건너가는 곳을 포회천(抱回遷)[10]이라 한다. 위태로운 절벽을 등에 지고 뱀처럼 가야 하는 곳은 부회천(負回遷)[11]이라고 한다. 지금은 옮겨가던 길을 깎아내어 조금 쉬워졌기 때문에 다니는 사람이 잔도를 어렵게 여기지 않는다. 예전에 잔도의 안에 인가가 있었는데, 소가 따라갈 수 없어서 송아지를 안고 들어가 몇 해 길러서 밭을 갈았다. 그래서 또 포독곡(抱犢谷)이라고 한다. 아직도 너와집에 사는 사람이 있다. 학암(鶴岩)은 푸른색을 띠며 가파른데, 물이 그 아래로 휘돈다. 또 그 밑의 돌은 앙상히 드러내면서 희다. 작은 마당(밭) 같은 것은 장암(場岩)[12]이다.

쌍계(雙溪)의 입구를 지나 비스듬히 가면 여담(瀦潭)[13]에 이른다. 어떤 이는 두타(頭陀)라고 하는데, 짙푸른 물은 깊고 넓다. 다섯 개의 봉우리가 아래로 그림자를 드리우며 기이함을 뽐내니 오로봉(五老峰)이라고 한다.

여기서 굽이가 백 개인 담(潭)이 끝난다. 담 밖의 헌걸찬 돌이 입을 벌린 듯이 동문(洞門)을 이룬다. 오봉(五峰)의 동쪽 갈역의 남쪽으로, 예전에 삼연(三淵)의 정사(精舍)[14]가 있었다.

오세암기(五歲菴記)

사자항(獅子項)에서 멈추어 서서 가까운 곳을 주의 깊게 살펴보면 그윽하게 암자가 있으니 오세암(五歲庵)이다. 선배 김열경(金悅卿)[15]이 이곳에

---

10) 포회천(抱回遷) : 김수증이 말한 포전암을 말한다.
11) 부회천(負回遷) : 김수증이 말한 부전암을 말한다.
12) 장암(場岩) : 백담계곡의 제폭 위에 있는 바위를 가리키는 것 같다.
13) 여담(瀦潭) : 두타연으로 알려진 곳을 말한다.
14) 갈역정사를 말한다.

만경대에서 바라본 오세암

서 숨어 지냈다. 경계는 매우 편안하며 고요하고, 시내와 언덕은 밝고 환하며, 둘러싸고 있는 것이 가까이 다가서지 않는다. 동남쪽에 빼어난 산이 불쑥 일어섰는데, 봉우리가 이지러진 곳은 멀리 있는 봉우리로 채워졌다. 그림처럼 더욱 푸르고 울창하니, 산 중에 뛰어난 곳이다.

암자의 왼쪽 감실(龕室)에 김공(金公)의 초상화(肖像畵) 두 점이 걸려 있었는데 하나는 선비의 옷을 입고 있고, 다른 것은 머리를 깎고 중의 옷을 입었으나 턱수염이 있다. 공이 다섯 살 되던 해에 장헌왕(莊憲王)[16]이 궁중으로 불러 시(詩)로써 시험하고 명(命)을 내려 오세신동(五歲神童)이라 하였다. 암자가 오세암이라 불린 것은 이것에 연유한 것 같다.

---

15) 김열경(金悅卿) : 매월당 김시습을 말한다.
16) 장헌왕(莊憲王) : 세종대왕의 시호이다.

정범조(丁範祖, 1728~1801)

자는 법세(法世), 호는 해좌(海左), 본관은 나주(羅州). 1763년 증광문과에 갑과로 급제, 홍문관에 등용되고, 1768년 지평·정언을 지낸 뒤 사가독서했다. 1785년 대사간이 되고, 대사성·이조참의를 역임, 한성부우윤·대사헌·개성부유수·이조참판을 거쳐, 1794년 형조참판이 되었다. 1799년 예문관제학이 되고, 1800년 지실록사로서 『정조실록』의 편찬에 참여했다. 시호는 문헌(文憲)이며, 저서로 『해좌집』이 있다.

작품 해설

1778년 양양 부사로 부임하여 오는 길에 설악산의 웅장한 모습을 보고 오르고 싶은 충동을 느꼈으나 시간을 낼 수가 없었다. 이듬해 3월에 설악산을 등반하고 남긴 기행문이다.

유람 행로

- **일시** 1779년
- **일정** 양양-신흥사-비선동-마척령-오세암-사장봉-봉정암-쌍폭-수렴-영시암-한계폭포-백담사-비선동 뒷산-신흥사

신흥사

하늘과 땅 사이를 채운 것은 모두 산이다

정범조(丁範祖), 「설악기(雪嶽記)」

무술년(1778년) 가을, 내가 양양의 임소로 가다가 북쪽으로 설악을 바라보니, 구름가에 우뚝하여 아주 장대하였으나, 관리의 일정이 촉박하여 가서 놀 수 없었다. 다음해 3월 상운역(祥雲驛)[1]의 역승(驛丞) 장현경(張顯慶)과 고을의 선비 채재하(蔡載夏)와 약속하고 함께 출발하였다. 그리고 척질(戚姪)[2] 신광도(申匡道), 사위 유맹환(俞孟煥), 아들 약형(若衡)이 따랐다.

신축일(17일)에 신흥사(神興寺)에서 묵었다. 절을 둘러싸고 천후산, 달마봉[3], 토왕봉[4]의 여러 봉우리들이 있는데, 모두 설악산의 바깥 산들이다.

임인일(18일)에 신흥사 중 홍운(弘運)에게 가마를 인도하게 해서 북쪽으로 비선동(飛仙洞)[5]을 거쳐 들어갔다. 봉우리의 모습과 물소리가 이미 정신과 혼백을 맑게 해준다. 고개를 올려 바라보니 깎아 세운 듯한 절벽이 수백 심(尋)이다. 가마에서 내려서 오르는데 절벽은 모두 돌계단이다. 한 계단마다 숨을 몰아쉬면서 올랐다. 장사웅을 돌아보니 아직 아래쪽 계단에 있는데, 그는 따라갈 수 없다고 사죄한다. 마척령(馬脊嶺)에 오르자 갑자기 큰바람이 일어나고 안개와 비가 내려서 사방이 다 막힌 듯이 캄캄

---

1) 상운역(祥雲驛) : 양양에 있던 역원이다.
2) 척질(戚姪) : 성이 다른 일가 가운데 조카뻘 되는 사람이다.
3) 달마봉 : 울산바위의 남동쪽에 자리 잡은 봉우리이다.
4) 토왕봉 : 토왕성폭포가 있는 산을 가리키는 것 같다.
5) 비선동(飛仙洞) : 비선대가 있는 설악동을 말한다.

하다. 중 홍운은 "이곳이 중설악입니다. 날이 개이면 설악산의 전체를 볼 겁니다"라고 한다.

어스름에 오세암에 들어갔다. 기이한 봉우리가 사방에서 옹위하고 있으면서 삼엄하여 사람을 치려는 듯하다. 중간에 흙구덩이가 열려 있어 고즈넉하게 암자를 들여 넣고 있다. 매월당 김시습이 일찍이 여기서 은둔하였다. 암자에는 두 개의 그림이 있는데 매월당의 유학자의 모습과 중의 모습을 그렸다. 나는 고개를 숙이고 배회하며 슬퍼했다. 공은 스스로 오세동자라 하였으므로, 이 암자의 이름으로 삼았다.

계묘일(19일)에 왼쪽 기슭을 넘어 아래로 내려오다가, 꺾어지면서 오른쪽으로 향하여 큰 골짜기를 따라 올라갔다. 고개의 형세가 마척령보다 더 험준하다. 밧줄로 끌고 앞장서서 가면 뒤에서 미는 사람이 꼭 들러붙어 10리를 간 후에 사자봉 정상에 올랐다. 이곳이 상설악이다. 하늘과 땅 사이를 채운 것이 모두 산이다. 고니가 나는 듯, 칼이 서 있는 듯, 연꽃이 핀 듯한 것은 모두가 봉우리다. 오지그릇 같고, 가마솥 같고, 동이나 항아리 같은 것은 모두가 골짜기다. 산은 모두 바위이고 흙이 없으며, 짙푸른 색은 마치 쇠를 쌓아놓은 듯한 빛깔이다.

사자봉의 동쪽으로 조금 굽어 흘러가는 형세에 암자가 있는데, 봉정암이라 한다. 고승이 봉정암에 상주한다고 전한다. 사자봉에서 아래로 내려가 벼랑을 따라 남쪽으로 가는데, 벼랑이 좁아 가까스로 디딜 정도였다. 발을 내딛는 곳은 낙엽이 쌓이고 바위가 무너져 있으며 나무가 가로 누워 있어서 벌벌 떨려 건너갈 수가 없다.

좌우측 산들은 모두 기이한 봉우리들로, 숲의 나무 위로 불쑥불쑥 솟아나 있다. 물은 뒤쪽 고개에서부터 나와 골짜기를 두루 덮으면서 아래로 내려간다. 골짜기는 모두 돌인데 맑고 밝은 것이 마치 눈과 같으며, 그 위로

물이 덮어 흐른다. 바위의 형세가
솟아났다가 엎드려 있고, 우묵 파
였다가 볼록 튀어나고, 좁았다가
넓어지고 하는데, 물이 그렇게 만
든 것이다. 대개 폭포를 이룬 것이
열서너 개인데 쌍폭[6]이 특히 기이
하다. 담(潭)을 이루고 보(洑)를 이루

봉정암

며 넘쳐서 흐르는 것은 이루 다 헤아릴 수 없다. 그 가운데 수렴이라 일컫
는 것이 가장 기이하다.

이와 같은 것을 종일 보다가 영시암[7]으로 들어갔다. 이 암자는 삼연 김
창흡이 이름 지은 것으로, 그가 일찍이 이곳에서 은둔하였다고 한다. 봉
우리와 골짜기가 그윽하고 기이하며 흙이 있어서 작물을 심을 수가 있고,
아름다운 수풀과 무성한 나무들이 많다. 밤새도록 두견새 울음소리가 들
렸다.

갑진일(20일)에 물을 건너서 남쪽으로 향하여 골짜기 속으로 갔다. 계
곡의 물은 나무와 바위가 뾰족뾰족 솟아서 발을 내디딜 수 없다. 조금 올
라가자 바위가 모두 흰색이더니, 갑자기 보랏빛과 붉은빛으로 변한다.
수면에 반타석이 있다. 왼쪽에는 석벽이 검푸른 색으로 서 있고, 물이 그
가운데로 갈라져 쏟아져 나오며 콸콸 소리를 낸다. 앞에 고개가 있는데
아주 험준하여, 가마에 엎드려서 올라갔다. 좌측 기슭을 따라 아래로 백
걸음 내려가자, 앞에 석벽이 수십 심(尋)의 높이로 우뚝 서서 마주한다.

---

6) 쌍폭 : 쌍룡폭포를 말한다.
7) 영시암 : 삼연 김창흡이 설악산에서 거처하던 건물의 이름이다.

색은 깨끗한 푸른빛이다.

폭포가 산꼭대기에서부터 아래로 나는 듯이 쏟아져 내리는데 영롱하기가 흰 무지개와 같다. 바람이 잠깐 잡아채자 가운데가 끊어져서 안개와 눈이 되어 가볍게 흩어지며 허공에 가득하고, 남은 물보라가 때때로 옷으로 불어온다. 종자에게 피리를 불게 하여 폭포소리와 서로 응답하게 하니, 맑고 명랑한 소리가 온 골짜기에 울렸다. 이곳이 한계폭포[8]이다. 내가 홍운에게 "이런 것이 또 있는가" 물었더니 "없습니다."라고 한다. 풍악의 구룡폭포보다 훨씬 장관이다.

동남방은 숲과 골짜기가 아주 아름답다. 동쪽은 오색령인데, 영험스런 샘물[9]이 있어서 체증에 좋다고 한다. 수석이 많아서 바라보니 그윽하고 괴이하였으나 날이 저물어 끝까지 가볼 수가 없다. 고개를 넘어 돌아와 백담사에 이르러 묵었다.

을사일(21일)에 북쪽으로 가서 비선동 뒷고개를 따라 내려갔다. 고개가 매달린 듯 급하다. 바위가 온통 뒤얽히고 구멍이 많아서, 자칫 발을 헛디디면 곧바로 쓰러지고 엎어진다. 남쪽으로 마척령 등 여러 봉우리들을 손가락으로 가리키면서 바라보노라니, 하나하나 모두 구름가에 있다. 어떻게 나를 그 꼭대기에 올려두었던지 알 수가 없다. 신흥사에서 묵고 병오일에 돌아왔다.

설악은 인제와 양양의 두 고을에 걸터앉아 있는데 인제가 그 4분의 3을 지니고 있다. 사자봉의 동쪽은 청봉으로 사자봉보다 조금 더 높다. 하지만 올라가서 조망할 수 있는 것은 동해에 그친다. 서남북은 설악이므

---

8) 한계폭포 : 대승폭포를 말한다.
9) 오색약수를 말한다.

로 사자봉보다 더 얻을 것이 없어 결국 오르지 않았다. 사자봉의 남쪽은 쌍폭과 수렴이다. 서쪽은 오세암이고, 또 서쪽은 영시암이며, 또 서쪽은 백담사이다. 멀리 바다가 북쪽을 다 모으고 있고, 풍악산이 틀어 올린 여자의 머리 모양으로 푸르게 솟아났다. 한계폭포는 서남쪽에 있다.

신흥사에서 오세암까지 40리. 오세암에서 사자봉까지 40리, 사자봉에서 영시암까지 40리, 영시암에서 한계까지 30리, 한계에서 백담사까지 30리, 백담사에서 신흥사까지 40리이다. 설악을 전부 둘러서 도보로 갈 수 있는 거리가 모두 220리이고, 가마로 갈 수 있는 거리가 40리이다.

김몽화(金夢華, 1723~1792)

자는 성민(聖民)이고, 호는 칠암(七巖)이다. 본관은 선산(善山)이고, 출신지는 경상북도 구미시(龜尾市) 선산읍(善山邑)이다. 1754년(영조 30) 증광시 생원 3등 37위로 합격하였으며, 1754년(영조 30) 증광시 병과 12위로 문과 급제하였다. 1789년(정조 13)에 가선대부(嘉善大夫)에 오르며, 부총관 및 한성부(漢城府) 좌윤(左尹)과 우윤(右尹)을 제수받았으나 사양하였다.

저서로 1901년(광무 5) 후손 김준원(金駿遠)이 편집 간행한 『칠암문집(七巖文集)』이 있다.

작품 해설

1786년 양양 태수로 부임한 다음 해 우리나라 명산이라고 하는 설악산을 둘러보고 싶었는데, 마침 강원 관찰사 김재찬이 설악산을 등정한다는 소식을 듣고, 인제 군수 오원모와 동행하며 지은 기문이다.

유람 행로

- **일시** 1787년
- **일행** 강원도 관찰사 김재찬, 인제 군수 오원모
- **일정** 신흥사−식당동−와선대−비선대−신흥사 해풍루−만경령−영시암,유허비각−사미대−영시암−유홍굴−수렴동−쌍폭−봉정동−봉정암−대경봉−오세암−만경대−(유홍굴)−영시암−대승동 입구−조담/귀미담−대승령−한계 관폭대−정거암−한계령−오색−양현

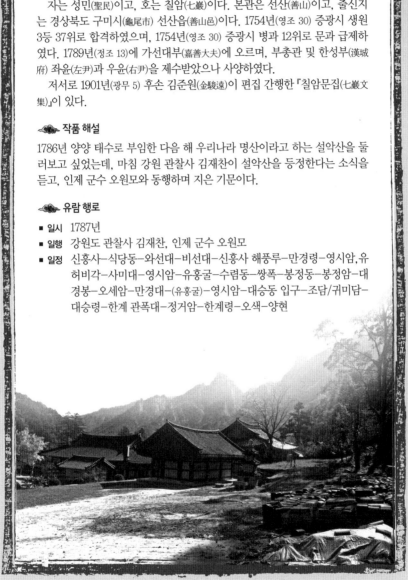

신흥사

눈과 발 밖에서 산수의 즐거움을 찾아야

김몽화(金夢華), 「유설악록(遊雪嶽錄)」

정미년(1787년) 강원도 관찰사 김재찬, 인제 군수 오원모.

설악산은 양양과 인제 경계에 우뚝 서 있는데, 빼어난 것이 우리나라의 명산이다. 내가 양양 태수로 온 다음 해 봄에 농촌과 산촌 사이를 돌며 순찰하다, 한번 신흥사(神興寺)에 이르러 계조굴(繼祖窟)을 보았다. 굴 위로는 석봉이 팔을 펴서 두 손을 마주잡아 인사를 하고, 굴 아래에는 흔들바위가 있는데 모두 기이한 볼거리이다.

가을이 되어 설악산을 모두 유람하고자 하였으나, 흥취를 도와 일으켜 줄 만한 사람이 없었다. 마침 도백이 설악산을 등정한다는 소식을 듣고, 9월 3일 정묘일에 곧바로 신흥사로 향하였다. 이날은 가랑비도 마침 개어 산빛이 그림과 같아 단풍 구경하기에 적당하다. 토왕성(土王城) 아래를 지나가다가 폭포[1]를 쳐다보니 수천 길이나 되는 물줄기가 매달려 쏟아진다. 식당동(食堂洞)[2]에 들어가 와선대(臥仙臺), 비선대(飛仙臺) 등을 구경하고, 신흥사의 해풍루(海楓樓)[3]로 돌아와 잤다.

9월 4일 무진일에 만경령(晩頃嶺)을 넘어 영시암에 이르렀다. 골짜기 어귀에서 사미대(沙彌臺)에 올라 잠깐 쉬었다. 도백이 한계에서 폭포[4]를 구경

---

1) 토왕성폭포를 가리킨다.
2) 식당동(食堂洞) : 설악산에서 비선대가 있는 계곡을 말한다.
3) 해풍루(海楓樓) : 신흥사 안에 있던 건물의 하나이다.
4) 대승폭포를 가리킨다.

하고 해질녘에나 대승령(大乘嶺)[5]을 넘는다는 소식을 듣고, 먼저 암자에 들어가 기다렸다. 이곳은 삼연 김창흡이 세상을 피해 살던 곳으로 오른쪽에 유허비각(遺墟碑閣)[6]이 있다.

밤 7~9시에 이르러 도백이 도착하자, 내가 나아가 뵙고 따라갈 뜻을 말씀드렸다. 상공이 말씀하기를, "험하고 좁은 길을 넘는 것은 노인에게 좋은 계획이 아닌 것 같소"라고 한다. 내가 말하길, "양양은 본래 설악산의 절반을 차지하고 있으니, 설악산의 주인이라고 말해도 지나치지 않습니다. 주인이 비록 늙었지만 귀한 손님의 뒤를 감히 따르지 않겠습니까? 도백은 하늘의 바람을 타고 신선이 사는 산에 올라가 반드시 단약을 달이는 기술을 얻을 것이니, 저는 유안(劉安)의 개나 닭이 되기를 원합니다[7]"라고 하였다. 공이 웃으면서 허락하였다.

5일 기사일에 도백이 앞에서 이끌고, 나는 인제 군수와 함께 뒤를 따랐다. 상공이 급히 편안한 복장으로 갈아입고 따르라 명하였다. 나는 산속에서 속세의 모습을 벗는 것도 괜찮은 일이라 생각하여 구멍 난 더러운 옷을 입고 갔다. 두 계곡의 굽이에 유홍굴(俞泓窟)이 있는데, 옛날 유홍이 방백의 신분으로 여기서 비를 피하였기에 붙여진 명칭이다. 이곳은 12폭의 하류이다. 도백은 마음에 맞는 곳을 만나면 반드시 가마에서 내려서 앉는다.

수렴동으로 점점 들어가니 돌길이 실과 같아 어떤 것은 기울고 어떤 것

---

5) 대승령(大乘嶺) : 대승폭포에서 백담사로 가는 중간에 있는 고개이다.
6) 유허비각(遺墟碑閣) : 삼연선생영시암유허비(三淵先生永矢菴遺墟碑)를 모시던 비각이다.
7) 한나라 회남왕(淮南王) 유안(劉安)이 단약을 제련하여 온 가족을 데리고 승천할 적에, 그 집의 개와 닭이 그릇에 남은 약을 핥아먹고 뒤따라 하늘로 올라와서, 닭은 하늘 위에서 울고 개는 구름 속에서 짖었다는 이야기가 있다.

은 끊어져 있어 절벽을 타고 넝쿨을 부여잡고 조금씩 내려갔다. 도백이 나를 돌아보고, "노인이 걱정입니다" 한다. 내가 웃으면서 "저 역시 상공이 걱정입니다" 하였다. 골짜기가 점점 넓어지고 흰 돌이 평평하게 퍼져 있으며 구덩이가 층층이 있고 붉은 잎사귀가 연못에 가득하니, 진실로 하루 종일 있어도 돌아갈 것을 잊게 하는 곳이다.

이곳부터 돌은 더욱 기이하고 길은 더욱 험하다. 쌍폭(雙瀑)[8]의 동남쪽에 이르렀다. 두 물줄기가 처음에 나뉘었다가, 두 개의 끝이 다시 합쳐져 하나가 된다. 흰 돌과 맑은 못이 굽이마다 아름답다. 이곳을 지나면 물이 없다. 비로소 물이 다한 곳까지 이르렀음을 알았다.

산허리를 타고 가다가 봉정동(鳳頂洞)[9] 입구에 이르니, 돌봉우리가 빽빽이 펼쳐져 있다. 도백이 먼저 도착하여 하인에게 철피리를 불라고 명하였다. 그 소리를 듣자니 완전히 구산(緱山)의 피리소리[10] 같다. 봉정암(鳳頂菴)에 들어가니 암자 좌측에 차가운 샘물이 있는데, 큰 돌이 위를 덮고 있다. 지금은 가을이 깊어 얼었다. 암자 북쪽에 돌산이 묶어놓은 듯 솟아 있는데, 몇천 길인지 알지 못하겠다. 마치 봉황이 머리를 든 것 같다. 서쪽에 탑대(塔臺)[11]가 있고, 동쪽에 청봉(靑峰)[12]이 있으니 가장 높은 곳이다.

나는 늙어서 처음 산을 오를 때 올라갈 수 없을 것 같았다. 길을 나서면서 발걸음이 그치지 않아 어느 곳을 밟고 왔는지 깨닫지 못하는 사이에

---

8) 쌍폭(雙瀑) : 쌍룡폭포를 말한다.
9) 봉정동(鳳頂洞) : 수렴동에서 봉정암을 가는 도중에 형성된 골짜기이다.
10) 주(周)나라 영왕(靈王)의 태자(太子) 진(晉)이 7월 7일에 구산(緱山)에서 흰 학을 타고 피리를 불며 세상 사람과 작별하고 하늘로 떠났다는 고사가 『열선전(列仙傳)』에 보인다.
11) 탑대(塔臺) : 봉정암 뒤 석가사리탑이 위치한 바위를 말한다.
12) 청봉(靑峰) : 대청봉을 말한다.

발걸음은 이미 높은 곳에 있다. 만약 중간에 그만두었다면 산 정상에 허다한 좋은 풍경이 있음을 어찌 다시 알았겠는가?

또 지금 산행에서 만약 도백이 앞에서 인도하는 힘이 없었더라면 또한 바라보고 올라갈 수 없었을 것이니, 정말로 학문을 하는 것과 같다. 비록 자기 분수에 있다고 하더라도 힘쓰고 게으르지 않아야 한다. 채찍을 잡고 격려하며 떨쳐 일어나려는 자는 반드시 엄한 스승과 두려운 벗을 기다려야 한다.

일찍이 퇴계 선생의 시에 "책 읽는 것을 사람들은 산에 오르는 것과 비슷하다고 하였는데, 지금 보니 산에 오르는 것이 책 읽는 것과 같다네" 하는 시를 보았는데[13] 어찌 믿을 만하지 않겠는가? 잠시 후에 도백은 탑대에 올랐지만 나는 따라갈 수 없었다. 비록 그렇지만 고인이 정진하고 수련하던 힘은 나이가 들었다고 해서 중간에 그치지 않았으니, 어찌 단지 위대하다고 탄식만 하고 촛불을 잡는 공을 끝내 없애리오? 한유(韓愈)의 시에 "어디에서 그런 빛나는 사람을 바라보며 늙어갈 수 있을까?"[14]라는 구절이 있으니, 이것이 또한 내가 마땅히 힘써야 할 것이다.

6일 경오일에 암자 북쪽의 패인 곳으로 내려왔는데, 봉정암과 탑대가 교차하는 곳이다. 한 가닥 길이 마치 줄이 곧바로 아래로 드리워 있는 것 같아 몸을 돌릴 곳도 없다. 부여잡고 내려온 것이 10리는 족히 된다. 대경봉(戴經峰)을 지나는데 뾰족한 돌이 봉우리를 이루고 있다. 돌은 모두 무늬가 있는데 만 개나 되는 두루마리에 녹색 표시를 꽂은 것 같다. 봉우

---

13) 『퇴계선생문집(退溪先生文集)』에 수록된 「독서여유산(讀書如遊山)」이라는 율시의 수련(首聯)이다.

14) 한유(韓愈)의 「증별원십팔협율(贈別元十八協律)」이라는 시에 보인다.

리가 이름을 얻게 된 것은 이 때문이다. 시내를 좇아 조금 동쪽으로 가니 온갖 나무들이 우거져 그늘져 있고, 양쪽 절벽이 감돌며 모여든다. 몇 리를 가자 흰 돌과 맑은 개울을 만났는데, 적막한 물가에서 이러한 곳을 만나게 된 것 또한 기이한 일이다.

잠깐 쉬고 구불구불 산허리를 가다가 몇 개의 고개를 넘어 오세암에 이르렀다. 암자 북쪽에 돌산이 있으며, 아스라이 서남쪽에 우뚝 서 있는 것은 만경대(萬景臺)[15]이다. 온 산의 정영(精英)이 여기에 모두 모여 엉겨 있으니, 하늘이 만들고 땅이 펼쳐놓은 것이다. 암자에는 매월당의 화상 두 개가 있다. 아! 이 노인은 오세신동으로 어려서 임금의 은총을 받았는데 경태(景泰) 을해년(乙亥年)[16] 이후에 거짓으로 미친 척하고 산에 들어왔다. 추강(秋江) 남효온(南孝溫) 등 여러 사람들과 함께 나란히 아름다움을 날렸으니, 맑은 풍모와 높은 절개는 산처럼 높고 물처럼 길다. 지금은 외로운 암자에서 초상화를 보고 있으니, 어찌 머리를 깎고 염주를 드리웠다고 하여 그를 하찮게 볼 수 있겠는가?

함께 공경을 표시하고 물러나 만경대 북쪽에서 내려오니, 어제 지났던 두 시내의 굽이이다. 다시 영시암에 이르렀다. 오후에 도백이 해풍루로 향하였다. 나는 절하고 감사를 표시하니, 도백이 훈계하여 대승령으로 가지 말라고 한다. 내가 늙은 것을 근심하였기 때문이다. 나는 암자에 머무르겠다고 말했다.

7일 신미일에 대승동[17] 입구로 들어갔다. 가마를 메고 가던 중이 갑자

---

15) 만경대(萬景臺) : 오세암 옆에 있으며, 만 가지 경치를 두루 굽어볼 수 있다 해서 이름을 붙였다고 한다.
16) 을해년(乙亥年) : 1455년.
17) 대승동 : 지금의 흑선동계곡을 말한다.

기 땅에 넘어져 나는 시냇물로 떨어졌다. 도백의 말을 듣지 않아 이 지경에 이르렀으니, 정말로 창랑(滄浪)의 물을 스스로 취한 것이라고 말할 수 있다.[18]

조담(槽潭)[19]을 지나갔다. 속세에서 '조'라고 부르는 것은 나에게 돌아온다는 것이다. 생각하니 기린, 봉황, 거북이, 용을 네 가지 영물이라고 하는데, 무릇 인제 한 마을에 용두암(龍頭菴)과 봉정(鳳頂)도 있는데, 유독 거북이로 이름을 얻은 곳은 없다. 지금 이 못의 바위를 보니 뒤에 무늬가 있으며 꼬리는 짧고 뾰족하여 거북이와 비슷하다. 이름을 귀미담(龜尾潭)으로 고칠 것을 청하여, 네 가지 영물 가운데 하나를 갖추었다.

대승령(大乘嶺)에 올랐다. 어제 지나온 곳을 바라보니 오세암의 만경대, 영시암의 남대[20], 만경령의 좌우 봉우리가 모두 무릎 아래에 있다. 홀로 봉정만 앞산에 막혀 볼 수 없다.

산허리로 10리 내려가니 한계(寒溪)이다. 관폭대(觀瀑臺)[21]에 오르니 '구천은하(九天銀河)'라는 네 개의 큰 글자가 새겨져 있다. 이곳은 정말 천지가 기교를 발휘한 곳이요, 조화옹이 뜻에 맞게 만든 곳이다. 어제 본 12폭과 비교하자면 마치 세류영(細柳營)의 참된 장군과 극문(棘門), 패상(灞上)의 아이들이 장난치는 것 같은 진영이어서[22] 반드시 구분 지을 수 있을

---

18) 『맹자(孟子)』「이루(離婁)」의 "물이 맑으면 사람들이 갓끈을 씻고, 물이 흐리면 사람들이 발을 씻는다"라는 노래에서 온 말로, 길흉화복은 모두 자업자득이라는 뜻이다.

19) 조담(槽潭) : 흑선동계곡에 있는 구유통처럼 생긴 못이다.

20) 영시암의 남대 : 영시암 뒤에 있는 조원봉을 지칭하는 것 같다.

21) 관폭대(觀瀑臺) : 대승폭포를 조망하기 좋은 터를 말하며, 이곳을 여행한 선인들마다 다른 명칭으로 부른다.

22) 한(漢) 문제(文帝)가 흉노를 막기 위해 세 장수를 보내 패상(灞上)·극문(棘門)·세류(細柳) 세 곳에 진을 쳤는데, 황제가 몸소 주아부(周亞夫)의 세류영(細柳營)을 시찰하고 나서 그

대승동 입구

정도이다.

관폭대 아래 길은 매우 험하여 아래로 내려다보니 땅은 없고 사이에 돌이 많은데 이빨이 늘어선 것 같다. 마치 아래로 떨어질 것 같아 벌벌 떨었다. 반고(班固)가 지은 「유통부(幽通賦)」의 유인(幽人)의 꿈[23]도 혹 이와 비슷하지 않을까?

한계령(寒溪嶺)을 향하여 가다가 수석(水石)이 아름다운 곳을 만나 수레에서 내려 수레꾼을 쉬게 했다. 시냇물을 떠서 밥을 말아 먹었다. 시냇가에 커다란 바위가 있는데, 바위의 좌우로 단풍이 아름답게 비친다. 그 바위 이름을 정거암(停車巖)이라 명명할 것을 청하였다.

고개를 넘으니 오색(五色)이다. 돌산봉우리가 가파르게 펼쳐져 있으니, 또한 설악산의 한 갈래이다. 오색촌(五色村)에서 여장을 풀고 잤다.

8일 임신일에 일찍 일어나 약수 다섯 사발을 마시니 며칠간의 괴로웠던 일이 모두 모공으로 나가 흩어진 것을 느꼈다.

양현(涼峴)[24]을 넘으니 관리가 말을 가지고 와서 기다리고 있다. 아! 세상에서 산수를 말하는 자는 반드시 풍악산과 설악산을 나란히 칭한다. 읍

전에 돌아보았던 패상(灞上)과 극문(棘門)의 진영은 그저 아이들 장난과 같았다고 술회한 고사에서 비롯된 것이다.

23) 맹견(孟堅)은 후한(後漢) 반고(班固)의 자(字)이며, 유인지몽(幽人之夢)이라고 한 것은, 그가 지은 「유통부(幽通賦)」를 보면 꿈속에 산에 올라 높은 곳에서 바라보는 광경이 나오는데, 그것을 비유한 것이다.

24) 양현(涼峴) : 양양군에 있는 고개를 말한다.

지는 "백두산 남쪽으로 설악산이 가장 높다"고 한다. 이 산은 불쑥 솟아 우뚝하고 깊고도 넓어 수백 리에 걸쳐 있으며, 사찰의 아름다움과 누대와 동굴의 기이함, 폭포의 웅장함은 풍악산과 우열을 가리기 어렵다. 그러나 예나 지금이나 산을 유람하는 자들은 모두 설악산을 버리고 풍악산으로 가서, 정양사(正陽寺)25) 밖은 항상 유람 온 사람들의 무리로 가득 차는데, 수렴동 안은 오래도록 잠겨 푸른 이끼에 덮힌 길이 되었음을 슬퍼한다.

이런 까닭에 유산록이 풍악산에 대한 것이 많이 나오지만 설악산에 관한 것은 조금도 볼 수 없다. 고매한 중이 머무는 곳과 세상을 떠난 선비들의 은거 장소가 매몰되어 세상에 칭해지지 않도록 하였으니, 아마도 산수의 우(遇)와 불우(不遇)도 운수가 있어서 그 사이에 존재하는 것 같다.

지금 내가 유람하며 지나온 곳은 겨우 2/3인데 모두 돌봉우리가 우뚝하게 솟아 있어 바라볼 수는 있지만 오를 수 없다. 또 듣자니 식당동에서 남쪽으로 마등(麻背)26)을 넘어 반야대(般若臺)에 오르면 안쪽으로 온갖 볼거리가 앞에 펼쳐져 있어 기이한 명승지라고 한다. 또 식당동으로부터 동쪽으로 돌아 올라가면 안과 밖에 석문(石門)이 있고, 또 돌아 올라가면 사면이 모두 돌병풍인데 중간에 높은 누대가 있어 설악산의 최고 명승지라고 한다.

그러나 사람들의 발자취는 거의 드물어 세상에 그곳을 아는 자가 없다. 비록 그렇지만 빼어난 곳은 모두 찾아 두루 돌아다니는 데 있지 않고 발과 눈 밖에 있다. 발과 눈이 이르는 바에 국한되어, 몸과 마음에서 체험

---

25) 정양사(正陽寺) : 금강산 내금강에 있는 절로 표훈사에서 서쪽으로 1km 떨어진 곳에 있다. 이곳은 내금강 가운데서도 가장 경치가 좋은 곳이어서 예로부터 금강산 탐방을 하는 이들에게 필수적인 탐방처였다고 한다.
26) 마등(麻背) : 마등령을 말한다.

함을 알지 못하는 자는 산수를 제대로 볼 줄 아는 자가 아니다.

산에 있어서는 반드시 산의 중후한 본질[體]을 알아야 하고, 물에 있어서는 반드시 두루 흐르는 쓰임[用]을 본받아야 한다. 그런 후에 그것을 학문에 바탕으로 삼아야 인정지동(仁靜知動)의 오묘함이 있게 되고, 정치에 적용하면 사물을 누르고 대중을 받아들이는 효용이 있게 된다.

이와 같이 한다면 진실로 산수의 즐거움을 얻게 될 것이다. 그렇지 않다면 간간히 놀러 다니는 것일 뿐이니 무슨 이로움이 있겠는가? 아울러 이것을 기록하여 뒤에 산에 들어오는 자들이 권면할 것으로 삼는다. 중양일에 설악주인은 기록한다.

이동항(李東沆, 1736~1804)

자는 성재(聖哉), 호는 지암(遲庵), 본관은 광주(廣州)이다. 이동항은 항중(恒中)의 아들로 칠곡(漆谷)에서 살았다. 최흥원(崔興遠), 이상정(李象靖)의 문하에서 수학하였으며, 목윤중(睦允中), 우경모(禹景謨), 채제공(蔡濟恭) 등과 교유하였다. 시문에 뛰어났으며, 역사·전고(典故)에 해박하였고, 글씨에도 능하였다.

🐌 작품 해설

이 글은 이동항이 1791년 3월 27일부터 5월 20일까지 해금강과 내·외금강을 구경하고 쓴 것이다. 저자는 금강산의 경치를 비롯하여 산맥, 수원(水源), 도리(道理), 세간의 풍속 등에 이르기까지 상세하게 기술하였다. 저자는 「유속리산기(遊俗離山記)」, 「삼동산기(三洞山記)」 등의 많은 기행문을 남겼고, 그중에서 『견문초』는 금강산 기행록의 전형이라는 점에서 중요한 가치를 지닌다. 또한 원문에 덧붙여 적은 「풍악총론(楓嶽總論)」과 함께 금강산 기행문학 연구의 귀중한 자료가 된다.

🐌 여행 일정

■ 일정 낙산사–강선대–신흥사–계조굴–내원암–극락암–비선대–극락암–
완항령–황룡담–백담사–심원사터–영시암–만경대–오세암–봉정암
–수렴동–영시암–저취령–한계산–상승암–대승암–한계폭포–한계
사터–옥류동–한계촌–원통점–합강정

내원암

폭포를 보지 못했다면 여행이 헛될 뻔했네

이동항, 「지암해산록遲菴海山錄」

1791년 5월 6일. 일찍 일어나 바다의 기운이 모여 들어오기 때문에 문을 닫았다. 객중 두 사람이 왔는데 우리 집 분암(墳庵)의 중이다. 풍악산(楓嶽山)에서 돌아오다가 갑자기 만나 놀라고 기뻐하면서 당황하였다. 그들 또한 매우 넘어질 듯 놀란다. 오늘은 서쪽으로 가서 설악산(雪嶽山)으로 들어가려고 한다. 그래서 절에 올라가 아침을 먹고 홍문(虹門)으로 나와 북쪽으로 가다가 강선대(降仙臺)를 지났다. 서쪽으로 15리 옮겨가 설악(雪嶽)의 동문(洞門)에 이르니 신흥사의 수레 끄는 중이 가지런하게 하고 기다린다. 수레에 올라 조금 들어가다 내려서 소나무 그늘에 앉았다.

권금성(權金城)의 돌 봉우리를 남쪽으로 바라보니 바위 봉우리들이 중첩되면서 빼어나고, 흰 구름은 또렷하게 기이한 모양을 하고 있는데 붉게 물든 놀이 비쳐 알록달록하다. 토앙대폭(吐仰大瀑)[1]은 절벽 꼭대기에서 떨어지는데 흰 잔물결이 곧바로 끝없는 큰 골짜기로 쏟아져 내린다. 바위가 끊어지면서 길도 끊어져 사람이 갈 수 없어, 흐르는 물이 멈추는 곳을 볼 수가 없다. 다만 산 중턱 위에 구름 밖으로 높이 걸려 있다.

다시 남여를 타고 앞으로 나아가니 나무 그늘이 길을 끼고 있고 시냇물 소리가 산을 감싼다. 그윽하고 깊으며 더할 수 없이 깨끗한 정취가 들어갈수록 더욱 새롭다. 5리를 가서 절에 닿았다. 절은 동쪽을 향하여 세웠

---

1) 토앙대폭(吐仰大瀑) : 토왕성폭포를 말한다.

으며 전각과 요사채가 한 골짜기를 안고 연이어져 있다. 중들은 모두 부유하며 많으니 영동(嶺東)에선 큰 절이다. 돌림병이 심하여 깨끗한 방이 없어서 북쪽으로 가서 별당(別堂)에 이르러 머물렀다. 중이 꿀과 차를 내온다. 사기(寺記)를 보여주는데 중 의상(義相)이 처음 지은 절에 관한 일을 민지(閔漬)가 기록한 것이다. 그런데 기괴하고 황당한 말이 유점사(楡岾寺)의 기록보다 심하여 보려고 하지 않았다.

오후에 남여를 타고 북쪽으로 몇 리 올라가니 천후산(天吼山)[2]의 큰 돌봉우리가 온 몸을 넓게 펼치고 있다. 손에 드는 홀 같기도 하고, 허리띠에 꽂은 홀 같기도 하며, 칼 같기도 하고, 창 같기도 하다. 불똥이 튄 듯, 파도가 치솟는 듯, 종과 솥을 벌여놓은 듯, 연꽃이 새로이 피어나는 듯, 기이한 모양과 웅장한 기세는 특이함을 드러내며 교묘함을 다투는 것이 모두 40여 개다. 하늘이 큰 비를 내리려고 하면 반드시 먼저 우는 까닭에 천후산이라 부른다. 또 명산(鳴山), 읍산(泣山), 이산(離山)이라고도 부른다.

곧바로 늘어선 봉우리를 마주한 중앙의 가장 아래 터에 큰 움집 처마 같은 바위가 비스듬히 튀어나와 땅을 덮고 있다. 마치 큰 집을 얽어놓은 듯하며, 큰 바위가 삼면을 버티고 저절로 큰 굴을 만들었는데 계조굴(繼祖窟)이라고 한다. 굴 안에는 네 개의 기둥을 세웠으며 한 장(丈) 크기의 방이 있다. 바위 끝 처마와 서까래는 붉고 푸른 것으로 단청을 올려 새로운 무늬가 빛을 발한다. 그 앞에 몇 인(仞) 되는 깎아지른 바위가 빙 둘러 에워싸며 병풍처럼 있어서 계조굴 전체를 가리고 있어서, 문 밖에서는 아주 가까운 곳에서조차도 계조암이 있는지 알 수 없다. 다만 몇 개의 향불 연기가 푸르게 바위틈으로 새어나오는 것이 보일 뿐이다.

---

2) 천후산(天吼山) : 울산바위의 옛 이름이다.

문 밖에는 용암(龍巖)3)이 있고, 용암의 왼쪽에 식당석(食堂石)4)이 있다. 그 돌 위에 움직이는 돌이 있는데, 한 사람이 그 돌을 흔드는데 여유가 있고, 천명이 움직이게 하는데 더 움직이는 것이 없다. 계조굴 좌우의 석대 위에 올라가 조용히 앉아 한참동안 있었다.

천후산을 쳐다보니 늘어선 여러 봉우리들이 북쪽을 감싸고 솟아 있는데 마치 금방이라도 기울어져 떨어져 부서질 것 같다. 남쪽 권금성(權金城)의 층진 돌들과 토앙비폭(吐仰飛瀑)이 아름다움을 뽐내며 모습을 드러내고, 우뚝 솟은 달마봉(達磨峰)의 돌 봉우리는 달마봉 밖의 푸른 바다와 하늘에 닿아 있으니 온 산의 이름난 곳 중 마땅히 첫째가 된다.

해가 저물 무렵에 산을 내려와 내원암(內院菴)5)에 이르러 잠시 쉬다가 절로 돌아왔다. 재촉하여 저녁밥을 먹고 서쪽으로 5리 올라가 극락암(極樂菴)에서 머물렀다. 권금성 서쪽의 각진 돌 봉우리가 들쑥날쑥하며 앞에 펼쳐져 있어 뛰어난 운치가 있다. 또 훌륭한 중과 시를 지을 줄 아는 중들이 많아 이야기를 나눌 만하다.

7일. 일찍 밥을 먹었다. 신흥사의 남여승이 왔다. 남쪽으로 비선대와 와선대로 들어가는데, 모두 물속의 기이한 돌들이다. 거듭 나와 층층으로 높이 솟아 폭포가 되기도 하고 못이 되기도 하고, 언덕이 되기도 하고 낚시터가 되기도 한다. 이곳부터는 신선이 놀 만한 곳이다.

좌우의 돌벼랑이 묶어 세워놓은 듯이 가파르고, 등나무와 칡넝쿨이 얽

---

3) 용암(龍巖) : 계조암 옆에 있는 바위로 많은 글씨가 새겨져 있다.
4) 식당석(食堂石) : 흔들바위가 놓여 있는 바위를 말한다. 이곳을 다녀간 많은 사람들의 이름이 새겨져 있다.
5) 내원암(內院菴) : 신흥사와 계조암 중간에 있는 절을 말한다.

혀 덮고 단풍나무와 소나무가 그늘을 드리운다. 물의 근원은 아득하고 까마득한 곳이다. 솟은 여러 산봉우리들이 골짜기에 숨어 엎드려 있다가 어떤 봉우리는 산봉우리를 뾰족하게 드러내고, 어떤 봉우리는 온 몸을 높이 우뚝 드러낸다. 그리고 하나의 커다란 바위는 진지에 임한 용맹한 장수가 갑옷과 활 통을 갖추고 손을 내리고 일어서 있는 듯 근엄하다. 바라보니 더할 수 없이 뛰어나다. 여기서 동쪽 벼랑으로 돌아가면 권금성의 정상에 올라갈 수 있다. 그러나 산을 잘 타는 사람이 아니면 올라갈 수 없다. 이리저리 거닐며 왔다 갔다 하면서 꽤 오래 있다가 극락암으로 돌아왔다.

남여승들을 불러 서쪽으로 내산(內山)을 넘어가는 길에 대해 물었다. 모두가 말하기를, "천후봉(天吼峰) 뒤에서 연수파(連水坡)6)를 넘고 용대(龍臺)7)를 지나 남교(嵐校)로 나가면 비록 사방으로 통하는 큰길이나 백여 리를 돌아가니, 오늘 백담사(百潭寺)에 이르기 어렵습니다. 비선대에서 마척령(馬脊嶺)8)을 올라가면 비록 지름길이기는 하나 만 길이나 되는 돌 봉우리들로 중간 중간 길이 끊어졌으니 몸을 삼가고 잘 보살필 수 있는 길이 아닙니다. 오직 극락암 서쪽의 완항령(緩項嶺)9)으로 가는 것이 가장 편합니다"라고 한다.

마침내 남여를 타고 서쪽 계곡으로 한나절 들어가니 험한 길은 모두 나무 그늘 아래 있다. 거의 15리를 가서야 산골 시냇가 물이 맑은 곳에 앉

---

6) 연수파(連水坡) : 미시령의 옛 이름이다.
7) 용대(龍臺) : 인제군 용대리를 말한다.
8) 마척령(馬脊嶺) : 마등령의 옛 이름이다.
9) 완항령(緩項嶺) : 저항령의 옛 이름이다.

아서 남여승들과 밥을 먹었다. 여기서부터 지팡이를 짚고 올라갔다. 고개 마루가 멀지 않자 산세는 점점 급해진다. 너덜바위는 쌓여 있고 좌우의 봉우리는 정상이 희니 완전히 예전에 본 풍악산과 똑같다. 정상에 올랐으나 백담사의 남여승은 오지 않아, 마침내 길을 안내할 중 한 사람만이 앞길을 인도하여 내려왔다.

백담사의 한 늙은 중이 길 가는 중에 맞이하여 말하기를, "어제 신흥사에서 뵙고 사사롭게 말하기는 하였으나 행차(行次)가 아무 고개를 경유한다고 말하지 않아 속으로 마척령에서 내려온다고 생각하였습니다. 그래서 남여승들을 오세암으로 보냈는데 얼마 후에 행인들이 말하길 일행이 이쪽으로 온다는 것을 듣고 황급히 왔습니다"라고 한다. 고개를 내려와서 황룡담(黃龍潭)[10]에 이르니 해는 이미 산 뒤로 숨어버렸다. 북쪽으로 몇 리 가서 시내를 건너 백담사로 들어갔다. 저녁밥이 나왔는데 풍성하였으며 당귀를 곁들였는데 부드럽고 향기와 맛이 매우 뛰어나다. 별당(別堂)에서 잤다.

8일. 동쪽의 오세암으로 들어가려 하는데 산에는 큰 절이 없고 살고 있는 백성도 없어서 남여꾼이 갖추어지지 않았다. 새벽에 절의 중에게 산 밖의 여러 마을로 급히 공문을 띄우게 하고 조금 있으니 남여꾼들이 5리에서 또는 10리에서 왔는데 모두 며칠 동안 먹을 양식을 가지고 와서 기다린다. 대체로 이 산 역시 풍악산의 예처럼 백성들에게 부역이 없으므로 명령을 들으면 즉시 달려온다. 밥을 먹은 뒤에 붓에 먹을 묻혀 처마의 문설주 사이에 이름을 적었다.

---

10) 황룡담(黃龍潭) : 황장폭포 밑의 연못을 가리킨다.

출발하여 시내를 건너 동쪽으로 가다가 황룡담을 지났다. 시내를 거슬러 올라가 사미암(沙彌巖)에 이르니 물과 돌이 그윽하면서 기이한 것을 좋아해 남여에서 내려 왔다갔다 하였다. 조금 앞으로가 심원사(深源寺)의 옛터를 지나 영시암(永矢庵)에 이르렀다. 영시암은 김창흡(金昌翕)이 예전에 살던 곳이다. 암자 서쪽 조그만 언덕에 농환정(弄丸亭)[11]이 있고, 옛터 북쪽에 유허비가 있다. 세 친구 모두 가서 보았지만 나는 보지 않고, 홀로 앞 건물에 앉아 동쪽으로 설악의 만학천봉(萬壑千峰)을 보았다. 비로소 반정도를 드러내는데 뾰족하고 가파른 산이 겹치고 중첩되어 우뚝한 모습이 하나의 기괴한 큰 바위이다.

다시 남여를 타고 동쪽으로 1리 남짓 가서 옆으로 조그만 산골물을 따라 들어가니 길의 형세가 허공에 매달려 있는 듯하여 따라가는 걸음걸이가 더욱 급하지만 흙은 두텁고 돌은 없다. 하나의 작은 고개에 이르러 남쪽으로 오세암(五歲菴)을 내려다보니 거리가 한 화살을 쏘아 닿을 만하였고, 고개의 한 가닥은 서쪽으로 달려서 백여 보 되는 곳에서 불끈 솟아 있다. 만경대(萬景臺)는 암자를 껴안고 남쪽을 향해 뭉쳐 있다.

만경대를 오르기 위하여 갓과 두루마기를 벗고 서쪽으로 걸어갔다. 처음 갈 때는 편안하게 걸어서 갔는데, 약 수십 걸음 지나자 거친 돌이 험준하게 쌓인 것이 계단 같다. 좌우에 산골물과 계곡이 있어 깎아지른 절벽이 매달린 것 같다. 나무와 돌을 끌어 잡고 엎드려 무릎으로 기어갔다. 때때로 벼랑과 골짜기를 엿보니 마치 몸을 일으키기만 하면 아래로 떨어질 듯하다. 조금씩 조금씩 있는 힘을 다하여 만경대 꼭대기에 오르니 훤하게 탁

---

11) 농환정(弄丸亭) : 영시암에 딸린 정자이다.

트이며 험준하게 일어선다.

　내산(內山)의 산봉우리들과 산골짜기들이 모두 발밑에 있는데, 몹시 험준하며 삐죽삐죽 솟아서 가지런하지 않고 들쑥날쑥하다. 기술이 뛰어난 착한 귀신이 새기고 깎아내어 진열한 구슬과 보배들 같은 것은 온 산의 수많은 봉우리들이다. 돌고 도는 굽이마다 침침하고 으슥하며 삼엄하고 음산하여 귀신들이 의지할 곳이 된 듯한 것은 온 산의 수많은 산골짜기이다. 소나무·전나무·단풍나무·잣나무·가래나무·유자나무·가죽나무·상수리나무들이 빽빽하게 들어서 있어서 하늘을 가리니 심히 춥기도 하고 엄숙한 기운이 때때로 살 속으로 파고든다.

　만경대에서 내려와 오세암에 이르니 옛날에 청한자(清寒子)가 살던 곳이다. 서쪽을 향해 세워졌으며 동쪽으로 마척령의 험한 봉우리를 등지고 있다. 북쪽으로 만경대에 닿았고, 남쪽으로 여러 산봉우리들을 끌어다가 비스듬히 서쪽으로 돌아가니 만 송이 연꽃과 천 겹의 상서로운 구름이 사방을 감싸 안고 있는 듯하다. 가운데에 평평한 곳이 열려 있는 것이 그윽하게 깊어 단절된 채 멀리 세상과 떨어져 있다. 이곳은 마땅히 세상을 피하고 속세를 끊은 사람이 깊게 들어와 돌아가지 않는 곳이어서 청한자가 이 암자를 몹시 좋아한 데는 이유가 있다. 옆방으로 들어가서 두 폭의 청한자 영정을 뵈니, 하나는 처사였을 때의 모습이고, 하나는 중일 때의 모습이다. 외모만 그린 것이어서 비록 참된 상을 다하지 못했으나 신령스러워 보이는 풍채와 깨끗한 기운은 얼굴과 외모에 풍겨 마치 깊은 산속에 마주 앉아서 지난날 속세의 일을 문답하는 듯하다.

　오세암의 앞은 넓게 흙마당을 만들고 마당가에는 평평하게 큰 돌을 깔아놓았다. 깊은 산골물을 내려다보면서 세 친구와 돌 위에 나누어 앉아서 운을 내어 마음속에 깊이 사무친 회포를 부쳐 시를 지었다.

해가 저물어 어두워지자 암자에 들어가니, 어떤 중이 솔잎을 먹고 물을 마시며 외로운 암자를 홀로 지키고 있다. 밤이 깊어서 그 중을 청하여 같이 앉아서 산속의 옛 일에 관하여 물어보았다. 중이 대답하기를, "이 산은 관동의 여러 산 중에서 가장 깊고 어두우며, 8월이면 첫눈이 내리기 시작하고, 3월이 되어야 비로소 녹습니다. 그러므로 산은 '설(雪)'로 이름 붙였습니다. 어떤 때에 눈이 많이 왔을 경우에는 시냇물과 골짜기를 막아서 겨울을 지나고 봄을 보내면 봉정암의 중들은 자주 굶주려 말라서 앉아 죽기도 합니다"라고 말한다.

9일. 남쪽으로 향하여 봉정암(鳳頂菴)으로 가려고 아침을 먹고 출발했다. 암자 있는 곳에서 산골 물을 건너 산허리를 안고 남쪽으로 가다가 산등성이를 돌아가고 바위 비탈길을 오르내렸다. 구름 자욱한 소나무와 전나무, 하늘을 덮는 가시나무와 녹나무 때문에 햇볕도 들어오지 않는다. 삼처럼 우뚝 솟았는데 종종 고목이 쓰러져 산골물을 걸터앉아 저절로 길을 만든다. 약 몇십 리를 가서 서쪽으로 꺾어져 내려가 가야동(伽倻洞)[12]에 이르니, 침침하고 으슥하여 해와 달과 별도 비치지 않는 것이 마치 땅속 깊은 곳에 빠진 듯하다. 흰 돌이 한 골짜기를 가로질러 걸쳐서 백여 보 펼쳐져 있다. 물이 빨리 흐르며 굽이지고 꺾어진 것이 기이하다.

마침 봉정암에서 오는 5~6명의 유산객들을 만나 각기 산행의 어려움을 물었다. 앞길을 쳐다보니 큰 고개가 머리를 누르는 것 같다. 남여를 타기도 하고, 걷기도 하면서 무서워 숨을 죽이며 올라갔다. 큰 바위가 길을 막고 천여 장 정도 우뚝 서 있는데 바위의 결은 모두 조각조각 갈라졌으

---

12) 가야동(伽倻洞): 가야동계곡을 말한다.

며 반듯하고 가지런하게 다듬어진 것이 만 권의 책들을 차곡차곡 쌓아놓은 듯하다. 이른바 경책암(經冊巖)이며 바위는 고개 마루 멀리 앉은 곳에 의거하고 있다.

마침내 정상에 올라가니 봉정암이 수십 보쯤 되는 가까운 데 있다. 칠성석(七星石)은 여러 부처들이 서 있는 것처럼 좌우에 나란히 서 있다. 외산(外山)의 천후봉(天吼峰)과 신흥사(新興寺)가 있는 곳이 반쪽 얼굴을 쑥 내민다. 서쪽 등줄기에서 조금 아래인 십여 보 되는 곳의 돌 위에 쌍탑(雙塔)이 있다. 만들어진 모양이 정교하다. 세상과 떨어진 깊고 험한 곳에서 일한 사람은 아마도 참으로 고생하였을 것이다. 이들 또한 의상(義相)과 나옹(懶翁)의 무리인가!

탑 왼쪽에서 수십 보 가서 암자에 이르니 어떤 중이 나오는데 엄숙함이 지극하다. 암자는 대(臺)를 좌우로 하고 있다. 국사봉(國師峰)은 동쪽에 있고, 청봉(靑峰)은 남쪽에 있으며, 칠성석은 북쪽에 있어서 여러 줄 지은 산봉우리들이 코앞으로 다가오는 것 같다. 사람들이 사는 세상을 내려다보니 아득하고 멀다. 이곳은 천하에서 가장 높으며 가장 깊은 곳이어서 심한 추위가 떨게 하니 선풍도골인 자가 아니면 머물 수 없다. 몇 년을 지나도 사람의 발자취가 드물다.

드디어 운을 정하여 각자 시를 지었다. 나는 "구름이 깊어 햇빛조차 안 보이니, 봄이 다 가도록 사람 구경 못하겠네"라는 구로 두 번째 연을 짓고 뜻이 다해 끙끙거리고 있었다. 갑자기 두세 마리 다람쥐들이 돌 위에 말리는 송화를 먹는 것이 보인다. 나는 곧, "송화를 다람쥐와 함께 먹으니, 바위 틈 사립문은 사슴과 이웃하네"라는 구로 셋째 연을 삼았다. 시 짓기가 끝나자 바위 움집 끝에 이름을 썼다. 남여꾼이 점심식사를 알려서 암자에 들어가 앉으니 추녀에 이도보(李道輔)의 액필(額筆)과 박사해(朴

師海)[13]의 시판(詩板)이 있다.

밥을 먹은 뒤에 계곡물을 따라서 서쪽으로 10리를 내려가서 수렴폭(水簾瀑)에 이르렀다. 하나의 폭포는 봉정(鳳頂)에서 내려와 동쪽 석벽에서 떨어지는데, 높이가 거의 수십여 길이나 된다. 다른 한 폭포는 남쪽 산골에서 내려와 층진 곳마다 자잘한 물결들이 빨리 남쪽 벼랑에서 떨어지는데, 마치 하늘에서 내려오는 듯하여 높이가 몇백 장이 되는지 알 수가 없다. 양쪽 석벽에 나뉘어 걸려서 한 개의 못으로 거꾸로 쏟아진다. 세력과 힘을 모아 함께 깊고 넓은 못을 만드는 것은 현량한 신하가 공경하고 화합하면서 나라의 일을 함께 다스리는 것 같고, 또 서로 멀리 있는 벗을 대하다가 인연이 있어 올 것을 맞이하는 것 같다.

남쪽 폭포가 웅대하게 떨어지며 골짜기를 마음대로 제압하는 것은 제갈무후(諸葛武候)[14]가 촉(蜀)나라를 다스림에 중요한 정책을 통틀어 관할하여 권력을 잡고 모든 일을 시작하는 것과 같다. 동쪽 폭포가 그윽하고 품위 있으며 시원스럽게 못에 거꾸로 드리운 것은 범경인(范景仁)[15]이 조정에 있으면서 어질고 능력 있는 사람에게 양보하여 일이 이루어지는 것을 즐겨 보는 것과 같다. 우리나라의 이름난 폭포가 어찌 한정이 있으랴마는 이처럼 기이한 것을 아직 듣지 못하였다.

못가 돌 둔덕 위에 앉아서 싫도록 즐기며 놀다가, 지팡이를 짚고 서쪽으로 5리를 내려오니, 산이 거의 다하면서 물은 평평하게 흘러내린다. 양

---

13) 박사해(朴師海) : 1711~1778. 자는 중함(仲涵), 호는 창약(蒼若). 내외의 요직을 두루 지냈고, 외교적인 수완도 뛰어났다. 1772년 동지부사가 되어 청나라에 다녀왔으며, 그림에도 조예가 매우 깊었다.

14) 제갈무후(諸葛武候) : 제갈량을 시호로 이르는 말이다.

15) 범경인(范景仁) : 범진(范縝)을 말하며 송나라의 문사이다.

쪽 산골짜기는 하늘에 닿을 듯 우뚝 서 있고 바위 봉우리들은 나타났다 사라지는 것이 끝없다. 붉은 비탈과 푸른 석벽은 일정하지 않게 숨었다 나타난다.

잣나무와 소나무들이 무더기로 솟아서 햇빛이 비치지 않는다. 시내의 돌들은 우뚝 솟아 험하게 뒤섞였는데, 편편하기도 하고, 기우뚱하기도 하고, 높기도 하고, 낮기도 하다. 희기도 하고, 푸르기도 하며, 누렇기도 하고, 검기도 하다. 때로는 소용돌이가 되기도 하고, 폭포가 되기도 하며, 담(潭)이 되기도 하고, 여울이 되기도 한다. 걸음을 옮길 때마다 새로운 모습이며, 굽이마다 기이한 경치여서 진상을 밝히기 어렵다. 길도 자주 변하여 걸음 또한 따라 변한다. 많은 낭떠러지에 많은 개울, 등나무 덩쿨들이 얽혀 있거나, 이끼가 미끄러워 잰걸음으로 가다가 땅에 넘어지기 때문에 중간중간에 앉아 쉬면서 20리쯤 갔다.

하늘이 조금 보이기 시작하고, 길도 조금 편편해져서야 비로소 사람 사는 세상에 나온 듯하다. 머리를 돌려 오던 길을 돌이켜보니, 구름과 이내 속에 아득하기만 하다. 세상 사람들이 말하기를, 이 산의 세력은 풍악산만 못하고, 웅대하기도 풍악산만 못하나, 깊고 아득하고 멀며, 험절한 것은 풍악산보다 뛰어나다고 한다.

지금 30리의 긴 골짜기를 빠져나오니, 작은 시냇물이 좌우에서 서로 모이고, 깊은 숲과 큰 나무들은 앞뒤로 에둘러 막아서 그늘이 들고 찬 기운이 모골을 찔러대고, 짙은 푸른색은 의복을 적신다. 별세계의 아득한 발걸음은 풍악산의 백탑(百塔)과 구룡연(九龍淵)보다 뛰어나며, 물과 돌들이 끊이지 않고 이어진 한 계곡 안의 기이함과 장관은 한 발자국도 허송할 것이 없으니 곧 만폭동(萬瀑洞)이 상대할 만한 곳이 아니다. 남여에 올라 몇 리쯤 내려와 영시암(永矢菴)에서 잤다.

남쪽으로 한계폭포를 구경하려고 일찍 밥을 먹고 출발했다. 북쪽으로 심원사(深源寺)의 옛 터에 이르렀고, 시냇물을 가로 건너 남쪽으로 저취령(楮嘴嶺)[16]을 바라보면서 가노라니 길이 높고 위태롭기가 완항령(緩項嶺)보다 심하다. 고개의 절반 아래는 남여를 타고 가고, 고개의 절반 위는 지팡이를 짚고 갔다. 고개 마루에 오르니 한계산(寒溪山)인데, 설악산과 통한다.

산 밖의 남여꾼들이 와서 기다리고 있어서 산 안의 남여꾼들과 일일이 이별을 고하였다. 며칠 동안 같이 고생하여 지낸 까닭에 저절로 헤어지기 섭섭한 마음이 있는데, 나를 위해 남여를 멘 사람이 각각 소마장(疏麻杖)을 주니 정을 기억할 만하다.

산을 내려오면서 상승암(上乘菴)과 대승암(大乘菴)의 옛터를 지나 산골물가 돌에 앉아 점심을 먹고, 다시 남여를 탔다. 1리쯤 내려왔으나 폭포가 어디 있는지 알지 못하겠는데, 남여꾼이 길이 위험하니 남여에서 내리기를 청한다. 조금 앞으로 가서 굽어 살펴보니 내 몸은 만 장이나 되는 절벽 위에 있고 폭포는 여기보다 위에 있다. 조금씩 백여 걸음 내려가니 조그만 언덕이 동쪽에서 나와 서쪽으로 들어가며 절벽을 안고 대(臺)를 만들어서 북쪽으로 폭포를 마주본다. 사앙(士仰)과 석장(碩章)은 벌써 넋을 잃고 앉아 있다.

동서쪽의 쇠로 된 절벽은 쪼아놓은 듯 우뚝하고도 곧게 솟으며 큰 골짜기를 펼치고, 한 가닥 폭포는 구름 끝에서 거꾸로 쏟아진다. 아득히 하늘 한가운데 있는 것이 마치 만 필의 흰 명주를 늘어뜨린 것 같다. 처음 떨어

---

16) 저취령(楮嘴嶺) : 대승령을 말한다.

질 때는 은빛 물결과 눈 같은 물방울이 잔물결이 되어 급히 흐르니 빨리 달려가는 것 같은 기세가 있다. 계곡물 밑바닥에 떨어지게 되면 힘은 다하고 기운이 흩어져서 방아 찧는 소리나 물을 뿜어내는 듯한 소리가 없다. 때마침 산바람이 옆에서 불면 흰 물결 가운데가 갈리며 흩어져서 가랑비와 안개가 된다. 바람이 그치면 곧게 쏟아져 내리고, 바람이 불면 다시 이와 같다. 잠깐 사이에 기이하게 변하여 무어라고 이름하여 형용할 수 없다.

옛날 중국 사람이 이 폭포를 보고 자기 나라에 돌아가서 왕엄주(王弇州)[17]에게 으쓱거리며 자랑하니 왕엄주가 듣고 「한계폭기(寒溪瀑記)」를 지었는데, 기재(寄齋)가 기록한 것을 적었으나 사물을 형용한 것이 사실과 같아 눈으로 본 자가 미칠 바가 아니라고 한다. 내가 일찍이 옛사람들이 기록하여 놓은 것을 보고, 이 폭포가 우리나라에서 제일이라는 것을 알았다.

오늘 여러 벗들을 억지로 이끌고 험한 고개를 넘을 때까지만 하여도 여러 벗들이 모두 믿지 아니하더니, 비로소 보고는 몹시 들레면서 기이하다고 혀를 차며 칭찬하여 말하기를, "높기는 구룡폭포보다 배는 되며 기이하기는 박연폭포보다 낫네. 만약 이 폭포를 보지 못하였다면 지금의 여행을 헛되이 할 뻔했네"라고 한다.

나는 처음으로 여러 벗들에게 칭찬을 듣고, 조금 체했던 가슴이 트인 듯 막힌 것이 없게 되었다. 남여꾼에게 폭포 위에 올라가 계곡 가운데로 돌을 던지게 하니 날아다니는 매가 빙빙 도는 듯하다가 한참 있다가 떨

---

17) 왕엄주(王弇州) : 명나라의 왕세정(王世貞, 1526~1590)을 말한다.

어진다. 또 나무와 돌을 모아 메마른 물의 발원지를 막아 물을 모았다가 터뜨리게 하니 용솟음치며 내달린다. 나무와 돌도 함께 떨어지니 또한 떨어지는 것도 장관이다.

해가 질 무렵 대(臺)에서 내려와 한계사(寒溪寺)의 옛 터에 이르니, 오색령(五色嶺)의 큰 길이 여기서 합쳐진다. 비로소 남여를 타고 서쪽으로 내려가는데 몸을 실으니 빠른 것이 좋은 말이 내달리는 것 같다. 잠깐 사이에 이미 옥류동(玉流洞)[18]에 이르렀다. 돌 위에 올라 잠시 앉았다가, 또 남여를 타고 한계촌(寒溪村)에 다다르니, 종이 원통점(圓通店)에서 말을 끌고 왔다. 청동천(靑銅遷)을 지나 원통점에서 잤다.

11일. 일찍 밥을 먹고 출발했다. 시내를 끼고 남쪽으로 내려와 배를 타고 곡연(曲淵)을 건넜다. 곡연의 물 근원은 유점사(楡岾寺) 남쪽 기슭에서 시작하여 수백 리를 돌고 돌아 여기에 이르러서 설악산의 큰물과 합해진다. 한 굽이를 돌아 합강정(合江亭)에 이르렀다. 오대산(五臺山)의 북쪽 계곡의 물이 북쪽으로 백여 리 흘러 이 합강정 앞에 이르러 설악산의 물과 합해진다. 정자는 이 때문에 이름 붙였다. 높이 산언덕에 의지하여 맑은 강물을 굽어보니 흰 모래밭과 긴 여울이 난간과 처마를 비치고, 사방의 산들이 품고 있으며 울창한 소나무가 그늘져 있으니 또한 뛰어난 경치이다.

이곳은 인제현(獜蹄縣)과 가까운 거리에 있다. 그런데 인제 현감 신광하(申光河)[19]가 마침 서관 지방 여행 중이라서, 그의 아들 보상(輔相) 신기명(申幾明)이 관아에 있다는 소식을 듣고, 붓과 벼루를 펼치고 기명에게 편

---

18) 옥류동(玉流洞) : 한계산성으로 오르는 골짜기를 말한다.
19) 신광하(申光河) : 1729(영조 5)~1796(정조 20). 조선 후기의 문신·학자. 본관은 고령(高靈). 자는 문초(文初). 호는 진택(震澤). 아버지는 첨지중추부사(僉知中樞府事) 호(澔)이다.

지를 쓰기를, "관동에 네 사람의 신선들이 다시 왔으니 지암(遲菴) 이성재(李聖哉)와 사남(沙南) 목경집(睦景執)과 백담(白潭) 우사앙(禹士仰)과 백고(栢高) 최연장(崔硯章)이다. 풍악산의 일만이천 봉을 두루 답사하고 북쪽으로 시중대(侍中坮)와 총석정(叢石亭)에 올랐고, 남쪽으로 삼일포(三日浦)와 해금강(海金剛)과 선유담(仙遊潭)과 청초호(靑草湖)를 널리 봤으며, 낙산사(洛山寺)에서 두 밤을 자고, 서쪽으로 설악산과 한계산에 들어가 구름과 수석을 두루 보고, 날아갈 듯 진택(震澤) 선생의 풍모를 듣고 합강정 위에 모였다가 급히 산을 나갔다는 말을 듣고 슬퍼서 앉아 있으니, 혹 얼마간 집안에 유풍이 있다면 술을 가지고 오라"고 하였다.

대옥(大沃)에게 명하여 자사(子舍)한테 전하라 하니, 얼마 안 되어 기명이 땀을 흘리며 바쁜 걸음으로 씩씩거리며 와서 서로 손을 잡고 이야기를 나누노라니 4~5명의 어린 기생들이 술병과 안주상을 차려 가지고 온다. 기녀들을 시켜 차례로 노래를 부르게 하며 다정히 앉아서 한나절을 보내고, 오후에 관아 동헌으로 내려갔다. 저녁을 먹은 뒤에 밝은 달빛과 맑은 강물 소리가 마음을 흔들어 기녀들을 이끌고 강가에 나가 앉아서 피리를 불며 노래도 부르게 하였다. 관동곡(關東曲) 두어 수를 부르는 동안 우리들은 시를 각각 한 수씩 짓고 밤이 되어 관아로 돌아와 잤다.

권용정(權用正, 1801~?)

조선시대 후기의 문인화가. 본관은 안동. 자는 의경(宜卿), 호는 소유(小游). 부사(府使)를 지냈다는 사실과 세시풍속에 관한 저술을 남겼다는 기록만 전할 뿐, 그의 가계나 행적 등은 알려져 있지 않다. 오세창(吳世昌)은 『근역서화징(槿域書畵徵)』에서 "산수를 잘 그렸고 화법은 필력이 굳세고 건장하며 맑고 깨끗하다"고 평하였다. 현재 알려진 그의 유작으로는 옹기와 함지박을 파는 등짐장수의 휴식하는 모습을 그린 풍속화〈보부상〉 한 점이 간송미술관에 소장되어 있다. 이 그림은 배경 없이 인물 중심으로 구성되어 있고 옷주름의 필선이 구불구불하게 표현되어 있어 김홍도(金弘道)의 풍속화풍을 강하게 반영하고 있다.

🪷 작품 해설

사람들이 말하기를 설악산이 금강산보다 뛰어난데, 그 이유는 기이한 물 때문이라고 한다. 또한 설악산은 내설악과 외설악으로 구분하는데 물의 기이함은 내설악에 있다는 소문을 듣고 내설악산을 두루 돌아보고 기록한 것이 이 작품이다.

🪷 유람행로

- **일시** 1829년
- **일정** 한계동-옥류폭포-폐사지-폭포-대승령-조추-영시암,비석-수렴동-〈3리〉-탁자암-변암-이대폭-쌍폭-백운동-석실-오세암-만경대-백담사-두태추-갈역-금강산-인제-남교-지리곡-탕수폭

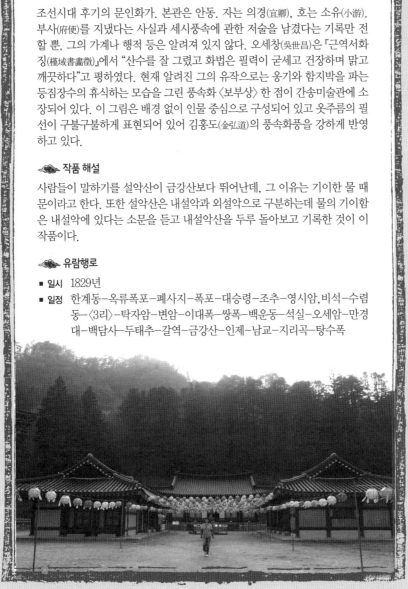

백담사

설악의 물은 신령스러워 금강산보다 뛰어납니다
권용정(權用正), 「설악내기(雪嶽內記)」

기이함을 말하는 자가 매번 말하길, "설악산이 금강산보다 뛰어납니다"라고 한다. "무엇이 뛰어납니까?"라고 물으니, "물이 뛰어납니다. 금강산의 물은 성(聖)스러운데, 설악산의 물은 신령(神靈)스럽습니다. 성스러운 것은 유추(類推)할 수 있지만, 신령스러운 것은 헤아릴 수 없습니다. 설악의 물은 변화가 많아서 한결같이 생각 밖으로 벗어납니다. 그러므로 물이 뛰어납니다. 설악산은 안과 밖이 있습니다. 내설악은 인제에 속하고, 외설악은 양양에 속합니다. 물의 기이함은 내설악이 모두 보여줍니다"라고 한다.

기축년(己丑年, 1829) 4월에 해사(海史)[1]와 함께 동쪽을 유람하다가 인제에 이르렀다. 경오일(庚午日, 7일)에 한계동(寒溪洞)에 묵었는데, 한계동은 내설악의 초입이다.

신미일(辛未日, 8일)에 지팡이를 잡고 출발하니, 많은 소나무는 검은 구름 속에 있고, 모든 길은 바람과 물의 소리 속에 있어서 가다가 멈추다가 하면서 높고 먼 것을 잊었다.

시냇가에 옥류폭포(玉流瀑布)[2]가 있다. 길이는 8장쯤 된다. 폭포는 세 번

---

1) 해사(海史) : 홍한주(洪翰周)의 호이다.
2) 옥류폭포(玉流瀑布) : 옥류천을 말한다.

탁자암

꺾이고, 돌 웅덩이가 세 개다. 꺾이면서 물이 흰색을 내뿜고, 웅덩이는 검푸른색으로 빙빙 돌다가 시내에 이르면 푸른색과 흰색이 어지러이 섞여 일정하지 않다.

동쪽으로 10리 되는 곳에 대승령(大勝嶺)이 있다. 고개 아래 예전에 절이 있었으나 지금은 폐사지이다. 산길은 뱀이 서린 것 같고, 나뭇잎은 무릎까지 쌓여 있다.

고개를 반도 못 올라가서 오른쪽으로 돌면서 백여 걸음 가니, 철벽(鐵壁)은 곧게 깎였고 흰빛이 하늘을 꿰뚫는 것이 폭포다. 폭포의 위아래는 거의 바위에 의지하지 않고 천 심(尋)이나 허공으로 떨어진다. 무지개의 빛은 비단이 되니 햇빛이 비쳐서 그러한 것이다. 흰 허리가 가로로 끊어진 것은 안개가 되고 구름이 되어 가랑비 오듯 거꾸로 말려서 올라가니 바람에 부딪혀서 그런 것이다. 해는 숨고 바람이 고요하면 문득 보이는 것이 바뀌고, 은은히 맑게 개였는데 천둥소리가 산과 계곡을 울릴 뿐이다. 벼랑에 '구천은하(九天銀河)' 네 자가 새겨져 있다.

고개를 넘어 동쪽으로 가니 풀과 나무가 우거져서 쳐다보아도 하늘을 볼 수 없다. 바람이 불어 잎사귀만 부스럭하면 문득 서로 놀라며 "범이다" 하고 말하지만 범은 끝내 없다. 한낮이 되어 갈증이 심하여 당귀의 싹을 뜯어 씹고, 칡잎을 말아 물을 떠서 향기로운 액을 마셨다. 가득 마시고, 10여 리를 가자 길 오른쪽 끊어진 벼랑이 가로로 늘어섰다. 이끼가 반을 덮고 푸르게 살아 있는데 적셔져 있고, 벼랑 앞 큰 돌은 붉게 주름졌는데 푸른색이 점점이 있다. 매끄러워 만질 수 있고, 평평한 등이라 앉을 수 있다. 시냇물이 좁고 깊어 마치 말구유와 같고 튀어 오르는 구슬이 끝없이 흘러 조추(槽湫)라 한다.

조추에서 동쪽으로 5리를 가서 큰 계곡물을 건너고, 비스듬히 남쪽으로 10리를 가서 영시암(永矢庵)에 이르렀다. 삼연옹(三淵翁)이 이곳에서 예전에 머무르셨다. 암자 왼쪽에 비석이 있는데 사적을 기록하였다.

임신일(壬申日). 남쪽으로 가서 수렴동(水簾洞)으로 들어갔다. 양쪽 옆으로 깎아지른 산봉우리는 칼을 뺀 듯하고, 떨어지는 물은 부딪치며 토해내는 듯하다. 물속의 돌이 푸른 것은 쓸개, 흰 것은 알, 붉은 것은 말의 간, 검으면서 기름진 것은 자라 껍데기 같은데 씻기어 둥글며 빛나니 움켜쥘 만하다.

3리쯤 가자 탁자암(卓子巖)이 있다. 각진 돌이 네 번 겹쳐졌으며, 아래는 층계를 이룬다. 취하면 눕기에 적당하고, 피곤하면 기대기에 적당하다. 시내 오른쪽의 석실(石室)은 넓어서 자리 하나를 받아들이고, 깨끗하여 티끌을 받아들이지 않는다. 더위 먹으면 쉬기에 적당하고, 비 내리면 피하기에 적당하다. 석실을 지나 몇백 걸음 지나 남쪽으로 하나의 봉우리를 돌아보니 엎드린 호랑이 같다. 또 몇십 걸음 가니 중이 쓰는 두건[僧巾] 같은 돌이 있어, 변암(弁巖)이라 한다.(우리나라 풍속에 승건(僧巾)을 변(弁)이라 한다.)

변암을 지나 몇 리 가자 흰 돌이 평평하게 펼쳐져 있고, 맑은 물은 거센 흐름을 가라앉히고 가닥가닥 발이 된다. 그늘진 돌 표면과 산 위엔 철쭉과 벚꽃이 활짝 피고, 분바른 노을은 짙고 고요하며, 텅 빈 산에 사람은 없는데 물은 흐른다. 꽃이 피는 소리에 정신과 몸이 시원하게 맑아짐을 깨닫는다. 계곡물을 따라 올라가니 거칠고 험한 것이 더욱 심해진다. 신선의 집과 귀신의 동굴 같아 계곡은 어두우며 끝이 없다. 종종 쌓인 눈으로 길을 헤매다가, 돌 위에 밝은 흔적을 보고 과감히 갔다. 앞선 자는 돌아보고 끊임없이 소리 내어 부르면, 뒤에 있는 자는 소리가 나는 곳을 살피고 과감히 간다. 10리쯤 가자 이대폭포[二臺瀑]가 있다. 폭포는 두 번 꺾이면서 계곡의 돌을 찧으며 부딪치니 흰 물방울이 거꾸로 뿌려진다.

다시 몇 리를 가니 절벽의 색깔은 옅은 검은색인데, 폭포가 두 용을 드리운다. 머리는 갈라지고 꼬리는 교차하며 암수가 울부짖으니 소리는 소나기가 내리는 것 같다. 암놈은 수놈에 비해 1/3이 짧다. 떨어지며 깊은 못으로 들어가니 푸르게 서려 있는 것이 오래되어, 구름은 달아나고 번개가 쳐도 돌아갈 곳을 알지 못한다.

한낮에 수렴동 아래로 돌아와 오른쪽으로 백운동(白雲洞)을 찾아갔다. 낭떠러지 꼭대기에 나무는 어긋나고 물이끼는 물이 흘러 미끄럽다. 힘을 내서 한참 가서 유람하는 사람의 이름을 적은 곳인 석실(石室)을 만났다. 앉아서 쉬다가 다시 샅샅이 뒤지려고 했으나, 마침 해는 지려 하고 숲과 골짜기가 어두워지자 유람하는 모든 사람이 두려워하는 빛이 있어서 돌아가는 길을 찾았다.

남쪽에서 오세암(五歲庵)에 도착했다. 오세암은 매월당(梅月堂)이 머물던 곳이다. 암자의 왼쪽 작은 방에 매월당의 초상 두 폭을 모시고 있다. 한 폭은 넓고 둥근 갓을 쓰고 남색 도포를 입었다. 또 한 폭은 머리를 깎고 가사를 입고 있는데, 눈이 맑아 마치 살아 있을 때의 모습을 보는 것 같다. 암자는 내설악의 머리에 의지하고 있다. 여러 봉우리들이 빙 둘러 에워싸고 있는데, 홀로 남쪽만 틈이 있다. 등뒤는 수미봉(須彌峯)이고 오른쪽은 만경대(萬景臺)이다. 둘 다 뾰족하게 하늘 가운데로 솟았다.

계유일(癸酉日). 만경대의 돌 비탈길을 오르는데 중이 경계하며 말하길, "왼쪽을 돌아보지 마십시오. 돌아보면 현기증이 납니다"라고 한다. 절벽을 쳐다보며 원숭이처럼 가서 만경대 위에 이르렀다. 지팡이를 세우고 거기에 기대어 수천 길 낭떠러지를 숙여서 보았으나 밑을 볼 수 없다. 사방을 에워싼 높은 산은 늠름한 것이 철마(鐵馬)가 멀리서 달리는 것 같다. 동쪽으로 봉정암(鳳頂庵)이 가장 높은 곳을 가리키니 눈으로 막혀서 오를 수 없다고 들었다. 드디어 만경대에서 내려와 북쪽으로 가서 저녁 때 백담사(百潭寺)에서 잤다.

갑술일(甲戌日). 북쪽으로 두태추(斗台湫)[3]를 지나 낮에 갈역(葛驛)에 이르렀다. 여기서부터 금강산으로 향하였다.(중략)

5월 무술일(戊戌日). 인제로 되돌아오는데, 어떤 사람이 탕수동(盪水洞)[4]의 천석(泉石)이 뛰어나다고 한다.

경자일(庚子日). 남교(藍橋)에서 잤다.

신축일(辛丑日). 지리곡(支離谷)을 지나다가 옥소리 같은 물소리를 들었다. 소리는 점점 커지고 색은 점점 드러나니 백옥과 눈처럼 상쾌하다. 지역 사람이 말하길, "탕수폭포[盪水瀑]입니다. 폭포는 모두 5개인데, 어떤 것은 누워 있고, 어떤 것은 곧으며, 어떤 것은 꺾어지면서 기울어져 있습니다. 못은 모두 10개인데, 항아리·병·가마솥·술잔을 꿰어놓은 것 같습니다. 폭포는 네 번째가 가장 뛰어나고, 연못은 여섯 번째가 가장 뛰어납니다. 여섯 번째 위는 네 번째보다 못합니다. 돌벼랑은 반쯤 이지러진 달 같은데, 흐르는 물을 막아, 급히 흐르며 부서지고 수많은 실이 어지러이 모입니다. 연못은 받아들이지만 담아둘 수 없고, 아무리 해도 펼 수 없어 울부짖습니다. 맹렬한 나머지 물결은 사방으로 나가 허공에서 밝은 꽃이 됩니다. 이것이

---

3) 두태추(斗台湫) : 백담계곡 입구에 있는 두타연을 가리킨다.
4) 탕수동(盪水洞) : 남교리에 있는 12선녀탕계곡을 말한다.

이른바 탕수동입니다. 첫 번째 폭포 옆에 용혈(龍穴)이 있는데, 지역 사람들은 이곳에서 기우제를 지냅니다"라고 한다. 내설악을 유람하는 데 4일 동안에 마쳤고, 외설악은 병이 들어 유람할 수 없었다.

대개 대승폭포는 웅장하면서 신령스럽고, 수렴동은 그윽하면서 신령스러우며, 탕수동은 교묘하면서 신령스러우니, 설악산은 물이 신령스럽다는 것이 참말이다.

김금원(金錦園, 1817~?)

1817년 원주의 양반의 서녀로 태어났다. 어릴 때부터 영특해 사서삼경에 통달했다. 여류 시인으로도 알려진 김금원은 훗날 금강산 기행을 담은 「호동서락기」를 펴낸다.

🐚 작품 해설

김금원은 어려서부터 잔병이 많아, 이를 불쌍히 여긴 부모는 여자가 하여야 하는 가사를 가리키지 않고 글공부를 시키게 되었고, 본인은 또한 산수를 즐기는 성품이라 혼기 전에 명승지를 두루 찾아다니며 유람하겠다는 허락을 받아냈다. 14세 나이로 남장을 하고 금강산으로 들어가 유람한 후, 귀경길에 설악을 거쳐 간 후 쓴 기행문이다.

🐚 유람 행로

- **일시** 1830년
- **일정** 한계리-옥류천-대승폭포-대승령-흑선동 계곡-백담사-영시암-수렴동

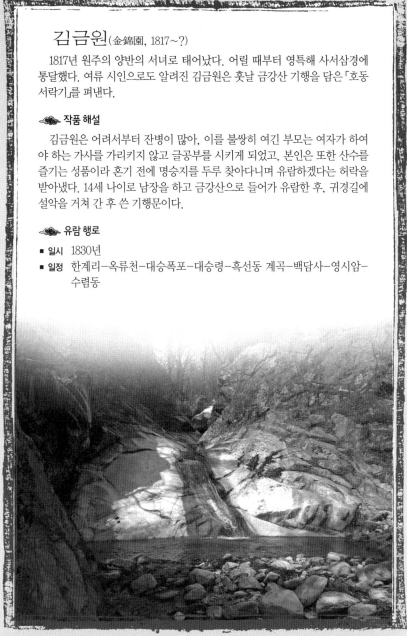

옥류천

은하수가 하늘에서 떨어지는 듯

김금원(金錦園), 「호동서락기(湖東西洛記)」

　팔경(八景)에 대해 중요한 곳을 대체로 다 살펴보았으나, 그래도 미련이 있어 인제(麟蹄)에 이르러 설악산을 찾았다. 바위들은 불쑥불쑥 솟아 하늘에 닿았고, 산봉우리들은 우뚝 펼쳐져 있는데 바위가 흰 것이 눈 같아 '설악'이라 이름 붙였다 한다. 돌산들이 천 겹으로 아득히 솟아 험하고, 돌 사이를 흐르는 물은 수없이 굽이치는데, 조용하고 깊숙하며 차고도 맑다. 계곡물을 자주 건너며 산길을 돌고 도니 일천 봉우리는 빼어남을 다투고, 우거진 교목들은 하늘을 가린다. 늙은 소나무에서는 학이 울고, 사슴은 풀숲으로 내달으니, 신선이 산다는 요지(瑤池)요, 낭원(琅苑)이요, 봉래(蓬萊)요, 방장(方丈)이라 할 수 있다.

　계곡물을 끼고 좌우에는 붉은 철쭉이 빽빽하게 피어 흐르는 물에 짙게 비치니 긴 무지개가 드리운 듯하니, 옥천(玉泉)에 드리운 무지개도 이곳보다는 낫지 못할 것이다. 옥천은 연경(燕京)의 옥천산(玉泉山) 아래에 있는데 샘이 구슬을 뿜어내는 듯하여 분설(噴雪)이라고도 한다. 물이 괴어 못이 되었는데 넓이는 3장(丈) 남짓하다. 연경팔경(燕京八景)[1]의 하나로 옛날에는 옥천수홍(玉泉垂虹)이라 했는데, 지금은 옥천박돌(玉泉趵突)이라 한다.

---

1)　연경팔경(燕京八景) : 북경에서 가장 경치가 빼어난 8곳을 말한다. 경도의 봄 그늘[瓊島春陰], 태액의 가을바람[太液秋風], 옥천에 드리운 무지개[玉泉垂虹], 눈이 그친 서산[西山晴雪], 계문의 이내 피는 숲[薊門烟樹], 노구의 밝은 달[盧溝曉月], 거용관의 첩첩한 푸른 산[居庸疊翠], 금대의 저녁 햇빛[金臺夕照].

위에 비석이 있는데 '천하제일천(天下第一泉)'이라 쓰여 있다 한다. 내가 비록 보지는 못했으나 그 드리워진 무지개의 모양도 이 기막힌 절경에는 미치지는 못할 것이다.

산이 가파르게 깎여 하늘에 닿아 있어 조심조심 나아가 꼭대기에 오르니 대승폭포이다. 하늘에 걸려 아득히 늘어졌는데 진주처럼 곱고 부서진 옥처럼 아름다운 물방울이 좌우로 뿜어대며 내려와 한낮의 우레 소리와 함께 이슬비처럼 자욱이 내린다. 쏟아져 날리는 기세는 바람의 신이 연출하는 말할 수 없는 기이한 장관이니, 중국 여산(廬山)과 안탕산(鴈宕山)의 폭포와 어느 것이 더 뛰어난지는 알 수 없다. 그러나 이 폭포는 삼천 척(三千尺)이 될 뿐만 아니니 '마치 은하수가 구천에서 떨어지는 듯[疑是銀河落九天][2]이라고 읊은 구절은 바로 이 폭포의 신기함을 전하는 것이다. 굳이 따지자면 흰 비단이나 흰 눈도 오히려 평범한 말일 것이며, 옥룡(玉龍)이 은빛 무지개를 허리에 둘렀다고 하면 혹시 그것에 가까울는지 모르겠다.

우비와 모자를 쓴 김에 가까이 가서 폭포를 보려고 하니, 날리고 쏟아지며 튀고 흩어지는 물방울이 한없이 모자 위에 날아온다. 소리는 우레가 치는 것 같고 물방울은 모자를 뚫을 듯해, 비록 물방울이 그렇게 한다는 것을 알면서도 나도 모르게 놀랍고 두려워 진정할 수 없다.

아침 안개가 허공에 가득하여 숲과 골짜기를 분간하기 어렵고, 산봉우리들이 구름 사이에 나타났다 가려졌다 하니 마치 푸른 옥을 깎아서 그

---

2) 이백의 시 중에 "햇빛 비친 향로봉에 푸르스름한 안개 자욱하고, 멀리 보이는 폭포는 긴 강물을 걸쳐놓은 듯, 날 듯이 흘러 떨어지는 삼천 척, 은하가 구천에서 떨어지기라도 하는 걸까.[日照香爐生紫煙, 遙看瀑布掛長川. 飛流直下三千尺, 疑是銀河落九天]"란 것이 있다.

림 병풍을 둘러놓은 듯하다. 조금 있자 검은 구름이 비로소 걷혀 달은 밝고 바람은 시원한데 산봉우리와 바위의 온갖 기이한 모양들이 전부 내 눈앞에 나타났다. 한편의 시를 얻었다.

천 개 봉우리 우뚝 서 하늘 찌르는데,
가벼운 안개 퍼지니 그림보다 낫구나.
설악산 기묘한 경치 좋으니,
대승폭포 여산폭포보다 뛰어나네.
千峯突兀規天餘,　　輕霧初敍畫不如.
好是雪岳奇絶處,　　大乘瀑沛勝庶廬.

백담사(百潭寺)로 들어가 잠깐 쉬었다가 수렴동(水簾洞)을 찾았다. 수석(水石)이 역시 기이하고 장대하다. 설악에는 옛날에 김삼연(金三淵)의 영시암(永矢菴)과 김청한(金淸寒)의 오세암(五世菴)이 있었다. 그런데 그들의 자취가 남아 있지 않아 비록 볼 수 없지만 설악의 이름이 이 두 사람 때문에 더욱 알려져 금강과 어깨를 겨루게 되었다.

산과 바다의 기이한 장관을 이미 두루 살펴보았기 때문에, 다시 화려하고 번화한 곳을 보고자 마침내 서울로 향했다.

남효온(南孝溫), 「유금강산기(遊金剛山記)」

一枝南延於二百餘里 山形竦峭 略如金剛本岳者曰雪岳 其南有所率嶺
岳東一枝又成一小岳 日天寶山 天將雨雲 山自鳴 故或曰鳴山 鳴山又蔓
廻於襄陽府 後走於海濱 五峯特起 曰洛山 (중략) 甲午平明 余坐亭上望
出日 智生饋朝飯 引余見觀音殿 所謂觀音像 技極精巧 若有精神焉
殿前有正趣殿 殿中有金佛三軀 余出道南路 西轉而行 行將二十里 至
襄陽府前川上歇馬 又行十里入雪岳 陟所於嶺下峴 則川水在左 峯巒
在右 過盡山麓 涉川流而左 山明水秀 白石交加 略如金剛山大藏洞
沿流而上 至五色驛 山月已白矣 是日 陸行三十里 山行四十里 乙未
發五色驛 度所率嶺 雪岳亂嶂 無慮數十餘 峯皆頭白 溪邊石木亦白
俗號小金剛山 非虛語矣 雲山曰 每八月 諸山未霜 而此山先雪 故云
雪岳 嶺上石間 有八分書一絕云 生先檀帝戊辰歲 眼及箕王號馬韓 留
與永郎遊水府 又牽春酒滯人間 墨跡尙新 書之必不久也 世無仙者 豈
非好事者偶題歟 然子程子以國祚之祈天永命 常人之至於聖人 以此
修煉之引年 深山大澤之中 亦有這般等人 未可知也 讀其詩 令人有出
塵之想 余於嶺上辭東海 下嶺西南行樹底 道塗險絕 洞壑幽深 折取丁
香花 揷馬鞍以聞香 過眠巖 行將三十里歇馬 過新院 又行十五里 有
川自雪岳西面而來者 與所率川合流 至元通驛下爲大江 前至元通 山
川曠莽甚佳 自元通履平地 又行二十五里 涉元通川 麒麟縣水於此合
流 循江行五里 宿麟蹄縣 是日 山行六十里 陸行三十里

문익성(文益成), 「유한계록(遊寒溪錄)」

乙亥 余守襄陽 與崔蹈景裵景孚及二子勵 劼將遊寒溪 自峴山城踰

香峴 歇馬于寒嶺 東臨滄海 雲濤茫茫 西瞻雪岳 石角峨峨 況積雨新霽 纖雲四捲 未到寒溪 逸興先飛 下嶺五里許 有洞窈窕 名曰白巖 數椽茅屋 獨占一壑煙霞 眞箇畫中孤村也 西行二里許渡一澗 彷徨四顧 得一斷麓 壁立千尋 雙溪挾流 亂瀑噴玉 下有石潭澄淨 上有蒼松交翠 眞絕勝區也 遂移石築臺 列坐其上 此八仙區第一程也 使蹈景名之 曰雙瀑臺 使景孚白書于老栢榦 又令童子釣得松江小鯈作膾 飛秋露數觴 清談半日 忽覺塵慮漸少 遡溪而行十里許 有古驛基 其間淸川白巖 步步愈奇 又西行五里餘有本寺 兩崖石壁橫截左右者數重 促馬到寺 四面石峯 削立銀幛 一曲淸溪 流注碧玉 庭中有五層石塔甚古 各口占五言小絕題其面 夕餔後杖策緣溪而四 數十步許 泉石尤絕 各占石散坐 或詠詩或釣魚 或舉酒相屬 擡頭北望則層巒疊幛 松桂煙霞 依依然有爛柯之想 翌日 還出石門 轉而北行七八里許 踰兄弟嶺 駐馬南望則昨夕北望諸峯 皆在眼下 逶迤西行三四里許 憩馬于所冬嶺 下嶺入寒溪上壑 千章松檜 蔚然而滿谷 或特立巖崖 自枯摧折 虛負棟樑之材 未見匠石之收 不能無興感焉 稍下二三里許 洞壑幽邃 林木莽蓊 密葉翳日 淸陰可愛 一帶長川 萬曲縈紆 信馬徐行 不知其幾回渡也 行二十餘里渡一澗 盤石可坐五六人 靑松陰其上 白石鋪其下 淸流激湍 可以濯纓 川發源於雪岳上峯 西南流至此幾六十里 自此至寒溪古基 千巖萬壑 都是石也 或磅磚雄峙 或容牙削立 奇形怪狀 不可殫記 遂舍馬而徒 杖靑藜攀碧蘿 緣巖罅一線路 魚貫而進 十步九休 始窮歡喜臺 絕頂 方知勝地在險 非有仙風道骨 安得至此乎 還大乘庵 因往觀瀑布 瀑布距庵五六里 石路磽确 未穩着足 旣到瀑布之南巒望見 則蒼崖鐵壁不知其幾萬丈也 一帶淸川 直下其間 或觸石而散 蠙珠交錯 或隨風而下 玉絲飛翻 第以水淺 未做壯觀 令僕夫折持靑枝 橫障其源 有頃

決之 則流波迅壯 雷風相薄 白日靑空 霹靂交闘 聲振一壑 勢掀羣岳 毛髮盡豎 心魂俱爽 俯瞰下淵 深不可測 直欲掬手相戲 懸崖絶險 無隙可緣 此又神龍之所窟宅也 遂逐陰崖而坐 玩愒終日 胸中査滓 頓釋十分 名所坐之臺曰玩瀑 使山人太均書于老松榦 四面千峯 玉立環拱 臺之北 有靑龍峯白雲峯 臺之東 有芙蓉峯擎日峯 臺之南 有法玉峯, 天玉峯天柱峯 其餘銀巒玉岡 不能殫數 踰弟嶺憩于溪石上 見千巖競秀 萬壑爭流 謂仙靈之所隱居 將欲窮源極探 沿溪而下 琪林玉樹掩映煙中 丹崖翠壁 崔崒雲表 一溪中注 渾是白石 而無一點塵沙間其隙也 行三四里 溪心有一巖 磅礴雄蟠 有類鼇背巖 名之曰笙鶴臺 溪邊有盤石 淸瀅磨平 可坐五六十人 名之曰盤陁石 石之上下 皆有澄潭 列坐石上 飄然有遐擧之想也 噫 如此絶勝 沒於荊棘中者不知其幾千年 由嶺而之東西者亦不知幾萬人 無一人曾評得此境 而自吾輩發之無乃數也耶

유몽인(柳夢寅), 「제감파부묵유금강산록후(題紺坡副墨遊金剛山錄後)」

寒谿山諸峯無麓 皆玉色 上敷下削 有瀑流長數百丈 有一 嵌如玉鼎瀑落而溢 下瀉於壑 長又可百餘丈 人莫能窺其底 水勢緩而長 每風自谷上 瀑水飛作煙霞 日照則紫 月照則素 風少止則一條之白 復界於蒼崖 隨風有無無瀑有瀑 余宿寒溪寺 終夜雨 朝而再賞 瀑勢壯 雖風不散 眞天下壯觀也 寒溪寺舊基回勢之勝甲東方 寒溪寺白雲庵 妖僧普雨遁世之所也 自寒溪緣溪而上 千丈松檜晻翳數十里 左右蒼壁素峯簇簇如矛戟 而長短瀑如垂紳接統承緖 皆可駴魂目 不知其幾百條 菴在叢峯之間 如爛銀濃玉 百態呈奇 雨僧亡命處奇絶 余冒雨而入深 恨

瞻眺多礙 潛心默禱 雲煙開豁 萬朶芙蓉 一時無或遁狀 而未移時復
合如舊 乃知造物衒美以誇我而復藏之 眞一場戲劇也 時爲考試日迫
不得信宿待霽 可恨也 海山亭在高城治 太守車軾營之 皆骨仙山天下
冠也 中朝人願生高麗者 正爲此也 無數白玉峯 皆在擧目間 加以黏天
銀浪 一面如蒼玉屛 蓬壺首嬌 鷗波鯨浪 皆作庭除獻伎之物 卽嶺東第
一臺亭也 食堂巖在襄陽雪嶽山 有峯如廊广 大川駕盤石上 曲折紆回
下成瀑 士人觀之 如流觴禊飮之座 僧徒譬之 爲食堂供養之所 洞府寬
敞 松桂叢生 眞群仙遊息之所 隱者盤旋之地 境僻甚 人罕能到 其上
五六里有床巖 而倦遊不得窮 大石如床 四足具 甚奇云

이시성(李時省), 「송풍안군조공부간성군서(送豊安君趙公赴杆城郡序)」

翌日 向天吼山 入禪定寺 尋繼祖窟 過隱神庵 宿于禾巖之古寺 天明 與寺
之二僧 登石人臺 東溟大霧 晦塞天地 朝日漸高 海氛暫收 則杆城一域 皆在
俯臨中 樓臺·亭閣 稍稍呈露 嶺陸岡巒 透迤效奇 秋光爛熳 錦繡玲瓏 眞所
謂蓬瀛別界也 與二僧 逍遙石人傍 喟然歎曰 神仙有而無 無而有 無則已 有
則爲守于杆城者 其所謂神仙者非耶 遂謝二僧 由彌水坡而還

유창(俞瑒), 「관동추순록(關東秋巡錄)」

丁巳 過神興寺 入雪岳山洞口 遊所謂食堂巖 巖石平鋪 層層玉雪
水流成瀑 落於下層 左右峯巒 削立如芙蓉 峯名因俗甚陋 改其在北者
曰天柱 在南者曰鶴巢 改食堂巖曰白玉臺 與三陟對酌數巡 詠詩一絕
還神興寺夕飯 過繼祖庵 庵在天吼峯底 岩石之下 倚岩爲屋數椽 庵空

無僧 門外堦畔 有黃花盛開 奇岩列峙于庭際 有一大石 上平可坐數十
人 眞一天成石臺也 遂下山宿圓巖驛 戊午 冒雨踰彌時坡 午憩嵐校驛
銀溪察訪韓楯, 麟蹄縣監柳芯來候 先送軍儀褊裨于圓通驛 盖將遊寒溪
省其徒從也 涉大川 卸輿跨馬 入寒溪洞口 日已昏黑 左右峯壑 一如金剛
行二十里 山益瘦石益奇 未至寒溪寺五里許 有盤石甚廣 列然松明 少憩
臺上 夜宿寒溪寺 己未 早發登獅子峯 峰間細徑 緣崖直上 巚穴唅呀
峯巒峭拔 極力攀援 始登其上 行數里過大乘庵無僧 至上乘庵 庵在絕
頂 人跡罕到 有老師琢璘年可七十餘 璘之弟子義天時年五十五 皆甞
絕粒鍊道 自妙香山來居此庵 而義天能文解經 兩目如星 瘦形如鶴 與
之談釋良久 下至望瀑臺 正與瀑流相對 瀑自峯上下落崖谷之間 幾三
百餘尺 如白虹垂天 素鍊橫空 與同行及義天對酌移日 自獅子峯東偏
緣崖攀壁而下 勢甚危絕 直下如繫 艱辛萬狀 還到寒溪寺後 回望 咫
尺如隔天上 可知所歷之高也 寒溪卽雪岳之一支 僧言自此東入深谷
八九十里 始達襄陽神興洞 其間有曲潭俞泓窟 窮僻幽深 人莫能窺 俞
泓宰春川時遊此窟 故山人名之 千峯競秀 萬壑爭流 玉削金磨 龍挐虎
攫 山人稱之曰小金剛 信知言矣 世之論關東名山者 稱道金剛 固不容
口 其次則以五臺, 淸平, 雉岳等山 甲乙於指上 而至於雪岳, 寒溪
則見者固少而知者亦罕 莫有稱其奇焉 世間浮名 固如是也 名本虛底
物 人與山豈異哉 之山也之水也 淸者自淸 高者自高 其於人知不知
何與哉 山與水不自以爲恨 而余乃恨之 其亦癡矣 然而武夷之奇 先於
考亭者 未有記焉 黃溪之勝 後於子厚者 始有聞焉 惟彼巍然而拔 坎
然而深者 亦有遇不遇存焉 余之一言 雖不足爲茲山之輕重 余之遊 亦
豈非茲山之遇乎 是日宿麟蹄縣

허목(許穆),「삼척기행(三陟紀行)」

自含春驛行二十餘里 上開胸嶺 山深路險 踰嶺山中 多土少石 山爲童 山高地可以燒畬 下地可以芒種 有白屋依山谷者五六 嶺間開地少 出日常晏 是日常曛 山谷洰陰 登嶺 始望遠岫平川落日 嶺得開胸之名 以此耶 嶺下長峽 皆高巖巨石 川谷盤廻 行三十里 石梁十二 出富林驛瀰首坡 寒溪之水 合流過之 寒溪之山 嶺傍大山 在楓岳, 五臺間 山最深 人跡罕到 踰三峴三十里 至嵐校 此獜蹄東境之驛 川波遠 原野廣 富林嵐校 最峽中佳處 東行六十里 登瀰首坡 此楓岳南麓 多秀石 登臨 東海無窮 踰嶺則逗城 嶺下東南行二十里 則元巖 自元巖從海上南行六十里 降仙 自降仙二十里 襄陽 又二十里 祥雲 祥雲南二十里 洞山 不及洛山寺十里

윤휴(尹鑴),「풍악록(楓岳錄)」

十七日己未晴 余罷齋 大玉又自祭所來 要余作東海神廟碑 執手以別 諸人欲是日盡歡而散 適官事倥傯 歸意更覺惘然 杆城尹君出行中 酒肴 飮數巡而罷 訥禪來見余 以詩酬之日 輝煌日月千秋色 嵬蕩山河萬國容 若道寂然爲究意 佛前那用打鳴鍾 訥禪拜謝而去 鄭克家以將往來江陵落後 余一行與之分携 居僧等出送之 皆有戀別之色 出洞門望雪嶽 而行十五餘里 入新興寺 寺僧以肩輿迎之於洞口 其寺在雪嶽北麓 向東而坐 殿閣軒樓 亦一巨刹也 望見雪嶽天喉 巉峯峻巒 若與楓岳爭奇 居僧六行雙彦者 皆可與語 約相訪于京中 夕食後 陪舅氏携柳君 肩輿行五六里 賞前溪水石而還 是日大玉委一价以酒饌來 以書謝之 且屬克家寓金剛所得疏麻杖一莖 奉贈許眉叟 杖卽金剛僧所謂山麻也 色靑綠質鏗鏗 秀而輕 宜於杖 其謂之山麻者 殆楚辭所謂折疏

麻兮瑤華者 遂以疏麻名之 簡寄克家曰 鏗鏗綠玉杖 騎彼金剛臺 憑
君奉老子 歸路愼風雷 柳君簡大玉 克家以詩附名其下 詩不記 是夜用
簡易洛山韻 得一絕說與柳君 東岱南衡海內奇 仲尼元晦共心期 誰知
千載東溟外 無限雲波屬短詩 曰 此詩語欠商量 姑以求正耳 十八日庚
申晴 朝發踰後嶺 從舅氏與柳君落後 入繼祖窟 架岊作簷 爲一招提
而無守僧 前有一石壁立 名龍巖 下有一穹石戴一盤石 高大如屋 使一
僧撼之而動 所謂動石也 據天喉中麓 南對雪嶽 東臨大海 亦一觀眺處
也 是日海暗不得望遠 寺壁上有小記云 是窟義相修道之所也 東望扶
桑 鯤海茫茫 日月浮沈 南望雪嶽 玉峯千疊 列在眼中 洞庭烟波 雖曰
壯觀 玉峯千疊 未曾聞也 廬山雖爲道人所爭 鯤海(一作波字)萬頃亦未
有也 玆地實兼之云 蓋記勝也 而坐處隘陋 菴楹短矮 不足爲勝界也
僧言前歲有一僧守戒者居之 爲暴客所賊 殆莊周所謂內鍊而豹食其外
者 異學之徒 好行離人絕世之事 以爲高 宜其及也 其窟後 湧出石芙
蓉拔地數千丈 自西而馳來 奇形狀呈異鬪巧者 四十餘峯 如劍戟 如圭
璧 如鐘鼎 如旗鼓 如火焰之爆 如波濤之洶 不一其狀 中有一峯 有孔
如楓岳之穴綱峯 僧言此山號小金剛 每天將風雨 則先期而鳴 故亦名
天吼云 其日繼祖者 豈謂玆山之祖象楓岳也歟 肩輿而下山 追及舅氏
于彌時嶺下 及嶺俯見嶺底諸郡 余謂柳君曰 嶺東一區 古之所謂滄海
郡也 張子房云 東見滄海郡 得力士椎秦 殆足踏是地乎 又肩輿而踰嶺
嶺高險 步步石埒如層梯機三十里 憩馬于煖泉之邊 所謂煖泉者 大寒
不氷 行人之阻雪迫昏者 必憩宿于此云 沿道水石亦儘有佳處 但吾儕
旣賞楓岳洛伽之勝 餘不甚入眼 大海崇岳 固難爲山水也 游於聖人之
門者 固難爲道術也 人云嶺上往往有古城跡 所謂古長城也 金剛雪嶽
山頂 亦有如是者 豈吾東三國時爲避難者 設險相距保聚之地也 我朝

昇平三百餘年 城復于隍 中歲島夷之變 民不知所依 鳥鼠飛走 終於靡
爛 今日兵塵之不起 行且一世于兹矣 否泰相乘之運 亦安能無慮也 途
中賦天吼山動石 天吼山前一塊石 繼祖菴邊自何落 一人撼有餘 千人
動不得 一似神禹通九瀆 開九州陂九澤 道四涇 收金九枚 治化之成爲
鼎 又如秦皇帝吞二周烹六王 一四海兼夷戎 銷天下兵鑄以爲鍾 雖然
鼎不得觴上帝 鍾不能鏗然鳴釋 徒人之架梵室 遊子憑之駕幻說 月出
山頭九箇石 聞說中華道士 西來批其八 我亦欲效杜甫借猛士一舉擲
天外 邪說詖行不得肆 復恐天柱折地維裂 鬼物叫號且撤捄 不得安坑
穴 趑趄不敢親手着 以手撫膺三歎息 恨不能携子房 於此得力士 袖撤
椎斤三百 使之魂驚魄褫 嗚呼奈何無神力 是日宿于嵐校驛 里前望寒
溪山 不甚相遠 聞其洞府幽勝 水石奇怪 以路左且迂 不得往見 主人
名咸應奎者 以蜜茶相待 其人頗解文字 且知卜術 余以去家之久 問本
家安否 曰吉無憂 卦得玉女相逢之兆云 十九日辛酉朝大霧 早發冒霧
而行 秣馬于獜蹄圓通驛 主人名朴潤生 饋以蜜茶 驛吏輩 以酒果相
饋 欲見春川請源 左洪川大路 由曲溪而渡 入一谷 路逢赴擧士子群行
而步者 下馬與之相揖 如是者再 涉一川凡十六 討山谷民家宿焉 蓋窮
絶之處也 主人自言民年七十 三子四女 今春皆飢病而死 一族死者 凡
三十餘人 皆未入地 欲棄土流徙 而身爲縣民之土着者 子爲御宮卒 不
欲容易播遷云 其情可憐 而丘氓峽民之生理 幸楚如是 不無萇楚之歎
又足悲也 地是麟蹄 村名加陰餘里

김수증(金壽增), 「곡연기(曲淵記)」

　寒溪雪嶽之間 有所謂曲淵者 其地方無慮數十里 正據嶺東西 四面

險阻 人跡不通 入其中 地勢平曠 可耕可居 穹林蔽日 土地膏沃 山峽
所產 無有不備 水石之勝 冠絕東方 或有採蔘人往來 有一故基 傳以
爲富民舊居 或以爲東峯所遊 野史云 東峯多住寒溪雪嶽之間 則無乃
此是其地歟 世人頗知絕險可以避世 而不能往焉 有一流民居杆城者
爲移家計 積年環山 窺覘其通道處 自麟蹄寒溪寺而入 則攀崖緣壁 腹
背盪磨 下臨不測 自襄陽神興寺而入 則可四十里而亦甚險截 然斬木
架壑 可以通行 粟物魚鹽 亦可取資於海上 其人將欲入往 難於獨行
未之果焉 若非抱犢 牛馬不可入 且大木枯槎 錯亂山谷 數年之間 難
可芟除 故焚山播粟 無所事乎牛耕 而所收可得倍蓰之利 亦有可作水
田處 草木逢秋 霜雪視他稍晚 水淸而魚多 餘項魚滿川 不勞而可取也
谷雲神秀寺 有寒溪僧 余聞於其僧 又有一士友往來麟襄之間 詳探其
形勢 其言皆如右 有流民數戶入棲云

김수증(金壽增), 「한계산기(寒溪山記)」

辛未五月初六日辛卯 晴 食後與家姪昌翕 自谷雲精舍發行三十里
至梧里村中火 北涉大川 此是谷雲下流 越加峴 路甚峻急 過原川驛
至狼川邑底 宿程大寶家 是日行六十里 初七日壬辰 曉灑微雨 晚晴
東行十五里 涉大利津 踰觀佛峴 沿江而上 田野平曠 水北人家 映帶
如畫 午至方川驛 中火驛吏金英業家 沿江歷一遷 東行十許里 至西四
涯 木道窮此 此爲兩水之會 左卽黃蘗洞下流 而右是發源於萬瀑者也
遂捨左而沿右 過一遷又捨之而右得一川 此則楊口縣以北水也 川邊
有樹陰 婆娑可坐 少憩而行 又歷二遷 至咸春驛 宿驛吏李起善家 是
日行八十里 初八日癸巳 晴 蓐食行七八里 踰小峴 又行數里 入富嶺

洞口 石路犖硐盤折而上 不知其幾曲 巨木穹林 夾路蔽日 抵嶺上遙望
雪嶽 掩映氛靄中 不能洞觀 下嶺而東 不數里 卽一澗谷 屈曲行樹陰
中 過半程 村臨水 得可坐處 歇馬攤飯而行 山回水曲 過盡 一重 又
有一重 如是者三十里 涉交灘 此是瑞和下流 淸曠可喜 湍瀨深駛 小
雨行旅不通 遵渚而東 南望長橋 跨於川上 此是走麟蹄縣道也 至圓通
驛 少憩驛卒朴承律家 行五里 三涉大川 此是藍橋驛下流 過古圓通
入寒溪寺 沙路松林 彷彿楓嶽之長安洞口 屢度涉溪 北得一谷 迤折而
到寺 處地回抢 無他可觀 而後面峯嶺幽敻 可供迢矚 左右僧寮 新創
板屋 法堂方次第經始 僧徒十餘人 紛遑未暇 亦無可與語者 夜宿東寮
是日行八十里 初九日甲午 晴 朝食後 南出洞門 循溪而東 歷小開村 行松
林密陰中 北望諸峯 觸目瑰奇 而其中一峯 特貞秀皓鮮 遂創名之以白蓮 又
指其丹嶂聳霄 如建赤標者曰彩霞 顧胃寺僧同行者曰 汝輩毋忘而識之 行四
五里 北有小川蜿蜒而來 作瀑五六丈 上有層潭 形態妙絕 緣崖而上 俯視潭
心 形如釜鬲 色若凝黛 潭西巖上 刻玉流泉三字 過此而行 右有四巖 似鸞翔
鳳翥 而絕壁萬仞 氣勢磅礴 延亘數百步 此豈中原人所記南峯作絕壁者耶
亡何歷寒溪寺舊基 北面諸峯矗立森羅 凜然可畏 南有加里峯 奇拔突
兀撐空 左右顧瞻 令人驚心動魄 十里至眞木田 周覽形勢 攢峯疊嶂
橫亘後面 殊狀異態 高處爛若玉雪 而土岡三支 自北蜿蜒而來 幾數百
千步 中支嶐然蹲峙 左右兩岡 勢若扶挾 而前山不甚岌嶪 積翠蔥蘢
背北面南 日月明朗 可以置屋於其中 岡壟上下土地膏潤 可耕處甚多
考按旣訖 起行數百步 至溪邊石上午飯 逢過去僧 問其何向 則曰由五
色嶺至襄陽 蓋此距海路八十里云 欲尋歸路 轉訪大乘菴 而疲甚不能
作 爲留宿計 丁金芨舍(丁金卽翁姪農奴 今春 牽牛來棲于此) 只加椽而無蓋
遂使鐵奴 剝樹皮略覆於上 下藉以草 經夜於此 星月透照 風露滿身

清冷不能成寐 是日行二十餘里 初十日乙未 晴 日上東峯 峯色尤覺瑩
晃 緣小溪北上一里許 有一小阜 地勢稍高 而襟抱幽奧 亦可置菴 早
食 下寒溪舊基 佛宇災於上年 石佛三軀 燒毀於破瓦灰燼中 惟有石塔
立庭際 芍藥數叢 正開於亂草間而已 適遇村人 問大乘菴路 則指北邊
兩峯石罅曰 由此登登而上五里可達 而極其艱險 願毋往也 徘徊仰瞻
雲壁揷空 令人意沮 轉至東邊小溪 此是瀑布下流 而久旱幾至斷流 瀑
布之無可觀可知 遂下至小開村 溪邊曲肱假寐 撑鍋作午食 夕下宿圓
通朴家 是日行四十里 十一日丙申 雨 驛吏金世民來見 其人詳明 能
言寒溪諸勝境甚悉 玉流泉阿次莫洞白雲菴洞 皆渠採蔘時所歷踐 玉
流泉水窮處 有故城基址 而川路懸絕 不可直上 迤從大川盤石 以北入
五里許造焉 絕壁周遭三面 其缺處 跨川築城 高可四五丈 又有石門
宛然尙存 城內土地平衍 可以棲止 越其北岡 卽支離谷 下數十里 有
三龍湫 奇壯可賞 阿次莫洞 在眞木田東五里許 沿溪北入 有五六丈懸
瀑者凡數處 循川而上 可達上雪嶽白雲菴 自眞木田至洞口纔十里 沿
溪北上 水石淸幽 佳木櫛比 行五里爲菴基 背員絕壁 面勢向東南 而
諸峯環列 若堆銀削玉 南有上筆如峯 西有笠帽峯 北則上雪嶽在十許
里內 登之可望東海云 十二日丁酉 晴 馬瘏仍留 十三日戊戌 晴 早食
回程 聞交灘水漲難涉 迤從下流橋上而行 西轉而北踰一小峴 至富嶺
底村家 中火 至嶺上回望雪嶽 山形峯色 歷歷可捫 其雄蟠南北之勢
未可以一覽而盡 或騎或步 須臾下嶺 上上下下 其勢異也 到咸春李起
善家歇馬 昏到方川 宿金英業家 是日行百里 十四日己亥 晴 夕陰灑
雨 早發至狼川程家 中火 歷原川西轉 沿溪行三十里 至繼祥寺 有古
塔浮屠 而殘僧三四人 草創菴寮 未能成形 亂草蔽庭 無地可坐 有老
宿彥屹 曾見於神秀寺 渠嘗遊歷寒溪大乘菴 轉訪鳳頂曲淵 能言其勝

致 亦差可人意 草幕陋甚 焚香就枕 是日行八十五里 十五日庚子 晴 食前出寺 由西南踰明知峴 地勢高聳 路甚峻急 艱難步下抵精舍 日未 三竿矣 是日 行二十里 午後 還華陰洞 翌日 翁姪歸洞陰

김창협(金昌協),「동정기(東征記)」

二十八日 午後發向寒溪 五里登合江亭 二水交會於前 白沙淸湍 瀟 洒幽夐 踰德山嶺 行棧道數百步 十里圓通驛 連行長松間 從樹抄隱隱 見數峰如雪 令人神聳 十五里至寺宿 寺舊在瀑布下 庚午 火燒移建 未幾又火草創 不及重建 (邑治麟蹄縣也) 二十九日 朝飯 籃輿行十里 爲 玉流泉 泉從石上流下 穿石爲小泓 泓上下皆瀑約(缺)數百尺 十里爲舊 寺基 自此以上 路極峻絕 在輿上如直登天 行三里 下輿步行 十步一 休 喘息如鍛 三四里得一石臺 正對瀑布 蒼壁磅礴 不知幾千尺 瀑從 其顚下墜 飛舞夭矯 如散絲 如垂練 日光正照 恩作彩虹色 或被山風 橫吹 則飄散霏微 如煙如霧 驟視之 殆不知其爲水也 舊見李孝光記 鴈宕瀑 浡浡如蒼煙 乍大乍小 恩被風逆射 盤旋久不下云云 今見之 信然 數僧用木石 壅其上流 畜水決之 噴薄奔騰 木石俱下 聲振林壑 亦壯觀也 坐數食頃 輿行四里 至大乘菴 占地極高 幽夐可愛 但數年 無居僧 荒落已甚 然尙可度一夜 灑掃設枕簟 爲留宿計 飯後 往觀上 乘菴舊址 在菴上數百步 僧言登後峰 可望曲淵鳳頂 而草深路廢 日又 晚不得往 悵然 卅日 朝食後 登輿向萬景臺 臺在菴南五里許 乃一石 峰 最前石厓十斷 卜臨無地 上更巉削 容一人坐 旣上 視山裏諸巖壑 如指掌 適白霧方漲 彌漫如大海 吞吐興滅 頃刻千變 坐觀良久 步下 絕磴 其艱與昨路無異 特登降異耳 行五里 始就輿 到寒溪寺午飯 日

김수증(金壽增), 「유곡연기(遊曲淵記)」

寒溪雪嶽 古所謂山嶽之神秀者也 雄盤嶺海數百里間 東卽雪嶽 南
卽寒溪 非但名於我東 王維楨寒溪山記 載於中國名山記中 蓋聞於天
下矣 山中又有所謂曲百淵者尤絕異 而世多不知 近歲以來 頗有傳說
以爲避世逃難之所 歲在己未 余在谷雲 季兒昌直 携一僕 自襄陽神興
寺 間關尋入 則有流民一戶在焉 遂就平皐 種粟而來 能言其形勢 余
聞而樂之 略記其事 又作一絕 有碧雲深處送殘年之句 以寓遐想 其後
家姪昌翕 卜寒溪最深處 辛未五月 與翕往遊 一宿茇舍 其勝致 與王
維楨所記合 恩恩未得登覽瀑布 曲百淵 隔一嶺 而亦無因而至焉 丙子
家兒昌國宰麟蹄縣 寒溪雪嶽 卽縣境也 余以事 再到縣衙 迫事故值雨
雪 又不果往 翕姪寒溪之居 旣未就而罷 又於百淵洞口 經營板屋 往
來遊賞 爲余談其勝頗詳 余老矣 每恨未得一至其中 戊寅二月 又到縣
二十七日 與家兒出合江亭 乘舟渡江 踰德山峴 傍大川 川卽合江上流
由圓通東畔 至寒溪洞門 越大川 川自藍橋驛而來 又涉寒溪下流 曲折
四渡 過新寺不入 歷彩霞峯 此余前日所名 下有澄潭紺寒 俗名餘項魚
潭 過四巖峯 左有小瀑 名玉流泉 轉百餘步 坐盤石午飯 舊日經行 到
處依依 自縣至此四十里 又行五里 抵舊寺址 前者過此寺 燬於火 瓦
礫滿目 今來草樹茂密 乘籃輿 由東厓渡一溪 卽瀑布下流 石路嶄絕峻
急 攀厓緣壁 下臨危壑 此漢官儀所謂後人見前人履底者 或去輿 寸寸
而登 飛流忽入眼矣 至一岡頭 俯視懍悸 越見瀑布 自北而來 左右蒼
壁 無慮千百仞 飛流當中直下 曾有人下繩度其長 可數百丈 雨餘水勢

益壯噴沫 因風裊娜 如霞如霧 如絲如煙 頃刻萬變 下潭氷雪猶凝 縱
觀良久 創名所坐巖曰紫煙臺 初行四巖峯下 仰望峭壁 參雲摩霄 到此
俯視髻積依迷中 益驗所處之高也 自舊寺至此 可五里 又稍上二里許
至大乘菴 板屋無僧 龕有小佛 廚外刳木受泉 坐北向南 左右層巒 龍
虎翼翼 南望列岫 突兀軒豁 呈露崖谷 氷雪皓然 百淵流民池一尙者來
待 僧覺炯 廣學亦同行 夜宿庵內 焚香明燭 耿耿不寐 翌朝 由庵北行
數百步 至上乘庵 庵燬於火 處勢益高 所見益佳 轉上山脊五里許 至
山巓 山之北 雪深一尺 少坐而左右望 內外山勢 皆入眼中 問於覺
炯, 池漢 而指點上雪嶽鳳頂庵在東曲 百淵在東北 而嵐靄杳冥不可
辨 五色嶺上筆如峯 在東南 而在北隆然平看者 彌是嶺也 去輿而下
山坂峻急 氷雪沒踝 不能著足 或超越澗壑 大木蔽天 叢竹蒙密 少平
處 儓人請上輿 而猶覺傾危 或步或憩 行二十里許 而得松林大溪 溪
水自東而來 又有溪自北而合 是乃百淵洞府也 回望來路 在杳冥中而
日已午矣 諷詠晦翁吾纓不復洗 已失塵萬斛之句 坐巖臨淵 淵深可二
丈 廣袤數百步 淸澈見底 色如綠玉 撑鍋作飯 少焉徜徉 東有小路 此
則所謂吉洞 從此可達神興寺云 遂東行 又有溪自南谷而來 陰森窅冥
望之特異 此乃耳鐥洞云 又過熊井洞 溪水自北而來 涉而緣厓數百步
得一奧區 廣袤可耕七八日 四面環抱 午地有兩峯 巳有層峯 撑銀矗玉
申有峯 峯外又有高峯 其下卽上所云耳鐥洞也 長潭繞其前 淸泉出林
中 此是阿翁所定可立精舍處也 徘徊上下 意象怳然 便有棲泊不反之
思 遂取前詩語 名其溪曰碧雲 谷曰太始 書諸木板而立之 蓋聞自此東
去數十里 有五歲童子基 梅月公多住寒溪雪嶽云者 卽此歟 閉門巖 在
三十里 鳳頂寺十二瀑 在東南四十里 鳳頂則據絕頂 俯壓萬峯 傍睨東
溟 俞泓窟 在十里許 複嶂攢峯 鏡潭簾瀑 轉入轉奇 而人獸兩絕 不可

涯略 殆非人間景色 眞所謂自然嚴且神者也 力疲日暮 若非露宿 不可
往返 彷徨悵然 還過吉洞 至黃腸隅 潭瀨亦奇壯 轉數里抵村家 卽池
一尙所居 又有數戶 其地稍平 可耕十許日 此卽前日家兒所到處 其時
聞大木縱橫 山竹極目 焚斫播粟矣 今作平疇陳田 爲池漢所占 忝粟菽
麥芝麻無不宜 但未試木綿 風霜亦與山外無別云 草莽中有廢址 傳以
爲富民之居 溪西亦頗寬平 頃年作僧寺 不久而罷 今尙有殘礎毀材 傍
有泉 亦可置屋耕墾 夜宿池家 板屋僅容二人 明朝 出坐溪邊 回望山
谿 令人有無限意思 而亦恨其不得久留也 山脚自西而北 遮截水口 名
隔山 余又號 曰千春嶺 踰此而下 行一里許 有俗所謂負轉巖 又稍下
而有抱轉巖 蓋危石際水 傴僂側足 貼背而過 或攀抱而行 余以朱筆
題名於巖面 又有虛空橋 兩處斬木駕虛纔數丈 此皆所謂難過處 然此
外危險 在在皆然 層巖怪石 縱橫錯布 不生雜卉 半日經行 不踏寸土
無一點塵埃氣 急流深潭 連延數十里 旁流支澗 橫入其中 左右峯嶺
千回萬轉 未及洞門數百步 又有大溪 懸流散布 自東而注 如爭如怒
勢極雄麗 自隔山凡六渡水而至洞口 長潭黰黑淸瑩 上有四五層峯 此阿
翁所名五老峯 峯之北 卽其卜居處 下厓渡水而至精舍 六間坐辰向戌 未
及蓋板 卸輿少坐 翁也曾爲余言其形勝 今觀之 信然 噫 數十年夢想之餘
幸得探討淸壯瑰詭之觀 殆難形容 雖未得窮高極深 此爲可恨 亦可以三
隔反 余之平生所見 雖未廣 而所歷佳絶處 亦非一二 而到此爽然自失 昔
延陵季子朝周 觀列國之樂 見舞箭者曰 其蔑以加於此矣 觀止矣 吾於曲
百淵 亦云 若在數十年之前 庶可傍此誅茅 而今不可得 俯仰人世 念我谷
雲 便覺有不深不密之歎 此難與俗人言也 出洞騎騾 至藍橋驛午飯 傍
長川而行 驛前一里許 松林千百株蔚然可觀 踰三岐峴 歷圓通 夕還縣
衙 翌日 出宿合江亭 亭在縣東 數里許 縣後鎭山 逶迤東走斗斷 夷其

上作亭四間 亭下之水一派 自彌是嶺曲百淵寒溪瑞和而出 一派 自春川麒麟縣而來 合於亭下 憑檻俯視 沙礫可數 清新灑落 超然出塵 蓋江湖樓觀 宏闊壯麗者固多矣 若以余所歷覽者而擬之於其倫 則清風之寒碧樓 春川之昭陽亭 當是伯仲之間 至如洪川之泛波亭 卑而野 風斯下矣

김창흡(金昌翕),「설악일기(雪岳日記)」

初九日晴 食後緣遷行十五里 秣馬于圓通朴吏家 乃春發婦翁家也 受菉麵點心 得馬輪彚 行入暗谷越三嶺 嶺盡水出 翠壁白石 洒落洗心 迫暮不徜徉可嘆 馳過藍橋到葛驛 微月掛林抄矣 宿春發家 初十日 朝食到石門板屋 修粧頗愜意 可以過冬 登弄月搆 周覽形勢 使春發塗窓 十二日晴 往處板屋 見碧雲寺僧擔佛入谷 村人皆奔波 使春發加土板上 十三日晴 入曲淵暫憩池世男家 往投碧雲寺 觀東菴 新搆處地高明 頗愜素尙 十四日晴 晚有風 閑游溪邊 跳越溪南 坐岩上東望 五歲菴後諸峰 迴出雲表 興寄悠遠 五歲僧雪捴來見 十五日晴風 將向五歲菴 使一僧携枕具而往 獨先沿溪而東 觀宋堯卿所占屋基 溪潭之幽奇 峰嶺之森秀 殆過碧雲 而面勢端的則有遜焉 到俞泓窟 迤入水簾洞 乃宋堯佐宿處 其奇勝不可盡述 還到俞泓窟 捨溪東入 土岡邐迤 令人足酸 霜葉塡磎 尤妨步屧 艱踰一嶺 蹣跚坐葉 而下至五歲菴 諸峰環衛 森若鬼神 板屋生白 與雪捴終夜談禪 曉月步小庭 尤覺惺然 十六日風 別雪捴步上後岡 直上十里 始至嶺上 內外峰巒 一覽無餘 下瞰外山 萬戟攢列 一一干霄而上 宛似黃山圖 循嶺北上又四五里 斜從二素岩 蹂踏短栢 稍稍下嶺 又逢磊礧 艱步十餘里 至普門菴 平看萬峰森列

菴東峰缺 海色萬里 實天下之奇觀也 菴空無僧 靜坐前楹 取落葉煎湯
澆飯 卽上香爐臺 卽菴之南偏 眺望尤奇 沿澗而下 度一畧彴 則瀑落
萬仞 不可睨視 凜凜移步 魂悸膽掉 到極危處 斜掛一條朽松 廣纔數
尺 一跌則不可取矣 過此登登降降 左右皆萬仞絶壑 此所謂馬脊岩也
嘗聞華山有蒼龍嶺 危險無雙 未知比此如何耳 艱行十許里 至食堂岩
岩石平滑可坐 左右峰壁森秀者甚多 其中金剛窟最奇 傍有丹壁甚佳
仰捫俯嗽 神襟爲之洒落 若論其勝美具會則曲淵中亦少其匹 但觀止
一曲 不能層現疊出爲未暢 此爲上食堂 刻飛仙臺三字 下食堂勝致頗
劣 亦刻臥仙臺 行十里到神興寺 處地野陋 南有權金城土王城 隱隱環
衛 十七日晴 將向洛山 寒溪僧告歸 與神興僧步出洞門 觀土王城 瀑
布飛流廣壁 勢甚奇壯 若就其北岡作一觀臺 則不惟上乘風斯下 雖廬
山亦未必過之矣 涉大川到降仙驛 有金世俊者 悶其徒步之難 借一騎
馬 卽馳向洛山 歷見金剛一夕飯 與剛一步到洛山 散步梨花臺 胸襟豁
然 夜觀月出不淸快 曉起見日出又不利 曙色朣朧中 出步廣庭 鯨音宏
亮 與海濤相應 守更僧上殿唱梵 令人魂淸 (중략) [十月] 初一日 平
朝鄭友先去 余稍遲發 行至水次村秣馬 歷靑草湖至圓岩 日已銜山 問
村人以禾岩路 依俙尋去 路遇神興僧 指示前路較分明 未昏至寺 寺前
泉石極淸絶 坐寺樓平見滄海 汝信上人引入小禪室 幽靜愜意 與信師
聽秋一作聯枕軟語 水碓格格 終夜有聲 初二日 開窓東有氛靄 不利見
日 然赤霞遍海 窓櫳動色 沿澗東步 上見飛瀑蜿蟺 白石成級 食後擬
上聖人基 信師使寺僧整輿隨 余以手揮之 不耐苦勸而乘之 距基數十
步始下輿 臺有三層 皆可坐而嘯咏 最東者極超曠 坐見大海 與三湖相
縈 天吼山在西 從臺南而下 人馬已待 騎上彌水坡 艱險無比 踰嶺至
賊潭 奇峰環合 瀑泉亦佳 可改惡名爲仙遊潭 過門岩窓岩 亦可寓目

歷龍臺洞至葛驛 討食春發家 暮至權家宿 初五日 至板屋 浚東泉作井 長城居士來 初八日 聞任扞城過 出見班荊 墨世來居士來 始入板屋 焚香明燭 神慮洒然 春發亦宿 初十日陰 慧明來得京書 聞濟姪占魁 書自衙中來 十四日 始寒 彝姪來留論易 得衙閣書 墨世亦隨來 入夜 月色甚佳 與彝姪步出弄月臺 俯臨澄潭 光景晃朗 石門受月處 閃閃有 奇彩 逍遙良久而返 十五日寒 與彝姪踰屋後牛踰嶺 至雙溪 徜徉移時 欲從前路返則憚其斗絕 將跳越溪石作路石門 而水漲石凍 彷徨未濟 偶逢權命一兩子 纏橫木架溪 扶之以度 逶迤歸板屋 十七日 微雪大寒 村氓來會 綢繆簞楹 使張會一作擔桶 慧眼來過 食後至弄月臺 觀潭水 合冰 燈後官人至 承衙軒書 帶有兩雉 十八日大寒 作答送郡齋 李興 業持酒來勸 廣學來 白羊谷吳生來 得仲氏書 吳乃池世男上典也 二十 三日 風寒稍緩 喫太粥 春發告歸 吳生貟自曲淵出來送言 二十四日寒 減 夕有風霰 喫太粥 吳公來見 夕回謝 二十八日 大風且雪 入夜風益 厲 雪未蔽地 [十一月] 初三日 暄夜雪 居士還 汝信上人寄書 以餅梨 及草席見貽 權命一供蕎麥餅 李興伯納衙祿米 盖孔方所換也 初六日 晴暄 元秀才來 權命一供豆粥 張會一傳家書 十二日晴 食後登後岡望 雪岳及廣業洞壑 降至屋基 察其面背風水之會 夕後權命一來傳衙軒 書 中有家信 伯氏及致謙書 十六日寒 廣學六岺來設泡 二十五六日暄 鄭善業納衙祿米 碧雲徐居士來謁 與論東菴搆繕事 [十二月] 初五日 寒 藍橋李繼叔來 出遊石門冰澗 貴同從之

임적(任適), 「동유일기(東遊日記)」

四日 黎明發新峴村 行十餘里 朝飯于萬宜驛前別監金興業家 食後

351

發萬宜 緣江而行過百遷 至獜蹄邑內 歷見李喪人復獜 乃瑞花村李先
達德獜之弟也 秣馬于官吏家 日已晚仍宿 五日 朝食後 發獜蹄縣 行
五里許 登合江亭 壯洞金成川莅邑時所建也 江山不甚可觀 而久不修
餙 剝落殆癈 可歎也 行十里 過圓通驛 又行三十里 踰三又嶺 過亂溪
驛 行十里 至葛驛留宿 此乃谷百潭洞口也 潭之下流 流過三驛 石漸
白 水漸清 挾溪楓檜爛若錦綺 未到潭 已覺有遺世之意矣 此村主人頗
良信 姓名安莫立云 六日 大霧 晚飯後 發葛驛 下馬步行三十里 宿深
源寺 自洞口至寺 山路甚危 僅能緣崖而行 石棧木橋 橫連斷壑 間或
涉溪而無橋 跳躍踏石而過焉 沿溪而行 曲曲多可觀 奇巖白石 急流澄
潭 處處皆是 使人神清骨冷 無塵世之念 未及寺十里許 到池世男村
村僅數家 雞犬之聲 聞於山中 怳然如入武陵之村 世男亦頗良善可語
寺僧盡出外 只有老少十餘人 而僧廣學作人清儁 言辭亦可聽 自言與
金兄美甫相親云 到抱嚴潭 題名於溪北高巖 巖傍有宋道能 堯佐 名
甲申年過此矣 七日 朝食後 發深源寺 携杖步行數馬場 廣學諸僧辭別
廣師蓋有事於嶺東 不得隨余而行 甚怏怏 自寺行二十餘里 始得瀑布
澄潭 其中四潭相連 下皆爲潭 前後峯巒 重疊如雪色 奇哉奇哉 過瀑
布二十曲 到十二瀑初頭 水勢奇壯可觀 到第三瀑 不但瀑流甚壯 四面
雪山 楓檜重重 爛若錦繡 怳然如畫裡景 此誠仙境非人間 使人意思清
越 頓忘塵世事也 自此至十一瀑 盤石平鋪 水聲噴薄 景態萬變 不可
盡述 到十二瀑 左右兩瀑 落於一潭 右瀑六十餘丈 左瀑三十餘丈 造
化之功 至此而極 文字不能形言 丹青不足模寫 自左瀑邊 緣崖尋路
行二十餘里 到鳳頂庵 庵在極高處 山之最高者 皆俯視 雪嶽上峯 橫
在庵前 地勢幽絕 非人所居 舊有修道僧居之 今已去庵空 然僧去不久
竈有火 佛前香烟尙嫋嫋 開門聞香 若將與異人相接矣 自深源至此 六

十餘里 崖巖越絕 無着足處 僅能挒藤緣崖而進 而下視深潭 毛骨悚然
遊人皆從西而上 行此路者甚罕 故葉落石亂 絕無履迹 使從僧前行實
路 間有伐木疊石以表路者 寸寸尋覓 僅可以識 而路皆危險 或超越而
過 或攀崖匍匐而上 或使人前挽後撑 雖劍閣棧道 必不如此危矣 從僧
省文, 義俊二人也 八日 朝食後離鳳頂庵 上庵後石上 望東海金剛諸
山 時朝日初上 海水微茫於雲靄之間 望之浩然 不可狀言 一帶石峯
橫立於海邊 從僧在傍 指點九郡地方 可以遠望而識矣 巖邊有世尊塔
削巖石爲下一層 四方刻蓮花以圍塔 塔下有石 層疊自成塔形 僧輩稱
爲阿利王塔 塔下五里許有巖 疊疊成層 如架上陳書 名之曰大藏經巖
云 自山脊直下二十餘里 得瀑布 皆上有瀑 下爲澄潭 如十二瀑 下流
二十曲者 亦二十曲 第三第四第五瀑皆相連 四面峯巒 絕壁甚奇 第八
曲 盤石甚壯 右邊翠壁特起 楓檜如錦 自一曲以下 奇壯清越之趣 無
此比矣 至十四曲 有萬丈奇巖 立於東西 而左右有盤石 色甚白 水落
其下爲澄潭 水色清綠甚佳 名爲閉門巖 盖靈鷲庵後洞也 靈鷲 一名五
歲庵 梅月堂曾棲于此 梅月五歲成文章 故名之云 過閉門巖 得笠巖
巖在於層石之上 四方如磨 上頭尖利如笠帽 故名之 第十七曲 瀑落於
潭 潭爲龍湫深綠 不見其底 路由其右崖 俯視然 不忍久視 過二十曲
地稍平 路不甚險 行十餘里 到金三淵新舍 坐於北樓 樓前有石峯屹立
色如積雪 峯形甚奇 有如鬟髻者 有如人立者 千形萬象 不可盡狀 同
行有曾見金剛山者以爲如坐正陽寺 望衆香城云 東邊一箭之地 有高
崗突起成臺 登而望之 南北諸山 皆在眼中 自鳳頂以下 眼界清爽 地
勢幽邃可居者 無過此矣 自鳳頂 捨十二瀑洞 右由五歲庵路 行四十餘
里 至深源寺 路之險惡 不及十二瀑 然緣山直下 路甚峻急 間有緣崖
石層 廣纔掌大 上無樹木 不能攀援 僅能側立負巖而過 雖十二瀑 無

若此危路矣 大抵二十曲潭瀑 雖未若十二瀑之淸絶奇壯 然求之他山
亦恐無如此者 初欲上五歲庵 至閉門巖遇雨 不得已徑還 可謂玆行一
大欠 然楓林疎雨 携杖而過 亦一遊山奇事也 還深源 有官卒持朱杖來
問之 高城倅俞崇至矣 廣學有事已往 襄陽有慈訓者 待之頗懃懃 九日
雨留宿 十日 雨留宿 高城倅發向五歲庵 十一日 雨晴 發深源 踰大嶺
行三十里 嶺路危險 雖未若鳳頂 高絶峻急 過之至大乘庵中火 有僧智
英 頗聰明識道理 能言佛法 可與之語 行五里餘 到紫烟臺 對臺百餘
步 有寒溪瀑 瀑高數百丈 自石上直瀉空中 飛流噴碎 頃刻萬狀 誠天
下奇觀也 別有記 緣臺而下 石路危險 僅能攀援而行 行五里餘 至古
寺墟 人馬已到 遂騎馬而行 身快意豁 回想已過之路 眞所謂若隔前生
矣 行十里 到同知韓承雲家 夕供豐潔 非比在寺時 主人容貌淸雋 言
辭亦佳 可謂民之秀者也 瑞和鄭生來見 曾在美甫氏家 熟有情面 客中
相逢 其喜可知也 僧慈訓 負任從行 至此留宿 爲詩作別 亦覺悵然耳
十二日 發韓承雲家 行三十里 至獜蹄邑內 中火于朴時遇家 李復獜來
見 臨發 鄭垕辭去 夕宿萬宜驛卒家

홍태유(洪泰猷),「유설악기(遊雪嶽記)」

由獜蹄縣東北行三十里 抵三叉嶺 旣踰嶺則谷甚深 兩山壁立 樹密
而林鬱 自下視天 僅如匹練然 日月至子午而始光照焉 眞所謂子午谷
也 稍下而平 溪水漸大 往往有蒼然之石 未數里 値大溪水 西流而合
卽曲百潭下流也 岸皆白礫平地 皆千章之松 蒼老鬱然 松盡而始有田
田上八九家 聚成一村 卽亂溪驛也 又行十里餘 渡溪得葛驛村 村居益寥
落而皆板屋 前通嶺路 商賈不絶 而尙能淳訰 不似路傍人風也 過此則逕多

嶄巖之石 不可以馬 始理屐而行 自村前循溪而入 未數步 得曲百潭 忽瞻特
峯 矗矗然千丈直聳 如竹笋之初生 奇已甚矣 其下澄潭 潭上白石 水平鋪而
流 有魚數十 方洋洋而遊 自是山一回水一曲 石一逞奇 而爲淺潭爲深綠
之潭 爲水簾爲噴瀑爲臥流之瀑 爲盤石爲疊壁 可坐而可玩者 殆不可
周數也 此猶雪嶽之淺境耳 其水石之壯 已爽人襟抱矣 行三十里 皆石
路危崖 攀緣負抱 重足而過 故棧有負回抱回之名焉 石路窮而又得一
峻嶺 嶺窮而始得山開而洞豁 有村三四家 隔溪而居 初自嶺上 望有人
煙 悅然以爲僊源別界也 又循溪行五里 得深源寺 前峯頗奇峻 溪流激
激然清 夜尤有聲可聽 由寺而東僅數里 得金三淵精舍 其異者直書樓
有峯一帶橫開 如獸蹲 如禽顧 如人冠冕而行 其狀百千 色又皎潔 如
明月之夜 如微霞之朝 無一點塵埃氣 得此而居者 亦知爲高人也 又循
溪而上里餘 得俞泓窟 窟無異勝可言 特一偃石半俯而成龕 其中可容
數人 昔俞松塘遊此山 而時無寺可休 乃經宿於窟 以是名云 由窟而右
轉一危磴 入十二瀑洞 其溪石之勝 類曲百潭 而愈益清瑩 左右雪峯
類三淵舍所見 而愈益奇壯 間有高嶂絕壁 攢聳重疊 樹皆楓栝 方秋
鮮紅 如糚畫障而列繡屛 炫煥詭特 令人可驚而可喜 每坐處 眷顧不忍
去 入此洞上下十數里之間 失晷爲多也 晚乃到十二瀑 皆上瀑下潭 橫
放峻盪 勢激聲壯 第四瀑以上 三瀑相連 流如布練 中狹成槽而墜之潭
其色正黑 不可測其深也 第一瀑 左右雙流 右長幾百尺 左長三減其一
間又不能數十步 而雙虹相對 耀日炫彩 下石皆滑 不可迫視 右邊有巖
稍平可坐 而望去瀑遠 飛沫淒淒 漫空霧靄 尙能潤人衣裾 雖愛其奇徘
徊難捨 而過清不可久也 由左瀑而南登崖 又下循其上流而行 路斷不
可尋 彷徨者久之 忽見溪上 巖有累石 若不無意者 從僧言此入定僧前
往還時所置 以爲路標也 由是以往路疑處 輒皆有石 賴以不迷 然益峻

險披薈翳 攀崖石扶杖愼足 而後僅免顚仆 非雅意山水有濟勝具者 雖
欲至而不能也 行二十里 尙不離乎竆山亂林之中 而暝色已蒼蒼然起
矣 方憂恐不知所出 而忽有一小菴隱見於巖巒間 不覺心眼俱明如逢
故人矣 至菴 菴空火在竈 香炷佛龕 知僧去亦不多時也 菴號鳳頂 高
得雪嶽十之九 諸山之前所仰而視者 皆若撫其巓 後峯較尤高 而至此
則亦不過數仞石耳 其巍然可測而知也 初至時 林巒寂然而已 及夜半
風大作萬竅俱號 巖壑爲動 然天色淸明 上下未必如此 蓋亦處地高 海
風相激而然也 朝自菴左登塔臺有大石 其上累塔如浮屠 僧云釋迦佛
舍利藏於是 轉而向右 益高而豁前 望滄海迷茫無際 亦一壯觀也 自此
攀壁而下五六里 至稍平處 巖壁泉石之勝 亦不下於十二瀑之下流 又
二十里餘 得閉門巖 最爲此洞佳處 兩壁削立 聳峙如門關然 若與塵世
限矣 自巖而右 踰一峻巘 爲五歲菴 峯巒之奇秀 盡三淵舍所見而較優
云 逢雨狼狽 不可歷尋爲可恨也 循溪而下 復與兪泓窟會 遊事亦至此
而竆矣 凡遊鳳頂者 由窟而左 則先閉門而後十二瀑 由窟而右 則先十
二瀑而後閉門 言遊覽次第 大抵如此 雪嶽之爲山 雄跨關東西 其陰則
襄陽 其陽則麟蹄 襄之勝 稱食堂瀑戒祖窟 而余未見者 麟之勝稱曲百
潭 深源寺 三淵精舍 十二瀑 鳳頂菴 閉門菴而皆余之所已詳者 若論
其峯巒泉石之奇 十二瀑爲最也 余見名山多矣 惟金剛可與此山相伯
仲 其他無有能與抗者 然金剛名播中華 而此山之勝 雖東人 知者蓋寡
則此山實亦山之隱者也 故余詳敍其勝如此 將以誇視鄕里之朋遊 而
又開夫世之求名山水而未盡知者 同遊者 宗人受甫其字 姨弟任君道
彥其字 從姪李君振伯其字 從僧省文義俊

김유(金楺), 「유풍악기(游楓嶽記)」

二十八日 己巳 陰灑雨 朝食而發 歷登合江亭 踰三岐嶺 望見雪嶽 盤屈礧渾 只在馬頭 且聞瀑布之奇 而行忙不暇訪可恨 嶺下大川 乃曲 百潭下流也 水石奇壯 眞所謂千巖競秀 萬壑爭流者也 少酌石上 儵魚 數十頭方潑剌游揚殊得意 此亦可以觀仁矣 午食藍橋驛村 自獜蹄至 此凡四十里 至葛驛 自藍橋至此凡二十里 驛在曲百洞口 子盆書來 病 不得出 而驛村只三四家 痘疫方盛 同甫忌之 時子益方在潭上深源寺 欲往與聯枕 而村人又言寺有癘氣 不得已爲肩輿踰嶺計 卽留人馬行 槖於驛村 只持一日糧及寢具 且聞襄陽發僧徒待嶺下有日 急走人令 進迎之 遂發村人及深源僧來候者 藍橋人隨至者以行 至暖井 襄陽僧 已來迎 令同甫書報子東 便上嶺過窓巖立巖等處 窓巖有穴如窓 立巖 偶立峻聳 嶺腰有瀑甚奇 問其名曰盜賊淵 問其義曰嶺險而淵深 有盜 嘗擠人於此而劫其貨 余窃傷以靈境而蒙惡號 類君子抱道而見詆於俗 人 故遂改之曰雪淵 言其容 又取昭雪之義也 名其峯曰層玉 像形也 名其洞曰遯世 語德也 雪淵在彌時嶺之西 自嶺而下僅五六里 源出嶺 上 合諸谷之水 有巨巖截其口 川流遇石而大喧飛注 勢甚壯 高可十丈 受水處爲深淵 淙碧膏渟 來若白虹 去若鳴珮 左右石峯峭拔 洞多奇巖 嶺東西多瀑 此可居二三云 少坐觀翫 日昏難久留 遂踰嶺 嶺卽名彌時 而或稱彌日 俗號烟樹坡 阻峻稱於世 送人禾巖寺呼火 至是寺僧來迎 冒夜踰石人嶺 嶺甚懸急 新經雨道多剝落 令人凜凜心悸 殆二更至寺 杆城地也 自葛驛至此凡五十里 寺東南有巖如積禾狀 寺名以此 其西 有水石不甚佳 有僧汝信能談諸處山水 僧曰淡富厚 積穀千鍾 聞襄陽 人來候元巖驛 驛去寺二十里 送人招之 二十九日庚午晴 送書於子東 已促食 復以藍輿行 歷入繼祖窟 襄陽地也 有巖覆如屋宇 舊有菴其中

爲火所爇 方新建而未完 東有石臺 上可坐百人 北偏有巨圓石 僧言是
動石 數人推之輒搖 而雖用千百人力亦不加 試之果然 菴之鎭日天吼
山 天欲風 山輒鳴吼調調刁刁 裏之多風以此 踰小峴至神興寺 自禾巖
至此凡二十里 寺方以再明設無遮會 近地僧俗多集 午食後往看上下
食堂 食堂在神興南十里許 盤陀截谿 橫尋有尺 長倍之 稍殺爲二級
殺處整正若加人功 水行其上如布練焉 奇峯挾之 岸萼攢蹙 呀然臨下
仰之神慄 緣谿而上 不數三里許至上食堂 大抵一狀 石益奇峰益古 水
之流益浸淫廣鋪 同甫評之日下食堂從容蘊藉 上食堂魁詭傑特 仍以
一絕紀之 余亦和之 以其石平廣 若陳筵席 可坐飲食故名 而有刻字
上日飛仙 下日臥仙 子東聞吾輩至 馳迎於此 異鄉奇會 喜可知也 歸
寺共宿 子東戒我持論太峻 幾陷禍網 余戲答日以兄戒我 我果峻耶 相
與一噱

김창흡(金昌翕), 「유봉정기(遊鳳頂記)」

余自金剛返策于永矢菴 則致兒自京來省 尹君和叔亦同來 與留菴
中 晨夕徜徉於茂亭曠臺之間 指點霜葉淺深 談及鳳亭之賞 皆不禁興
情飛越 盖致與和叔邂逅始到 以爲時難驟得而機不可失 亦欲趁月生
明 與楓益爛赤而振策 余則積疲思息 了無偕往之意矣 乃季秋初八日
兩人者聯翩理屐 以深源僧釋閑爲嚮導 奴斗發者襆被以從 時宿雨未
甚開霽 勁風彤雲 似有釀雪意 同行趑趄欲退期 余則贊決而隨之 東渡
澗穿穹林 中緣所謂縹緲蹬 數里至雲母潭石 淺瀨淸可嗽弄 以其多産
雲母故名之也 過此又穿穹林至龜潭 水石不甚殊絕 而苔壁雲松 頗饒
幽意 遠峰亦有赴矚者 尤令興延 無何爲俞泓窟 只是淺广 可受三四人

避雨 自昔傳俞泓以本道方伯 探山歷宿于此 故得名云 溪水兩道 會于
窟側 南則向十二瀑 東則向閉門巖也 遂捨南而趨東 澗中多亂石交疊
艱於投足 左右攲蹠而行者約數里 石崖環匝 若設門屏 溪水循焉 曲成
灣淥 寅緣而入 窈然別一蹊徑 又進數里 北有巨壁峻極 霄漢橫亘可數
百步 仰之凜然動魄 揭澗而南 得一平巖 踞而北望 渾然磅礴之勢 愈
覺奇偉 余欲名之曰崑崙 於是捫蘿緣蹬而轉 隨步換形 都以望壁爲勝
溪水之縈于壁趾者湍洗潭停 妙有泓崢之致 擬欲擇勝 而築臺 以永蔭
映而姑未暇也 又歷碨磊及菑榛 凡行五里 至閉門巖 兩崖撐霄而起 實
爲勁敵 蓋一氣所鎔成 非關湊泊 堅爲石扇 鋪爲盤陀 又遞爲階級 湍
與潭相承 上潭淪漣若織文 下二潭如鏡發函 大抵灑落寡仇 潭東西有
巨巖 可踞而吟望 雲出兩崖間 冉冉徘徊 瓊嶂錦樹 助發光景 怳乎有
丹丘仍羽人意 余之隨來 始以俞泓窟爲限 迢迢而來 未覺其疲 至此而
興益濃 至殊不欲斂興孤返 而自量腳力亦可以前進 遂以同造鳳頂爲
期 老子於此 興復不淺 古人實先獲之矣 入門迤左而行路益枳澁 自頃
大雨水後 澗道翻換 木拔磴壞 無可改軌 大率槎枒間霜葉紛披 尤易蹉
跌 步步戒心而過 北有小瀑 高可十餘丈 承以白石磊磊 可供息疲者一
賞 對嶺有長瀑 層累滴瀝而下 不甚愜目 而以其互發而可記也 五里至
氷壺洞口 自此捨大澗而南 則方爲鳳頂蹊也 歇火巖間爲攤飯所 散步
入洞 洞然數百步 不雜亂礫 以一石竟谷 而素湍橫拖 疊疊引興 殆欲
忘歸 澗南有小窟 是採藥者所經宿 天台賦所謂凝思幽巖 朗詠長川者
惟此可以當之 飯後就微徑而南 始甚曖然若不可尋 而往往因僧徒累
石而置標 得以尋去 松檜悄蒨中 涓流成瀑 屢憩其側 北望群峰 皓然
若氷壺洞積玉 晶炯奪目 不可名狀 每一進步 輒一回顧 岑巇之遞面呈
奇者 不定厥態 方且指點之不暇 突兀在前 又是無限化城 去秋來遊時

斗奚實從焉 故舉目諸嶺 指其一峰最秀者曰直此爲鳳頂 同遊者無論
初造與再到 皆有邁往之意 不繼以倦 遂令斗奚與閑衲先往辦飯於菴
中 而余輩徐步隨行 轉晤間迷惑失蹊徑 捨澗道而迂登岡脊 毫釐朔南
之錯 只坐無眞見 而擿埴不已 乃困于石 遂大呼斗發者三四聲 山響而
已 摵摵林動 倚樹呼不已 始若有半嶺嘯聲 俄而斗奚閑衲俱下來 譁然
迎慰曰 幸矣不遠而復 危不免巖底一宿矣 引到大藏巖下 巖以壘石秩
秩 頗類經藏故得名 巖西南而望 群峭森列 飛走趨揖 備見群物換態
東納灝氣 淼然天與海相接也 登登數百步 仰見天門闢開 一衲披雲而
下 始知菴近且不空也 力憊一蹴 斯爲塔臺之北矣 大海滿眼 群山皆脚
下 剛風吹人 若將飄擧 僧立於傍 遙指直北烟雪之閃閃者曰金剛九井
峰 余才自是中來 故意益飛動 是臺據一山高處爲総腦 東覽扶桑 北
挹楓嶽 皆襟袍中物 論其勝致 可謂絕特無比 而然其爲臺 歃窄巉厖
有妨於姿意盤旋 是固一欠也 又以其太高 故群峰之鸞翔鳳舞 只撫其
背 猶有內障 故大瀛之鯨跳鵬浴 未睹全面 若復進步乎靑嶂以上 則方
可睹萬殊一本 亦可上無天而下無地 是與金剛之毘盧同一地位 然則
是臺也 擬諸毘盧則稍低 比諸正陽則過高 高下通礙 間有未愜賞而快
意者 造物之設爲妙有 偶爾凝就耳 責其圓全 豈吾人眼目之太高歟 劃
然長嘯 緣崖而南 有塔愜兀 仍巖爲趺凡三級 自古傳華僧慈藏者所建
立 而塔北隙地稍夷 云瘞釋迦眞骨 而塔南石罅 若穿牛鼻 云是往刧
繫舟處 其說尤極荒誕 而亦不妨漫錄矣 東下數百步爲菴子 背負群巖
儼若神衛 一峰特臨屋 山如鳳垂喝 危乎欲墮 菴之得名 果以是也 室
凡數笋 明淨可挼 來自塔臺 滿身風霜之氣 闔戶就燠而坐 以解肌冷
亦是一適 留僧二人 皆無識解 一僧稍慧 能談五臺勝致 淸軟可聽 至
昏燈上 乍奏梵唄而止 開戶見弦月如霜 三人同登塔臺 嘯詠良久 歎其

月色甚佳 而猶患山風過勁 亂攪林壑 若有飛氛蔽空者 以此損澄寂之
趣 去秋之登斯臺也 適値圓月 而猶欠朗徹 合前後而通看則興可全矣
移步塔北 俯臨星河之垂海 蕩漾不定 相與拍手而歸 仰看簷影 又復叫
奇 卽鳳頂臨人頭也 借榻經宿 一僧趺坐于傍 枕底寥寥天籟 作海濤沸
處地之高 夢想盖非人世也 天明催飯 取道菴前 將尋十二瀑布也 余曾
於二十年前 尋瀑經歷于此 而若墮渺茫 閑衲自云一到而所歷絕險 必
騰空緣緪而下 故借得繩索於菴僧 遵澗而下 遍谷皆叢栢蟠結 步步罣
礙 乍跌則墜坑塡壑 勢所必至 約行五里 斗臨絕壑 閑衲所謂緪下處是
也 瀑懸數百仞 窅不見底 左側皆巨壁 勢若截鐵 無寸土可託足 無尺
木可着手 雖有緪 將焉用乎 爭詰閑衲以非所當由 則答以前日之陟 較
易於今日之降 而自經雨水 覺壁削愈甚 亦無奈何 不如迴策 復尋閉門
巖路 同行旣魂於絕冥 又將敗尋瀑之興 擧皆落莫 咎其引路不審 閑衲
始言昨見微徑之橫于塔底者 似或尋瀑一路 試覓乃已 遂披拂迤西而
去 越一岡脊 路稍分若藕斷絲連 至其稍微 喜遇石標 以不迷行 四五
里始抵澗道 則水淸石白 頓令心目開朗 可知十二瀑不遠 遵澗而行 屢
得佳處 潭瀑相連 呑吐若水晶瓶流出 最後一瀑 尤奇麗 閃閃楓林間
練飄簾颺如也 然猶非十二數內也 過此則溪水赴隘勢駛 而崇嶺千仞
自南馳下 與相交互 於是雙瀑同落于一潭 東出者人與俱來 可知其源
而南出者若從天降 莫測其來處 量其高東短而南長 短可三十丈 長可
百丈許 南瀑之上更加三層飛流 縹緲空濛 與紫翠無際 非遠目可窮其
狀 稍稍緣磴而西 匍匐致身于潭側 細觀其雙瀑形相 大類雄虹雌霓 同
飮露井 而翩躚乎鷺舞龍騰 雙對而不相薄也 如潭之窄不足受其變態
故汪然百間 方始稱其量而著其奇 溢爲下潭 廣亦如之 上方下圭 各一
形制 而上下遞觀之際 鎔鍊巧妙 有瀑承焉 高可十餘丈 風捲霏微 被

朝霞所閃射 輒有晴虹騰起 潭邊白石 皎若霜雪 海松數株 散陰其上
尤覺森爽 恨無由跳過翺翔之也 盖余前後三造 而今覺絕勝倍之 一雨
所漱濯 可謂天奉我也 下潭之溢 又爲落瀑 亂擣龕中 中分爲雙紐 隔
溪望之 所見甚奇 種種難摸寫如此 遵此而下 接乎耳目者 雷吼雪濺
無非是瀑 指不可勝屈 但未知所謂十二者 自何截斷也 自鳳頂至雙瀑
幾二十里 自雙瀑又十五里而後爲上水簾 石面瑩滑 長瀑拖其上 承以圓潭
匝以疊嶺 品題其勝 可居中上 遂布韀于石 列坐澆飯 南望一石撑空 迢迢玉
立 隱約是雙瀑上頭也 稍下又得佳處 石白如珂雪 而周折爲屏帳形者凡七
八疊 刻劃工緻 所欠潭狹岸仄 遊目意短 再行五里 至下水簾 是余第一會
心處 層峰疊嶂 左右負勢而起 略不相讓 中開洞府 宏敞灑落 上下數
百步 圓潭廣瀑 淺瀨回灣 盤石振崖 嵌广平壇 安頓得所 曲有意致 谷
口洞然 橫亘以一帶銀城 卽高明岾也 東崖妥帖處 曾與趙君錫枕流對
睡 欲名其處曰希夷臺 臺西有小澗潺涓 被以蘿葛 蒙密礙眼 今忽豁然
爲大洞 排一泉石 奇上添奇 實若有神設者 宜名其洞爲龍開 而水簾上
占一土阜 擬因樹爲屋 滅景於此間 果成斯計 則永矢菴作一蟬殼矣 谷
口有槽潭磴甚欹仄 每歷心悸 因雨棧削 別取道岸上 邐迤而抵俞泓窟
未暮返永矢菴 自余爲是山主 凡在百淵源流與大小雪嶺 皆所籠而有
之 杖屨可隨意 而至於鳳頂及雙瀑則以其絕險而難中宿 日力窘於直
達 故除壬申一探外 始有昨年之踐 則其跡可謂踈矣 盖雖烟霞癖重 而
衰年愛脚力 不得不如此 從今又加以老疾俱至 則只須曠臺矯首 目送
歸雲而已 古人所謂能得幾回過者 有足慨歎 不有起余者 其孰能振頹
乎 余實以比年重賞爲幸 且念爾致與和叔逖矣京輦之蹤 邂逅湊着 斯
已難矣 況四節而値素秋 且重九也 一宿而得朗月與晴旭也 適又百年
一雨 巖流大經盪滌 啻盡潭淸 霜肅楓明 種種刮目而洗胸 不撩四美之

爲并 雖欲忘言得乎 余素懶於筆札 五遊楓嶽 六年栖此 而曾未撰一遊記 被人提掇而亦不能强 今乃因興口占 使致也執筆寫去 持示于在洛諸子姪 俾知余老而愛山 於是乎興劇 而若其原本融峙 品題雲嵐 庶補碑版之闕遺 則欲登茲山者 持爲杖鞋之引亦可矣 辛卯九月重陽日 百淵洞主 記

김창흡(金昌翕), 「동유소기(東遊小記)」

普門菴在雪岳東側 自襄陽登岳 菴據五分之四而高焉 南對雪岳萬峰負勢競上 箇箇竦屬 凜然有不可干之色 菴前近地 有香爐臺 奇巖層積 坐其上 指點羣峰 令人叫絶 其捴攬衆妙之勢 與正陽鳳頂略同 而若論其劍戟圖畵可以驚心動魄 則彼反有遜焉 自內山五歲菴 踰嶺而未及普門六七里許 行跨嶺脊而東向俯視 但見其萬劍束鋩 千戟攢枝 屹屹直上 騰騰飛動 乍遇之 令人錯愕 終焉喜忭 便有朝睹甘夕死之意 嘗覽海內奇觀 惟黃山圖似之 或恐其瑩秀森疎勝此而有未可知矣 普門菴東臨大海 可觀日出 下有萬丈簾瀑 其爲具勝 邈不可及 食堂泉石在普門下流十里地 而巖泉洒落 洞府宏暢 夾以丹崖翠嶺 而不至襯礙 雪岳遠峰 層現於雲靄間者隱隱 可坐而挹也 若以諸山泉石通較而定品 則此爲上乘無疑 雖如曲淵之十二瀑 支離谷之九淵 造化雖巧 不合於徜徉枕漱 自當別論 惟閉門巖水簾洞 可相高下 而猶嫌其過於幽晦 谷口有數三佳處 坐地欠妥帖 石理欠瑩潤 不無愧色 外是而萬瀑碧霞潭, 松面僊遊洞, 華陽葩串洞, 尙州瓶泉崖, 曦陽白雲臺 皆不能盡美無疵 碧霞有激射之快 而地步苦窄 僊遊有幽敻之致 而風韻不足 葩串以盤石見長 而大覺板冗 瓶泉以玲瓏爲巧 而全無映帶 雖白雲臺上戴碧峰 下展白石 差

可俯仰 而猶未具森列停瀉之致 令人意味易窮焉 可與食堂等論哉 自餘
瑣瑣 不足與較 雖有一二未經眼者 間有名稱而參互見聞 槩未有傑然者
吾東泉石之觀 蓋止此矣 土王城瀑布 在食堂十餘里許 巨壁參雲 瀑流
中劈而下 壁旣展廣 流不屈曲 其勢甚壯 毋論上乘 寒溪瀑名殆可與開
先爭雄 若論其高 則不翅數千丈 海風江月之句 惟此瀑當之 東距滄溪
不滿二十里 祈雨時人有溯其頂者 水源頗豐大 旱未嘗斷流 自前往來
者 只從道上泛看 一番稱壯 未嘗爲之闡揚 余停策良久 細看其北邊對
地 有一土岡 可以攀上 若就其顚 作爲一臺 則爲嶺東一快觀也

김창즙(金昌緝), 「동유기(東游記)」

十三日晴 午發南行三十五里 至杆城邑內宿 十四日陰 昧爽發西行
十里許 得大溪 遂泝之而上 溪兩岸 多巖壁削立 丹楓照映 頗可觀 凡
十五里 至仙遊谷村午飯 又泝溪而上 路益陡峻 羊腸屈曲 而行十里許
始達嶺上 卽屹爾嶺也 旣踰嶺 循山腰南行十里許 得小溪 沿之而下
又五里許 有絶壁臨溪 高可百丈 又五里許 得大溪 沿之而下 五里許
渡其溪 數百步許 又渡別溪 卽曲淵下流也 溪上村名可歷 宿村人權命
一家 去叔氏山樓三十里 卽走奴輩之居在谷口者 報來到消息于叔氏
十五日晴 日高 騎馬東行百餘步 渡昨日所渡溪上流 東北行數百步 觀
叔氏舊精舍 深院寺僧 持籃輿來待 復由前路還渡溪 由溪南入山門 見
溪北有層巖 高可數十丈 狀甚奇恠 下揷潭中 潭色泓澄見底 是爲蚖淵
自此長潭相屬不絶 潭底及兩涯皆石 其形奇崛嶔嶔 類熊虎獅象之屬
又泝溪東行二百步許 爲廣巖 又三四里爲裳巖 又三里爲際基 又五里
再渡溪 有石壁在溪北 高可數十丈 廣可五六十步 號爲鶴巖 又二百步

許 爲抱轉巖 又五里 爲負轉巖 兩巖之間 有伯父題名 又三里渡溪 有
峻崗自南而北 橫截谷中 踰岡而入 地頗平曠可居 渡溪而北 有池世男
者居之 少憇其家 世男餉以獼猴桃海松子石蜜水 味極淸爽 食之饑渴
俱解 瓊漿玉液 不是過也 又東行七八里 至深院寺 寺南向 距前溪可
百餘步 溪南石峰 崒撑天 名仙掌峰 寺東百餘步 有叔氏舊精舍址 伯
父所名碧雲溪者也 寺僧就建小菴 時未畢功 叔氏携士敬及羅弟浚厚
謙 來待余行于寺前樓 相見歡甚 頃之遂相携 東行三里許 渡溪而南
至永矢菴 菴北向 坐地頗高 後有朝元峰 西與仙掌峰相並 溪水彎回于
前 溪內地縱橫可五六百步 溪外山岡 重疊環抱 其直北最高者曰高明
復峰盖石嶂 橫展如屛 其色蒼白 而不甚秀潤 東面五六石峰 層現間出
菴東有高岡 岡東面崖壁峻削 高可五六十丈 溪水環其趾 新建一亭于
岡上 謂之弄丸亭 距菴可百步 菴爲板屋 南爲複室 北爲小樓 以備涼
懊之宜 自菴西南上二百步許置亭 謂之茂淸亭 盖取昌黎盤谷序語 木
不加斲 制甚蒼古 夕 同叔氏及諸人登弄丸亭玩月 怳然非人間之景也
良久還菴 列坐燈下 縱論海山之勝 不覺夜之深也 十六日晴 登覽茂淸
亭而還 朝 士敬還向楊口任所 十七日曉陰而風 旣而晴晏 夕又陰雨
朝飯後 爲水簾洞之遊 東行渡溪 回望弄丸亭 縹緲半空中 奇甚 又行
茂林中數百步 又泝溪而行 屢得澄潭 凡五里 至兪泓窟 盖小巖相倚
其底稍穹然 可容數人坐 傳是兪泓爲江原監司 入山時避雨處 自是路
分二歧 北爲閉門巖路 南爲水簾洞路 遂由南路東行 左右峰嶂迭出 勢
益奇壯 路亦益險 五里餘 有瀑橫瀉三級 各數丈 是所謂水簾也 每級
輒有潭承之 下潭最廣 上潭次之 俱澄碧如黛 峰嶂環立 皆純石直上
高可數百丈 勢極雄偉 色亦蒼潤可喜 自兪泓窟以下 澗壑中 巖石色雖
皓白 而頗雜靑氣 其質亦非眞粹 自兪泓窟以上始變 而至是益純潔 又

自谷口以來 四十里間 絕無湍瀑噴薄之觀 至是始見之 而向遜於萬瀑
洞之奇壯 獨峰壁暎發之勝 可與之相抗而或過之耳 潭之南 有巨巖屹
然 攀緣而登 俯仰眺臨 所見益奇 水簾之上 白石平廣 亘數十丈 又上
數百步許 盤石平布百餘丈 溪水散布其上 流若綺縠 亦可玩也 聞更上
十五里有大雙瀑 共瀉一潭 名十二瀑 特爲奇異 而倦甚不能進 但見奇
峰秀嶂 稠疊無窮而已 於是悵然而返 復至水簾上盤石午飯 徜徉 移
時乃還 夕 聞奴癸民脛生毒癰 困篤欲死 本欲更留一日 而急於往救
決計以明日徑出 十八日 早陰晩晴 早飯訖 與彦謙拜辭叔氏而行 羅浚
亦同出 步至深院寺 覓籃輿乘之而行 彦謙, 羅浚步從 至池世男家小
憩 羅浚預命其婢之居此者供餠果 余先行出谷 寓權命一家 日已向暮
頃之 羅浚, 彦謙始至 十九日晴 留 羅浚先還萬義驛 二十日陰 留 二
十一日陰 晩午晴 昧爽發 西南行十里 至藍橋驛朝飯 行十里 踰三歧
嶺 凡三陟三降 路頗峻急 又渡曲淵下流 二十五里 至圓通驛午飯 東
望寒溪山 峰嶂甚奇秀 爛然有銀色 相距僅二三十里 不覺興發 亟欲迂
路往遊 而事勢有所牽掣未果 極可恨也 又渡一大川 卽瑞和水也 源出
淮陽府境 南流數百里 至此已而 與曲淵水合流云 自是路多傍大川而
行 卽兩水合流之後也 十二里 至合江亭 亭在路傍高厓上 東南向 曲
淵水自東北來 麒麟水自南來 合流于亭前 西南去 眼界淸曠 氣象蕭爽
亦佳亭也 亭屋 卽堂兄蒞邑時所作 雖不宏侈 而制度甚妙 爲十字形
以後一角爲室 餘皆作樓 以伯父筆扁額 又懸伯父及農巖, 百淵兩兄
詩 又行三里 抵麟蹄縣 日已昏矣 主守趙君光命 卽相識 而適値其出
迎都事行 不得相見

유경시(柳敬時),「유금강산록(遊金剛山錄)」

金剛在嶺東高淮之間 余居嶺南之安東地之相距也 蓋七百餘里 思
一致身 於其間而汩沒塵冗 願莫之 逐偶於丁未秋 分竹於襄陽 襄之距
此山 不過三宿而可至 朱墨餘閒 倍覺馳神 而屬節序已晚 楓葉衰盡
積雪太早 欲往而又不可得要 以開春爲期 及今年春 高靈申君潚 爲本
道佐幕 馳書告我約與同遊而探勝 先自雪嶽始 三月初九邀會于神興寺 神
興在府境 余卽蓐食赴之 亞使行自華嶽寺已在天吼山上頭 敍舊才數語 山
之諸景 湊目前 應接不暇矣 山四面皆石環立如削宛然一屏障 有石窟 其
深不測 世傳祖和尙 住錫之處 仍名爲繼祖窟 窟中結數架 左右繚以奇巖
斲石 爲門僧修道者居之云 爲吟一絕曰 碧玉環爲障 誰能削得成 仙師迹
已遠 石窟但留名 窟中有石 天然平鋪 廣袤數百餘尺 上可坐百餘人 會有
雨意 不可久留 卽下山 少憩于內院庵 到本寺 地勢雖下 而境稍寬 前後
峯巒峭拔奇秀 皆在目前 是日(十日)欲向洛山 而雨勢不止 逐留宿 與亞
使聯枕穩話 翼曉 肩輿入西洞 淸泉白石間 以雜卉巖花 皆可賞 至臥仙臺
有石盤於溪上 如布席 然水號號下爲澄潭 坐移時 令人已有出塵之想 稍
上百許武 有所謂飛仙臺者 溪上亦有石 潔淨紺滑 殆勝於臥仙 使官僮或
吹太平簫或吹小管 與相響 命進一觴對話 石上久之不能去 先吟一絕曰 開
臥黃堂是臥仙 如飛乘馹是飛仙 臺名偶符同遊客 子是飛仙我臥仙 亞使應
曰 臥仙先着又飛仙 仙境同遊亦一仙 臥仙不若飛仙勝 飛是眞仙臥豈
仙 余卽戲答曰 上有飛仙下臥仙 誰將飛臥 漫爭仙 疾者善飛 閒者臥
世間閒臥卽眞仙 亞使又戲答曰 曾聞 子晉飛爲仙不說 靑蓮臥作仙 飛
臥自應 眞僞別 須將此語問諸仙 余笑曰 不須呶呶 非仙分 安得爲此
地主人 仍還寺食已 同到洛山 亞使爲翫景獨留宿 余則業已飫着 且爲
治入山宿春之具 午後還衙

박성원(朴聖源), 「한설록(寒雪錄)」

我東山水甲於天下 而關東爲最 有寒溪雪岳者 居獜襄之間 尤絕勝 以其邃奧 遊者罕至 故得名於世不若金剛 比之於人 眞隱德君子也 近 世留蹟 唯淸寒子百淵翁數人 我陶庵先生 盖當壬寅士禍 栖遯于獜 仍 酷愛玆山形勝 常往來徜徉焉 未及置屋 以乙巳春出來 鄕人爲之鳩材 先生約以癸丑三月 更尋舊遊 仍又相基門人願從者多 獨余無以致身 旣而先生有故未行 命胤子濟遠毅甫代之 毅甫要以一玄黃載余爲伴 時余與確兒乞縣糶爲粮 留寒泉講學 坐想親廚不烟 無意安坐讀書 方 思歸共菜根 又奚暇於遊覽 適有一友生周之 幷余橐中所餘取數斗米 付兒 以四月一日歸焉 余與毅甫同時發行 (중략) 五日晴 困睡不知曙 枕上微聞江水聲 記先生寒泉所作睡中聽雨詩 步其韻示毅甫 甫曰 大 人於此亦愛吟 江聲長似雨 山氣欲生雲之句 至明毅甫携余登覽舊舍 盖伏龍一山特立庵後 張兩翼拱衛 其左尤多美峯 至水而止 頭置官亭 名合江 距庵未一里 自此通邑里 至水盡處 平開十餘里長野 庵前尤面 勢方正 自作層臺而庵居 第一前有飛鳳山 近入水 南縹緲奇麗 與伏龍 相對德山 自廣嶽東來 又與飛鳳上下羅立秀峻相敵 五臺一水過猉獜 從兩山間劈出 與寒雪來水 會亭下 亭以合江名 盖以此也鳳山一肩低 落而東 復稍起作峯平正 直當庵前 南遮猉水 又四五奇峯稍南却立當 肩低處 朝見德山諸峯 又層層聳舞而前進 復回繞爲大山腰帶 且與鳳 岀平正者 相斂袵作水門 盖自庵對看羣山相連 只是一面蒼翠 不知大 川縈回其中 自此德以東 鳳以西 羣巒獻奇者 不一 寂有七星峯 在龍 淵南 特秀 水至其際 又失去處 又自合江 落落長松五里成行 整如繩 直 俯視綠波隱隱往往不下 水影松色有時風來 飛湍葉聲渾是一響 松 盡處 或長流數里 波光全露 或白沙半面渚景乍隱 摠爲此庵呈態 未知

雲谷精舍之勝 亦如此否 正襟而坐 稍覺塵思頓滌 況以先生靜安之心
仁智之德 讀書游泳于此 日月曾多 其所得益可想矣 今行恨未得侍杖
履而來 坐此堂 說此景 得聞箇中意味也 庵名一寂 蓋地是麟 山是龍
鳳 四靈中所無者獨龜也 故以人之寂灵 當其一 是先生自扁也 飯後毅
甫往見主倅金公相圭 久不來 余獨坐無聊步出松路 遇一僧 携登合江
亭 亭作十字形 臨絶崖 蓋嶺西壇奇者 唯此亭 泛波昭陽皆出是 下隨
僧指二水交會處 一小奇巒曰 此秘仙臺也 指臺北一斷麓曰 此有隱寂
庵 僧所居也 多小勝賞不須一一問僧 唯壁上所揭昌黎合江亭詩 波濤
夜俯聽 雲樹朝對臥 十字盡之 歸路見寂庵左稍平處 有耦坐田麥而語
者 乃金侯與毅甫 同來占基 呼來村老問田價 蓋舊址稍路只合置亭 平
隱可居者 此原尤勝龍巒 寂美處又其背也 余與金侯未曾識 相與接話
移時 村童騎牛競過不知太字足可見峽俗猶存大朴也 金侯聞余無騎
臨歸顧謂風憲李萬章使以其馬 送余雪岳 六日晴 騎李馬早發 金候子
烱光甫烶晦甫偕焉 毅甫笑曰 今行將不得山中異味矣 余曰何謂也 毅
甫曰 曾有衙客入雪岳 寺僧進栢實 遂歸言于官 因作例捧 自是雖有佳
味不復饋自官來者云 泝合江而東 纔過亭下越見因臺成村 長松掩醫
江水過其左 澗流出其右 毅甫曰 此吾家始居也 大人移住尙道時 有詩
云 廣岳山高雲起先 捲簾終日坐悠然 德村寂是難忘處 屋角梨花戶外
泉 其景致可見矣 步過蕃昌遷 行十餘里 稍北以船渡三灘 卽伊布下流
復下從東流 蓋自合江左右蒼巒競秀 應接不暇 猶未見 所謂寒溪雪岳
至圓通野中 始東見 大山特立羣巒外 石角斗起 勢若觸天 不問可知其
非凡山 毅甫指而言之 果是寒溪半面也 有奇妙一小巒 淨立大山前 獨
出羣峰如妙銃少年侍立於老成大人之側 漸至狹口 又從山隙 乍見萬
丈石峯聳出 寒溪大山之南 直浮遙空者 亦數箇 不待盡見全體 而可想

其溪山左右 有無限奇壯也 未及顧問何峯 而馬首遽已 捨水而北矣 因
忽不見 然一瞻猶快 獨雪山影象 尙未入眸 令人益有鬱陶之懷 漸入深
谷 古木蔽天 風到火偃 自相枕藉 登三步嶺 嶺高望遠東北羣山 翠黛
共連皆非雪岫眞面 遂下邃壑 行數里 石巒千丈分立三隅 大川從東劈
崖出合嶺底 水復折而南走 白石廣鋪色勝銀雪 水底水畔皓然一色 使
人到此 豁然眼明 怳然心醉 但地勢仄甚無一椽可容處 先生嘗恨寒泉
獨無水石可觀 余於是行 過一佳處 輒與毅甫恨其不得移置於精舍 傍
見此 尤慨惜不已 化翁何故設此奇勝 作等棄物而不於遠朋來會朝夕
講業之地 借以一區逍遙之所耶 移坐數岩 復逐水而上 石潔淵澄 步步
可坐 夾水危壁逼若墜頂凜凜不可仰面 時從樹末但見其着翠接天 凡
行五里許 羣峰稍却漸開原陸 度一坪至嵐校驛 寒溪岳面復如圓郊所
見 其從山隙乍見者 復於此 凡然突出適當驛前 岫背狀如柱上加柱鬐
頭添鬐 眞淵明詩所謂 陵岑聳逸岫 遙瞻更奇絕者也 坐驛舍呼老吏 指
而問之云 是寒溪之迦刹峯 其下智異谷有十二瀑特勝 游蹤莫到云 午
飯復行十餘里 所謂柱上柱鬐頭鬐岫岫皆然 淵明詩用之不暇至彌所嶺
下流 借過僧肩渡焉 至加歷左右石巒尤聳拔 兩壁相撞作水門 而其右
者若立空中欲墜 自此始爲雪山洞口 石門外南低一麓 有淵翁所居 披
雲弄月之臺北開小壑 卽舊寺址 而深源寺新 自碧雲溪移來 入禪房少
休 回送奴馬 使以九日於寒溪下待焉 自此牛馬不通 肩輿雖隨百步十
下 從石門入五峯比肩立水北 蒼古昂藏名五老 下有深淵 龍蛇之歲 倭
冠至此陷溺 仍稱倭潭云 自此峯益傑 水益悍湧 而爲急瀑 落而爲深潭
一曲十瀑 一瀑一潭 石白如玉 絕無点瑕 周鋪羅落燦爛奇巧 或凹而爲
釜 或凸而成臺 或劉爲玉斧 或平爲素練 或繞之爲粉壁 一面或聳之爲
銀屋千間 又或如白虎獅子 前踞後蹲左玃右拏 如素鶴羣集 或矯首刷

翩 或舉足欲翔 一道銀派又作玉龍潛躍屈伸於其間 怳惚不可名狀 時
從高崖俯臨 但見白雲籠壑 新雪堆林 皓皓隱映於蒼松翠栢之間 名山
中白石淸川 固無數而如此等絕勝者 有幾耶 每當奇處輒坐久不忍離
毅甫日 自此以往七十里皆若此 愈出愈奇 若一一輪取 則雖老於此山
中猶不足 況限日作行而可快意盡耶 然每過一曲徘徊顧巒 又始逢奇
淵異瀑 必數之 過五六 已不能盡記 盖聞自古稱曲百潭 此亦取其大數
者耶 行十餘里 有所謂際瀑者 又勝又行四五里 川北岪稍退立 一麓落
爲廣壁名鶴岩 自石門以來厭見夾水高巒 得此一面平低 且當白石間
別爲翠屏 入眼頓新 過此路益傾險 或抱石而環 或負石而環 故仍以抱
回負回名其處云 又行數里自川南落一崗橫截一壑 不復見水來處 所
謂遮峴也 如城闕千門鎖鑰重重而門內又置屏墻 見此可知 巋座不遠
矣 登峴未半越 見碩大蒼顏卓立雄據 頂面平圓體勢豐厚 一見可知爲
有德氣像 其下石角稍稍聳列 而其平如掌者 卽仙掌峯也 灵岳漸近 特
設大郭而障之 盖至此而仙凡永隔 造化深藏之意 良亦勞矣 然彼可見
者於雪山 僅爲中麓 其上頂則尙杳遠也 踰峴忽得平原一里 板屋二家
石田數畝 在平沙緩流之畔 峽裡人事宛一桃源 嘗聞昔有一人抱犢入
此山中 養而耕田以居 得非此村耶 問其人乃池姓漢也 過數曲 復作層
湍 至數里有一瀑名黃腸 與際瀑相伯仲 又行六七里到 所謂碧雲溪 寺
在溪西而對仙掌諸峯 舊刹旣移 尙餘佛殿寺樓數僧房 與老僧覺炯共
宿 覺炯嘗從淵翁游者 稱翁以進士 爲余傳古事頗詳 盖翁始居寒溪之
自寧田 一日陪谷雲公始訪此山 老木蒼藤薈蔚蔽塞不卞去路 而遮峴
村入池世男爲前道至此 谷雲以爲可居 旣而梵宇先成 翁之精舍乃在
仙掌之北 此山之得有是寺翁之力也 翁今逝矣 精舍無主居僧 又以運
糧爲難并與此寺而撤移 老髥力不能禁云 仍歔欷涕下 是日凡行九十

里 自尙道至嵐橋五十里 自嵐橋至此二十里 又自石門凡六渡 五老前
際瀑上 鶴岩底 遮峴北 并寺南二谷水也 七日晴 僧飯後卽發過圓通殿
行三里有淵翁舍在水左 以高明峯爲對 有崔姓居士 隨翁在此 爲猛獸
所食 自此淵翁不復居此 終於漢師之石串村 其沒也有詩云 宿願平生
在玩心 高明峰下細硏尋 風埃老死荒郊外 奇意靑霞永鬱沈 盖自傷也
空室露椽 幾於頹仆 從舍旁遙見玉巒削立 東頭近者出三角 遠者呈八
九箇奇而益奇 隨步而乍見卽隱 眞如神出鬼沒 舍前復有一潭 名靑龍
過一曲登石崖又得一潭名黃龍 從平地行翠松山竹間 數里又得一潭
名白龍 少進至兩水合處 其一卽自閉門岩出來者也 有石窟兪相公泓
以觀察使過宿 仍以兪泓名窟 晦甫題同行名 自此石路亦斷 肩輿無可
施處 逐命落後揷衼縶屨 各折靑藜爲杖 從左水共攀崖而進 縱橫渡過
路無東西 前導諸僧每相先前呼 後應聲如怪鳥 又聚石岩頭 以識過處
過一曲又得一潭名黑龍潭 長如槽 又以槽名 盖自碧溪岩色一如 石門
以上白潔而間有 或靑或黃或黑或赤 當石靑處水亦靑而若蒼鱗盤臥
當石黃處水亦黃 而若黃甲照耀 白黑赤亦然 潭以四色龍稱 盖亦隨所
見而名也 然潭之可名者豈止此 而卽此以龍名之中 亦無以赤龍稱者
盖淵翁皆錫以美號而僧徒未詳 只以渠所聞者告余也 又一石之中 或
白以爲質而赤黑靑黃皆具 或錯爲繁釆如萬花芳菌 或細作直紋如五色
組帶 水浮其上 燦若鏡裡繡影 潭在此間者 雖欲名之而無能稱焉 岩形
益奇怪萬狀 不可比 方其以丹床名者 偶以其形如床 而見稱餘 皆不可
名 余試對床岩而細數其臺 乃十三層 別是仙業 非人世文房間所有得
非羽客披黃庭於此耶 抑造翁爲慮游人之浩蕩忘書 設此案以待耶 吾
行恨不得携來靑編置此一讀以答造翁意也 仍於其傍石窟 題名以識
自此異窟亦無數不可遍題 至一窟得毅甫與洪友昌漢大紀舊題處 若開

靑眼 遂復聯題皆吾輩也 前至十餘里 岳色愈新 全體石立 乃深寺初路
所望削立玉巒 始出而在前也 向之近者今當川北而添得累三角矣 其
遠者又當川南而不知幾 八九隨水縈廻而北者 或爲東南者 復爲西 到
處爲四面石壁 其中四天王峯者 各立前後左右 勢若挿鈒 其上天日臺
者 尤直上抵天 岳面本潔 皆加以点点粉白均鋪 亂撲若素雪初灑 暝目
忽開滿空六花紛紛飛下 間有臘前白未消 視之不復卞眞假 又中水亂
石益雄傑 勢若與岳壯相表裡 天王間寂有一大岩當潭邊立屹 而上平
四面奇峯 圍若屏障 所謂高明峰 又當水門白立 此乃金剛諸山中所無
者 毅甫云 大人嘗欲於此岩頭置亭 盖岩背可容一間屋 數松自生其上
岩前所見 又是七瀑 雖使無四面玉屏 亦足以亭也 登石倚松以坐 仰首
只見天容 先生嘗云 吾遊雪岳 至一處誦天在山中之象 豈非此間耶 適
有白雲一陣飛 過羣峯上 影落淸流 上下四旁居然作銀世界矣 自此爲
水簾洞 洞門廣拓盤而爲萬人坐 拔而爲千仞壁者 摠是一石相連 鏡面
平潤如琉璃庭上 鋪水晶簾者幾五六里 山無点土 水無亂流 緣崖而行
但見玉溜滴面苔香襲裾 別是玉京仙居 非復下界勝區 到此而無羽化
意思者 決非賦得一分淸氣者也 當洞門三潭上 又有淵翁築舍處 盡過
簾洞 又漸峻急 坐岩休脚 仍取白飯和氷流而食 復過七八瀑至一曲 十
丈銀流掛在高處 長虹偃臥 晴雷頓響 一眄之間 所經萬瀑 皆歸啁啾
所謂十二瀑者 自此始也 然其間小瀑不暇盡數 數其大者亦過此數 豈
名山有十二瀑者甚多 故此亦倣而泛稱之耶 其瀑凡亘十餘里 或有臥
而平緩者 或有懸而悍急者 或有直下者 或有橫落者 或盤廻屈曲而有
一折二折而下者 有三折四折五折六折而下者 或有二岶相連自作層瀑
者 或有大石當中分爲雙流者 或有石隙深長水入其底乍見乍沒而下者
或有岩面磈礧飛流自相衝撞如怒如鬪者 或有從亂石錯難中散流無統

如群龍競起亂舞爭躍 又或瀑長而潭淺 或瀑短而潭濶 或有潭之直者
或有潭之曲者 或有瀑與潭大小曲直相稱者 態狀各異 潭邊石或自爲
玉臺數層菫容半席可以孤坐對瀑者 或瑤壇三級下廣上方可以群踞濯
纓者 或錦屛八疊後繞前開而中舖淨席可以穩臥 美波者摠爲游客備焉
化翁亦多事矣 抑聞迦迴之十二瀑視此尤勝未知勝處 又何如耶 次第
泝流而上懸崖益急 石滑如氷 一蹉了 使卽骨碎 非戒存垂堂者所宜過
僧言某潭沈某僧 某岩隊某妓 嘗聞金剛之九龍淵歲有沈僧 未聞有墮
妓 彼身作仙山尉而携來尤物以汚灵潭者何人哉 每當急截處 使僧徒
左扶右擁連足而步 竦身而前 纔過十二瀑洞 仰視壁面 益高峻廣大 水
出東北二谷飛落一潭 東者可五百尺 北者小不及 所謂雙瀑也 如雌雄
二龍降自九霄 齊首俯飮一淵水呑吐噴薄 掀動一山 所謂十二瀑 又至
此而寂然收聲矣 吾行益深 吾見益壯 造道者其可憚遠而不進步耶 蓋
聞華人記天下名山水而此雙瀑載焉 彼居中土者猶探奇於僻遠不使湮
沒生於東國反不知有此勝者多 可羞之甚也 夫二水相値在平流 固爲
奇異若楚南蒸湘之會 玆邑二川之遇 俱以合江 名於寰區 播於詞詠 況
二瀑相値爲一潭者乎 此則雖求之海內而罕有者也 潭深不敢近前 遠
坐仰看飛沫薄面爽氣逼骨 如萬斛冷水沃之背上 不復知世間有四月炎
天矣 欲從東瀑而窮其源 岩截左右無可着足 但從對岸稍高處 仰闞其
大瀑上蹴石折旋而下者 又三層 其上不可復見矣 遂緣北瀑左旁而上
又有曲曲層瀑相屬不絕 東北遙岑又出新面目矣 余自入山之始見異峀
必問其名 隨僧百不能對一 自簾洞以後不復問 但勑爾所知者必告而
無隱 至是僧鳴玉指石立羣巒中㝡高峀 可與天王天日等者曰 此磨雲
峰也 又指其上一巒上稍平而比磨雲益高者曰 此坐仙臺也 餘皆不知
㝡上有大岳盤據 頭面圓廣不甚峭削 而自在烟雲之表 以磨雲坐仙諸

高岜爲膝下兒孫 望之屹若巨人然 毅甫始謂余曰 彼是青峰 雪山高處 此爲寂而鳳頂亞焉 然鳳頂則尙隱而未出 入山窮兩日 始得山宗於遠看中 其視金剛之使人未到山下而先見眞面目於斷髮嶺者 其淺深隱見 未可以同年語也 自入洞門 每見峻岜特立者 輒謂此山上頂 而近者却非者不止一二 如始入孔門者 未及見夫子德容 以有若諸賢爲眞聖人 及昇堂入室 仰瞻申申夭夭之色 然後始知三千羣彦只是門墻間洒掃者也 今使余行無毅甫導而深入 則幾乎遮峴以前 已謂窮到極處而止矣 遙挹灝色一倍聳興 逶漸進凡過七八瀑 始捨水斜從山腹而登 脚下水漸遠細 作十里外聲 磨雲諸峰居然吾眼下耳 登至獅子項南不復聞水聲 盖高下益絕 水至此際亦幾窮矣 過琵琶臺 石如琶形 故名焉 自此山頭屼石立立成列 最高一壁飛鳥不能度 而石面準平宛有丹書痕 傳謂永郎群仙題名處 盡至獅項頭有所謂般若臺 同行皆謂 危不可登 余與毅甫獨催上 顧視來路 凡吾七日所經只是屐下一塵 東視青峯 尙巍然出吾首萬丈矣 眞所謂仰之彌高 難欲從之末由也已者也 對坐細看滿山白全是積雪 先秋而下 後春不去四時長留 固可謂雪岳 況千岩萬壑眞面自白 永作千古不消之雪者乎 然以其高入雲空與碧天相連 遠見只蒼蒼然 故此上頭特謂之青峯云 余問毅甫鳳頂在何許 毅甫始指北曰 自青峯西走數十里而石列爲巒處是也 其累石數層而若墜者鳳頂臺 而此非可登 其旁一高處上立浮屠者是名塔臺 登此可盡壯觀也 且彼鳳頂東列如床上爐者是爐岩也 塔臺右蹲如大獅者是獅岩也 若此類未暇盡言 吾人一快事只在塔臺上耳 余曰 青峯亦可登歟 毅甫曰 此去峯上又可窮日 倒栢顚石投足無地 且無止宿處 淵翁半世作此山主人而陟彼者菫一二 吾嘗侍大人四入洞天 而亦得一上 搖搖若身在浮空不可久立 回視山間 方出雲作雨 而峯上依舊白日青天矣 又指鳳頂曰

游人到此者亦幾人哉 雖高僧異釋不能久住 有小菴而常空 吾嘗鋪落
葉於空房宿處一夜矣 不知今或有辟粒飡霞者來棲否 遂下臺繞獅項北
而行數里 幾至庵下 忽有一白衲披林出迎 手酌松茶 勸余解渴 世所稱
羽仙瓊漿 豈非指此耶 問其名卽釋宗也 遂携入庵中 庵處臺石若墜之
下 嘗有一客危之不入宿云 是日凡行五十里 自碧溪至俞窟(十里自俞窟
至水簾)可二十里 自十二瀑至此又二十餘里 脚倦日曛未登塔臺 釋宗舉
禮佛燈 合掌誦經 罷閑說山中事云 此間舊無人迹 有僧義天号幻寂堂
者 於海印寺所藏山水誌中 見鳳頂諸巒皆作佛像 求之未遇 遂禱佛而
得之 始置此庵 禱佛 得山雖荒誕而其深深藏閉不有見知於塵人俗僧
者可知也 又云山中日月異於世間節候 以花開識晚夏雪落知早秋 又
林間絕無飛走 夜深唯聞報更鳥一兩聲 言罷僧復向壁而坐 余輩各就
枕 忽開鑿風驅暗雨過 恨不在靑峯上 獨得素月晴光也 八日聞曉磬起
坐 釋宗於佛前禮罷誦千手經已半矣 同枕或有覺者 或有眠者諸僧亦
有鼻息如雷者 或起坐相語 或隨宗僧念誦 余亦誦太極圖說中庸數章
幾曙雨止 催登塔臺 欲觀日出 陰曀不卞 復下庵就庵旁石窟中 坐井洗
手 題名其上 向晚霧捲天朗 促飯更登臺上始縱覽 盖白頭一支遠來爲
金剛 復起爲雪岳 又爲寒溪 雪岳自分爲上中下三山 自靑峯走東南連
亘五色嶺者 是上雪岳 自上岳直南 將爲寒溪而中間特起爲介掌諸峰
所從來者是中雪岳 卽遮峴所見有德氣象是也 自北而始爲此山 來脈
幾至鳳頂而復崛起爲高明諸峰祖宗者是下雪岳 自襄邑言之 此爲中而
其下 又有所謂下雪岳者 盖一山周圍幾四百里 隨所處而各稱焉 萬壑
千峯以次朝見 高低遠近一望皓皓如長城萬疊 粉堞嵯峨銀臺玉樓玲瓏
羅列梨花雪樹爛熳於其間 又如三千大界烟雲茫茫琳宮法宇聳見層出
中置五百羅漢 或坐金榻 或立瑤床儼然相向而老僧千群 或戴佛笠 或

着白弁擊鉢鳴鼓紛紛禮拜於其前 或如常京羣仚 或騎鯨而上 或跨鶴
而降 弄玉笛携瓊壺而自相顧視 或如山人野老皓首厖眉披鶴氅衣戴華
陽巾 或杜杖遠者 或對局手談倣視塵界而若將終老 或如端人正士深
衣大帶張拱徐趨周旋揖讓於左俎右豆之間 風儀凜然可肅薄夫 又或如
三軍縞素義旗堂堂 萬國會同士馬精悍鼓行出兩壘間 而快矛利戟長槍
短劍森列數百里 虎豹犀象之屬 又衝突奔騰於後前助其氣勢 然此特
以一山之內言也 若山外最壯者東南北三面 皆大海雪浪無際 共白山
一色 鯨濤可蹴過帆可數白月紅旭湧出眼前 供晨夕奇觀 金剛萬二千
峰 東止于海南接玆山 若芙蓉新出白雲相連 羣巒頭出如坐高閣而俯
見墻外馳萬騎者 襄陽之天吼山也 浦上幢幢立一傘者 杆城之清澗亭
也 占占螺鬘或浮或沒於晚靄間者 海中之七星峯也 其餘高山遠岳貌
若蟻垤 如存如無不欲俯數 大抵海東八域 只在一山影裡 國外山河 又
未知幾萬區爲此山所照耶 吾眼窮處 但以廓然而上者爲天 蒼茫際天
者爲海 只可以有道之脣襟領畧 未可以吾輩之眼目收拾 未知東山之
於魯泰山之於天下所見 亦如是否 當日使聖駕而東 則登臨而小區域
者必此山也 盖我東地勢 自南極而抵東北高 數千里 至此山 自下至頂
又直上百里 山於東土者 此莫高焉 然以其重巒疊障萬繞千環 故行盡
絕頂 始得眞面 山外四方無從見此山者 唯海商迫在大洋不卞四界 而
獨以雪岜表箕域東云 盖以其高而言 則如聖入首出庶類 所立卓爾 盡
管天下之理 俯燭萬物之情 而一世之人自在下品 莫見其爲高 以其深
而言 則如至德淵凝 蓄萬善俱衆美而衣錦尙褧 惡其文著 人莫測其所
存 以其白 則如心志光明 無一毫私累 潔淨純粹表裡洞徹 以其操 則
如介石 自守蘊櫝 不市而遯世 無悶不見知而不悔 確乎其不可拔 余未
見玆山 只以爲山中之隱 及見之乃知爲山中之聖也 相顧嘆賞又慨然

日 凡以名山稱者 雖小小巒谷必有名号 大刹小庵相望 山亦以是益著 乃以此山之卓冠諸峙 而岳勝淵奇未得佳名 是如聖人之道全德備未可 以一才一藝而稱者耶 抑古有之而今不傳耶 盖山內無寺觀 只有淸寒 子所居五歲庵者 在萬景臺北 深源一寺又始自淵翁剙 古今游人無由 止接 深巒邃曲之未經名公品題者以此也 其或以邑宰過星而來者 不 過一宿深寺 訪五歲庵登萬景臺 自謂已觀雪岳 是無異於見夫子之多 能而自許以知聖眞 可咳已 然於此山又何損益 但念吾輩已窮到極處 而腋無兩翼不能飛上靑峯 於一間尙未達矣 且兩日所經水石 只是萬 分中一 以余所聞若神興寺之南食床岩之前 達摩峯繼祖窟之間 往往 過於曲百水簾者多 又靑峯以東石崖萬丈 上有仙人丹書云 生先檀帝 戊辰歲 眼及箕王号馬韓 留與永郎遊水府 又牽春酒滯人間 此外奇賞 異蹟藏在深處者 又未知幾許 吾未能遍訪 以此而嘲訪五歲登萬景而 止者 不幾於以五十步咳百步乎 毅甫曰 窮雙瀑坐鳳頂 又以不登靑峯 爲慊者 吾於子始見矣 且他日豈無更踏靈山 看盡未看處耶 相視一笑 臺上凹爲小井儲甘露水 酌而相酬 味極淸冽 又有一孔 若螯纏處 其下 穿雙條宛是矼繩 上下痕 傳爲禹迹所過 然雖在懷襄之世無水沒此頂 之理 得非先天時事耶 坐臺移旭而意無窮 爲從僧所促 遂起從獅岩西 下 有所謂歌利王塔 是天作也 又過所謂八萬大藏經岩 眞如萬軸牙籤 積在臺架 面面齊整 穿林踏雪 雪中枯葉半是栢叢 下五里許 谷流臥成 四十三丈瀑 向非雙瀑 此亦足擅上中奇也 又下五里得大川 從鳳頂北 而來 又爲臥瀑數十丈 洞豁石平復如水簾 一水又從谷西來有奇岩 處 交會中可置一亭 前有大窟名迦倻 試從北來水而上 連得六七勝潭 其 上知有曲曲奇而是日必回抵深寺 然後可免露宿 故捨而復下題名迦倻 窟 盖自此而西 則六踰嶺 而至五歲庵 可登萬景臺 別無他勝 自此直

下則至俞窟合處 水石皆佳絕 其間閉門岩者 尤奇壯 簾洞之所無 毅甫
日 半日之間二者難兼 則萬景只是鳳頂下一風埃 旣登彼不須更上此
寧過門岩可也 遂從小石門而出欹崖急阪 步下之難益甚於上陟時 得
老栢長松自倒成橋賴以度 險潭瀑皆如曲百 有一潭又如槽形深廣倍於
黑龍 行十餘里 日昃飢甚 負飯僧先去莫追 以當歸石蒲充腸 復取一掬
水飲焉 口益淸爽 行三四里逢飯 又行數里 兩壁夾水對峙 雄鎭一谷
高可千仞 廣幾一里 所謂閉門岩也 勢若相湏偕立 而德不孤者 先生嘗
謂於此 誦程子敬義夾持直上達天德之語 余至此忽記所聞 仰觀俯讀
果是一般氣象也 兩壁傍各有石窾深尺許云是門樞 此與塔臺繁舟之說
同伯誕虛而盖亦異怪也 又有所謂笠帽岩者 自作層壇 上架傘 屋軒囱
房櫳制無不備 雖巧匠莫及 但四邊撐柱短小不可入處 故只取其上有
笠帽形 而以是名焉 又有兩太石跨水對立 而上合下開 宛一廣廈宜以
屋名者此也 此外岩形一如昨日所經不可名狀者 亦無數 遂於笠屋兩
岩面題名 今日凡四題 其題屋岩者晦甫 餘皆吾手也 未至俞窟五里許
余謂同行曰 閉門形勝領畧殆盡矣 自此更往五歲則取何道而可 隨僧
指門岩右一峯 高於門岩者 曰此所謂萬景臺 臺後是庵 然自此不可直
上 下至俞窟而復北上十餘里 日力不足奈何 余謂入此山而不見淸寒
子舊居 是猶過首陽而不入伯夷所築 同行或有曾到者 或有未見者 皆
以日暮脚疲未及往還爲辭 余先同行速步 只有一僧思均者隨之 如僧
言 自俞窟更北過圓明庵 連登峻崖松檜束立幹直上天 凜有不可犯之
勢 怳見伊人歲寒志節 到庵庵空 欲問往事而烟雲草莽杳然不可識矣
庵名五歲 盖以當日有五歲神童之稱 又名靈筑 今去此老更幾年 而故
屋尚在 使樵童牧叟躑躅彷徨於其前 未知探薇遺墟 尚有是否 欲更登
西山訪二子遺塵 而遠莫之致矣 淸寒於此 嘗有詩云 濯足淸川臥白沙

身心寒寂入無何 天教雪浪長喧耳 不聞人間萬事多 遂沈詠三復踟躕
不忍去 均僧告以山日幾沒 復催登萬景臺 一山眞面皆是鳳頂賞 餘唯
十二瀑洞爲前巒所蔽 然添得新面者 靑峰以北四五奇峰 以南五色嶺
秀色 足可以補其失也 且列峀層岩自鳳頂俯視也 堇出其巓 從此臺望
之屛見其底 況朝靄夕雲呈態各異 未可以已登鳳頂而忽於此也 遂飛
下至寺 遠峀向暗月色初入寺庭中矣 同行謂余必宿五歲圓明兩庵中
不復留待 方坐樓對夕飯 見余至 皆謂未及到庵而中還 及傳庵中遺躅
臺上新覽 一寺僧皆驚異以爲飛釋莫及 是日凡行六十餘里 自鳳頂至
寺四十里 五歲上下又餘二十里 九日 早食將向寒溪 日又晴 僧輩云
山行得晴最難 謂有山緣 自寺前復沿流而下數里許 捨大川東南從大
勝谷而入 谷口水又成一奇瀑 瀑上槽潭比前所見又勝 亦名黑龍云 自
此又捨輿步上截壁 直二十里所謂猪嶺也 此間多産芝柴莖靑葉燁燁可
茹 左右采之淸香滿口 登盡嶺頭 又東見滄海浩浩 北望雪山列列 迦迆
大岳戴雪立我前 可以平看 始覺此身已在寒溪高處耳 散步嶺上 泗爽
氣於千峯積雪 滌煩襟於萬里長風 復從南岅直下 樹木如簀 皆僵立若
枯死 稍下數里 木葉方萌 鵑花作蘂 始有早春消息 又漸下稍稍放綠開
紅一山之中 四時景物隨步各呈 凡下十餘里 過上乘大乘二庵墟 掃石
而坐共飯 復行少許微聞山雪隱隱有響 至近漸北催坐觀瀑臺 西對石
壁 峬高而廣 下深不測 上有香爐一峯 水出其間直下 不知其落處 淵
翁嘗敎僧繫石繩頭而垂下止可見處 凡一百七十餘把 所謂廬山三千尺
不足道也 壁上石口狀如盆耳而耳最長 水從耳頭落 故飛流處去岩面
有間直掛空中 散如輕烟 飛如驟雨 隨風左右任自回旋 風疾則亂雲飄
蕩 風上則晴虹舒直 飛過陽壁則照得赤日而增輝 回從陰面則并與素
波而藏影 閃倏變幻 頃刻萬狀 送一僧防水上流 待滿而決助其聲勢 又

從壁上轉大石 石飛帶流而下 久而聞霹靂數聲起 俯視不見之中若流
下百里 兩壁若裂眞奇觀也 臺岩刻九天銀河四大字谷雲八分也 又從
臺左直下 旁視兩壁下 寂無水聲 但深黑可畏如近九地 衆皆坐下不能
立步 行十里下盡急坂 送峀入天將身墜地 有寒溪大寺背層巒臨大川
視上二庵基益勝 梵宮新火妙塔獨立礎下 此爲自寧田川東一村 是淵
翁始居處 俯視前路奴輩已繁馬川畔樹而待矣 與興僧各分游裝作別
少坐樹間送 東頭次第收來 盖山自五色嶺西雄巒傑岳夾大水馳來 凡
二十五里 至此益斗起壁立 仰視不見其巓 松檜直立上竦 無枝亦不見
其末 只蒼然鬱然不知天在山上耶 山在天上耶 又未知樹高於山耶 山
高於樹耶 此等奇壯亦雪岳之所未見也 毅甫曰 自此以西三十里一如
此壯 不須更費屐勞 馳鞭順流 顧視左右領灝氣於馬背足矣 遂欣然上
馬招來耕夫 徐尙建在馬前備 顧問徐漢北指爐峯底稍西對立者曰 此
閉門岩也 又指其西特高者曰 此萬景臺也 此與雪岳又同 盖山到十分
勝處 必設關以絕塵蹤 又置臺以備仙賞 化翁予奪似非偶然 行數里 又
東指迦剩西一峀四角者曰 此峯仍以四角名也 又行五里 復北指一瀑
從壁上來者曰 此玉女潭也 上有金傅王城闕雉堞礎臺尙宛然 余聞縣
南又有所謂金傅王洞 豈當年避居此境而又依險作城以寄窘命耶 遂下
馬緣岩而上 至第二瀑 深潭無底 其上不可進 但從岩隙見白浪穿石瀉
出 此間設居似是鬼功 又行數十里 始山開得野 回看山容畢露峀角千
萬如人 終日從夾道中行 但見兩旁墻面及屋角 及出通衢大路 然後連
雲甲第 接甍飛樓 一望看盡 勢如赤幟一立千麾影從 一鼓齊作 怒瞻輪
困 或奮擧起立 或瞋目顧叱 或頭載鐵鎧而冒陣 或手舞長槊而疾馳 向
日圓郊所見 只是管中天耳 盖寒溪居雪岳初路 其奇壯又盡露出 故自
古游人 雖不知有雪岳而來此山者則多峰皆有稱 不似雪岳 而一耕漢

不能備對亦可欠也 然但取其氣勢之雄 特以廓吾襟可也 又何必屑屑
於峰名之知不知也 晦甫日 曾從雪岳 仍過此地 滿山紅錦 頓勝此時所
見云 此則別是一格 留待秋色 更翫亦可矣 投瓦川村秣馬 從者又進午
飯 行至古圓通過尖峰下 卽向吾所稱妙銳少年也 寒雪兩水合於此前
依峰臨流而置一亭則可以統二山形勝也 渡下流從圓郊南而行十餘里
過一遷踰小嶺 至德村廣岳山 色已依迷於暝樹中矣 不能入坐先生捲
簾處 但見屋角梨於松火裡 聞戶外泉於石橋上 覓村炬呼合江船 亭上
月色亭下波光 山行四日又泛夜舟亦一奇事 與光甫兄第分路松間 更
入向道 是日凡行九十里 上下大乘合四十里 騎馬以後又五十里 十日
晴 與毅甫閑坐一寂庵 光甫兄弟晚來 共登合江亭仍欲泛舟下龍淵 適
値發倉 津舡載糴 民往來無他舡 未諧光甫 仍又携至靈昭館設酒饌待
之 坐見頹墻棘簷飢雀亂噪 門外松籬未滿百家 不似官居 俄而夕陽在
山 有張盖吹角而入者乃太守罷糴事而歸也 知余輩在賓館 致候問共
毅甫入見留勸夕飯 官食皆是山蔬 共說雪岳金候亦一宿深源者 語到
移寺仍覺僧涕下事 金候欲分付寺僧 勿撤餘存 明將尋路 遂告別而歸

채지홍(蔡之洪), 「동정기(東征記)」

甲申 歷祥雲驛 未至數里 有十里蒼松 傍海而蔽日 似是地誌所稱祥
雲亭松林 而松纔拱把 亭亦不存 可疑 自道閒里入神興寺 卽雪嶽外山
也 望之如芙蓉削出天表 實過嶺後初見也 洞外有日四松橋 橋下南畔
翠屏可愛 夾路蒼髯 淸陰可憩 纔入洞口 仰見西南絕頂 細瀑流下數百
丈 而亂峰深險 人無能狙看者 寺僧皆以織席爲業 而生理稍厚 殿寮屢
經回祿之患 塔刼宮廟 尙多灰燼之跡 眞所謂三灾厄會 佛聖亦未免也

且聞金剛諸刹 火災偏數 到處同然 故傳久者少而創新者多矣 北去十
餘里 得食堂瀑布 其在下者曰臥仙臺 在上者曰飛仙臺 臥仙則一大盤
石橫臥溪口 仍成小瀑而已 飛仙則上下懸瀑 間以四五步 連注數三丈
輒成深潭 石面平鋪 可坐百餘人 前有奇巖撑柱半空 復有一石高可百
尺餘 獨立微俯 若將墜地 而千古自在 尤可異也 遇雨 避休于潭邊石
广下 少頃還歸神興 而一行沾濕 不得前進 宿留於西寮 夜聞有壁蝎
余甚憂之 僧徒明燭達曙 得以安寢 乙酉 徑還奴馬于坦道 肩輿間行
歷入內院 有大師名精賾者 自謂雙峯門徒 而眉骨頗俊潔 德昭與語良
久 聽其言辭 觀其氣貌 可知其稊稗之已熟也 嗚呼 三代以後 道術分
裂 降及漢唐 竺學肆行 雖有豪傑之士 尠不沉溺於其中 幸賴程朱辭闢
之功 爲學之士 更無他歧之惑 而人才之眇然 正路之堙塞 未有甚於此
時者 利欲害之也 惟彼異端之類 學雖不正 其於利欲 分數不多 故用
心旣全 成功亦易 始知利欲之害甚於異學也 名爲儒學而不免爲利欲
所汩 埋頭沒脚於膠柒盆中者 曾彼釋之不如 悲夫 遂自天吼東麓 至
繼祖窟 窟容小屋三間 老宿數輩守之 石壁橫遮於半天之西 而淸泉湧
出於石壁之下 前有巨巖 高可丈餘 廣則倍之 上有一大石 其體至圓
周圍如一間小屋 而以手撓之 則微微掀動 豈亦浮石之類耶 山名天吼
蓋亦以此山常有風氣 其聲如吼也 及下山口 則蹄指已來會矣 進到淸
澗亭

권섭(權燮), 「한계설악유한기(寒溪雪嶽遺恨記)」

庚申夏六月 下海山亭 出金剛山而來 登獼蹄之合江亭 先喜昔年面
目 遊雪嶽寒溪之意 則某姓名某姓名輩 以我伯姪之舊官吏 出而待之

騎輿已整 簫笛已待 乃雨意漫山 而不可去 登坐亭上 而指點曰 除此
一帶之障 可見其山 吏曰 東入圓通 十里朗溪 二十里已是山門 未移
時 可到 雨具亦已待矣 可行 余曰朗溪過十餘里 倭淵 頭陀淵 五峯山
又十餘里 潛基瀑 鶴岩 按回 負回 又十餘里 黃腸曲水石 沙彌臺 而
有深源寺 是爲鎭日之行 若雨淫而水漲 則將奈何 辭而不去 乃悵然而
曰 經百厓 渡加奴 半日而來者 只爲茲山之重見 而爲天公戲泥如此名
山 抱餘又入名山 亦有犯於盡歡竭忠之戒 宜可毋悔 徧復上下徘徊 而
指點曰 彼滿月堂 白蓮菴 可再宿 仙掌岩 金剛淵 可重見 三淵翁之永
矢菴 正對列巒之皓潔 坐而不可徑起 青龍潭 白龍潭 黑龍潭 俞泓窟
天逸臺 亦豈是等閑之區 水簾洞尤可喜 而淵翁之板圈 又可異 吏曰
過萬景臺 獅子項 而有金童峯五歲菴 靈鷲菴 而閑門岩 大雪岳 中雪
岳 小雪岳 晴峯 國師峯 豈不更奇乎 俞泓水簾上面之十二瀑 鳳頂寺
塔臺 獅子峯 大莊岩 伽倻窟 措大皆知之乎 余笑曰 止之止之吾心若
不能操矣 吏又曰 三淵居士之曲百潭 爲一山之勝 措大亦知乎 青龍上
水簾下 三十里間 清激而奇巧 與金剛山之萬瀑洞 何如 余點頭曰 十
二瀑以上之三十里 亦大勝於摩訶上一壑矣 與之語移時 而咄咄余出
立亭頭而曰 寒溪尤近不難去 欲騎馬而還止曰 命矣 夫寒溪之九天銀
河 爲左國第一 向來一時之瞻 來往幾年魂夢 而旣到山門而不能入七
十翁鞍馬豈復容易未死餘恨只耿耿於長時彼沙彌臺仙根岩槽淵 獨喜
窟 大乘岾 鷲臺峯 五色嶺 萬景臺 日夕衛護 而不離於斯瀑 何等清綠
彼玉流川 龍生淵 似或引我去而生憎 閑門岩各守一山 牢鎭深深 而大
乘菴僧 高高坐而戲笑我 又恨 山之靈地之媼 不知我爲六十年 八道名
山大川之人也 久久坐於合江亭上 招呼一僧於隱寂之菴 與一吏 而還
渡加奴江而去 不覺到百厓而笑別 行行之間 二山之百奇千勝 已羅列

於胸中 手指口談之淋漓 未必輸於足躡目示之草草

정기안(鄭基安), 「유풍악록(遊楓岳錄)」

乙丑宿襄陽府 丙寅上洛寺梨花亭 此亦今夏宿踐 而東臨滄海 西挹
羣山 爽豁壯偉之觀 雖百上而不知厭矣 至神興寺止宿 寺在雪岳外山
丁卯由寺後緣澗而上 楓杉映蔚 藤蘿幽曖 一逕紆回 轉入窅冥之間 約
行十里 忽然洞府宏暢 遠聞水聲 決決於丹崖翠嶺之內 上有盤巖 亘鋪
川上 可坐百餘人 俗號爲食堂 傍刻臥仙臺 水色澄明 石理瑩潤 可漱
可弄可坐可臥 稍上數里 巖石益奇 層層如削 色皆淨澈可愛 路窮而又
有臥巖 仄鋪數十丈 刻其上曰飛仙臺 西有一峰 壁立累百仞 自趾至頂
石也 凜然竦厲 有不可干之色 東南稍低 遙望雪岳羣峰 矗立層現於雲
靄之間 隱隱可坐而挹 坐巖上命酌數盃 遂下數里 循山而東 崎嶇犖确
或步或輿 行五里許至內院 位置高絕 境界淨深 齋寮几席之間 一塵不
留 眞釋家所謂助道之境也 中有一上人名精頤 狀貌魁梧 靜坐講說 蓋
緇髡中傑然者 相與談經討玄 移晷矗矗 又行數里 有山卓立於輿前 下
有大巖 平滑如磨 刻天吼山三字 巖隅立大石 高可四五丈 大可百餘圍
名曰動石 僧言是石一人搖之輒動 百人搖之不加動 試之果然 上數十
步有小菴 名繼祖窟 窟在大巖下 屋凡三間 而不楔不椽 又不瓦 大巖
下垂而庇之 棟卽仰承 若轎戴屋 四圍以巖 前開一石門 僅通人出入
菴後石峰列立千萬丈 傑巖巨壁 左右碁置 顧眄駭愕 若在虎駭攫踞之
中 化翁於斯 定費些氣力而作此別鋪置也 坐天吼巖移時 乃北下山門
到淸澗亭止宿

이복원(李福源), 「설악왕환일기(雪嶽往還日記)」

癸酉四月十三日 與再從弟玄之祖源 發楊口縣衙 踰豆毛嶺 渡前江
中火于驛所 臨發時 麟蹄支應始到 未到縣十里 渡葛路江 踰葛路峴 嶺
盡而縣始見 山中開野 大川繞出縣前 卽雪嶽寒溪合流而下云 直抵東
軒 與主倅金成仲話移時 洪川前倅宋翼欽爲訪雪嶽亦來到 共問山路
遠近 游觀後先 主倅一一細指 仍發藍輿傳令 夕食後 出宿將官廳 是
日終日大風 船上馬上皆不穩 十四日 日出 入東軒 宋洪川已來坐 謂
欲先向寒溪 歷雪嶽 轉出嶺東 余則旣無嶺東之意 又聞寒溪路迂 以直
趨玄龜定計 宋洪川先起 余與主倅同推殺獄 推案繁冗 謄書甚遲 故結
辭起草訖卽發 使該吏淨書 俟山行出來受押 路出縣北松林 林盡處 有
小架坐石彌勒 其下稍迤 上有亭 卽所謂合江亭 恐分日力過而不登 渡
加音津 踰參嶺 秣馬於嶺下村店 以肩輿緣溪五里許 川石往往絶佳 馬
行二十餘里 始望見玄龜寺 寺僧四人以輿待於川邊 到寺無甚可觀 寺
甚貧殘 僧徒亦鮮少 新刱法堂 無瓦覆以木 是日又終日風霾 政極愁絶
一老僧前言曰 此山從來無久無風 亦無一連五六日吹 近日之風 未必
非明日之幸也 夕食後 散步寺庭 望見西南一帶 山火絡繹如列萬炬 亦
可觀 宿玄龜寺 聞襄陽府使李聖檍入山已三日 明日將自神興還官云
十五日 早食登輿 齎輕粮 還送獜蹄刀尺 揀落行中不緊人隨輿者 隨陪
金翠光, 工房朴枝靑, 通引任翠彬, 吸唱翠星, 後陪末男, 老味,
刀尺莫同也 經頭陁淵, 鶴巖, 廣石 洞水石皆可觀 而僧徒以爲入山
後 在在如此 不必停輿 踰葛峴 稍見平陸 有五六人家 小憩川邊樹陰
一老人扶杖來見 問其年 九十有一 有子年亦近七十云 問何養而致壽
如此 對以自少勤力耕作 朝夕荣食而已 不知其他 以風色不佳 勸令入
息 笑曰 自少不知避風 而不曾爲病 況年旣至此 觸風病死 亦無可惜

何避之有 經槽淵 淵如槽樣而甚深澗 到深隱寺舊址 有礎砌石及桃李
雜花 僧言深隱廢 而玄龜始建 深隱玄龜之義問之 無曉者 初以觀閉門
庵 宿五歲菴 翌日登鳳頂 宿鳳頂菴 又翌日從十二瀑水簾洞而下 分排
路程 更思之 山中早晚風雨不可知 或失鳳頂之登 則雖遍搜諸勝 不成
觀雪嶽 故捨五歲菴路 直取水簾洞 洞中元無分明路逕 澗左右 都是巖
石 大者 磐陀穹窿 小者 縱橫廉利 往往無着足處 入洞絕少登輿 便衣
草鞋 跳深爬峻 稍過危處 輒拭汗定喘 連以生葛粉窿食 調澗水沃喉
午到水簾洞 僧言自玄龜至此 爲四十里 自五歲菴前分路處至此 亦可
二十里量 其遠未必至是 而崎嶇艱辛 殆甚於平道百里行 入山後 水石
峯巒之奇勝處 不可殫記 所謂頭陀, 鶴巖, 廣石, 槽淵 皆是偶有稱
號 故記之 其外此類甚多 漫然無名 雖欲記 不可得 自分路處 峯勢石
色稍稍覺異 至水簾 四壁抻天 自水底至山頂 似用一箇大石斲成 腰以
上 絕不見縫罅 樹林皆在腰下 而踈踈不甚蒙茂 環列如屏障 尖如鋒
鋩 高孤壯特 奇詭恠巧 狀態不一 又有一岡 邐迤隱暎於洞口之外 望
見彷彿如金剛之衆香 石色在峯者 黯白淡靑如艾色 在水者 净白 水亦
淳匯淵湛 上下累十層 大略皆然 上下層之際 皆有大白石 橫截盤礴
承上接下 水從石上散布而下 幾似斷流而颯颯常有風雨聲 川邊有廣
石 可坐數十人 廣石上 又有高大石數塊 僂然而俯 可避暴雨烈陽 鋪
席坐其下 設鍋炊飯 玄之縛筆杖頭 題名壁上 飯訖將起 玄龜僧四名
送襄陽倅 踰神興 裹飯追到 促飯同發 泝上十二瀑 瀑水不懸不臥 而
馳逐盤渦 各一其態 峯壁如水簾 而步步幻面 愈出愈奇 玄之叫聲 不
絕耳後 通引吸唱輩 亦無不拍手噴舌 獨僧徒恬然無變色 到雙瀑 乃十
二瀑之盡處 壁勢寂懸絕 而久旱水少 無噴薄勃欝之勢 亦自裊娜可喜
自水簾到雙瀑 尤絕險 路絕處 輒有僵木繼之 俯窺空隙 窈然無底 戰

掉不可過 前者挈腕 後者捧腰 爲眼不計身 殊覺一笑 僧言水多時 石
滑逶沒 居僧亦或遇漂溺之患 近幸久不雨耳 到獅峴 久立歇脚 回視所
經 茫不可辨 但見累累在下 皆是向之側弁仰望而不可攀者也 午後連
以步行 氣竭力乏而日影漸匿 四顧無托 抵死前進 峯巒到此 尤雄拔秀
特 而不暇遊目諦視 直到獅峯下 稍有土逕 始就輿 懸輿而上 百步不
啻九折 擔輿僧 喘喘欲絕 到鳳頂 日猶餘尺許 槩低處多障蔽 初到者
謂已夕也 頂上戴石 狀如累碁 危甚欲墮 鳳頂之名 得於此 聞襄陽太
守到此 恐石壓促下 諸僧哄然 庵在頂下 結搆極堅妙 廢久而窓壁猶鮮
楚楚可喜 有一僧癯形弊衣 迎禮輿頭 問孤絕如此 何爲獨處 對以偶然
過登 愛不能去 孤絕是本分 獨處亦何妨云 憩小軒 汲庵東石泉解渴
味極淸洌 爽氣徹骨 僧言水簾十二瀑之源 皆發於此 絕頂出泉 其富如
此 良可異也 飢甚促飯 上塔臺俯見 萬疊千丈 踊躍飛奔 各自呈形現
相於臺下 如槍戟鉞纛之環衛將壇 雖長短疎密 參錯不齊 而位置氣勢
極其森肅 南一面皆是午間所歷諸峯 而太半隱沒不見 西面則遠而洞
視玄龜洞口外衆山 近而盡得五歲庵以後峯巒 西北則大峯數十矗矗列
立 其外二十四峯縹緲姸秀 又其外白蕩蕩地 云是襄杆大海而霧塞不
見 東北卽鳳頂 正東一崗 高大迤長 卽所謂淸峯 搭臺爲山之最高 而
淸峯尤高 登之則東盡大洋 西南丘山 一擧無遺 每坐目力之窮而止 距
此可三十里 而峯常獰風 樹木短苦 且今尙積雪 不可登云 搭在臺中央
而不甚高 不知何代所刱 搭前巨巖有穴 古傳海水至此穴 是繫舟處 曾
有人得螺蚌甲於臺傍 可爲徵云 想繫舟此穴時 三韓當盡入魚龍窟 見
且傳者誰也 是日自朝風勢頗減 午後氣候極淸美 至搭臺 風復作 猶不
如昨再昨 僧言此臺未甞無風 今日可謂平穩 觀日沒 欲留待月上 而從
者皆病 余亦憊甚 還宿庵之洞房 僧輩粮絕 顧問行橐 亦枵然 終日伏

安危於此輩 而無以濟其困 甚覺埋沒 姑作米帖與之 饋以一壺燒酒 十六日早食 復登搭臺 曉靄欲散 紅日初昇 峯巒洞壑 精彩一變 昨夕之森邃而窈窕者 皆晃朗如新磨釗 海霧猶未盡收 而島嶼帆檣 隱約可辨但未見碧色 西向極目 有一抹雲煙 橫屯天末 僧言金剛在其下 無雲則毗盧可指 余於十年前入金剛 而春雪未消 毗盧九龍之勝 皆失登攀 今可續鴈門之跼矣 此時神氣甚淸快 頓忘昨日七顚八仆之危 誦九死南荒吾不恨 玆遊奇絕冠平生之句 將向五歲庵 而迤出臺西 直下峻脊 崩沙墜石 一蹉跌則滾入萬丈深谷 悸不能前 乃脫藍輿 索絆腰肚 使一人從後挽之 又使一人在前攀住肩腋始敢下 而自昨日晚後 兩脚浮酸 艱於運用 寸寸休息 至十許里 方就輿 其間別無可觀 可觀者 皆是搭臺上所已俯臨指點而面勢稍有移換耳 有所謂大藏經峯者極高大 而從下至顚 皆石片疊積如書架 往往破落 可取以排房堗 潤壑之陰深處 間有氷雪杳窰 水流其下 路出其上而猶不解 路逢宋洪川 停輿問寒溪消息答以昨抵溪上 壁勢誠奇異 而水淺可欠 入此山姑未見奇特處 但見其危險異常 余笑曰 從此以往 當漸見奇特 而危險亦當益甚耳 至伽倻窟洞頗開廣 峯巒不如水簾 而水勢石色 可與相埒 坐水傍盤石移時 截流而西 踰四五峻嶺 到五歲庵 崗巒重重環抱 中起一麓 極韞藉開朗 舊有梅月堂遺蹟 湖南僧雪淨鳩材建菴 土木纏訖 方設架始繪事 菴名取五歲童子之義云 雪淨者年少貌俊 與之語 袞袞可聽 數三老僧列坐壁下 亦皆敦龎淸古 粗解文墨 不似玄龜中所對 雪淨進勸善券曰 太守之到此者 莫不有助 公獨無意耶 余笑曰 汝雖托重金公 而却坐觀音菩薩於正堂 金公影子 反藏夾室 賓主倒置 汝將使余助觀音影堂之役耶 淨曰 天下之尊 莫大於佛 爲僧者 不可跬步忽忘 金公淸節誠可敬 而爲屋不主佛 則僧徒誰肯負一石曳一木 且小僧自尊觀音 使君自助金公

庸何傷 作米帖與之 且問仍住此菴否 淨日 浮屠之法 元無戀着 況躬
自營建 仍復留住 則是利之也 早晚落成後 不知浮雲踪跡漂向何方耳
午飯卽發 萬景臺閉門菴 距此各二十里 而一行皆疲頓蹣跚 且聞其觀
不出於水簾鳳頂之範圍遂略之 此後連從喬林宿莽中穿出 而稍有逕路
可免徒步 到昨日分路處 下輿立澗頭 悵望水簾洞 久之而去 大抵鳳頂
有二路 左一路 淸峭奇拔 一水一石 絕少尋常 而全體是巖壁偪側 殆
非人境 右一路 雄偉敦厚 草木暢茂 可置寺刹亭臺 而奇勝則遜於左
到永矢菴遺墟 徘徊繞碑 碑卽縣監李廣矩所竪 監司洪鳳祚識 其後三
淵居士曾居此菴云 菴址平穩 開廣眼界 亦明媚可愛 居士久於此山 遺
蹟所留 不止此菴 峯巒水石之稱 多其所命 不能悉記 少憩葛峴下村前
樹陰 日未入 還到玄龜 問安官人來待 得衙中安信 十七日 聞加音津傍
有捷路 由此則自玄龜距楊口縣 可百二十里云 走書猻蹄倅 告以徑還
且要送推案於圓通店 待肩輿於加音嶺 日出後發玄龜 諸僧相送於洞
門 甚覺依依 午前到圓通驛點心 本官答書及刑吏推案 皆來待 着押緘
封付之 臨發 邑人來到 得衙信及家中平信 以肩輿踰加音嶺 秣馬本縣
下東村 時久旱 所經兩麥萎縮 不得發穗 水田亦多龜坼 民皆焦然有憂
色 日未入 還縣

안석경(安錫儆),「후설악기(後雪岳記)」

雪岳之遊自洛山寺始 洛山抽於岳麓而東赴海 其右支漫爲平阪 萬
松鬱然 中有東海廟 過廟而北可數里 陟小岡 躍而東 豁然臨海水浮天
無涯 而南見萬松帶明沙 西瞻雪岳大勢撑天 旋而北千餘步 入寺 寺據
高 迥擁林皐 丹閣碧樓重疊暎海濤 而賓日寮梨花亭受海最多 醞藉涵

蓄 窒有比 東下數百步登義相臺 臺卽巨石挿海截然 倚松而坐 滿目浩
然 北下百餘步 入觀音閣 閣西倚絕壁 東跨長窟 窟吞吐海濤 雷奔鍾
震 枕席之下 恒嚖呎可愕 開窓三面灑 海波鯨噴蜃噓 直犯梁棟間 臨
去復坐梨花亭 亭非有構乃梨下也 先人嘗言 於梨花亭見日出 而每耿
耿在念 今不肯白首而來 躑躅悲隕 何能爲心哉 有頃南出而西傍海 北
行鳴沙十里 海棠班斕 西泝溪 溪卽岳出也 二十里踰獐項 是爲岳之外
山 南見土王城瀑布 其長可數千丈 劈廣壁而下 顧其半體爲支麓所掩
而又值旱其流不壯 皆可惜 然閃暎左右石峰簇立 能令遊人灑然改觀
數里入新興寺 北泝溪十里入繼祖窟 窟負天吼山 山純石巧刻鏤 廣深
五百 方高可二百仞 如展青錦屛 方受斜日動異彩 窟在巨石底而淺 恰
容僧龕 龕新修 左右皆穹石 前有石門 門前有廣石 方十餘丈 正當天
吼 面上有立石 瞻大父竹涯公題名 敬攀遺刻 愴感惟新 西南下三里
入內院 清幽可戀 還宿新興寺 寺東北達摩香爐諸石峰 南見權金城衆
石峰層疊 掩映月出帶微嵐 尤異 夜浴洗 晨興泝溪而西五里臥仙臺 水
石漸奇 又五里飛仙臺 古云食堂巨壑晶然 全石爲底爲涯岸 而或高惑
低 或曲或直 或險或坦 或挾或闊 以受外山衆谷水 水清而大 其激爲
瀑瀨 其觸爲濤沫 其停爲潘潭 其漾爲淪漣 箖雲美霞涵日映 山百逞其
態 固今人神融 而北茸金剛窟 五六石峰岌然下窺 而窟在大峰之面 南
有三四石峰巉然對峙 下見達摩諸峰 遮東海而立 上流諸石峰疊映遞
出 而西南長谷呀然深闢 而石峰十餘 如鬼如禽 羅立幽窈 忽如竦動而
來 四邊草樹藹然敷綠 香氣蓊然 而躑躅向衰 木蓮方盛開 少憩舍水綠
崗而西 上三里爲猪項 已艱險 又五里爲馬脊 尤峻絕 又三里過虛空橋
橋架雙木懸崖危甚 眩者不可乘 少前見千丈簾瀑 夾雙石峰飛流灑然
泝泉而上二里 有普門菴舊址 菴前登萬景臺 古云香爐岩 岩峭磝危 及

上平圓 左右石峰可見 百餘岩腰石芒亦竦拔數十仞 東見海水及青草永郎諸湖 自普門攀崖六七里 始上嶺脊 是爲上雪岳聳身之初也 今謂中雪岳 名爽於實 宜從古 坐覽山內外萬石峰 奮首爭集 而東俯湖海曠然 自此而西爲內山 緣崖而下五六里 有二臺 見細瀑 又三四里入五歲菴菴因梅月金公 舊墟而新構 金碧煥然 左右前後皆石峰 森然環繞饒奇趣而菴據土岡平穩頭 又凝石臨溪 其高可二千仞 菴設梅月畵像二幅 一則儒像 一則釋像 而有鬚髥 余盥手整袍展拜於儒像 仰覩魁然風氣動人 峻額勁顴剛眉晶目高峭髥眞有英傑之表 而沈慮滯恨 隱隱凝聚之千古不可散者 何哉 方我端王之遜位 而六臣之殉君也 雖已毁形遁世 老於窮山 而尙有炯炯 深費揣摩 不欲採薇一節自足而止耶 西南一里 所登萬景臺 臺可三千仞 環以千百奇峰 而東向窅然 近俯閉門岩 幽然有異 遠窺伽倻窟 窟上十餘峯 如翹立如傴行 閃閃返照而翱翔如趂人 還宿菴 月出松壁上 恍然思梅月翁 翁又嘗居黔洞 洞在中雪岳之南云 朝起而西五里到合溪 捨閉門岩泉路 入水簾洞 洞深三十餘里 左右皆石爲峭峰爲絕壁 而其交互開闔 不可遞數 而兩間之水 曲折聚散不一 其流而常行石穴中 緩急長短不一 其境而皆自高傾瀉 往往懸空而下 東之爲瀑布 張之爲水簾 受而積之湛湛爲淵 其數亦不可遞詳 而蓄黛披碧撒珠湧璣飛虹舞雪 日輝耀而動青紅 風撥而飄的皪 如是者將二十里 觸激之聲震撼全山 步步顧眄霞石窅窴 距鳳頂十里 兩崖逾隘蹙逾峻截 而一道三瀑連貫三泓而來已 使人錯愕 不自暇而上其頂 廓然寥朗 雲岺四闢白石虛曠 碧潭瀇漾 而仰見雙瀑 挾斷石岡而各專一壁 皓然排天而下噴風霆 吹霜雹 而並馳于潭 如龍之怒而欲鬪洧淵 如釼之飛而方會延津 初有拂然 末乃灑然泊然也 盖雙瀑豊注則同 而其一從西南谷者 長可百餘丈 而其源又有二潭二瀑 潔潔如貫珠可見 而其上聯十瀑十潭

云 傾危不可探 其一從東南谷者 長可八十餘丈 其源不聞有奇 少溯而
上 舍谷而路崖可五里鳳頂菴 據岳之高 得三之二而爲菴 菴後岡奇岩
排立 而其一矯然如鳳擧首 故名鳳頂岩 岩之餘爲塔臺 臺之餘又湧奇
岩可百餘 止於合溪之間 登塔臺攬內外山 奇變九得其七 而佛頭仙面
競出於淺嵐淡靄之中 東海風濤如將駕山而入 還憩鳳頂食甘泉紫芝
緣後岡而東南十里上靑峰 峰甚高 海松側栢皆見挫於剛風 壓於積雪
蟠屈披藉 合抱之幹 高僅尺餘 彌山布 綠如淺莎場 而時孟夏杜鵑始花
繡錯其中 可愛也 久坐其頂周覽山內外 東南聳中雪岳參天 巨峰立乎
一山 而西北則聚鳳頂五歲所矚 而西南兼寒溪之秀 東北悉普門所矚
而海水加濶 兩湖加展 盖玆萬餘奇峰僛僛畢作 擁雲濤而披霞木爍 晚
照而涵春綠 秀銳則本守重厚 雕鏤則本守硬確 晈屬則由於精實 奮拔
則由於蓄積 雖皆卓犖自樹不相援附 而大小崇卑聚首環向於中岳 虞
廷之輯瑞 而萬邦協睦者歟 牧野之立矛 而千隊祗肅者歟 爲之躊躇 喟
然而太息 前五六里 登中雪岳 是爲雪岳聳身之極也 今謂上雪岳豈以
其最高耶 亦當從古稱其視靑峰更高數百仞 自襄陽入底直上可三十里
云 四顧蕩然無可指言 北挹金剛山 南拍五臺山 東臨大海水 西惟仰天
與日耳 復路靑峰 峰之東南少憩 適在芝田紫莖綠葉翻翻可採 還宿鳳
頂 卽十五日也 値月臺滿(當考)峯壑木石 澄森有新趣 吟眺不能遞睡
明日早起梳盥 讀易 又明日辛卯 以宋泉卜 得臨之大壯 晚逾塔臺 見
大藏嵓 嵒如積册故名 歷澗曲過伽倻窟 欲由閉門泉路而下 愁其幽晦
又舍之 取崖路 凡二十里 入五歲菴少憩 前至合溪 溪卽水簾閉門兩溪
之合者也 沿下水石亦多奇狀 五里到永矢菴 菴方搆未成 盖爲三淵金
先生而作也 西涉溪見先生永矢菴舊墟有碑 玩心亭茂淸亭 皆不知其
處 而獨東臺在焉 雲木幽鬱 泉石悲鳴 不覺愴然而彷徨者久之 方先生

遭家難 絕世事 自竄岩壑 誦玩詩易 孰知風雲之志閟於沉廖 湖海之氣
放於虛閒乎 徒見氷玉之操 河漢之文而已 晚生後至 恨無由學詩而講
易 先生儘大儒卽遺墟 宣立祠設書院 以來四方之學者 而斯地也在岳
裏最寬平 而山水之勝十占二三 固不可虛也 沿澗十里 三見奇處 入百
潭寺 寺處寬閒 四眺無奇 在衆妙中獨爲平常 亦自可異 午飯 踰小峙
傍澗而行 湍石多奇 而五里鶴巢壁下甚奇 五里知音墟中亦甚奇 五里
栢田洞亦甚奇 三里廣岩洞亦甚奇 三里五峯頭陀潭亦甚奇 而雙峯石
扇挾水對峙 豈於雪岳而爲之門者耶 是名曲百潭 而源於靑峰 盖謂其
自源至葛驛七十里 而行雪岳中葛驛至合江亭爲六十里 左傍雪岳而行
白石淸湍不離雪岳者一百三十里 而其潭於空曲者將滿百故也 其中大
山而流至頭陀潭六十餘里 脉會百谷之湍 牙互衆崖之石 自合溪以下
崖石漸衰而蹙 水則有餘 水流漸盛而擊 山則不足 其嶮屼凌犯之勢 激
射跳湯之氣 兩極其鬪不暇相讓 石勝則傾水 水勝則匯石 一瀨一潭不
知所終 而百潭寺以下 石蹙逾數 水激逾壯 魂砒蜿蜒者 犇突而攔截
則濤湧澎湃者 吼怒而噴薄 竦踊而蔽側則激轉而蕩摩 辟易而披靡 則
乘凌而展濶 達斥低排而調護防閑 則安翔徐徊而澹瀨停蓄 石旣逐曲
而殊 水亦逐石而變 千百其狀 何可同也 下二里餘 山舒水緩 始見平
原 過靈鷲寺墟 賞金剛潭水石 三里宿葛驛 驛在溪北岸 而淵翁舊墟又
在南岸 溪自彌水嶺來 入於曲百潭 爲大溪 朝起沿下十里 往往有可賞
過藍橋五里 緣新崖 崖迫水 其賞尤佳 崖轉舍官路 踏溪而下 見龍斜
潭 石多崛崎 而左之右之 水則蕩漾而轢之碾之 甚可壯也 石之最巨
而入水者 如龜引頸 而風濤齧之 其痕如龍縄 故以名潭 五里爲古圓通
上流巨石磊落滿溪 如矯大鳥 如蹲怪獸者 以百數 而碧水縱橫合散 其
間揚淸沸白 砑嶅有聲十里 涉溪午飯瓦川 南溯寒溪 而入雲松 二十里

往往有水石 而玉流泉最奇 泉自兩壁間懸流 再瀑再泓 長百餘丈 窈窱
皎潔 而可憐 十里過寒溪寺墟 宿田家 明日 日出緣崖路可七里 升石
岡 對見大乘瀑 巨壁廣張而削立 湍水飛下可千尋 時久旱其流不豊 而
尙如匹練大 其始浡浡濺濺 猶是水也少下 迸碎爲雨鈴 飄灑爲雪花 下
將半 日照而虹爛霞煥 風卷而烟斷靄浮 玲瓏婀娜而盤旋翔舞 將下不
下 有時瞥然而下 則其響徐騰 而其迹不可尋 若值多雨 其賞甚偉云
過大乘菴舊墟 涉瀑源 登萬景臺 東北見大乘之後嶺 卽百潭寺之西南
岡也 衆石峰層出於林霏中 循嶺而東南 其最高者爲下雪岳 衆石峰叢
附 南見五色嶺 嶺上下左右皆石峰 而眞木田在其北 十里平原可田可
宅 而四面如玉立 山氓言淵翁嘗居之 西見長岡 岡麓皆石峯 奇詭而重
複 稼里峯最秀 其西偏則麒獜古縣云 臺西北有礙 不可遠視 山氓云
山有邃古王者城闕 石迹有在 事不史見 何哉 自臺西下復路 沿溪而西
北 左右眪睞峭峰削壁 不見於萬景者 夾路騰躍迭見眪睞隱 凡二十里
而兩邊之奇 亦衰矣 又十里 飯瓦川 前涉溪 溪卽曲百之流也 合寒溪而
下 又西南十里宿圓通驛 驛平衍可家 而聞其下有間路 北入瑞和及龍山
達金剛山云 曉起而西六七里 般渡大川 川自金剛而來 合於曲百之流
又西十餘里 登合江亭 亭前曲百之流受麒獜之水來 自西南者是爲昭
陽江 抱麟蹄治而流 亭幽開瀟灑 據金剛遠支 臨兩川之合 兩川盖包雪
岳而來者 而所對之山卽雪岳之支也 使人睠睠有餘意 盖雪岳之爲山
也 本於金剛之山 而過彌水嶺始崛起 而南少轉而西 其起始峻而爲上
雪岳 少前而低 乍南乍西 陡起而爲中雪岳 峻極于天 抽下西北旋起爲
靑峰 仍下而爲鳳頂之岡 靑峰之大勢 則西南之 而乍低乍高 其大起而
齊乎靑峰上雪岳者 爲下雪岳 其稍低而西北者 鬱爲長岡 與彌水之起
者相對 其甚低而南抽者爲他山 而遠焉則五臺山大關嶺是也 又其甚

低而西南抽者 爲五色嶺 嶺之西轉復起 而大爲寒溪之西山 鬱紆穹窿
而北行 其長並下雪岳之岡 此其大脊之周抱者 皆多土少石 蒼鬱敦龐 巍
然而弘遠 其支麓之東北抽而爲外山者 獨洛山天吼 無所蔽掩 如普門食堂
新興衆石岑千奇百怪 皆藏乎盤紆之中 其西南抽 而鬐披鱗次於上雪岳及
青峰之內者 自下雪岳 而左抽右抽陳橡於長岡者 自寒溪之西岡 而東竝抽
如磔蝟毛者 或短或長或巨或細或高或卑 皆石岑 環瑋駭攀殆萬數 而皆爲
大脊所包含 其西竝偏乃大脊襟合之所 而又皆土巒交錯雲樹蔥蘢 以遮閉
之 若水之奇則挾風 頂而合流過 百潭寺者上也 食堂之流次之 寒溪之
流又次之 而漱弄千壑暎發萬峯 均於幽閉秘藏 而其見秀於外者 不過
百一二 嗚呼 亦異哉 是盖峻厚而蘊藏英秀 弘博而葆蓄靈玅 混朴其外
不自夸耀 比之文章 則昌黎之掩遏萬怪於渾轉蒼海之裏者耶 較之武
略 則汾陽之包括千變於崇深寬簡之中者耶 惟盛德之從容而蘊蓄乎多
能者 獨可以配之 宜君子之樂於攀覩 而爲之依歸也 余之入僅爲七日
而所睹無多 良可歎矣 若要詳之 則當用三十餘日 而彌水嶺南偏 可搜
東西麓也 土王城之上下兩旁 可求其全賞瀑布者也 權金城之中也 食
堂之西南深壑也 普門水簾之谷也 中雪岳之西南偏也 梅月翁黔洞荒
墟也 元曉之靈穴寺也 自永矢向新興逾嶺其東西谷也 自合溪入閉門
岩 可窮伽倻窟也 水簾洞之西北 入白雲洞也 自水簾洞之雙瀑 可深西
南谷瀑源也 自東南谷瀑源也 百潭寺向寒溪大乘 聞其谷甚長 其水亦
奇 其嶺忒高紫芝又傍路而生也 下雪岳可悉內山之賞 及寒溪左右之
崀岫也 寒溪眞木田也 過眞田竭寒溪 踰五色嶺 叢奇攢秀 必可好也
寒溪西巘登最高頂 可悉寒溪左右 及麒獜古縣也 皆今者所未遑而再
遊 將選其勝 且記之 時 崇禎紀元後三庚辰 上之三十六年四月二十日
甲午

안석경(安錫儆), 「동행기(東行記)」

庚子 晨起升萬景樓 候日出 海霞掩蔽可恨 西南行二十里入華巖寺 寺所負大山卽金剛之南 爲也者嶸阜 頗有石色 前臨磵水 東對禾巖 磈磊特立數百仞 上有水臼十二云 南陟五里許上石人臺 臺上石如人 並立者三 處全體石也 窿然而長 上穿如臼鑊而水積之者五六 卽臺南挹天孔雪岳 石角峭拔 東俯三湖大海水 圓湖在北 永郎在中 青草在南 海自通高至襄江 四五百里可見 聞天兵東救朝鮮時 天將屯永郎湖 三日歸 歸時大笑而日 天下絕境 嗚呼 奈有何 此語三淵聞之契玄云 永郎既醞藉曠濶 而四岸皆白沙 皐多奇石 東接碧海 渺漾空明 西擁雪嶽天吼禾巖石人 瓌瑋之賞 此所以天將之戀戀不能捨者乎 南行十五里八襄陽天吼山繼祖窟 下五里入內院 又五里入新與寺 皆舊賞也 宿彌陀殿 庚子西溯溪七八里 見臥仙臺 溪水散流碧石 石甚濶 横展數層 三里見飛仙臺 白石瑩滑 長而濶 高低三四層 溪水欹側 屈曲而行 瀉明騰素散碧 滀黛爲潭爲湍 變態百出 而北夾金剛窟 五六奇峯石體揷水 西瞻上雪岳之支峯 南擁權金城諸秀峯 西南深壑中 有十餘諸詭峯 人立獸起而馬舉闖然欲馳出 此其巖巒水石之勝 殆與萬瀑之眞珠碧霞相埒 而顧眞珠碧霞所環峯嶂 面面瓌巧而秀異 一無稍冗者 此則東西兩面 頗冗長 其勝劣卽玆而判矣 乃三淵翁欲提此而壓眞珠碧霞 可異也 微獨此也土王城瀑布雖高 而不及九井之十二瀑 鳳頂水簾洞之雙瀑布固美矣 內外圓通及萬瀑洞 皆不及 而較之於九龍瀑則恐少遜 而淵翁皆盛襃以爲無比 雪嶽固奇壯而視楓岳高小五之一 大小三之一 秀色小四之一 則亦伯仲之等耳 顧淵翁以爲難兄難弟何哉 意者淵翁主乎雪岳 不免於私之故 枉汝南之評邪 始擬自此寺踰永矢庵 溯上閉門巖 宿鳳頂迤西而探進瀑之源沿雙瀑之流 而看水簾洞旁 入白雲洞 洞水石玲瓏

十五里與雙瀑甲乙云 不下百潭寺 經踰寒溪看大乘瀑 踰五色嶺 尋麒
麟長谷 以悉寒溪外山之賞 仍道狝獜水口抵合江亭 日氣斗熟 山行數
旬 疲薾又甚 乃爲更擧之圖 而向洛山寺 出洞數里 南見土王城瀑布
巨壁曲立數百仞 飛下直下 爲湫於壁腰 而屈折下瀉於石峯間 又可千
餘仞 而爲左右峰巒所掩蔽可惜 然自雲根永郎等地而看之 蒼崖素湍
璀璨於夕照 更可憐 顧水源不豊 若得大雨以壯其勢 當與九龍上下 至
如水簾大乘則不論 緣溪而下十六七里 東傍海 行十里入洛山寺 自高
城至襄陽委曲而行三百里 西入則山 東出則海 旣飽溪山湖海之賞 而
到洛山精神又頓生 其奇異居可知也 少憩梨花亭 與李除叔從兄弟相
見 上義相臺 入凝香閣升觀音窟 所賞只一海 而海色賞心隨境而別 盖
義相之爽豁 凝香之窈窕 觀音之幽詭 能皆移之也乎 還寺宿寂嘿堂 夜
與幼平際叔 出梨花亭呼韻 初月隱映林翠之上 海面沖融而自能虛白
良可愛

작자미상, 『장유록(壯遊錄)』

午餌泉甘驛 暮投萬宜店靈昭(靈昭獜蹄號也) 夜聽琴合江 晚繫纜松
遝 步花塔登亭騁遠睡 江山極淸絶 境界何幽窅 次三淵板上韻一律 二
水連襟帶 浮空一古亭 灘聲添律呂 松韻灑淸冷 沙鳥欄頭泛 漁舟花外
停 農淵安好向 琴罷步虛汀 翌日 催曉裝 步踐過高暢(高暢絶崖也) 扁
舟渡鋤灘 藍輿下暗嶺石磴 松陰倒三街甚嶔崎(三街峴名也) 曲曲泉鳴
玉 峯峯嵐滴翠 漸覺佳境近 履陰忘勞瘴 風起鼂霧捲雪嶽 立馬首 登
高而自卑 況題小蓬萊 藍橋秣余馬 葛驛理筇屐 我口留山下 我行入仙
嶽 吟一絶 四月中旬雪嶽來 山花猶待老仙開 靈區物色皆詩料 欲略遝

慙籤啈才 透迤洞天闢 攀援石頭 行五老峯何秀(前朝五老避世隱遯處
云) 白龍潭極清 過崖履古棧絕壑 度飛瀑白立 何山釋迎我白潭刹(雪
岳之初寺也) 朝過黃龍潭 久坐潭畔石 添紋生鱗甲 浪花成錦縠(潭水
無風 添波自成鱗甲 又所深水丹花浮動波心 如織錦文 誠奇異也) 轉
則永矢菴 菴古餘老釋(永矢菴卽三淵舊住處 而下有曲潭 潭上有草堂
遺址 其傍有菴而名曰永矢 蓋取永矢不諼之義也) 淵翁曾隱此 緬仰高
風懇感 吟一律 山泉留影響 雲自想襟期 遯跡雲藏壑 遐情草長芝 人
何諼果忘 公自有操持 永矢不諼意 況吟壁上詩 投筇百得去 晚登五歲
菴(卽梅月堂遯隱處 梅月稱五歲神童 改名菴 而有畫像安□別堂耳)
人去眞像留 山空移雲曇 感吟一律 丈夫心事一孤禪 謝世遐蹤遯雪巓
五歲神童惟聞氣 尋端投老豈前緣 托身人世初無地 隱跡空門別有天
水色山光留影子 東韓千載耀芸編 欲上萬景臺(在五歲之南 □多奇觀)
松茶一椀飲 雪嶽萬千景歷歷 皆可覸 吟一絕 松茶飲後風生腋 飛上于
霄萬景臺 一曲崶洋張仙樂 依然紫俯醉霞盃 又題一絕於蒼壁 嶽色非
冬雪 泉聲未雨雷 一生到佳境 塵慮頓成灰 早發歷藏岩 日晚上鳳頂
(所謂大藏岩在鳳頂之下 而壁立百丈 蒼岩如積萬卷書冊 故緇徒象大
藏經所積之形而名岩 上下奇觀也 鳳頂峰名雪岳之第一勝賞 而自百
潭寺至此七十里也 其高仰天 雪岳千峯四面擁立 而見若丘垤 又如水
經門之形 高臨鳳頂 所見怳疑賞雪 此必所得雪岳之名者也) 何似落鴈
高去 天盈尺逈 吟一律 攀石緣崖信一筇 際天棧道掛杉松 雪收鳳頂三
千丈 日照香爐第一峯 杖外杳茫銀海水 襟前森列玉芙蓉 不須駕鶴昇
仙府 霞影榆花坐處彤 下憩鳳頂菴 僧空花自落 襟抱冷欲氷 荷葉喫宣
食 左轉入幽壑云 是石門洞 雙石自成門 其中洞如甕 轉下垂簾洞洞谿
石如雪 雙流掛石壁下仆 十二瀑箇箇鋪白練 層層展珠箔 雙琴澈清音
山崶水洋洋 興闌却忘返永菴 歸夕陽 當歸香滿四 對案忘肉味 朝登猪

鼻嶺 嶺上多紫芝(紫芝俗所謂芝草有異 莖葉茁茂 其根不紫而稍紅 間生於冬靑樹下 生嚼之則其味稍辛 是果一年三秀者耶) 虛送蓬海舡 秦帝曾未知 百折緣危磴下觀寒溪瀑 蒼崖立天半 飛下萬丈川 九天銀河字 龍蛇騰石面 吟一絶 題其傍曰 形似白虹垂地立 勢如銀漢落天來 玉沫隨風翻仆霧 化翁多意別天開 (瀑水之飛下 望若大川 而未及下湫 飛沫散外 白霧隨風飛揚 誠不覺其造化之工 與衆瀑有異 故略記之) 下過古寺墟 曾有飛來菴 浮雲衛白塔 後擁萬丈巖 行尋兪泓窟 雲霞滿广室 曾是隱者居 悅聞靈芝曲(兪泓當麗末隱此云耳) 到廬皆豁眸 坐處幾爽 襟臂中無一塵 難禁羽化心 午飯谷口 於廬有徐姓氓 皓髮頗淳古 茅屋倚山陽 飯供松茸葅茶 進淸蜜湯(徐姓氓者 其名德建 曾從三淵 遍遊山水 故廬訪之矣) 下訪玉流洞 一道成三瀑 久坐不能別 漱玉又濯足 問僧金剛路 東指移雲 遂肩輿上新興(新興嶺名 向金剛之捷路也) 棧道掛長天 山行未百里 偶逢金剛僧 聞說上中景 移時坐石磴 口占一絶

이의숙(李義肅), 「한계폭기(寒溪瀑記)」

寒溪瀑記

由寒溪洞三十里 左右皆山 山皆隆厲 右曰鞨夷山 左曰雪嶽 入愈深 岑巒迭出愈異者 皆雪嶽之趾也 差北隱而爲潭號玉女 潭上短瀑 瀑上古有弓裔王城稱城谷 復東而北 躡磴履崖 歷險高里所稍回 洒衍石爲之臺 忽駭絶巘垂紳 修百尋有奇 諗之寒溪瀑也 颸觸之儵然 靡搖靡極而碎 輕颺者烟飛 散下者珠零 受日生虹 或一或二 或低而倏高 隨

風變態 下潴以淵 壁勢陡削 袤視瀑長三之 色靑白無癥蘚 洞多潭湍
傾亞窔窱 人危弗敢由 唯石臺能當瀑 故觀瀑者必于茲臺 臺尊損瀑之
半間 瀑百武

大乘嶺記

自寒溪石臺旋以北 援危木拾級而上者十里 到大乘嶺 四方之峽崥
多以傑崀聞 至是皆跪腋下 無敢自尊者 僧指北東茫然曰海望之天也
睇久碧而澹者天 深碧則海 澹深之界 衡平畫一 嶺盡俯而下者 名兜堆
坡 五里坡盡而夷 得槽淵 左右及底皆石 右起爲屏 經數十赤 廣五其
經 左之盤者宜坐 隆者宜釣 水犇駢其間 陷而積狹而長 湛湛泱瀯 有
大乘庵者 昔在嶺上 今墟矣

水簾洞記

永矢庵金三淵先生隱遯之所也 由兜堆坡入者 北而東折 優二十里
由百潭寺入者 直東縮四五里 路合于沙彌臺之下 臺高數仞 漫流渟綠
捨臺六里 有古寺址 寺曰深源 溪南石峯曰仙掌 未五里至庵 庵始處朝
元峯下 今移稍北對朝元 始以小盧 今爲宏構 然虛而不守 其右竪遺墟
碑 洪道伯鳳祚紀之也 庵少溪石之觀 東過百武 陟茂淸亭 亭亡名存
巖壑略似沙彌臺 先生嘗所消搖云

水簾洞記

歷茂淸亭 曲折嚮北三數里 道加難挾危磵而去 抵兪公(公本作泓)窟
歧分西東 取其東則水簾洞口也 入若干步 壁古而墨 波舂石坎 溓然有
韻 深丈餘橫數畝 廣可踔踰曰內槽淵 去淵盒進 樹盒茂 亂石吽牙 足

履錯迓 遙眹二峯峻發 意其下必有異 迹之果水簾也 石勢坦迤周遭 水
來鋪平 遇疊隈乃垂者 侔水晶簾箔 承以寬潭 穹巖傍起 虛中若屋 其
上多蔓香冬靑

萬景臺記

俞窟之西 仄蹊緣山 松檉檜栝梗枏壽藤叢篠 陰翳猥奧 委蛇而升七
里 到獅子項 始見晴峯儼然雄據 重厚博大 不逞美不夸能 然衆山莫能
爭高 轉而右 乃獅子項之脊也 懸空峭巉 揮 一作掃 陳葉擇堅而攀 然
後匍匐稍前 然左右皆絶壑幽坑 旋目慞眩 弗得行 行二百許武 達于巓
卽萬景臺 雪嶽羣巒畢露 競見岩嶙岊嶒 自晴峯已下鳳頂之上 其峯尤
皴皺排亘十里不絶如堞 或肯人端拱或磬折 獸以騰鳥以翔 錡崍角列
若鬼若靈 變化不可窮 金剛之衆香城蓋類此而白云

曲百潭記

內山衆泉 傾于西北 歸于葛驛 自黃精淵下二十里 多澄灣淨澤 摠號
曲百潭 隘巷欹夌 抱絶岸側武邐度者曰抱回遷 背危壁可虵行者曰負
回遷 今刬移徑稍易 行者不苦遷 昔有人家遷之內 牛不能隨 乃抱牛兒
入 數年養然後耕 故又曰抱犢谷 尙有板屋居者 鶴巖翠峷 水瀅滙其
下 又其下石瘦而䱐 微瞳爲場巖 歷霅溪口 迤邐得漅潭 或名頭佗 沉
碧灪然 五峯蘸影爭奇曰五老峯 於是潭之曲百者盡矣 潭外傾石呀作
洞門 五峯之東 葛驛之南 舊有淵翁舍

五歲菴記

止獅子項 頰眺弗里 窈然而庵者五歲也 先輩金悅卿藏于是用自晦

界極寧寂 川原明而曠 匝而不逼 東南起秀嶂 嶂缺補遙峀 益靑鬱若
畫 乃一山之尤也 菴之左龕 揭金公二像 一儒服 一髡而緇 然猶存其
髥 初公五歲 莊憲王召見宮中 試以詩 命之曰 五歲神童 庵稱五歲 其
繇是與

정범조(丁範祖), 「설악기(雪嶽記)」

戊戌秋 余赴襄陽任 北顧雪嶽 巉巉雲際甚壯 而迫吏事 不克往遊焉
翌年三月 約祥雲丞張君顯慶士膺 州之士人蔡君載夏 同發 戚姪申匡
道 女婿俞孟煥 家兒若衡從 辛丑宿神興寺 環寺而爲天吼 達摩 土王
諸峰 皆雪嶽外麓也 壬寅 命寺僧弘運者 導肩輿 北由飛仙洞入 峰態
水聲 已覺爽人神魄 仰視絶壁 削立數百尋 捨輿而登 壁皆石級 一級
一喘 顧士膺 猶在下級也 謝不能從行 登馬脊嶺 忽大風作 霧雨窈冥
四塞 弘運告是爲中雪嶽也 日晴則見嶽之全體云 薄暮入五歲庵 奇峰
四擁 森然欲搏人 而中開土穴 窈然受庵 梅月堂金公時習 嘗遯于此
庵有二眞 寫公儒釋狀 余爲低個悲之 公自號五歲童 故庵名 癸卯 踰
左麓而下 折而東 循大壑而上 嶺勢視馬脊加峻 緪而前後推者相附麗
十里而後 登獅子峰絶頂 是爲上雪嶽 而塞天地皆山也 若鵠翔若劍立
若菡萏者 皆峰 若 若釜若盎甕者 皆谷 山皆石無土壤 深靑若積銕色
獅子之東 稍隩衍 有庵名鳳頂 傳高僧鳳頂常住云 由獅子下 緣崖而南
崖窄廑容趾 趾所循爲積葉爲崩石爲僵木 凌兢不可度 而左右山皆奇
峰 迭出林木上 水自後嶺來 布谷而下 谷皆石 晶瑩若雪而水被之 石
勢之起伏凹凸廣狹而水形焉 大畧爲瀑者十數 而雙瀑盆奇 爲潭爲湫
爲漫流者不勝計 而稱水簾者益奇 若是者竟日 而入永矢庵 庵卽金三

淵昌翁所名 嘗隱于此云 峰壑幽奇 有土可種 多芳林茂樹 終夜聞杜鵑
聲 甲辰 渡水而南行谷中 谷水皆木石槎枒不受足 稍上而石盡白 忽變
紫赤 盤陀水面 左邊石壁紺碧 水歧瀉其中決決鳴 前有嶺甚峻 伏興而
登 循左麓而下百步 前對石壁幾數十尋 色蒼潔 瀑從巓飛下 玲瓏如白
蜺 風乍製則中斷爲烟雪 飄灑滿空 餘沫 時時吹人衣 令從者吹篴 與
瀑聲相應答 瀏亮一壑 是爲寒溪瀑也 余謂弘運曰 復有此否 曰 無之
矣 過楓嶽九龍瀑遠甚矣 東南林壑絕美 東爲五色嶺 有靈泉 宜痞積
多水石 望之幽怪 而日暮不可窮 踰嶺還 抵百潭寺宿 乙巳 北出之 循
飛仙洞後嶺而下 嶺懸急 皆錯石多竅 少失足則輒僵仆 而南指馬夆諸
峰 歷歷雲際 不知何以能致我於其上也 宿神興 丙午還 雪嶽據麟襄二
州 而麟得四之三 獅子峰之東 爲晴峰 視獅子差高 而所得止東海 西
南北之爲雪嶽 無加得於獅子 故不果登 獅子之南爲雙瀑水簾 西爲五
歲 又其西爲永矢 又其西爲百潭 遠海涵其北 楓嶽靑出若螺髻 寒溪瀑
在西南 自新興至五歲四十里 五歲至獅子四十里 獅子至永矢四十里
永矢至寒溪三十里 寒溪至百潭三十里 百潭至神興四十里 環雪嶽而
可行者凡二百有二十里 可興者凡四十里

김몽화(金夢華), 「유설악록(遊雪嶽錄)」

丁未囗方伯金載瓚麟蹄守吳遠謨 雪嶽峙襄麟界 傑然爲東國名山
余守襄陽之明年春 回勞農山間 一至神興寺 觀繼祖窟 窟上石峯張拱
窟下有動石 儘奇觀也 至秋欲遍遊山中 而未有助發其興趣者 適聞巡
相公登雪嶽 九月初三日丁卯直向神興 是日微雨新晴 山光如畵 於賞
楓爲宜 過土王城下 仰觀瀑布 掛流數千丈 入食堂洞觀臥仙飛仙等臺

還宿神興之海楓樓 初四日戊辰踰晚頃嶺至永矢庵 洞口登沙彌臺小憩
聞巡相觀瀑於寒溪 度日暮當踰大乘嶺 故先入菴而候焉 卽金三淵避
世卜築之地 右有遺墟碑閣 夜二更巡相至 余晉見道願從之意 相公曰
踰越險阻 恐匪老人良圖也 余曰 襄州本雪嶽一半 雖謂之主人不爲過
也 主人雖老 敢不從大賓之後乎 且上公挾天風而昇仙嶽 必得鍊丹之
術 下官願爲劉安雞犬矣 相公笑而許之 初五日己巳 巡相前導 余與麟
蹄守從之 相公亟命便服從行 余念山中脫俗態亦一奇事 故穿褻衣而
行 兩溪之曲 有俞泓窟 昔俞公以方伯避雨於此 因以得名 此卽十二瀑
下流也 巡相遇適意處 必下藍輿而坐 轉入水簾洞 石逕如線 或欹或斷
緣崖攀藤寸寸而下 相公顧余曰 爲老人慮 余笑曰 下官亦爲相公慮矣
洞壑稍豁 白石平鋪 層層作坎 丹葉滿潭 眞所謂竟日忘歸處也 自此石
益奇而路益險 至雙瀑東南 兩流始分 而二之末復合爲一 白石淸潭 曲
曲可愛 過此則無水焉 始覺行到水窮處也 由山腰而行 至鳳頂洞口 有
石峰森羅 巡相先到 其下命官隸吹鐵笛 聽之依然如緱山笙 入鳳頂菴
菴左有冽井 大石盖于上 今秋已三合氷 菴北石峰束筍 不知其幾千仞
如鳳鳥昂頭 西有塔臺 東有靑峰 卽最上頭也 余老矣 上山之初 若不
能躋攀 及其進 進不已 自不覺其占地 步已高 若使半塗而廢 則豈復
知上面有許多好光景哉 且今行苟無巡相先導之力 則亦不能嚮望而有
所跂及 政猶學問之功 雖在於自己分上勉焉不怠 而若夫策勵而振發
者 亦必待於嚴師畏友 嘗見退陶老先生詩曰 讀書人說遊山似 今見遊
山似讀書 豈不信然哉 俄而巡相登塔臺 而余則不能從 雖然 古人進修
之力 不以晚暮而間斷 豈可徒發卓爾之歎 而遂廢秉燭之功哉 韓文公
詩曰 於何玩其光 以至歲向晚 此又余之所當勉者也 初六日庚午 從菴
北凹處而下 鳳頂菴塔臺之交也 一條路如繩直垂 無容旋處 攀緣而下

者 可十里 過戴經峰 矗石成峰 而石皆有文 如綠籤萬軸 峰之得名者
以此 循溪而稍東 萬木陰翳 兩厓迴合 過數里 而遇白石淸川 得此於
寂寞之濱者亦奇矣 少憩而行逶迤山腰 踰數嶺而得五歲菴 菴北石峰
縹緲西南峙萬景臺 一山精英結轖於此 儘所謂天造而地設也 菴有梅
月堂畫像二本 嗚呼 此老以五歲神童 早被知遇 而景泰乙亥之後 佯狂
入山 與南秋江諸公 幷美齊徽 淸風卓節 山與高 而水與長 今於一孤
菴裏獲瞻遺像 豈可以祝髮垂珠而少之哉 相與致敬而退 自臺北而下
卽昨日所過兩溪之曲也 復至永矢菴 午後巡相向楓樓 余拜謝 相公戒
之日 愼勿取路大乘 盖愍余之老也 余曰留是菴 七日辛未 入大乘洞口
肩輿僧蹶然仆地 余墮落溪水 不用相公之言 以至於此 政所謂滄浪自
取也 過槽潭 俗呼槽爲歸于余 念麟鳳龜龍是爲四靈 夫以麟蹄一邑里
有龍頭菴有鳳頂 獨無以龜得名之地 見今此潭之巖 背有文 尾短而尖
有似乎龜 請易名曰龜尾潭 以備四靈之一 登大乘嶺 回視日昨經過處
五歲之萬景 永矢之南臺 晚頃之左右峰 皆在膝下 獨鳳頂爲前峰所遮
而不可見 下山腰十里 寔爲寒溪 登觀瀑臺 有九天銀河四大字刻 此政
乾坤逞技之處 造化得意而成者也 比之昨日所見十二瀑 則細柳之眞
將軍棘門灞上之兒戲 必有能卞之者矣 臺下路絶險 下臨無地間多石
齒鑿鑿 惴惴然如將隕墜 班孟堅幽人之夢 無或類此歟 向寒溪嶺 遇水
石佳處 舍輿息肩 酌溪水 澆飯而喫 溪上有巨巖 巖之左右 丹楓輝映
請名之曰停車巖 踰嶺是爲五色 石峯峭拔羅列 亦雪嶽之一支也 止宿
于五色村 初八日壬申 早起飮藥水五椀 儘覺數日勤苦事盡向毛孔散
也 踰凉峴則官吏持入馬來待矣 噫 世之譚山水者 必以楓嶽雪嶽并稱
邑誌又曰 白頭以南 雪岳最高 玆山磅礴深廣 彌亘數百里 其寺刹之勝
臺窟之奇 瀑布之壯 與楓岳相爲伯仲 而獨慨夫古今人遊山者 皆舍雪

岳 而之楓嶽 正陽戶外常滿遊人之僂 水簾洞裏長鎖綠苔之逕 以故遊
山錄多出於楓岳 而不少見於雪嶽 使高人住錫之地 逸士幽棲之所 埋
沒而不見稱於世 豈山水之遇不遇 亦有數存於其間耶 今余所遊歷者
纔三之二 而皆石峯崒崒 可望而不可登 且聞自食堂洞南踰麻背上般
若臺 則內面萬千氣像呈露於前 爲奇勝 又自食堂洞 東轉而上 則有內
外石門 又轉而上 則四面皆石屏 中有高臺 爲一山之最勝處 而人跡罕
到 世未有知之者 雖然妙處不在於窮搜遍歷 而在於足目之外 局於足
目之所到 而不知體驗於身心者 非善觀山水者也 於山而必識其重厚
之體 於水而必法其周流之用 然後資之學問 而有仁靜知動之妙 措之
政事 而有鎭物容衆之效 若是者 眞有得於山水之樂 而不然 則只做得
間謾遊 有何益哉 聊并記之以爲後之入山者勉焉 重陽日 雪嶽主人記

이동항(李東沆),「지암해산록(遲菴海山錄)」

初六日 早起閉戶 碧海氣坌入 有客僧二人來吾家墳庵僧也 自楓岳
而歸忽地相逢驚喜錯愕 而渠亦顚倒失色 今日將西入雪嶽 故上寺朝
飯 由虹門而出 北行歷降仙臺 西轉十五里 至雪嶽洞門 新興興僧整齊
候待 登輿而入少許 下輿坐松陰 南望權金城石峰 巖嶂疊秀層拔 宛然
白雲作奇形霞映彩 而吐仰大瀑自壁巓飛下 淪淪白波直注無底巨壑
石斷路絕 人跡不通 不見其流之所止 惟半腹以上高掛雲表 復登輿前
進 樹陰夾路 溪聲籠山 幽深淸絕之趣 愈入愈新 五里至寺 寺向東而
坐 殿閣寮舍包絡一洞 僧皆富厚繁衆 嶺東巨刹也 癘氣方熾無淸淨之
室 故北至別堂而止 寺僧進蜜茶 又進寺記義相所創 閱瀆所記而詭怪
荒誕之說 甚於楡岾記不欲觀也 午後登輿北上數里 天吼大石峰 闢展

全體 如圭如笏 如劒如戟 如火之熛 如濤之洶 如鍾鼎之列置 如芙蓉
之新吐 奇形壯勢呈異鬪巧者 凡四十餘頭 天將大雨 則必先鳴 故名天
吼 又號鳴山泣山簸山 直當列峰 中央最下趾 大广斜出覆地 如結搆大
屋子 而彎石撐支三面 自成巨窟名繼祖窟 窟中搆四楹丈室附 簷桶於
巖端 盡以丹碧 新彩輝光 前有數仞削石 環抱成屏 蔽遮全体 門外咫
尺之地 不知有奄 只見數点靑烟選出巖隙而已 門外有龍巖 岩左有食
堂石 石上有動石 一人撼之有餘 千人動之無加 登窟左右臺 穩坐移時
仰見天吼 列峰擁北崢嶸 若將傾厭粉碎 南山權金城層石吐仰飛瀑獻
媚呈態 束聳達磨石峰 峰外碧海連天 一山名區當爲第一 日晡時下山
至內院奄小憩還寺 促食夕飯 西上五里宿極樂奄 權金城西角石峰出
沒 羅前有勝致 又多高僧韻釋可與談討也 初七日 早食新興興僧來 南
入飛仙臺臥仙臺 皆水中奇石也 疊出層高爲瀑爲潭爲臺爲磯 左壁右
壁束立巉巉 藤葛交覆 楓松鋪陰 自是仙人之可遊也 源頭窅冥處 叢叢
立立之峰 隱伏澗中 或嶽露頂尖 或高聳全體 而有一大石 儼然如臨陣
悍將具甲冑橐鞬 垂手起立 望之絶特 自此紆回東厓 可登權金城絶頂
而非善猱緣者不能也 盤旋移日還極樂奄 招興僧徒問西踰內山之路
皆云自天吼峰後 踰連水坡歷龍臺 出嵐校則雖通衢大路紆回百餘里
今日決難到百潭寺 自飛仙臺由馬脊嶺而上 則雖捷徑 而萬丈石峰 往
往斗絶 非愼攝之道 惟從庵西緩項嶺最便好云 遂興入西洞半日崎嶇
之路 盡在樹陰行幾十五里 坐山洞水淸處與興僧攤飯 自此杖策而上
嶺脊不遠而山勢漸急 磧石堆積左右巖巒皓皓頭白 宛然楓岳舊面也
山絶頂百潭寺興僧不來 卒路僧一人導前而下 百潭一老僧迎拜中路曰
昨見新興私通而 不言行次 由某嶺臆料自馬脊而下 故送興軍於五歲
庵 俄聞行人之報則一行自此而來 故遑遽而來 下嶺至黃龍潭 日已含

山 北行數里 涉溪入百潭寺 夕飯至而盛 具當歸菜柔軟 馨香味極佳絕
宿別堂 初八日 將東入五歲菴 而山無巨刹 且鮮居民 興軍不備 清曉
使寺僧飛文山外諸村俄而諸軍或自五里或自十里 皆齎數日粮來待 蓋
此山亦楓岳例民無身役 故聽令卽到也 食後墨筆題名楣間發行涉溪
東行歷黃龍潭 溯溪而上至沙彌巖 愛水石之幽奇 下興盤遊 少前歷深
源寺古臺 至永矢庵 金昌翕舊棲也 庵西小岡有弄丸亭舊址 北有遺墟
碑 三友皆往見吾不欲觀 獨坐前軒東 窺雪嶽之千峰萬壑 始呈露半面
而巑岏嶉崒合沓重疊 巍然一怪大石也 又憑輿東行里餘橫入小澗路勢
如懸隨步轉急 而土厚無石 樹陰蔽日 乘凉閑步 不知其勞也 至一小峴
南俯五歲菴 距峴一矢約而峴之一枝西走 百餘步斗起 萬景臺抱菴而
南蟠 爲登萬景臺 脫冠解衣 西步而出 其始出也 平步而入行約過數十
武 惡石崚崚 層積如階 左澗右壑 懸如削壁 拚木援石 匍匐膝行 有時
下窺厓谷 若將舉身墜下 寸寸用力 旣上絕頂 豁然平開 崒然起立 內
山之峰巒澗谷盡在足下 巉巉矗矗 峛峛屴屴 神鐫鬼刻 如珠貝之列陳
者 一山之千巒萬峰也 回回曲曲 窅窅冥冥 森嚴陰沍 爲鬼魁之憑倚者
一山之千澗萬壑也 而松檜楓栢滓 根枒杈 蒙密蔽遮 凄寒肅列之氣有
時逼身矣 下臺至菴 古淸寒子所棲也 面西而坐 東負馬脊嶺危峰 北引
萬景臺 南拖群巒 迤而西回如以萬朶蓮花千疊霱雲 環抱四面 而中開
夷曠之區 窈然深絕迴然隔世 是宜遁世絕俗之人長入不返 而淸寒子
之偏愛此菴有所以也 入夾室 見淸寒子影幀二本 一居士時像 一祝髮
後眞也 七分畫筆雖未盡此老眞像 而神采淸韻 浮動面皃 若與斯人對
坐深山問答前塵影事也 菴前闢開土庭 庭畔有半鋪大石 俯臨深澗 與
三友分坐石上 拈韻作詩 以寓感慨之懷 日曛入菴 一僧饗松飮水 獨守
孤菴 夜深請坐問山中故事 僧曰 此山於開東諸山最深窅佥晦 八月始

雪 三月始解 故山以雪名 而有時大雪封閉澗壑經冬徂春 則鳳頂之僧
往往飢枯坐化矣 初九日 將南至鳳頂菴朝食發行 自菴坐越澗抱山腰
南行紆回岡脊 上下巖磴 千雲松檜 蔽天梗楠 白日不漏束立如麻 往往
枯仆跨澗自成略 約行幾十餘里 西折而下至伽倻洞 沈沈窅窅 三光不
入如墮九地之下 白石跨據一壑延布 百餘步水流濺濺曲折爲奇 適逢
五六遊人自鳳頂而來 各問山行勞苦 仰視前路 大嶺厭頭 或輿或步 脅
息而上 有巨巖當逕屹立 千餘丈脈理皆片片坼裂 整整齊齊 如疊積累
萬卷書 所謂經冊巖而巖據嶺脊不遠 遂超上絕頂 鳳頂菴近在數十武
七星石列立左右 如諸佛之立立 外山天吼峰新興洞府闓發半面矣 從
西脊稍下十餘步有石上雙塔 制度精巧 絕世深險之地 興造工役者 其
誠勤矣 此亦義相懶翁徒歟 自塔左數十步 至菴一僧緇衣出肅直至 菴
左右臺而坐 國師峰在東 靑峰在南 七星石在北 群峰列嶂 逼近面前下
臨人世 蒼蒼鬱鬱 此是天下至高至深處 高寒震凌非挾仙骨者 不可留
住而經年閱歲人迹罕到也 遂分韻作詩 余以雲沈稀見日春盡少逢人
爲頷聯意塞沈吟 忽見數三鼯鼠 超食石上晒松米 余卽以松米同鼯食
巖扉與鹿隣 爲頸聯 詩罷 以墨筆題名巖广 輿軍告午飯 入坐菴軒 有
李道輔額筆 朴師海詩板 飯後循澗 西下十里 至水簾瀑 一瀑自鳳頂而
下落於東壁 而高幾十餘丈 一瀑自南澗而下層層節節淪淪濺濺落於南
厓 而水若從天而降 不知爲幾百丈 分掛兩壁倒注一潭 并勢齊力 渾成
深廣 有如碩輔同寅共濟國事 又如相對遠朋逢迎有緣而至 若南瀑之
雄大飛騰專制一壑 則武候之治蜀也 總攬權綱萬務就緒 東瀑之幽雅
蕭灑倒垂潭 則茫景仁之立朝也 讓與賢能樂見其成 東國之名瀑何限
而未聞如是之奇也 坐潭上石墩 盡意優遊 杖策西下五里 山幾盡下溪
欲平流 而兩峽極天束立 巖峰石嶂出沒無窮 丹厓翠壁隱現無常 杉松

簇立天日無光 溪石嶔崎錯落 或平或側 或高或低 或白或靑 或黃或黑
爲湍爲瀑爲潭爲瀨 步步新面 曲曲奇境 難以究詰 而路無常度 步亦隨
變 厓或一萬 溪或一萬 藤蘿糾結 苔蘚膩滑 蝶蝶頓地 寸寸休坐 行二
十里 天容少開 路亦稍平 始出人間世 而回顧來路 杳然雲嵐矣 世謂
此山之盤據不如楓岳 雄大不如楓岳 至深窅迥絕則過之 今行出三十
里長谷 支泉裔澗左右相合 深林巨木前後擁遮 陰凝之氣逼於毛骨 積
翠之色 濕於衣巾 壺中杳杳之行有甚於百塔九龍 而水石之線亘 一洞
奇壯之觀 迨無虛步則非萬瀑洞之可敵也 登輿數里 宿永矢菴 初十日
將南見寒溪瀑早食發行 北至深源寺古基 橫涉溪水南望楮嘴嶺而行
危峻岌嶪甚於緩項 半嶺以下登輿而行 以上杖而行 上嶺脊是爲寒溪
山 而通於雪嶽矣 山外輿軍來待 山內輿軍面面告別 數日同苦 自有戀
別之情 而爲我擔輿者 各獻疏麻杖 人情可念 下山歷上乘大乘古址 坐
澗石攤飯復登輿 而下里餘 不知瀑在何地 輿人以路危請下 少前俯視
則身在萬丈壁巓而瀑上於斯矣 稍下百餘步 小岡東出西入 抱壁爲臺
北對瀑面 而士仰碩章已超然而坐矣 東西鐵壁 成削竦直 開展大洞天
而一條飛瀑 自雲端倒下 縹緲中天 如垂万匹白練 而其始下也 銀波雪
濤 淪淪濊濊 猶有奮發之勢 及下墜澗底力盡氣散無奮擣噴薄之聲 有
時山風橫吹 白波中斷 散爲霏嶽烟霧 風止卽直下 風吹又如是 頃刻奇
變 不可名狀 昔中朝人見此瀑 歸詫於王弇州 州作寒溪瀑記載寄所寄
齋 記而其狀物 逼眞非目見者 所可及云余咁見故人所記 知此瀑之爲
東方第一 今日力引諸友踰越險阻 而諸友皆不信之始乃嘖嘖 叫奇呫
呫 稱服曰 高倍於九龍 奇過於朴淵 若不見此而歸幾虛 今行余始有辭
於諸君 而芥滯之胸豁然無碍矣 使輿軍登瀑上 投石澗中 如飛鳶之盤
旋 良久而下 又使聚木石 壅渴源頭 畜水決 噴薄奮騰 木石俱下 亦壯

觀下 日晡下臺 至寒溪寺古基 五色嶺大路合於此矣 始登輿西下擔載
趨捷如駿馬之馳驟 須臾之頃已到玉流洞 登石上少坐 又登輿至寒溪
村 奴自圓通店牽馬而來 歷靑銅遷宿圓通店 十一日 早食發行 挾川南
下 舟渡曲淵 源出楡岾南麓 紆回數百里 至此合雪嶽大川也 轉一曲至
合江亭 五臺北洞之水 北流百餘里 至亭前合雪嶽之水 亭以名焉 高據
山臺 俯臨淸江 白沙修瀨 照映欄楣 四山擁抱 亂松陰陰 亦勝景也 此
據獼蹄縣未滿數弓 而聞主倅申光河方爲西關東之行 其子申輔相幾明
在衙 遂開筆硯貽書幾明日 關東有四仙復來 李遲菴聖哉 睦沙南景執
禹白潭士仰 崔栢高硯章也 遍踏楓嶽之萬二千峰 北登侍中岾叢石亭
南泛三日浦海金剛仙遊潭靑草湖 再宿洛山寺 西入雪嶽寒溪 遍觀烟
霞水石 飄然而歸聞震澤先生風 降集合江亭上 聞飛鳧出山 怊悵而坐
汝倘有許椽家遺風 佩酒而來 使大沃傳於子舍 未久幾明揮汗壯步喘
喘而至 相與握手敍和 四五少妓持酒壺肴榼而來 使妓輩次第唱歌 穩
坐半日 趁午下衙軒 夕後月色淸徹 江聲淸勤 率妓輩出坐江岸 吹笛命
歌 歌關東曲數闋 各成一詩 入夜還衙而宿

권용정(權用正), 「설악내기(雪嶽內記)」

譚奇者每日 雪嶽勝金剛何勝乎 曰水勝 金剛之水聖 雪嶽之水神 聖
猶類也 神則不測 雪嶽之水其變多方 一出情想之外 故曰水勝 雪嶽有
內外 內雪屬獼蹄 外雪屬襄陽 水之奇內雪盡之云 己丑四月 與海史東
游 至獼蹄 庚午宿寒溪洞 洞內雪之初也 辛未杖而出 乃在萬松雲黑中
百道風水響中 且前且止 忘其高且遠也 溪畔有瀑 曰玉流 長餘八丈
瀑折者三 石窪者三 折則水噴以白 窪則輪以凝碧 到溪則碧與白紛紜

不定 東十里有嶺 曰大勝嶺 下舊有刹 今廢基也 山逶蛇盤 積葉齊滕
未半嶺右轉百餘步 鐵壁直削 白光貫天者瀑也 瀑上下略不依石 虛落
千尋 虹暈晫壁爲纈紋紗縠 日射之然也 素腰橫斷爲烟爲雲 濛濛然倒
卷而上 風激之然也 日隱風定 倏忽改觀 惟殷隱晴雷震駴山谷而已 崖
刻四字曰 九天銀河 踰嶺而東 草樹蒙密 仰不見天 風吹葉動 輒相驚
曰 虎過也 然竟無虎 日午渴甚 采當歸苗咀之 卷葛葉勺泉而飮 香津
溢呷 走十餘里 路右斷厓橫屏 土花冒其半生翠淋漓 崖前大石紫皴蒼
點 滑理可撫 平背可坐 澗流狹而深 如馬槽 跳珠汩汩 名槽湫云 湫東
五里 涉大澗 迤而南十里 至永矢庵 三淵翁舊留於此 庵左有碑記其蹟
壬申 南入水簾洞 兩邊危嶂釼拔 飛泉激吐 水中石 靑者胆 白者卵 赤
者馬肝 黑而臟者鼈甲 洵洗圓好爛然可掏 三里許有卓子嵓 方石四疊
下成階級 醉宜臥 倦宜凭焉 溪右石室 廣容一席 潔不受塵 暍宜麻 雨
宜避焉 過石室數百步 南顧一峰 類伏虎 又數十步 石有若僧巾者 曰
弁嵓 (東俗呼僧巾爲弁) 過嵓數里 白石平鋪 淸水息怒 絲絲爲簾 掩
映石面山上躑躅柰花方盛 粉霞沈酣黙念 空山無人水流 花開之語 覺
神膚爽澈 溯澗而上 荒險益甚 仙巢鬼窟洞冥無際 往往積雪迷徑 視石
上有履迹 乃敢行 前者顧而無繼則呼吁吁 後者審聲之所自 乃敢行 十
里許有二臺瀑 瀑二折撞春礐石 白沫倒洒 復進數里 壁色淡黑 瀑垂兩
龍焉 首歧而尾交 雌雄吟嘯 聲若驟雨 雌者比雄短三之一 下入深潭鬱
鬱蟠斜久之 雲奔雷激莫知所歸焉 午回水簾之下 右尋白雲洞 厓顚樹
交水蘚溜滑 力行移時得石室有題游人名處 坐憩已 更欲窮搜 會日且
盡林壑昏黑行 者皆有懼色 仍尋歸路 南抵五歲庵 庵是梅月仕錫之所
庵左小室 留梅月二像 一戴澗簹圓帽衣藍袍一剃頭具袈裟 眉目淸古
想見其平生也 庵據內雪之腦 羣峰環抱 獨缺其南 背曰須彌 右曰萬景

並尖聳天半 癸酉 上萬景之磴 僧戒云 勿顧左 顧卽眩矣 乃面壁狙行

至臺上 枝策俛視懸崖數千仞 不見其底 四圍崇山騰騰如鐵馬長驅 東

指鳳頂庵最居高處 聞雪塞不可登也 遂下臺北行 夕宿百潭寺 甲戌 北

過斗臺湫 午次葛驛 自此向金剛 五月戊戌 還獜蹄 或言盤水洞泉石之

勝 庚子宿藍橋 辛丑過支理谷 始聞水聲瑲然聲且漸壯 色且漸露 而玉

雪洒然 土人曰 盤水瀑也 瀑凡五 或偃或直或拗而仄 潭凡十 瓮罍釜

鍾纍如也 瀑最於第四 潭最於第六 六之上卽四之下也 石壁半闢月 規

偃然急流碭碎 萬縷劵集 潭受之而不能容 迫窘詰屈鳴號 猛力餘波四

出爲空花瑩瑩然 此所謂碭水 第一瀑旁有龍穴 土人於此祈雨云 游內

雪四日而盡 外雪病未能焉 盖大勝雄而神 水簾幽而神 盤水巧而神 曰

水之神也 諒哉

김금원(金錦園), 「호동서락기(湖東西洛記)」

八景旣盡領畧 猶有餘戀 到麟蹄 訪雪岳山 石勢連天 峯巒聳列 石

白如雪 故名雪嶽也 石山千疊 嵯峨崒崒 石川萬曲 幽深凄冷 屢渡溪

澗 紆廻山路 千峯爭秀 喬薩蔽天 鶴唳古松 鹿走懸藤 可謂瑤池琅苑

蓬萊方丈也 緣溪左右 紅躑躅業業爛開 花叢相間濃映流水 如垂長虹

玉泉垂虹 未必過此矣 玉泉在燕京 玉泉山下 泉噴如珠 或名噴雪 泉

噴爲池 廣過三丈 爲燕京八景之一 古稱玉泉垂虹 今改玉泉趵突 上有

砒 曰天下第一泉 吾雖未見 若其垂虹之狀 則恐未有似此奇絕者 山勢

阧絕接天 寸寸而進 上其絕頂 有曰大乘瀑 掛于半空 下垂幾百千丈

眞珠碎玉 左右噴落 白日雷霆 而露濛濛 其氣勢風神之千奇萬壯 未

知與盧山雁宕 孰爲伯仲 而此瀑不啻爲三千尺 疑是銀河落九天之句

正爲此瀑傳神也 試欲擬議 則素練白雪 猶屬尋常例語 玉龍腰銀蝶蜦
庶或近之 着雨具帽 機始近視之 飛湍濺沫 亂着帽上 聲如雹打 若將
穿破 雖知爲水沫 而猶不覺魄驚神悖 不能定情之 朝霧滿空 不辨林壑
峯巒出沒雲間 若削靑玉而列畫屛 俄見黑雲始收 月明風淸 峯巒巖石
之千奇萬詭 盡輸吾眼底矣 得一詩曰 千峯突兀稨天餘 輕霧初斂畫不
如 好是雪岳奇絕處 大乘瀑沛勝庶廬 入白潭寺少憩 訪水簾洞 水石亦
竒壯也 雪嶽舊有金三淵永矢庵 及金淸寒五歲菴 今其遺墟 雖不可見
而雪獄之名 盖以二公益著 與金剛幷峙矣 山海之竒壯 旣爲歷覽 更欲
觀綺麗繁萃之場 遂向京城